secession

BERGSTEIGEN IM FLACHLAND

ROMAN

URS MANNHART

secession VERLAG FÜR LITERATUR

BERGSTEIGEN IM FLACHLAND

ROMAN

URS MANNHART

secession VERLAG FÜR LITERATUR

Der Verlag dankt:

SWISSLOS / Kultur Kanton Bern,

der Kulturabteilung der Stadt Bern,

sowie der MIGROS-Kulturprozent **MIGROS** kulturprozent

für die freundliche Unterstützung
zum Druck dieses Werkes.

Erste Auflage
© 2014 by Secession Verlag für Literatur, Zürich
Alle Rechte vorbehalten
Lektorat: Angelika Klammer, Christian Ruzicksa
Korrektorat: Patrick Schär
www.secession-verlag.com

Gestaltung, Typographie, Satz und Litho:
KOCHAN & PARTNER, München
Druck und buchbinderische Verarbeitung:
Friedrich Pustet, Regensburg
Papier Innenteil: Fly 05, 100 g/qm
Papier Überzug: Materica Verdigris 120 g/qm
Papier Vor- und Nachsatz:
Papier Union Pop Set Cactus Green, 120 g/qm
Gesetzt aus 9/13 Cordale regular/italic

Printed in Germany
ISBN 978-3-905951-32-5

INHALT

1. **KAPITEL** ŠABAC – OBRENOVAC, SERBIEN   13
2. **KAPITEL** BAKU UND VELAMIR, ASERBAIDSCHAN   24
3. **KAPITEL** BERN, SCHWEIZ   39
4. **KAPITEL** ROȘIA MONTANĂ, RUMÄNIEN   49
5. **KAPITEL** PRIŠTINA, KOSOVO   52
6. **KAPITEL** BAKU, ASERBAIDSCHAN   61
7. **KAPITEL** PRIŠTINA UND MITROVICA, KOSOVO – ŠABAC, SERBIEN   72
8. **KAPITEL** OBRENOVAC, SERBIEN   77
9. **KAPITEL** BERN, SCHWEIZ   82
10. **KAPITEL** LANGENTHAL UND BERN, SCHWEIZ   91
11. **KAPITEL** BELGRAD, SERBIEN   106
12. **KAPITEL** ABRUD, RUMÄNIEN   114
13. **KAPITEL** NIŠ, SERBIEN   118
14. **KAPITEL** LANGENTHAL – BERSCHIS, SCHWEIZ   127
15. **KAPITEL** ŠABAC – BELGRAD, SERBIEN   141
16. **KAPITEL** BERSCHIS, FLUMS UND TSCHERLACH, SCHWEIZ   148
17. **KAPITEL** OBRENOVAC – ŠABAC, SERBIEN   162
18. **KAPITEL** BERN UND LANGENTHAL, SCHWEIZ   175
19. **KAPITEL** KRANJSKA GORA, SLOWENIEN   184
20. **KAPITEL** LANGENTHAL, SCHWEIZ   190
21. **KAPITEL** ŠABAC – GRDELICA, SERBIEN   206
22. **KAPITEL** BELGRAD, SERBIEN – DEN HAAG, NIEDERLANDE   216
23. **KAPITEL** BUKAREST, RUMÄNIEN   224
24. **KAPITEL** BERN, SCHWEIZ   236
25. **KAPITEL** BUKAREST – MIERCUREA SIBIULUI, RUMÄNIEN   241
26. **KAPITEL** ŠABAC, SERBIEN   251
27. **KAPITEL** MIERCUREA SIBIULUI – ROȘIA MONTANĂ, RUMÄNIEN   258
28. **KAPITEL** BERN, SCHWEIZ   266
29. **KAPITEL** ROȘIA MONTANĂ – VIȘEU DE SUS, RUMÄNIEN   276

30. **KAPITEL** DEN HAAG, NIEDERLANDE   289
31. **KAPITEL** WASSERTAL, RUMÄNIEN   293
32. **KAPITEL** LANGENTHAL, SCHWEIZ   300
33. **KAPITEL** WASSERTAL, RUMÄNIEN   311
34. **KAPITEL** ŠABAC, SERBIEN   321
35. **KAPITEL** ROȘIA MONTANĂ, RUMÄNIEN   328
36. **KAPITEL** HUELVA, SPANIEN   336
37. **KAPITEL** ZÜRICH FLUGHAFEN – LANGENTHAL, SCHWEIZ   343
38. **KAPITEL** DEN HAAG, NIEDERLANDE   351
39. **KAPITEL** DEN HAAG, NIEDERLANDE   353
40. **KAPITEL** LANGENTHAL, SCHWEIZ – MOSKAU, RUSSLAND   360
41. **KAPITEL** DEN HAAG, NIEDERLANDE – LANGENTHAL, SCHWEIZ   369
42. **KAPITEL** ŠABAC, SERBIEN   376
43. **KAPITEL** MOSKAU, RUSSLAND   382
44. **KAPITEL** DEN HAAG, NIEDERLANDE   390
45. **KAPITEL** HUELVA, SPANIEN   398
46. **KAPITEL** MOSKAU, RUSSLAND   405
47. **KAPITEL** MOSKAU, RUSSLAND   410
48. **KAPITEL** ISTOK, KOSOVO   415
49. **KAPITEL** AUSSERHALB MOSKAUS, RUSSLAND   424
50. **KAPITEL** ISTOK – KLINË E MESME, KOSOVO   433
51. **KAPITEL** MOSKAU, RUSSLAND – LANGENTHAL, SCHWEIZ   439
52. **KAPITEL** HUELVA, SPANIEN – CERBÈRE, FRANKREICH   447
53. **KAPITEL** DEN HAAG, NIEDERLANDE   453
54. **KAPITEL** CERBÈRE, FRANKREICH – MAILAND, ITALIEN   456
55. **KAPITEL** KLINË E MESME, KOSOVO – MONTENEGRO   463
56. **KAPITEL** MAILAND, ITALIEN   472
57. **KAPITEL** BIJELO POLJE – BAR, MONTENEGRO   479
58. **KAPITEL** ABRUD – ROȘIA MONTANĂ, RUMÄNIEN   485
59. **KAPITEL** BAR, MONTENEGRO – KLINË E MESME, KOSOVO   492
60. **KAPITEL** POWAROWO – ST. PETERSBURG, RUSSLAND   504
61. **KAPITEL** DEN HAAG, NIEDERLANDE – WIEN, ÖSTERREICH – DUKLA, POLEN   511

62. KAPITEL BASEL, SCHWEIZ – HADERSLEVO, DÄNEMARK 519
63. KAPITEL ST. PETERSBURG, RUSSLAND – OSTSEE 529
64. KAPITEL DUKLA, POLEN 535
65. KAPITEL SKËNDERAJ – RADONIQ, KOSOVO 539
66. KAPITEL OSLO, BERGEN UND LAKSEVÅG, NORWEGEN 541
67. KAPITEL DUKLA, POLEN 551
68. KAPITEL LAKSEVÅG, NORWEGEN 556
69. KAPITEL ŠABAC, SERBIEN 565
70. KAPITEL BERGEN, NORWEGEN 569
71. KAPITEL INZLINGEN, DEUTSCHLAND – BASEL, SCHWEIZ 571
72. KAPITEL STOCKHOLM, SCHWEDEN – OSTSEE 574
73. KAPITEL RADONIQ, KOSOVO 582
74. KAPITEL LANGENTHAL, SCHWEIZ 586
75. KAPITEL TROMSØ, NORWEGEN 592
76. KAPITEL BERN, SCHWEIZ – ROM, ITALIEN 598
77. KAPITEL RADONIQ – PRIŠTINA, KOSOVO 609
78. KAPITEL ROM, ITALIEN 612
79. KAPITEL TROMSØ, NORWEGEN 618
80. KAPITEL ŠABAC – VIŠNJIČEVO, SERBIEN 623
81. KAPITEL BELGRAD – ŠABAC, SERBIEN 632
82. KAPITEL TROMSØ, NORWEGEN 642
83. KAPITEL PRIŠTINA – RADONIQ, KOSOVO 645
84. KAPITEL ŠABAC, SERBIEN 648
85. KAPITEL ŠABAC – BADOVINCI, SERBIEN 650
86. KAPITEL RADONIQ, KOSOVO 654
87. KAPITEL BIJELJINA – ZABRĐE, BOSNIEN 657

Wir teilen. Ich trinke aus seinem Zahnputzbecher. Er aus der Flasche.
Thomas Brunnsteiner

*Wirklich daheim ist man nur,
wo man einen Toten auf dem Friedhof hat.*
Alois Hotschnig

Eine tiefere Neugierde für die Welt ist nicht allgemein verbreitet.
Ryszard Kapuściński

1. KAPITEL
ŠABAC – OBRENOVAC, SERBIEN

Die Quartierstraße lag völlig im Dunkeln, der Hahn hatte noch keinen Krächzer hören lassen und die staubige, mit der heiligen Madonna verzierte Küchenuhr zeigte erst halb fünf, als die Milizionäre in die Wohnung eindrangen, das Schlafzimmer, die Wohnstube, die mit Geigen, Cellos, Bassgeigen und allerlei Holz gefüllte Werkstatt, die Vorratskammer und das Studierzimmer stürmten, mit ihren Knüppeln alle zusammentrieben, vergeblich nach dem jüngsten Sohn fragten und nicht nur Bogdan Mandić, den hageren, siebenundzwanzigjährigen Regieassistenten, Dramaturgen und Bühnenbildner, sondern auch dessen Vater Dmitrij, einen über die Stadt Šabac weit hinaus bekannten Instrumentenbauer, dazu drängten, sich anzukleiden, und den Frauen unter drohenden Gebärden befahlen, den Mund zu halten. Während drei Milizionäre Dmitrij und Bogdan in Handschellen legten, schauten sich die anderen beiden neugierig um, als wollten sie etwas mitlaufen lassen, dann beschimpften sie den Haushalt als staatsfeindlichen Schmutz und führten die beiden Männer ab.
Dragica, Bogdans Mutter, sonst enorm rührselig, war zu schockiert, um weinen zu können. Ein Japsen, ein Schnappen nach Luft war alles, was sie hören ließ.
Auf der Ladefläche des Lastwagens, auf die zu klettern Bogdan und Dmitrij gezwungen wurden, saß bereits ein gutes Dutzend Dissidenten, Männer, die dem Rekrutierungsbefehl nicht nachgekommen waren, Männer jeden Alters, die zu Beginn des orthodoxen Weihnachtsfests in Belgrad für den Rücktritt Miloševićs protestiert oder sich in den vergangenen Monaten regimekritisch verhalten hatten, Männer, die sich nicht an der Vertreibung der Albaner aus dem Kosovo beteiligen wollten, Männer, deren Namen

deswegen auf der Liste der UDBA standen. Dieser omnipräsente Geheimdienst, der allen anderslautenden Informationen zum Trotz den Untergang Jugoslawiens bestens überstanden hatte, war in der Familie Mandić seit Jahrzehnten gefürchtet: Dmitrij verlor in den 80er-Jahren seine Stelle als Musiklehrer, da er damals ganz offiziell, also mit Zollbestätigung, ausländische Literatur eingekauft hatte.

Dass Dmitrij nun festgenommen worden war, hatte vielleicht auch damit zu tun, dass er noch nie etwas unternommen hatte gegen die pazifistische Haltung seines Sohnes Bogdan, der 1995 im Krieg gegen die Bosniaken als Dienstverweigerer im Knast saß, und wohl auch damit, dass er gegenwärtig nichts unternahm gegen das Dafürhalten seines jüngeren Sohns Aca, der sich, studienhalber erst in Paris, später in Moskau lebend, bereits der damaligen Rekrutierungswelle entzogen hatte und nun seit Jahren schon, inzwischen papierlos, nichts anderes mehr tun konnte, als in der russischen Hauptstadt auf bessere Zeiten zu warten.

Ebenfalls mit auf der Ladefläche saßen die Philosophen, vier gebildete, kulturinteressierte Männer in ihren Fünfzigern, die sich seit Jahren mit Dmitrij trafen, zu fünft flaschenweise Rotwein tranken und über den fortschreitenden Niedergang der serbischen Politkultur, über den Stumpfsinn nationalistischer Maßnahmen, die immer weiter steigende Inflation des Dinar und die stupiden wirtschaftspolitischen Gegenmaßnahmen debattierten.

Die Plane wurde zugeschlagen, Wagentüren knallten, begleitet von schweren Motorrädern fuhr der Lastwagen los. Vorn auf der Ladefläche saßen, meist im Dunkeln, dann wieder schwach und käseblass erhellt von einer vorbeiziehenden Straßenlampe, die drei Milizionäre, ihre Gewehre quer über der Brust, Entschlossenheit im Gesicht.

Bogdan verbot sich, diese Männer ein zweites Mal anzuschauen, zu deutlich war die Verachtung, die in ihm hochstieg. Bald stellte er erschrocken fest, dass er es versäumt hatte, den von ihm nachts-

über jeweils abgelegten Ehering anzustecken. Bestimmt hatte Elisa den Ring bereits gefunden und hielt ihn nun in ihrer Hand wie die letzte Erinnerung an einen Verschollenen.
Der Lastwagen machte Halt in einer weiteren Straße, wo Bogdan, die Sicht verdeckt von der Plane, zuhören musste, wie die Stiefel der Milizionäre auf ein Haus zumarschierten, wie zwei Hunde kläfften, wie Glas zu Bruch ging und eine Tür eingetreten wurde. Wenig später schon saßen zwei Dissidenten mehr auf der Ladefläche.
Als der Lastwagen wieder Fahrt aufnahm, blickte Bogdan seinem Vater lange in die Augen, suchte zum ersten Mal seit Wochen in dem allein in Schattierungen erkennbaren Gesicht nach einem tiefen Vertrauen, nach Versöhnung auch. Im Frühjahr, kurz vor der Hochzeit, waren Bogdan und Elisa, um einander ungestört lieben zu können, aus dem gleich neben dem Schlafzimmer von Bogdans Eltern gelegenen Studierzimmer in Dmitrijs Werkstatt geflüchtet, wo Elisa mit einer ausholenden Bewegung einen Hammer touchiert hatte, der im freien Fall eine fast schon fertige Geige zerstörte.
Momente später bereits hatte Dmitrij im Schlafanzug in der Werkstatt gestanden, hatte den nackten Bogdan, die nackte Elisa, vor allem aber die ruinierte Geige gesehen, und ehe jemand auch nur eine Silbe zu sagen vermochte, hatte Dmitrij, als wären sie grundschulkleine Kinder, erst Bogdan, dann Elisa eine kräftige Ohrfeige verpasst.
In der Folge hatte Bogdan während zweier Wochen nicht mit seinem Vater gesprochen, kein einziges Wort. Seither sehnte er sich nur umso mehr nach dem Tag, an dem er es sich würde leisten können, zusammen mit Elisa eine eigene Wohnung zu beziehen.
Es war sonderbar, aber genau diese damals in der Werkstatt als derart beleidigend empfundene Reaktion erschien Bogdan nun gerecht; erstmals verstand und billigte er die Handlung seines Vaters. Bogdan war froh, gemeinsam mit seinem Vater verhaftet

worden zu sein, und er hoffte, jener Konflikt habe sich damit auch für Dmitrij wortlos erledigt.

Beim nächsten Halt waren kurz nach dem Gepolter der Stiefel auch Schreie zu hören, kreischende Frauenstimmen, und die dumpfen Schläge der Knüppel – Geräusche, die Bogdan fast den Magen kehrten. Nach einer langen Weile kletterte der junge Stjepan auf die Ladefläche, Stjepan Branković, mit dem Bogdan die Schule besucht und sich vor Jahren einmal wegen eines Mädchens geprügelt hatte. Damals hatte er ihn verspottet, weil sein Vater zu den Neureichen Serbiens zählte, zu jenen ekelhaften Geschäftsmännern, die nach der Privatisierung des Staatseigentums unglaublich reich geworden waren. Dass sie Stjepan nun festnahmen, konnte nur bedeuten, dass er mit seinem Vater zerstritten war – Bogdan fühlte sich gestärkt durch einen weiteren Verbündeten. Bloß fragte er sich, was wohl mit Stjepans Bruder geschehen sein mochte, mit dem Geige spielenden Buca Branković. Im Sommer 1995 hatte er sich zusammen mit Buca eine Zelle geteilt, denn sie hatten im Krieg gegen die Bosniaken in derselben Kompanie gedient und beide hatten sie den Befehl verweigert. Dass sie den schmalen Buca nun nicht ebenfalls verhaftet hatten, erstaunte Bogdan; für kurze Zeit war er ganz erfüllt vom Wunsch, das Glück möge diesen Mann, mit dem er sich freundschaftlich stark verbandelt fühlte, dieses Mal nicht verlassen.

Wenig später ließ der Lastwagen die Quartierstraßen Šabacs hinter sich und fuhr aus der Stadt hinaus.

Wenn die Dämmerung dies ermöglichte, studierte Bogdan die um ihn versammelten, von der holpernden Fahrt zu einem beständigen Nicken gezwungenen Gesichter. Seit er sie das letzte Mal gesehen hatte, waren die meisten Männer um Jahre gealtert, schienen sich auf jenes Gesicht vorzubereiten, mit dem man sie in die Erde legen würde.

Bogdan wünschte sich, dieser Gedanke wäre rückgängig zu machen. Was die Miliz gemeinhin mit Dissidenten anstellte, wusste er, und es gab wenig Grund zu hoffen, das Regime werde mit ihnen zivilisierter umgehen als mit den anderen. Er schaute sich das blitzende Metall der Handschellen an, das kalt in die Haut seiner Handgelenke schnitt; die Angst, gefoltert zu werden, stieg drohend in ihm auf. Das gemeinsame Leben mit Elisa, das eben erst begonnen hatte, lag bereits hinter dichtem Nebel. Ganz gleich, was man mit ihnen anstellen würde, das bisher gelebte Leben war zu Ende.

Sich dem Lärm, den Erschütterungen der Fahrt ergebend, biss sich Bogdan in den Ringfinger, biss mit seinen Zähnen ein schmerzendes Mal an genau die Stelle, wo gestern Abend noch sein Ehering ein anderes Leben verkündet hatte.

Eskortiert von knatternden Motorrädern, brachte sie der Lastwagen von dem am Knie der Save gelegenen Šabac nach der südöstlich von Belgrad gelegenen Kleinstadt Obrenovac, wo man sie vor einer von einem ausgedehnten militärischen Übungsgelände umgebenen Kaserne absetzte. Wie sich zeigte, waren in dieser Nacht auch anderswo Befehlsverweigerer und Dissidenten eingesammelt worden; insgesamt zählte Bogdan knapp sechzig Männer, die, bekleidet teils bloß mit einem Schlafanzug, im großzügigen Innenhof standen, zusammengehalten vom Lauf einiger Gewehre. Noch war es kühl, aber die eben aufgegangene Sonne strahlte mit einer Freundlichkeit, die Bogdan für geradezu absurd hielt.

Es ging ein Zucken durch die Reihen, als Vinko Tošorović aufkreuzte. Niemand hatte damit gerechnet, dem in dieser Region bestens bekannten, bereits in den Brüderkriegen Anfang der 90er-Jahre seiner Härte wegen berühmt gewordenen Kommandanten zu begegnen. Dass sich Tošorović, dieser vom Kriegsverbrechertribunal in Den Haag angeklagte, von Slobodan Milošević aber beschützte Befehlshaber höchstpersönlich mit Verweigerern und Dissidenten abzugeben die Mühe machte, bedeutete nichts Gutes. Das wusste Bogdan nur zu gut, denn es war Tošorović, der jenes

Gefangenenlager geleitet hatte, in welchem er mit Buca Branković die schlimmste Zeit seines Lebens hatte durchmachen müssen.

Bogdan stand dicht bei seinem Vater, aber er fühlte, dass er bereits im Begriff war, diesen geliebten Menschen zu verlieren, dass sie alle einander verlieren würden. Dmitrij, die Philosophen oder Stjepan Branković – sie würden einander kaum beistehen können. Trost fand Bogdan allein in den Gedanken an Buca, der all das, was nun kommen mochte, nicht miterleben musste.

Mit seinen fleischigen, rot leuchtenden Wangen und dem wie eine exakt verlaufende Schnittverletzung im Gesicht stehenden Mund schritt Kommandant Tošorović vor der versammelten Menge auf und ab, begutachtete Gesichter, stellte sich dann breitbeinig vor den Männern auf, trug seine Anklage wie einen zusätzlichen Verdienstorden auf der Brust und erklärte, dass er Lust bekomme, diesen ganzen elenden Haufen mit einer einzigen Salve niederschießen zu lassen. Mit Staatsfeinden müsse man gerade jetzt, da Serbien Opfer werde einer internationalen, von den USA angeführten Verschwörung, kurzen Prozess machen. Leider sei Munition derzeit knapp, weil die Kosovo-Albaner sich in den Kopf gesetzt hätten, die Wiege der serbischen Nation für sich und ihre lächerlichen Unabhängigkeitsträume zu beanspruchen.

Damit endete seine Rede, eine bedrohliche Stille kehrte ein. Eine Bö bauschte die Krone einer Esche, hinter dem breiten Rücken Tošorovićs startete ein Panzer den Motor, ein Geräusch, das geeignet gewesen wäre, den Lärm einer Salve akustisch abzumildern. Aber es wurde nicht geschossen, auch fügte Tošorović seinen Worten nichts mehr hinzu, abgesehen von jenem sanften, kaum hörbaren »Hurensöhne«, mit dem er sich abwandte. Es war ihm anzusehen: Er war stolz auf die Anklage aus Den Haag, war stolz, zur Fahndung ausgeschrieben zu sein. Die Glut in den Augen Tošorovićs lähmte Bogdan, aber er ahnte, er würde zu vielem bereit sein, solange dies dazu beitragen konnte, sich loszureißen aus dem Bereich seiner Macht.

Die Dissidenten wurden ins Innere der Kaserne gebracht, wo alles ins Stocken geriet, als es hieß, es seien die Zellen im Keller bereits voll. Eine Diskussion entbrannte, ein dicker Milizionär, der die Meute am liebsten gleich hingerichtet hätte, fluchte über die Nachsicht Tošorovićs. Ein anderer polterte gegen die Idee, die Gefangenen in Zimmern unterzubringen, in welchen sie in den Luxus von Tageslicht kommen würden. In dem entstehenden Durcheinander verlor Bogdan den Blickkontakt zu seinem Vater, der sich inzwischen wahrscheinlich in der Menge all derer befand, die im Erdgeschoss in einen hinteren Teil des Gebäudes gedrängt wurden. Bogdan wurde mit den Übrigen in den dritten Stock kommandiert, wo man sie zu viert oder fünft in Zimmer sperrte, in denen es weder Wasser noch Toiletten, dafür aber große Fenster gab.

Gürtel, Zigaretten, die letzten noch vorhandenen persönlichen Gegenstände wurden konfisziert. Ein Team aus nervös arbeitenden Milizionären hob die Fenster aus den Angeln, und während die Gefangenen mit Maschinenpistolen in Schach gehalten wurden, mauerten drei Männer mit Backsteinen die Aussparungen zu. Sie wollten nicht verstehen, weshalb man diesem Pack nun auch noch wertvolles Baumaterial opferte; sie hörten auch dann nicht zu fluchen auf, als der letzte Stein verbaut war. Aber es war ein Befehl Tošorovićs, daran war nicht zu rütteln. Schließlich wurden die frischen Mauern im Halbdunkel mit langen Brettern vernagelt, damit war die Zelle fertig, die Tür wurde ins Schloss gezogen und der Schlüssel zweimal gedreht.

Das Warten begann.

Von seinen vier Mithäftlingen kannte Bogdan allein Stjepan, der, ab und an von seinen Füßen aufschauend, den Blick Bogdans suchend, erleichtert schien, das Zimmer auch mit ihm teilen zu können. Stjepans Augen erinnerten Bogdan an das Gesicht Bucas, an Bucas Art, unsicher unter den Brauen hervorzublicken.

Die Kaserne war alt und hellhörig; vom Flur her war jeder Schritt zu vernehmen, jedes von der Miliz geäußerte Wort, und deswegen war klar, dass auch die Miliz sie ziemlich gut hören würde. Dennoch und gleich am ersten Abend, als sie niedergeschlagen, mit unterdrückter Wut, angsterfüllt und hungrig beieinandersaßen, schilderte Stjepan die Geschichte seines Vaters. Dieser war, als Rechtsanwalt in Belgrad arbeitend, in den vergangenen fünf Jahren mit der Verteidigung von Mafia-Mitgliedern und rücksichtslosen Privatunternehmern reich geworden. Er spreche und denke mit bäuerlichem Akzent, stehe aber mit Krawatte in einem mit teuren Möbeln ausstaffierten Büro. Er trage einen Anzug von Versace, an seinem Handgelenk blitze eine überdimensionierte Rolex, und derzeit lasse er sich im Nobelviertel Dedinje eine Villa mit Schwimmbad bauen.

Was seinen Bruder Buca angehe, so habe er, fügte Stjepan an, nicht die geringste Ahnung, wie es ihm gelungen sei, der Verhaftung zu entgehen – Buca sei zwar klein und schmal, und der Bosnienkrieg habe ihn noch dünner werden lassen, er sei mit Oberarmen dünn wie ein Geigenhals zurückgekehrt –, aber die Milizionäre hätten ihr Haus derart rigoros durchkämmt, dass sich auch eine Küchenschabe nicht hätte verstecken können.

Später diskutierten die Männer über Politik, über den nationalistischen Wahn vieler Serben, die alle Albaner aus dem Kosovo vertreiben wollten, sprachen über die kriegsähnlichen Zustände, die infolge serbischer Massaker an Albanern in der Region Drenica herrschten. Schätzungsweise 450 000 Albaner waren seither auf der Flucht, und all die Männer, welche die Miliz nun rekrutiert hatte, sollten wahrscheinlich die Straßen sperren, die Maschinengewehre bedienen und die gewiss nicht ausbleibenden Gegenschläge der ebenfalls und nicht minder heftig einem nationalistischen Wahn anheimgefallenen UÇK abwehren.

Stjepan war sich sicher, die Nato würde bald schon mit ihrer Luftwaffe eingreifen, nicht nur, weil die internationale Gemeinschaft das Morden im Kosovo nicht länger tolerieren werde, sondern auch, weil die USA vitale Interessen hätten, im Kosovo eine für den Nahen Osten geostrategisch eminent wichtige Militärbasis zu eröffnen. Aber nicht einmal die Nato würde garantieren können, dass sie diese Kaserne in drei, vier Monaten unverletzt würden verlassen können.

Die Energie für derartige Diskussionen verging den Männern bereits am zweiten Tag, als die Miliz statt eines Essens lediglich einen mit Wasser gefüllten Krug ins Zimmer stellte. Wer den Krug zu lange am Mund hielt, wurde angeschrien; sogar Bogdan, obwohl er durchaus verstand, dass das ein Versuch der Miliz war, sie vertieren zu lassen, konnte sich nicht zurückhalten, einem anderen Gefangenen, der nicht aufhören wollte zu trinken, den Krug aus den Händen zu reißen. Darüber, dass sie auf dem nackten Boden zu schlafen hatten, beschwerte sich niemand mehr. Auch an die Handschellen hatten sie sich inzwischen gewöhnt.

Als Bogdan am fünften Tag zum Verhör abgeführt wurde, hoffte er, in den Fluren der Kaserne etwas über seinen Vater zu erfahren, ihn zu erspähen, einen alles sagenden Blick zu tauschen und seine Stimme zu hören. Eine idiotische Hoffnung, die er erst loswurde, als ihn die Miliz zu einem rückseitigen Treppenhaus schleppte, hinabführte ins Kellergeschoss und hineinschob in einen waschküchenartigen Raum. Vier Milizionäre waren dort im Licht einer nackten Glühbirne und im Geruch alter Seife versammelt, zwei von ihnen groß und muskulös, einer von ihnen war gewiss Mitglied der UDBA, denn er hatte Tonband, Papier und Stift bereitgelegt.

Als die Tür hinter ihm ins Schloss fiel, wurden Bogdan die Handschellen abgenommen, bloß um die Hände hinter seinem Rücken wieder zu fesseln. Der Strick um die Handgelenke wurde mit einem an der Decke befestigten Seil verbunden, und solange die Milizionäre mit diesem Seil beschäftigt waren, konzentrierte sich Bogdan angestrengt auf die zart rostzerfressene Hinweistafel an der Wand, die ihn über den ordnungsgemäßen Gebrauch der industriellen Waschmaschine informierte, die in diesem Raum bis vor einigen Jahren gestanden haben musste. Als die Milizionäre ihre

Knotenarbeit erledigt hatten und ihm mit geringem Aufwand die Arme hinter dem Rücken hochziehen konnten, bis es teuflisch schmerzte, schaffte es Bogdan nicht mehr, sich abzulenken. Er kannte diese Methode von den Erzählungen seines Vaters; er wusste, dass man im Zweiten Weltkrieg vielen Gefangenen auf diese Weise die Schulter ausgekugelt hatte, was nicht nur ungemein quälend war, sondern in den meisten Fällen auch dafür sorgte, dass der Gefolterte ein ganzes Leben lang seine Arme nie mehr über den Kopf zu heben vermochte.

Die Milizionäre zogen am Strick, bis Bogdan von einem satten Schmerz durchströmt wurde, der ihn fühlen ließ, ihm werde der Schädel platzen. Seelenruhig fragte ihn der Protokollführer, wo sich sein Bruder Aca aufhalte.

Diese Frage überraschte Bogdan wenig, aber die Antwort würde auch die ärgste Folter nicht aus ihm herausbringen. Aca hielt sich illegal in Moskau auf, seine Studien in Linguistik und Literatur waren beendet, er hatte sich als Umgangssprache das Französische angewöhnt, um möglichst nicht als Serbe erkannt zu werden, sein Pass war abgelaufen und sein genauer Wohnort der Familie Mandić lange schon unbekannt: Aca, hochbesorgt um sich und die ganze Verwandtschaft, hatte vor langer Zeit aufgehört, Briefe nach Šabac zu senden, und er wünschte, keine zu erhalten. Wenn ihn Bogdan etwas wissen lassen wollte, ließ er den Brief, weil es Aca so wünschte, dem Institut für Ozeanografie zukommen, einer renommierten Bildungsstätte der Lomonossow-Universität, in der sich Aca umtrieb.

Dass die Uniformierten nicht zufrieden waren, als er ihnen sagte, er habe seit über einem Jahr nichts mehr von Aca gehört, überraschte Bogdan nicht. Er band seinen Blick fest an der Hinweistafel der inexistenten Waschmaschine, die Fragen wurden schärfer. Während einer vollen Stunde wurde er derart gefoltert, dass er schließlich erbrechen musste. So lange, bis sein leerer Magen nur mehr bissige Säure hergab, worauf abermals Knüppel und Flüche auf ihn niedergingen. Wortlos schleppten sie ihn hernach zurück ins Zimmer, zurück zu den anderen, die eine ähnliche Behandlung noch vor sich hatten.

2. KAPITEL
BAKU UND VELAMIR, ASERBAIDSCHAN

An Bord einer betäubend lauten, weniger von Technik als von unbegründetem Optimismus zusammengehaltenen Propellermaschine der aserbaidschanischen Fluggesellschaft saß steif und stumm, eingeklemmt zwischen einem Fenster, aus dem er aufgrund hartnäckiger Flugangst nie blickte, und einem elegant gekleideten, scharf gewürztes Fleisch in sich hineinschaufelnden Fotografen, der schmale und immer etwas staubig wirkende Thomas Steinhövel, ein dreiunddreißigjähriger, nach einem besser bezahlten Beruf sich sehnender Journalist, dem, obwohl er lange schon saß, unwohl war in den vielleicht doch zu kleinen Lederschuhen, die er am Tag vor der Abreise in einer Langenthaler Brockenstube gekauft hatte, und der nun ahnte, dass dieser unbekümmerte, um sieben Jahre jüngere, üblicherweise für finanzkräftige Werbefirmen arbeitende Fotograf, dieser kleine, schwarz gelockte, auch aus hundert Metern Entfernung als Italiener zu erkennende Gerardo Gambelli, mit dem zusammen er das erste Mal unterwegs war, unter einer bezahlbaren Unterkunft gewiss nicht dasselbe verstehen würde wie er. Aber so war es immer: Für fast jede Geschichte gab ihm die Redaktion einen anderen Fotografen, eine andere Fotografin mit, meistens waren das chaotische Anfänger, die es aufregend fanden, auch einmal für die Presse arbeiten zu können, oder es waren berufsnaiv von Projekt zu Projekt eilende, meist magersüchtige Kunsthochschulabgängerinnen oder aber finanziell sorgenfreie, von ihren Kenntnissen überzeugte Berufstöchter, Menschen jedenfalls, die sich von einem bescheidenen Honorar nicht abschrecken ließen. Was Thomas Steinhövel mehr noch als die möglichen Schwierigkeiten mit Gambelli beschäftigte, waren die bittern, in ihren Wiederholungen störrischen

Gedanken an Martina, die ihn vor zwei Wochen verlassen hatte, weil er, wie sie ihm vorgeworfen hatte, dauernd unterwegs sei, weil er sich, abgesehen von seinen Recherchen und Reportagen, für nichts Zeit nehme, wobei sie vollkommen ignorierte, dass er sich, dieses Problem sehr wohl erkennend, bereits darauf eingestellt hatte, die nächste Reportage so zu terminieren, dass sie hätte mitreisen können. Aber diese Überlegungen führten zu nichts, die Frau war weg, Steinhövel wusste es, und von der auf seinem Schoß liegenden *New York Times* war auch keine Lösung zu erwarten. Er schlug das Blatt trotzdem nochmals auf, blickte kritisch auf den zuvor flüchtig gelesenen Artikel über die bürgerkriegsähnliche Lage im Kosovo und stellte erst jetzt fest, dass diese Zeilen verfasst worden waren von einem Korrespondenten, der im fernen Budapest hockte, stellte erst jetzt fest, dass also auch die *New York Times* kaum Geld mehr hatte, Journalisten dorthin zu schicken, wo wirklich Geschichte geschrieben wurde, und es folglich hinnahm, Artikel abzudrucken, die nicht viel mehr als das beinhalten konnten, was ein halbwegs kluger, hin und wieder durch die gängigen Fernsehkanäle zappender Korrespondent aus serbischer und kosovo-albanischer Propaganda an spröden Minimalwahrheiten herauszufiltern vermochte.

Halbwegs beruhigt, für die in Bern beheimatete Tageszeitung *Der Bund* arbeiten zu können, die altmodisch genug war, sich jeden Samstag in einer Beilage mit dem Namen *Der große Bund* den Luxus einer aufwendig recherchierten, schlecht bezahlten Reportage zu gönnen, faltete Steinhövel die *New York Times* wieder zusammen und freute sich bereits, seinen Text mit dem erfahrenen Marc Widmann besprechen zu können, einem eigensinnigen, koffein-, nikotin- und zeitungsabhängigen Redakteur, dem es immer wieder gelang, mit triftigen Argumenten auf Mängel und Ungenauigkeiten hinzuweisen, deren Behebung aus einer durchschnittlichen manchmal eine wirklich lesenswerte Reportage werden ließ.

Mit Gambellis Frage, ob er eigentlich wisse, dass er seine Schwester Marlene gut kenne, konnte Thomas Steinhövel erst nichts anfangen, dann aber erinnerte er sich, dass ihm Marlene, mehrere Jahre musste das nun zurückliegen, von einer stürmischen, bald einmal unglücklichen Liebe zu einem einigermaßen jungen, im Berner Obstberg-Quartier wohnhaften Italo-Secondo erzählt hatte, von einem dunkel gelockten, elegant gekleideten Typen, dessen Temperament und Leidenschaft sie zwar liebte, mit dessen Unverbindlichkeit und immer wieder auftretender Spontansehnsucht nach Distanz sie aber nicht zurande gekommen war und der, wie sich nach und nach abgezeichnet hatte, zwar ungemein heftig in sie verliebt gewesen sein musste, sich dessen ungeachtet aber wiederholt in den Netzen irgendwelcher Verführungen verstrickte – Steinhövel war sicher, dass Marlenes damalige Liebschaft Gambelli geheißen hatte.

»Ja«, sagte Steinhövel schließlich nüchtern und fühlte sich, als Gambelli dem nichts hinzuzufügen hatte, in seiner Vermutung bestätigt.

Dann wagte er doch einen Blick aus dem Fenster, von dem aus er die baumlos braunen oder von Gestrüpp bewachsenen Hügel so deutlich sah, dass die Maschine bereits beachtlich an Höhe verloren haben musste. Also beschloss er, sich spätestens im Moment der Landung von den Gedanken an Martina zu lösen und sich ganz auf die Gegenwart zu konzentrieren, was nicht besonders schwierig war, da die Maschine derart hart aufsetzte, dass Steinhövel für einen kurzen Moment glaubte, der Pilot habe vergessen, die Räder auszufahren.

Bei der Passkontrolle sah es zunächst so aus, als würde man von Gambelli, der zwei große Analogkameras und ein einem Minenwerfer nicht unähnliches Stativ mit sich schleppte, verlangen, sich bis auf die Unterhosen auszuziehen. Erst als Steinhövel seinen internationalen Journalistenausweis und die Akkreditierung vorlegte, rümpfte der Typ die Nase und nickte.

Erleichtert ließen Steinhövel und Gambelli die Halle hinter sich, standen alsbald auf einer einen großen Parkplatz überragenden Treppe und blickten in die Ferne, wo sich, verdüstert von trüber Luft, das Zentrum Bakus befinden musste. Getragen von einem kühlen Wind, schwebten über dem Parkplatz im getrübten Januarhimmel Dutzende von Krähen, deren Gekrächze trotz des irren Gehupes, das auf dem Platz herrschte, gut zu hören war. Ebenfalls gut zu hören war der linke Lederschuh Steinhövels; egal, wie er den Fuß auch abrollte, bei jedem Schritt gab der Schuh ein lautes Quietschen von sich – das musste der Grund sein, weswegen dieser optisch tadellose Schuh in der Brockenstube gelandet war.

Zweiunddreißig sowohl sich gegenseitig wie auch sich selber mit besseren Angeboten übertrumpfende Taxifahrer abwimmelnd, warteten Steinhövel und Gambelli auf einen gewissen Kamran, einen der einschlägigen Agentur gemäß ortskundigen Übersetzer, den Steinhövel gebucht hatte für diese Reportage, in der er berichten wollte über Baku und das Kaspische Meer, über den größten See der Welt, dessen Wasserspiegel in den letzten zwanzig Jahren um fast drei Meter gestiegen war, was sieben Städte und fünfunddreißig Dörfer unter Wasser gesetzt hatte.

Unvermittelt kletterte direkt vor ihnen ein stämmiger Mann mit roten Haaren aus einem prähistorisch anmutenden Mercedes und marschierte stracks auf sie zu; das Gesicht von Sommersprossen übersät, ruhten seine Augen unter dichten Brauen und strahlten, als empfange er langjährige Freunde.

Bei der Begrüßung stellte sich heraus, dass Kamran weder Deutsch noch Russisch verstand, sondern ausschließlich Azeri sprach. Für die Übersetzung ins Deutsche war die dem Beifahrersitz entsteigende Iryna zuständig, eine groß gewachsene Frau Ende zwanzig mit burschikosem Haarschnitt. Sie war vielleicht nicht das, was man gemeinhin schön nannte, in ihren Augen aber funkelte ein verschmitzter, selbstbewusster Charme, aus dem im Moment des von ihr verlängerten Händedrucks das Gefühl erwachte, mit ihr an

einer privaten, nicht unromantischen Kleinverschwörung teilzunehmen. Steinhövel war überzeugt, mit ihr gut zusammenarbeiten zu können, aber er war auch sicher, dass Gerardo Gambelli, der in Bern sehr darunter litt, sich zwischen zwei Frauen entscheiden zu müssen, Mühe haben würde, Irynas Charme zu widerstehen.
Kamran sagte etwas, was sich ungemütlich anhörte.
»Wir müssen aufs Amt«, übersetzte Iryna, und Steinhövel, unsicher, wo er einsteigen sollte, blickte forschend zu Gambelli, der fest entschlossen wirkte, sich die Rückbank mit Iryna teilen zu wollen.
»Vorn ist es gefährlich«, sagte Iryna zackig, womit Steinhövel und Gambelli auf die Rückbank verwiesen wurden, deren altes Kunstleder sich anfühlte wie unbenutztes Schmirgelpapier. Kaum hatten sie Platz genommen, zerrte Kamran am Schaltknüppel, trat kraftvoll in die Pedale und reihte den kumpelhaften Wagen ein in den dichten und schnellen Verkehr, in das große Gedröhne. Erst jetzt begriff Steinhövel, dass die Rechnung, die Kamran am Schluss des Auftrags stellen würde, Irynas Arbeiten wegen gewiss doppelt so saftig ausfiele. Das würde weitreichende Sparmaßnahmen erfordern – aber er erinnerte sich an den Vorsatz, sich ganz auf die Gegenwart zu konzentrieren.
Vertraut mit den bürokratischen Vorgängen in mittel- und osteuropäischen Ländern, neugierig auch, wie viele Stunden der Besuch auf dem Amt wohl verschlingen würde, fragte Steinhövel nach dessen Namen.
»Das Amt heißt ›Abteilung für Arbeit und Migration der Verwaltung des zentralen Rayons für innere Angelegenheiten der Stadt Baku‹«, sagte Iryna nach einigen Überlegungen und legte ein Lächeln in den Rückspiegel.
»Das klingt, als würde es mindestens fünf Stunden dauern«, sagte Steinhövel zu Gambelli, aus dessen Mund eine kleine Bö Zwiebelgeruch zu ihm herüberwehte, vielleicht mit ein Grund, weswegen Iryna es vorgezogen hatte, vorn zu sitzen. Gambelli nickte abwesend und schaute wieder durchs schmutzige Fenster auf die mit

zahllosen Satellitenschüsseln geschmückten Plattenbauten, an denen sie vorbeirauschten. Kamran zwängte seinen scheppernden Mercedes durch das Zentrum, in welchem es trotz des kräftigen Winds nach Öl, Erde und schlecht brennendem Feuer roch, und bretterte, als sich das Gedränge lockerte, durch Häuserzeilen mit erdfarbenen, vogelnestartig ausgekleideten Balkonen – die Agglomeration franste aus. Vögel kreisten, hielten ihre Schwingen regungslos im Wind, nahe einer Kreuzung lungerte ein Rudel von sechs, sieben Hunden in den Schatten einiger Zapfsäulen, ihre Bäuche hoben und senkten sich, die Zungen berührten beinahe den Asphalt.

Kamran hielt an, um zwei Frauen, die sich vor einem Gemüsestand unterhielten, nach dem Weg zu fragen. Ihre Gesichter waren nicht minder verrunzelt als die Kohlköpfe, die sie beschützend in Händen hielten, ihr Misstrauen war deutlich spürbar. Kamran musste ihnen Gambellis, Steinhövels und schließlich auch seine Geschichte erzählen, ehe die Frauen bereit waren, den Ortsunkundigen den Weg zu weisen. In einem großen Bogen erreichten sie den Stadtrand und nach weiteren Befragungen auch das Amt, das, am Ende einer mit tiefen Schlaglöchern beschenkten Straße gelegen, versteckt war in einem unscheinbaren, renovierungsbedürftigen Wohnblock. Die Schlange der wartenden Menschen reichte bis ins Treppenhaus, aber dank Irynas kräftigem Engagement mussten Steinhövel und Gambelli nur anderthalb Stunden warten, bis sie in eines der winzigen, von Regalen, Ordnern und Dokumenten verstellten Zimmer eingelassen und angehört wurden von einer blondierten Sekretärin, die eine gleichzeitig postmodern wie auch mittelalterlich wirkende, jedenfalls goldglänzende Bluse trug, ein Kleidungsstück, das sich nicht sonderlich anstrengte, weder die großzügigen Epauletten noch den weißen, stark einschneidenden Büstenhalter zu verbergen.

Als die notwendigen sechs Formulare ausgefüllt, unterschrieben, gestempelt und kopiert waren, als Iryna, Steinhövel und Gambelli die sauerstoffarme Luft der durchtriebenen postsowjetischen Bürokratie endlich verlassen konnten, fragte der stämmige, an seinen alten Mercedes lehnende Kamran mit einem Grinsen, das seinem Gesicht einen schulbubenhaften Anstrich verlieh, ob sie bereit seien für ein kühlendes Bad.

Schlechtes Wetter sah anders aus, gewiss, aber Steinhövel verstand die Frage nicht, denn der nächste Sommer war mindestens vier Monate entfernt. Das Grinsen Kamrans aber gefiel auch Gambelli, und neugierig stiegen sie ein.

Mit rotem Brusthaar, um die Lenden nichts als eine knapp geschnittene, zeitlos unmodische Badehose, spazierte Kamran zwei Stunden später auf pfostenhaft soliden Beinen in ein kitschig glitzerndes Meer. Hundert Meter weiter vorne, im gleißenden Licht des Nachmittags, stand ein dunkles Mädchen mit schwarzem Haar bis zu den Hüften in der Brandung. Velamir hieß das Dorf in ihrem Rücken; sie befanden sich nordöstlich von Baku und damit, falls man Kamrans Worten Glauben schenken wollte, am schönsten Strand der Welt. An einem Strand, der sich von anderen Stränden dadurch unterschied, dass es hier keinen Sand, keinen Kies, keine Felsen gab. Denn Kamran, weiter und weiter hinauswatend, war umgeben von wasserumspülten Pinien, wasserumspülten Kiefern, umstanden von wasserumspülten Akazien, stand auf einem von rotbraunen Nadeln bedeckten Boden und also mitten in einem Wald, in dessen Geäst sich nun ein Eichhörnchen von Baum zu Baum hangelte, in einem Wald, der langsam erstickte am salzhaltigen Wasser, welches diesen Küstenstreifen im Nordosten Bakus überflutet hatte.

Es war viel zu kalt, um zu baden, aber die karge Anmut dieser Natur beeindruckte Steinhövel, nicht nur, weil hier alles Pflanzliche dem Tod geweiht war, sondern, weil dieser Ort dem zum Trotz unglaublich schön war, zu pittoresk, um wirklich zu sein, zu absurd, um nicht zwei Doppelseiten in Anspruch nehmen zu dürfen. Zum Glück hatte Steinhövel mit Marc Widmann 21 500 Zeichen vereinbart, die maximale Länge für Reportagen im *Großen Bund*, und als einer, der sich immerfort ärgerte über den Sensationshunger der Presse, war er beglückt, unvermutet vor einer derartigen und derart stillen Sensation zu stehen. Überzeugt, die ersten entscheidenden Sätze der Reportage zu schreiben, füllte er in einer winzigen Handschrift mit einem geklauten Kugelschreiber sogleich anderthalb Seiten seines Notizbuchs.

Um nicht so mutlos wie Gambelli zu erscheinen, der, ganz in Irynas Nähe sitzend, an einem Objektiv herumschraubte, zog sich Steinhövel bis auf die Unterhose aus und watete, mager und blass wie er war, ins erstaunlich warme Wasser. Mit jedem Schritt wurde er in diesem bizarren Wasser von kleinen, zappeligen Viechern angegriffen, von Garnelen und Krebsen, die ihm in die Waden kniffen und an den Fußsohlen zwickten. Das Wasser hatte er sich schmutziger vorgestellt: Auch wenn da so etwas wie ein silberglänzender Ölfilm über allem lag, flitzte einige Male sogar ein kleiner Fisch an ihm vorbei, und nun, da er weder an die schmalen Honorare, die lächerlichen Pauschalspesen, die knappen Abgabetermine, die nicht existierenden Sozialabgaben dachte, war Thomas Steinhövel einen Moment lang glücklich, auf der Suche nach einer neuen Stelle erfolglos geblieben zu sein, glücklich, noch immer als Reporter arbeiten zu können.

Auf dem Weg zurück ins Trockene, zum geparkten Mercedes, wo Iryna wartete, schämte er sich dann doch, nie Geld auszugeben für Unterwäsche und deswegen in dieser verwaschenen, von einem restlos erschöpften Gummiband nur knapp an seiner Hüfte gehaltenen Unterhose auf diese gepflegte Frau zustaksen zu müssen.

Gambelli, der auf der Suche nach einem guten Bild durch den mehr oder weniger trockenen Teil des Waldes spaziert war, kam zurück, legte einen neuen Film in die Kamera, putzte die Linse des Objektivs mit einem Pinsel und fragte, ob man nicht bald etwas essen gehen könne.

Kamran, sichtlich stolz, dass es ihm gelungen war, Steinhövel ins Wasser zu locken, sagte, er lade gerne alle auf ein Bier ein, habe aber zuvor einen privaten Transportauftrag zu erledigen. Also chauffierte er Iryna, Gambelli und den nun doch fröstelnden Steinhövel in Velamir zu einem noch nicht überfluteten Lokal und versprach, in einer Viertelstunde zurück zu sein.

Vor dem Eingang saß ein Beinamputierter mit hölzernen Krücken, und drinnen, im staubigen Licht über den kurzbeinigen Tischen, hatte sich ein halbes Dutzend Männer versammelt, sie husteten und redeten, was sich so einfach nicht unterscheiden ließ.

Die drei setzten sich, schauten sich um. Der Boden war gekachelt in gesprenkeltem Türkis, die Wand pink. Von der Diele baumelte ein hölzerner Ventilator, ein Fernseher ließ sein Kabel hängen wie ein vom Schlaf übermanntes Tier. Mit all seinen pathetischen Fanfaren erklang aus einem unsichtbaren Lautsprecher *Forever Young*, aber von einem Schankwirt, bei dem etwas hätte bestellt werden können, fehlte jede Spur.

Steinhövel hatte erwartet, dass eventuell seine quietschenden Lederschuhe, sicher aber die bestrickende Iryna in diesem allein von Männern besuchten Lokal sofort alle Blicke auf sich ziehen würden, aber es passierte nichts, die Männer husteten, redeten und kümmerten sich nicht, ob die Fremden bedient wurden.

So saßen sie und warteten. Während Gambelli schweigend hungerte und sich Steinhövel nach einem wärmenden Tee sehnte, erzählte Iryna gestenreich von ihrem Traum, einmal nach Paris zu fahren. Die Vorstellung von Paris als der schönsten Stadt der Welt schien für sie eine unumstößliche Wahrheit.

Durch eine Hintertür erschien Kamran und stellte sich hinter den Tresen mit einer Selbstverständlichkeit, die klarmachte, dass er nicht nur Chauffeur eines Privattaxis, sondern auch Schankwirt war. Steinhövel gefiel dies, weil er damit rechnete, im ersten Stock mit Gambelli für die nächsten zehn Tage ein billiges Zimmer beziehen zu können.

Zu viert saßen sie dann am Tresen dieser eigentümlichen Bar, tranken helles Bier, prosteten sich zu und kamen ins Gespräch. Während Gambelli auch das zweite Glas umgehend leerte, erklärte Steinhövel, dass er sich wünsche, in den kommenden Tagen noch mehr überflutete Gebiete zu besuchen, erklärte, dass er mit dieser Reportage versuchen wolle, widersprüchliche Erklärungen zum steigenden Wasserspiegel einander gegenüberzustellen; er nannte Namen von Geografen und Ozeanologen, mit denen er bereits vor einigen Wochen ein Treffen vereinbart hatte. Falls er die Redaktion überzeuge, sagte Steinhövel, so hoffe er, zusammen mit den Bildern Gambellis drei ganze Zeitungsseiten füllen zu können.

Stets darauf achtend, dass sich die Gläser nie leerten, schüttelte Kamran, als Iryna das Wort »wissenschaftlich« übersetzte, kräftig lachend den Kopf und fuhr mit seiner Hand durch die Luft. Die Schilderung, dass sie hier in einer Schankstube hockten, die vor wenigen Jahren noch vierzig Meter weiter vorne gestanden hatte, in einer Kneipe, die er, Kamran, mithilfe eines Baukrans hierhergezogen habe, damit die Eingangstür nicht mehr im Meer stand, faszinierte Steinhövel.

Als die Dämmerung hereinbrach und Kamran als Schankwirt abgelöst wurde, führte er Iryna, Gambelli und Steinhövel auf einer langwierigen Fahrt durch einen zähflüssigen Verkehr hinein nach Baku, auf einen zentralen Platz, wo prunkvolle Gebäude im käsig gelben Licht eine eindrucksvolle Kulisse bildeten. Jählings bog Kamran auf einen Parkplatz ein und bat seine Gäste auszusteigen. Steinhövel ging davon aus, dass es sich um eine Sicherheitsmaßnahme handelte, als Kamran sie aufforderte, ihr Gepäck mitzunehmen. Als er aber sah, dass Kamran schnurstracks auf den Eingang des mit fünf Sternen verzierten Hotel Moskwa zusteuerte, wurde ihm unwohl. Einer Reportage war es meist zuträglich, privat beherbergt zu werden, und wenn dies nicht möglich war, stieg Steinhövel ausnahmslos in sternlosen Unterkünften ab – sogleich wurde ihm klar, dass er nicht nur Gambelli, sondern auch Kamran würde erklären müssen, aus finanziellen Gründen nicht in einem derart luxuriösen Hotel übernachten zu können.

Besorgt wandte sich Steinhövel an Iryna, während Kamran bereits an einem mit Messingeinsätzen verzierten Holztresen vor einer hübschen Rezeptionsdame stand, deren Haare derart kunstvoll hochgesteckt waren, dass er für einen Moment wünschte, es gäbe zum Schutz derartiger Kostbarkeiten so etwas wie ein Unesco-Weltfrisurerbe.

Kamran, der bisher eher wie ein Landwirt gewirkt hatte, offenbar aber mühelos gehobene Umgangsformen an den Tag legte, unterhielt sich mit der Rezeptionistin wie mit einer Vertrauten.

Iryna packte Kamran am Unterarm und schickte sich an, ihm das Problem zu schildern, der aber erklärte, die Zimmer seien reserviert, gute, saubere Zimmer, die beiden Herren würden sich gewiss wohlfühlen. Hinter ihm wedelte die Rezeptionistin bereits mit zwei Schlüsseln durch die distinguierte Luft.

Als Steinhövel begriff, dass nicht nur eines, sondern sogar zwei Zimmer reserviert worden waren, blieb ihm erst einmal der Mund offen stehen, dann starrte er verzweifelt auf seine quietschenden Lederschuhe. Iryna erklärte ihm, dass es in Baku aufgrund des Generalverdachts auf homoerotische Neigungen für zwei Herren nicht möglich sei, ein Doppelzimmer zu belegen. Ebenso wenig sei es möglich, Reservierungen zu stornieren. Es sei schwirig genug, ein Hotel zu finden, das bereit sei, Ausländer ohne staatliche Einladungen zu beherbergen, Kamran habe sich gewiss außerordentlich bemüht.

Hilfesuchend sah Steinhövel zu Gambelli.

Der blickte sich um, fuhr sich mit der rechten Hand durch die Locken, zuckte mit den Schultern und sagte: »Ich weiß zwar nicht, wie die Zimmer sind, aber ich finde das Hotel ganz in Ordnung.«

Steinhövel seufzte. Und er ärgerte sich über Gambelli, der vor allem für solvente Firmen fotografierte und also, wenn sie die Reportage hinter sich gebracht hätten, wieder dick würde verdienen können, während er, Steinhövel, vor der Wahl stünde, sich entweder um die nächste Reportage oder einen anderen Job kümmern zu müssen. Es schmeichelte ihm zwar, von Gambelli für einen erfolgsverwöhnten, gut verdienenden Reporter gehalten zu werden, aber Gambelli hatte wohl noch nicht begriffen, dass es, weil vielen gut verdienenden bereits gekündigt worden war, nur noch schlecht verdienende Journalisten gab. Zudem ärgerte er sich, überall auf der Welt als reicher Schweizer zu gelten, während er nun, da das Einlesen der Kontokarte am Apparat übermäßig lange dauerte, bereits sicher war, nicht mehr genügend Geld auf dem Konto zu haben. Dann funktionierte die Bezahlung aber doch, was Steinhövel freute, denn es bedeutete, dass das Honorar für jene aus Ungarn berichtende Reportage, die er vor drei Wochen hatte publizieren können, eingetroffen sein musste. Allerdings bedeutete es auch, dass soeben ein nicht unwesentlicher Teil des Honorars aus seiner dünnen Karte herausgesogen worden war.

Während sie von einem Liftboy und der stolzen Rezeptionistin in den dritten Stock begleitet wurden und ihnen auf dem Flur zwei Putzkräfte mit rosa Schürze, rosa Haube und vanillefarbenem Staubwedel begegneten, vergrub sich Steinhövel stumm in die Hoffnung, Marc Widmann gleich nach der Heimreise eine höhere Spesenpauschale abringen zu können, während Iryna, angetrieben von Gambelli, die beiden erstaunlich gekleideten Reinigungsdamen davon zu überzeugen versuchte, sich in den nächsten Tagen einmal bei Tageslicht für ein Porträt zur Verfügung zu stellen.

»Morgen sind wir nicht mehr hier«, hätte Steinhövel am liebsten gezischt, aber er hielt sich zurück.

»Die Zimmer sind die besten unseres Hauses«, sagte die Rezeptionistin, aber Steinhövel überließ es Gambelli, erfreut zu lächeln.

Elend sich fühlend, nahm er den Zimmerschlüssel entgegen. Nicht über horrend teure, altmodisch gekleidetes Reinigungspersonal beschäftigende Hotels, sondern über das Kaspische Meer wollte er schreiben, das war sein Auftrag, und nun zerbrach er sich den Kopf darüber, wie er diesen unbrauchbaren Luxus wieder würde loswerden können.

Zu seiner eigenen Überraschung war er froh über Kamrans Vorschlag, noch etwas trinken zu gehen. Diesmal fehlte es Steinhövel nicht an Gründen, mit der Trinkgeschwindigkeit Gambellis mitzuhalten.

Ihren dunklen Augen gegenübersitzend, erzählte der im angetrunkenen Zustand leicht schwatzhaft werdende Steinhövel einer ihm besser und besser gefallenden Iryna, wie er sich vor sieben Jahren aus idealistischen Gründen dafür entschieden habe, auf eine feste Anstellung und ein geregeltes Einkommen zu verzichten, um mittels aufwendiger Reportagen Licht in sonst von den Medien nur selten erhellte Landstriche zu bringen. Dafür habe er seine damalige Wohnung aufgegeben und sei aus Bern weg- und aufs Land, nach Langenthal, gezogen. Als Steinhövel anfing, von seinen Mitbewohnern zu erzählen, davon, dass er sich, um Schlaf zu finden, Gummipfropfen in die Ohren drücken müsse, davon, dass es ihn störe, morgens um drei Uhr auf dem nächtlichen Weg zur Toilette in der Küche einen Spaghetti kochenden und Goethes *Faust* rezitierenden Mitbewohner anzutreffen, einen kulturell in Italien verwurzelten Langzeitgermanistikstudenten, dass es ihn störe, wenn Rexhep, der junge Kosovo-Albaner, bis weit nach Mitternacht mit vier anderen, sich in der Lautstärke überbietenden Kosovaren die Zukunft ihres Landes verhandle, dass es ihn störe, wenn Jörg, der dritte Mitbewohner, ein Heavy-Metal-abhängiger Langzeitarbeitsloser, während Stunden die Toilette blockiere, um dort, vor dem einzig verfügbaren Spiegel, zu prüfen, ob sich seine herumgewirbelte Mähne während des ausgeklügelten Luftgitarrenspiels stilecht verhalte, fiel ihm mit einem Male auf, wie wenig ihn Iryna beachtete, wie nahe sie an Gambelli herangerutscht war, wie sehr sie sich in Gambellis Gesicht und seine in betörender Regelmäßigkeit sprießenden Bartstoppeln vertiefte.

Enttäuscht hielt Steinhövel den Mund und überließ das Gespräch den anderen.

Da Kamran gerade mit seinem Telefon beschäftigt war, entschuldigte sich Steinhövel, eilte zur Rezeption und erklärte dort der zuvorkommend lächelnden Rezeptionistin in seinem besten Russisch, dass es sich um ein Missverständnis handle – er und Gambelli würden leider nicht hier übernachten können. Die Rezeptionistin lächelte unentwegt, jetzt aber war es ein Lächeln, mit dem sie ihn zum Teufel schickte. Telefonisch hielt sie Rücksprache und wickelte, ohne auf ihr Lächeln zu verzichten, unmotiviert die Telefonschnur um den Zeigefinger, bis dieser vollständig ummantelt war. In Gedanken an Marc Widmann drückte sich Steinhövel unter der Tresenkante beide Daumen. Schließlich willigte sie ein, die zweite Nacht zu stornieren.

Als Steinhövel erleichtert zur Bar zurückkehrte, fand er Kamran dort allein hinter einem abermals gefüllten Glas. Gerardo und Iryna seien spazieren gegangen, erklärte Kamran, lächelte und prostete ihm zu.

Nach Mitternacht, Steinhövel hatte auf dem unangenehm teuren Laken bereits Schlaf gefunden, wurde er geweckt von weiblichem Gekicher und männlichem Geflüster, das durch die für ein Luxushotel extrem dünne Wand aus Gambellis Zimmer zu ihm drang. Aufgebracht marschierte er auf und ab, machte sich Notizen, dann steckte er sich zwei gelbe Stöpsel in die Ohren, bemühte sich, ruhig zu atmen, und legte sich wieder hin.

Als er anderntags nach einigen Irrgängen durch den kolossal weitläufigen Bau endlich den Speisesaal fand, fiel ihm ein ganz hinten im Saal sitzendes, innig sich küssendes Paar auf. Er benötigte einige Augenblicke, bis er erkannte, dass es sich um Gambelli und Iryna handelte.

Schnellen Schrittes verließ Steinhövel den Saal, packte seine Tasche, fluchte, den langen Flur abschreitend, über Gambelli, warf ihm vor, eine Reportage mit einem amourösen Sonntagsspaziergang zu verwechseln, knallte, mit seiner Tasche in der Lobby angekommen, den Schlüssel auf den Tresen und machte sich auf, ein billiges Hotel zu suchen.

3. KAPITEL
BERN, SCHWEIZ

Weil sie nicht gerne in vollbesetzten Bussen unterwegs war und sich abends, nach langen Stunden im Büro von Amnesty International, die sie über Akten gebeugt und hinter Bildschirmen verbrachte, nach frischer Luft sehnte, ging die bald sechsunddreißigjährige Marlene Steinhövel auch heute Abend zu Fuß nach Hause, selbst wenn es nicht wirklich zutraf, dass sich dank dieser Spaziergänge ihre Gedanken besser von der Arbeit lösten. Sie hatte die Drogenabgabestelle, die Lorrainebrücke und den Anstieg zum Viktoriaplatz bereits hinter sich gebracht, als sie an einem Tramhaltestellenunterstand in der Moserstraße eine handgeschriebene Anzeige entdeckte: *Junge Ratten zu verkaufen. Auch Schlangenbesitzer dürfen sich melden.* Marlene überlegte nicht lange, wählte die Nummer und sagte, kaum hörte sie eine grobe Frauenstimme, dass sie die jungen Ratten unbedingt kaufen wolle. Weil es still blieb am anderen Ende der Leitung, war sich Marlene sicher, dass die Ratten vor einer Viertelstunde an eine massige, lethargische Schlange verfüttert worden waren. Aber die Frau hustete, räusperte sich und fragte, wann sie sich die Tiere würde anschauen können.
»Freunde nennen mich Dan«, sagte die Frau keine zwanzig Minuten später und bat Marlene einzutreten. Tapeziert mit Harley-Davidson-Postern, US-Flaggen und Airbrush-Bildern mit einsamen, einen vollen Mond anheulenden Wölfen, herrschte in dieser im Norden Berns, fast schon in Ostermundigen gelegenen Blockwohnung ein sonderbarer, tierisch anmutender Geruch. Dan, die noch ein paar Jahre vor sich hatte, wollte sie so alt werden, wie sie aussah, strich sich schwarze Strähnen aus der Stirn, schlurfte in schwarzen Lederhosen und einem viel zu großen, in wilden

Farben bedruckten Shirt in die von einem Fernseher dominierte Stube, zeigte auf ein fleckiges, von Tierhaaren bedecktes Sofa und bat Marlene, Platz zu nehmen.

Erstaunt betrachtete Marlene die am Boden liegenden Kleider, die schwarz glänzenden Motorradhelme, die beiden Albino-Kaninchen, die in einem Käfig neben dem Sofa gehalten wurden, setzte sich auf das behaarte Polster und war mehr und mehr überzeugt davon, den sonderbaren Geruch auf tierischen Urin zurückführen zu müssen. Nun schämte sie sich, auf das Inserat reagiert zu haben – ihr schien, als sei sie nur hier, weil sie, falls dies möglich wäre, gerne auch Schlangen von einer vegetarischen Lebensweise überzeugt hätte.

Dan, die kurz in der Küche verschwunden war, kam zurück mit zwei Dosen Bier, setzte sich hin, legte ihre schwarzen Socken neben die beiden Aschenbecher auf den Salontisch, riss die Dosen auf, stellte eine vor Marlene hin, fragte, ob sie Schlangen halte, und begann zu trinken.

»Nein«, sagte Marlene. Unsicher betastete sie die Bierdose.

Statt zu antworten, nahm Dan nochmals einen großen Schluck Bier.

Um freundlich zu wirken, schickte sich Marlene an, auch vom Bier zu trinken, aber die still schwelende Frage, mit welchem Urin diese klebrigen Dosen wohl besudelt worden waren, hemmte sie.

Noch weniger gelang es ihr, sich mit Dan zu unterhalten. Dan schien das nicht zu stören: Kaugummi kauend trank sie aus ihrer Dose und hielt diese mehrmals zu ihrer linken Schulter, auf der unvermittelt, wohl aus den Tiefen ihres Oberteils aufgetaucht, eine dicke Ratte saß, die erst am Bier schnupperte, um dann ihre spitze, blassrosa Nase in Marlenes Richtung auszustrecken. Vielleicht hatte ihr Bruder Thomas – auch er ein Vegetarier – eben doch recht, wenn er sagte, sie verzichte aus falschen Motiven auf Fleisch: Nicht Mitleid sei der richtige Antrieb, sondern die Einsicht, dass der Hunger auf der Welt zu überwinden wäre, würden die Menschen, statt Tiere zu mästen, das Getreide selber essen.

Als die Dose leer war, holte Dan die streichholzschachtelkleinen, tapsigen Jungratten aus einem Käfig, ließ sie auf dem Salontisch umherschnuppern, beobachtete gebannt Marlenes Gesicht und blickte, als sich dort Begeisterung zeigte, Marlene so freundlich an, als wähne sie die beiden Ratten bei ihr in guten Händen.

»Am liebsten würde ich sie natürlich behalten«, sagte Dan, »aber Julia hat jetzt auch noch fünf bekommen.«

Marlene wollte nicht wissen, wie viele Ratten in dieser Wohnung lebten, sie wollte einfach diese zwei hier, und sie wollte so rasch wie möglich an die frische Luft. Als sie zwei Zwanzigernoten auf den Tisch legte und Dans strahlende Augen sah, wusste sie, dass sie den Notausgang aus dieser beklemmenden Situation gefunden hatte.

In der Straßenbahn sitzend, die beiden Winzlinge verloren in einer Schuhschachtel auf ihrem Schoß, nagte ein schlechtes Gewissen an ihr, da sie Dan gegenüber behauptet hatte, sie sei bestens informiert, was die Haltung von Ratten betrifft. Dass die beiden Exemplare auf ihrem Schoß nicht mehr auf Muttermilch angewiesen waren, war so gut wie alles, was sie über diese Tiere wusste.

In der erstbesten Zoohandlung ließ sich Marlene von einem bärtigen Verkäufer, der wirkte, als hielte er zu Hause Waschbären, ein dünnes Buch mit dem Titel *Mein glückliches Nagetier* überreichen, kaufte eine große Packung Futtermischung und überzeugte ihn, ihr die beiden größten verfügbaren Gehege nach Ladenschluss nach Hause zu liefern.

Am Waffenweg angekommen, betrat sie das kühle, steinerne Treppenhaus und beachtete seit Langem wieder einmal die dort angebrachte Hausordnung, welche das Halten von Haustieren verbot. Sich selbst überzeugend, dass diese Ratten bedeutend zu klein waren, um als Haustiere zu gelten, erklomm sie die Stufen und hoffte, die Schachtel an ihren Mitbewohnerinnen vorbei unbemerkt in ihr Zimmer tragen zu können. Corinna, Monika und Claire jedoch saßen angeregt miteinander redend in einer dampfenden, von asiatisch anmutenden Gerüchen gefüllten Küche: Zwischen Marlenes Eintreten und der Frage, was für Schuhe sie sich gekauft habe, vergingen ungefähr anderthalb Sekunden. Diese Neugierde war typisch, brachte Marlene doch beinahe täglich etwas mit nach Hause, was für alle Mitglieder der Wohngemeinschaft von Interesse war: politisches Material, druckfrische Dokumentationen, Infoblätter aus der Sans-Papiers-Beratungsstelle, Petitionen, die unterschrieben sein wollten, diskussionswürdige Unterlagen aus dem Amnesty-Büro. Gestern erst hatte sie die Entwürfe jener Broschüren gezeigt, mit denen Amnesty gegen die umstrittene Asylgesetzrevision kämpfen wollte, über die das Schweizer Stimmvolk Anfang Sommer würde abstimmen müssen, und die Vermutung, sie habe sich neue Schuhe gekauft, kam – weil allen klar war, wie konsumkritisch und konsumgehemmt Marlene lebte, weil klar war, dass die teuren, in Österreich angefertigten Paul-Green-Lederstiefeletten, die sie sich vor anderthalb Jahren geleistet hatte, eine große Ausnahme darstellten – einer Beleidigung nahe. Mit einer gewissen Genugtuung stellte Marlene deswegen die Schuhschachtel zwischen die Reispfanne und die gebratenen Tofuwürfel auf den Küchentisch und hob den Deckel. Erst kreischten sie, bald aber reagierten die drei Frauen begeistert auf die kleinen Geschöpfe, fanden ihre tapsige Art großartig, ihre winzigen, auf ihren Unterarmen und der Handfläche Halt suchenden Pfoten süß.

»Es sind zwei Weibchen«, sagte Marlene. Ein bisschen klang es, als hätte sie sie selbst zur Welt gebracht. Sie hob eines auf, ließ es auf dem Handrücken herumspazieren, kichernd, bis die anderen auch an den Fingerbeeren gekitzelt werden wollten.

Als es klingelte, stand ein bärtiger Zoohändler mit zwei Gehegen vor der Tür.

»Nur herein!«, rief Marlene und lotste den Mann in ihr Zimmer, wo er, charmant von ihr bedrängt, mit einer Zange und etwas Gewalt die Maschendrahtwände so verformte, dass aus zwei großen Gehegen ein riesiges wurde. Corinna, Monika und Claire schauten interessiert zu, waren nun aber nicht mehr sicher, ob die seit langen Monaten schon ohne Liebesaffäre auskommende Marlene die Ratten nur der Ratten wegen gekauft hatte. Tatsächlich machte sich Marlene Sorgen, nicht attraktiv genug gekleidet zu sein, während sie Schulter an Schulter mit dem Zoohändler an den Gehegen werkelte: Das schwarze Hemd, das sie heute trug, stammte aus der Garderobe Gerardo Gambellis. Marlene wusste nicht mehr, mit welchem Liebesschwur er es ihr geschenkt hatte, vielleicht hatte sie es auch einfach nach einer Nacht bei ihm mitlaufen lassen. Auch wenn die Geschichte mit Gambelli lange schon zu Ende war, das Hemd trug sie noch immer gern. Grundsätzlich mochte sie das: Kleider mit Geschichte. Sie kaufte ihre Klamotten, von der Unterwäsche abgesehen, fast ausnahmslos in Secondhandgeschäften, nicht zuletzt, weil sie Firmen wie H&M, Tally Weil oder NewYorker für verachtenswert hielt und es ablehnte, ein System zu unterstützen, aufgrund dessen in Bangladesch und anderswo Frauen unter menschenunwürdigen, mitunter tödlichen Bedingungen zu arbeiten hatten und von der Schulbildung ferngehalten wurden.
Dass der Zoohändler sich nicht überreden ließ, nach seiner Arbeit zum Abendessen zu bleiben, war zwar für alle enttäuschend, allerdings gab es dank einer jüngst eingetroffenen Mail doch noch Grund zum Feiern: Nur vierzehn Tage nach dem Bewerbungsgespräch erhielt Marlene die Zusage für eine Stelle in der Abteilung Zeugenschutz am Internationalen Strafgerichtshof für Kriegsverbrechen im ehemaligen Jugoslawien in Den Haag – eine Nachricht, die Marlene vor Freude durch das Zimmer tanzen ließ. Dank ihrer Qualifikationen und der im Arbeitszeugnis aufgelisteten Superlative war Marlene zwar tatsächlich nicht ohne Hoffnungen auf diese Stelle zu dem Bewerbungsgespräch gereist. Nun, da sie die

Zusage erhalten hatte, schien es ihr jedoch wie ein unzulässiges Glück. Diese Nachricht hatte auch ihre traurigen Seiten, denn bei Amnesty, wo auch Corinna arbeitete, fühlte sich Marlene zu Hause wie in einer gut eingespielten Lebensgemeinschaft.
Es wäre falsch zu behaupten, Marlene verstünde sich mit ihrem Bruder stets blendend, aber die beiden pflegten einen engen, von engagierten Diskussionen vertieften Kontakt. Weil Thomas für seine Reportagen oft im Osten Europas unterwegs war und sich seit Jahren schon für den Balkan interessierte, war klar, dass Marlene, kaum hatte sie mit ihren drei Mitbewohnerinnen eine Flasche Sekt geleert, die Nummer ihres Bruders wählte.
Aufgrund der schlechten Funkverbindung wurden sie mehrmals unterbrochen, was aber den Vorteil hatte, dass ihr Thomas ungefähr dreieinhalb Mal gratulierte. Er wollte wissen, worin ihre Aufgabe bestehen werde.
»Ich arbeite im Zeugenschutzprogramm«, sagte Marlene. »Was das genau heißt, werde ich sehen.«
Es entstand eine Pause, die nicht der schlechten Funkverbindung geschuldet war, und weil es sich für Marlene anhörte, als sei Thomas mit ihrer Antwort unzufrieden, fügte sie an: »Du wirst meine Hilfe kaum nötig haben, aber falls du einmal eine Reportage über Den Haag schreiben möchtest, werde ich dich gerne mit Insiderwissen beliefern.«
Marlene wusste, dass Thomas schon lange mit dem Gedanken spielte, eine Reportage über die Hintergründe der Kosovo-Krise zu schreiben. Seine Frage, ob sie sich auf den Umzug nach Den Haag freue, stimmte sie nachdenklich weit über den Anruf hinaus. Die Veränderungen, die unweigerlich auf sie zukommen würden, fühlten sich ja auch kalt an; es schien ihr, sie müsse dieses Bern, diese Stadt, in welcher sie auch dank ihres Studiums mit vielen Menschen befreundet war, in den kommenden Wochen noch richtig wertschätzen.

Aus diesem Grund verlängerte sie wenige Tage später nach Feierabend ihren Spaziergang. Als sie zum Stadttheater gelangte, in dessen Eingangsbereich sich eine Menschentraube drängte, musterte Marlene die auffälligsten unter den schön gekleideten Frauen, die an der einen Hand eine überteuerte Tasche, an der anderen einen überteuerten Mann führten. Sie betrachtete ein Plakat, das das Theaterstück eines ihr aus den Medien bekannten Lorenz Langeneggers ankündigte, eines Schweizer Theaterautoren, dem, so verhieß es das Plakat, immer wieder das Kunststück gelänge, das Dramatische im Alltäglichen aufzuspüren.

Als Marlene feststellte, dass sie ausnahmslos umgeben war von Paaren, wurde ihr bewusst, weswegen es ihr in den letzten Jahren nie gelungen war, sich in dieser Stadt wirklich wohlzufühlen. Manchmal tat es ihr – den ganzen Tag konfrontiert mit Menschenrechtsverletzungen – einfach nur weh, sich in der von Wohlstand dick gepolsterten Unbekümmertheit des schweizerischen Alltags bewegen zu müssen. Die Armut, auf der dieser Wohlstand zu guten Teilen beruhte, war längst aus der Schweiz ausgewiesen worden, und die Einsicht, mit ihrem Engagement für Amnesty keinerlei wirtschaftliche Veränderungen herbeiführen zu können, obwohl die Menschenwürde oft von ökonomischen Umständen abhängig war, löste in Marlene nur deswegen keine depressiven Grundstimmungen aus, weil ihr zu deutlich war, wie wenig sich mit Depressionen erreichen ließ.

Sie hätte nach Hause gehen können, den Laptop hochfahren und nochmals an jener Argumentationsstrategie arbeiten können, mit der Amnesty gegen die Asylgesetzverschärfung kämpfen wollte, oder aber sie hätte sich einen apolitisch-erholsamen Zimmerabend machen können, hätte sich auf ihr Bett und unter den staubigen Kronleuchter werfen, ayurvedischen Tee schlürfen, alten Jazz auflegen und mitsummen, im rührenden Roman *Spaziergänger Zbinden* lesen, die Ratten durchs Zimmer rennen lassen, sich die Zehennägel grün lackieren, die Stirnfransen schneiden

und mit ihren über Jahre gesammelten Rezepten endlich so etwas wie ein eigenes Kochbuch beginnen können – aber oft genug hatte sie in den letzten Wochen ihre Abende allein im Zimmer verbracht, oft genug hatte sie sich konfrontiert damit, dass sie sich aufgrund ihrer politischen Haltung mehr und mehr an den gesellschaftlichen Rand gedrängt sah. Ihrem Bruder Thomas war es egal, der Minderheit anzugehören, stets ein Ja in die Urne zu legen, wenn die Mehrheit, besonders deutlich in den erzkonservativen zentralschweizerischen Kantonen, Nein stimmte, aber Marlene wollte nicht in eine Stimmung absacken, die sie in gut gekleideten Menschen nur apolitisches Amüsierpersonal erkennen ließ. Also gab sie sich einen Ruck und reihte sich ein in diese Abendgesellschaft. Unvermittelt stand sie vor einem Mann, der sie, gekleidet in einen schweren, modischen Mantel, mit dunkler Hornbrille auf der Nase und schwarzgrauem Kraushaar über seiner hohen Stirn, entfernt an Gerardo Gambelli erinnerte. Etwas größer und auch ein paar Jahre älter als sie war er. Schüchtern streckte er ihr eine Eintrittskarte entgegen und fragte, ob sie noch eine brauche.
Marlene prüfte die ihr hingehaltene Karte, blickte in das Gesicht des Fremden, dessen angenehme Stimme sie für ihn eingenommen hatte.
Im Vorverkauf habe er zwei Tickets für je vierundfünfzig Franken gekauft, jetzt möchte er eines wieder loswerden, sagte der Mann; mit zwanzig Franken sei er vollkommen zufrieden. Marlene sagte zu, legte ihm das Geld in die Hand und verabschiedete sich.
Auf der Theatertoilette betrachtete sie sich im Spiegel, prüfte, ob Frisur und Ausstrahlung saßen, zupfte den schwarzen, körbchenlosen Büstenhalter zurecht, schüttelte eine Unruhe ab, von der sie nicht wusste, was sie zu bedeuten hatte. Gewiss wäre es an der Zeit gewesen, sich wieder zu verlieben und die üppige Liebessehnsucht, die Gerardo Gambelli vor Jahren in ihr geweckt, immer wieder enttäuscht und abermals neu entfacht hatte, umzuwandeln in eine heftige und dennoch realistische Liebesbeziehung, aber jetzt, da

sie bald schon in Den Haag leben würde, hatte sie wenig Lust, ihr Herz in Bern zu verschenken. Mit einem letzten kritischen Blick in den Spiegel verließ sie die Toilettenräume.

Die schweren, zum Theatersaal führenden Flügeltüren standen inzwischen offen, einige Zuschauer hatten bereits ihren Sitz aufgesucht, andere standen herum, lose verstrickt in ein Kleingespräch. Eingebettet in das gedämpfte Licht und die dumpfen Geräusche des Foyers, dachte Marlene, dass die Zuschauer schon vor dem eigentlichen Theater mit dem Theater begannen. Sie bemühte sich, nun nicht an die frappierenden Argumente gegen eine Asylgesetzrevision zu denken, und ließ ihren Blick wandern: Der Saal füllte sich, bestimmt war die Aufführung ausverkauft.

Als sich mitten in diese Beobachtungen ein bekanntes Gesicht schob, zuckte Marlene innerlich zusammen. Es handelte sich um den Mann im Mantel, der ihr die Karte verkauft hatte. Auf der Seitentreppe stehend, hielt er Ausschau nach seinem Platz.

Marlene war überzeugt, dass auch er erst jetzt begriff, was von Anfang an hätte klar sein müssen: dass sie nebeneinandersitzen würden. Kurz stellte sich Marlene seine Freundin oder Frau vor; die Annahme, dieser Mann sei geschieden, gefiel ihr besser als diejenige einer mit Grippe im Bett liegenden Ehefrau.

Der Mann schälte sich, als er Platz nehmen wollte, aus dem schweren Stoff seines Mantels und musste feststellen, dass für dieses Kleidungsstück kein Platz war, nirgends.

»Ich bin gleich zurück«, sagte er und kämpfte sich durch die bereits gut besetzte Reihe.

Sein frischer Blick, sein aufblitzender Humor und seine große Unbeholfenheit – Marlene war sich jetzt sicher, dass er single war. Bald verdunkelten sich die Lichter im Saal, bald teilte sich rauschend der Vorhang, das Stück begann. Vor einer Kulisse, die eine Flughafenabflughalle darstellte, standen zwei Männer versteinert hinter ihren Kofferkulis in einem wirren Kreuzfeuer von Lautsprecherdurchsagen, die Verspätungen und annullierte Flüge verkündeten. Als Marlene bemerkte, dass sich die Menschen in ihrer Reihe voller unverhohlener Empörung erhoben, um einem Besucher Platz zu machen, der Entschuldigungen flüsternd einen Mantel unter seinem Arm trug, lachte Marlene kurz laut auf, erschrak über sich selbst und hielt schon im nächsten Moment ihre Hand vor ihren offenen Mund.

Der Mann mit dem Mantel setzte sich neben sie, sie wechselten kein Wort, es schien ihr jedoch, als könne sie die hinter seiner hellen Stirn arbeitenden Gedanken hören: Er litt an seinem Mantel. Während des gesamten Stücks fühlte sie sich, als gewähre sie dem unbeholfenen Mann neben sich Asyl.

Als der Applaus verebbte und Marlene den Blick ihres Sitznachbarn suchte, entschuldigte dieser sich für die Unruhe, die er wegen seines Mantels in den Saal gebracht hatte. Er habe ihn tatsächlich heute erst gekauft, den ganzen Tag aber habe er ihn nur in unangenehme Situationen gebracht, weswegen er glaube, ihn wieder zurückbringen zu müssen.

Unbesonnen schlug Marlene dem Mann vor, ihn morgen bei der Rückgabe des Mantels zu begleiten – sichtlich irritiert, aber ausgesprochen höflich zeigte er sich nach kurzem Zögern einverstanden.

4. KAPITEL
ROȘIA MONTANĂ, RUMÄNIEN

Der geduldige, grundbescheidene, beruflich vollumfänglich desillusionierte und diese Desillusionierung sich mehr und mehr eingestehende Mathematiklehrer Mihai Tinescu saß in einer düsteren, nach Maisbrei, Milch und Mehl riechenden Küche, blickte still in das an Falten und Leben reiche Gesicht seiner inzwischen mehr oder weniger alterslos gewordenen Mutter und wusste, er würde es nicht wagen, mit seiner Ehefrau Vladana, die bald vom Dorfladen zurückkehren würde, über Geld und den bedrückenden Umstand zu sprechen, dass kaum mehr welches vorhanden war. Die Gegenwart seiner Mutter war ihm angenehm, auch wenn er sich oft schon geärgert hatte über den Starrsinn, mit dem sie, ohne ein Wort sagen und ohne eines hören zu wollen, den täglichen Arbeiten nachging. Da sie kein Ohr hatte für Dinge, die diesen Ablauf störten, würde er auch die anstehende Entscheidung zusammen mit Vladana treffen, allerdings hatte er noch mit keiner Silbe erwähnt, dass er in Betracht zog, dieses vielleicht renovationsbedürftige, aber doch stolze zweigeschossige Haus, diese eng zusammengeschweißte Familie, seine beiden die reguläre Schule bald schon beendenden Söhne und den ganzen Rest Rumäniens für drei oder vier Monate, so lange eben, wie es ihm die Schulleitung erlauben würde, hinter sich zu lassen, um im heißen Süden Spaniens auf einem Erdbeerfeld viel Geld zu verdienen. So viel Geld, wie auf dem traurigen, ihn massiv unterfordernden Gymnasium im Nachbardorf Abrud das ganze Jahr nicht zu verdienen war. Geld, das dringend benötigt wurde, denn auf dem Dach war eine stattliche Anzahl Ziegel kaputt, es fehlte der kleinen, über den Dorfbach führenden Holzbrücke an einem Geländer, an dem seine Mutter sich hätte festhalten können, es

fehlte an einem Anschluss der Toilette ans Netz der Kanalisation, es fehlte der düsteren Küche ein zweites, anständig großes Fenster, ganz zu schweigen von der Sehschwäche seiner Mutter, die wohl unaufhaltsam fortschreiten würde.
Roşia Montană, die Heimat der Familie Tinescu: ein kleines, stilles Nest mitten im dicht bewaldeten Bihor-Gebirge, in welchem die Zeit ein bisschen langsamer tickte und die Straßen ein bisschen staubiger waren. Seit der Staat die einstmals lukrative Goldmine vor zehn Jahren geschlossen hatte, befand sich Roşia Montană wirtschaftlich gesehen im freien Fall. Gabriel Resources, eine in Kanada beheimatete, international tätige Rohstofffirma, hatte das goldhaltige Gelände zwar großräumig aufgekauft und schien willens, mit modernen Methoden wesentlich mehr des glänzenden Edelmetalls aus dem Berg zu holen, als dies bislang geschehen war, aber da die EU sich eingemischt hatte und Umweltverträglichkeitsprüfungen verlangte, zu denen sich die notwendigen Papiere nicht so leicht beschaffen ließen, wenn sie auf tatsächlich vorgenommenen Prüfungen basieren sollten, war die Einschätzung Tinescus, der das Dorf noch eine geraume Zeit lang ohne Arbeitsplätze dahinsiechen sah, ziemlich realistisch.
Als Mathematiklehrer war er zwar nicht direkt von der Goldmine abhängig, aber auch im Nachbarort Abrud, dem kleinen Städtchen, an dessen Gymnasium er unterrichtete, war die Abwanderung aus den Dörfern spürbar. In dieser lange Jahre schon anhaltenden, alles überlagernden Tristesse wirkten die bunten, schön gestalteten Broschüren, die in der Region von einer westeuropäischen Organisation verteilt wurden, ungemein verheißungsvoll. Sie warben mit Erwerbsmöglichkeiten auf südspanischen Erdbeerplantagen, die Flagge Europas war klein, doch unübersehbar aufgedruckt als Garant für die Wahrhaftigkeit des Versprechens auf Wohlstand. Tinescu verstand nicht, weshalb sich die EU dafür einsetzte, spanische Erdbeeren von Rumänen ernten zu lassen, aber die Sache interessierte ihn mehr und mehr, denn bei der gegenwärtigen

Inflation und den entsprechenden Zinsen war es schlicht undenkbar, für ein Bauprojekt einen Kredit aufzunehmen. Der Gedanke, seine Mutter könnte von der Holzbrücke hinab in den nach Regentagen oftmals gar nicht mehr so kleinen Bach stürzen, drängte ihn zu handeln.

Im Grunde hatte Tinescu längst schon unterschrieben, in erster Linie aus Liebe zu seinen beiden Söhnen, die es einmal besser haben, nicht in diesem Dorf sitzen bleiben und auf die Wiedereröffnung der Goldmine warten müssen sollten. Den Umstand allein, dass man auf dem Marktplatz von Abrud einen Vertrag unterzeichnen konnte, der nobilitiert war durch die Flagge der Europäischen Union, deutete Tinescu als Erfolgsversprechen. Nur wusste er noch nicht, wie er es seiner Mutter und seiner Frau beibringen sollte. Die Liebe war vielleicht ein wenig eingeschlafen, nicht mehr so ungestüm wie zu Beginn ihrer Ehe. Tinescu aber konnte sicher sein, dass Vladana noch immer sehr romantisch fühlte und nicht ohne Weiteres einverstanden sein würde, ihn für mehrere Monate ziehen zu lassen. Sie brauchte ihn, er brauchte sie; um in den nächsten zwölf Monaten aber endlich zu einer halbwegs ansehnlichen Geldsumme zu gelangen, waren Opfer vonnöten. Er war derjenige, der sie erbringen konnte.

Weil ihm das Schweigen leichter fiel, wenn er sich seiner Ungeschicklichkeit zum Trotz handwerklich betätigte, nickte Mihai Tinescu seiner Mutter, die tief in ihre Arbeit versunken war, freundlich zu, ließ die düstere Küche hinter sich, schraubte im Flur eine Sicherung aus dem Kasten und machte sich an der alten Satellitenschüssel zu schaffen, deren Empfang sich rätselhafterweise deutlich verbessert hatte, seit letzte Woche ein zu Scherzen aufgelegter Trottel ein rostiges Löchersieb an ihr befestigt hatte. Dinge, die sich dem rationalen Denken entzogen, schaffte er sich gerne aus dem Weg.

5. KAPITEL
PRIŠTINA, KOSOVO

Dragan Popović, ein ehemaliger Biathlet des einstigen jugoslawischen Nationalteams und ein ehemals talentierter Jurist, trug schwarzes Schuhwerk, schwarze Hosen, eine schwarze Kapuzenjacke und einen schwarzen Rucksack, als er an einem grau-kalten Morgen die Hintertür einer in Priština gelegenen, leer stehenden Ziegelei mit leichter Hand aufbrach, um in deren dunkle, staubige Räume einzudringen. Es war kurz nach sieben Uhr früh, am Himmel hockten still die letzten Sterne, die meisten Menschen lagen noch in ihren Betten. Im Lichtkegel seiner schwachen Taschenlampe marschierte Dragan in den Westflügel des dritten Stockwerks, befestigte ein Seil an einer vorstehenden Regenrinne und kletterte mit dem für Biathleten typischen, selbst bei großer Anstrengung ruhigen Atem auf das steile, vom Tau der Nacht feuchte Dach der Ziegelei. In geduckter Haltung lief er quer über die schräg abfallende Fläche, was zu klackernden und knirschenden Geräuschen führte, hielt am östlichen Rand des Daches inne, legte sich schließlich auf den Bauch und blickte von dort aus hinunter auf die noch unbelebte Stadt.
Gewohnt, sich rasch und sparsam zu bewegen, entnahm Dragan seinem Rucksack einen schlanken Koffer, in dem sich seine Heckler & Koch befand, ein Präzisionsgewehr erster Güte, mit dem er bereits im Bosnienkrieg eine gewisse Berühmtheit erlangt hatte. Er legte sich wieder hin, suchte und fand eine Position, in welcher er seine Ellbogen trotz der Dachschräge gut aufstützen konnte, schmiegte seine rechte Wange an das Gewehr und fixierte im Zielfernrohr eine mit einem goldenen Türgriff geschmückte, etwas mehr als hundertachtzig Meter entfernte, der feuchten Luft wegen milchig erscheinende Wohnungstür. Es war die Tür der vor

wenigen Monaten erst erbauten Villa des Kosovo-Albaners Admir Tahiri, welcher seit einigen Wochen das Kommando über einen neu gegründeten Sondertrupp der aufstrebenden UÇK innehatte. Dragans Auftraggeber, der serbische Geheimdienst UDBA, hatte den Tagesablauf Tahiris studiert und war zum Schluss gekommen, dass es, weil er den ganzen Tag von allerlei Bewaffneten umgeben war, am einfachsten wäre, Tahiri zu Hause mit einem präzisen Distanzschuss zu eliminieren.

Für Schussarbeiten dieser Art war Dragan Popović hin und wieder zuständig, er hatte zugesagt, weil er Geld benötigte, um seine siebenundsechzigjährige, von Zuckerkrankheit und Rheuma geplagte Mutter medizinisch versorgen zu können. Außerdem war ihm klar, dass dieser Job, wenn nicht von ihm, dann von einem anderen erledigt werden würde, und Dragan wusste aus Erfahrung: Die anderen waren schlecht ausgerüstet, arbeiteten nicht sorgfältig, hielten sich weder an Zeiten noch an Abmachungen, gönnten sich im falschen Moment ein Glas Branntwein, trafen nicht ins Schwarze und richteten damit unnötig Schaden an. Dragan war der festen Überzeugung, diese Welt wäre eine bessere, wenn wichtige Arbeiten von den richtigen Personen erledigt würden, sauber und lautlos.

Jetzt aber ärgerte es ihn, sich nicht durchgesetzt zu haben. Er hätte die Sache ganz allein ausführen wollen, aber die Verantwortlichen der UDBA hatten darauf bestanden, ihm Dušan zur Seite zu stellen, Dušan Spasejović, der nun in jenem Fluchtauto saß, auf das Dragan gerne verzichtet hätte. Ein Fluchtauto, egal, ob es geparkt wurde oder in losen Schleifen durch das Quartier rollte, erregte Aufmerksamkeit, und die Aufmerksamkeit Dritter musste unter allen Umständen verhindert werden.

Während die Sonne unmerklich höher stieg, der in Schwaden verwobene Nebel sich mehr und mehr verzog, stieg eine von Ärger gezeichnete Unruhe in ihm auf, da sich diese Haustür nicht öffnen, da Admir Tahiri sein Haus nicht verlassen wollte, obwohl es bereits nach acht war. Der hagere, mit sehnigen Muskeln beschenkte Dragan Popović, der zu Studienzeiten in aller Früh aufgestanden war, um vor dem Training mit dem Biathlon-Kader noch eine Stunde und fünfzehn Minuten in der juristischen Bibliothek sitzen zu können, schätzte die Macht einer Kampftruppe, deren Chef nach acht Uhr noch im Bett lag, als nicht allzu hoch ein. Ja, Dragan Popović hatte zu den wenigen gehört, die zwar in Belgrad die jugoslawische Sport-Universität besuchten, es sich aber dennoch nicht hatten nehmen lassen, zusätzlich auch noch Jurisprudenz zu studieren. Dank dreier japanischer Digitaluhren, die er an einem internationalen Wettkampf zu kaufen die Gelegenheit gehabt hatte, war es ihm damals möglich gewesen, sein Tagesprogramm auf die Minute genau zu optimieren. Üblicherweise war er, um Punkt 7.00 Uhr in der Bibliothek die erste Zeile lesen zu können, um 5.57 Uhr aufgestanden, hatte Schwarztee aufgesetzt, in der Küche hundert Liegestütze und fünfzig Rumpfbeugen gemacht, sich beim Bäcker auf der anderen Straßenseite Brot geholt, war wieder das Treppenhaus hochgerannt, hatte drei Scheiben mit Konfitüre, aber nicht mit Butter bestrichen, drei Tassen Tee getrunken und das Haus um 6.27 Uhr verlassen. Jeden Tag, sechs Tage die Woche. Daraufhin war er, obschon Belgrad ausgedehnt und die Straßen lang waren, zu Fuß zur Universität gegangen und hatte sein angestammtes Lesepult in der juristischen Bibliothek jeweils nach dreiunddreißig Minuten erreicht, was ungefähr jener Zeitdauer entsprach, die er nun schon reglos wie eine Echse auf dem Schrägdach dieser Ziegelei hatte verstreichen lassen müssen. Inzwischen schmerzten die Ellbogen, an den Hüftknochen war ihm empfindlich kalt, aber das, wie alles, was schwierig war, betrachtete Dragan als sportliche Herausforderung. Die Welt bestand hauptsächlich aus Ablenkungen; wer er schaffte, sie zu ignorieren, würde gewinnen. So hatte er es als Biathlet gelernt.

Gleich beim Hauseingang, den er durch das Rund seines Zielfernrohrs studieren konnte, stand eine antik anmutende Gipsfigur, ein David von ansehnlicher Größe, inspiriert von Michelangelo, ausgewählt bestimmt von Tahiris Frau, wahrscheinlich in dem unausgesprochenen Wunsch, es möge sich ihr Mann an der Bauchpartie dieser italienischen Kunstfigur ein Vorbild nehmen. Die Bodenplatten, auf denen der David stand und die hinüberführten zur hässlichen Doppelgarage, waren im Schachbrettmuster verlegt, was Dragan unwillkürlich an die vielen Partien erinnerte, die er mit Sotir gespielt hatte, mit dem kräftigen Sotir Jokanović, dem vor fünfzehn Jahren ein Amboss auf beide Füße gefallen war, weshalb er nun sehr gut stehen, aber kaum mehr gehen und jedenfalls keine Arbeit mehr finden konnte. Am Busbahnhof seiner Heimatstadt Šabac hatten diese Schachspiele stattgefunden, akustisch schön eingerahmt von dem tagsüber oft verwahrlosten, gegen Abend aber aufbrausenden und aufgrund seiner häufig einknickenden Plastikstühle berüchtigten Café Sava, von dessen Stammkunden er »der Schachspieler« gerufen wurde, ein Name, den zu tragen Dragan auch deshalb gefiel, weil er bedeutete, dass die Leute in Šabac von seinen sporadischen Nebeneinkünften als Scharfschütze nichts wussten.
Nicht nur die Schachspiele, nein, Dragans gesamtes Leben hatte sich in den vergangenen Monaten vor und im Café Sava abgespielt. Dragan arbeitete seit einigen Jahren schon als Taxifahrer, was verschiedene Vor- und Nachteile mit sich brachte. Der größte Vorteil war, dass er mit seinem himmelblauen Wolga in Šabac ein Monopol innehatte. Dies täuschte aber nur mangelhaft über den größten Nachteil hinweg, der sich darin manifestierte, dass in Šabac niemand ein Taxi benötigte. So war er seit Jahren schon auf die Zahlungen des serbischen Geheimdienstes angewiesen, den er regelmäßig mit Informationen über Dissidenten zu versorgen hatte. Als jemand, der stundenlang Süßholz kauend vor dem Café Sava saß, das jedes noch so unbedeutende Gerücht, das verbreitet

sein wollte, früher oder später passieren musste, war Popovićs Aufwand, an diese Informationen zu gelangen, vergleichsweise gering. Fremdländische Besucher hätten sich gewundert, wie ein Taxiunternehmen bestehen konnte, wenn wochenlang niemand einen Fahrdienst beanspruchte, aber es kamen keine fremdländischen Besucher nach Šabac, und wenn, sie hätten nicht gesehen, dass das Taxiunternehmen auf dem Papier dreiundvierzig Fahrzeuge in Schuss hielt und allein deswegen zu schwarzen Zahlen führte, weil es dem Besitzer erhebliche Steuererleichterungen einbrachte. Der Besitzer dieses Taxiunternehmens, das als einziges der Welt dreiundvierzig Taxen von einem einzigen Mann, nämlich von Dragan Popović, chauffieren ließ, hieß Marko Milošević und war der einflussreiche und alleinige Sohn des Slobodan Milošević, der sich 1989 zum Präsidenten eines höchst instabilen Serbiens gemacht hatte, 1997 zum Präsidenten der instabilen Bundesrepublik Jugoslawien gewählt wurde und sich sowohl national wie auch international politisch in der Bredouille befand. Noch hielt er sich an der Macht, und damit war eine Freundschaft zu Marko Milošević allerhand wert: Marko war es, der einen Schlüssel besaß, mit dem man den Zähler des Gashahns zurück auf null stellen konnte, Marko war es, der mit einem Telefonat eine Strafanzeige nichtig machen konnte, Marko war es, der das Geld für die überfällige Miete vorschoss und später gern vergaß, den Betrag zurückzufordern, Marko war es, der eine Einladung schickte zu einem Fest, bei dem leicht bekleidete Frauen gelangweilt am Pool standen und sich für einen interessierten, selbst wenn man unfähig war, auch nur eine kluge Silbe zu äußern, Marko war es, der einem das imponierende Auto überließ, weil er selbst ein noch schöneres geschenkt bekommen hatte, und es kam sogar vor, dass Marko auf die Krim einlud, auf ein Anwesen seines Vaters, das diesem als Dankeschön für eine Unterschrift unter einen Handelsvertrag vermacht worden war.

Fremdländische Besucher hätten den Schach spielenden, das fehlende schwarze Pferd oder den fehlenden schwarzen Turm meist mit einer Zigarettenkippe ersetzenden Dragan Popović vielleicht für einen liederlichen und ungebildeten Taxifahrer gehalten, jedenfalls wäre niemand angeregt worden, darüber nachzudenken, warum in diesem Land diplomierte Juristen ihre Tage damit verbrachten, dass sie Schach spielten, üble Nachreden sammelten oder an ein Taxi gelehnt vor dem Café Sava lungerten. *Studien zum Recht der Sozialistischen Föderativen Republik Jugoslawiens* hatte sein Studienfach geheißen, aber die kostspieligen, von Dragan stets mit großer Sorgfalt behandelten Fachbücher wurden nach 1991 zu Makulatur, ihr neuer Vorteil war der gute Heizwert und dass sie kaum Rauch entwickelten, wenn man sie ins Feuer legte.

Den Krieg gegen die Bosniaken hatte Dragan Popović unverletzt überstanden, physisch jedenfalls, aber er hatte, abgesehen von den für ihn gesichts- und namenlos gebliebenen, durch Mörsergranaten und Tretminen getöteten Opfern, im bosnischen Višegrad zwei Jugendliche erschossen und zwei Wochen später gleich nochmals einen in Goražde, aus lachhaft geringer Distanz, fünfzehn, zwanzig Meter waren das, zwischen ihnen eine kniehohe Gartenmauer. Aus einem Hinterhalt hatte er diesen sich selber in einem Hinterhalt wähnenden Bosniaken erschossen, einen vielleicht neunzehnjährigen Burschen mit kräftigen schwarzen Brauen, jung genug, sein Sohn zu sein. Der in Ohnmacht aufglühende Blick des Getroffenen war zu einem beständig wiederkehrenden Bild in Dragans Träumen geworden, und der Schuss, den der Getroffene rückwärts umkippend himmelwärts abgegeben hatte, traf ihn Traum für Traum ins Herz, zeitlupenlangsam, wie alles Traumhafte, das sich im richtigen Leben blitzschnell ereignet hatte. Seit diesem Vorfall schoss Dragan nur noch aus großer Distanz.

Was dem Kriegseinsatz in Bosnien folgte, waren zwei im Zustand bohemehafter Arbeitslosigkeit verlebte Jahre, deren Leere unterschiedlich gut gefüllt wurde durch die Liebe zu einer ihre

Promiskuität erstaunlich unscheinbar auslebenden Rechtsanwältin, die sich dann doch für die beiden anderen entschied, weswegen Dragan Popović seine Wohnung in Belgrad aufgegeben und wieder Einzug gehalten hatte in den Haushalt seiner Mutter, die eine enge, im zwölften Stockwerk eines Wohnhauses gelegene und schlecht gelüftete Zweieinhalb-Zimmer-Wohnung in der Leonarda-Da-Vincija-Straße bewohnte, welche hauptsächlich ihres Namens wegen schön war.

Weil sich Dragans Vater vor fünfzehn Jahren mit einer frühpensionierten südamerikanischen Halbedelprostituierten nach Panama abgesetzt hatte und Dragans Bruder aufgrund einer autistischen Veranlagung und der aus ihr resultierenden Überqualifikation auf dem Gebiet der Elektrotechnik in Chicago für die amerikanische Raumfahrtbehörde Nasa in einem kräftig klimatisierten Großraumbüro arbeitete, war Dragan der Einzige, der seine Mutter finanziell und moralisch unterstützen konnte – und sie allein war es, die für Dragan kochte, sich um seine Gesundheit sorgte, ihn zurechtwies und seine Wäsche wusch.

Über Monate scheinbeschäftigter Taxifahrer zu sein, ließ Dragan in eine depressive Grundstimmung verfallen, die er am liebsten mit sportlichen Aktivitäten wegtrainiert hätte, aber jene schmerzhafte, sich rasch entzündende Achillessehne, die mit Schuld daran war, dass er damals nur Vize-Landesmeister wurde, hinderte ihn seit Jahren an jeder sportlichen Betätigung, mit der diese empfindliche Sehne belastet wurde.

Als sich nach Monaten mürben Wartens die Möglichkeit abzeichnete, bei einer Versicherungsagentur in Šabac in Anstellung gehen zu können, nahm die Lage im Kosovo zunehmend bedrohliche Ausmaße an. Weil ein albanischer Lehrer aufgrund seiner Weigerung, auf Serbisch zu unterrichten, erschossen worden war, hatten sich im Kosovo mehr als dreißigtausend Albaner zu einer Trauerkundgebung versammelt und die Kosovo-Albaner in eine aufgeheizte Stimmung versetzt, in deren Atmosphäre plötzlich Kämpfer wie

Pilze aus dem Herbstwaldboden schossen. Da spätestens wusste die UDBA, dass die UÇK nun Ernst machte, und spätestens da auch wusste Dragan Popović, dass man ihm wieder Aufträge anvertrauen würde.

Inzwischen lag er nun schon eine volle Stunde auf dem Dach der Ziegelei: Im Visier der Heckler & Koch, das heißt vor dem Hause Admir Tahiris, ereignete sich nichts, alles blieb bewegungslos. Auf dem Ziegeldach aber und erschreckend nah bei Dragan waren mit einem Male jene klackernden Geräusche zu vernehmen, die er eine Stunde zuvor selber verursacht hatte.

Dragan zuckte zusammen, aber es war bereits das albanische »Rühr dich nicht von der Stelle!« zu hören. Dragan war erfahren genug, um sicher zu sein, dass mindestens zwei Pistolen auf ihn gerichtet waren. Er litt nicht, weil man ihn erwischt hatte, sondern, weil er überzeugt war, die Sache sei des verdächtigen Fluchtautos wegen aufgeflogen – nun würde er sich den Rest seines vielleicht nicht mehr sehr langen Lebens mit Selbstvorwürfen quälen müssen, seine Meinung nicht durchgesetzt und damit schließlich auch Dušan ums Leben gebracht zu haben.

Die Stimme hinter ihm befahl ihm, das Gewehr wegzuschmeißen, über die Kante des Daches hinaus.

»Das ist eine Heckler & Koch«, empörte sich Dragan und behielt, den Kopf hatte er noch keinen Millimeter gedreht, den Zeigefinger am Abzug, für den Fall, dass Admir Tahiri doch noch erscheinen würde.

»Das ist eine Heckler & Koch«, wiederholte Dragan, »die schmeißt man nicht übers Dach.«

Die beiden UÇK-Mitglieder – denn es waren tatsächlich zwei, die sich über das nämliche Seil wie Dragan selbst auf das Dach gezogen hatten – schauten sich kurz verblüfft an, fixierten dann wieder den Scharfschützen, dessen Gesicht sie noch nicht gesehen hatten. Ihre Verblüffung rührte auch daher, dass Popović ein tadelloses Albanisch sprach.

Sein Motiv war klar: Die beiden Dummköpfe sollten verstehen, dass sie es hier mit einem Gebildeten zu tun hatten, mit einem, der nicht aus nationalistischem Hass um sich ballerte, sondern gegen gute Bezahlung Aufträge entgegennahm und diese gewissenhaft und sauber erledigte.

»Soll ich ihn abknallen?«, fragte der eine.

»Noch nicht«, sagte der andere.

Nun, da Tahiri noch immer nicht auftauchen wollte, legte Dragan die Flinte auf die Ziegel, hielt sie noch eine Weile, denn er befürchtete, sie werde abrutschen, dann drehte er sich langsam um.

»Halte deine Hände hoch und komm in langsamen Schritten auf uns zu!«, befahl der eine.

Dragan sah, wie unsicher die beiden auf dem schrägen Ziegeldach standen, sah deutlich an ihrer Körperhaltung, dass sie keinerlei Kampfsporterfahrung hatten und bereits erschöpft waren, weil sie sich an dem Seil aufs Dach hatten hochziehen müssen. Wenn es ihm gelänge, die beiden zu entwaffnen, wäre es ein Leichtes, sich ihrer mit gezielten Schlägen über den Rand des Daches zu entledigen. Acht oder neun Meter waren es gewiss von der Kante bis auf den Kiesplatz, zu niedrig vielleicht, um zu sterben, sicher aber zu hoch, um mit heilen Knochen davonzukommen. Solange sie bewaffnet waren, konnten aber auch sie auf die Idee kommen, ihn zum Sprung zu zwingen.

6. KAPITEL
BAKU, ASERBAIDSCHAN

Entschlossen, das billigste Bett in Baku finden zu wollen, hielt Thomas Steinhövel nach langem Spaziergang vor einem Gebäude inne, vor dem ein kleiner, ungewaschener Bengel stand, auf dessen Wange eine Schürfwunde nur ungenügend von einem Pflaster abgedeckt wurde. Hinter diesem Knaben befand sich ein geschlossenes, möbelloses Restaurant, ein Dokument jener Wirtschaftslage, die dem Land in den vergangenen fünfzehn Jahren eine Geldentwertung von über dreihundert Prozent beschert hatte. Jeder andere Tourist wäre vorbeimarschiert, Steinhövel aber, der über die Jahre ein fein differenziertes Sensorium für niedrigpreisige Unterkünfte entwickelt hatte, stemmte die schwere Metalltür auf, durchstieg das feuchte, mit Kartonkisten vollgestellte Treppenhaus und schaffte es, am Ende des langen Flurs auf dem ersten Stock in einem offen stehenden Nebenzimmer die korpulente, in bunte Tücher gehüllte, auf einem schiefen Fauteuil schlafende Frau so behutsam zu wecken, dass sie ihm nicht zürnte, sondern sich nach einem müden Blick in seine Augen und so, als habe sie auf ihn gewartet, bereit erklärte, ihn in ihrem von allen touristischen Strömungen verschonten Hotel zu beherbergen. Was Steinhövel dabei irritierte, war die Leichtigkeit, mit der sich diese üppige Frau bewegte, war die Leuchtkraft ihrer Augen, dieser durchdringende Blick und das verstörende Gefühl, sie habe seinen Namen bereits in ihr bejahrtes Hotelbuch geschrieben, ehe er ihr überhaupt den Ausweis überreicht hatte.

Als sie das Buch Steinhövel überreicht, er unterschrieben und einen Betrag bezahlt hatte, für den man an der Bar des Hotel Moskwa keinen halben Deziliter Cognac erhalten hätte, drückte ihm die ihn neugierig musternde Frau einen Schlüssel in die Hand und wünschte einen guten Aufenthalt. Wenn er es richtig einschätzte, sprach sie nicht Azeri, sondern das einer politisch wie gesellschaftlich in vielerlei Hinsichten unterprivilegierten Minderheit angehörende Armenisch.

Der Schlüssel besaß weder Anhänger noch eine Gravur oder eine Nummer, Steinhövel wusste nicht, welches Zimmer sie ihm gegeben hatte. Als er gestisch erklärte, welche Information ihm fehlte, schüttelte die Hotelmutter energisch und lachend den Kopf, zeigte mit einem von bunten Ringen gezierten Zeigefinger nach oben, stieß einen Laut aus, der sich wie ein kurzes, knappes Grunzen anhörte, und richtete sich wieder so auf ihrem Sessel ein, wie sie zuvor geschlafen hatte.

Steinhövel verstand nichts, begab sich aber dennoch nach oben, betrachtete eine Weile den tristen Flur, zählte sieben Zimmertüren, ließ eine vom dritten Stock herkommende, erstaunlich leicht bekleidete und ihn mit einem spöttischen Lächeln beschenkende Frau an sich vorbeiziehen, entschied sich dann für eine Tür, drehte den Schlüssel und hatte richtig gewählt. Das Zimmer vermittelte den Eindruck, als habe die Putzequipe vor Monaten schon jeden Reinigungsversuch vorzeitig aufgegeben.

Weil er nicht an Zufälle glaubte, prüfte Steinhövel auf dem Weg zur Etagentoilette den Schlüssel an anderen Türen, seine Vermutung aber, alle Zimmer ließen sich mit demselben Schlüssel öffnen, bewahrheitete sich nicht. Bei dieser Inspektion allerdings zeigte es sich, dass es vorteilhaft war, entweder an einer Darmverstopfung zu leiden oder aber andere Toiletten aufsuchen zu können, denn in jener Toilette, die ohne Fenster auszukommen hatte und deren Tür sich weder richtig öffnen noch schließen ließ, lebten, gut sichtbar an der niedrigen Decke, kleine, schwarzbraun geschuppte Tiere, deren Biotop jener gehärtete Schaumstoff bildete, der eigentlich die Risse in der Decke hätte ausfüllen sollen, der aber dieser umtriebigen Tiere wegen in winzigen Kügelchen herunterrieselte auf die verdreckte Schüssel, auf das trockengelegte Waschbecken, auf den leeren Toilettenpapierhalter und auf die schräg an der Wand und auch am Boden verlegten Rohrleitungen.

Erfüllt von einem leichtfüßigen Glück, dieses billige und kurzweilige Hotel gefunden zu haben, stopfte Thomas Steinhövel sein Notizbuch in die Tasche, suchte ein Internet-Café auf, leerte seinen elektronischen Briefkasten, gratulierte seiner Schwester Marlene noch einmal zur Stelle in Den Haag und spazierte dann zum Hotel Moskwa, wo er selbstsicher an der Rezeption vorbei in den Frühstückssaal huschte, im Vorbeigehen zwei Brötchen mitgehen ließ und sich zu Iryna und Gambelli gesellte, die tatsächlich noch immer an ihrem Zweiertisch saßen. Er gab vor, aufgrund einer für die Reportage wichtigen Lektüre erst jetzt Zeit gefunden zu haben, um zu frühstücken.

Es entging ihm nicht, dass die beiden beim Stichwort Reportage auftauchten aus ganz anderen Gedanken. Als sie aber, chauffiert von Kamran, der mit seinen kleinwinzigen Vormittagsaugen im Foyer erschienen war, hinter dem Hafen eine Anhöhe erreichten, auf der sich ein Panorama öffnete über die ausgedehnten Ölfelder, waren auch die beiden Verliebten beeindruckt; Gerardo Gambelli baute sogleich sein Stativ auf, und Steinhövel war froh, einen Fotografen bei sich zu haben, der mit seiner Kamera in allen Details würde einfangen können, was hier zu sehen war: Das, was sich da am Rand der Stadt zeigte, war nichts anderes als eine Kloake, ein schlackiges, braunschwarzes, über sein Becken längst hinausgeschwapptes Marschland. Große Flächen der Ölfelder waren überflutet, das Kaspische Meer glich einem riesigen Fetzen glanzlosen Kunstleders. In dieser Gesamtschau muteten die in der zähflüssigen Brühe umherkurvenden Fischerboote geradezu grotesk an, Steinhövel schien, als könne man hier lediglich aus tierschützerischen Motiven fischen, nämlich, um die Tiere in ein anderes Meer zu bringen, in eine andere Bucht zumindest, wo das Wasser nicht den Eindruck machte, als ließen sich aus ihm, entsprechend gefiltert, beachtliche Mengen Erdöl gewinnen. Steinhövel hielt, was er sah, für einen eindrücklichen Flecken Welt, und ihm schien, angeflogen von einem der Aufklärung geschuldeten Idealismus, den er lange schon an sich verloren geglaubt hatte, als sollte jeder, der ein bequemes, auf der Verbrennung von Erdöl basierendes Leben führte, mit dieser Szenerie, gut fotografiert und beschrieben, in einer Zeitung konfrontiert werden.

Das namenlose Restaurant, das sie anschließend aufsuchten, war derart leer, dass Gambelli sofort kehrtmachen wollte. Allerdings geriet Steinhövel unverhofft in den Blick einer fordernd hinter einem knietiefen Tresen stehenden Frau in Jeans und orangefarbener Weste. Steinhövel konnte nicht sagen, was falsch war an diesem Lokal, aber er spürte, dass sie sich ohne Konsumation unmöglich aus dem Staub machen konnten. Also bestellte er vier Tassen Eistee, was ein Fehler war, denn die Frau machte sich nun an einer Büchse zu schaffen, aus der sie je vier Löffel Instant-Pulver in eine Tasse kippte, die Tassen rasch unter einen Wasserhahn hielt, sie mit lauwarmem Wasser füllte und ihnen schließlich vor die Nase stellte. Danach machte sie sich umgehend mit einem grauen Schleifklotz an der Holztäfelung zu schaffen.

Gambelli, der gerne ein anständiges Menü gegessen hätte, pustete den Staub vom Tisch und wollte wissen, weswegen sich die italienische Küche noch nicht weltweit durchgesetzt habe.

In einer auf dem Fenstersims herumliegenden Zeitschrift stolperte Steinhövel über ein winziges Inserat einer Wahrsagerin, die, wenn Iryna richtig übersetzte, für wenig Geld sehr zuverlässig und weit in die Zukunft sehen zu können vorgab. Sie hatten bereits wieder im Auto Platz genommen, als er wissen wollte, ob es in Baku üblich sei, Wahrsagerinnen aufzusuchen.

Es stand deutlich in seinem Gesicht zu lesen: Kamran gefiel dieses Thema nicht, er kniff verärgert die Augen zusammen.

Steinhövel fragte ihn, ob er abergläubig sei.

»Nur das Übliche«, sagte Kamran desinteressiert zwischen zwei Schlaglöchern. Dann wurde er wieder etwas freundlicher und suchte im mittleren Rückspiegel Steinhövels Blick. »Ich beachte bloß, was hier so üblich ist: Ich meide schwarze Katzen, gehe nicht unter einer Leiter her, kippe niemals Salz um und bin jeden Dienstag gefasst auf drei schlechte Stunden.«

Das mit dem Dienstag musste er zweimal sagen, weil im Fond des Wagens wegen einer Baustelle und hupenden Autos eine Weile nichts zu verstehen war.

Eigentlich aber glaube er nicht an solche Dinge, sagte Kamran. An die Möglichkeit, die Zukunft zu kennen, schon gar nicht. Er habe nur einen einzigen Freund. Der könne ihm zwar nicht die Zukunft voraussagen, wisse aber immer einen Rat. Er deutete über seinen roten Schopf, wo im Gummiband der Türdichtung ein vergilbtes Papier steckte. Jesus im hellblauen Kleid war dort abgebildet, solide beschützt von einem glänzenden Heiligenschein, der mit einem Helm verwechselt werden konnte.

Kamran aber war tiefernst, in Sachen Religion war nicht mit ihm zu scherzen. Er parkte den Mercedes vor dem Universitätsgebäude, erleichtert darüber, einen Themenwechsel herbeigefahren zu haben.

Professor Alexej Walentinowitsch Sokov, der beredte Mitarbeiter des Schirschow-Instituts, der ihnen in seinem Büro mit honiggelbem Bart und vifen blauen Augen gegenübersaß, kam sofort auf das zuvor angekündigte Thema zu sprechen.

»Das Kaspische Meer ist so groß wie Deutschland«, sagte Sokov und streckte seine Arme aus, um die Dimension zu verdeutlichen. »Wenn Sie wissen, dass eine mit einem Ölfilm bedeckte Wasserfläche kein Verdunstungswasser abgeben kann, und wenn Sie wissen, dass das Kaspische Meer ohne natürlichen Abfluss ist, dann werden Sie begreifen, dass wir froh sind, die Katastrophe derzeit noch relativ gut überblicken zu können.«

Das hieß: Sieben Städte und fünfunddreißig Dörfer waren überflutet, 76 000 Aserbaidschaner aus ihren Häusern und Höfen vertrieben worden, das Eisenbahnnetz lag unterbrochen brach, Straßen waren zerstört, zahllose Felder standen unter Wasser.

Sokov, der immer lauter sprach, sorgte sich nicht nur um das Kaspische Meer. Die fehlende Verdunstung, so führte er aus, beeinflusse das regionale, eventuell sogar das gesamte eurasische Klima. Wenn hier weniger Wasser in die Atmosphäre gelange, falle an anderen Orten weniger Niederschlag, womit die Verschmutzung des Kaspischen Meeres auch in Gebieten, die Hunderte von Kilometern entfernt lagen, zu Dürren führen könne. Um dies zu unterstreichen, führte Sokov zahlreiche Satellitenaufnahmen vor und knallte mit der Spitze seines Kugelschreibers mehrmals heftig gegen den Bildschirm.

Ganz anders sprach und argumentierte Wladimir Iwanowitsch Kuks, den Steinhövel, Gambelli und Iryna am frühen Abend besuchten. Seelenruhig saß der alte Geschichts- und Geografieprofessor in einem campusnahen Teehaus, stopfte sich ein stark riechendes Kraut in die Pfeife, bot ihnen Tee, Kandis und Kekse an und erklärte bereits zu Beginn, er halte die ganze Aufregung um die sogenannte Klimaerwärmung für lachhaft.

Ehe er sich auf das Gespräch einließ, wollte Kuks wissen, was Steinhövels Artikel denn bezwecken und in welcher Zeitung er erscheinen solle. Während Steinhövel erklärte, er werde versuchen, möglichst viele Eindrücke und möglichst verschiedene Stimmen einzufangen, um daraus einen Artikel zu verfassen, der den Ansprüchen des literarischen Journalismus gerecht werde, hörte Kuks ihn geduldig an, als wollte er prüfen, ob dieser aus dem Westen stammende Journalist, der gute dreißig Jahre jünger war als er selbst, sein Handwerk verstand.

»Wissen Sie«, begann Kuks, »Sie können über mich schreiben, was Sie wollen, aber ich möchte, dass Sie wissen, dass ich im Unterschied zu anderen, die sich gerne als Wissenschaftler hervortun, den Wasserstand des Kaspischen Meeres studiert habe. Und damit meine ich den Wasserstand der vergangenen tausendzweihundert Jahre.«

Hier legte Kuks eine Pause ein und beobachtete zufrieden, wie sich Steinhövel das von Iryna Übersetzte sogleich notierte.

»Und wenn ich Ihnen diese Zahlen zeige, werden auch Sie begreifen, dass die Klimaerwärmung ein Ammenmärchen ist, erzählt von Menschen, die ein bisschen zu kurzsichtig sind.«

Als Steinhövel fragte, ob er diese Zahlen einsehen könne, reagierte Kuks erfreut und erklärte, als Geograf schlichtweg keine Lust zu haben, sich mit Entwicklungen zu beschäftigen, die erst zwanzig Jahre jung seien. Um wissenschaftlich relevante Aussagen zu machen, sei ein solcher Zeitraum viel zu kurz.

Dank der Ausführungen und der ihm von Kuks vorgelegten Datensammlung erfuhr Steinhövel, dass sich der Pegelstand des Kaspischen Meeres seit Jahrtausenden immer wieder ändert. Gemäß mittelalterlichen Quellen war das Meer einst so weit vorgerückt, dass von einigen Dörfern nur noch die Turmspitzen von Kirchen und Schlössern aus dem Wasserspiegel ragten, später musste sich dieser wieder gesenkt haben. Um die neuesten Entwicklungen zu beurteilen, sei es vielleicht, so Kuks, hilfreich zu wissen, dass das Niveau in den Jahren von 1930 bis 1977 um ungefähr drei Meter gesunken sei, was vor allem im nördlichen Teil des Meeres, wo große Gebiete eine Wassertiefe von weniger als zehn Metern aufwiesen, einen beträchtlichen Wandel der Uferlinie mit sich gebracht habe. Von 1978 an sei der Pegel dann wieder gestiegen, um inzwischen knapp zweieinhalb Meter, und habe eben dort, wo Dumme, Unbelehrbare und andere Entscheidungsträger Häuser, Straßen oder Eisenbahnlinien gebaut hätten, seinen Tribut gefordert.

Nach diesem Gespräch verabschiedeten sich Steinhövel und Gambelli mit einem kräftigen Händedruck von Professor Kuks, wenig später auch von Kamran, der sie im Zentrum von Baku absetzte.

Dass es derart reibungslos geklappt hatte, gleich zwei für die Reportage entscheidende Gespräche an einem Tag zu führen, erfüllte Steinhövel mit stabiler Zuversicht, dank derer es ihm einigermaßen gleichgültig war, wie schwierig sich der Abend in Begleitung von Gambelli und Iryna gestalten könnte. Er klärte die beiden kurz darüber auf, dass er sich, um seiner Lektüre nachgehen zu können, in einem anderen Hotel ein Zimmer genommen habe.

In einer billig eingerichteten, mit Plastikmobiliar bestückten, gleich gegenüber seiner dubiosen Pension gelegenen Pizzeria hob Thomas Steinhövel, kaum hatten Iryna, Gambelli und er Platz genommen, gut gelaunt aus einer Tasse, die herrenlos herumstand, den Teebeutel heraus und polierte mit diesem teekrautnassen Säcklein seine staubigen, noch immer bei jedem Schritt quietschenden Lederschuhe – Gerardo Gambelli schüttelte den Kopf, musste aber auf Steinhövels Drängen hin zugeben, dass die Schuhe nun besser aussahen.

Weil er wenig Lust hatte, sich in eine schlechte Stimmung zu schicken, bloß weil Iryna sich mit dem flirtenden Gambelli so gut verstand, konzentrierte sich Steinhövel auf die verstörend schöne, mit einem bezaubernden Lächeln und hübsch verschwitzter Stirn ihrer anstrengenden Arbeit nachgehende Kellnerin, die nun, zusammen mit einer riesigen Pfeffermühle und einem schmierigen Glas scharf gewürztem Olivenöl, die Pizzen servierte. Unzufrieden, eine Pizza vorgesetzt zu erhalten, deren Zutaten von einem riesigen, zu kurz gebratenen Spiegelei verunziert waren, sah Steinhövel frühzeitig ein, diesen Abend nur alkoholisiert überstehen zu können.

Auf der Dachterrasse des Hotel Moskwa, zu der hochzusteigen sogar Steinhövels Idee gewesen war, weil er sich, drei Stunden und zahlreiche Drinks später, nach frischer Luft und einem nochmals anderen Eindruck dieser Stadt sehnte, fanden sie vier verwitterte Plastikstühle und einen Klapptisch vor, an dem sie es sich gemütlich machten. Die im Halbdunkel sich ausbreitende Dachlandschaft, das kleinteilige Durcheinander von zerzausten

Wäscheleinen, abenteuerlich verkabelten Fernsehantennen, rätselhaften, halb aufgebauten, halb zerfallenen Mauern, die unvermutete dritte Dimension der Stadt hatte nun, da der Wind nach ihnen griff und Steinhövel sich fühlte, als stünde er an Deck eines mächtigen Containerschiffes, eine euphorisierende Wirkung auf ihn. Von hier schien man abheben zu können in eine andere Zukunft, und mit einem Mal war sich Steinhövel sicher, dass er, noch ehe diese Reportage im *Großen Bund* zu lesen sein würde, einen anderen Job gefunden haben würde, eine Tätigkeit, in der es einem vielleicht nicht vergönnt war, nächtens mitten in Baku verbotenerweise und angenehm betrunken auf einem Hoteldach zu stehen, die es aber ermöglichen würde, in der eigenen, von keinerlei verhaltensauffälligen Mitbewohnern dauerhaft belagerten Küche eine begehrenswerte Frau zu bekochen.

Steinhövel wandte sich bereits ab, wollte dieses Flachdach und mit ihm das Liebespaar hinter sich lassen, um in sein sternloses Hotel schlafen zu gehen, als ihn Iryna lachend zurückhielt, am Ärmel zu sich zog und vertraulich zu flüstern begann. Steinhövel verstand nichts, sah aber, wie sie eine winzige Plastiktüte aus ihrer Tasche holte und ihm triumphierend präsentierte: eine gute Portion Marihuana, türkische Qualität, wie sie betonte. Gambelli war begeistert.

Dass die drei bald schon zu neugierig waren, um nicht jene Tür zu öffnen, die zu einem absurd kleinen Dachaufbau führte, war rasch klar. Steinhövel aber verstand nicht, warum sowohl Iryna als auch er Gambellis Aufforderung vergnügt Folge leisteten, sich mit ihm in den winzigen Vorraum zu quetschen, der in unregelmäßigen Abständen von einem Dröhnen und Donnern erfasst wurde, sobald sich der Aufzug des Hotels in Bewegung setzte. Dicht hinter dem engen Maschendrahtzaun, gegen den sich Steinhövel presste, damit sie überhaupt zu dritt in dieser Kammer stehen konnten, sah er in einem aus der Nacht eindringenden Lichtschimmer die fettglänzenden, zitternden Drahtseile fließen, als aber Gambelli hinter sich die Tür ins Schloss zog, sah Steinhövel auch diese nicht mehr, sah nur noch das pechschwarze Geheimnis des Raums und überließ sich dem bis in sein Innerstes reichenden Brummen der Liftmotoren ebenso wie dem ansteckenden Gelächter der schönen Iryna. Es war nichts als eine verspätet sich äußernde pubertäre Blödsinnig- oder auch Blödsinnlichkeit, von der sie sich zu dritt in diese Kammer quetschen ließen, und genau wie damals in den weit zurückliegenden Dummheitsspiralen der Schulabschlusspartys fühlte sich Steinhövel auch jetzt umspült von einer erotischen Unterströmung, umso mehr, als er einmal das Gesicht Irynas an seiner Wange, ihren Hüftknochen direkt in seiner Mitte, dann wieder seinen Ellbogen an ihrer Brust spürte. Steinhövel war berauscht genug, diese absurde Tuch- und Körperfühlung erotisch zu finden, und einmal, als der Aufzugsmotor besonders laut brummte, glaubte er zu hören, wie sich Gambelli und Iryna küssten, Iryna kicherte nicht, Gambelli gab keinen Laut von sich, und diese beglückend verstörende, ihn in eifersüchtige Lust versetzende Stimmung fiel sofort von Steinhövel ab, als Iryna mit einem kraftvollen Tritt die Tür aufstieß und sich ins Freie rettete.

Der kühl über die Dächer streichende Wind tat ihm gut – erstmals und heftig fühlte er seine Erschöpfung, es musste inzwischen weit nach Mitternacht sein. Nun wünschte er sich, noch für ein paar Minuten in aller Ruhe allein hier oben zu sein und in der Art eines Fotografen mit seinen Augen eine Langzeitbelichtung vornehmen zu können, um sich dann, das Erinnerungsbild der nächtlichen Stadt im Hinterkopf, endlich schlafen zu legen.

Während Steinhövel zu seiner Pension spazierte, blicklos vorbeihuschte an Prostituierten, holte Gambelli im Hotel Moskwa zwei minimalistische Sektflaschen aus der Minibar und setzte sich neben die auf der Bettkante sitzende Iryna. Wenig später lagen sie bereits auf dem Bett und küssten sich, kaum aber war Gambelli mit seiner Hand unter ihren Büstenhalter gedrungen, entzog Iryna sich seiner Umarmung und floh wortlos aus dem Zimmer.

Kraftvoll schmetterte Gambelli die Sektflaschen zu Boden, aber der Teppich war zu weich, sie zersplitterten nicht. Bittere Verwünschungen auf den Lippen, schritt er im Zimmer auf und ab, kramte in seinem Kulturbeutel und ritzte sich in fließenden Bewegungen mit der Rasierklinge den linken Unterarm, bis das Blut in anmutigen Strömen über seine Handfläche und über die Finger auf den Teppich tropfte.

Zu diesem Zeitpunkt schlief Thomas Steinhövel bereits. Ob es das Marihuana war oder das Spiegelei auf seiner Pizza, war schwer zu sagen, um vier Uhr nachts aber wurde er überfallartig attackiert von einem heftigen Stich in der Magengegend. Kaum saß er in der fensterlosen, letztmals zu sowjetischen Zeiten gereinigten Etagentoilette, entleerte sich sein Darm in Sturzbächen, erbrach sich sein Magen in die miefende Schüssel, die zu reinigen damit endgültig aussichtslos geworden war. Als er, zurück im Zimmer, den kalten Schweiß auf seiner Stirn und seine zitternden Beine bemerkte, war er sich sicher, Opfer einer ernsthaften Angelegenheit geworden zu sein.

7. KAPITEL
PRIŠTINA UND MITROVICA, KOSOVO – ŠABAC, SERBIEN

Der diplomierte Jurist, einstige Biathlon-Vize-Landesmeister, bestens Schach spielende, im serbischen Alltag intellektuell generell unterforderte Dragan Popović, der, wäre er in der Schweiz geboren, mit seinem Perfektionismus entweder als Anwalt oder Uhrmacher Karriere gemacht hätte und dessen Arbeit als Scharfschütze, so seltsam es auch anmutete, die einzige Möglichkeit war, in Serbien seine Raffinesse und Qualifikationen unter Beweis zu stellen, dieser Dragan Popović sah sich auf dem Dach der Ziegelei schließlich von fünf Leibwächtern Admir Tahiris umstellt – an Flucht auch nur zu denken, war absurd. In einem nach Benzin stinkenden Kofferraum wurde Popović in das abgeschiedene, im nördlichen Kosovo gelegene Städtchen Mitrovica verfrachtet und in ein leer stehendes Frucht- und Gemüselager geschleppt.

Kalt und feucht war es in dieser Halle, es roch nach alten Äpfeln, das Licht fiel durch die Zwischenräume einer Bretterwand und lag in dünnen, harten Streifen auf dem Steinboden. In der Mitte des Raumes stand eine mächtige Fruchtpresse, die früher dazu verwendet worden war, aus fünfhundert Kilogramm Äpfeln rund zweihundert Liter Apfelsaft zu gewinnen, der, zu Zeiten der jugoslawischen Föderation, unpasteurisiert und gemischt mit zwanzig Prozent Birnensaft, sowohl in Belgrad als auch im mazedonischen Skopje wie auch im albanischen Tirana seine Liebhaber gefunden hatte. Das lag nur wenige Jahre zurück, aber die Gegenwart kümmerte dies wenig.

Aufgrund Dragans außergewöhnlicher Waffe war allen klar, dass es sich bei ihm um einen Serben handelte, der viel zu erzählen hätte. Deshalb entschieden sich die Soldaten für eine Verhörmethode, die bereits die alten Römer erfolgreich angewandt hatten: Sie fesselten Dragan Popović an einen Stuhl, zogen ihm die Schuhe aus, banden nochmals eine Fessel um die Fußgelenke und holten eine Zange herbei.

Die fünf wollten wissen, wer ihn geschickt habe, wer an der Operation beteiligt gewesen sei und welche anderen Aktionen gegen die UÇK die Serben in Planung hätten.

Entschlossen, keine Silbe zu sagen, versuchte Dragan Popović, sich auf den Schmerz, der ihn ereilen würde, vorzubereiten.

Einer der Männer zückte ein Messer, stellte sich mit einem Stiefel auf Dragans Fuß, platzierte die Messerspitze direkt unter den Zehennagel, stach zu, winkelte das Messer an und hob mit dieser Bewegung den Nagel vom Nagelbett, aber nicht aus der Wurzel.

Ein heißer Schmerz durchflutete Dragan.

Nun, da der Nagel etwas von der Zehe abstand, war es einfach, die grobe Zange am Zehennagel anzusetzen.

Noch einmal fragten sie ihn, in wessen Auftrag er gearbeitet habe. Dragan schwieg. Er vermied es, auf die Zange zu blicken, die nun über seiner blutenden Zehe den Nagel zu fassen bekam.

Sie blickten ihn erwartungsvoll an, Dragan aber hörte auf seinen Puls und schwieg.

Ein beachtlicher Kraftaufwand war nötig, um den Nagel auszureißen.

Die Schmerzen ließen Tränen in Dragans Augen schießen. Sein Gesicht blieb erstaunlich ungerührt, seinem Mund entwich kein Laut.

Als sie den zweiten großen Nagel mit dem Messer aus dem Nagelbett hoben, ihn mit der Zange fassten und gewaltsam herausrissen, sehnte sich Dragan danach, eine Bierflasche zerbeißen zu können, damit der Schmerz im Mund von den Schmerzen an den Füßen ablenken würde. Aber er schwieg, blieb seinen Prinzipien treu, wie er es schon ein Leben lang mit Erfolg gehalten hatte, und da es zu seinen Prinzipien gehörte, Feinden nichts zu verraten, war er willens, seinen Mund bis in den Tod hinein verschlossen zu halten.

Daran änderte sich nichts, als ihm die fünf Kosovo-Albaner alle zehn Nägel ausgerissen und ihn halb ohnmächtig und gefesselt in jene durchaus noch funktionsfähige Fruchtpresse gelegt hatten. Wütend, keine Silbe aus ihm herausbekommen zu haben, setzten die Männer die alte Presse in Gang und ließen das Frucht- und Gemüselager hinter sich.

Als Dušan Spasejović, der das Fluchtauto in einer nahen Waldecke geparkt hatte, endlich sichergehen konnte, ins Gebäude eindringen zu können, ohne sogleich niedergeschossen zu werden, hatte die Maschine Dragan Popović bereits zwei Rippen gebrochen. Es war nicht schwierig, die Presse zu stoppen, aber Dragan bewegte sich nicht mehr.

»Hurensöhne«, flüsterte Dušan und kletterte in die Presse hinein, um Dragan zu bergen.

Dragan brachte kein Wort hervor.

Erschrocken sah Dušan seine Füße.

Wie ein Bräutigam seine Braut trug Dušan ihn aus dem Gebäude und übers Feld auf den Waldrand zu. Er legte ihn auf die Rückbank, deckte ihn zu mit einer alten Picknick-Decke, als wäre ihm damit geholfen, und fuhr nach Šabac, zu sich nach Hause, wo er Dragan zwecks Desinfizierung einen halben Liter Branntwein über die Zehen goss und ihm den verbleibenden Rest zu trinken gab.

Zwei Tage später, als sich Dragan befähigt fühlte, nach Hause zu gehen, wo er einen kleinen Vorrat an Schmerztabletten zu finden hoffte, betrat er in der Leonarda-Da-Vincija-Straße den riesenhaften Wohnblock und nahm zum ersten Mal seit Jahren nicht das großzügige, von allerlei Pflanzen bewohnte Treppenhaus, sondern den Lift, um in das zwölfte Stockwerk zu gelangen. Die von seiner Mutter gemietete Wohnung, die seit drei Jahren auch die seine war, fand er leer vor. Die Nachbarn klärten ihn auf: Seine Mutter sei, gekrümmt vor Schmerzen, nach Belgrad in die Universitätsklinik eingeliefert worden.

Stark betäubt von Schmerztabletten, saß er in seinem Taxi, fuhr in wundersamer Unfallfreiheit die achtzig schlecht asphaltierten Kilometer in die Belgrader Universitätsklinik, wo man ihn verwundert musterte, denn noch immer war er barfuß, noch immer ging er wie einer, der soeben dem Grab entstiegen war.

Im fünften Stock fand er, leichenblass im Gesicht, seine Mutter vor, die, kaum hatte sie ihren Sohn begrüßt, lauthals klagte, sie habe ihre Brille verloren, niemand helfe ihr, niemand gebe ihr Auskunft, niemand kümmere sich um ein anständiges, zeitig serviertes Essen und niemand erlaube ihr, endlich nach Hause zu gehen.

Froh, dass sie weder sein Gesicht noch seine Füße sehen konnte, fragte Dragan, was passiert sei.

Sie erzählte von plötzlichen Schmerzen, von der mehrmals verschobenen Nierensteinoperation und erwähnte »ein paar Komplikationen«, von welchen die Ärzte wiederholt gesprochen hätten, ohne je zu spezifizieren, was genau denn nicht geklappt habe. Dem schien sie etwas anfügen zu wollen, hielt aber den Mund derart lange offen, als habe sie alles um sich herum vergessen. Schließlich schmatzte sie laut und bat Dragan, Verbandsmaterial und eine Salbe kaufen zu gehen, damit man die Wunde besser versorgen könne.

Verärgert über sein Land, in welchem es sogar in der Klinik am Nötigsten fehlte, besuchte Dragan sieben Apotheken und stand, oft beschämt den Blicken ausgesetzt, die man auf seine Füße warf, zweieinhalb Stunden Schlange, was er nur dank weiterer Schmerztabletten aushielt, um schließlich mit entsprechendem Verbandsmaterial zurück in die Klinik zu gelangen. Frisch verarztet, bedankte sich seine Mutter bei ihm – und äußerte den Wunsch, von ihm nach Hause gebracht zu werden.

Mit Müh und Not gelang es Dragan, sie davon zu überzeugen, noch in der Klinik zu bleiben. Er versprach ihr, sie morgen wieder besuchen zu kommen, gab an der Rezeption einer Pflegerin zweihundertfünfzig Dinar, damit sie seiner Mutter einen Blumenstrauß aufs Zimmer bringe, setzte sich barfuß in sein Taxi und fuhr zurück nach Šabac, wobei er alle vier Fenster offen hielt, damit die kühle Luft ihn keinen Schlaf finden lassen würde. Dass er versagt hatte mit seinem Attentat auf Tahiri würde sich auch finanziell auswirken: Marko Milošević zahlte nicht für Arbeiten, die nicht richtig erledigt worden waren.

8. KAPITEL
OBRENOVAC, SERBIEN

Die stillstehende Zeit, die quälend lang sich hinziehenden Tage und Wochen in der Kaserne, das karge, salzlose Essen, das ihnen vor die Füße geschmissen wurde, und jener Krug Wasser, um den sie sich zweimal täglich stritten in ihrem unbeheizten Zimmer, die an die Stelle seines Eherings getretene Wunde, deren Heilung er mit einem neuerlichen Biss verhinderte, der durch das Schlafen auf dem kalten Boden malträtierte Rücken, die Schmerzen in den durch häufig wiederholte Folter ausgerenkten Schulterknochen, das Verrichten der Notdurft in einen unterdessen im Zimmer herumstehenden Kübel, der beißende Mundgeruch der anderen Häftlinge, die Unmöglichkeit, seiner Frau Elena und seinem in Moskau sich umtreibenden Bruder Aca irgendein Lebenszeichen zukommen zu lassen – all dies zermürbte nach und nach Bogdans Seele, zermürbte die Psyche aller übrigen Inhaftierten.

Die von den Milizionären geführten Gespräche, die vom Flur her in ihr Zimmer drangen, das Gerede über die Forderungen des serbischen Vizepräsidenten Šešelj, die albanische Bevölkerung müsse aus dem Kosovo vertrieben werden, das Gerede über Šešeljs Idee, sämtliche Kosovo-Albaner mit dem Aids-Virus zu infizieren, das Gerede über das vergeblich geheim gehaltene Jelzin-Milošević-Abkommen, welches den russischen Präsidenten verpflichtete, mit seinem Veto im Weltsicherheitsrat eine etwaige Nato-Militäraktion gegen Serbien zu blockieren, oder auch die mit Stjepan und den anderen in diesem Zimmer Inhaftierten geführten Diskussionen darüber, dass das Tribunal Milošević bereits 1992 als Kriegsverbrecher hätte anklagen müssen, damals, als man Karadzić und Mladić des Völkermordes bezichtigt hatte, wohl wissend, dass diese ohne den Druck Miloševićs ihre Taten kaum verübt hätten – all dieses Gerede hatte längst die Form eines Dunstschleiers angenommen, durch den hindurch Bogdan nichts mehr deutlich zu sehen vermochte.

Allein wenn er kräftig in den Ringfinger biss, damit die Wunde erneut blutete, gelang es Bogdan, einen Zustand zu erreichen, in dem er sich wach, vernünftig und klar denkend fühlte, einen Zustand, in dem er realisierte, dass die Schüsse, die im Keller oder doch im Innenhof der Kaserne gefallen waren, etwas zu bedeuten hatten, was ihn leider sehr viel anging, und dass es hinter diesem verrammelten Zimmer noch eine Welt gab, in der es sich allenfalls zu leben lohnte, sofern man sich die Welt als etwas ausmalte, das nichts mit Serbien zu tun hatte.

Das altkluge Geplapper Stjepans, der wieder und wieder seine halbgaren medizinischen Kenntnisse zum Besten gab und mit jedem Biss, den Bogdan seinem Finger zufügte, erwähnte, welche Unmenge an Bakterien sich im menschlichen Speichel befände, oder aber noch schlimmer seine von niemandem erwünschten Analysen, weshalb es den serbischen Nationalisten gelinge, das Bild ihres Landes und die Geschichte der Serben von der Schlacht auf dem Amselfeld 1389 über die osmanische Herrschaft, von den Balkan-Kriegen über den Ersten und Zweiten Weltkrieg bis hin zu den Auseinandersetzungen mit Kroaten, Muslimen und Albanern in den 80er- und 90er-Jahren als eine einzige Geschichte der Deprivation und Bedrohung zu zeichnen – dieses manchmal aus Stjepan nur so hervorsprudelnde stundenlange Gerede hielt Bogdan kaum noch aus. Erträglich war ihm Stjepan eigentlich nur noch, wenn er, und das tat er stets mit einer ihn rührenden Wertschätzung, von seinem Bruder Buca sprach, den er den schmalen Buca nannte. Stjepan war erstaunt darüber, wie viel Bogdan über Buca wusste. Es stellte sich heraus, dass Buca Stjepan nie erzählt hatte, was sie während des Bosnienkriegs alles erlebt hatten. Stjepan erfuhr erst jetzt, dass Buca und Bogdan im Sommer 1995 nach ihrer Befehlsverweigerung bei mehreren Verstümmelungen und Enthauptungen hatten dabei sein müssen, erfuhr erst jetzt, dass sie beide, zusammen mit anderen Häftlingen, von Tošorović persönlich gezwungen worden waren, täglich einen Kopf zu küssen, der, durch zahlreiche Schläge grob deformiert, in ihrem Zimmer an einem Kleiderhaken hing. Dies zu erfahren, war so niederschmetternd für Stjepan, dass er die Ungewissheit über Bucas Schicksal kaum mehr aushielt.

Was seinen Vater Dmitrij anbelangte, so hatte Bogdan die ganze Zeit über kein Lebenszeichen von ihm erhalten. Zweimal hatte Bogdan geträumt, man habe seinen Vater umgebracht, aus brutal realistischen Träumen war er hochgefahren, denen er nur misstraute, weil sie sich deutlich voneinander unterschieden.

Das Einzige, was diese rechtlose und auf unbestimmte Zeit angelegte Haft erträglicher machte, waren die an Tagen heftiger Niederschläge genehmigten Duschen – eine Maßnahme, zu der sich die Milizionäre nur deswegen hatten durchringen können, weil sie nicht wollten, dass sich in ihrer Kaserne Läuse und Krankheiten einnisteten.

Zu viert oder fünft wurden sie bei Regen von bewaffneten Milizionären hinaus zum Waffenplatz begleitet, auf dem zahlreiche Panzer standen oder rasselnd und Dieselschwaden ausstoßend durch den Schlamm fuhren. Hier, an der äußersten Ecke des Gebäudes, befand sich eine beschädigte Regenrinne, aus der sich bei starkem Niederschlag heftige Sturzbäche ergossen.

Bogdan, der diese Körperreinigungen mit einer ihm selber kindisch erscheinenden Freude genoss, versuchte jeweils, unter den niederprasselnden Wassermassen die Augen zu schließen und alles, was ihn umgab, für zumindest einen Augenblick zu vergessen.

Regentage waren ihm deshalb in jenem Frühjahr die liebsten. Bei anhaltender Trockenheit wurden die Waschungen in den Keller verlegt, gleich neben jenes Waschküchenzimmer, wo man Bogdan inzwischen nur noch einmal wöchentlich verhörte und wo er, egal, wie übel man ihn folterte, beteuerte, den Aufenthaltsort seines Bruders Aca nicht zu kennen.

Jene Momente, da man Bogdan für dieses Duschprozedere mit seinen vier Mitinsassen aus dem abgedunkelten Zimmer führte, waren stets auch Momente der Hoffnung, endlich seinen Vater anzutreffen, seine Stimme zu hören oder ihn am Ende eines Korridors immerhin zu erspähen. Tatsächlich begegnete Bogdan an einem derartigen Waschtag, aufgrund eines Missverständnisses zweier Milizionäre, einigen anderen Dissidenten, unter denen er trotz ihrer inzwischen langen Bärte zwei der Philosophen erkannte. Bogdan geriet in helle Aufregung. Er musste nicht einmal den Mund aufmachen, den Philosophen war klar, was Bogdan wissen wollte, und der eine, keinen Blick in Bogdans Augen wagend, schüttelte niedergeschlagen den Kopf, während dem anderen die Lippen bebten.

»Tošorović hat sie erschießen lassen. Alle drei.«

Dann zuckte er bereits zusammen unter dem Schlag eines Gummiknüppels; Sprechen war untersagt.

Als stecke ein Messer in seiner Brust, schritt Bogdan weiter, betäubt von Schmerz und einer jedes Denken lähmenden Trauer. Er zog sich aus und stellte sich, während die andere Gruppe zurückgedrängt wurde, mit geschlossenen Augen unter den Wasserstrahl, als ermögliche ihm dies den Austritt aus der diesseitigen Welt.

In der folgenden Nacht weckte ihn Stjepan mehrmals mit einer schwachen, aber zackigen Ohrfeige; immer wieder schrie Bogdan im Schlaf den Namen seines Vaters.

Vier Tage später war den Gesprächen der Milizionäre zu entnehmen, dass Tošorović, der namhafte Kommandant, von dem alle glaubten, er unterstehe lebenslang dem Schutze Miloševićs, über Nacht in seiner Villa verhaftet worden war. Das Kriegsverbrechertribunal in Den Haag lege ihm zweiunddreißig Verbrechen zur Last, die er zu Beginn und Mitte der 90er-Jahre in Kroatien und Bosnien verschuldet haben sollte.

Bogdan war klar, dass er, auch und vor allem im Namen seines Vaters, so rasch wie möglich aus dieser Kaserne weg und nach

Den Haag gelangen musste, um dafür zu sorgen, dass die Liste der von Tošorović verübten Verbrechen noch ein wenig länger wurde und dass es nicht an belastenden Aussagen gegen ihn mangeln würde. Am liebsten würde er das gemeinsam mit seinem Bruder tun, mit Aca, von dem er nicht einmal wusste, ob er noch immer in einer Dachkammer an der Lomonossow-Universität hauste, irgendwo im Einflussbereich des Ozeanologischen Instituts; von dem er nicht wusste, ob er immer noch seinen halben Tag damit zubrachte, in einer Moskauer Fußgängerunterführung um Zigaretten zu betteln, die er weiterverkaufte und sich so etwas verdiente. Dass Stjepan Branković wenig später aus der Folterwaschküche nicht mehr zurückkehrte und verschwunden blieb, brannte den Wunsch, nach Den Haag zu gelangen, nur umso tiefer in die Seele des an Jahren noch so jungen Mannes.

9. KAPITEL
BERN, SCHWEIZ

Das Büro von Amnesty International lag in einer fünf geräumige Zimmer umfassenden Altbauwohnung am Bollwerk, einer arg verkehrsbelasteten, unweit des Bahnhofs gelegenen Straße, und obwohl sie dies für gänzlich überflüssig hielt, war Marlene Steinhövel, als sie das Büro heute betrat, ziemlich nervös. Ihre letzten Wochen bei Amnesty waren angebrochen, und der Ehrgeiz, in der verbleibenden Zeit noch möglichst gute, wenn nicht brillante Arbeit zu leisten, setzte sie derart unter Druck, dass sie bereits nach dem ersten Schritt in die Büroküche zu unruhig war, sich zu jenen zu setzen, die sich dort um die Kaffeemaschine gesellten.
So war Marlene glücklich, als Corinna ihr an jenem Morgen einen nicht weniger als siebeneinhalb Kilo schweren, dreißig Zentimeter hohen Papierberg auf den Schreibtisch legte und einen schwierigen Fall ankündigte.
Zwar wollte Corinna erst über das große Abschiedsfest sprechen, das man Marlene zu Ehren veranstalten wollte, aber Marlene lehnte dankend ab. Solange ihre Arbeit nicht erledigt sei, wolle sie von einem Fest nichts wissen. Der Aktenberg sei ihr wichtiger.
Corinna setzte sich hin und erzählte. Es ging nicht, wie Marlene erwartet hatte, um eine neue Strategie betreffend die Kampagne zum neuen Asylgesetz, sondern um Jovan Jergović, um die Geschichte eines Serben, der vor anderthalb Jahren, im Herbst 1997, in die Schweiz gekommen und dessen Asylgesuch nach zweimaligem Rekurs abgelehnt worden war, obschon Jergović, wie dessen Anwältin schrieb, ziemlich glaubwürdig dargelegt habe, im Falle einer Rückschaffung nach Serbien an Leib und Leben gefährdet zu sein. Es handelte sich um einen vertrackten Fall, denn auf dem Amt und bei den Institutionen lagen

offenbar widersprüchliche Meinungen darüber vor, wer dieser Jovan Jergović sei und für wie glaubwürdig man seine Schilderungen halten solle.

»Ein typischer Fall für Amnesty«, sagte Marlene kampflustig.

»Sieht so aus«, sagte Corinna. »Leider kann ich dir nicht sagen, welche Zentimeter des Stapels die entscheidenden sein werden, um diesen Fall auf die richtige Bahn zu bringen.«

»Ich werde mich reinbeißen«, sagte Marlene.

Wie immer bei solchen Fällen trat auch nun Marlenes juristische Grundhaltung in Kraft, die sie erst einmal davon ausgehen ließ, dass auf dem Amt gepfuscht und geschlampt wurde, während Asylbewerber die Wahrheit sagten. Diese tendenziöse, von der praxisnahen Philosophie Amnestys geprägte Haltung widersprach zwar juristischen Motiven, aus taktischen Gründen war es aber hilfreich, genau von diesem Sachverhalt auszugehen. Abgesehen davon müsste nun, da die Nato darüber debattierte, gegen Serbien die Luftwaffe einzusetzen, damit das Morden im Kosovo ein Ende nähme, auch das Bundesamt für Migration begreifen, dass es absurd war zu behaupten, Serbien sei ein ungefährliches Land.

Über das Amt hatte sie sich schon oft geärgert, nicht weniger oft als über die politische Stimmung in der Schweiz. Marlene hoffte, der zweite Zwischenbericht der Bergier-Kommission werde zu einer veränderten Wahrnehmung bezüglich der Thematik der Flüchtlinge und Ausländer beitragen. Dieser Bericht über die schweizerische Flüchtlingspolitik während der Zeit des Nationalsozialismus wurde in den nächsten Tagen erwartet. Falls die Bergier-Kommission solide Arbeit leistete, würde dieser Bericht ziemlich unschöne Fakten zur helvetischen Geschichte versammeln, Material, von dem Marlene sich erhoffte, es werde Schweizer Stimmbürger dazu bringen, einer Gesetzesvorlage, die auch von papierlosen Flüchtlingen verlangte, Papiere vorzuweisen, an der Urne eine Abfuhr zu erteilen. Gemessen an der politischen Atmosphäre im Land waren

Asylgesetzverschärfungen jedoch derzeit klar mehrheitsfähig. Den bürgerlichen Stimmungsmachern war es gelungen, den sogenannten Ausländer darzustellen als ein faules, parasitäres Wesen, das sich auf Kosten des schweizerischen Wohlstands ernährte und sich zudem lustig machte über die naive Hilfsbereitschaft der Schweizer.

Verärgert über die xenophobe Stimmung im Land, verärgert auch über die geopolitische Fehleinschätzung des Bundesamtes für Migration begann Marlene sofort mit der Lektüre, konnte sich aber, da ihre Gedanken immer wieder nach Den Haag abschweiften, schlecht konzentrieren. Nun, da der Wechsel ans Tribunal bevorstand, zog Marlene doch auch in Zweifel, den richtigen Entscheid getroffen zu haben. Denn die Mitarbeiter von Amnesty bildeten ein bestens eingespieltes Team; junge Menschen waren das, die gern auch außerhalb der Arbeitszeit miteinander zu tun hatten. Und allen straff organisierten Abläufen und ehrgeizig verfolgten Projekten zum Trotz handelte es sich hier doch auch um so etwas wie eine Wohngemeinschaft, ein Büro, in dem es nicht unüblich war, an heißen Tagen während der Arbeitszeit kurz unter der Dusche zu verschwinden, ein Büro, in dem es sich eingebürgert hatte, Frustrationen, Bewegungsmangel oder beides mit Putzwut auszugleichen: ein effizientes Mittel, um die Fixkosten gering zu halten.

Die Aussicht, schon bald in Den Haag zu arbeiten, fühlte sich deswegen auch an, als würde sie Erfolg gegen Freunde eintauschen, einen gut bezahlten Job an einem internationalen und wohl auch anonymen Gerichtshof gegen die familiäre Atmosphäre hier in Bern, wo auch deshalb vormittags so hart gearbeitet wurde, weil die Aussicht bestand, mittags bekocht zu werden von Hafira, einer iranischen Frau, die vor über zehn Jahren nach einem ehelichen Zerwürfnis und innerfamiliären Morddrohungen geflüchtet und deren Antrag auf Asyl nur dank der hartnäckigen Unterstützung durch Amnesty positiv beantwortet worden war und die nun, auch wenn das noch nicht realistisch war, davon träumte, an der ETH ein Studium der Architektur zu absolvieren.

Nachdem sie an der Wand neben ihrem Schreibtisch den Kopfstand gemacht und sich auf der Toilette kaltes Wasser ins Gesicht geschaufelt hatte, gelang es Marlene, sich zu sammeln. Aus dem Studium der Akten, zu denen ein umfangreicher Briefwechsel gehörte, entnahm sie, dass der dreiundvierzigjährige Jovan Jergović einerseits für einen aus großer Not in die Schweiz geflüchteten Aktivisten gehalten wurde, der zu Recht mit dem Anna-Göldi-Menschenrechtspreis ausgezeichnet worden war, weil er zur Aufdeckung von Kriegsverbrechen beigetragen hatte. Zum anderen schien es aber ebenso möglich, ihn für einen trinkfreudigen, arbeitslosen Schwindler mit gewalttätiger Vergangenheit zu halten, dem man keinerlei Preise hätte verleihen dürfen und der im Falle einer Abschiebung nach Serbien keiner besonderen Gefährdung ausgesetzt sein würde. Diese letztere Meinung wurde insbesondere vertreten von der Entscheidungsstelle des Bundesamtes für Migration.

In seiner Begründung zum abschlägig behandelten Asylantrag schrieb das Amt, die Verleihung des Anna-Göldi-Menschenrechtspreises an Jovan Jergović sei aufgrund falscher Angaben durch Jovan Jergović zustande gekommen. Gemäß den vorliegenden Akten müsse davon ausgegangen werden, dass Jergović zur Aufdeckung von Kriegsverbrechen in der Region Omarska kaum beigetragen habe – die Beteuerung des Asylsuchenden, in Serbien an Leib und Leben gefährdet zu sein, lasse sich deswegen nicht nachvollziehen.

Es war nicht unkompliziert, sich eine Kopie jenes Videos zu bestellen, welches Jergović der Haager Anklagebehörde überreicht hatte, aber auf Umwegen gelang ihr dies, und nach mehreren, hartnäckig geführten Telefonaten konnte Marlene zudem eine Mitarbeiterin des Bundesamts für Migration dazu bewegen, ihr die Zusendung des in zahlreichen Dokumenten erwähnten, bisher unter

Verschluss gehaltenen amtlichen Gutachtens über Jovan Jergović zu versprechen. Wie jedes Mal, wenn sie mit dem Amt zu tun hatte, sah sie sich der Frage ausgesetzt, ob dort im Grunde engherzige Xenophobe oder aber vernunftbegabte Realisten arbeiteten; mit der Neigung, diese Einrichtung nur noch Bundesamt gegen Migration zu nennen, stand Marlene im Amnesty-Büro nicht allein.
Halbwegs zufrieden mit diesen Ergebnissen, stellte Marlene sorgenvoll fest, dass sie allen guten Vorsätzen zum Trotz heute keine weiteren Fortschritte würde erzielen können.
Zu Hause erst, beim Anblick der winzigen Ratten, die in dem riesigen Käfig einen verlorenen Eindruck machten, erinnerte sich Marlene an die Verabredung mit dem Mann aus dem Theater, mit Rainer Gujan, der zusammen mit ihr seinen Mantel zurückbringen wollte. Erst beeilte sich Marlene schrecklich, plötzlich aber ließ sie sich genüsslich viel Zeit; wenn sie zu spät erschiene, ließ sich doch schon einmal eruieren, ob dieser Mann zu warten wusste.
Als Marlene in die Münstergasse einbog und auf das Metzgerstübli zumarschierte, ein sympathisches Restaurant, vor dem sie sich mit Gujan verabredet hatte, sah sie ihn schon von Weitem in der Gasse stehen.
Ein unsicheres Lächeln zeigte sich auf seinem Gesicht, als Marlene vor ihm stand. Er küsste sie nicht auf die Wange, gab ihr nicht die Hand, er lächelte nur und vergrub die Hände in den Hosentaschen, während Marlene seine frische Rasur und den deswegen leicht verletzten Adamsapfel bemerkte.
Marlene war davon ausgegangen, sogleich im Lokal Platz zu nehmen und etwas zu trinken, Gujan aber war entschlossen, den Mantel, den er auch heute wieder trug, sofort zurückbringen zu wollen.
Wenige Worte nur, aber zahlreiche Blicke wechselnd, marschierten sie in die Spitalgasse, um dort das Geschäft für Herrenmode zu betreten. Rasch entdeckte Gujan jene Verkäuferin, die ihn vor wenigen Tagen beraten hatte, ging auf sie zu und konnte, ohne

groß Überzeugungsarbeit leisten zu müssen, den Mantel gegen eine hübsche Summe Bargeld eintauschen. Marlene war verblüfft, wie reibungslos das vonstattenging.
Als sie wieder draußen standen und der nun mantellose Gujan endlich all die Fünfzig-Franken-Scheine zurück in der Geldbörse hatte, tauschten sie wortlos einige Blicke, ehe sich Gujan aufraffen konnte, Marlene zu einem Kaffee ins Metzgerstübli einzuladen. Dass Gujan eine Sahnetorte verdrückte, zu einer Uhrzeit, wo andere schon lange ihr Abendessen bestellten, fand Marlene urkomisch. Sie bestellte sich ein Glas Weißwein, während Gujan ewig herumrührte in einem Milchkaffee, der ihm, wie er wiederholte, viel zu heiß war.
Sie sprachen über das Theater, über den besonderen Umstand, dass sich in diesem Langeneggerschen Theaterstück nichts Besonderes ereignet hatte, ohne dass einem dies während des Stücks aufgefallen wäre, sprachen über die Gesichter der Schauspieler und über die Frage, ob der Auftritt der Souffleuse zur Aufführung gehört hatte oder nicht.
Bald war Marlenes Glas leer, der Abend aber noch jung.
»Und was machen wir jetzt?«, fragte Gujan. Es klang tatsächlich hilflos.
Lange und einladend blickte Marlene diesem ihr dicht gegenübersitzenden Gujan in die Augen, blickte in sein verunsichertes, aber doch auch schelmisch wirkendes Gesicht, gab sich einen Ruck und schnappte sich den auf seiner Untertasse liegenden Kaffeelöffel. Es gab einige am Innenrand seiner Tasse haftende Milchschaumreste, die sie spielerisch zum Mund führte, während die von ihm gestellte Frage im Metzgerstübli noch ein paar Runden drehte.
Marlene legte den Löffel zurück, schenkte dem erstaunten Gujan einen verschwörerischen Blick und sagte: »Jetzt küssen wir!«, senkte halbwegs ihre Lider und streckte ihm den Mund hin.
Langsam zählend durchlebte Marlene die kritische Drei-Sekunden-Phase. Wenn die Eins kaum vorbei war und er bereits küsste: War

er dann ein geschmackloser Draufgänger ohne Fähigkeiten, sich verblüffen zu lassen? Wenn er bei Drei noch immer nicht küsste: War er dann ohne Temperament und ohne die nötige Gier?
Marlene zählte bis sieben, er küsste nicht.
Sie zog ihren Mund zurück, machte große Augen.
Rainer Gujan war Zahnarzt mit eigener Praxis, er saß da und sagte etwas von Sommersprossen und dass diese oft wie Blumen sich zeigten, blühende, und dass man verführt werde, sie zu pflücken.
»Ich habe aber keine Sommersprossen.«
»Aber du irritierst mich auf die charmanteste Art.«
Da ahnte Marlene, dass es mit Gujan etwas ganz Inniges werden würde.
Es schien, als wolle er dem etwas anfügen, aber die Kellnerin kam und fragte, ob alles in Ordnung sei.
Lauter als nötig bejahte Marlene.
»Ich möchte«, sagte Gujan nach einer Pause, »ich möchte mit dir einen neuen Mantel kaufen gehen.«
Marlene studierte seine Augen.
»Einen, der mir Glück bringt.«
»Mäntel stehen dir nicht«, sagte Marlene, obwohl das gelogen war. Sie war bloß in Laune, sich über Nichtigkeiten zu streiten. Sie hätte gerne gewusst, wie rasch er wütend wurde. Offenbar nicht sehr rasch, denn er schlug vor, in einem anderen Restaurant etwas zu trinken und vielleicht doch noch etwas essen zu gehen.
Das taten sie auch und unterhielten sich nun nicht mehr so stockend wie zuvor über Zufälle, Wahrnehmungspannen und Politik; Marlene erzählte von Amnesty, von der Abstimmungskampagne gegen die Asylgesetzrevision und ihren Erfahrungen mit Demonstrationen. Einmal sagte sie sogar »die verdammte Asylgesetzrevision« und hoffte, er sei, abgesehen vielleicht von der Wortwahl, mit ihr einverstanden. Gujan erwähnte bloß, dass er sich nicht auskenne in der politischen Szene und an einer Demonstration bislang noch nie teilgenommen habe, da er mit Lärm nicht

so gut umgehen könne, mit den lauten, besserwisserischen Parolen und den teils gehässigen Sprüchen, mit denen manchmal zu Toleranz und Menschlichkeit aufgefordert werde. Etwas verunsichert darüber, seine Meinung zur Asyldebatte noch immer nicht in Erfahrung gebracht zu haben, gab ihm Marlene recht.

Als Gujan später von einem im Süden Englands abgehaltenen und von ihm bestrittenen Golfturnier erzählte, war Marlene froh, dass dieser Mann sie noch nicht geküsst hatte. Allerdings beruhte ihre Abneigung gegen das Golfspiel auf einer Diskussion mit ihrem Bruder Thomas, und als Gujan schilderte, wie er von einem anderen Golfspieler wie der letzte Idiot behandelt worden sei, bloß weil er im falschen Moment über das falsche Grün spaziert sei, und dass er seither glaube, Golf sei etwas für snobistische Spaßbremsen, waren die Bedenken Marlenes wieder verflogen. Und als Gujan von seinem Schiff erzählte, von einem alten, lange schon herumstehenden Rheinkahn, kehrte Marlenes Begeisterung zurück. Gujan sprach davon, in einigen Jahren vielleicht seine Arbeit als Zahnarzt an den Nagel zu hängen, die kostspielige Wohnung zu verlassen und ein Jahr oder zwei auf diesem Kahn zu verbringen und, je nachdem, ob so etwas überhaupt zulässig war, von Basel aus aufs offene Meer zu fahren.

Marlene hätte am liebsten gleich gefragt, ob er sie mitnehmen werde, und die Angst, dieser Mann interessiere sich vor allem für Zahnfleischverhärtungen, hatte sich aufgelöst.

Das Gespräch nahm einen erfreulichen Lauf, aber just, als Marlene darüber nachdachte, die zweite Flasche Rotwein zu bestellen, just, als sie sich fragte, wie es gelingen könnte, diesen charmanten Mann zwar vielleicht nicht ins Bett, aber doch in ihre Wohnung zu kriegen, da blickte Gujan angespannt auf die Uhr, ließ einen nervösen Seufzer hören und sagte, dass sein Zug bald schon fahre.

»Wo musst du denn noch hin?«, fragte Marlene und ärgerte sich über ihren Tonfall einer beleidigten Ehefrau.

»Nach Langenthal«, sagte er, »und morgen muss ich früh los.«

Marlene dachte an ihren Bruder und fragte sich, ob das nun ein Vor- oder Nachteil war, wenn ihre zukünftige Liebe in derselben Kleinstadt lebte wie ihr Bruder.

Die hastige Geste, mit der Gujan die Rechnung verlangte, das zackige Hinschieben der Stuhllehne bis zur Tischkante und der Blick, mit dem er nach einem Mantel suchte, den er nicht mehr besaß, schafften eine Stimmung, in der Marlenes Vorsatz, ihn zum Abschied in einer schnurgeraden Annäherung mitten auf den Mund zu küssen, zerbröckelte. Aufgrund seines raschen Aufbruchs war sie zu beleidigt, um ihn zum Bahnhof zu begleiten. Zwei Augenblicke später, als er hinter dem Zytglogge-Turm aus ihrem Blickfeld verschwand, ärgerte sie sich bereits, nicht neben ihm hergehen zu können. In ihrem Zimmer, bei ihren Ratten angekommen, suchte sie im Telefonbuch sofort Gujans Praxis heraus und überlegte sich, dort anzurufen und sich von einer Assistentin einen Termin geben zu lassen.

10. KAPITEL
LANGENTHAL UND BERN, SCHWEIZ

Aus einem Zug, der vormittags vom Zürcher Flughafen her ein winterliches, mittelmäßig verschneites Mittelland durchquert und pünktlich den beinahe menschenleeren Bahnhof Langenthals erreicht hatte, stieg erschöpft und übermüdet, immerhin halbwegs erholt vom heftigen Durchfall, ein fetthaariger Thomas Steinhövel, der, erstaunt darüber, wie frühlingshaft warm es in Baku gewesen war, seinen Rucksack erst einmal auf den Bahnsteig stellte und darin nach einem warmen Pullover suchte. Über die Lautsprecher wurde eine Zugdurchfahrt angekündigt, was Thomas Steinhövel kurz eine Gänsehaut bescherte, die allein mit einem diffusen Heimatgefühl erklärt werden konnte. Denn er hatte diese Durchsage schon hundert Mal gehört, sie war die eigentliche Stimme Langenthals und kündete davon, was dieses Städtchen am ehesten charakterisierte: Die allermeisten Züge legten hier keinen Halt ein, sondern rasselten mit grimmigen Geschwindigkeiten vorbei; meist waren es Güterzüge mit tief liegenden Waggons und zentimetergenau geparkten Lastwagen, die auf ihrem Weg von Mailand nach Basel oder umgekehrt durch ein teilnahmslos im helvetischen Mittelland hockendes Langenthal fuhren und einen nach weiter Welt riechenden Wind mit sich trugen. Diesmal waren es zwei schwere Lokomotiven und drei Dutzend mit Containern beladene Waggons, die von Nord nach Süd einem Gewitter nicht unähnlich an Steinhövel vorbeirasselten, welcher, diesen Wind im Haar und erfasst von einem sonderbaren Pathos, sich leer und leblos fühlte, denn diesmal holte ihn keine Martina ab, diesmal war der Bahnsteig am Ende seiner Reise ohne Gefährtin.
Den Weg vom Bahnhof zur tatsächlich zentral gelegenen Centralgarage, über der sich seine Wohngemeinschaft befand, hatte

Steinhövel auch schon in viereinhalb Minuten zurückgelegt, diesen Rekord aber hatte er in der anderen Richtung aufgestellt, das Heimkommen hatte ihn noch selten zur Eile getrieben. Auch heute vertrödelte er allerlei Zeit am Kiosk, wo er sich mit den wichtigsten Tageszeitungen eindeckte, Zeitungen, die alle prominent über die eventuell anstehenden Nato-Aktionen in Serbien und im Kosovo mutmaßten. Mit diesen Zeitungen unterm Arm ging Thomas Steinhövel unschlüssigen Schrittes auf seine Wohnung zu; er sehnte sich ganz und gar nicht danach, sich konfrontiert sehen zu müssen mit dem dort üblichen Chaos.

Seine Gedanken bewegten sich noch in Baku, an den Ufern des Kaspischen Meers, verweilten bei den zerschundenen, zerschnittenen Unterarmen Gambellis, der ihm diese Selbstverletzungen zuerst verschwiegen, dann aber in allen unfrohen Details gezeigt hatte, als sähe er in Steinhövel einen Beichtvater. Gambelli schien in den Wunden etwas Männliches zu erkennen; er glaubte, derartige Verletzungen gehörten zu einer virilen Ästhetik, an der er sich orientierte.

Es missfiel Steinhövel, nun auf eine Wohnung zugehen zu müssen, in der er die nächsten zwei oder drei Wochen über konzentriert an einer langen Reportage würde schreiben müssen, während ebendiese Wohnung von drei anderen Männern beharrlich an den Rand der Unbewohnbarkeit getrieben wurde.

In der Bäckerei Felber kaufte Thomas Steinhövel zwei große Brote, da er den rücksichtslosen Hunger seiner Mitbewohner kannte, und als er sich schließlich, die Marktgasse bereits im Rücken, mit einem sonderbaren, wie Heimweh schmerzhaften Gefühl dem lästigen Benzin- und Ölgeruch der Centralgarage näherte und kurz darauf in dem heftigen Wunsch, endlich duschen zu können, die Wohnung betrat, fand er diese beinahe leer vor; Rexhep und Stefano waren nicht zu Hause, das Badezimmer aber war besetzt: Heavy-Metal-Enthusiast Jörg Niederegger, bekleidet mit nichts als einer ausgeleierten Unterhose, gab sich wieder einmal völlig verrenkt über die Duschwanne gebeugt der Mühe hin, in einem aufwendigen Prozedere sein langes blondes Haar schwarz zu färben.

Nachdem er in der Küche kein sauberes Geschirr und im Kühlschrank keine unverschimmelte Nahrung gefunden hatte, war er froh, nachmittags schon nach Bern fahren zu können, wie er es, zurück von einer Reise, immer tat, um mit Marc Widmann in der *Bund*-Redaktion die Komposition der Reportage zu besprechen und einen Abgabetermin zu vereinbaren.

Steinhövel freute sich auf das Treffen und fühlte sich einigermaßen entspannt, denn Widmann konnte man auch ungeduscht unter die Augen treten. Widmann hatte selbst zahlreiche Reportagen verfasst und mochte Geschichten, bei denen einem etwas Achselschweiß in die Nase stieg.

Beim Eingang des am Berner Hirschengraben gelegenen Redaktionsgebäudes wurde Thomas Steinhövel schiefäugig begutachtet; statt der drei freundlichen Frauen, die am Empfang stets gute Stimmung verbreitet hatten, saß nun hinter jenem Tresen sehr allein und trist bedudelt von einem Radio eine junge, stark geschminkte Frau, die sich weigerte, ihm den Lift in den vierten Stock freizugeben. Erst als er sich vorstellte, beschämt, ihr ungeduscht so nahe kommen zu müssen, schien sie zu verstehen, dass *Der Bund* auch Mitarbeiter beschäftigte, die keine feste Anstellung, keinen festen Lohn und keinen Schlüssel besaßen. Steinhövel hingegen nahm überrascht zur Kenntnis, dass diese Frau, die nicht den Eindruck erweckte, als sei ihr bewusst, für eine Zeitung mit einer hundertfünfzigjährigen Tradition arbeiten zu können, zusätzlich zuständig war, die Kunden der Versicherungsgesellschaft zu empfangen, welche seit vier, fünf Monaten in den Stockwerken eins und zwei eingemietet war, dort, wo sich früher die einstmals noch analog arbeitenden Fotografen hatten ausbreiten dürfen.

In der frohen Hoffnung, sogleich mit Marc Widmann über den rezeptionellen Qualitätsverlust sprechen zu können, fuhr Thomas Steinhövel mit dem Lift in den vierten Stock, begrüßte ein paar

ihm bekannte Journalisten, die wissen wollten, in welcher von keinem Gott je besuchten Weltgegend er sich wieder umgetrieben habe, Fragen, die ihm noch immer schmeichelten, und bog bei der fünften Tür links zu Widmanns redaktionellem Refugium ab. Als er hier nicht den mitten in seinem bewundernswerten Papierchaos eingebetteten Marc Widmann, sondern vor mehrheitlich leeren Regalen einen groß gewachsenen, nobel gekleideten und nie zuvor gesehenen Mann entdeckte, murmelte Steinhövel ein paar Entschuldigungen und machte kehrt. Die nächste Tür nehmend, dann die übernächste, prüfend, ob er im richtigen Stockwerk ausgestiegen war, stellte Steinhövel allmählich fest: Marc Widmann hatte sich in Luft aufgelöst.
Verunsichert schlenderte Steinhövel zurück zu jenem gepflegt gekleideten Mann, in dessen halb leerem Büro es verdächtig nach Tabak roch, nach dem Tabak, den Widmann für gewöhnlich rauchte. Aber anstelle von unglaublichen Papierbergen, kriminell hoch getürmten Zeitungsstapeln, Hunderten von Büchern, Dutzenden von zerdrückten Nikotintablettenpackungen und leeren, klebrigen Gazosa-Flaschen waren nun nur mehr tadellose Regale zu sehen, Regale, die mit Ausnahme einiger sorgfältig beschrifteter Ordner völlig leer waren. Und dieser Mann, der sich Steinhövel gegenüber als Herr Bütikofer vorstellte – er wirkte auf Steinhövel wie ein stellvertretender Chefredakteur einer auf gut verdienende Langweiler spezialisierten Modezeitschrift und machte auf ihn den Eindruck, falls er tatsächlich für die hintergründigsten und anspruchsvollsten Seiten dieser Zeitung zuständig sein sollte, unangebracht zielstrebig zu sein. An Marc Widmann hatte Steinhövel den offenen Schnürsenkel geschätzt, den fehlenden Hemdknopf, die auch als Aschenbecher dienende Tastatur, den über Tage hin unberührt wuchernden Bart, seinen wieder und wieder misslingenden Versuch, sich mit nikotinhaltigen Lutschtabletten das Rauchen abzugewöhnen – hundert kleine Dinge, die Steinhövel klargemacht hatten, mit Widmann einen Mann vor sich zu haben, dem nichts

wichtiger war als ein inhaltlich engagierter, sprachlich genauer, sich seiner bescheidenen Möglichkeiten zwar bewusster und doch immer wieder alles auszuschöpfen suchender Journalismus. Nun aber stand Steinhövel vor dem aufgeräumten, tadellos rasierten Bütikofer, der einen zitronenfarbenen Lufterfrischer auf dem Schreibtisch stehen und der, wie er nun erzählte, tatsächlich Widmanns Stelle und Büro übernommen hatte.

»Fünfzig Prozent«, präzisierte Bütikofer. »Die anderen fünfzig wurden bekanntlich gestrichen.«

»Widmann ist entlassen worden?«, fragte Steinhövel, ohne sich zu bemühen, sein Entsetzen zu verbergen.

»Die Details seines Abgangs kenne ich nicht«, sagte Bütikofer sachlich. »Man erzählt sich, er sei nach Rumänien ausgewandert. Das ist auch schon alles, was ich über Widmann weiß.«

Die Nachricht, Widmann sei ausgewandert, irritierte Steinhövel sehr, aber er erinnerte sich: Widmann war im Anschluss an eine vor drei, vier Jahren publizierte Reportage über eine rustikale, im rumänisch-ukrainischen Grenzwald gelegene Eisenbahnlinie auch privat so manches Mal in jene entlegene Gegend gereist.

»Ich bin extra von Langenthal nach Bern gekommen, um mit Widmann über die Komposition meiner Reportage zu diskutieren«, versuchte es Steinhövel, »die Reportage über das Kaspische Meer.«

Bütikofer setzte sich und suchte, als tauche er durch das trübe Wasser eines Meeres, mit großen Augen in den wenigen Papieren, die sein Schreibtisch hergab.

»Da wurde ich nicht informiert«, sagte Bütikofer, nachdem er die Blätter überflogen hatte. »Müsste ich nun nicht auf eine Pressekonferenz, könnten wir uns das anschauen. Könnten alles besprechen. Sehen wir uns auf der Abendveranstaltung?«

Bütikofer drückte Steinhövel ein Flugblatt in die Hand, eine Einladung zu einer Informationsveranstaltung mit einer Ansprache von Chefredakteur Sollberg. Dann packte er seine Ledermappe,

verabschiedete sich und eilte ohne Händedruck an Steinhövel vorbei, der sprachlos stehen blieb.
Im Aufzug nach unten traf Steinhövel auf einen ihm nur vom Sehen her bekannten, festangestellten Fotografen, den er sogleich fragte, wieso Marc Widmann nicht mehr hier arbeite. Der Fotograf, ein fast zwei Meter hoher, dabei erstaunlich zart wirkender Mann, schaute betrübt zu Steinhövel hinab und sagte: »Widmann hat Sollberg gegenüber mehrmals gesagt, er werde nur so lange hier arbeiten, wie *Der große Bund* frei von Werbung, Ausgehtipps, Fernsehprogrammhinweisen und erotischen Kleinanzeigen bleibe.«
Mit dem letzten Wort dieser Aussage öffnete sich die Aufzugstür, der Fotograf verließ die Kabine, und Steinhövel, eingeklemmt beinahe in der sich rasch wieder schließenden Aufzugstür, eilte nach diesem sprachlosen Zögern zu der bestens geschminkten Empfangsdame, ließ sich die Zeitung vom vergangenen Samstag in die Hände drücken und stellte mit Schrecken fest, dass auf den ansonsten gänzlich für Reportagen, Architektur, Kunst und Fotografie reservierten acht Blättern anderthalb Seiten für Werbung, Fernsehprogrammhinweise und prostitutionsfördernde Kleinanzeigen herhalten mussten. Für Thomas Steinhövel, für einen langjährigen freien Mitarbeiter, war das ein harter Schlag in die journalistische Magengrube.
Er hätte jetzt zurück nach Langenthal fahren können, hätte sich dort endlich duschen, ordentlich anziehen, mit seinen Mitbewohnern reden und sich dann wieder in den Zug nach Bern setzen können, aber das hätte Spesen verursacht, die zu zahlen er keine Lust verspürte, und abgesehen davon war er sehr in Laune, die Ansprache des Chefredakteurs, ein Anlass, zu dem auch der gesamte Verwaltungsrat eingeladen war, ungeduscht und mit dem gesammelten aserbaidschanischen Schweiß zu besuchen.
Steinhövels Idee, sich die Wartezeit im spanischen Antiquariat am Hirschengraben um die Ohren zu schlagen, ließ sich nicht umsetzen, denn anstelle des gemütlichen, sehr belesenen Spaniers mit

dem anmutigen weißen Haupthaar war in diesem Lokal nun ein moderner Coiffeursalon eingerichtet. Also setzte sich Steinhövel, irritiert darüber, dass zwei Wochen reichten, um Bern in seinen Grundfesten zu verwandeln, an die Aare, froh, immerhin an diesem grünen Fluss keine große Veränderung feststellen zu müssen. Hier dachte er an Widmann, der konsequent sowohl aufs Auto- wie aufs Radfahren verzichtete, da, abgesehen vom Duschen, dies die beiden einzigen Tätigkeiten seien, die einem das Lesen verunmöglichten, weswegen er sich entschieden hatte, im Leben ohne diese Transportmittel auszukommen. Steinhövel konnte sich nicht vorstellen, was aus dem *Großen Bund* werden sollte, wenn diese Samstagsbeilage nicht mehr unter den Fittichen Widmanns stehen würde.

Als Steinhövel später den Parkettsaal des städtischen Kurhauses betrat, in dem sich weit über hundert Journalisten und andere diesem Berufszweig zugewandte Menschen eingefunden hatten, von denen er überraschend viele kannte, war es ihm doch peinlich, nicht besser gekleidet zu sein. Er ließ sich am Buffet Gebäck, Käse, Trauben und Trockenfrüchte geben, hielt sich wie alle anderen fest an einem schlappen Plastikteller, an den sich mit etwas Geschick eine erstaunlich stabile Glashalterung andocken ließ, aber das uniforme Herumstehen mit diesem Tellerchen täuschte nicht über seine verwitterte, nach abgestandenem Schweiß riechende Aufmachung hinweg. Seine auf ungezählten Reisen bereits getragene Kleidung und die mit jedem Schritt knarzenden Lederschuhe machten Steinhövel ein weiteres Mal deutlich, dass er weder dem noblen Kreis distinguierter Verwaltungsräte angehörte noch dem verbrüderten Kreis der schlecht, aber immerhin regelmäßig bezahlten Journalisten. Ein Eindruck, den Steinhövel bestätigt fand in der Art und Weise, wie er begrüßt und wie mit ihm Smalltalk gehalten wurde: Während die meisten der Journalistinnen und Journalisten sich gegenseitig bemitleideten für den Verlust guter, journalistischer Recherche förderlicher

Arbeitsbedingungen, wurde Steinhövel meist als freier Abenteurer angesehen, dessen Anwesenheit in der Schweiz staunen machte und der, da er keine Familie zu ernähren hatte, von den anstehenden Änderungen wenig mitbekommen und seine Reisen ja so oder so machen würde. Steinhövel war nicht schlagfertig genug, um zu erwähnen, wie lästig ihm diese sogenannten Abenteuer manchmal waren und wie gerne auch er einmal, und sei es nur für ein paar Monate, einen Lohn mit nach Hause nehmen würde, der diesen Namen auch verdiente. Er sehnte sich nach Widmann, sehnte sich nach dessen wohlwollendem Verständnis.

Es veränderten sich die Lichtverhältnisse im Saal, aus den Lautsprechern drang ein nervöses Knistern und die Gespräche dämpften sich. Als Chefredakteur Sollberg, ein elegant krawattierter, schütteres Haar tragender Mann, hinter dem Rednerpult auftauchte, wurde es dann doch ziemlich still, und jene, die in den hinteren Reihen belustigt fragten, welche Medienwissenschaftsstudentin Sollberg mit dem Verfassen seiner Rede wohl beauftragt habe, bemühten sich um eine angepasste Lautstärke.

Mit einer erstaunlich selbstsicheren Stimme begrüßte Sollberg alle Anwesenden und begann seine Rede damit, dass es vor allem dem Engagement und dem Herzblut der Anwesenden zu verdanken sei, wenn eine Zeitung wie *Der Bund*, ein Blatt mit einer Tradition von über hundertfünfzig Jahren, auch heute noch täglich erscheine.

Ein vielstimmiges Gemurmel wanderte durch den Saal; Steinhövel war wohl nicht der Einzige, in dessen Ohren eine derartige Aussage vor allem nach Sterbebegleitung klang.

Als Sollberg aber anhand sprechender Zahlen ausführte, wie stark in den letzten zehn Jahren die Abonnentenzahlen zurückgegangen seien, wie dramatisch der Einbruch bei den Inseraten sei, wie unvermeidlich daher die gestrafften Budgets, die Entlassungen in fast allen Ressorts, die Komplett-Entlassung der Sportredaktion und der redaktionelle Austausch mit dem Zürcher *Tages-Anzeiger*, schien es sogar Thomas Steinhövel halbwegs verständlich, dass der Verwaltungsrat gemeinsam mit der Chefredaktion entschieden hatte, das Layout von fünf breiten auf sechs schlanke, leserfreundliche Spalten zu verändern, entschieden hatte, künftig Bilder nur noch in Farbe zu drucken, dem User auf der Homepage mehr Möglichkeiten zur Mitwirkung zu geben, generell deutlich mehr People-Inhalte zu generieren und auf die Publikation seitenlanger Texte, die heute niemand mehr lese, zu verzichten. Mit diesen Maßnahmen, so schloss Sollberg seine Rede, wolle man versuchen, nicht noch mehr Terrain an die Gratiszeitungen zu verlieren.

Auf der Leinwand hinter Sollberg erschien schließlich das neu gestaltete Titelblatt, auf welchem sechs abgemagerte Textspalten ein schlechtes Agenturbild zu schultern versuchten.

Der Applaus, den Sollberg für seine Worte und für das neu gestaltete Layout erhielt, wirkte blass und leblos.

Beschämt, sich in den vergangenen Jahren nie für Inseratevolumina und Abonnentenzahlen interessiert zu haben, dachte Steinhövel angestrengt über die soeben erwähnten Änderungen nach. Er verstand zwar nicht, wieso die Textspalten einer Zeitung derart schmal sein mussten, dass sie fast nur noch aus Trennungsstrichen bestanden, verstand auch nicht, weswegen man Bilder nur noch in Farbe druckte, während zahlreiche Fotografen weiterhin oder immer öfter in Schwarz-Weiß fotografierten, und weshalb die Redaktion, statt sich inhaltlich den Gratisblättern zu nähern, nicht versuchte, sich möglichst weit von ihnen zu distanzieren – das alles verstand Steinhövel nicht, aber er verstand, dass es künftig verdammt schwierig werden dürfte, im *Großen Bund* eine Reportage unterzubringen, die diesen Namen noch verdiente. Und vor allem verstand er: Es war Zeit, sich einen anderen Job zu suchen.

Nach der Ansprache, als sich Steinhövel am Buffet nochmals mit Weißwein und Gebäck bedient hatte, stand unvermittelt Marc Widmann vor ihm, mit einem Fünftagebart, unaufgeräumtem Gesicht, zerknittertem Hemd und hocherfreutem Blick.

Steinhövel, freudig überrascht, Widmann wiederzusehen, fragte sofort, ob man ihm tatsächlich gekündigt habe.
Widmann ließ ihn kurz warten, holte am Buffet zwei Gläser Rotwein, prostete ihm zu und erklärte, er habe keine Lust, ihm die Geschichte seiner Kündigung in diesem Saal zu erzählen. Wenig später betrat Steinhövel zum ersten Mal überhaupt Widmanns im Westen Berns gelegene, in einem gesichtslosen, aschgrauen Block untergebrachte Wohnung, die mehr oder weniger einem unsortierten Antiquariat glich. In der Stube waren unter Zeitungen sogar zwei Bananenschachteln zu erkennen, die Widmann wahrscheinlich seit dem Einzug vor zwölf Jahren nicht angerührt hatte. Vage erinnerte Steinhövel, dass er sich einmal gefragt hatte, ob Widmann wohl mit Frau und Kindern lebte – jetzt, da er in Widmanns gemütlicher Wohnküche saß, in der es nicht ganz einfach war, trotz der Zeitungs- und Bücherstapel Platz für Teller, Gläser und Besteck zu finden, kannte er die Antwort.
Gewohnt, Zeitungen als Grundlage für alles zu benutzen, stellte Widmann den Rotwein, den Käse und das Brot auf die Ausgaben der vergangenen Woche und erlaubte sich den Scherz, mit der Spitze des Käsemessers beiläufig und unterstützt vom Zufall genau dort einen Einschnitt ins Zeitungspapier zu bringen, wo eine F/A-18 der Nato abgebildet war, wie sie gegen Serbien bald zum Einsatz kommen könnte. Aus einem Transistorradio knisterte klassische Musik, ab und zu brummte der alte Kühlschrank oder es war ein Streit zu hören, der sich in einer benachbarten Wohnung abspielte. Sich dafür entschuldigend, dass er möglicherweise ein bisschen viel trinken werde, erzählte Marc Widmann beim Essen die ganze Geschichte seiner Kündigung: Es war genau so, wie der Fotograf im Aufzug geschildert hatte – in einen *Großen Bund*, dessen redaktionelle Freiheiten aufgrund von Budgetkürzungen, Inseraten, Kinotipps, Todesanzeigen, Bordellhinweisen und einem engen Layout-Korsett merklich geschrumpft waren, wollte Marc Widmann seine Lebensenergie nicht mehr stecken.

»Gemäß Vertrag hätte ich noch drei Monate bleiben können«, sagte Widmann, »aber ich kann so nicht arbeiten. Nicht unter diesen desaströsen Bedingungen und nicht mit einem Sollberg als Chefredakteur, der die Entscheide der geldgeilen Verwaltungsräte abnickt und alles dafür tut, den *Bund* so umzubauen, dass man ihn in wenigen Jahren nicht mehr von einem seichten, bildungsfernen, anti-aufklärerischen Gratisblatt wird unterscheiden können.«
Steinhövel fühlte, wie diese Worte sein Journalistenherz abwandern ließen in die innere Emigration, wie er sich, angestiftet von der radikalen Haltung Widmanns, endgültig verabschiedete von den Idealen, die ihn einst für diesen Beruf motiviert hatten. Als er sich daran erinnerte, dass er die Reportage über das Kaspische Meer nun tatsächlich mit Bütikofer würde besprechen müssen, grämte er sich sehr – innerlich hatte er damit bereits gekündigt.
»Mann muss sich«, fuhr Widmann, die eine Hand an der zweiten Flasche, die andere am Korkenzieher, nach einer Weile fort, »man muss sich einmal vorstellen, was das heißt: In ein, zwei Jahren kann man, wenn diese Philosophie gelten soll, keinen Artikel mehr publizieren, ohne daneben eine Halbnackte zu zeigen, die ihre chirurgisch optimierte Oberweite präsentiert.«
Sie prosteten einander zu, Widmann gönnte sich einen großen Schluck und fuhr fort: »Dabei ist es ja nicht so, dass Sexualität etwas wäre, was der öffentlichen Förderung bedarf. Aber dort, wo es Staatspflicht wäre, kritisch zu sein, heißt es dann aus der Chefetage, der Druck eines Artikels dieser Art sei aus Rücksicht auf die Inseratkunden leider nicht möglich, und jene Artikel, die einen komplizierten Sachverhalt zum Thema haben, zum Beispiel den flüchtlingspolitischen Zwischenbericht der Bergier-Kommission, der ja bald schon erwartet wird, werden dann sowieso aus dem Programm gekippt, weil es heißt, er sei zu elitär oder zu langweilig oder zu schwierig zu lesen oder fotografisch schwer zu illustrieren – meine Güte! Ein Journalismus, der meint, er müsse sich stets danach richten, was am meisten Aufmerksamkeit generiert, was

also am häufigsten geklickt wird, der ignoriert doch seinen Auftrag: Natürlich klicken sofort alle auf das Bildchen mit der Halbnackten, natürlich lockt man mit diesem ›Tittytainment‹ viele Leser. Dass es aber immer noch Leserinnen und Leser gibt, die wissen, dass die jedenfalls unter Männern weitverbreitete Fähigkeit, sich auf den Inhalt von Spitzenunterwäsche zu konzentrieren, zur Mündigkeit nicht ganz ausreicht, wird dabei unterschlagen. Nichts gegen weibliche Reize, nichts gegen einen kräftigen Eros, versteh mich nicht falsch, aber das an und für sich absolut legitime Bedürfnis nach seichter Unterhaltung darf nicht dazu führen, dass Inhalte, die der Aufklärung, der Bildung dienen, abhandenkommen. Denn wenn das passiert, ist die Demokratie am Ende!«

Für Steinhövel war es schwierig, Widmann zu bremsen oder etwas einzuwerfen, aber Steinhövel wollte das auch gar nicht, er war sehr einverstanden mit dem, was Widmann sagte, war neugierig darauf, in was er sich noch hineinsteigern würde, und deswegen gewährte er dem referierenden Widmann gerne den rhetorischen Vortritt.

Widmann sagte, er sei sehr enttäuscht darüber, dass es im von ungefähr 350 000 Menschen bewohnten Großraum Bern heute offenbar nicht mehr möglich sei, wenigstens 50 000 Abonnenten für eine intelligente, sorgfältige und mit Hintergründen nicht geizende Zeitung zu finden.

»Aber man muss auch wissen: Würden die Aktionäre, die CEOs und die Verwaltungsräte nicht derart absahnen, so wäre es eben möglich, mit 50 000 Abonnenten und knapp schwarzen Zahlen eine Tageszeitung herauszugeben, die diesen Namen verdient. Stattdessen stellt man heute Dreiviertel der Zeitung gratis ins Netz und staunt darüber, dass für gedruckte Information niemand bezahlen will! Als würde ich noch zum Bäcker gehen, wenn ich das gleiche Brot im Supermarkt gratis bekomme.«

Widmann wurde lauter, er begann, hastig zu essen, und sprach mit vollem Munde – es war ihm anzusehen, wie nah ihm alles ging, wie sehr ihn der Niedergang dieser Zeitung schmerzte. Weil er dachte, es wäre nun doch gut, Widmann ein bisschen zu bremsen, ihn ein bisschen abzulenken, warf Steinhövel einen genauen Blick zu jener an der Küchenwand über dem Tisch angebrachten Serie von Fotografien, Bilder, die allesamt den Titel *Bergsteigen im Flachland* trugen; winterlich ausgerüstete Extrembergsteigerinnen und Extrembergsteiger standen mit dem Eispickel in der Hand in sommerlichen, ausgedehnten und völlig hügellosen Ebenen und blickten verunsichert unter ihren Gletscherbrillen hervor.

Widmann legte tatsächlich eine Pause ein, trank nun auch ein Glas Wasser, schaute wie Steinhövel auf die Fotografien und erzählte, diese vom Berner Fotografen Beat Schweizer erstellten Bilder hätten ihm lange als Motto für seine Reportagen gedient: Es erschließe sich zwar im Alltag nur selten, wer als Bergsteiger im Flachland unterwegs sei, aber egal, ob er aus Berlin, aus Burma, aus Bratislava oder aus Bümpliz berichtet habe, in den meisten seiner Reportagen gehe es – das habe er erst mit der Zeit begriffen – um Menschen, die mit einem Mal in einer Welt stünden, für die sie nicht die richtige Ausrüstung, nicht die richtigen Fähigkeiten mitbrächten.

Steinhövel, dank des Weins eine erhöhte Aufmerksamkeit in sich fühlend, vertiefte sich in die ausdruckskräftigen Bilder.

Widmanns Stimme war nun sanfter, den Zorn hatte er abgelegt: »Bei der Frage, ob daran der Mensch oder aber die Wirtschaft schuld sei, welche die Welt dauernd und dauerhaft umbaut, fand ich immer überzeugende Gründe, mich für den Menschen zu entscheiden«, sagte Widmann. »Habe mich meistens so entschieden, dass seine Skepsis, seine Langsamkeit, sein Widerwille rechtens ist. Und jetzt ...«

Widmann schwieg, schien den Satz aufgegeben zu haben, sank hinab in eine stumme Verletzung.
»Und jetzt?«, fragte Steinhövel.
»Jetzt bin ich selber einer, dessen Meinung nicht mehr gefragt ist.« Traurig blickte Widmann auf die vor ihm liegenden Brosamen.
»Jetzt bin ich selber ein Bergsteiger im Flachland«, fügte Widmann an.
Eine lange Weile blieb es nun still in dieser Küche.
»Und was ist mit Rumänien?«, wollte Steinhövel schließlich wissen.
Widmann blickte ihn zögerlich an, ein kurzes Lachen zupfte an einem der Mundwinkel, gefolgt von einem prüfenden Blick; es war Steinhövel nicht klar, ob es sich bei diesem rumänischen Thema um einen Spleen oder aber um eine wohldurchdachte Angelegenheit handelte.
»Wer hat dir das erzählt?«
Steinhövel war nicht sicher, wie gut diese Information nun aufgenommen werden würde, aber er sagte: »Der tadellose Bütikofer.«
»Der?«, fragte Widmann erstaunt. »Dieser Kompetenzsimulant?«
Dann schwieg er wieder, atmete schwer und fügte ruhig an: »Ach, ich muss meine Nerven schonen. Aber das mit Rumänien, das stimmt. Nächste Woche geht's los. Mit einer frisch restaurierten Dampflok im Gepäck reise ich nach Vișeu de Sus, mitten in die Maramureș, in den wilden Norden Rumäniens.«
»Maramureș?«
Widmann nickte kollegial, und Steinhövel war sicher, dass Widmann, so, wie er ihn kennengelernt hatte, noch nicht viel verraten wollte.
Die Neugierde Steinhövels aber war groß. »Und was machst du dort?«
Obwohl sie hier in einer winzigen Küche saßen, blickte Widmann interessiert in die Ferne und ließ sich mit seiner Antwort viel Zeit.
»Du musst mich mal besuchen kommen, auch wenn es etwas abgelegen ist.«

»Aber was stellst du an?« Steinhövel ließ nicht locker.

»Die Waldbahn«, begann Widmann und räusperte sich. »Die Eisenbahn und der Verein. Es ist dort alles im Arsch, und ich denke, na ja, in zwei, drei Jahren werde ich anders darüber sprechen, aber jetzt bilde ich mir eben noch ein, dieses Tal ließe sich mit etwas Engagement ... wie soll ich sagen? – Das klingt jetzt pathetisch: Dieses Tal ließe sich vor dem Untergang bewahren. Was den *Großen Bund* anbelangt, so ist es dazu zu spät.«

11. KAPITEL

BELGRAD, SERBIEN

Marko Milošević führte die Zigarette an die Lippen, nahm einen letzten Zug, drückte das glimmende Stück an die Wand, steckte sich einen extrastarken Kaugummi in den Mund, fuhr mit den Handflächen glättend über das Jackett, bog um die Ecke und marschierte auf den Hintereingang des Parlamentsgebäudes zu, wo das Sicherheitspersonal, weil es kurz nach zwölf Uhr mittags war, ohne Nachfrage wusste, wohin es den Präsidentensohn durch bewachte Türen und Aufzüge zu begleiten hatte: in das Via del Gusto.

Der ehemalige Präsident der Bundesrepublik Jugoslawien hatte sich aus einer Sehnsucht heraus, sich hin und wieder im Stil eines gewöhnlichen Bürgers in einer mittelmäßigen Pizzeria ein Essen servieren zu lassen, im Kellergeschoss des Parlamentsgebäudes das in Belgrad bekannte Restaurant Via del Gusto nachbauen lassen. Es ähnelte seinem Original nicht nur in Grundriss und Inneneinrichtung, sondern auch bezüglich Speisekarte, Personal, Wandgemälden und der Farbe der Servietten. Eigentlich unterschied sich dieses Via del Gusto nur insoweit vom Original, als es sich nicht an einem schönen Boulevard der Belgrader Innenstadt, sondern im zweiten, vollständig fensterlosen und mehr oder weniger bombensicheren Kellergeschoss des Parlamentsgebäudes befand, gleich hinter dem rumpelnden und zischenden Heizungskeller, durch den es mittels einer unscheinbaren Holztür erreicht werden konnte. In den Fensterscheiben, die kunstvoll auf die Betonwände gemalt waren, spazierten elegante Paare durch elegante, fast verkehrsfreie Straßen.

In dieses Restaurant zog sich Slobodan Milošević, geplagt meist von Bluthochdruck, Schmerzen in der Herzgegend, Sorgen um das

Niveau seines Blutzuckerspiegels und den Schuldgefühlen, weder den Selbstmord seines Vaters noch jenen der Mutter verhindert zu haben, gerne zurück für ein ruhiges Mittagessen und eine wichtige Besprechung.

Einmal abgesehen von grünen Oliven, die er nicht ausstehen konnte und über die er am liebsten ein Importverbot verhängt hätte, liebte Slobodan Milošević die italienische Küche, auch weil er in seinem Leben schon zu viele serbische Spezialitäten hatte essen müssen. Diesmal entschied er sich für eine Pizza mit viel Salami und der doppelten Menge Mozzarella, eine Mahlzeit, die einzunehmen klar gegen die Direktiven seines Arztes verstieß. Aber Slobodan Milošević konnte nicht auch noch für seine Gesundheit sorgen, er sorgte bereits für ganz Serbien. Außerdem fühlte er sich fiebrig und angeschlagen; die Dinge, die seine Vertreter Milan Milutinović, Nikola Šainović und Ratko Marković aus Rambouillet berichteten, wo sie mit internationalen Diplomaten und den Kosovo-Albanern über den Status des Kosovo verhandelten, stimmten ihn misslaunig – noch immer wollte niemand begreifen, dass es sich beim Kampf gegen den kosovo-albanischen Terror um eine rein innerserbische Angelegenheit handelte.

Groß und schlank, über dem Hemd ein gut sitzendes Jackett, an den Füßen jene glänzenden Lederschuhe, die ihm Slobodan zum fünfunddreißigsten Geburtstag geschenkt hatte, betrat Marko Milošević das Via del Gusto. Wie jedes Mal, wenn ihn sein Vater hierhinbestellt hatte, wurde Marko auch diesmal erfasst von einer kräftigen Nervosität. Erst im Moment, da er seinen Vater allein in diesem Lokal sitzen sah, das einerseits ein italienisches Restaurant, andererseits eben doch nur ein traurig ausgeschmücktes Kellerloch war, erst im Moment, da er das graue, von Tag zu Tag lichter werdende, streng nach hinten gekämmte Haar seines Vaters und dessen von Mal zu Mal weiter nach unten hängende Mundwinkel sah, vermischte sich Markos Nervosität mit einem hilflosen Mitleid.

»Die Internationalen haben den Verstand verloren«, sagte Slobodan zu Marko, kaum hatten sie sich begrüßt. Slobodans hohe Stirn lag in Falten, wie es Marko an seinem Vater selten gesehen hatte; bereits nach dem Treffen mit dem US-Sondergesandten Richard Holbrooke, dem Slobodan, um Zeit zu gewinnen, allerlei Unsinn und jedenfalls den Rückzug der serbischen Truppen aus dem Kosovo versprochen hatte, schien das Gesicht seines Vaters um Jahre gealtert.

Marko, vis-à-vis von ihm Platz nehmend, blickte seinen Vater lange an, lächelnd, abwartend, angespannt. In all den Jahren hatte er gelernt, wie ratsam es war, erst die allgemeine Windrichtung von Slobodans Stimmung abzuwarten, denn je nachdem, welche Meinungen Mira, Markos Mutter, ihrem Ehemann am Vorabend eingebläut hatte, fühlte sich Slobodan entweder genial und überlegen oder aber geschwächt, von aller Welt betrogen und in umfassender Bedrängnis.

»Ich kann diese Verhandlungen in Rambouillet nicht akzeptieren«, sagte Slobodan bestimmt. »Nicht einmal Šainović gelingt es, den Internationalen zu erklären, dass sie keinerlei Befugnis haben, die Regeln zu bestimmen.«

»Das serbische Volk steht hinter dir«, sagte Marko, um etwas zu sagen, das in den Ohren Slobodans nicht falsch sein konnte.

»Ich werde die Souveränität Serbiens nicht untergraben lassen«, erklärte Slobodan trotzig, »aber was, wenn die Nato nicht blufft? Was, wenn sie uns demnächst ihre Kampfjets schickt?«

Einer der zahlreichen Kellner kam zum Tisch und fragte Marko nach seinen Wünschen. Auch um seinem Vater zu beweisen, wie diszipliniert er lebte, bestellte Marko eine Pizza Verdura von halber Größe.

»Deshalb, Marko«, fuhr Slobodan fort, »deshalb will ich, dass sich die Kooperation Serbiens mit dem Tribunal wesentlich verbessert.«

»Die Kooperation mit dem Tribunal?«, fragte Marko erstaunt. Schon lange zwar war dies eine internationale Forderung, aber

Marko verstand nicht, weshalb man sich nun bemühen sollte, mit dieser Institution zusammenzuarbeiten. Noch vor vier, fünf Jahren war es keinem rechtschaffenen Serben in den Sinn gekommen, das Tribunal ernst zu nehmen. Man hatte darüber gelacht, die Sache kleingeredet oder ihr keine Aufmerksamkeit geschenkt. Erst allmählich hatten Mira und Slobodan gelernt, dass es für Serbien politisch klug war, Anklagen zuzulassen. Ja, man hatte gelernt, dass die Reputation Serbiens bedeutend weniger litt, wenn man bereit war, die Angeklagten nach Den Haag zu bringen, sie in die Hände des Tribunals zu geben und zu sagen: »Hier habt ihr sie. Beweist ihre Schuld, wenn ihr könnt!« Auf dieses Vorgehen hatte der Westen wie erwartet mit Nachsicht oder gar Applaus reagiert, und während also einige der einflussreichsten Militärs Serbiens in Den Haag auf ihre Prozesse warteten, in denen es um Verbrechen ging, die vor vier, fünf oder sechs Jahren verübt worden waren, wurde die Vernichtung relevanten Beweismaterials zu einer neuen Kernaufgabe des serbischen Geheimdienstes UDBA und seiner Spezialeinheiten. Bei diesem Beweismaterial handelte es sich manchmal um Dokumente, Telefonmitschnitte, E-Mails oder Karten, meist aber um aussagewillige Zeugen; hielten sich diese noch in Serbien auf, fiel es der UDBA nicht allzu schwer, sie lautlos zum Rückzug ihrer Aussage oder ganz zum Schweigen zu bringen.

»Ich weiß nicht, ob du es schon gehört hast: Ich habe den Fahndern einen kleinen Tipp gegeben, wo sie Tošorović verhaften können«, sagte Slobodan mit einem genüsslichen Unterton.

»Tošorović?«, fragte Marko erstaunt. »Aber der hat doch immer gute Arbeit geleistet. Der ist doch jetzt in Obrenovac und presst die Wahrheit aus dem Dissidentenpack.«

»Das tat er«, sagte Slobodan, »bis vor Kurzem. Ich habe ihn verhaften lassen. Er wird noch viel bessere Arbeit leisten, wenn er in Den Haag sitzt.«

Marko sah, dass sich sein Vater freute, ihn mit dieser Aussage ein wenig zu verwirren.

»Jetzt einmal langsam«, bat Marko, wissend, wie sehr es sein Vater liebte, wenn man ihn für einen schnellen Denker hielt, obwohl es seine Frau war, die blitzschnell kombinieren konnte.

»Es ist so«, begann Slobodan und legte, um besser gestikulieren zu können, Gabel und Messer neben den Teller. »Die Fahnder aus Den Haag hätten gewiss noch mehrere Wochen benötigt, unseren geschätzten Tošorović aufzuspüren, dann hätten sie ihn monatelang in Untersuchungshaft genommen, ihn endlich vor das Tribunal gezerrt und einen Prozess in Gang gebracht, der sich ewig hinzieht.«

Marko nickte zögerlich. An dieser Aussage war nichts falsch, so lief es immer, und erfreulich war es selten.

Slobodan blickte seinen Sohn prüfend an.

»Und?«, fragte Marko unsicher.

»Nichts und! Das war mir zu langsam!«, polterte Slobodan. »Denn falls uns die Nato ihre Luftwaffe schickt, brauche ich lieber heute als morgen Leute mit Charisma, fähige Kommandanten wie Tošorović. Nur mit solchen Männern ist es möglich, Soldaten zum Kampf gegen die Nato zu motivieren. Ich weiß auch, dass ich mich auf Tošorović verlassen kann. Der wird uns nicht so eine Schlappe bieten wie Babić. Erst alles zugeben, dann andere anschwärzen und sich am Schluss auch noch aufhängen vor lauter Selbstmitleid, der Idiot! Nein, Tošorović wird ein guter Angeklagter sein!«

Nun wurde die Pizza Verdura serviert; Brokkoli, Auberginen und ein dünner Tomatenbelag auf einem Teig, der noch etwas Backzeit vertragen hätte. Marko dachte an das heillos veraltete Material der serbischen Armee, insbesondere an die betagte Ausrüstung der serbischen Fliegerabwehr – tatsächlich brauchte es ungemein motivierte Soldaten, falls sie damit gegen die Nato kämpfen wollten.

»Ich verstehe deine Überlegung«, sagte Marko. »Aber es gibt gewiss allerlei Zeugen, die gegen Tošorović aussagen wollen.« Bei dem zweiten Satz achtete Marko auf eine vorsichtige, abtastende

Tonlage; Slobodan hasste es, an Tatsachen erinnert zu werden, die zu verdrängen ihm schon fast gelungen war.

»Klug kombiniert, mein Sohn«, sagte Slobodan nun laut und fügte mit dringlicher Stimme an: »Ich will, dass sich das rasch ändert!« Mit der groben Geste, die Slobodan zu diesen Worten vollführte, fegte er das Wasserglas vom Tisch, am Boden zerschellte es mit einem Knall, als hätte jemand geschossen. Slobodan erschrak so sehr, dass ein heftiger Husten ihn überfiel und er, beide Hände behütend auf die Herzgegend legend, einen roten Kopf bekam.

Enorm erleichtert darüber, dass sein Vater so gut auf Notfalltropfen reagierte, verwischte Marko die Gedanken, die ihn an Vaters Grab zeigten, bedankte sich beim Kellner, der sofort ein neues Glas Wasser servierte, und ließ, während sich Slobodan bemühte, zu einem ruhigen, regelmäßigen Atem zurückzufinden, kurz jene gut bezahlte Arbeit Revue passieren, die er in den vergangenen Monaten im Auftrag seines Vaters ausgeführt hatte: Er hatte zusammen mit Dušan, Edkar und Zvezdan dafür gesorgt, dass zwei Autos ausbrannten, eine Lehrerin ihre Stelle verlor und einer anderen das Kind entführt worden war – alles erfolgreiche Aktionen, die mindestens sechs Personen davon abgehalten hatten, sich in Den Haag zu melden. Aber es war ihm nicht gelungen, ein paar andere, die gegen Tošorović aussagen wollten, zum Schweigen zu bringen. Die Hoffnung, Slobodan würde dieses Detail übersehen, hatte sich nun in Luft aufgelöst.

Marko wusste durchaus, um wen es sich bei diesen Zeugen handelte, aber er war sich nicht sicher, wie die UDBA am sichersten gegen sie vorgehen könnte. Die Zeugen hielten sich zum Teil schon nicht mehr in Serbien auf, sie waren fast alle arbeitslos, ihre Angehörigen bewegten sich – falls sie noch lebten – nicht in Serbien. Das trübte die Aussichten, mit Entführungen oder Erpressungen etwas erreichen zu können.

Slobodan räusperte sich, nahm einen Schluck Wasser und sagte: »Was wir brauchen, ist ein Prozess, der in sich zusammenbricht, ehe er richtig beginnt. Wir brauchen einen Tošorović, der möglichst bald schon, also vorzeitig und unschuldig, aus Den Haag entlassen wird – genau dieser Tošorović wird die Moral meiner Männer stärken.«

Unsicher, wie er die Erwartungen seines Vaters drosseln könnte, studierte Marko die vor ihm liegende Pizza Verdura. Die Art, wie Brokkoli und Auberginen vermischt waren, erinnerte an asymmetrische Kriegsführung.

»Hör zu«, fuhr Slobodan fort, »es war nicht einfach, Tošorović so zu verhaften, dass der Eindruck entstand, als hätte er sich lange schon versteckt gehalten. So, dass es jetzt aussieht, als sei Serbien erneut ein großer Erfolg im Kampf gegen seine Kriegsverbrecher gelungen. Und ich sage dir nun, was ich in drei, vier Wochen in der Zeitung lesen will: Ich will lesen, dass jene, die gegen Tošorović hatten aussagen wollen, sich kurz vor Prozessbeginn selber umgebracht haben, weil sie ihre eigenen Lügengeschichten nicht mehr hören konnten. Dann werden wir Druck ausüben und von Den Haag verlangen können, Tošorović an ein serbisches Gericht auszuliefern, und in wenigen Wochen haben wir unseren Tošorović zurück. Und zwar als strahlenden Helden, dem sich alle gerne anschließen.«

Beschämt über den fehlenden Mut, seinem Vater zu erklären, dass das alles nicht so einfach werden würde, nickte Marko. Vor ihm dampften Brokkoli und Auberginen auf einem blutigen Tomatenbelag, und so deutlich ihm Slobodan zu verstehen gab, er solle kräftig zulangen, so deutlich spürte Marko die Ungewissheit, wie das Verlangte zu erreichen sein würde – eine Mordserie im westlichen Europa erforderte gänzlich andere Maßnahmen als ein kleiner Hinterhofmord in einem wenig erhellten Winkel der serbischen Provinz. Gewiss wusste auch sein Vater, dass es kein Leichtes war, Zeugen umzubringen, die sich, womöglich sogar behütet durch das dortige Zeugenschutzprogramm, bereits in Den Haag aufhielten, aber Slobodan war selten interessiert, sich Schwierigkeiten schildern zu lassen.

»Wir haben für diesen Fall doch Godorić engagiert, einen der besten Verteidiger«, fiel Marko ein, dem es lieber gewesen wäre, anstelle von Mordanschlägen etwas subtiler vorzugehen.

»So viel Zeit haben wir nicht«, sagte Slobodan. »Ich habe keine Zeit für diese Juristen. Ich will, dass die Anklage noch vor Prozessbeginn abgeblasen wird. Ich brauche Tošorović an meiner Seite. Wen habe ich denn, wenn ich nicht auf ihn zählen kann? Nur wenn es an Zeugen mangelt und sich die wichtigsten Beweise in Luft aufgelöst haben, können wir den Fall an ein serbisches Gericht holen und Tošorović umgehend freisprechen.«

Im Wissen, dass keine Argumente seinen Vater von dieser Haltung würden abbringen können, dachte Marko an seine besten Männer, dachte an den Süßholz kauenden Präzisionsschützen Dragan Popović, an den Chemiker Jovan und an den zwei Meter hohen, fast zwei Meter breiten Edkar. Marko ließ einen schweren Seufzer hören, dann trennte er einem Brokkoli den Kopf vom Hals und begann endlich mit dem Essen.

12. KAPITEL
ABRUD, RUMÄNIEN

Mihai Tinescu, der schmale, schüchtern und tastend durchs Leben gehende Mathematiklehrer aus dem abgelegenen Roşia Montană, stand spät nachmittags an einer beschatteten Stelle des Marktplatzes in Abrud und reinigte die Brillengläser mit einem noch unbenutzten, von Vladana sorgfältig gebügelten Stofftaschentuch. Er fühlte sich unsicher, beobachtet und trug die Last einer Entscheidung, die sich nicht mehr lange würde hinausschieben lassen.

Es war ungewöhnlich, dass Tinescu nach Schulschluss diesen Markt besuchte. Nervös war er, weil er nun auf jene bunte Bude zumarschierte, mit welcher die sowohl von der EU wie auch von den spanischen Arbeitgeberverbänden unterstützte Organisation Anapec um Rumänen warb, die sich entschieden, im Frühjahr für drei, vier Monate nach Südspanien zu fahren, um Erdbeeren zu ernten.

Dass sich der Informationsstand etwas abseits befand, kam Tinescu sehr zupass; er fürchtete, von einem anderen Lehrer angesprochen zu werden, fürchtete, Gerüchte in Umlauf zu bringen. Er hatte sich noch lange nicht zu einem unbezahlten Urlaub an der Schule entschlossen, er wollte sich heute bloß umfassend informieren, erfahren, wie viel Geld es in Spanien tatsächlich zu verdienen gab, welche Qualifikationen man mitbringen musste – und er wollte in aller Ruhe darüber nachdenken, ob es klug wäre, das goldminenlose Roşia Montană für einige Monate zu verlassen.

Die junge, kurze schwarze Locken tragende Frau, die ihn bereits musterte, als er sich noch kaum dem Stand genähert hatte, sprach zu Tinescus Überraschung ein tadelloses Rumänisch. Er kam gar nicht dazu, eine Frage zu stellen, denn sie begann sogleich von den auf den spanischen Plantagen sich bietenden Arbeitsmöglichkeiten und dem fairen Angebot ihrer Organisation zu erzählen. Tinescu wähnte sich einer Marktfrau gegenüber, die einen Kopfsalat verkaufen will. Die Frau war gewiss fünfzehn Jahre jünger als er und sprach über Südspanien, als liege es nur einen Steinwurf entfernt, sprach unbekümmert, als sei das Erdbeerpflücken in Südspanien vor allem ein Ausdruck der Moderne, die nun – endlich – auch in der rumänischen Provinz einziehe.

Wie immer, wenn ihm eine Frau gefiel, dachte Tinescu nicht an die Möglichkeit eines charmanten Gesprächs, sondern an den lange schon unter der Erde liegenden, in seinem Kopf aber noch immer lebendigen Diktator Ceaușescu, dem es gelungen war, in Rumänien den Verkauf von Kondomen zu unterbinden. Damit hatte Ceaușescu dafür gesorgt, dass Mihai Tinescu als Jungfrau in die Ehe gegangen war. Aufgrund der damaligen, auf rasches Bevölkerungswachstum zielenden Familienpolitik fühlte sich Mihai als junger Mann genötigt, seinen Samen, den er masturbierend aus sich herausgeholt hatte, um jeden Preis zum Verschwinden zu bringen. Es war ihm unmöglich, den Schlafanzug, die Decke, ein Kissen oder gar ein Taschentuch zu beflecken – auch war es undenkbar, eine schwarze Socke zu benutzen, denn seine Mutter wusch die Kleider im Dorfbach derart gründlich, dass ihr nichts entging. Seinen Samen ergoss er deswegen auf ein flaches, breites Holzscheit, das er zu sich unter die Decke geschmuggelt hatte. Hernach ließ er ihn einige Minuten in den Fasern des Holzes trocknen, trug das Scheit heimlich durch das Stubendunkel tappend zum Holzofen, legte es auf die Glut, pustete drei Mal, um dem Feuer auf die Sprünge zu helfen, und schlich sich voller Angst, seine Mutter werde mit ihrer feinen Nase selbst den Geruch verbrannten männlichen Samens im Schlaf wahrnehmen, wieder ins Bett.

Die Vorstellung, einmal aller Vorsicht zum Trotz von seiner Mutter mit dem Holzscheit entdeckt zu werden, verbunden mit dem in Roșia Montană allgemein verbreiteten Gerücht, Masturbation

schade der Sehkraft, sorgte bis heute dafür, dass sich Tinescu sogleich unwohl fühlte, wenn sich sein Körper der Möglichkeit einer Masturbationsversuchung auch nur näherte.
Tinescu gab sich einen Ruck; die vor ihm stehende Frau erhielt für ihre Arbeit womöglich einen westeuropäischen Lohn, ohne dass sie im europäischen Ausland arbeiten musste, auch ging es hier nicht um ihre so unbeschwert und nach einem allseits willkommenen Abenteuer klingende Stimme – es ging um seinen Verdienst, es ging um sein Einkommen, es ging um seine Familie.
Tinescu sammelte seinen Mut und stellte konkrete Fragen. So erfuhr er, dass der Stundenlohn eines Erdbeerpflückers 72 000 Lei betrage – das entsprach immerhin dem Doppelten seines derzeitigen Lohnes. Auch erfuhr er, dass die Firma die Busfahrt von Bukarest nach dem südspanischen Huelva und zurück übernehmen werde und es in Huelva Dutzende Geldtransferbüros gebe, von wo aus er einen Großteil seines Lohns in die Heimat würde schicken können.
Als deutlich wurde, wie sehr sich Tinescu interessierte, holte die Frau ein Formular hervor und sagte: »Das ist der Vertrag. Ich zeige Ihnen, wie man ihn ausfüllt!«
Sie wollte wissen, ob er zwischen achtzehn und vierzig Jahre alt sei, ob er verheiratet und Vater von Kindern sei, die noch keine vierzehn waren. Tinescu antwortete wahrheitsgemäß, und die Frau füllte die Zeilen des allein in Spanisch abgefassten Formulars.
»Wenn Sie hier ein Kreuz machen, verpflichten Sie sich, während der Arbeitszeit weder harte Drogen zu konsumieren noch zu transportieren, bei sich zu tragen, im firmeneigenen Fahrzeug oder der firmeneigenen Kleidung zu verstecken oder zu verkaufen.«
Tinescu nickte, die Frau machte ein Kreuz, damit waren sie bereits unten am Papier angelangt.
Schließlich erwähnte die Frau noch, dass mit Erlöschen des Arbeitsvertrages auch seine Aufenthaltsbewilligung in Spanien

enden werde und dass er, falls er das Formular abgeben möchte, 210 000 Lei zu bezahlen habe.

»Ich muss mir die ganze Sache erst einmal überlegen«, sagte Tinescu und war erleichtert, als die Frau dies für selbstverständlich hielt.

Froh darüber, alles so schnell hinter sich gebracht zu haben, steckte Tinescu das Formular ein, verabschiedete sich höflich, marschierte zu seinem Citroën und fuhr auf kurvigen Straßen seinem Zuhause entgegen. Dass er nun nichts weiter mehr benötigte als eine Unterschrift und 210 000 Lei, irritierte ihn. Vladana würde er sofort erklären müssen, dass das nicht viel Geld war, dass er es mit drei Stunden Arbeit schon wieder hereingeholt haben würde. Aber er wusste noch nicht, wann und wie er mit ihr über seine Pläne würde sprechen können.

13. KAPITEL
NIŠ, SERBIEN

Es waren vier Luft-Boden-Raketen vom Typ AGM-88, die das berüchtigte Gefängnis im südserbischen Niš trafen, wo, neben hundertzweiundsiebzig anderen Insassen, Alim Jahiji, ein neunzehnjähriger Kosovo-Albaner aus dem Städtchen Skënderaj, seit einigen Wochen schon in U-Haft saß; abgefeuert von einer F-117 Nighthawk der US-amerikanischen Luftwaffe, einem Kampfjet, der zur ersten Staffel gehörte, die in dieser Nacht über Serbien hinwegzog, um im Rahmen der Nato-Operation Allied Force militärische Anlagen zu beschießen. Die Umgangsformen und Verhörmethoden in der Nišer Haftanstalt ließen sich zwar ohne Weiteres als militärisch bezeichnen; dennoch musste es irrtümlich geschehen sein, dass dieses Gebäude von den Gefechtsplanern als militärisches Objekt kartografiert worden war. Ob irrtümlich oder nicht: Die satellitengelenkten Raketen trafen den Gebäudetrakt E, vierzig Meter von Alim Jahiji entfernt brach die Hölle los. In ihm, der hier seiner Meinung nach völlig zu Unrecht festgehalten wurde, sammelte sich eine ungeheure Energie. Er war, um von hier ausbrechen zu können, zu allem bereit.
Alim Jahiji war in Skënderaj aufgewachsen, einem albanisch geprägten Dorf im Norden des Kosovo. Er hatte die obligatorischen Schulen besucht, ohne zu brillieren, hatte mit einigem Talent Fußball gespielt, ein Spiel, das insbesondere bei Fehlentscheiden des Schiedsrichters seinen Jähzorn hatte wecken können. Er hasste es, wenn andere Tiere quälten, zögerte aber nicht, wenn es galt, einem gleichaltrigen die Faust ins Gesicht zu schlagen. Er suchte bereits in früher Jugend nach Wahrheit, Gerechtigkeit und Vorbildern; er wurde, ohne es zu wissen, bald selbst zu einem. Das geschah, als ein Unwetter die Region heimsuchte und die in den die Grenze zu

Montenegro markierenden Bergen entspringenden Bäche über die Ufer treten ließ. Besonders viel Schaden richtete ein Bach in Klinë e Mesme an, und Jarmila Balankaja, ein neunjähriges Roma-Mädchen, das in diesem Dorf wohnte, wurde mehr als fünf Kilometer weit mitgerissen, ehe es in Skënderaj vom damals vierzehnjährigen Alim, der blind war für die Gefahr, in die er sich begab, aus den Fluten geholt wurde.

Jarmila holte sich eine Lungenentzündung, aber sie überlebte; ihr Vater schenkte dem jungen Jahiji für die bereits tot geglaubte Tochter lebenslange Dankbarkeit. In den Ohren eines Vierzehnjährigen klang das nach einem Versprechen, viel zu märchenhaft, um etwas zu bedeuten. Von den Bewohnern dieser abgeschiedenen Roma-Siedlung erzählte man sich in Skënderaj nichts Gutes, wichtige Leute und solche mit Geld lebten in Priština, das war auch Alim bereits klar.

Vier Jahre später, in einem frühen Winter, ging Alim, achtzehnjährig, auf Geheiß seiner Mutter durch den Schnee, der zuseiten der Straße hüfthoch aufgeschaufelt war, auf den Dorfladen zu, um ein Pfund Butter zu kaufen. Im Laden blickte Alim in die Augen Jarmilas, es war ihre erste Begegnung, seit er sie aus den schwarzbraunen Fluten gezogen hatte. Sie war dreizehn Jahre jung, zeigte bereits die Anmut einer heiratsfähigen Frau und raubte Alim mit einem offenen Blick aus ihren schiefergraugrünen Augen die Sprache. Weil Alim ihre Gegenwart im engen Laden nicht aushielt, legte er benommen die abgezählten Münzen auf den Ladentisch, eilte in den Schnee und versuchte, sich beim Beobachten eines vorüberziehenden Fuhrwerks zu erholen. Wie zum ersten Mal bestaunte er den dampfenden Atem der Pferde und die von den Dachrinnen hängenden Eiszapfen. Wenig später stand Jarmila auf der Türschwelle des Ladens, die eigenen Einkäufe in der einen, Alims Butter in der anderen Hand. Es dauerte noch ein Jahr, bis sie sich ein erstes Mal küssten. Niemand durfte von dieser Liebe wissen, denn Jarmila Balankaja stammte aus einer ruthenischen Familie. Das Dorf, in dem sie wohnte, das beschauliche Klinë e Mesme, ein Steinwurf hinter Skënderaj gelegen, gehörte zur Heimat serbischer Familien, die seit Jahrhunderten im Kosovo lebten. Zwei, drei Mal besuchte er sie dort, wobei er die Straße mied; es brauchten nicht gleich alle zu wissen, dass er sich in ein Roma-Mädchen verliebt hatte. Also schlug er sich, wenn er Jarmila besuchen wollte, in den Wald, ging jenen Bach entlang, der von Anbeginn Teil ihrer Geschichte war.

Manchmal kam ihm Jarmila entgegen. Sie litt darunter, dass sie sich nur heimlich treffen konnten, und dann küssten sie sich bereits beim Wasserbaum, wie sie ihn nannten, einer mächtigen, stark verwurzelten Weißtanne, die seit dem großen Unwetter, bei dem sich der Bach abschnittsweise ein neues Bett geschaffen hatte, stolz und kräftig mitten im Wasser stand.

Alim hatte noch nicht um ihre Hand angehalten, Jarmilas Schwester Jovana hatte ihm aber verraten, dass Jarmilas Vater bereit sei für dieses Ansinnen. Mehr als das; er habe, so wusste Jovana, die Mitgift organisiert: Es handle sich um eine Taschenuhr, die er immer bei sich trage, eine kostbare Uhr, die nicht nur das Bildnis Jarmilas, sondern, verborgen unter einem doppelten Boden, auch hochkarätiges Gold enthalte.

Alims Adoleszenz bestand aber nicht allein aus Butterholen und mehr oder minder heimlichen Treffen mit Jarmila, sondern zunehmend aus einem politischen Engagement. Das war kein Zufall: Sein Vater, ein Gymnasiallehrer, saß in einem serbischen Gefängnis, weil er sich geweigert hatte, in der Schule nur Serbisch zu sprechen und mit seinen Schülern nur serbische, aber keine albanischen Schriftsteller zu lesen. Sein Bruder saß im Gefängnis, weil er sich im Militärdienst staatskritisch geäußert hatte. Ein naher, sich an den berüchtigten Studentenunruhen von Priština beteiligt habender Onkel war in den frühen 80er-Jahren in die Schweiz geflüchtet, um der Repression zu entkommen. Auch dieses familiären Umfeldes wegen war Alim Jahiji tagsüber Student, nachts aber Guerillero. Er schrieb regelmäßig für ein kosovo-albanisches Studentenblatt;

er rief auf zum Kampf für einen unabhängigen Kosovo. Er organisierte Demonstrationen, in denen Kosovo-Albaner die Loslösung von Serbien forderten. Zum Beispiel auf der Großdemonstration in der westkosovarischen Studentenstadt Gjilan vor anderthalb Monaten. In Gjilan wurde Alim, zusammen mit seinen langjährigen Freunden Arbenor und Liburn, auf der Flucht vor einer riesigen Tränengaswolke verhaftet und in einem vergitterten Kastenwagen nach Niš transportiert. In die Mauer, wie die berüchtigte Haftanstalt dort hieß.

Zu Beginn der Untersuchungshaft saß Alim in einer Einzelzelle, in der die Exkremente eines Vorgängers am Boden lagen. In einem ersten Verhör wurde ihm das Schienbein, später mit demselben Eisen das Nasenbein gebrochen. Alim schwor sich, lieber zu sterben, als die Namen jener zu nennen, welche die Demonstration organisiert hatten. Alim leckte das warme Blut, das ihm von der Nase in den Mund lief, er ignorierte die Tränen, die zu unterdrücken er keine Kraft besaß, er sagte kein Wort. Als sie ihm den Schädel festzurrten und die Zähne einschlagen wollten, stellte sich Alim kühl darauf ein, aber da hieß es, zwei Zellen weiter hinten sei einer bereit auszupacken. Nach fünf Tagen kam Alim mit Liburn und Arbenor in eine gemeinsame Zelle. Mithilfe eines Konservendosendeckels, in dessen Besitz sie eine List gebracht hatte, schlossen die drei Blutsbrüderschaft.

Das Essen, das man ihnen vorsetzte, sorgte dafür, dass Alim innerhalb von anderthalb Monaten sechs Kilo Körpergewicht verlor. Aber er schwieg, er wollte nicht auffallen, er fürchtete sich vor weiteren Verhören. Er wusste, Arbenors Vater hatte in serbischer Untersuchungshaft ein Auge verloren, Arbenor hatte sich Rache geschworen. Sein großes Ziel war es, den Milizionär zu stellen, der zugestochen hatte.

Alim Jahiji hasste jeden Zentimeter in diesem Gefängnis. Er versuchte, diesen Hass in eine ihm eigene Kraft umzuwandeln. In eine Energie, die dem zukünftigen, freien, selbstbestimmten

Kosovo zugutekommen sollte. Diese Serben hier, sie würden jeden Kosovo-Albaner am liebsten in Einzelhaft nehmen, würden es sofort tun, wenn genug Zellen da wären, würden jedes konspirative Wort verunmöglichen. Jahiji traute ihnen zu, das Trinkwasser, das sie den Häftlingen gaben, mit Urin zu vermischen.

Alim wusste, es würde keine Gerichtsverhandlung geben, sie würden diese U-Haft einfach so lange ausdehnen, wie es ihnen passte.

Das zweite Geschwader der Nato, bestehend aus zweiunddreißig Kampfaufklärungsflugzeugen und zwölf Tarnkappenbombern, hatte den Nato-Stützpunkt im italienischen Aviano bereits verlassen, zog nun von der Adria her über Serbien, auch über das im Südosten gelegene Niš, und sorgte mit einem neuerlichen Beschuss der Stadt unter anderem dafür, dass in jenem berühmten Gefängnis, diesmal auf der anderen Seite des Innenhofs, nochmals die Hölle losbrach, denn es schlug jetzt ein satellitengelenkter Marschflugkörper im Gebäudetrakt B ein, abgefeuert von einem Kampfaufklärungsflugzeug vom Typ Tornado ECR der spanischen Luftwaffe. Der Pilot – marokkanische Abstammung, zweiundvierzigjährig, dichtes Kraushaar – erhoffte sich von diesem Einsatz nicht nur ein zusätzliches Gehalt und mehr sogenannte rote, also bei einem Ernsteinsatz geleistete Flugstunden, sondern auch die Möglichkeit, bei einer nächsten Kampfhandlung Lenkwaffen mitzuführen, deren Flugbahn nicht irgendein ferner Nato-Satellit, sondern er selber per Zielvideo würde beeinflussen können. Beim Marschflugkörper, den er soeben losgeschickt hatte, handelte es sich um ein programmgesteuertes Gefechtsmittel, dessen Sprengkopf erst explodierte, wenn die 1120 Kilogramm des Flugkörpers zum Stillstand gekommen waren. Auch bei überdurchschnittlich solid konstruierten Gebäuden durchbrach der Marschkörper, dessen Fluggeschwindigkeit kaum je unter die Fünfhundert-Stundenkilometer-Marke fiel, vier oder fünf Betonmauern, bis er stillstand: Die hundertfünfunddreißig Kilogramm Sprengstoff detonierten idealerweise erst in der Gebäudemitte und entfalteten so ihre volle Zerstörungskraft.

Alim konnte das nicht wissen, aber er hörte und spürte die Detonation des Sprengsatzes, der dafür sorgte, dass man später von vier Häftlingen nur noch Knochen und Asche zusammenkehren konnte. Vierzehn weitere Männer waren auf der Stelle tot, fünf verbluteten und neunundsechzig andere in Trakt B waren in großer Aufruhr. Der Marschflugkörper hatte die Westfassade, einen Zwischenboden und die Rückwand von zwölf Zellen zerstört. In drei Zellen kamen alle Insassen um, in den anderen neun war aufgrund des Rauches der Sauerstoff knapp. In der Zelle, in der sich Alim befand, stürzte ein Stahlträger ein und quetschte Liburn beide Oberschenkel ab. Liburn schrie entsetzlich, Panik brach aus. Alim Jahiji wusste nicht, was über dem Himmel Serbiens vor sich ging, aber ihm war klar, er würde Liburn nicht rechtzeitig helfen können. Dieser atmete heftig und bat Alim, an seiner Stelle für einen unabhängigen Kosovo zu kämpfen. Alim hielt seine Hand und versprach es ihm. Dann krachte hinter ihnen etwas zusammen, Liburn verlor das Bewusstsein.

Im Feuer, das sich unter starker Rauchentwicklung verbreitete und wenig später den stockfinsteren Trakt B erreichte, brachen sich Inhaftierte einen Weg frei zum Schlüsselschrank und öffneten Dutzende von Zellen. Einige rannten um ihr Leben. Andere Insassen, vor allem jene mit albanischer Herkunft, waren zudem bemüht, sich an den serbischen Gefängniswärtern zu rächen. So dauerte es nicht lange, bis zwei Wärter, die mit Feuerlöschern hantierten, hinterrücks übermannt und mit den eigenen Waffen erschossen wurden. Einer zog dem Sterbenden die Schutzmaske vom Gesicht und schoss sich mit einer halb automatischen Waffe den Weg frei.

Eine Weile sah es so aus, als würde es Alim und Arbenor gelingen, in einer Gruppe Bewaffneter den Ausgang zu stürmen, aber die serbische Gefängnisaufsicht wurde unterstützt von der alarmierten

Miliz, die sich, bewaffnet bis auf die Zähne, daran machte, die Herrschaft über das Gefängnis zurückzugewinnen. Alim konnte Arbenor überzeugen, ausgerüstet mit einem Feuerlöscher, der Schutzmaske und dem Helm eines erschossenen Wächters zurück in die Zelle zu flüchten, obwohl diese nach dem partiellen Einsturz keine Sicherheit mehr bot.

Als Alim den Leichnam Liburns, die offen stehenden Augen und die unter dem Stahlträger begrabenen Beine sah, wurde ihm speiübel. Er wünschte sich den Tod dessen, der diese Bomben abgeworfen hatte.

Die beiden sahen es nicht, aber sie hörten, wie die Miliz, wohl als Demonstration ihrer Macht, dreizehn Häftlinge an die Wand stellte und stellvertretend für alle anderen erschoss. Dann wurde es seltsam ruhig, das Gebäude fiel nicht in sich zusammen, letzte Feuer wurden gelöscht.

Alim atmete tief durch. Er dachte an seinen Onkel, der 1983, bei den damaligen Studentenunruhen im Kosovo, im Gepäck den Schlafsack seiner Eltern und ein paar Geldscheine, via Österreich in die Schweiz geflüchtet war. Die Schweiz: in den Augen Alims ein in sich und seiner Stabilität ruhendes Land, in dem, wer demonstrierte, keine Verhaftung riskierte, ein Land, in dem schon viele Albaner eine Zukunft gefunden hatten und von wo aus sich, weit weg von allen Gegnern, der Unabhängigkeitskampf für den Kosovo koordinieren ließ. Auch Jarmila würde in der Schweiz ein glückliches Leben führen können.

Im Innenhof des Gefängnisses wurde zu ihrer Verblüffung die Flutlichtanlage eingeschaltet. Das verlieh dem überall aufsteigenden schwarzen Rauch eine absurde Schönheit. Im scharfen Licht, das durch den Riss in der Mauer in ihre Zelle drang, entdeckte Arbenor den Grund für den beißenden Schmerz in seiner Wade. Alim sagte ihm, er solle das nicht tun, aber Arbenor hielt es nicht länger aus; mit der Kante der Blechdose entfernte er die Gewehrkugel, die in seinem Fleisch steckte. Alim zog sein T-Shirt aus, um die Wunde abzubinden. Er war noch nicht fertig damit, als Arbenor bewusstlos wurde. Alim eilte in den rauchverhüllten Gang und schleppte den nächstbesten tot oder halb tot herumliegenden Wärter in die Zelle. Er zog sich dessen Uniform an, zwängte sein Gesicht in die feuchte, übel riechende Schutzmaske und setzte den Helm auf. Dann hievte er Arbenor auf den Rücken und schleppte ihn fort. Sofort bildete sich Kondenswasser in der Maske, die Schutzgläser beschlugen, er sah wenig, bekam kaum Luft.

Es fielen keine Schüsse. Abgesehen von den lauten Atemgeräuschen in der Maske blieb es gespenstisch still. Alim gelang es, Arbenor hinaus auf die Straße und dort in die Obhut der Ambulanz zu bringen.

In der Klinik, als Alim in einem schmalen Bett neben dem sichtbar atmenden Arbenor erwachte, fühlte er sich bedroht – Arbenor war zwar behelfsmäßig verarztet worden, aber als Kosovo-Albaner war es ratsam, sich nicht länger als nötig in einer serbischen Klinik blicken zu lassen.

Er hörte, wie sich im Nebenzimmer zwei Ärzte über den maroden Zustand der serbischen Luftwaffe, überhaupt des serbischen Militärs unterhielten. Offenbar weigerten sich verschiedene Kampfpiloten, in ihre russischen Abfangjäger zu steigen, weil diese Maschinen, wie sie sagten, zu nichts anderem gut waren, als sich abschießen zu lassen. Der Radartechnik aus den späten 70er-Jahren gelinge es nicht, feindliche Flugzeuge rechtzeitig zu orten. Gemäß den beiden Ärzten war klar, dass die nächsten Angriffe der Nato kurz bevorstanden.

Als Arbenor erwachte, klagte er nicht über Schmerzen, sondern begann, typisch für ihn, sogleich mit einer politischen Diskussion; er war glücklich, dass sich der Westen anschickte, dem Morden im Kosovo ein Ende zu bereiten. Alim aber schien, es hätte soeben ein Krieg begonnen, der auch für die Kosovo-Albaner leicht zu einem Albtraum werden könnte. Anders als Arbenor hielt es Alim auch nicht für sinnvoll, im Bombenhagel der Nato für einen unabhängigen Kosovo zu kämpfen. Arbenor bedrängte ihn mit Argumenten, wiederholte, dass es gerade jetzt enorm wichtig sei, nicht nur die serbische Miliz, sondern auch die serbischen Strukturen im Kosovo aufzulösen, eine Arbeit, welche die Nato nicht erledigen werde. Alim nickte, dachte aber an seinen Onkel in der Schweiz.

Unbemerkt verließen sie ihr Zimmer, stiegen im ersten Stock aus einem Fenster, kletterten über einen Zaun. Arbenor kam um vor Hunger, in einem Lebensmittelladen deckten sie sich ein.

Auf der Straße begegneten sie einem Kosovo-Albaner, der ihnen eine *Koha Ditore* in die Hand drückte – die kosovo-albanische Tageszeitung. In dieser Ausgabe hatte Siham Amadjani, Alims Onkel, einen düsteren Kommentar veröffentlicht zu den Nato-Angriffen und dem langen Weg, den der Kosovo noch vor sich habe. Mit diesem Artikel war für Alim klar, dass mit einem Krieg nichts gewonnen werden konnte und dass er umgehend in die Schweiz flüchten musste, auch wenn er keine Ahnung hatte, wie er das anstellen und wie er Amadjani, zu dem seine Familie keinen Kontakt mehr hatte, finden sollte. Mutter und Schwester zurückzulassen, würde ihm schwerfallen, vor den Bomben aber würde er sie ohnehin nicht schützen können – und solange sein Vater und sein Bruder im Gefängnis saßen, würden die beiden den Kosovo um keinen Preis verlassen wollen.

Ohne Arbenor davon zu erzählen, setzte sich Alim in den Kopf, bei seinem Onkel in der Schweiz seine Zukunft vorzubereiten.

14. KAPITEL
LANGENTHAL – BERSCHIS, SCHWEIZ

Wenige Haltestellen hinter Ziegelbrücke zeigte sich Thomas Steinhövel der an diesem regnerischen Tag mit einer sonderbaren Leuchtkraft vom Rest der Landschaft sich abhebende, wie ein Reptil mit glänzend geschuppter Haut in einer Mulde liegende Walensee. Die graue Felswand, überhaupt die wilde, am anderen Ufer emporschießende Natur imponierte ihm, obwohl er in dieser Gegend aufgewachsen war, immer wieder von Neuem und tröstete ihn darüber hinweg, dass es schwierig werden würde, nach sieben Jahren als freier Reporter einen Job zu finden, der sich nicht nur finanziell halbwegs lohnen würde, sondern ihm auch die Einbildung ermöglichte, er tue mehr oder weniger etwas Sinnvolles. Dass es keine Freude mehr war, für den *Großen Bund* zu schreiben, hatte Steinhövel bereits in der ersten Besprechung mit dem talentfreien Bütikofer zu spüren bekommen: Im Unterschied zu Marc Widmann begeisterte sich Bütikofer nicht für Details, sah keinen Reiz in jenem sprachlichen Raffinement, das Steinhövel im ersten Entwurf der Reportage über das Kaspische Meer aufs Papier gelegt hatte, auch sprach er nicht von einer Geschichte, sondern von Content, und weil es ihn nicht interessierte, dass Steinhövel vor zwei Monaten mit Widmann einen Umfang von 21 500 Zeichen vereinbart hatte, blieb Bütikofer bei seinem Angebot von maximal 14 000 Zeichen – Texte größeren Umfangs bezeichnete er als Bleiwüste, die man dem Leser nicht zumuten könne. Dass es auch für die Bilder Gambellis wenig Platz geben würde, war ein schlechter Trost.
Nach einem langen Tunnel erreichte der Regionalzug die Haltestelle Mühlehorn. Steinhövel blickte über den direkt hinter der Bahntrasse beginnenden See hinweg zur Felswand, die mindestens

drei- oder vierhundert Meter anstieg und oben in rasch sich wandelnden Wolken verschwand, Wolken, aus denen hoch oben nicht Regen, sondern Schnee fiel. Steinhövel stellte sich den unter die Haut fahrenden Lärm vor, den die Kampfjets der Nato verursachten. Den im *Bund* abgedruckten Bericht zu den Luftschlägen gegen Serbien hatte er soeben zum zweiten Mal gelesen, die Sprache der Nachrichtenagenturen ließ aber vielerlei Umstände im Bereich des Unvorstellbaren.

Diesen *Bund*-Artikel und den eben erst veröffentlichten Zwischenbericht der Bergier-Kommission auf dem Schoß, saß Steinhövel neben jenem großen Blumenstrauß, den er im Migros-Supermarkt, geschützt vom großen Andrang kurz vor Mittag, aus den dekorativen, schon hinter den Kassen gelegenen Aufbauten hatte mitgehen lassen. Erstens war er so knapp bei Kasse, dass er kein Geld für Blumen hergeben mochte, zweitens suchte die Migros nach technischen und reglementarischen Möglichkeiten, jene Kunden, welche die Gewinne ihrer Kundenkarten nicht für sich selbst, sondern für Asylsuchende verbuchen lassen wollten, von dieser Zweckentfremdung abhalten zu können, weswegen dieses Warenhaus – das war eine Haltung, die er von seiner Schwester Marlene übernommen hatte – hin und wieder beklaut werden musste.

Steinhövel freute sich nun doch, einmal am Geburtstag seiner Mutter nicht unterwegs, sondern in der Schweiz zu sein. Irma, seine bescheidene, mit den Wechseljahren etwas füllig gewordene, sich aber dennoch oder gerade deswegen gern in knallbunten Farben kleidende Mutter, hatte die Familie zu ihrem zweiundsechzigsten Geburtstag nach Hause eingeladen, wo sie wahrscheinlich seit sechs Uhr morgens in der Küche stand, um aufwendige Vor-, Haupt- und Nachspeisen zuzubereiten. Steinhövels in aller Regel zurückhaltende Begeisterung für Familienanlässe hatte mit Politik zu tun, die als Thema nicht immer zu vermeiden, aber unangenehm zu besprechen und nicht weniger unangenehm zu beschweigen war – politisch hatten nicht alle das Heu auf der gleichen Bühne, vor allem Großvater Lucien pflegte teils schrecklich bürgerliche, ausländerfeindliche Ansichten. Es war leicht möglich, dass der Bergier-Zwischenbericht eine derartige Geburtstagsfeier überschatten würde.

Die Lektüre dieses Berichtes mit dem Titel *Die Schweiz und die Flüchtlinge zur Zeit des Nationalsozialismus* stellte der gerne in ihrer langjährigen humanitären Tradition sich sonnenden Schweiz ein beklemmend schlechtes Zeugnis aus und frappierte Steinhövel Seite um Seite. Einige Dinge waren ihm zwar bekannt, so etwa, dass die rote Farbe, die in Deutschland für die zahllosen Hakenkreuzfahnen benötigt worden war, aus Schweizer Produktion stammte, aber das Ausmaß politischen Versagens, das in diesem Bericht mit geschichtswissenschaftlicher Nüchternheit dargelegte Quantum an Feigheit, Anpassung und offenem Antisemitismus waren für Steinhövel höchst beschämend. Mit einer eigentümlichen Art von Neid dachte er an Marc Widmann, an Marlene auch, die beide in den Genuss kamen, sich nun nicht mehr täglich in der auch dieser Feigheit und dieser Nazi-Anpassung wegen reich gewordenen Schweiz aufhalten zu müssen. Für die noch völlig instabile Idee, selber auszuwandern, hatte Steinhövel mit diesem Bergier-Zwischenbericht neue Motivation erhalten.

Aus dem waschbetongrauen Himmel ergoss sich noch immer ein heftiger Regen, als Steinhövel in Walenstadt umstieg in einen neuen und tadellos sauberen Linienbus. Weit und breit war Steinhövel der einzige Passagier. Der Chauffeur, ein fülliger Mann mit pedantisch gebügeltem Hemd und postgelber Krawatte, musterte ihn, wie er wahrscheinlich einen jeden musterte, der nicht täglich mit ihm diese Strecke fuhr. Er wirkte, als wiche er, um seinen Bus sauber zu halten, notfalls auch schmutzigen Pfützen aus.

An einer der nächsten Haltestellen stiegen völlig durchnässt zwei Frauen in den Bus, beide mit langem, nass glänzendem und hellblondem Haar. Offenbar waren sie ein Wegstück weit gerannt, um den Bus zu erreichen, denn sie waren außer Atem und hatten jetzt, da sie in ihren Taschen nach dem Geldbeutel suchten, während der Chauffeur bereits beschleunigte und eine erste Kurve nahm, ihre liebe Mühe, nicht hinzufallen. Die beiden unterhielten sich in einer Steinhövel unbekannten Sprache.

Für eine der beiden Frauen gestaltete sich das Hantieren mit dem Geldbeutel besonders schwierig, da sie in der einen Hand einen großen, rot leuchtenden und bereits angebissenen Apfel hielt. Um endlich beide Hände frei zu bekommen, biss die Frau in den Apfel und legte, damit ihr Speichel und der aus dem Apfel sich lösende Saft im Mund blieben, ihren Kopf in den Nacken, weswegen der erste Blick, den Steinhövel mit ihr tauschte, aus Augen, Augenbrauen und den tiefroten Rundungen eines frischen Apfels bestand.

Weil es Steinhövel gefiel, mit Weitgereisten in diesem Bus zu sitzen, versuchte er, um die beiden Frauen zu begrüßen, eine ihm gut geläufige russische Höflichkeitsfloskel. Eine der beiden gab, sichtlich verblüfft, ebenfalls eine russische Grußformel zum Besten.

Die Frauen kamen aus dem Norden, Steinhövel erfuhr aber nicht, aus welchem Land, denn kurz vor Tscherlach, drei Stationen später, drückten sie bereits den Halteknopf. Vor dem Aussteigen überreichte ihm die Frau mit dem Apfel einen Zettel, auf welchem ihre Nummer vermerkt war.

»Wir möchten dich zum Abendessen einladen«, sagte sie und lachte.

Der Bus bremste, zischend öffnete sich die Doppeltür, die beiden Frauen stiegen aus. Steinhövel saß im Bus, allein mit sich, einem geklauten Blumenstrauß und einem Zettel. Leise sagte er die Nummer auf, als ließe sich damit prüfen, ob die Frau wirklich zu erreichen war.

Nun, da er den Blumenstrauß länger betrachtete, dachte er darüber nach, wie wertvoll ein geklauter Blumenstrauß war. Das Ausstehen der Angst, erwischt zu werden, war ein größerer Liebesbeweis als die Bereitschaft, sich etwas Geld aus dem Portemonnaie ziehen zu lassen.

Ein Kirchturm, ein Landgasthof, ein mittwochs geschlossener Dorfladen und weiter hinten, auf einer unbebauten, zwischen zwei ordentlichen Einfamilienhäusern eingeklemmten, abgegrasten Weide, sieben, acht Kühe, die, ihre Schwänze schwingend, den Regen ertrugen: Das war Berschis.

In diesem Dorf angekommen, musterte Thomas Steinhövel die Kulisse seiner Kindheit und sah sich einmal mehr verblüfft von der Reglosigkeit, der stummen Perfektion der Umzäunungen, den tadellosen, bis zum letzten Quadratzentimeter gepflegten Einfahrten.

Als er sich der mit seiner Kindheit innig verbundenen Dorfstraße näherte, traten andere Gedanken in den Vordergrund. Er sehnte sich nun nach seinen von Besuch zu Besuch zerbrechlicher wirkenden Großeltern, nach Lucien und Barbara, die immer wieder vom Sterben sprachen, von geschenkten Tagen, sodass es Steinhövel stets unter die Haut ging, wenn er sich von ihnen verabschieden musste. Und wie würde das Wiedersehen mit seiner Schwester Marlene sein, die ihm kein bisschen ähnelte, aber gern für Überraschungen sorgte? Richtig kennengelernt hatten sich die Geschwister, als sie miteinander in der Jugendstrafanstalt saßen. Das war keine große Sache, bloß der vielleicht etwas verfrühte Versuch, mit etwas Geld von Berschis weg- und anzukommen in der Welt. Onkel Alois war damals nicht nur dick und faul, wie er es heute war, sondern auch der einzige Carrosseriespengler in Berschis, und sie hatten einen Deal mit ihm: Thomas und Marlene gingen nachts durch die Straßen und kratzten Kotflügel, Türen und Heckspoiler auf. Alois hatte volle Auftragsbücher, die beiden erhielten zehn Prozent auf seinen Umsatz und konnten sich die wichtigsten Alben von Pink Floyd, Abba, The Police und AC/DC kaufen. Marlene hatte Alois gegenüber von Anfang an Druck gemacht, er solle anständige Summen

in Rechnung stellen; Marlene hatte gewusst, dass die Versicherungen für den Schaden aufkommen würden und es also den Automobilisten völlig egal sein konnte, welchen Preis Alois verlangte. Dies hatte er offenbar getan; die beiden hatten ihre Spaziergänge gemacht, den rostigen Kellerschlüssel schön auf Hüfthöhe, Thomas mit dem blau-weißen Fußball unter dem Arm, bedruckt mit dem Maskottchen der Fußball-WM aus dem Jahr 1992. Möglich, dass es die beiden übertrieben, möglich, dass sie zu viele Autos in zu kurzer Zeit zerkratzten, jedenfalls setzte es dann diesen Jugendarrest. Immerhin wurde die Verbindung zu Alois nicht aufgedeckt, und Thomas war voller Bewunderung für Marlene, die diese Strafe als systembedingte Bagatelle hinnahm, während Thomas lange davon überzeugt blieb, dass sich damit sein Leben ein für alle Mal zum Schlechten verändert hatte. Sehr viel später erst hatte Thomas begriffen, dass die Idee zu diesem Deal gar nicht vom Onkel, sondern von Marlene gekommen war. Sie hatte im *Magazin* des *Tages-Anzeigers* einen Artikel über Car Walking und dessen politische Haltung gelesen. Das war eine Sache, die damals in Zürich und anderen Städten häufig passierte: Weil ihnen die Blechkarossen mehr und mehr im Weg standen und sie sich nicht länger behindern lassen wollten, gingen militante Fußgänger über Kühlerhauben, Windschutzscheiben und Autodächer hinweg ihres Weges. Eine Tätigkeit, die oft in Gruppen ausgeübt worden war und zu erheblichen Sachschäden geführt hatte.
Von ihrer Mutter hatte Thomas damals, was diese Straftat anbelangte, mehr Zorn erwartet. Irma, die sich nie dafür interessiert hatte, selber ein Automobil zu besitzen, schien dieser Vandalismus wenig zu stören, sie sagte bloß, man dürfe sich nicht erwischen lassen. Sie war froh, dass der Arrest nur einen Tag dauerte, strich ihnen das Taschengeld und erledigte die Telefonate, die nötig waren, um sich die lokale Jugendfürsorge vom Hals zu halten.
Er hatte Irma und Hubert als ungleiches Team zweier Individuen gekannt, die sich nicht darum kümmerten, was andere über sie

dachten. Am eindrücklichsten hatte sich das immer geäußert, wenn sie Kartoffeln klauten. Das war ein Entscheid dieses Mannes, den Marlene und Thomas erst gar nicht hatten kennenlernen wollen, da er erstens nicht ihr Vater und zweitens schrecklich talentiert war, die Mutter regelmäßig aus der Fassung zu bringen. Hubert und Irma, beide mit karierten, ellbogenbeschonerten Hemden: zwei Unangepasste, die einander die Schuld zuschoben, dass das Postamt den Telefonanschluss abgestellt hatte. Die sich auf dem Pannenstreifen darüber stritten, wessen Idee es gewesen war, die Sandalen auf der Fahrt in den Süden infolge Platzmangels statt im Kofferraum eben doch in der Motorhaube unterzubringen, wo sie beim Aufstieg zum Splügenpass in Rauch und Flammen aufgegangen waren. Es war Hubert, der auf der Walenstädter Gemeindeverwaltung arbeitete und deklamierte: »Ab heute kauf' ich nie wieder eine Kartoffel!« Während andere in Steinhövels damaligem Alter an kuhfladenwarmen Sommertagen ihre verschlurften Sonntagsspaziergänge quer durch Berschis oder auf ereignislosen Feld- und Waldwegen abhielten, zogen Marlene, Thomas, Irma und Hubert mit staubigen Jutesäcken und voller Eifer quer durch den Wald dem nächsten menschenleeren Kartoffelacker zu, um dort tüchtig zu ernten. Sie waren schlichtweg nicht einverstanden mit dem Preis, der im Dorfladen für Kartoffeln verlangt wurde. Und wer Irma und Hubert am Frühstückstisch sah, der hätte meinen können, da hätten sich zwei vor allem deshalb gefunden, weil sie Käse nur dann richtig mochten, wenn er ordentlich mit Honig bestrichen war.

In die letzte Biegung dieser ihm seit Kindesbeinen bekannten Straße kommend, erblickte Thomas Steinhövel das Elternhaus, ein kleines, von einer wuchernden Thujahecke umrahmtes, von einem Krüppelwalmdach bedecktes Haus, das aussah wie ein dreidimensional zusammengesetztes Puzzle, hatten die beiden doch beim Umbau ausschließlich Bauteile verwendet, die aus zweiter oder dritter Hand stammten.

Er hatte noch gar nicht auf die Klingel gedrückt, als sich die Haustür schon öffnete. Irma begrüßte den verlorenen Sohn, wie sie ihn so oft nannte, aufs Herzlichste und freute sich riesig über den Blumenstrauß. Allerdings hatte sie keine Zeit, eine Vase zu suchen, sie musste zurück in die Küche, wo zahlreiche Töpfe dampften und sich Hubert umständlich mit dem Stabmixer zu schaffen machte, sodass er Steinhövel nicht mit der Hand, sondern mit dem Ellbogen begrüßte.

In der Wohnstube saßen bereits Steinhövels Großeltern mütterlicherseits: der hagere, vierundachtzigjährige Lucien mit seinen großen Ohren und seinem nach wie vor kräftigen, schlohweißen Haar, das Hemd wie immer bis zum faltigen Adamsapfel zugeknöpft. Dicht neben ihm die zierliche, stets sorgfältig gekleidete, zweiundachtzigjährige, ihre Hände um die Henkel ihrer Tasche klammernde, ihren Kopf nicht mehr immer aufrecht zu halten vermögende Barbara. Sie wollte nicht einsehen, wieso sie in ihrem Alter keinen Lippenstift mehr auftragen sollte, und diese knallroten Lippen gaben ihr etwas Verwegenes.

Lucien und Barbara wohnten noch immer in ihrem bescheidenen Haus in St. Georgen, zwei Dörfer hinter Berschis, wo sie das halbe Leben verbracht hatten. Da er auf dem Vorplatz ihr Auto nicht gesehen hatte, ging Steinhövel davon aus, dass es Irma gelungen war, Lucien zu überzeugen, die beiden letztjährigen Blechschäden nicht als unverschuldeten Zufall abzutun und künftig aufs Autofahren zu verzichten. Jetzt saßen sie, körperlich schwach, aber mit jung gebliebenen Augen, tief im graubeigen Sofa, Barbara mit der Handtasche, Lucien schon bald wieder mit der liebesbedürftigen Katze auf dem Schoß, und neben ihnen auf dem Beistelltisch lag leicht staubig die aktuelle Ausgabe des *St. Galler Tagblatts* – auch ein Blatt, das unter Leserfreundlichkeit vor allem seichte Unterhaltung verstand.

Irma servierte mit Olivenpaste, Feta und getrockneten Tomaten belegte Apérobrötchen, Hubert füllte die Sektgläser, und kurz nach

dem Hoch auf Irma steuerte die unvermeidliche Erzählung von Luciens zweifach wiederholter, von einem talentfreien Anästhesisten unvergesslich gemachter Hüftoperation ihrem rhetorischen Höhepunkt entgegen.
Dann klingelte es an der Tür, und kurz darauf stand Marlene in der Stube. Thomas war der Erste, der sie umarmte.
Feierlich servierte Irma einen großen Topf hausgemachten Kartoffelstocks, Hubert eilte hinterher mit gegartem Gemüse, einer üppigen Sauce und Salat.
Am maßlos überfrachteten Tisch, an den sich endlich alle gesetzt hatten, machte sich Hubert, noch ehe er, wie von Irma befohlen, mit dem Löffel ein Stauseebecken in seine Kartoffelstockportion gedrückt hatte, lustig über die Europäische Union, die so tue, als sei eine krumm gewachsene Kartoffel keine Kartoffel, was wiederum Lucien, das rechte, besser hörende Ohr dem Tisch zugewandt, dazu antrieb, generell über Ausländer zu schimpfen: »Es ist ja inzwischen bewiesen, dass viele Zigeuner, wenn es kalt wird, in der Schweiz um Asyl betteln. Wenn der Entscheid vier Monate später endlich vorliegt, ist der Winter vorbei, und die Zigeuner, die bequem und warm überwintert haben, sind froh, wieder losziehen zu können!«
Aufgebracht schaute Lucien in die schweigende Runde, seine Fäuste waren geballt.
»Ein fertiges Lumpenpack«, fügte Lucien an. Laut sprach er, in seinen Augen war ein Glühen zu sehen. »Man müsste die am allerersten Tag gleich zurückschicken! Aber wir Schweizer sind halt zu lieb und lassen uns so etwas bieten!«
Niemand antwortete. Thomas warf einen tastenden Blick zu Marlene, drückte den Löffel übertrieben kräftig in den Kartoffelbrei und musste nicht lange warten, bis auch Marlene, mit einem konspirativen Blick zu ihm, anstelle eines hübschen Stausees eine wilde Kartoffelstockgebirgslandschaft formte, in welcher die Sauce alles überschwemmte. Sie hatten im Anschluss an Familienfeste bereits

ausführlich über Lucien diskutiert, wurden sich aber nicht einig: Thomas war der Meinung, dass für Menschen über achtzig, allen voran für seinen zerbrechlichen Großvater, Fremdenfeindlichkeit etwas Entschuldbares sei, nichts anderes eben als ein Ausdruck der Trauer, dass jene Welt, in der Menschen wie Lucien ihre besten Tage verbracht hatten, verschüttgegangen und ersetzt worden war durch ein Gefüge, dessen Komplexität und Veränderlichkeit ihnen Angst einflößen musste. Marlene, die für Fremdenfeindlichkeiten keine Entschuldigungen akzeptieren wollte, verstand Thomas nicht, denn gerade er, der doch mit jeder Reportage etwas Fremdes bekannt zu machen versuche, müsse doch der Meinung sein, Fremdenfeindlichkeit sei nichts als ein Zeichen mangelhafter Bildung und Engherzigkeit.
Es war Barbara, die das betretene Schweigen brach. Sie erzählte, was sie früher oder später immer erzählte, wenn sie Marlene zu Gesicht bekam: dass Marlene als Kind nicht wie alle anderen auch um den Kauf einer neuen Puppe gebettelt, sondern viel lieber eine im Sandkasten liegen gebliebene mit zu sich nach Hause genommen habe und so eine kleine Familie verloren gegangener, aber erretteter Puppen in ordentlich sortierter Manier auf ihrem Kinderbett versammelt hielt.
»Die Allgemeine Erklärung der Menschenrechte war damals mein Lieblingsmärchen«, scherzte Marlene.
»Und das ist mein Lieblingssalat«, sagte Thomas, sich bedankend, dass Irma ihm von der mit Mandeln verfeinerten Karotten-Randen-Mischung auftrug.
»So fein hast du in Bagdad sicherlich nicht gegessen«, sagte Hubert. Marlene lachte herzhaft.
»In Baku war ich«, korrigierte Thomas und erzählte vom Dom Sowjet, einem stolzen, im Zentrum der Stadt stehenden Gebäude, das, halb stalinistische Repräsentationsarchitektur, halb orientalisches Schloss, erbaut worden war von deutschen Kriegsgefangenen.

Als ihn Irma bat, ihm später eine Kopie des Artikels zukommen zu lassen, hätte Thomas gerne vom schleichenden Untergang des *Großen Bunds*, von dem vergangene Woche nach Rumänien ausgewanderten Widmann und von den ärgerlichen Gesprächen mit Bütikofer erzählt, aber Thomas mochte weder im Zentrum stehen noch vor versammelter Familie durchblicken lassen, dass er beruflich vor dem Nichts stand. Er war erleichtert, als sich Barbara nach dem Wohlergehen Marlenes erkundigte.

Diese tupfte sich den Mund mit einer der festlich-fröhlichen Papierservietten ab, holte ein bisschen Anlauf und erzählte, was in dieser Runde allein Thomas bereits wusste: dass sie bald nach Den Haag ziehen werde, um am dortigen Kriegsverbrechertribunal zu arbeiten.

Mit dem stummen Erstaunen, das sich breitmachte, hatte Marlene nicht gerechnet. Auch auf ihre Erklärung, nach vier vollen Jahren Amnesty nun bei einem internationalen Gericht arbeiten zu wollen, reagierte niemand wirklich erfreut. Einmal mehr sah sie ein, die Familie, die seit langen Jahren schon vergeblich auf Enkelkinder wartete, enttäuscht zu haben.

Erst als Thomas das Glas erhebend deutlich unterstrich, dass darauf angestoßen werde müsse, wurde ihr gratuliert.

Auf Huberts Frage, ob sie denn glaube, man werde Milošević schon bald nach Den Haag zitieren, wusste Marlene freilich keine Antwort. Sie sprach von einer Katharsis für ganz Serbien, die eine derartige Anklage bewirken könnte, und es sei, so glaube sie, höchste Zeit, einige ranghohe Militärs vor den Richter zu bringen, auch wenn man mit schwierigen, lange sich hinziehenden Prozessen rechnen müsste.

»Marlene wird das sicher gut machen«, warf Lucien ein, jetzt noch lauter als zuvor. »Es braucht fähige Leute an den Gerichten, damit man die Verbrecher auch einbunkern kann! Gesetze bringen nichts, wenn man sie nicht umsetzt!« Bestrebt, die berufliche Karriere Marlenes zu unterstützen, verwies Lucien energisch auf die

Schweizerische Volkspartei, die sich diese Forderung schon lange aufs Banner geschrieben habe. »Das gilt besonders für die Ausländer, die bekanntlich meinen, sie müssten sich nicht an unsere Gesetze halten. Man sollte alle, die etwas auf dem Kerbholz haben, sofort zurückschicken können!«, schloss Lucien.

»In Den Haag geht es nicht um Asylbewerber und nicht darum, jemanden irgendwohin zurückzuschicken, Lucien!«, versuchte Marlene relativ diplomatisch, ihren Großvater zu korrigieren. Bereits in früheren Jahren hatte sie sich an derartigen Festivitäten mit ihrer politischen Haltung immer wieder in die Nesseln gesetzt; auch jetzt braute sich hinter ihrer Stirn, Steinhövel fühlte es, ein Oppositionskurs zusammen. Sie legte ihr Besteck auf den Teller, streckte ihren Rücken und holte tief Luft: »Aber was die Asylbewerber angeht, so ist es gefährlich, pauschale Urteile abzugeben. Jeder Migrant hat seine eigene Geschichte, seine eigenen Motive.«

Ihre Stimme war nun laut und sicher. Unangenehm berührt von innerfamiliären Konflikten sah Irma stumm auf ein in ihrem Kartoffelstockstausee schwimmendes Stück glänzender Karotte.

Marlene sprach von menschenrechtsverletzenden Verhältnissen im Asylbereich, sprach davon, dass jene, die man zurückschicke, oft im Gefängnis landeten, dass sie Repressionen, Drohungen oder Folter ausgesetzt seien und manchmal sogar ums Leben kämen. Gerade jetzt, da der Bergier-Bericht den Schweizern die Augen öffnen müsste, gelte es, Fremdenfeindlichkeit zu bekämpfen. Schließlich wagte sie gar, dazu aufzufordern, die Polit-Kampagne von Amnesty zu unterstützen und an der Urne der vorgeschlagenen Asylgesetzverschärfung eine Absage zu erteilen.

Stille kehrte ein, niemand wagte dieser flammenden Rede zu widersprechen, auch Lucien sagte nichts.

Thomas, beeindruckt von seiner Schwester, litt darunter, dass die in seiner Familie geführten Gespräche zwar immer wieder politisch wurden, es aber aufgrund fest verankerter Höflichkeitsregeln nicht möglich war, Meinungsverschiedenheiten auszutragen. Er wusste, dass nun niemand mit Marlene zu diskutieren wünschte, dass sich alle über Marlene ärgerten, der es wieder einmal nicht gelungen war, ihre Meinung für sich zu behalten.

Beendet wurde die beklemmende Stille von Irma, die sich mit angestrengt freundlicher Stimme erkundigte, wem sie nachschöpfen und für wen sie schon einmal Kaffee aufsetzen dürfe; zudem ließ sie es sich nicht nehmen, auf das Tiramisu hinzuweisen, das im Kühlschrank auf ihre Gäste warte.

Der politische Teil des Abends war damit beendet, der Bergier-Bericht und die Asyldebatte erstickt in der kartoffelstockdicken Luft.

Spätabends, Lucien und Barbara hatten sich längst verabschiedet, Irma und Hubert sich schlafen gelegt, saßen Thomas und Marlene in der Küche und leerten die letzte Flasche Zweigelt. Thomas gratulierte seiner Schwester zu ihrem Kurzvortrag, aber Marlene ärgerte sich, zu wenig deutlich gewesen zu sein, und sie war enttäuscht vom Bergier-Bericht, dessen Formulierungen sie oft für haarsträubend mild und kompromissgetränkt hielt. Mehr noch aber ärgerte sie sich über die Nato, die ohne Erlaubnis des Uno-Sicherheitsrats Serbien bombardierte, denn sie sah die Handlungen der North Atlantic Treaty Organization bereits in Zusammenhang mit ihrer baldigen Arbeit in Den Haag. Tatsächlich hoffte Marlene, es werde dem Tribunal gelingen, von Anfang an alle an zivilen Personen und Einrichtungen angerichteten Schäden dokumentieren zu lassen, um die Führung der Nato so rasch als möglich an das Kriegsverbrechertribunal zu zitieren.

Als die Flasche leer war und sich die beiden aufmachten in den ersten Stock, wo die Betten in ihren Kinderzimmern frisch bezogen waren, kamen sie auf persönlichere Themen zu sprechen. Thomas erzählte, weshalb sich Martina von ihm getrennt hatte, wie schwierig es für ihn gewesen sei, in Baku mit Gambelli zu arbeiten, der sich in die Übersetzerin verliebt hatte, und wie schwierig seine berufliche Zukunft für ihn sei.

Marlene war überrascht, den Namen Gerardo Gambelli zu hören; sie war ihm seit Jahren nicht begegnet, verspürte in diesem Moment aber eine verwegene Anziehung. Sie erzählte Thomas, wie sie einen in Langenthal arbeitenden Zahnarzt namens Gujan kennengelernt habe, von dem sie aber im Grunde genommen kaum etwas wisse.

Als sie wieder auf ihre Berufe zu sprechen kamen und Thomas von Widmann erzählte, schlug die im Nachthemd an der Badezimmertür lehnende Marlene ihm kurzerhand vor, diesen Widmann zum Thema einer Reportage zu machen – nur so werde er sehen, wie es einem ergehe, der nach Rumänien ausgewandert sei. Thomas nickte, und je länger er über diese Idee nachdachte, desto besser gefiel sie ihm, auch wenn er nicht wusste, wo er eine solche Reportage würde veröffentlichen können.

15. KAPITEL
ŠABAC – BELGRAD, SERBIEN

Der von heftigen Schmerzen drangsalierte Dragan Popović zersägte ein Paar alte Schuhe, sodass die geschwollenen, einbandagierten Zehen wie kleine Mumien herauslugten, steckte sich ein Stück Süßholz in den Mund, setzte sich in sein Taxi und fuhr in diesem betagten Wolga nochmals über den ramponierten Asphalt nach Belgrad, um in der Universitätsklinik seine Mutter zu besuchen; aufgrund des drohenden Bombardements war das vielleicht keine sehr empfehlenswerte Sache, aber die Nato änderte nichts daran, dass seine Mutter in der Klinik lag und er der Einzige war, der sich um sie kümmerte. Die fast vollständig leeren Straßen verliehen Dragans Fahrt eine sonderbar bedrückende Atmosphäre.

Sie lag noch im selben Zimmer, sah vielleicht etwas besser aus, war aber entrüstet, einer zusätzlichen Kontrolle wegen nochmals vier Tage in der Klinik bleiben zu müssen.

Egal, welche Vorteile Dragan auch hervorhob, es gelang ihm nicht, seine Mutter zu überzeugen, zu bleiben, bis sie sich vollständig erholt hätte. Auch gelang es ihm nicht, sie davon zu überzeugen, die blutverdünnenden Medikamente nicht in die Blumenvase zu kippen, sondern zu sich zu nehmen. Alles, wovon seine Mutter reden konnte, alles, was sie gedanklich dominierte, war das Unglück, die seit zwei Jahrzehnten auf ihrer Nase sitzende Brille nicht mehr finden zu können und dieses Klinikaufenthaltes wegen dazu verdammt zu sein, im zwölften und damit obersten Stockwerk die Bomben der Nato ungeschützt erwarten zu müssen.

Nach einer langen, ergebnislosen Diskussion sah Dragan Popović allmählich ein, dass er Schlimmeres verhinderte, wenn er seiner Mutter behilflich wäre, die Klinik vorzeitig zu verlassen.

Als sie begriff, dass er tatsächlich bereit war, sie quasi zu entführen, blickte sie ihn an wie eine Frischverliebte ihren Verlobten. Mit einer Energie, die danach aussah, als werde sie bald wieder gesund sein, packte sie ihre wenigen Sachen und verabschiedete sich herzlich von ihren Mitpatientinnen.

An der Rezeption gaben sie an, einen Spaziergang zu machen, dann führte Dragan seine Mutter zu dem weit entfernt geparkten Wolga.

»Siehst du? So einfach ist es!«, rief seine Mutter begeistert.

Dragan nickte zögerlich und hoffte, der Arzt habe sich in der Leonarda-Da-Vincija-Straße der Nato-Bomben wegen noch nicht aus dem Staub gemacht; Insulin und blutverdünnende Medikamente erhielt man in Šabac nicht an jeder Ecke.

Auf der Rückreise von Belgrad nach Šabac kramte die Mutter in ihrer Tüte und fand, obwohl sie dort bereits x-mal gesucht hatte, ihre Brille. Sie setzte sie auf und strahlte ihn überglücklich an.

In einer Ferne, der sie sich fahrend näherten, heulten Sirenen auf. Minuten später waren Kampfflugzeuge zu hören, drei, vier, fünf Detonationen. Dragans Hände verkrampften sich, klammerten sich ans Steuer. Als sollte es seine sich in einem fort bekreuzigende Mutter nicht hören, fluchte er leise über die Albaner, warf ihnen vor, mit den USA unter einer Decke zu stecken, ihnen den Bau eines riesigen Militärstützpunktes erlaubt zu haben und diese Bombardierungen zu benutzen, um ihre politische Position zu stärken.

Bei dieser in aller Heftigkeit gemurmelten Schimpftirade unterbrach ihn telefonisch ein nervöser Marko Milošević, der von einem dringlichen Treffen der UDBA-Mitarbeiter sprach. Es gelang ihm zwar nicht, sich auf die Worte Markos zu konzentrieren, aber er nickte und sagte zu. Es klang nach Arbeit, nach einem neuerlichen Auftrag, um den er sich schon jetzt die größten Sorgen machte, denn er konnte mit diesen Füßen keinen Schritt tun, ohne aufzufallen, außerdem hatte er kein Geld, sich eine neue Heckler & Koch zu kaufen, und er hatte alle Hände voll zu tun, seine Mutter zu betreuen.

Als Dragan, erfüllt von kummervollen Vorstellungen, auf wen er wohl würde schießen müssen, sein Taxi in die Leonarda-Da-Vincija-Straße lenkte, nahm er den Fuß vom Gas und ließ den Wolga auf den leeren Platz rollen. Wortlos starrten sowohl Dragan als auch seine Mutter auf jenen Wohnblock, in welchem sie einen Großteil ihres Lebens verbracht hatten; ein riesiger, hundertzwanzig Familien Platz bietender Betonbau, der für alle, die nicht darin wohnten, gewiss zu den hässlichsten Bauten der Straße gehörte, der aber für seine Bewohner längst den Beweis dafür darstellte, dass Heimat nicht aus einer schönen Wohnung, sondern aus Freundschaften bestand.

Mit den Wohnungen selbst schien alles in Ordnung zu sein, das zweite aber der insgesamt vier Treppenhäuser, das aufgrund eines zwar geplanten, aber nicht durchgeführten Anbaus besonders großzügig errichtet worden war, jenes helle Treppenhaus, das von allen Besuchern gelobt worden und Heimat gewesen war für zahlreiche Pflanzen – dieses Treppenhaus lag in Schutt und Asche. Ein Feuer leckte noch auf halber Gebäudehöhe an einem Stück Geländer, müder, schwerschwarzer Rauch entstieg den Trümmern.

Dragan schwieg. Ihm war klar, es würde ihnen nicht möglich sein, in ihre im zwölften Stockwerk liegende Wohnung zu gelangen.

Während Dragan, unfähig, etwas zu äußern, sein Herz schlagen fühlte und bemerkte, wie ihm der Mund austrocknete, zog Dragans Mutter schweigend ihre Brille vom Gesicht, um den vor ihnen thronenden Niedergang nicht mehr sehen zu müssen. Dann zuckte sie, gab ein lautes Japsen von sich und erlitt einen Herzinfarkt, gegen den sie sich derart krampfhaft zur Wehr setzte, dass sie ihre Brille zerdrückte und sich mit dem zersplitternden Glas am Handballen üble Schnittwunden zufügte.

Dragan zerriss sich sein Hemd, band ihr einen Druckverband um und fuhr mit ihr zurück in die Belgrader Universitätsklinik, wo er

während Stunden hoffte, es würde ihr möglich sein, wenigstens zu weinen, wenigstens im Weinen einen Ausweg zu finden aus der über sie gekommenen Sprachlosigkeit.
Mit einem traurigen Nicken ließ sie ihn anderntags ziehen, nachdem er ihr erklärt hatte, dringend an einer Sitzung teilnehmen zu müssen.
Unsicher darüber, ob man ihm trotz seines jüngsten Versagens überhaupt eine Aufgabe anvertrauen würde, eilte Dragan auf den Friedhof von Šabac, wo ihn Marko Milošević im Schuppen der Friedhofsgärtnerei erwartete. Edkar, Jovan, Miladin, Dušan und Milos waren bereits zugegen, als Dragan den mit Werkzeug vollgestellten Raum betrat. Alle schauten entsetzt auf seine zersägten Schuhe und das hervorlugende Verbandsmaterial.
»Langsam erhole ich mich«, sagte Dragan, aber es war ihm anzusehen, dass er noch einen langen Weg vor sich hatte.
Marko Milošević hatte seine besten Männer um sich versammelt, um sie in jenen Auftrag einzuweihen, den er von seinem Vater erhalten hatte.
»Es sind inzwischen zehn, die in Den Haag gegen Tošorović aussagen wollen«, sagte Marko und legte schwer seufzend eine Pause ein. »Wenn wir neun von ihnen klarmachen, dass das, was mit Nummer zehn geschehen ist, auch ihnen blühe, so wird dies ihre Bereitschaft, vor diesem Nato-gesponserten Gerichtsverein zu plaudern, massiv einschränken.«
Marko sprach nicht wie ein General, es haftete seiner Art nichts Militärisches an, er wirkte kühl und analytisch.
»Was ist denn mit Nummer zehn geschehen?«, wollte Edkar wissen.
»Nichts ist mit Nummer zehn geschehen«, sagte Marko, »noch nichts. Aber es ist so: Von den zehn Zeugen, die sich bisher zu einer Aussage gegen Tošorović in Den Haag gemeldet haben, sind, falls die Angaben der UDBA stimmen, vier bereits angereist und profitieren vom Zeugenschutzprogramm. Velashi und Ruli, zwei Bosniaken, hocken vorübergehend in Helsinki, weil das Tribunal

offenbar den Plan verfolgt, dem dünn besiedelten Finnland mit ein paar neuen Einwohnern unter die Arme zu greifen. Der verstümmelte Ivo Agolli, auch ein Bosniake, lässt sich in einer Klinik in Amsterdam pflegen, Saša Surdić will erst noch mit der Mutter nach Mazedonien flüchten; dort werden wir ihn abfangen. Eine Frau haben wir auch: Mirja Ahmedi, eine junge Bosnierin, die behauptet, das Kleinkind in ihrem Arm sei das Resultat einer Vergewaltigung. Sie hält sich noch in Tuzla auf. Der einzige Serbe im Umzug heißt Buca Branković, ist Musiker und stammt aus Šabac; ein notorischer Dissident und Staatsfeind, leider wissen wir nicht, wo er steckt. Er will Tošorović mit Dingen belasten, die er als Soldat unter dessen Befehl im Sommer 1995 erlebt haben soll. Diese zehn stehen zuoberst auf der Lohnliste.«

Lohnliste: So nannte man innerhalb der UDBA die Liste von Personen, die zu liquidieren waren. »Der hat seinen Lohn noch nicht abgeholt«, hieß es, wenn sich jemand, dessen Name auf dieser Liste stand, noch frei bewegte.

»Surdić wird kein Problem sein«, sagte Marko, »auch Agolli werden wir leicht so behandeln können, dass er die Klinik nicht mehr lebend verlässt. Aber um all jene abzuschrecken, die sich vielleicht beim Tribunal noch melden möchten, wäre es gut, wir könnten uns die vier vorknöpfen, die bereits in Den Haag sind.«

»Sollen wir sie vergiften?«, fragte Jovan, dessen Vater dem Aufsichtsrat eines Chemiekonzerns vorsaß und der seit Langem darauf hoffte, diese Position gebührend zu nutzen.

Marko schien diesen Gedanken zu prüfen, sagte aber dann doch jenen Satz, den er aller Wahrscheinlichkeit nach lange schon vorbereitet hatte: »Am besten wäre ein nicht ganz selbst verschuldeter Selbstmord.« Interessiert blickte er in die Runde. »Das Tribunal«, fuhr er fort, »muss von einem Selbstmord ausgehen und also Grund haben anzunehmen, dass mit den von diesem Zeugen gemachten Aussagen allerhand nicht stimmt. Andererseits wäre es für alle anderen Zeugen, die gewiss klug genug sein werden,

den Selbstmord als Mord zu begreifen, ein klares Zeichen, was auch ihnen blühen werde, sollten sie ihre Aussagen nicht zurückziehen.«

Zwar hielten die versammelten Männer diese Idee für grundsätzlich gut, allerdings war ein Mord in Den Haag nicht unproblematisch. Die Zeugen bewegten sich meist im gut bewachten Umfeld des Tribunals, man konnte dort nur schwerlich mit einer Waffe in der Westentasche spazieren gehen.

Marko dachte angestrengt nach.

»Dann muss eben Edkar die beiden erwürgen«, schlug Jovan vor, der insgeheim noch immer an die Möglichkeit eines Giftanschlags dachte.

Diese Idee fand Zuspruch, da niemand sah, weswegen es nicht möglich sein sollte, den Erwürgten nachträglich an einem Strick um den Hals an der Zimmerdecke aufzuhängen.

Auch Marko war mehr und mehr überzeugt, dass es richtig sein könnte, Edkar nach Den Haag zu schicken.

Die Diskussion dauerte noch eine Weile, schließlich aber erteilte Marko Jovan den Auftrag, sich in Amsterdam um Surdić zu kümmern, Miladin und Milos setzte er auf Branković und Ahmedi an, Dušan schickte er nach Mazedonien.

Erst jetzt, da alle wussten, was sie zu tun hatten, wandte sich Marko an Dragan.

»Ich werde dir später nochmals eine Chance geben«, sagte er, »eine neue Heckler & Koch ist bestellt.«

Dragan nickte und bedankte sich für das Vertrauen.

Froh, keinen neuen Auftrag überantwortet bekommen zu haben, fuhr er nach Hause, er hatte Schlaf und Schmerzmittel nötig.

Dragan bog in die Leonarda-Da-Vincija-Straße, schaute hoch zum zerbombten Wohnblock. Rauch stieg keiner mehr auf, aber einige Bauarbeiter errichteten Absperrungen, und Mitarbeiter einer Umzugsfirma holten mithilfe eines Leiterwagens Möbel aus dem vierten Stock. Als sich Dragan zu einem dieser Männer bemühte, sagte man ihm, es müsse alles geräumt werden, es bestehe Einsturzgefahr.

Ungläubig blickte Dragan hoch zu jenen Zimmern, die er bis vor Kurzem noch mit seiner Mutter bewohnt hatte, und dachte an die Möbel, an die enge, gemütliche Küche, an die beiden in der schwungvollen Handschrift der promisken Rechtsanwältin verfassten Liebesbriefe, die er unter der Matratze verstaut hatte. Er wandte sich ab, setzte sich in den Wolga, fuhr zu einer Apotheke, pflegte die Wunden, schluckte entzündungshemmende, schmerzstillende Tabletten und sank, gekrümmt auf der Rückbank liegend, in einen zwölf Stunden dauernden Tiefschlaf, in welchem er von den auch über Šabac hinwegfegenden Nato-Flugzeugen nichts mitbekam.

16. KAPITEL
BERSCHIS, FLUMS UND TSCHERLACH, SCHWEIZ

Anderntags hätte Thomas Steinhövel zwar nicht so früh wie Marlene, aber doch auch nicht zu spät aufstehen wollen, denn er musste zurück nach Langenthal, um an der Reportage zu arbeiten. Verärgert aber über die Kürzungen, die Bütikofer von ihm verlangte, spornte nichts ihn zur Eile an; er ließ sich von seiner Mutter ein umfangreiches Frühstück auftischen und bummelte dann ins Dorf und auf die Bushaltestelle zu.
Weil der über Jahre fest im Fahrplan verankerte 11-Uhr-15-Kurs ersatzlos gestrichen worden war, entschied er sich, in aller Ruhe nach Flums zu spazieren, um dort ein paar Lebensmittel zu kaufen. Angezogen von einem Plakat für eine Esoterik-Natura-Messe, bei der es um Naturheilkunde, Tibetische Medizin, Baubiologie, Handleser und Kartenleger ging, machte er ein paar Schritte auf die Plakatwand zu. Zu spät bemerkte er, dass der Bus direkt hinter ihm kehrtmachte. Als die beiden Türen des Busses aufsprangen, stand unvermittelt die blonde Frau mit dem Apfel vor ihm. Ohne Apfel diesmal, aber mit einem zupackenden Blick, voller Euphorie. Der Wind griff kurz in ihr von einem Pferdeschwanz kaum gebändigtes Haar. Paralysiert blieb Steinhövel stehen.
Als sie freudestrahlend auf ihn zukam, ging auch er langsam in ihre Richtung, bis sie so dicht sich gegenüberstanden, wie allein Liebende es tun, kurz bevor sie zum ersten Mal einander die zarte Berührung ihrer Lippen wagen.
»Kommen Sie Besorgungen machen?«, fragte die Frau auf Russisch und grinste, dass es blendete.
»Besorgungen machen?«, fragte Steinhövel, während er bereits im Gleichschritt mit ihr auf den Supermarkt zuging. Dort kaufte sie, während er ihren Korb hielt, sie zum richtigen Regal lockte

und sich so bewegte, als würden sie seit Jahren gemeinsam einkaufen, Teigwaren, Apfelmus, Schlagsahne, Zwiebeln und Knoblauch. Nach einer Weile stand sie, den Rücken durchgestreckt wie eine Kunstturnerin, vor ihm, suchte seinen Blick und entschuldigte sich in ihrem bisweilen enorm förmlichen Russisch für die gestrige Einladung zum Abendessen. Es habe dies bloß mit einem Scherz zwischen ihrer Freundin Venla und ihr zu tun gehabt, es sei nicht ihre Art, Unbekannte zum Essen einzuladen.

Steinhövel blickte in ihren Einkaufskorb, studierte den gesprenkelten Fliesenboden und nickte verständnisvoll, auch wenn er jetzt, da er sie einkaufen sah, trotz seines gut mit Cornflakes und Brot gefüllten Bauches schon wieder Appetit verspürte.

Mit einem Räuspern holte sie sich Steinhövels Aufmerksamkeit zurück: »Aber jetzt, da Sie mir schon wieder begegnen, möchte ich es nicht unterlassen, Sie ganz aufrichtig zu fragen, ob Sie heute Abend bereits von Verpflichtungen aufgehalten werden.«

Das klang wie ein Satz aus dem 19. Jahrhundert, ihre Stimme aber war ganz gegenwärtig. Steinhövel blickte, weil er nicht lange in ihr Gesicht zu schauen wagte, an ihr vorbei ins Regal mit den Beutelsuppen und den Instant-Tomatensaucen.

Wie zwei schlecht organisierte Ausflügler verpassten die beiden wenig später den nach Walenstadt fahrenden Bus, und weil es ihnen zu öde war, eine volle Stunde auf den nächsten zu warten, gingen sie, auch wenn es bis Tscherlach ziemlich weit war, zu Fuß. Auf diesem Spaziergang machten sie sich miteinander bekannt, wobei sie nicht weniger Mühe hatte, Steinhövels Namen auszusprechen, als er den ihren: Heljä Halkkanen. Sie erzählte, dass sie in einem nordfinnischen Dorf namens Äkäsjokisuu wohnte, dass sie den Hochzeitsring ihrer Großmutter trug, dass sie in Tscherlach ihre Freundin Venla besuchte, die mit ihr in Lappland zur Schule gegangen, aber eines Mannes wegen nach Zürich gezogen war, und es heute an ihr sei, für alle drei zu kochen. Dass Heljä morgen bereits zurück nach Helsinki und dann weiter nach

Lappland fliegen würde, wo ihr verwitweter Vater, dessen Rentiere und vor allem ihr Sohn Timpaa auf sie warteten, war ein Umstand, mit dem sie nicht hinter dem Berg hielt.

Heljä schien es nicht eilig zu haben, sie war einverstanden, in einem Tea-Room Kaffee zu trinken, und so setzte bereits die Dämmerung ein, als die beiden endlich das beschauliche Tscherlach erreichten.

Steinhövel freute sich auf Heljäs Freunde, weil er hoffte, in Gesellschaft weniger nervös zu sein als allein mit dieser Frau. Timpaa – er hatte nicht gewagt zu fragen, wie alt ihr Sohn sei; er ängstigte sich, etwas von einem Mann zu erfahren.

Quer durchs Dorf spazierten sie auf ein am Waldrand stehendes Haus zu, vor dem beinahe lautlos ein Bach in einem schnurgeraden Kanal ins Tal sauste. Beim Haus angekommen, hielten sie inne, blickten über die Dächer hinab zum nun erstaunlich groß anmutenden Walensee, in dem sich bordeauxrot und silbern das von zahlreichen Wolkenfronten durchzogene Abendrot spiegelte. Gerne hätte Steinhövel nun etwas Poetisches von sich gegeben, aber es lag ihm kein Puschkin und auch kein Lermantow auf der Zunge.

Heljä bat ihn ins Haus, warme Luft umfing ihn. Sie schälte sich aus der Jacke und überraschte ihn mit einem schwarzen, ihr Schlüsselbein und beinahe die gesamten Schultern zeigenden Oberteil. Beschämt sah er an sich herab; seine für eine Reise in die rumänische Provinz geeigneten Klamotten brachten ihn in Verlegenheit. Steinhövel schien, er müsse kehrtmachen, müsse nach Langenthal fahren, sich hinter die Reportage und hinter Stelleninserate setzen, aber da rief Heljä von der Garderobe aus etwas in die Wohnung hinein, auf Finnisch, Steinhövel verstand kein Wort. Dann machte sie auch schon zwei Schritte in die Wohnstube hinein und winkte ihn mit einem deutlichen Zeichen herbei. Venla war freudig überrascht, ihn zu sehen, und stand sofort auf, um ihn zu begrüßen.

Auch ihr Freund David, ein seit Monaten fleißig Finnisch lernender Schweizer, drückte Steinhövel die Hand.
Zusammen mit Heljä kochte Steinhövel die von David gewünschten Älplermakkaronen, mit viel Käse obendrauf und Apfelmus zur Seite. Als er sagte, dass er lieber ein finnisches Rezept gekocht hätte, schenkte ihm Heljä einen beherzten Blick und erwiderte, dass er gerne nach Lappland kommen könne, um das zu tun.
Steinhövel dachte an Timpaa, an die langen Gesichter von Rentieren, dachte an ihren Vater, an Birkenwälder und zugeschneite Ebenen. Auch an Marc Widmann dachte er, an die fast in jedem Winkel Europas hockenden Möglichkeiten, die wohl fremd anmuteten, die aber vielleicht doch gerade auf ihn warteten; der Gedanke, nach Lappland auszuwandern, um bei Heljä finnische Rezepte kochen zu lernen, schien ihm mit einem Mal als ganz natürliche, klar vor ihm liegende Option.
Zu viert aßen sie in einer gemütlichen Wohnstube und redeten Finnisch, Russisch und ein bisschen Deutsch, redeten über Sprache, über Klischees, Nord und Süd, über den vermuteten Zusammenhang von Witterung, Sonnenscheindauer und menschlichem Charakter. Nach dem dritten Glas Wein fühlte sich Steinhövel wohl.
Als ihn Heljä fragte, wie denn seine Wohnung in Flums aussehe, schüttelte er amüsiert den Kopf. Jetzt wollten auch die anderen wissen, weswegen es ihn in diese Gegend verschlagen hatte.
»Ich schreibe eine Geschichte über den Walensee«, sagte Steinhövel, überrascht über seine Worte. »Über die rätselhaften Schwankungen des Wasserspiegels und über die verschiedenen, widersprüchlichen Thesen der Naturwissenschaftler, die dieses Phänomen erklären.«
Davon hatte auch David, der schon seit Kindesbeinen in diesem Haus seine Ferien verbrachte, noch nie etwas gehört. Steinhövel schämte sich für diese unnötige, absurde Lüge, an der allein seine Nervosität schuld sein konnte.
»Musst du heute noch auf den Zug?«, fragte Heljä.

»Es gibt auch ganz spät noch Verbindungen«, behauptete Steinhövel, ohne auf die Uhr zu schauen.

Weil sich Venla und David nach dem Dessert und zwei Gläsern Williams in ihr Zimmer zurückzogen, saßen Heljä und Steinhövel nun allein in der Wohnstube, in der sich eine Stille einstellte, die ihm unangenehm war. Durch die offen stehende Tür ins Dunkel des zweiten Schlafzimmers spähend, gelang es ihm nicht zu erkennen, ob es zwei Betten gab oder nur eines, und Heljä, deren Verhalten man auch nicht gerade als gesprächig hätte bezeichnen können, machte es ihm nicht einfacher.

Sie saß ihm gegenüber am Tisch, die erstaunlich kräftig wirkenden Finger ihrer Rechten umfassten das längst geleerte Schnapsglas, sie studierte sein Gesicht, als gäbe es dort viel zu lesen, und Steinhövel versank immer wieder in ihren Augen.

Heljä legte beide Hände flach auf das Tischtuch, streckte ihren Rücken durch und schlug vor, fischen zu gehen.

»Fischen?«

»Fischen«, wiederholte Heljä mit ruhiger Stimme.

»Um diese Uhrzeit?«

»Abendstunden sind meist stille Stunden«, sagte Heljä, »da beißen sie gut. Jedenfalls in Äkäsjokisuu.«

»Im Walensee gibt's keine finnischen Fische«, lachte Steinhövel, obwohl er genau das wollte: noch nicht nach Langenthal fahren, sondern zusammen mit der bestrickenden Heljä eine aufregende Nacht verbringen, seinetwegen auf dem See.

»Wir werden den Motor abstellen müssen«, erklärte Heljä, als säßen sie bereits in einem Boot, »werden eine Weile nichts tun dürfen, auch nicht sprechen, und dann werfen wir die Angel aus.«

Steinhövel schaute sie neugierig an.

»Der See ist tief«, sagte Heljä, »er beherbergt viele Fische.«

Thomas schenkte ihr einen prüfenden Blick, in ihrem Gesicht aber zeigte sich nichts als Vorfreude.

Das winzige Dorf lag in tiefem Schlaf, als sie aufbrachen. Heljä trug einen erstaunlich voluminösen Rucksack, Steinhövel hatte nur seine Tasche dabei und hielt, wie Heljä auch, eine teleskopisch verkürzte Angelrute in der Hand. Der Mond war beinahe voll und blieb meist verschleiert hinter zerzupften, rasch ziehenden Wolken. Von den umstehenden Bergen leuchteten klar die schneebedeckten Flanken.

»Nicht so laut«, sagte Steinhövel scherzhaft, halb zu Heljä, halb zu seinen Schuhen, die noch immer hartnäckig mit jedem Schritt in die Stille quietschten.

»Du weckst die Fische!«, gab sie zurück und lachte.

Noch glaubte Steinhövel nicht, dass sie fischen gehen würden.

Von Tscherlach nach Walenstadt gingen sie zwanzig Minuten, dann nochmals zehn bis zum See. Wortlos standen sie am Ufer. Der zu ihren Füßen sich ausbreitende See trug einen schwarzen, unheimlichen Glanz, ein schwacher Wind wiegelte die Wellen auf, eine Boje schmatzte unregelmäßig, die Boote lagen jedoch unbewegt im hufeisenförmig angelegten Hafen; zwei, drei Dutzend Motorboote scharten sich hier um einen schwimmenden Steg, weiß, grün und rot schimmerte das Leuchtschild einer nahen Pizzeria zu ihnen herüber. Dass es hier nach Fisch roch, bildete sich Steinhövel gewiss nur ein. Schwach war ein Auto zu hören, das auf der Schnellstraße seinem Ziel zusteuerte.

Hinter Heljä betrat Steinhövel den Steg. Unterwegs hatten sie oft gekichert, jetzt war die Stimmung sachlich. Vielleicht lag es am Rotwein, jedenfalls fiel es ihm schwer, auf der nachgebenden, schaukelnden Unterlage zu gehen. Die Motorboote waren verhüllt von teils zeltartig aufragenden Abdeckungen, blau und türkis.

»Klein muss es sein«, sagte Heljä. »Geeignet für rasche Manöver.«

Es dauerte noch eine Weile, ehe Steinhövel begriff, dass Heljä davon ausgegangen war, sich einfach den erstbesten Kahn unter den Nagel zu reißen. So einfach war das aber nicht. Bei einigen Booten war die Verschnürung der Plane mit einem Schloss gesichert. Also

suchten sie eines, dessen Plane sich würde lösen lassen. Sie sprachen kaum mehr miteinander, sondern arbeiteten wie zwei Bankräuber, die vor Monaten schon mit dem Üben der nötigen Handgriffe begonnen hatten. In der Ferne startete ein Auto oder ein Lieferwagen seinen Motor, in den ufernahen Bäumen fiepte in verdächtigen Wiederholungen ein Vogel, sonst war nichts zu hören.
Geschickt löste Heljä das letzte Tau, Steinhövel stieß mit einem Bein kraftvoll vom Steg ab, was dem Boot einen erstaunlich lang anhaltenden Antrieb versetzte, dann entfernten sie sich paddelnd vom Hafen. Die Angst, in diesen ersten Momenten schon von einem Bootsbesitzer erkannt zu werden, ließ Steinhövel frösteln, aber es passierte nichts. Langsam glitten sie voran.
Steinhövel hatte noch nie richtig gepaddelt, getraute sich aber nicht, dies zu sagen. Mit dem Rücken zur Fahrtrichtung sitzend, studierte er Heljäs Bewegungen, um es ihr gleichzutun. Wenn er sich konzentrierte auf die direkt vor ihm arbeitenden Arme, gelang es, seine Kraft so ins Ruder zu geben, dass sie sich in einer einigermaßen geraden Linie aus dem Hafen bewegten.
Steinhövel überlegte, was ein solcher Diebstahl juristisch gesehen wohl für Konsequenzen hätte. Heljä schien keine Zeit zu haben für dergleichen Überlegungen, sie paddelte kräftig und zählte immer wieder leise auf Russisch bis zehn, damit Steinhövel den Rhythmus halten konnte. Winzige Wellen klatschten ans Boot, auch waren die Stimmen zweier Vögel zu vernehmen, die dicht über der Wasseroberfläche segelten. Die Paddel oder auch deren Aufhängungen, Steinhövel wusste es nicht, ließen immer dann, wenn man sie übers Wasser zog, ein Surren hören, das für seinen Geschmack viel zu laut war.
»Ein Yamaha F20«, sagte Heljä, als sie sich ein gutes Stück vom Ufer entfernt hatten, und zeigte auf den hochgeklappten Motor. »Ein kräftiges Modell zwar, aber viel zu laut.«

Am liebsten hätte Steinhövel sie geküsst, aber er nickte nur und verstand, dass sie das Boot in dieser Nacht allein aus eigener Kraft würden bewegen müssen.

Je ferner Walenstadt lag, desto mächtiger und finsterer wurde die den See gegen Norden hin abschließende Felswand. Verblüffend deutlich zeigte sich die kleine Insel, die Steinhövel, wenn er im Zug saß, immer wieder gerne betrachtete, kontrastreich gezeichnet waren auch die Umrisse jener entfernten Baubaracke, die beim Steinbruch stand, ganz am Fuß der Felsen.

Heljä holte das Paddel ins Boot, befahl Steinhövel, dasselbe zu tun und zu schweigen; schwer fiel ihm das nicht. Lange studierte sie das Wasser, als gäbe es auf dieser schwarzen Haut etwas zu sehen, was Auskunft gab über die unter ihr liegende Welt. Sorgfältig fuhr sie die Angel aus, bot ihm aus einer Blechbüchse einen Wurm an und steckte einen zweiten an ihren Haken. Die Geschicklichkeit, mit der Heljä diese Dinge erledigte, beeindruckte Steinhövel.

Er hatte noch nicht einmal den Wurm am Haken, als sich der Draht von Heljäs Angel schon dramatisch spannte. Sie geriet in Aufregung, er sah ein fast raubtierhaftes Leuchten in ihren Augen.

Einen halb toten Wurm in den Fingern und die Augen auf die vom Mondlicht beschienene Heljä fixiert, fühlte Steinhövel, was er die ganze Zeit über schon gefühlt, aber noch nicht realisiert hatte: Er war hinübergetreten in einen anderen Zustand, er hatte sich verliebt.

Sogleich fasste er den Entschluss, Heljä im Moment, da sie den Fisch aus dem Wasser holen würde, eine Liebeserklärung zu machen, allerdings war der Fisch dann so groß, dass es nicht nur ihm, sondern auch ihr die Sprache verschlug. Es war gewiss ein vierzig Zentimeter langer, glänzender Brocken, der sich heftig zur Wehr setzte und Steinhövel mit seinen Backenfühlern an eine Robbe erinnerte. Instinktiv griff er nach Heljäs Angel, damit sie beide Hände frei hätte. Allerdings hielt er die Kurbel nicht fest, der Fisch klatschte auf die Bordkante und hinab ins Wasser. Panisch griff er zur Kurbel, mühte sich damit ab und befreite sich von allen Selbstvorwürfen, als der Fisch noch dran war. Jetzt bekam ihn Heljä zu fassen. Sie schlug ihn heftig über der Bordkante auf den Kopf, holte ihm, der noch vier, fünf Mal zuckte, als wäre der Tod nur ein Täuschungsmanöver, den Haken aus dem Rachen, legte ihn auf die Holzbank und flüsterte: »Das ging aber zackig.«

Sie bemerkte nicht, dass Steinhövel wieder mit seinem Wurm beschäftigt war, als sie die Angel ein zweites Mal ausgeworfen hatte.

Als sie sah, dass er etwas sagen wollte, nahm sie den gestreckten Zeigefinger vor den Mund und hob ihre schönen Brauen – Steinhövel wagte nicht mehr, die Stille zu stören. Also warf auch er seine Angel aus, allerdings in der Sorge, seine Liebeserklärung später nicht mehr über die Lippen zu bringen.

Während einer lange sich hinziehenden Weile ereignete sich nichts. Heljä, Steinhövel, der Walensee und das changierende Licht des beinahe vollen Mondes, mehr gab es nicht, und ihm, Steinhövel, war, als seien seine Ohren wach wie selten. Ihm schien, Heljä zeichne sich durch eine asiatische Anmut aus, womöglich war es das weiche Licht und ihre nun doch klein und kleiner werdenden Augen, die diesen Eindruck verstärkten. Es wollte ihm nicht gelingen zu erahnen, was in diesem Kopf vorging. Er wusste nicht, ob so eine mitternächtliche räuberische Bootstour in Finnland zur romantischen Grundausbildung eines jeden gehörte, wusste nicht, ob Heljä ihn für einen Stümper hielt, da er kein Geschick bewies, wenn es galt, einen Fisch zu packen.

Das Rütteln an seiner Angelrute riss ihn aus seinen Gedanken. Die dünne Spitze bog sich nach unten, er hielt den Griff fest in der Hand. Der Druck löste sich, Ruhe kehrte ein.

»Auch so ein Unentschlossener«, sagte Heljä, und ehe Steinhövel dazu kam, etwas zu erwidern, zupfte es erneut an der Angel.

»Zieh!«, rief Heljä. »Schnell, schnell!«

Steinhövel kurbelte, die Spannung am Haken blieb konstant. Als er den zappelnden Fisch aus dem Wasser hob, stellte er erschrocken fest, dass dieser fast ebenso groß war wie der erste. Heljä klemmte ihre Angel zwischen Oberschenkel und Bootsbug, packte den Fisch, schickte ihn ins Jenseits, löste den Haken aus seinem Maul und legte ihn zufrieden ins Boot.

»Das sollte reichen, was meinst du?«, fragte sie.

Steinhövel nickte, erstaunt, etwas derart Großes gefangen zu haben.

»Lass uns ein Feuer machen«, sagte Heljä und hielt bereits ein Paddel in der Hand.

Bis die beiden beim Steinbruch am Nordufer anlangten, dauerte es eine halbe Ewigkeit. Steinhövel spürte schon, dass er morgen an Muskelkater leiden würde dieser elenden Paddelei wegen, aber er genoss es, dass die Felsformationen und die Umrisse dieses Gebäudes auch Heljäs Neugierde geweckt hatten. Es gab eine große, für Transportschiffe gedachte Anlegestelle – von hier aus schleppte für gewöhnlich ein schwerfälliger Kahn mächtige Steine ans andere Ufer. Steinhövel kletterte auf den Steg, Heljä machte sich am Motor des Boots zu schaffen.

»Willst du mit dem Motor zurückfahren?«, fragte Steinhövel.

»Ich will ein Feuer machen«, sagte Heljä.

Wie sie das Benzin aus dem Motor bekommen hatte, wusste Steinhövel nicht, rasch aber wurde ihm klar, dass sie ohne Benzin mit dem regennassen Holz niemals ein anständiges Feuer hätten in Gang bringen können. Aus ihrem Rucksack packte Heljä Streichhölzer, ein Taschenmesser, eine Flasche Rotwein und eine Decke, sie installierten sich unter einem Felsvorsprung schräg vis-à-vis der Baracke, sie zeigte ihm, wie man einen Fisch entgrätet.

Der Benzingeruch, der den Flammen entstieg, gefiel Steinhövel außerordentlich. Wie ihm in dieser Nacht überhaupt alles außerordentlich gut gefiel.

Er fragte sich, wieso er noch immer darauf verzichtete, diese schöne Finnin zu küssen, fragte sich, was ihm die in Liebesangelegenheiten viel erfahrenere Marlene raten würde. Gewiss war es unklug, sich hier und heute in eine Frau zu verlieben, die morgen schon in ihr nordfinnisches Leben zurückreisen würde, aber unkluge Angelegenheiten kamen ihm gerade zupass.
Lange saßen die beiden an diesem kräftigen, ihre Gesichter erhitzenden Feuer, tranken den Wein aus der Flasche, unterhielten sich in einem sehr unterschiedlich klingenden Russisch, erzählten sich ihr Leben, ihre Sicht auf die Welt. Steinhövel berichtete von seinen Reisen nach Moskau, nach Baku und nach Ungarn. Sie wiederum erklärte ihm den Unterschied zwischen Lakka- und Moltebeeren, beschrieb ihm das nächtliche Licht jener Tage, an denen die Sonne nicht untergeht, und staunte noch immer, welch dunkles Blut in den hier lebenden Fischen zirkulierte. Das Blut der Fische in den Gewässern um Äkäsjokisuu sei, so sagte sie mit einer Stimme, als sei dies ein Thema, dessen Gewicht eine eigene Reportage rechtfertigte, deutlich blasser, und lange noch sprach sie über die nordische Natur und deren Farben, über ihre verstorbene, von ihr verehrte Mutter und den diesen Verlust noch lange nicht bewältigt habenden Vater.
Gerührt von ihren Schilderungen, verspürte Steinhövel nur wenig Lust, ihr von Langenthal zu erzählen. Die nicht ganz einfache Situation in der Wohngemeinschaft über der Centralgarage, die erstaunlich hohen Bürgersteige, die man gebaut hatte, um die Langete bei Hochwasser durchs Dorf fließen zu lassen, die Fasnacht, der Rechtsradikalismus, die Minarett-Diskussion oder das Kulturlokal Chrämerhuus – das schien ihm nun alles zu öde. Stattdessen sprach er von Marc Widmann und der Fotoserie, die in dessen Küche hing, sprach von den Bergsteigern im Flachland. Vor den im Schein des Feuers funkelnden Augen Heljäs zeichnete er einen Haufen bunt eingekleideter, lawinenkundiger Bergsteiger, die sich, ausgerüstet mit Rucksack, Helm, Eispickel,

Navigationsgerät und Höhenmesser, verirrt hatten mitten in einer pfannkuchenflachen Ebene der Schweiz.

Heljä blickte ihn an, als erzähle er helvetische Märchen, dann aber mutmaßte sie, dass derartige Verirrungen vielleicht hin und wieder tatsächlich passierten, weil sich der Mensch so sehr auf die Technik der Navigationsgeräte verlasse. Aber es gebe auch Vorteile: Falls ein Satellit nun ein Bild von ihnen machte, könnte sie nächste Woche im Netz nachschauen, wo sie diese schöne Nacht mit ihm verbracht habe.

Das sagte Heljä mit ihrer jeden Vokal betonenden Stimme und schenkte Steinhövel ein herzliches Lachen. Er empfand große Lust, weitere, schönere Geschichten zu erzählen, falls er diese Frau auf diese Weise dazu verleiten könnte, ihm irgendwann einmal in dieser Nacht einen Kuss zu schenken. Aber sie redeten und redeten, sie küssten sich nicht. So lange, bis unter den dunkelgrauen Wolken ein orangerot aufgerissener Himmel den neuen Tag verkündete.

Eine hauchdünne Schicht Morgennebel stand zauberhaft über der quecksilbern glänzenden Wasseroberfläche, als sie den kleinen Hafen Walenstadts erreichten. Steinhövel war völlig erschöpft und halb schon von einem schweren Schlaf übermannt, Heljä aber brachte auf dem Rückweg noch die Energie auf, kurz in die Kirche von Walenstadt zu huschen, um vorn im Schiff für ihre verstorbene Mutter eine Kerze zu entzünden.

Venla und David saßen beim Frühstück, als die beiden eintraten.

»Wir waren kurz fischen«, sagte Heljä und meinte dies gänzlich frei von Ironie, weswegen sie das Gelächter ihrer Freunde nicht verstehen konnte.

Steinhövel ärgerte, dass diese Geschichte als billige Lüge wahrgenommen wurde. Auch missfiel ihm dieser Tag, der mit seiner jeden Winkel ausleuchtenden Helligkeit das Mysterium der vergangenen Nacht zerstörte und es zuließ, dass Heljä, während er in ihrem Zimmer einen starken Kaffee trank, ihre Taschen packte.

Steinhövel fragte sie, ob er sie zum Flughafen begleiten könne.
Heljä lehnte ab. Sagte, es sei nicht nötig. Sagte es so bestimmt, dass Steinhövel nicht wagte, seine Begleitung mit Nachdruck anzubieten.
Er gab ihr seine Visitenkarte, auf der *Thomas Steinhövel, Reporter* geschrieben stand, und vergaß, dass da, unter der Redaktionsadresse, seine alte E-Mail-Adresse aufgedruckt war, jene, die er während der Festanstellung beim *Bund* benutzte, auf die er keinen Zugriff mehr hatte.
Bis Zürich fuhren die beiden im selben Zug, dann trennten sich ihre Wege. Das war die letzte Chance auf einen Kuss, aber Steinhövel hatte keinen Mut. Zwar verspürte er noch immer unglaubliche Lust, diese Heljä zu küssen, ihren Mund leer zu trinken, seine Hände in ihr Haar zu vergraben und ihr ganz allgemein die Wolle von den Socken zu reißen, aber er wartete auf ein Zeichen von ihr, und es kam nicht.
Auf dem Bahnsteig sah er sich um nach einem Fahrplan, wollte wissen, auf welchem Gleis der zum Flughafen fahrende Zug stand, da zog ihn Heljä an sich, drückte ihm ihre Lippen auf den Mund, warm, feucht, kräftig, süß, entließ ihn aus der Umarmung, wandte sich ab und warf ihm keinen Blick mehr zu, wandte sich nicht um und wurde verschluckt vom Gedränge.
Es fiel ihm schwer, Tritt zu finden in einer Gegenwart, die von der Anwesenheit Heljäs nicht mehr zusammengehalten wurde. Der erste Zug zurück nach Langenthal fuhr ihm vor der Nase weg, weswegen er im Bahnhofsbuffet ein schmerzhaft überteuertes Bier trank, das, musste er doch noch weitere vierundzwanzig Minuten warten, bald abgelöst wurde von einem zweiten. Gut angetrunken und gefühlte drei Zentimeter über dem Sitzpolster schwebend, saß er im halb leeren Zug nach Langenthal, brachte sich aber in Erinnerung, dass er in den kommenden Tagen die Reportage über das Kaspische Meer zurechtstutzen und sich überlegen musste, wie es ihm gelingen könnte, Redakteur Bütikofer von einer aus Rumänien

berichtenden Reportage zu überzeugen – Dinge, die seinem Leben nun, da er am liebsten mit dem nächsten Zug nach Lappland gefahren wäre, im Wege standen.

17. KAPITEL
OBRENOVAC – ŠABAC, SERBIEN

Auf dem Waffenplatz hinter der Kaserne, auf dessen meist schlammigem Grund täglich einige Panzer ihre Übungsrunden drehten, schlug eine Luft-Boden-Rakete ein, welche zwar ihr Ziel, das Gebäude, verfehlte, jedoch die Trommelfelle der fünf beim Hauptportal stehenden Infanteristen zum Platzen brachte, sämtliche der dem Detonationspunkt zugewandten Fenster bersten ließ und nur wenige Augenblicke später die in der Militäranlage sich befindenden Männer in ein Wettrennen um Leben und Tod versetzte. Fern jeglicher Befehlskette eilte ein Milizionär mit rasselndem Schlüsselbund durch die Gänge, öffnete Zellentür um Zellentür, während er lauthals die Unfähigkeit der serbischen Fliegerabwehrtruppen verfluchte. Hinter seinem Rücken verließen die ersten Inhaftierten panisch die Räume.
Als er freikam, stürmte Bogdan Mandić in den benachbarten Gebäudeflügel und schrie den Namen seines Vaters in den Tumult hinein. Er wusste es, die Philosophen hatten es ihm gesagt, aber vielleicht waren sie in die Irre geführt worden, vielleicht hatte man sie mit der Behauptung, man habe Dmitrij und die anderen erschossen, zum Sprechen oder Aufgeben bewegen wollen.
Während Uniformierte hektisch in Funkgeräte sprachen, bedienten sich einige Gefangene an den Gewehren und der Munition. Überall liefen Männer herum, einige voller Entsetzen, andere in grölendem Triumph, die meisten vollständig verwirrt.
Durch Zimmer und Korridore, vom zweiten in den dritten Stock eilend, stellte Bogdan bald fest, dass er wahrscheinlich der Letzte war, der sich noch im Gebäude aufhielt. Er biss in die Wunde seines Ringfingers, eine Blutspur bahnte sich wie schon so häufig den Weg über seine Hand und hinterließ dort, wo Bogdan einen langen

Moment voller Verunsicherung stehen geblieben war, eine kleine Blutlache, gleich neben seinen Schuhen. Der nochmals und nochmals gerufene Name seines Vaters verlor sich rasch in den langen Gängen. Irgendwo klingelte es, und Bogdan, als wäre der Anruf für ihn, betrat einen leeren Raum und starrte entgeistert auf das Telefon, das unter einem Bildnis Slobodan Miloševićs auf einem Tisch stand.

Mit weit aufgerissenen Augen betrat er kurz darauf einen mit zwei Feldbetten ausgestatteten Raum; er fühlte, Dmitrij hatte hier gesessen. Als er unter einem Bett einen blutverkrusteten Backenzahn entdeckte, nahm er diesen zu sich, als wäre damit ein Beweis gefunden.

Er hörte Flugzeuglärm, vor der Kaserne waren noch immer Uniformierte zu sehen, die damit beschäftigt waren, sich selbst in Sicherheit zu bringen – Bogdan rannte los, suchte den Schutz einer Hecke und einen möglichst nahen, unbewachten Ausgang. Der Stacheldrahtzaun, unter dem er sich am Ende des Schützengrabens durchzwängte, zerriss ihm das Hosenbein und fügte seiner Wade eine zwanzig Zentimeter lange Schnittwunde zu. Erst jetzt, da er die Wunde zupresste, bemerkte Bogdan den blutenden Ringfinger.

Er wollte zurück nach Šabac, zurück in jenes Haus, wo er hoffentlich seine Mutter Dragica und seine Frau Elisa vorfinden würde, zurück in jenes ruhige, am Knie der Save gelegene Städtchen, in dem zum ersten Mal in der Geschichte des Landes auf einem Klavier gespielt worden war.

Über fünf Monate hatte Bogdan weder etwas von seiner Mutter noch von seiner Frau gehört, jeder Kontakt, jegliche Kommunikation war ihnen untersagt gewesen. Sie wussten nicht einmal, in welcher Kaserne er einsaß, ob er und sein Vater überhaupt noch lebten. Der über das Land verhängte Ausnahmezustand und das allgemeine Chaos ließen Bogdan überraschend schnell eine Mitfahrgelegenheit finden.

»Steig ein!«, sagte der Mann. »Wir Serben sind unschuldig! Steig ein!« Bogdan, froh um die rasche Hilfe, wusste nicht, dass er diesen Satz in den nächsten Tagen in einer nicht abreißen wollenden Wiederholung würde hören sollen.

Als der Mann fragte, wohin Bogdan gelangen wollte, verspürte dieser den unmittelbaren Wunsch, Serbien sogleich den Rücken zu kehren, noch heute zusammen mit Elisa nach Russland zu reisen, nach Moskau, zum Gebäude der Lomonossow-Universität, wo sich sein Bruder gewiss noch immer aufhielt, um ihn, den schmerzhaft vermissten Aca, davon zu überzeugen, dass es das Beste wäre, gemeinsam nach Paris überzusiedeln. Paris klang in Bogdans Ohren wie ein Versprechen, obwohl er es nur aus französischen Filmen kannte. Es hatte immer am Geld gefehlt, den damals in der französischen Metropole ein Austauschsemester absolvierenden Aca zu besuchen. Am liebsten würde er, falls Elisa zustimmte, Serbien noch heute verlassen, aber Bogdan fühlte sich seiner inzwischen einundsechzigjährigen Mutter Dragica verpflichtet; das Wiedersehen mit ihr erwartete er noch ängstlicher als jenes mit seiner Frau.

»Šabac«, sagte Bogdan schließlich zu seinem Chauffeur und war erleichtert, dass dieser einen Umweg einzuschlagen bereit war. So fuhren sie über eine relativ dicht befahrene Straße, als das Geheul einer fernen Sirene sie vor dem nächsten Bombenangriff warnte. »Hurensöhne!«, sagte der Chauffeur in den Lärm der Detonation hinein. Bogdan schwieg, das Blut an seinem Bein rann unaufhörlich.

Die Fahrt endete in Šabac vor dem Café Sava, dem heimlichen Zentrum der Stadt. Dass der Schachspieler nicht an seinen alten, himmelblauen Wolga lehnend vor diesem berüchtigten Lokal stand, wie es seit Jahren fest zum Stadtbild gehörte, konnte nur bedeuten, dass die Miliz diesen chronisch auftragslosen Taxichauffeur einberufen hatte. Es hätte Bogdan egal sein können, er kannte den Schachspieler im Grunde nicht, aber weil dieser Mann zum

Stadtbild gehörte, vermittelte seine Abwesenheit das ungute Gefühl, dass auch Šabac sich unwiederbringlich veränderte.

Dragica und Elisa: Beide standen vor der Tür, als Bogdan auf der Quartierstraße auf das Haus zuging. Er brachte kein Wort hervor, auch Elisa, den Kopf an der bebenden Schulter ihres Mannes, verschlug es die Stimme. Ihre zitternden, zuckenden Bewegungen, die kräftig einander umfassenden Arme: Ihr Wiedersehen glich einem minimalistischen Tanz, Variation eines uralten Duettes der Freude und Unfassbarkeit, nur, dass nahe bei ihnen Dragica stand, weinend und lachend ihrem ältesten Sohn durchs Haar fuhr und nicht wusste, warum nicht auch sie mit ihren beiden Armen jenen Mann an sich ziehen durfte, der Vater war dieses Heimkehrers.

Wenig später, als sie den Namen ihres Mannes aussprach, nur ganz kurz »Dmitrij« flüsterte, fing Bogdan an zu würgen, betastete den Backenzahn in seiner Hosentasche, brach allmählich in ein Schluchzen aus, das sich während der gesamten Gefangenschaft nie mit dieser Kraft aus ihm gelöst hatte, ein Schluchzen, das seine Mutter aufschreien ließ und Elisa leichenblass auf jenes Bett sich zu setzen zwang, das gleich neben dem Küchentisch stand, das Bett, das Dmitrij während langer Jahre als Lesesessel gedient, auf dem er hin und wieder einen Mittagsschlaf gehalten hatte.

Plötzlich stürzte Dragica ins Schlafzimmer, in dem zu schlafen sie sich seit der Festnahme ihres Mannes und Sohnes strikt geweigert hatte, öffnete den Kleiderschrank und warf sich, als umarme sie ein Phantom, an die dort hängenden Hemden und Jacketts, riss die von ihr immer mit großer Geduld gepflegten Kleider von den Bügeln und ließ sich fallen in den dunklen Schrank. Bogdan ging zu ihr und wollte sie trösten, für sie da sein, aber sie kreischte, schlug mit den Fäusten um sich und schrie, er solle sie in Ruhe, solle sie mit Dmitrij allein lassen. Stärker noch als zuvor krallte sie sich an den Kleidern fest. Unfähig zu handeln und bedrückt darüber, zu sehen, wie klein und krumm seine Mutter da im Schrank ihrer Erinnerung lag, ließ Bogdan von ihr ab. Nichts als ein kleines Häufchen war sie. Nichts als eine entkräftete alte Frau.

Bogdan zeigte Elisa seine Wunden und ließ sich, auf der Bettkante sitzend, verarzten von seiner geduldigen Frau, die ihren Mann anstarrte und bestaunte wie einen Fremden. Sie küsste den Verband, der jetzt statt der Wunde den Ehering ersetzte. Weil seine Mutter sich geweigert hatte, ohne Dmitrij in ihrem Schlafzimmer zu schlafen, und auch Elisa verboten hatte, in jenem Zimmer zu nächtigen, war Elisa nichts anderes übrig geblieben, als mit der eigenen Matratze in die Werkstatt zu flüchten. Nun zeigte sie Bogdan ihr neues Zimmer, das sie sich in einer Ecke geschaffen hatte, indem sie die beiden mächtigen Kontrabassgeigen nach hinten geschoben und dazwischen ein Leintuch aufgespannt hatte. Hierhin habe sie sich zurückgezogen, wenn sie die Gegenwart von Dragica nicht mehr hatte ertragen können.

Noch an diesem Tag, als Bogdans Rückkehr allen Nachbarn und Bekannten zu Ohren gekommen war, besuchte die gebückte Frau eines der fünf Philosophen das Haus der Familie Mandić. Rundlich, ihr silbergraues Haar zu einem Dutt geflochten, hielt sie die Hände zum Gebet gefaltet, als sie Bogdan fragte, ob er ihren Mann gesehen habe. Wahrheitsgemäß sagte er, dass er ihren Mann nicht mehr gesehen habe, dass er aber viele der Männer nicht mehr gesehen habe. Er wusste, dass er ebenfalls auf den Befehl Vinko Tošorovićs hin erschossen worden war, aber er brachte es nicht übers Herz, ihr die Hoffnung zu zertrümmern.

Tags darauf trug Dragica erstmals eines von Dmitrijs Hemden. Viel zu groß für diesen zarten, gealterten Frauenkörper, ließ es sie noch kleiner wirken als sonst.

In diesem Hemd stand sie am Küchentisch und verkündete, dass sie nun endlich einen Telefonanschluss haben wolle. Bislang gab es in der Wohnung nämlich keinen – Dmitrij hatte sich über Jahre hinweg dagegen ausgesprochen. Er hatte argumentiert, ein Telefon sei unnötiger Luxus, weil er ein landesweit bekannter

Geigenbauer sei, der es nicht nötig habe, per Telefon erreichbar zu sein. Ein richtiger Musiker, so seine feste Überzeugung, wolle sein Instrument in Händen halten, ehe er es kaufe, es sei also ohnehin unumgänglich, in seine Werkstatt zu kommen.

Hinter Dragicas Wunsch, einen Telefonanschluss zu installieren, verbarg sich die Sehnsucht, Dmitrijs Rückkehr heraufzubeschwören, er würde schon kommen, wenn man begönne, gegen seinen ausdrücklichen Willen zu handeln. Das Postamt, berüchtigt dafür, jedweden Antrag erst einmal misstrauisch abzulehnen, wollte seinen Stempel nicht auf das Formular drücken, ehe nicht das Einwohnermeldeamt seine Formulare gestempelt hatte, und umgekehrt. Die Verbissenheit, mit der Dragica für ihren Telefonanschluss kämpfte, ließ kaum Zweifel daran, dass sie tatsächlich hoffte, Dmitrij werde, noch ehe alles installiert sei, vor der Tür stehen, um einerseits zurück in ihr Leben zu kommen, um andererseits aber zu verhindern, dass hier ein derartig störender Kasten montiert wurde.

Dragica hatte Zeit, sich mit Ämtern und Beamten herumzuschlagen, denn das Gymnasium, an dem sie Musik und Gesang unterrichtete, war bis auf Weiteres geschlossen worden, wie überhaupt die meisten Schulen in Serbien. Auch die Türen des Theaters, an dem Bogdan gearbeitet hatte, blieben verriegelt. Timor Obradović, dessen Leiter, erklärte Bogdan, dass vier der fünf fest im Ensemble engagierten Schauspieler von der Miliz eingezogen worden seien. Er selbst sei seiner dicken Brille wegen entkommen.

Ungeachtet des nicht stattfindenden Unterrichts bereitete sich Dragica minutiös auf die Lektionen vor, während Elisa und Bogdan, einander nah und doch auch entfremdet, über Stunden in Dmitrijs Werkstatt saßen und jenen Wein tranken, den Dmitrij nun nicht mehr mit seinen Philosophen würde trinken können.

Weil sie Angst hatte, ihn zu verlieren, versuchte Elisa, Bogdan vom Vorhaben abzubringen, nach Den Haag zu reisen. Bogdan sagte: »Egal, wie parteiisch das Tribunal auch sein mag, wie ahnungslos gegenüber der Geschichte der Völker auf dem Balkan und dem Hass, mit dem hier alles verbunden ist – allein die Tatsache, dass in diesem Gericht keine mit Milošević verwandte oder sonst wie verbandelte Person sitzt, macht es vertrauenswürdiger als jedes andere juristische Gremium hierzulande.«

Dagegen konnte Elisa nicht viel einwenden, ihr Kummer aber wurde nicht kleiner.

Um ihr klarzumachen, wie wichtig Den Haag für ihn war, kam Bogdan nicht umhin, ihr zu erzählen, was er bisher niemandem anvertraut hatte: seine Erlebnisse im Bosnienkrieg, seine Befehlsverweigerung und die Misshandlungen, die er während der Gefangenschaft hatte erdulden müssen.

Sie saßen am Küchentisch, Bogdan blickte an die Wand, starrte auf die Papiertapete und umfasste mit der rechten Hand eine Tasse, als finde er sonst keinen Halt. Mit gepresster Stimme erzählte er, wie man ihn mit Buca in ein Lager geschleppt hatte, in ein nördlich von Omarska gelegenes Militärgebäude, das unter der Leitung Tošorovićs gestanden hatte; mehr als fünfhundert bosnische Zivilisten wurden dort gefangen gehalten. Die Zellen waren überfüllt. In der sogenannten Garage waren rund hundertfünfzig Menschen zusammengepfercht, es war ihnen aufgrund der Platzverhältnisse unmöglich gewesen, sich hinzulegen. Wer die Nacht nicht überlebte, wurde am Morgen abtransportiert. Bogdan und Buca teilten sich eine Zelle mit zweiundzwanzig anderen Männern.

Gefoltert und misshandelt wurde täglich. Aufgrund der engen Verhältnisse bekamen alle fast alles mit. Mit Gewehrkolben oder Metallstangen wurde geprügelt, manchmal so lange, bis einer liegen blieb. Mit den Frauen geschah das Übliche. Abgesehen davon mussten sie den sogenannten Befragungsraum reinigen, Blut, Haare und Hautstücke galt es dort zu entfernen.

Zu essen gab es einmal täglich, das Wasser stammte aus einem von einer nahen Fabrik belasteten Fluss.

Umgebracht wurden Gefangene, indem man sie erschoss, verprügelte oder ihnen die Kehle aufschnitt. Es kam zu vorgetäuschten Exekutionen, indem man eine Gruppe nach draußen holte und ihr befahl, sich mit dem Gesicht zur Wand hinzustellen. Dann wurde das Feuer eröffnet, geschossen aber wurde knapp über die Köpfe hinweg. Einmal wurde jemand auf einem Haufen alter Autoreifen verbrannt, ein anderes Mal wurden Gefangene abgeführt, um Gräber auszuheben, sie kehrten nicht zurück.
Auch Enthauptungen kamen vor; im Zimmer, in dem Buca und Bogdan inhaftiert waren, steckte man einen Schädel auf einen Kleiderhaken. Ehe ihnen das Essen hingeworfen wurde, musste jeder Häftling den Schädel küssen. Das wurde zum täglichen Ritual, der Kopf blieb die ganze Zeit in der Zelle.
Damit beendete Bogdan seine Schilderungen. Er musterte Elisa mit einem unsicheren Blick, er entschuldigte sich. Der Backenzahn in seiner Hosentasche hatte, weil er dauernd an ihm herumfingerte, seine Blutkruste längst verloren. Dass er etwas mit seinem Vater zu tun haben könnte, glaubte Bogdan nicht.
Elisa saß ihm stumm gegenüber. Sie war schockiert, von diesen Dingen erst jetzt zu erfahren.
Sie wusste nicht, was das für sie bedeutete, was das verändern würde, aber sie verstand, weshalb Bogdan nach Den Haag wollte. Sie war besorgt, befremdet auch, hielt es aber für ihre Aufgabe, Bogdan zu unterstützen.
Doch der Ausnahmezustand, in dem sich Serbien befand, machte auch vor dem Haus der Familie Mandić nicht Halt. In der Nachbarschaft wurden sie bereits schief beäugt. Das Haus der Verweigerer, sagte man im Städtchen. Als das Gerücht umging, es werde demnächst ein neuer Rekrutierungsbefehl erlassen, suchte Bogdan verzweifelt nach einer Möglichkeit, dienstunfähig zu werden.
Weil nichts so deutlich war wie ein physisches Leiden und weil es ihm überraschend schnell gelang, einen befreundeten Arzt dafür zu gewinnen, humpelte Bogdan bald schon auf Krücken mit einem

eingegipsten Bein durch die Straßen. Weil kein anderes verfügbar war, sollte ein altes Röntgenbild mit einer Ellbogenfraktur bei etwaigen Nachfragen belegen, was ihn humpeln ließ. Belustigt über die Dinge, die einem von Serbien auferlegt wurden, malte er in königsblauer Tinte hübsche Landschaften auf den Gips, den er sich für die Reise nach Den Haag wieder entfernen lassen würde.
Diese Reise aber konnte Bogdan so rasch nicht angehen, denn es schlugen nun auch in Šabac Bomben ein. Die Nato schickte jeden Tag neue Kampfflugzeuge, während die serbische Miliz im Kosovo mit den dort ansässigen Albanern und ihrer UÇK einen erbitterten Bürgerkrieg ausfocht. Dass sich die Angriffe nur auf militärische Ziele beschränken würden, wie die Nato-Führung zu Beginn ihrer Aktion bekannt gegeben hatte, war längst nicht mehr glaubwürdig. Zudem war es für Bogdan und Elisa auch nicht ganz einfach, die Serben noch ernst zu nehmen. Zahlreiche Menschen trugen ein T-Shirt, das eine Zielscheibe zeigte, und spazierten damit demonstrativ durch die Straßen, andere versammelten sich auf Brücken, musizierten dort, sangen Lieder und wiederholten ununterbrochen, das serbische Volk sei unschuldig – absurd anmutende Fragmente von Woodstock mitten im Krieg. Gewiss regierten in Serbien nicht die Politiker, die das serbische Volk verdient hatte, darin waren sich Bogdan und Elisa einig. Ein Volk aber, welches sich nie die Mühe gemacht hatte, deutlicher gegen Slobodan Milošević zu opponieren, war ihrer Meinung nach nicht frei von Schuld.
Als Italienerin, die erst durch Heirat in dieses Land gekommen war, wagte Elisa selten, ihre Meinung zu äußern. Bloß mit Bogdan konnte sie sich austauschen, auch wenn es nicht leicht war, ein Gespräch zu führen, das Bogdan nicht zornig werden ließ. Die Zeit der Gefangenschaft und der Tod seines Vaters hatten ihn verändert, hatten ihn kühler werden lassen, cholerischer auch.
Abends, während Dragica zum siebten Mal hintereinander ein Stück von Schostakowitsch spielte, saßen Elisa und Bogdan, die

Ellbogen auf die Knie gestützt, betrunken auf der Bettkante, wo Bogdan eine Diskussion über Krieg, Politik und den nötigen Widerstand jedes Einzelnen vom Zaun riss, drei Dinge, mit denen sich Elisa nicht länger beschäftigen wollte, weil ihr inzwischen alles, was mit Serbien und dem Krieg zu tun hatte, zum Halse heraushing.

Elisa sagte: »Ich verstehe dich. Aber ich bin Italienerin, ich fühle mich hier noch immer fremd, und sogar die serbischen Frauen reden nicht dauernd über diesen Krieg, sondern strengen sich an, ein lebenswertes Leben zu leben! Sie lieben und genießen ihre Jugend, solange es ihnen gelingt, sich halbwegs jugendlich zu fühlen. Ich bin noch keine fünfunddreißig, ich will leben!«

Dann schämte sie sich ihrer Worte, schämte sich, weil sie doch sah, wie Bogdan darunter litt, nicht zurück zur Kaserne gehen zu können, nicht nach seinem dort tot und womöglich verstümmelt in einem Keller liegenden Vater suchen zu können. Sie legte ihre Ellbogen auf Bogdans Schultern, küsste ihm das Kinn, dessen Haut rauer geworden war, berührte, wie sie das in früheren Jahren getan hatte, mit ihrer Nasenspitze seine Lippen.

Bogdan sah, wie Elisa litt, sah, wie fremd er ihr erscheinen musste, und versprach, Diskussionen über Politik, Nation, Kriegsschuld und die Möglichkeiten des Tribunals künftig zu unterlassen. Versprach, alles niederzuschreiben, ohne darüber zu reden, aber es war ihnen beiden klar, dass dies ein leeres Versprechen bleiben würde.

Nach der zehnten von Bomben zerdonnerten Nacht, nachdem auch tagsüber immer wieder jene Sirenen losheulten, die dazu aufforderten, einen Schutzraum aufzusuchen, war für die Familie Mandić klar, dass sie nicht länger in Šabac würde bleiben können. In einer schwierigen, von langen Gesprächspausen gezeichneten Diskussion schlug Elisa vor, gemeinsam ihre im apulischen Neviano beheimatete Familie aufzusuchen und dort zu warten, bis die Angriffe vorbei sein würden. Elisa war überzeugt, dass in wenigen Wochen alles überstanden wäre. Auch Bogdan war dieser Meinung; er glaubte, die technisch schlecht bis miserabel ausgerüstete Armee Miloševićs werde der mit der neuesten Technologie arbeitenden Nato ohnehin nichts entgegenhalten können. Dragica sagte kein Wort, aber Elisa ahnte, wie sehr sie sich dagegen sträubte, nach Italien zu flüchten.

»Ich muss nachdenken«, sagte sie endlich und wollte vorerst nichts mehr davon wissen.

»Es ist doch klar, dass sich meine Mutter lieber ein paar Bomben ums Gesicht pfeifen lässt, als in Italien einer unbekannten Familie zur Last zu fallen«, sagte Bogdan später zu Elisa.

»Du musst mir nicht erklären, wie Dragica denkt«, erwiderte Elisa. »Ich habe fünf ganze Monate mit ihr zusammengelebt.«

Bogdan antwortete nicht, aber er wünschte sich eine Lösung, mit der sich beide Frauen einverstanden erklären könnten.

Dass sich Elisa von einem Aufenthalt in Apulien auch erhoffte, Bogdan werde sich dort vielleicht doch noch von seiner fixen Idee lösen können, nach Den Haag zu reisen, verriet sie ihm nicht.

»Ich bestehe darauf, in Šabac zu bleiben«, sagte Dragica tags darauf. »Meinetwegen kann die Nato ganz Serbien in Schutt und Asche legen. Ich werde mich nicht von meinem Klavier trennen.«

Bogdan wusste ebenso wie Elisa, wie viel ihr dieses Instrument bedeutete. Dmitrij hatte Dragica oft mit seiner wohlklingenden Stimme auf dem Kontrabass begleitet, wenn sie am Klavier gesessen hatte, das, dank Dimitrijs absolutem Gehör, stets bestens gestimmt gewesen war. Also musste ein Fluchtplan her, der Dragica das Musizieren ermöglichen würde.

Während erneut Bomben einschlugen, die Kampfjets in großer Höhe über das Land donnerten und erstmals auch in Šabac Menschen den Tod brachten, telefonierte Elisa mit ihrer Familie, um abzuklären, ob man irgendwo in der Nachbarschaft ein Klavier würde ausleihen können. Bogdan glaubte nicht, dass dies Dragica umstimmen würde. Als Dragica zwei Tage später in einem befehlsartigen Ton vorschlug, man könnte nach Mazedonien zu ihrem Bruder flüchten, wusste Elisa, dass das Machtwort gesprochen war, wusste, man würde sich dem Diktat zu fügen haben.

An jenem Abend wurde Bogdan zugetragen, dass sich Buca Branković in Den Haag gemeldet und Šabac bereits vor zwei Wochen verlassen hatte. Dies verschaffte ihm einen zusätzlichen Ansporn: Gemeinsam mit Bucas Aussagen würde er in Den Haag der Gerechtigkeit zum Durchbruch verhelfen.

Er begann, wie besessen alles niederzuschreiben, holte alte Tagebücher hervor, las dort nach und präzisierte in neuen Aufzeichnungen, was er vor dem Richter würde vorbringen wollen, alle Folterungen, die Namen und biografischen Daten all jener Personen, an die er sich erinnern konnte. Er zwang sich zu einer winzigen Handschrift, er wollte, dass alles in einem dünnen, unauffälligen Heft Platz fände.

Dass er nicht aufhören konnte, darüber zu dozieren, wie wichtig es sei, Buca Branković vor Gericht zu unterstützen, stürzte Elisa in mächtige Sorgen, und doch glaubte sie fest daran, dass mit dem Ende des Krieges Bogdans Haltung zu dieser Frage sich ändern werde.

Tagsüber gab es von Belgrad aus einen einzigen Zug, der Serbien mit Mazedonien verband. Zwar führte die Zuglinie im Süden Serbiens beinahe durch jenes Gebiet, wo die serbische Armee gegen die Kosovo-Albaner kämpfte. Die bunten, uralten Waggons, die auf dieser Strecke eingesetzt wurden, würde aber, so Bogdan, auch der dümmste amerikanische Pilot nicht mit einem Militärzug verwechseln.

Um sicher zu sein, dass ihm genügend Zeit bliebe, um gegen Tošorović auszusagen, suchte Bogdan eine öffentliche Telefonkabine auf und meldete sich beim Tribunal. Sein Name wurde registriert, man erklärte ihm, wo er sich melden könne, um Schutz zu beantragen. Wann die Einvernahmen abgeschlossen sein würden, konnte oder wollte man ihm dort nicht sagen. Wohl aber, dass es für das Gericht wichtig sei, genügend Zeugen zu vernehmen.

Aca schrieb er in einem Brief vom Tode Dmitrijs. Obwohl nicht auszuschließen war, dass der Brief in falsche Hände gerate, konnte er sich nicht zurückhalten zu erwähnen, dass er, sobald seine Mutter in Sicherheit sei, nach Den Haag reisen werde.

In einer Atmosphäre wachsender Angst, die verstärkt wurde vom Abwurf zweier Bomben über ihrem Wohnviertel, packten die drei ihre Taschen, redeten sich ein, dass es ja nur für wenige Wochen sei, weswegen es richtig sei, sich auf das Nötigste zu beschränken. Dann klingelte es. Ein dicker Mensch vom Post- und Telegrafenamt stand vor der Tür, trat ein, schraubte schwer atmend ein Telefon an die Wand, ein klassisches Modell, das vielleicht sogar Dmitrij gefallen hätte, und legte ein Formular des Post- und Telegrafenamtes auf den Tisch, auf dem, getippt mit einer Schreibmaschine und schwach kopiert dank eines zwischengelegten Kohlepapiers, die Nummer vermerkt stand. Obwohl Dragica nun gegen seinen Willen gehandelt hatte – Dmitrij kam nicht zurück. Es gab ihn nicht mehr, und selbst sein Leichnam kannte keinen Ort. Den Zettel mit der Nummer nahm Dragica mit.

18. KAPITEL
BERN UND LANGENTHAL, SCHWEIZ

Dank eines ausführlichen Gesprächs mit Nataša Kandić, einer auf die Geschichte Jugoslawiens spezialisierten Menschenrechtsaktivistin, gelang es Marlene Steinhövel, bei der Bearbeitung des Falles Jovan Jergović entscheidende Fortschritte zu machen. Endlich war sie im Besitz jenes Videofilms, den Jergović vor einigen Jahren schon dem Haager Tribunal abgegeben hatte. Der kurze Film sei, so wurde Jergović in den Unterlagen zitiert, in seiner Heimatstadt, dem nordserbischen Šid, unter nationalistisch-militärischen Prahlern auch Jahre nach dem im Sommer 1995 verübten Massaker in Umlauf gewesen; es sei nicht sonderlich schwer gewesen, ihn zu beschaffen.
Im Film, den sich Marlene mit Corinna anschaute, waren Mitglieder der serbischen Sondermilitäreinheit Skorpione zu sehen, die sechs gefesselte bosnische Zivilisten herumschubsten, Sprüche klopften, Spott über sie ergossen, ihnen schließlich befahlen, sich in eine Reihe zu stellen, um sie dort, nicht ohne zuvor nochmals in die Kamera zu grinsen, mit einer langen Salve niederzustrecken, wobei sich der Ton des Videos überschlug.
Gemäß Nataša Kandić hatte dieser Film nicht nur dazu beigetragen, die auf dem Video sich in ihrer Mordlust darstellenden Männer verurteilen zu können, sondern habe, da dessen selbst hartgesottenen Gemütern den Magen umdrehende Aufnahmen schließlich aufgrund von Jergovićs Aktion sogar im staatlichen Fernsehen ausgestrahlt worden waren, zu einem in ganz Serbien fühlbaren Umdenken und einer insgesamt kritischeren Haltung gegenüber der Geschichte des Militärs im Land geführt. Weil durchsickerte, dass er derjenige war, der es gewagt hatte, diesen Film an die Den Haager Anklagebehörde weiterzuleiten, erschien es Marlene

glaubwürdig, dass Jovan Jergović Serbien unter Morddrohungen hatte verlassen müssen.

Ihre Meinung zur Bombardierung Serbiens durch die Nato wurde aufgrund dieses Kurzfilms noch widersprüchlicher; es erschien ihr weiterhin verheerend, mit Kampfjets und Bomben in einen Bürgerkrieg einzugreifen; angesichts derartiger Gräueltaten, die sich nun im Kosovo wiederholten, war ihr aber schmerzhaft bewusst, dass es nicht minder verwerflich war, tatenlos zuzuschauen.

Das Bundesamt für Migration stellte zwar, gestützt auf das Gutachten BAA 42.7, die Zusammenarbeit Jergovićs mit dem Tribunal nicht in Abrede, stufte jedoch Jergovićs Rolle als marginal ein. Das Amt hob hervor, er habe das unter dem Ladentisch kursierende Video nicht allein, sondern mit einem Kollegen namens Duško Kusanović beschafft. Was das für einen Unterschied machte, blieb rätselhaft, war aber verknüpft mit einem Gutachten.

Und dieses Gutachten, das von der Abteilung für Beweismitteltransfer lange zurückbehalten worden war, lag endlich auf Marlenes Tisch. Sie hatte es sich deutlich umfangreicher vorgestellt. Lesend geriet sie rasch ins Stutzen, denn es handelte sich um einen in abenteuerlich fehlerhaftem Deutsch verfassten Text. Der Satzbau erinnerte sie an das Deutsch jener jungen Albaner, deren Biografie zwischen Stuhl und Bank gefallen war und die das breitbeinige Herumstehen mangels Alternativen zum Beruf gemacht hatten.

Bereits nach den ersten paar Seiten entwickelte Marlene erhebliche Zweifel an der allgemeinen Bildung des Gutachters und der Sachdienlichkeit dieses Papiers. Der Verfasser hatte sich offenbar nicht im Geringsten dafür interessiert, warum die Jury des Anna-Göldi-Menschenrechtspreises auf die Idee gekommen sein musste, Jergović mit dem angesehenen Preis zu ehren, er nahm keinen Bezug auf die Gründe, derer wegen Nataša Kandić behauptet hatte, Jergović hätte wichtige Arbeit für ganz Serbien und die Gerechtigkeit auf dem Balkan geleistet. Stattdessen berichtete der Gutachter, dass Jovan Jergović sich in Serbien als Arbeitsloser ständig in irgendwelchen Kaffeehäusern umgetrieben und sich von seiner arbeitenden Frau finanziell habe unterstützen lassen – Dinge, die, wie Marlene scheinen wollte, allein ein im Balkan verwurzelter Mann einem anderen ebenso im Balkan verwurzelten Mann zum Vorwurf machen würde. Auch zitierte der Gutachter eine von ihm so genannte renommierte Internetpublikation, die belegen zu können meinte, Jovan Jergović verkehre im kriminellen Milieu. In der Fußnote zu diesem Punkt war das serbische Innenministerium vermerkt, das, wie Marlene dank ihres Studiums der osteuropäischen Geschichte wusste, lange Zeit als Synonym verwendet werden konnte für den serbischen Geheimdienst UDBA, der mehr Akten anlegte, als Bürger im Land lebten, und einen jeden, der auch nur einmal seinen Fuß über eine Kaffeehausschwelle setzte, zum potenziellen Staatsfeind erklärte.

Gemessen an der Aufgabe, welche das Gutachten leisten sollte, hielt es Marlene für geradezu skurril, wie der Gutachter die Stadt Šid beschrieb: Es sei die Stadt der Musik, der Liebe, der Schauspieler, der Sänger, Maler und Fotografen. Marlene fragte sich, ob dieser Ermittler ganz grundsätzlich in jedem Künstler einen Frauenhelden und Ganoven vermutete; jedenfalls empfand sie es als bezeichnend, dass sein Name nirgendwo genannt war.

Kaum hatte sie die erstaunliche Lektüre beendet, wählte Marlene die Nummer einer ihr bereits bestens bekannten Mitarbeiterin des Bundesamtes für Migration, fragte sie nach dem Namen und der Nationalität des Gutachters und machte, als sie das Widerstreben der Mitarbeiterin spürte, ein dringliches juristisches Interesse geltend.

Die Dame aber behauptete, die Anonymität der Informanten sei grundsätzlich schützenswert, weswegen erst interne, den Personenschutz betreffende Abklärungen nötig seien, ehe das Bundesamt entscheiden könne, den Namen des Informanten preiszugeben.

Marlene war erzürnt über diese undurchsichtige Kommunikationspolitik, erzürnt darüber, dass hier etwas als schützenswert bezeichnet wurde, während das Leben eines Asylbewerbers offenbar als nicht sonderlich schützenswert galt. Weil es aber rechtlich gesehen keine Möglichkeit gab, Druck auf das Amt auszuüben, blieb Marlene nichts anderes übrig, als den Bescheid des Amtes abzuwarten. Immerhin: Aufgrund der anhaltenden Bombardierungen bestand derzeit keine Gefahr, dass das Amt Jergović nach Serbien abschieben würde.

Unzufrieden mit der Menge an erreichten Ergebnissen und der Tatsache, dass Corinna ihr keinen weiteren Job anbot, sondern sie an ihre vielen Überstunden erinnerte, ging Marlene nach Hause, nahm den Waffenweg, den sie lange schon typografisch ansprechend in »Waffenvernichtungsweg« hätte umbenennen wollen und fragte sich, ob sie wohl ein Boxstudio aufsuchen solle, um dort einem schweren Sandsack stellvertretend für das Amt ein paar heftige Schläge zu verabreichen.

In ihrem Zimmer vor dem großen Käfig sitzend, überlegte sie, ob die beiden Ratten bei ihr ein glückliches Leben führten. Ob es nicht vielleicht doch besser gewesen wäre, sie an eine Schlange zu verfüttern, statt sie hier im Doppelkäfig ewig auf ein Leben in Freiheit warten zu lassen, das nie beginnen würde. Und sie überlegte, wie es Amnesty irgendwann in den nächsten Monaten gelingen könnte, als Reaktion auf den Bergier-Zwischenbericht an einer bedeutsamen Lokalität mit einem Denkmal an das Verbrechen zu erinnern, das die Schweiz an den jüdischen Asylsuchenden begangen hatte. Es durfte doch nicht sein, dass der Bergier-Bericht bereits die ganze Vergangenheitsbewältigung darstellte, die zu betreiben sich die Schweiz die Mühe machte. Dieser Bericht stellte doch vielmehr die Grundlage dar, auf der eine solche Vergangenheitsbewältigung erst stattfinden konnte. Um dies anzuregen, schrieb Marlene Corinna eine ausführliche Mail.

Damit war es aber noch immer nicht Abend. Erst in der Beobachtung, wie die beiden Viecher gleichzeitig an der hingestreckten Fingerspitze zu knabbern versuchten, fiel Marlene unvermittelt ein, dass sie damals übermütig einen Zahnarzttermin vereinbart hatte – eine knappe Stunde später saß sie bestens geschminkt im Regionalzug nach Langenthal.

Nach Langenthal fuhr sie sonst nur, wenn sie ihren Bruder besuchte, wenn er, seiner Reisen wegen meist mit einigen Wochen Verspätung, Geburtstag feierte oder sich wünschte, nicht in der engen Küche seiner chaotischen Wohngemeinschaft, sondern im La Piazetta, in jenem von einer unverwechselbaren Langenthalerin geführten Restaurant, zu essen, in welchem er wohl, hätte ihn sein Beruf mit einem anständigen Lohn versorgt, jeden Tag essen gegangen wäre.

Diesem Langenthal gegenüber hegte Marlene allerlei Vorurteile. Hier lebten, so schien ihr, vor allem in engmaschigen Familienstrukturen und gut gedüngten, sichtgeschützten Einfamilienhausgärten eingeklemmte Menschen, hier lebten bildungsferne Nationalisten und die Gotthelf-Zeit verklärende Landeier, die lieber in der Bibel statt im Zwischenbericht der Bergier-Kommission lasen. Beklemmender noch als dieser Zwischenbericht war in den Augen Marlenes bloß die Ahnung, dass die Schweizer Stimmbürgerinnen und -bürger aus diesem Bericht nichts lernen und in wenigen Wochen die Asylgesetzrevision annehmen würden. Marlene war klar, dass sich die Situation, die während des Zweiten Weltkriegs geherrscht hatte, nicht mit heutigen Asylthemen vergleichen ließ – aber es fehlte nicht an Beispielen von geflüchteten Eritreern oder Somaliern, welche, nachdem die Schweiz sie in ihr Heimatland zurückgeschickt hatte, inhaftiert, gefoltert oder gar ermordet worden waren. In der Systematik, mit der dieser Umstand in der Schweiz politisch unter dem Deckel gehalten und gesellschaftlich totgeschwiegen wurde, sah Marlene durchaus Ähnlichkeiten mit der Schweiz der 40er-Jahre. Amnesty bekämpfte das

Unwissen und versuchte aufzuzeigen, dass das, was die Befürworter der Gesetzesrevision unter einem für alle hilfreichen, beschleunigten Asylverfahren verstanden, unter anderem bedeutete, dass einem abgewiesenen Asylbewerber lediglich vierundzwanzig Stunden zur Verfügung stehen sollten, um formal korrekt gegen seine Abweisung Rekurs einzulegen: Für einen Menschen, der die Ämter und die Sprache der Schweiz ebenso wenig kannte wie die Möglichkeit, das für einen Anwalt nötige Geld aufzutreiben, musste dies zweifelsohne ein unmögliches Unterfangen darstellen. Die Revision sah zudem vor, dass Personen, die keine Papiere vorzuweisen haben, nur dann ein Asylgesuch einreichen können, wenn Hinweise auf eine Verfolgung in ihrer Heimat vorlagen. Mit welchen Beweisen ließ sich denn dokumentieren, dass man verfolgt wurde? Würden Asylsuchende künftig Narben vorweisen müssen, um vor den Behörden glaubwürdig zu sein?
Kein Gesetz wurde in so kurzer Zeit so oft verschärft wie das Asylgesetz. Diese neuerliche Aushöhlung des Asylrechts löst keine innenpolitischen Probleme und ist die falsche Antwort auf Bürgerkriege wie in Ex-Jugoslawien. Nur wer dieses Gesetz ablehnt, setzt ein Zeichen für eine Schweiz, die ihren humanitären und demokratischen Werten verpflichtet bleibt, stand in der Amnesty-Broschüre zu lesen. In was aber vertieften sich die Menschen, mit denen Marlene nun im Zug saß? Nicht in den ungemein schwer zu verdauenden Bergier-Bericht und nicht in Amnesty-Texte, sondern in die werbefinanzierten Gratisblätter, in denen hauptsächlich über unterhosenlos auf Partys herumstehende Hollywoodsternchen berichtet wurde, was Marlene an sich nicht schlimm gefunden hätte, würden die Menschen das Blatt als Unterhaltung wahrnehmen. Die meisten aber studierten es so ausführlich, als hätten sie eine informative, ernsthafte Zeitung in der Hand. Im bissigen Ärger über diese scheinjournalistisch verbrämten Werbekommentare, wie er es nannte, fühlte sich Marlene immer wieder privatideologisch verbunden mit ihrem Bruder Thomas, der sich deswegen regelmäßig

mit seinen Mitbewohnern stritt, für welche die unkritische Lektüre dieser Gratisblätter längst alltäglich geworden war.

Nach der Passage eines Tunnels fuhr der Zug mit singenden Bremsen im kleinstädtisch anmutenden Langenthal ein, dessen Bahnhof geprägt war von einer tristen Unterführung und einem Vorplatz, der voll war mit Jugendlichen, die auf den nächsten Bus oder das Abklingen der Pubertät warteten.

Die Praxis von Doktor Gujan zu finden, war einfach; sie befand sich, untergebracht in einem von hohen Fichten und zwei schönen Birken umstandenen Haus, nur wenige Gehminuten vom Bahnhof entfernt.

Als sie sich dem Eingang näherte, wurde Marlene nervös und hoffte, beim Eintreten lediglich von den Assistentinnen, nicht aber von Gujan gesehen zu werden. Der Anblick des neben der Eingangstür angebrachten Schildes, auf dem *Gruppenpraxis Gujan und Rohrbach* zu lesen stand, lähmte Marlene – von einer Gruppenpraxis war im Telefonbuch nicht die Rede gewesen. Nun fürchtete Marlene, als Neukundin aus irgendwelchen Gründen zu Herrn Rohrbach abgeschoben zu werden, zu einem womöglich groben, unnachgiebigen Zahnarzt, der auch im gesündesten Mund allerhand Baustellen eröffnen würde.

Kurz dachte Marlene daran umzukehren, dann öffnete sie angespannt die Tür. Vom typischen Zahnarztgeruch wurde ihr heiß und halb übel, ihr Magen verkrampfte sich.

»Herr Gujan braucht noch einen Moment«, sagte die Assistentin, als sich Marlene an der Rezeption gemeldet hatte. Eilends verschwand sie im Wartezimmer.

Dort zog sie, noch immer in Wallung, nicht nur ihr Jackett, sondern auch den Pullover aus. Hernach versuchte sie, sich mit den auf dem Tisch ausgebreiteten Heften und Zeitschriften abzulenken. Sie blätterte zerstreut im *Bund*, aber unter der Woche, wenn *Der große Bund* fehlte, war das nicht viel mehr als eine banale Tageszeitung, und nach der Lektüre der Nachrichten über die

Bombardierung Serbiens legte sie das Blatt wieder weg. Mit der Redaktion des *Geo*, das sie sich anschließend anschaute, hatte sich Thomas leider vor Jahren verkracht, weil die ihm eine Reportage aus der Ukraine ungefragt um zwei volle Abschnitte gekürzt und eine Formulierung so stark verändert hatten, dass der Eindruck entstanden war, die ukrainische Stadt, aus der Thomas berichtete, bestehe ausschließlich aus Alkoholikern. Aber der wesentliche Grund, weswegen Thomas dort nicht mehr veröffentlichen konnte, bestand einfach darin, dass die *Geo*-Redaktion seit geraumer Zeit mit Anfragen überhäuft wurde.

Sie sahen zwar beeindruckend fremd aus, aber Marlene konnte sich nun wirklich nicht auf Fangschrecken, Wanzen, seltene Käfer und Gespenstschrecken konzentrieren, die in diesem Heft abgebildet waren, und sie ärgerte sich, in ihrer Handtasche nur das Rattenratgeberbuch, aber kein Parfüm vorzufinden, mit dem sie sich ihrer weiblichen Ausstrahlung hätte versichern können.

Ehe sie das Magazin durchgeblättert hatte, wurde Marlene von der Assistentin gerufen und in ein leeres Zimmer begleitet, das zwar dominiert wurde von der angsteinflößenden Dentaltechnik, dank einer großen, in Schwarz-Weiß gehaltenen Straßenszene aus Paris aber doch daran erinnerte, dass die Welt nicht nur aus Karies bestand.

War es hier deutlich kühler als im Wartezimmer? Um weder Gujan noch sich selbst zu überfordern, entschied sich Marlene, den Pullover wieder anzuziehen, verfing sich aber, den Kopf bereits unter der Wolle, ungeschickt in einem Ärmel. Im Kampf mit diesem Kleidungsstück, den Kopf vollständig verdeckt, hörte Marlene eine Tür, leise Schritte und eine angenehme, ruhige Stimme: »Frau Steinhövel?«

Völlig überrumpelt beeilte sie sich, ans Tageslicht zu kommen, wo sie einen Rainer Gujan erblickte, dem der Mund offen stand. Jetzt freute sie sich, dass er ihren vollen Namen nicht hatte wissen können.

Gujan griff sich mit der Rechten ins Haar, atmete laut hörbar aus, setzte sich auf den weißen Stuhl und rollte auf fünf Rädern dicht an sie heran.

Gujan sagte nichts, Marlene aber sah deutlich, wie unsicher sie ihn machte, und das genoss sie. Es gefiel ihr, die Wortlosigkeit noch ein bisschen zu dehnen. Aufgehoben im vollautomatischen Stuhl, legte sie den Kopf in den Nacken und öffnete den Mund.

Gujan blickte ihr in die Augen. Sein Gesicht war so nah, dass sie seine Haut, die Form seiner Brauen, die Form seiner Nasenflügel und seine Lippen genau wahrnehmen konnte.

Gujan schob sich die schwarze Hornbrille mit dem kleinen Finger zurück in ihre ideale Position und schien sich anzuschicken, tatsächlich mit allerlei Gerätschaften in Marlenes Mund herumzustochern.

Marlene aber schob ihm die Brille in die Stirn, grub ihre Fingernägel in sein grau meliertes Haar, zog ihn an sich und küsste ihn, warm, weich und mit einer nicht hinter den Zahnreihen zurückbleibenden Zungenspitze.

Als sie feststellte, dass Gujan nicht zurückschreckte, schloss Marlene die Augen und verlängerte mit Leidenschaft diesen Kuss. Mit der Brille im Haar sah er jung und unschuldig aus, entwaffnet. Gujan legte die Brille weg, näherte sich Marlenes Gesicht, sie fühlte seinen Atem, winzige Schweißperlen standen ihm auf der Stirn. Er fuhr ihr übers Haar, biss ihr ins Ohrläppchen, legte die Finger an ihren Hals. Sie schlug die Augen zu, sanft fuhr er mit der Zunge über ihre geschlossenen Lider.

Einigermaßen zerzaust und emotional beflügelt verließen Marlene und Zahnarzt Gujan nach einer halben Stunde das Zimmer. Es fiel ihr schwer, ihn nicht an Armen und Händen wie beiläufig zu berühren. Sie konnte sich nicht erinnern, jemals so lange und intensiv geküsst zu haben. Beim Ausgang, wo die Assistentin mit einem großen Kalender am Werk war, sorgte Gujan dafür, dass Marlene baldmöglichst einen nächsten Termin erhielt.

19. KAPITEL
KRANJSKA GORA, SLOWENIEN

In Kranjska Gora gefielen Alim Jahiji vor allem die verschneiten Tage, jene, an denen das Auge kaum fünfzig Meter weit sehen konnte, und er liebte das leise, beständige Quietschen des straff gespannten Drahtseils, an dem die Bügel hingen, er mochte das leise Brummen des Motors, der diesen Skilift antrieb – aber er wusste, dass er sich diese Dinge zu mögen nur einredete, weil er sonst von finsteren Gedanken bedrängt wurde, Gedanken an die möglicherweise sinnlose Flucht, die er mit dieser vertragslosen Arbeit unterbrochen hatte.

Engagiert in die Pflichten eingeführt hatte ihn Petr, ein drahtiger, knapp vierzigjähriger Landwirt, dessen Kenntnisse in Serbokroatisch dank einer Freundschaft mit seinem serbischen Schwager für die Dinge, die an einem Skilift besprochen werden mussten, bestens ausreichten. Weil vor zwei Jahren einmal eine Siebzehnjährige hatte hospitalisiert werden müssen, nachdem der Bügel dieses langen, teils über steile Passagen bis auf 2650 Meter über Meer hochführenden Skilifts sie nach einem Sturz mehr als hundert Meter in der Kniebeuge mitgeschleift und sie sich das Kreuzband wie auch den Meniskus gerissen hatte, bestand Petr darauf, dass stets jemand direkt am Fuß des Lifts zu stehen hatte, solange dieser in Betrieb war. Während Petr im Häuschen saß und die ihm hingestreckten Tageskarten kontrollierte, bestand Alims Aufgabe vor allem darin, den Lift sogleich anzuhalten, wenn jemand stürzte oder sich verhedderte. Ungeübten Fahrern oder unsicheren Kindern fing Alim den heranrauschenden Bügel ab, hielt ihn auf der passenden Höhe unter das Gesäß und wünschte auf Slowenisch, nicht ganz akzentfrei, gute Fahrt.

Wenn der Schnee dicht fiel oder von heftigen Winden nahezu waagerecht über die Hänge und den Nadelwald getrieben wurde, mochte er zwar die Landschaft, weil sie die wahre Größe der Welt verleugnete, aber Alims Tage waren eintönig, es fehlte die Ablenkung, nur dann und wann löste sich aus dem Schneetreiben die Silhouette eines jugendlichen Snowboarders, der auch bei schlechten Bedingungen nicht auf seinen Sport verzichten wollte. Alim stand gelangweilt auf eiskalten Füßen, tastete manchmal das in der Kälte noch immer schmerzende Nasenbein ab und war es müde, unablässig an einer Zukunft herumzudenken, die nicht würde beginnen können, solange er nicht wusste, was seine Eltern zu seiner Idee sagen würden, in die Schweiz auszuwandern. »Allah wird besorgt sein, mein Streben nicht glücklos ausgehen zu lassen« – dieser Satz war für Alim zu einem wichtigen Halt geworden. Außerdem klammerte er sich an die Hoffnung, am kommenden Samstag, nach einer einzigen Arbeitswoche, mit den versprochenen zweitausend Slowenischen Tolar seine Flucht fortsetzen zu können.

Nach sechzehn Uhr, wenn Petr zwei oder drei noch heranpreschende Snowboarder nachsichtig durchwinkte und gleich hinter ihrem Rücken den Zugang zum Lift versperrte, wenn er eine alte Zipfelmütze an einen Bügel knotete und den Lift noch so lange in Betrieb hielt, bis der Bügel mit seiner Mütze wieder vor dem Lifthäuschen erschien – seine ganz eigene Methode, sicherzustellen, dass niemand mehr unterwegs war –, wenn er schließlich seine Stofftasche mit der leer gegessenen Essensbox unter den Arm klemmte, die kaum einem Stuhl Platz bietende Hütte abschloss und sich von ihm mit einem kräftigen Handschlag verabschiedete, begann für Alim der lange Teil des Tages, den er weitgehend in Petrs Kinderkammer verbrachte, denn dort, im Haushalt von Petrs beleibter Mutter, hatte er kostenlos Unterkunft erhalten. Über Stunden hockte er auf einer mit Disney-Figuren bedruckten Bettdecke und brachte sich mittels eines in einem gut sortierten

Antiquariat in Zagreb erstandenen Taschenwörterbuchs einige Grundkenntnisse der deutschen Grammatik bei, die, wie er hoffte, auch in der Schweiz ihre Geltung haben würde.
Nach neunzehn Uhr servierte ihm Petrs Mutter eine nahrhafte Suppe, listete die Zutaten auf, erklärte ihm die Zubereitung und fügte an, dass Frauen, die nach einem Mann Ausschau hielten, heutzutage auch einen suchten, der sich aufs Kochen verstehe. Alim nickte freundlich, obwohl er nur wenig verstand. Nach einem langen Arbeitstag in der Kälte wieder in der Wärme zu sitzen, die ihm unter die Haut fuhr, im Bauch die Suppe, drückte Alim schon kurz nach dem Essen in eine Müdigkeit hinab. Nicht selten kam es vor, dass er schon vor zwanzig Uhr zusammengerollt wie ein Schlittenhund auf dem Bett lag und keinerlei Regung mehr zeigte. Es waren oft jene Stunden, in denen Jarmila ihn in seinen Träumen besuchte, auch deswegen wehrte er sich nicht gegen diesen frühen Schlaf. Wenn er gegen zweiundzwanzig Uhr wieder erwachte, traf ihn die Einsicht umso härter, auch den morgigen Tag nicht mit seiner Geliebten, sondern mit Petr am Fuß eines Bügellifts in den slowenischen Bergen zu verbringen.
An manchen Abenden, wenn Ruhe sich breitmachte in den Straßen, wenn das Leben sich in die Häuser und in die Betten zurückzog, wenn sich die Betriebsamkeit dieser Skiregion auflöste und einer zarten Leere Platz machte, ging Alim Jahiji nach draußen und suchte nach einem finsteren Ort. Er begab sich an den Rand des Dorfes, auf einen unbeleuchteten Parkplatz oder zu einer großen Baustelle, stellte sich hin und blickte zum Himmel. Eigentlich hatte er sich nie für Sterne interessiert, aber nun suchte er in diesem Gefunkel nach einem gut sichtbaren Exemplar, das die Vorstellung ermöglichte, sein Vater bestaune hinausblickend aus einer Gefängnisluke genau denselben Himmelskörper.
Gewiss hatte ihm der Vater immer wieder erzählt von Sternen, vom Raum und vom Licht, in dem sie sich bewegten, hatte ihm in frühen Jahren schon vom Lebensalter gewisser Himmelskörper

erzählt, von irrigen Meinungen und der großen Zeitdauer, für die bestimmte Sterne, nachdem sie sich dem Menschen kurz gezeigt hatten, im schwarzen All verschwanden. Alim hatte jeweils mehr oder weniger aufmerksam zugehört, fasziniert hatte ihn an dieser Sache aber vor allem der Umstand, dass sich der sonst so wortkarge Vater in eine wahre Begeisterung hineinreden konnte, während er für Dinge, die täglich in aller Deutlichkeit zu sehen waren, oft nicht das geringste Interesse aufzubringen vermochte.

Das Besondere ist oft die Zielscheibe des Gewöhnlichen, weil das Gewöhnliche befürchtet, das Besondere werde alle Aufmerksamkeit auf sich lenken, dachte Alim.

Jetzt wünschte er sich, neben seinem Vater stehen zu können. Er würde genau diesen Satz nochmals sagen und sich freuen über die Stille, die ihm folgen würde. Vater würde ihm zu dieser treffenden Beobachtung gratulieren, und er würde es nicht unterlassen, seinem Vater zu sagen, dass diese Worte nicht von ihm, sondern von Jarmila stammten, jener jungen Frau, die ihm nicht nur von deren Vater versprochen worden war, sondern in die er sich tatsächlich verliebt hatte.

Alim wusste nicht, was sein Vater in den Sternen sah. Aber eines Tages würde er ihm mit diesem Satz zeigen können, dass das Schönste am Menschen gerade das Fremde war, das Außergewöhnliche, dass jeder Mensch eine schöne Ausnahme war und dass dies für Kosovo-Albaner genauso zutraf wie für Inuit oder Roma oder unzählige andere ihrer Fremdheit wegen so häufig benachteiligte Menschen.

»Das ist eine Lebensschule«, hatte sein Vater früher gerne bei jeder zweiten Gelegenheit gesagt. Er war zu unpraktisch in vielen Belangen, er interessierte sich fürs Mittelalter, kannte sich aus in Fürstentümern und aufständischen Vasallen, erkältete sich leicht und schloss sich gern ein in die Gedankenräume der Astronomie, in denen für den Rest der Familie kaum je ein Licht aufging.

Seit Alim gezwungen war, ohne sie auszukommen, war ihm seine Familie viel näher. Und da er an diesen zeitig schon von der Dunkelheit zugedeckten Winterabenden meist früh einschlief, erwachte Alim am nächsten Morgen in aller Regel weit vor sieben Uhr, wenn vom neuen Tag noch nicht viel mehr zu sehen war als ein hinter der Bergkette hervorglühendes Morgenrot. Weil es dann noch knapp zwei Stunden dauerte, bis er am Skilift stehen musste, entfloh er den finsteren Gedanken, indem er über den in der Nacht erstaunlich hart gewordenen Schnee der noch menschenleeren Skipiste bergan rannte; die Piste, das bildete er sich im Hochgefühl leicht ein, sei allein für ihn hergerichtet worden, für ihn und diesen frühmorgendlichen Berglauf. Immer deutlicher entwickelte Alim ein Gefühl für die Anstrengung, immer deutlicher wurde sein Bewusstsein dem Körper gegenüber. Von seinen Muskeln und seinen Gelenken, auch von seiner Lunge hatte er inzwischen eine geradezu räumliche Vorstellung: Noch nie hatte er ihr Volumen besser fühlen können als an jenen eiskalten Wintermorgen. Der ganze Kreislauf von Anstrengung, Erschöpfung und Erholung wurde so konkret, dass Alim in ihm nicht weniger zu Hause war als in den Schmerzen, die seit der Folterung in seinem Schien- und Nasenbein verankert waren.

Was ihn mehrere Male an seine Familie denken ließ, genauer an seinen hochbetagten Urgroßvater, war ein Rollstuhlfahrer; auch bei Schneefall war er ihm begegnet: ein Pensionär, dem nichts so sehr anzusehen war wie die Entschlossenheit, seines Weges zu rollen. Genau so musste sein Urgroßvater ausgesehen haben, als er, um an der Hochzeit seiner Tochter, also Alims Großmutter, teilnehmen zu können, frühmorgens mit dem Rollstuhl aus der Klinik geflüchtet war und mithilfe eines ebenfalls hochbetagten, gesundheitlich nicht viel weniger angeschlagenen Freundes den nicht gerade unbeschwerlichen Weg zur Moschee bewältigt hatte, in der dann kurz nach dem Ja-Wort sein Herz den letzten Schlag gemacht hatte, was längere Zeit, weil er mit einem Lächeln auf dem Gesicht in den Tod gesunken war, völlig unbemerkt blieb. Es mochte absurd sein, aber es war genau jener ihm nur vage erinnerte Urgroßvater mit seinem starken Willen, der Alim, wenn er sich niedergeschlagen fühlte, aus dem untergründigen Reich der Toten mit Energie versorgte.

20. KAPITEL
LANGENTHAL, SCHWEIZ

Wie zum Henker soll ich ihr das schreiben?, fragte sich Thomas Steinhövel, über die Karte gebeugt, die den europäischen Norden zeigte. Sie hatte ihm nicht erlaubt, sie an den Flughafen zu begleiten, sie war bestimmt nicht halb so romantisch, wie er sich das ausmalte, obwohl sie auf dem Walensee, auf dem langen Ruderweg hinüber zum Steinbruch, über den Wind gesprochen hatte, darüber, wie dieser das Wasser berührte, als rezitiere sie ein Gedicht. Steinhövel wünschte sich, einen Brief schreiben zu können, der von der Liebe sprach, der aber doch auch freundschaftlich gelesen werden konnte. Am besten wäre es, einfach zu warten, bis sie schrieb, bis sie ein paar wie auch immer geartete Zeilen ihm zukommen ließ – allerdings wusste er genau, es würde ihm nicht gelingen, auf das Schreiben zu verzichten. Um sich abzulenken, putzte er das Bad. Schrubbte die Badewanne. Zog sich gelbe Gummihandschuhe über und putzte die Toilettenschüssel.

ÄKÄSJOKISUU, FINNLAND
Heljä Halkkanen stand mit dem Beil in der Küche, spaltete Holzscheite, halbierte Scheit um Scheit, und mit jedem Hieb wandelte sich ihre Meinung. Ich schreibe ihm, ich schreibe ihm nicht, ich schreibe ihm, ich schreibe ihm nicht – sie konnte ihm nicht schreiben, solange er nicht schrieb. Was sollte sie ihm denn mitteilen? Was sie wirklich fühlte, würde sie ohnehin kaum zu Papier bringen, das waren Zumutungen, nichts weiter. Hallo Liebster, ich will Dich sofort wiedersehen, bitte beeil Dich und so weiter und so fort. Das Beil krachte ins Holz, zwei Holzhälften fielen zu Boden. Im Stockwerk unter ihr befand sich das geschlossene Vorstandsbüro des geschlossenen Bahnhofs, sie konnte hier Holz spalten,

so viel und so krachend sie wollte. Solange sie es aushielt, ohne einen Brief zu schreiben. Sie wollte ihn wissen lassen, weswegen sie nicht zum Flughafen hatte begleitet werden wollen, aber das war schwierig, denn sie müsste ihm gestehen, dass ihr, wäre er mitgekommen, bestimmt eine Träne über die Wange geronnen wäre, erklären, dass sie nicht vor ihm hatte weinen wollen. Außerdem hatte er sicher nicht die geringste Ahnung, dass sie sich derart wuchtig in ihn verliebt hatte.

LANGENTHAL, SCHWEIZ

Thomas Steinhövel zog die Gummihandschuhe aus, wusch sich die Hände, suchte nach Briefpapier, fand welches, setzte sich an seinen Tisch, stand wieder auf, zog die Gummihandschuhe wieder an, schimpfte sich einen Trottel. Er reinigte die Klobrille, das Waschbecken, er reinigte den Badezimmerschrank, wusch sich die Haare, strich sich Aftershave an den Hals, ohne sich zuvor rasiert zu haben, reinigte mit Wattestäbchen seine Ohren und hustete. Es konnte doch nicht sein, dass er diese Frau nicht mehr aus seinen Gedanken brachte, konnte doch nicht sein, dass ihm die Geduld fehlte, auf einen Brief von ihr zu warten, bloß weil er es unterlassen hatte, ihr seine aktuelle E-Mail-Adresse zu geben. Heljä, seit zwei Tagen war sie zurück in Lappland, zurück bei ihrem Sohn Timpaa, von dem sie nur wenig erzählt hatte. Steinhövel ging nochmals die Stelleninserate durch, die sich lasen wie eine bunte Sammlung an Ausbildungen, eine ellenlange Liste an Qualifikationen, die er nicht vorweisen konnte. Das Einzige, was in den Zeitungen die Zeitungen betreffend zu lesen war, handelte von Abbau, Stellenkürzungen und dem Verlust an Anzeigeeinnahmen, in den Stelleninseraten brillierte dieser Berufszweig mit Abwesenheit. Nicht einmal in einer journalistischen Hinterkammer würde er eine Anstellung finden, das konnte er vergessen. Aber Heljä konnte er nicht vergessen. Bestimmt könnte bald ein Brief eintreffen, ein Brief aus Äkäsjokisuu.

ÄKÄSJOKISUU, FINNLAND

Sie legte zwei Scheite ins Feuer, wischte die Brosamen vom Küchentisch, setzte sich hin, nahm einen Kugelschreiber zur Hand und schrieb: Thomas, Geliebter. Das würde ihn erschrecken. Sie konnte doch nicht mit einer Liebeserklärung beginnen, sie wusste nicht einmal, was er für sie empfand, wieso er sie nicht hatte küssen wollen, obwohl er die ganze Nacht und den ganzen Morgen über Zeit dazu gehabt hätte. Sie vermutete, er küsste nicht jedes Wochenende eine andere, er sah aus wie einer, der die Augen zuschlug vor dem Kuss und mit einer Schüchternheit küsste, die sie betören würde – nein, er war kein Schauspieler, bestimmt nicht, er taugte nicht zum Frauenhelden, aber sie konnte ihm nicht erklären, dass sie hier in diesem fernfinnischen, von traurig leerer Luft umwehten Kaff saß, in der weltallerschönsten Natur vielleicht, aber doch in einer von unpensionierten Menschen großräumig gemiedenen Gegend, in welcher Männer, mit denen etwas anzufangen war, so selten waren wie schwarzstämmige Birken. Sie stand auf und zerknüllte das Papier.

LANGENTHAL, SCHWEIZ

Thomas Steinhövel zog die Gummihandschuhe aus, nahm Briefpapier zur Hand, einen Kugelschreiber und schrieb: Geliebte, geliebte Heljä, Ausrufezeichen, neue Zeile, dann schaute er sich das an, seine nicht sehr stilsichere Kugelschreiberhandschrift, dieses Geliebte, geliebte, zerknüllte das Papier und ärgerte sich, keinen anständigen Füllfederhalter zu besitzen. In Stefanos Zimmer fand er schließlich einen alten Füllfederhalter, dessen Tinte allerdings eingetrocknet war. Er fand eine Ersatzpatrone, welche schön gleichmäßig und königsblau ihre Tinte aufs Papier entließ; das versorgte ihn mit neuem Mut. Er rückte den Stuhl näher an den Tisch und schrieb: Liebe, liebe Heljä, es sah schon viel besser aus, edler, gefühlvoller; er zerknüllte das Papier, sah ein, dass er den Brief nicht mit einer liebesverdächtigen Formulierung beginnen konnte, er wusste nicht einmal, ob sie sich über diesen Brief überhaupt freuen würde. Er nahm ein neues Blatt und schrieb: Heljä, teure Heljä, Ausrufezeichen, neue Zeile; kostbar wäre wohl seltsam, aber teuer ging, teuer konnte auch eine Freundin sein, eine, mit der man keine Liebesbeziehung führte. Also gab er sich einen Ruck und schrieb: Heljä, teure Heljä, Ausrufezeichen, neue Zeile, Wie benommen gehe ich im Zimmer auf und ab, die Gedanken an Dich erlauben mir keine Rast. Eben gestern hat hier, in exakt jenem Moment, als ich aus der Bäckerei kam, ein kleiner Bus gewendet, er sah aus wie jener, in dem ich Dich kennengelernt habe. Idiotischerweise habe ich mir vorgestellt, die Türen würden aufspringen und Du würdest aus dem Bus steigen, um mit all Deiner Energie auf meine offenen Arme zuzurennen, meinetwegen wieder mit einem Apfel im Mund, der nicht weniger leuchtet als Deine Wangen. Aber der Bus hielt an, blieb dort stehen und war schon erstarrt, nichts geschah, es war Nachmittag, Langenthal lag wie begraben unter einer schweren Decke aus Reglosigkeit, ich dachte an den Walensee und wusste, sogar der Wind, der sonst immer über den Wasserspiegel streicht, war abgestellt. Steinhövel schrieb abgestellt und dachte: Ich kann doch nicht so technisch über den Wind schreiben! Es müsste eine Formulierung sein, die an ihre Aussage über den Wind anknüpfte, Walenseewind, und über allem lag nun seine Erinnerung an die schöne Wucht, mit der sie ihren ersten Fisch totgeschlagen hatte. Steinhövel steckte den Deckel auf den Füllfederhalter, verharrte reglos und dachte, es wäre besser, sie einfach zu fragen, ob er sie besuchen dürfe. Er könnte doch behaupten, irgendeiner Reportage, einer journalistischen Recherche wegen ohnehin bald in jener Weltgegend unterwegs zu sein. Könnte sie fragen, ob es ihr etwas ausmachen würde, ihn in ihrem Äkäsjokisuu zu empfangen, ihm eine Moltebeere zu servieren und ein Gästebett mit Gästebettdecke anzubieten, egal wie unbequem, und unter dieser Gästebettdecke würde er dann still wie eine Maus schlafen, ja, vielleicht würde es ihm tatsächlich gelingen, die Redaktion des

Großen Bunds davon zu überzeugen, dass von dort oben etwas Wichtiges zu berichten sei.

Steinhövel las nochmals, was er bisher geschrieben hatte. Sogar der Wind war abgestellt, das gefiel ihm überhaupt nicht – er zerknüllte das Papier und versuchte, sich abzulenken mit der Lektüre des heutigen *Bunds*.

ÄKÄSJOKISUU, FINNLAND

Das Feuer im alten Holzofen war bald so groß, dass das Ofenrohr glühte und sie das Küchenfenster öffnen musste. Sie schrieb Thomas, malte ein dickes Ausrufezeichen, dachte über den ersten Satz nach und musste bald feststellen, wie fettleibig und übergewichtig das Ausrufezeichen geworden war, so unansehnlich, dass sie dachte: Nein, so geht das nicht. Hinter so ein dickes Ausrufezeichen kann ich überhaupt nichts mehr schreiben. Seufzend zerknüllte sie das Papier.

LANGENTHAL, SCHWEIZ

Steinhövel betrachtete sich im Spiegel. Es wäre an der Zeit, sich zu rasieren. Er könnte die Wohnung, das Haus verlassen, könnte sich neue Rasierklingen besorgen, das würde viel Zeit beanspruchen. Er könnte so lange Rasierklingen kaufen, bis der Briefträger kommen würde. Er fluchte auf Russisch, auch weil es sich auf Russisch sehr einfach fluchen ließ, setzte sich an den Tisch, nahm den Deckel von Manzinis Füllfederhalter und schrieb: Heljä, teure Heljä, Ausrufezeichen, neue Zeile, Zu Hause habe ich einmal mehr die Karte hervorgeholt und den winzigen Punkt betrachtet, den Du mit dem Bleistift gemacht hast, einen Punkt für Äkäsjokisuu, behutsam, weil Du meine Karte nicht hast ruinieren wollen. Jetzt habe ich diesen winzigen Bleistiftpunkt als Zeugnis der sanften Art, wie Du mit Gegenständen, wohl mit der Welt überhaupt umgehst. Falls es sich nicht um einen Fisch handelt. Einen verschwindend kleinen Punkt im wenig bis gar nicht besiedelten

Niemandsland, über das sich meine Landkarte großzügig ausschweigt, zu unbedeutend sind den Kartografen jene Siedlungen. Auf Langenthal habe ich sofort zeigen können, sogar auf Berschis, Flums, Tscherlach, Walenstadt, alles kartiert, der Walensee sogar mit der Angabe seiner tiefsten Stelle, an der das Geheimnis liegt, und die Tatsache, dass Du einen weißen Fleck bewohnst, steigert meine Neugierde. Ich will Dich wiedersehen, Heljä, auch wenn ich Dich mit dieser Aussage vielleicht erschrecke. Ich bin wie benommen seit jener Nacht, Du gehst mir nicht aus dem Sinn. Nie haben mir Fische so geschmeckt wie jene beiden, die ich mit Dir mitten im See und mitten in der Nacht aus dem schwarzen Wasser geholt habe. Ich sehe deutlich, wie Du am Morgen danach im Zimmer stehst, wie Du Deine Sachen packst und mir das finnische Fischerpatent entgegenstreckst, mit diesem in Schwarz-Weiß gehaltenen Porträt von Dir, mit einer Kurzhaarfrisur. Sehe Dich mit der allergrößten Selbstverständlichkeit den Fisch am Schwanz packen und seinen Schädel kräftig über die Bootskante schlagen. Du hast mich angesteckt mit Deiner Energie, und ich bin voller Angst, dieses Abenteuer auf dem Walensee sei für Dich gar nichts Außergewöhnliches gewesen, Angst, es gehe in Deinem Leben immer so zu und her, und ich schäme mich für mein Gefühl, Dich am liebsten so rasch als möglich wiederzusehen. Ich will mich nicht selber einladen, schrieb er und hielt inne, las nochmals die letzten Zeilen, erkannte, dass der gesamte Brief nichts anderes war als der Versuch, sich selber einzuladen, und zerknüllte das Papier.

ÄKÄSJOKISUU, FINNLAND

Es war Freitag und würde deswegen noch bis nächsten Dienstag dauern, bis der Postbote von Kolari sich wieder hierherbemühte, vier ewig lange Tage. Heljä wusste, jede andere würde anrufen, seine Nummer stand doch auf der Visitenkarte, zusammen mit der Redaktionsadresse, er konnte sie ihr doch nicht gegeben haben, bloß weil er glaubte, sie sonst zu enttäuschen. Er hatte sich sogar entschuldigt, dass die Karte nicht schöner gestaltet sei, und doch roch es in ihrer Nase nach Geschäftswelt, diese Art, jemandem kurz vor der Abreise eine Visitenkarte zu überreichen, und sie war in diesem Moment so maßlos gewesen, dass sie sich heimlich einen Blumenstrauß gewünscht hatte. Sie war entschlossen, einen vorsichtigen, abtastenden Brief zu schreiben. Eigentlich hätte sie schreiben mögen: Thomas, Ausrufezeichen, und diesmal müsste es schlank bleiben, sie schrieb: Thomas, schlankes Ausrufezeichen, neue Zeile, Ich sitze hier in diesem wunderschönen nordfinnischen Äkäsjokisuu und bin ohne Möglichkeit, etwas anderes zu tun, als Timpaa den Hintern zu putzen und darauf zu hoffen, dass Du den weiten Weg auf Dich nehmen wirst, um mich besuchen zu kommen. So etwas konnte sie aber nicht in einen Umschlag stecken, obwohl es den Nagel auf den Kopf traf. Sie verfluchte ihre Hoffnung, sie hasste ihre Art, sich selber mit derartigen Hoffnungen den größten Enttäuschungen in die Arme zu treiben.

LANGENTHAL, SCHWEIZ

Teure Heljä, schrieb Steinhövel, ohne Ausrufezeichen, neue Zeile, dann stand er auf, nahm die dicke Jacke aus dem Schrank und eilte ins Reisebüro Travelqueen. Dort ließ er sich Flugverbindungen heraussuchen, bis hinauf nach Rovaniemi, so weit im Norden, dass die Frau einen alten Atlas hervornahm, um zu prüfen, ob das nicht schon jenseits jener Scheibe lag, die gemeinhin Erde genannt wird. Jugoslawien erschien noch vollständig intakt in diesem Atlas, ein ungeteiltes, frohes und kriegsfernes Land, ein Anblick, der Steinhövel derart erstaunte, dass er befürchtete, Rovaniemi habe sich seither einen anderen Platz gesucht. Ausschließlich teure Flüge konnte ihm die Dame anbieten, die finnische Fluggesellschaft schien ein luxuriöses Unternehmen zu sein. Er befürchtete, die Redaktion des *Großen Bunds* wäre auch bei der außergewöhnlichsten Geschichte mit dem allerschönsten Bezug zur Region

nicht bereit, ihm die Spesen vollständig zu erstatten. Gerne hätte Steinhövel nun gewusst, mit welcher Fluggesellschaft Heljä geflogen war. Gern gewusst, wieso sie ihm nicht erlaubt hatte, sie zum Flughafen zu begleiten. Gewusst, wie sie den Weg von Rovaniemi nach Äkäsjokisuu zurückgelegt hatte.
Mit einem Flugplan und einer Tarifliste kehrte Steinhövel zurück in die Wohngemeinschaft, setzte sich an den Tisch und suchte nach einem ersten Satz.

ÄKÄSJOKISUU, FINNLAND
Thomas, schrieb sie, Ausrufezeichen, neue Zeile, Ich will Dir nichts versprechen, aber ich will Dich einladen, und es gibt, falls Dich das interessiert, sehr viel Platz hier oben für Dich. Nicht nur in der Natur meine ich, auch an meiner Seite. Ich weiß, eine derartige Einladung wird Dich überraschen. Bestimmt hast Du nicht die entferntesten Absichten dieser Art, und ich muss Dir gestehen, dass es mich einige Überwindung kostet, diese Zeilen hier zu schreiben, mich Dir gegenüber derart nackt zu zeigen, nackt in meinen Wünschen. – Nackt in meinen Wünschen, das klang seltsam. Heljä blickte in Erwartung eines Anrufes zum Telefon, in Erwartung eines zeitaufwendigen Anrufes zum Beispiel von ihrem Vater, der sich in egal welcher Jahreszeit stundenlang über das Befinden eines Rens auslassen konnte, über Krankheiten, über die Art der Mücken, die gerade Saison hatten, über die Qualität des Schnees und des Benzins, das es im schwedischen Pajala gleich hinter der Grenze zu kaufen gab, viel billiger als hier in Finnland – aber das Telefon blieb stumm.

LANGENTHAL, SCHWEIZ
Thomas Steinhövel schrieb: Heljä, Heljä, Ausrufezeichen, neue Zeile, Dass Du mir Deine Adresse ganz am Schluss erst und voller Eile in eine Zeitung hineingeschrieben hast, die gerade in unserem Zugabteil lag, das hat mich irritiert, irritiert mich noch immer,

sodass ich nicht sicher bin, ob Du Dich wirklich freuen wirst, einen Brief von mir zu erhalten. Dass Du Deine Adresse, ohne dies wissen zu können, direkt in die luftig und mit viel Freiraum gestaltete Werbung eines Bestattungsinstituts hineingeschrieben hast, das wollte ich Dir eigentlich gar nicht verraten. Deine wunderbar einfache Adresse in diesem Äkäsjokisuu, diesem Dorf, dessen Name ich wohl ein Leben lang nie werde richtig betonen können. Ich will nicht, dass Deine Adresse bestattet wird. Im Gegenteil, seit Deiner Abreise rätsle ich darüber nach, wie ich am schnellsten und billigsten zu Dir in den hohen Norden gelangen und über welche Themen ich dort – Steinhövel hielt inne, steckte den Deckel auf den Füllfederhalter, warf sich den Mantel über und eilte zum Bahnhof, zu den Schaltern für internationale Verbindungen. Er wollte wissen, ob es vielleicht doch günstiger wäre, mit dem Zug nach Lappland zu reisen. Er nannte dem älteren Mann hinter dem Schalter den Namen von Heljäs Ortschaft, erklärte ihm, es liege nördlicher noch als Rovaniemi, und der Beamte holte ein dickes Buch hervor, irgendein britisches Jahrbuch des internationalen Eisenbahnverkehrs, Steinhövel dachte schon, der Beamte würde ihm wieder ein tadelloses Jugoslawien servieren, als Vertrauensbekundung der Aktualität der bei den Schweizerischen Bundesbahnen verfügbaren Informationen. Aber der Beamte fand ziemlich rasch eine Karte des europäischen Nordens, eine dreifach aufklappbare Karte, die quer zur allgemeinen Leserichtung im Buch stand, weil der Norden so hoch hinaufging, dass er die Buchseite mehrfach überragte, und auf dieser Karte suchte Steinhövel gemeinsam mit dem Beamten nach Äkäsjokisuu, aber sie suchten vergeblich. Um sich dort oben noch orientieren zu können, faltete der Beamte die Karte immer wieder um, wobei das Gelände rückseitig nach Russland abkippte und Murmansk zum Vorschein kommen ließ, Murmansk, eine Stadt, zu welcher der Schalterbeamte eine besondere Beziehung zu pflegen schien.

»Eine bedeutende Industriestadt«, sagte er, »ein großer, auch militärisch wichtiger Hafen mit guten Zugverbindungen.«
Wiederholt musste Steinhövel den Beamten daran erinnern, dass er nach Äkäsjokisuu wollte, in ein weder wirtschaftlich noch militärisch, sondern allein dieser Heljä wegen bedeutsames Dorf in Finnland, zu dem es, wie Steinhövel langsam, aber sicher klar wurde, die allerschlechtesten Verbindungen gab.
Als Steinhövel wieder zu Hause war, wusste er Bescheid über die nach Rovaniemi fahrenden Züge, unsicher, ob es nicht doch besser, nämlich näher an Äkäsjokisuu wäre, nach Kolari zu reisen. Und er wusste verhältnismäßig gut auch über die Tarife Bescheid. Heljä, schrieb Steinhövel, Ausrufezeichen, neue Zeile, Ich wünsche mir einen Brief von Dir, in dem zu lesen steht, ob Du einverstanden bist, dass es so umständlich ist, von der Schweiz zu Dir nach Äkäsjokisuu zu gelangen. Ich danke Dir und ich denke an Dich, Dein Thomas, schrieb er, strich das Dein beim nächsten Durchlesen wieder durch und zerknüllte das Papier.

ÄKÄSJOKISUU, FINNLAND
Der Winter ist bestimmt die beste Zeit, um Äkäsjokisuu kennenzulernen. Frühling, Sommer, Herbst, das sind alles nur geringe Verschiebungen, kaum merkliche Abweichungen vom Normalzustand. Gut, der Sommer ist tatsächlich etwas für sich, aber er ist so kurz, dass ich ihn als Halluzination empfinde, so hell und greifbar, dass ich manchmal mitternachts wie besoffen vor dem Haus stehe, vor meinem kleinen Bahnhof, zu dem leider keine Züge mehr fahren, dastehe in meinem Nachthemd, barfuß, stinkend, weil es kein Mückenmittel gibt, das seine Wirkung ohne Gestank entfaltet, und schaue in den Himmel hinein oder lasse mich vom Licht und von der Zeitlosigkeit, in die der finnische Norden während jener Tage und Wochen bisweilen fällt, zu einem Spaziergang verführen. Ein paar Schritte nur musst Du machen, denke ich, schrieb sie, ein paar Schritte nur musst Du tun unter diesem

Himmel. Keinesfalls bin ich religiös, ich will Dir keine Angst einflößen, Du wirst mit mir nicht in der Bibel lesen müssen, nicht in der finnischen und nicht in der russischen. Wirst überhaupt auch sonst nichts und nie müssen, außer Dich der Gefahr einer Verführung aussetzen vielleicht, aber unter diesem Himmel, Du wirst es sehen, wenn Du eines Tages hier einen Sommer verbringst, unter diesem Himmel zieht es einen unweigerlich nach draußen, in die Natur, zu den Elementen hin, und so mache ich mich auf, um ein, zwei Stunden später irgendeinen baumlosen, hell erleuchteten Sumpf zu erreichen, eine felsige, von winzigen Birken nur bestandene Anhöhe, die bei uns längst als Berg gelten kann, während sie Dir, der Du aus den Alpen kommst, nur als Buckel in einer unabsehbar großen Ebene erscheinen wird, und dort stehe ich dann und bekomme vom Blutzuckerspiegel gesagt, dass es längst an der Zeit wäre umzukehren, bekomme vom Mückenmittel, dessen Wirkung verpufft ist, gesagt, dass ich mich sehr weit schon von meinem Zuhause, meinem knorrigen, vom regulären Betrieb leider lange schon vernachlässigten Bahnhof entfernt habe, und dort stehe ich dann, schrieb sie, stehe in den langen Schatten, welche die flach am Horizont stehende Sonne über der Landschaft ausschüttet, und wenn Du Dir vorstellen kannst, wie ich dort weit nach Mitternacht im Nachthemd auf einer Anhöhe stehe, dann muss ich Dir nicht mehr erklären, weswegen meine Füße einen eher grobschlächtigen Eindruck machen, weswegen ich an Fersen und Fußballen mit einer Hornhaut geschlagen bin, die Dich hoffentlich nicht abschreckt, ebenso wenig wie die Tatsache, dass ich Mutter bin, dass ich einen kleinen Sohn in meinem Leben habe, einen pausbäckigen Timpaa, der inzwischen nicht mehr das ist, was man unter einem kleinen Hosenscheißer versteht, und von dem ich Dir wahrscheinlich nicht ausreichend klarmachen kann, wie wichtig er für mich ist, wie wichtig er in meinem Leben bereits geworden ist und welchen Stellenwert er einnimmt. Und ich muss Dich warnen, Thomas, schrieb sie, falls Du Dich wirklich in jenen

Tagen in Tscherlach, in Flums und am Walensee in mich verliebt haben solltest, muss Dich warnen, dass Du die richtige Heljä noch lange nicht kennst, solange Du Timpaa nicht kennengelernt hast, denn es gibt mich nicht ohne ihn, auch wenn ich manchmal verzweifle und alles satt habe und sein Geheul nicht mehr hören und ihm den Hintern nicht mehr putzen mag und froh wäre, er würde in Nullkommanichts zu seinem Vater nach Tampere ziehen, in den Süden Finnlands, aber das ist eine andere, eine lange Geschichte, die uns nicht im Weg stehen, die Dich nicht bekümmern wird.

Lass mich hier bitte über Deine Reportagen sprechen, Thomas, Deinen Journalismus, der mich so beeindruckt hat, auch wenn die Geschichte mit dem Wasserspiegel des Walensees nur eine Erfindung war. Ja, so sehr hat er mich beeindruckt, dass ich mir wünsche, ich könnte die Sprache verstehen, in der Du Deine langen Artikel schreibst. Deine Art, mir Satz für Satz mit all den jeweiligen Unübersetzbarkeiten ins Russische zu übersetzen, das für uns beide eine fremde Sprache mit ihren nochmals eigenen Farbtemperaturen darstellt, fand ich ungemein reizvoll. Es fehlt mir die Vorstellung davon, wie lange Du mich besuchen kommen kannst, zwei Wochen oder zwei Monate, mir soll alles recht sein, bloß zu kurz möchte ich Dich nicht empfangen, sonst bin ich nur verwirrt und bekomme Dich nicht zu fassen, und ich denke, Du solltest mindestens so lange kommen, bis wir gemeinsam eine Reportage erstellt haben, denn das ist meine große Idee für Deinen Aufenthalt hier, für den ich wohl besser überhaupt keine große und auch keine kleine Idee haben sollte, aber ich stelle mir eben vor, dass es Dir hier vor allem dann gefallen wird, wenn Du arbeiten kannst, und ich möchte Dir vorschlagen, für Dich vom Finnischen ins Russische zu übersetzen, damit Du dann vom Russischen ins Deutsche übersetzen kannst, Du wirst mir einfach sagen müssen, was Dich interessiert, was Du glaubst, dass die Menschen in der Schweiz über den finnischen Norden zu lesen bekommen sollten, ich kenne hier zahllose Menschen mit kernigem Charakter. Sie sind wunderlich und kantenreich auf ihre ganz eigene Art, es gibt genügend, über die zu schreiben sich lohnen wird. Über meinen Vater zum Beispiel und seine Vision von einer zeitgemäßen Rentierzucht, über den Kampf, den er führt mit den vom Süden Finnlands oder gar von Schweden aus operierenden Touristik-Firmen, die den Reisenden beibringen wollen, es sei ein typisch lappländisches Erlebnis, in der Dämmerung mit einem schweren Motorschlitten durch die Waldwildnis zu lärmen, während diese unnützen und stinkenden Maschinen nichts anderes tun, als genau jene fragile Wildnis zu zerstören. Oder über Seppo Laukkanen, sechzigjährig, Seelenheiler, von dem ich Dir noch gar nicht erzählt, aber bereits damals auf dem Walensee gedacht habe, dass Dich der interessieren könnte, denn Laukkanen, der Hausbesuche macht zu seinen weit in Lappland verstreuten Patienten, ist noch knorriger als die meisten hier oben. Ich weiß von meinem Vater, dass er sich vorgenommen hat, dereinst mit Champagner sich das Leben zu nehmen, was noch viel dekadenter klingt, wenn man weiß, wie viele Liter Champagner es brauchen wird, bis Laukkanen, der noch nie als trinkschwach aufgefallen ist, das Zeitliche segnet. Wobei ich hoffe, dass er das noch lange nicht tun wird, denn es gibt mehr als nur ein paar Menschen, welche die Dienste dieses Seelenheilers benötigen. Ich sage bewusst Seelenheiler und nicht Psychiater, sage es aus Respekt vor Laukkanen so, der sich gerne, nach seinem Beruf gefragt, als Freund vorstellt, und wer ihn und seine Arbeitsweise auch nur ein bisschen kennt, und ich kenne sie, weil er auch meinen Vater besucht, der seit dem Tod meiner Mutter Mühe hat, den Boden unter seinen Füßen trittfest zu halten, wer seine Arbeitsweise auch nur ein bisschen kennt, der weiß, dass die Sache mit dem Freund keine Floskel ist, und wer Lappland kennt, der weiß, dass es enorm viel helfen kann, einen langen, viel zu selten begangenen Weg zu einem abgeschiedenen Haus unter die Räder oder Raupen zu nehmen, an Türen zu klopfen, an die viel zu selten geklopft wird, und zu fragen, ob die Sauna schon eingeheizt sei – keine Ahnung, ob seine Ausbildung irgendwelche im südlichen Finnland geltenden Standards erfüllen würde, wahrscheinlich nicht, aber hier im Norden ist Laukkanen beliebt wie kein Zweiter, weil er Zuversichten in sich trägt, die so stark sind wie das menschliche Leid. Ich weiß von niemandem, der seine Therapie bei Laukkanen vorzeitig abgebrochen hätte, es sei denn, der Tod habe eine Sitzung verhindert, und weil Laukkanen meinen Vater kennt, so weiß er auch von mir und wäre bestimmt bereit, einem befreundeten Journalisten gegenüber Auskunft zu geben, auch wenn das Reden, im Unterschied zum Zuhören und zum Gegenwärtigsein, nicht seine Stärke ist.

Bitte verzeih, ich rede hier von einem Interesse dem finnischen Norden gegenüber, das bei Dir womöglich in keiner Art und Weise vorhanden ist. Bloß weil ich hier lebe, bilde ich mir ein, Du würdest Dich für diesen Landstrich und dessen Bewohner interessieren. Ich weiß, Du hast nicht viel Geld, die Reise ist teuer, die nordischen Fluggesellschaften zahlen hohe Steuern und wälzen dies auf ihre Passagiere ab. Ob eine Zugreise billiger ist, weiß ich nicht zu sagen, jedenfalls dauert sie deutlich länger, ein Umstand, der Dich aber gut auf die Lebensgeschwindigkeit einstimmen könnte, die hier oben herrscht.

Oh, Thomas, lass mich doch rasch wissen, ob Du kommen magst, schrieb sie mit einem Seufzer, fügte ihre Unterschrift hinzu und fragte sich, ob sie das sofort in einen Briefkasten werfen musste, um sicherzustellen, dass sie morgen nicht alles wieder für untauglich befinden und zerknüllen würde, um nochmals von vorne zu beginnen.

LANGENTHAL, SCHWEIZ
Geliebte Heljä,
ich habe in den eiskalten See gepinkelt, schwimmend, so wie Du gesagt hast, bin ganz liebesblöd nach Walenstadt gereist, in den See gestiegen und habe gepinkelt. Gar nicht so einfach bei diesen

Temperaturen. Drei bis fünf Tage, so lange wird dieser Brief leider unterwegs sein, unterwegs zu Dir in den hohen Norden.
Ich will mich nicht aufdrängen, aber begreife doch: Ich bin völlig blockiert, solange ich nicht weiß, ob ich Dich wiedersehen kann. Ich bin schon ganz verrückt nach Dir, will Dir unbedingt die Wolle von den Socken reißen, aber ich bin auch verzweifelt, weil ich nicht weiß, was in Dir vorgeht. Bestimmt hältst Du mich für einen narzisstisch durchtränkten Tölpel aufgrund meiner Art, Dir meine Reportage aus Baku mühevoll und Satz für Satz ins Russische übersetzt zu haben. Aber sieh: Das ist meine Arbeit, viel mehr bin und kann ich nicht. Ich weiß nicht einmal, wie man einem Fisch das Genick bricht, und ich verstehe noch heute nicht, weshalb Dir die Fische in jener Nacht nicht aus der Hand flutschten. Vielleicht kannst Du keinen so unpraktisch veranlagten Mann wie mich gebrauchen. Wahrscheinlich denkst Du, dass ich mir im Norden doch nur den Hintern abfrieren würde.
Dein Thomas

ÄKÄSJOKISUU, FINNLAND
P. S. Thomas, Geliebter,
vorgestern schon habe ich diesen Brief begonnen, voller Ungewissheit. Ich werde grundlos nervös, wenn ich an Dich denke, und heute endlich und tatsächlich und wie aus heiterem Himmel trifft hier ein Brief von Dir ein, nicht häufiger als zweimal wöchentlich kommt Post zu mir, das habe ich Dir wohl nicht gesagt, dienstags und freitags vom Postzentrum in Kolari; ein Brief von Dir! Ich habe so gezittert, dass ich ihn kaum lesen konnte. Du kannst Dir nicht vorstellen, was diese Deine Zeilen alles in mir angerichtet haben. Ich versuche mich zu beruhigen. Immer wieder versuche ich mich zur Einsicht zu ermahnen, dass Du mich doch überhaupt nicht kennst, dass Du keine Ahnung haben kannst, wie ich hier lebe, wie das Leben hier überhaupt aussieht, wie dumpf und schwer sich hier oft alles anfühlt. Und ich möchte einen Brief schreiben voller

Gefühle, voll von meinem Herzen, ohne dass Du gleich denkst, ich hätte den Verstand verloren, obwohl ich den langsam, aber sicher verliere, wenn ich nicht aufhöre, in Deinen Zeilen zu lesen. Aber ich will Dir keine Angst einflößen und will Dir dennoch sagen: Komm nach Äkäsjokisuu! Lass Dich hier willkommen heißen. Besuche mich zwei Wochen oder solange es Dir eben möglich ist. Und lass doch bitte, bitte bald wieder von Dir lesen, mir gefällt auch sehr Deine Handschrift, bitte schreibe mir wieder mit Füller.
Deine Heljä

21. KAPITEL
ŠABAC – GRDELICA, SERBIEN

Es war nicht ganz einfach, all die schweren Gepäckstücke in den Bus zu bekommen, und noch schwieriger war es, die Fracht später durch das am Bahnhof von Belgrad herrschende Gedränge auf den richtigen Bahnsteig zu schleppen. Nur Bogdans Tasche war leicht; abgesehen von alten Briefen seines Bruders Aca und seinen umfangreichen, für das Gericht bestimmten Papieren hätte er kaum etwas mitgenommen, wäre nicht Elisa um das Einpacken einiger Unentbehrlichkeiten besorgt gewesen. Bogdan war vor allem beschäftigt damit, seine Mutter zu besänftigen, die sich, seit sie das Haus verlassen hatten, kraftvoll und störrisch wie ein um seine Vorräte fürchtendes Tier an den mit ihren Partituren gefüllten Koffer klammerte. Elisa hingegen, die sowohl Bogdans wie auch Dragicas Kleider eingepackt hatte, kämpfte stumm gegen das Gefühl an, sie seien nun, da sie sich für die Flucht entschieden hatten, einer besonders großen Gefahr ausgesetzt; als wäre es feige, vor den Bomben der Nato zu flüchten, als würde man gerade deshalb unweigerlich von ihnen getroffen werden. Gewiss war dieses Gefühl reine Einbildung, real war allerdings die Information, dass heute letztmals die Möglichkeit gegeben war, mit dem Zug in den Süden zu fahren – die serbischen Streitkräfte, so hieß es, benötigten fortan die gesamte Infrastruktur der Bahn für sich.
Weil er in den vergangenen Tagen die Motivation nicht mehr aufgebracht hatte, sich zu rasieren, saß Bogdan vollbärtig mit den Taschen und der bereits vom Weg zum Bahnhof völlig erschöpften Dragica im Wartesaal auf einer unbequemen Bank, während Elisa versuchte, durch das dichte Menschengedränge an jene Glaswand zu gelangen, hinter der eine launische Schalterbeamtin saß, die nicht im Entferntesten daran interessiert war, Billette zu

verkaufen. Dauernd hatte sie Anrufe entgegenzunehmen und per Lautsprecher Durchsagen zu tätigen, die sich im hohen Gebälk des Bahnhofs verloren. Offenbar wurden heute gleich mehrere Züge in Richtung Mazedonien geführt, auch eine zusätzliche Verbindung nach Sofia rief die Dame aus, wiederholte die veränderten Abfahrtszeiten, das Durcheinander war perfekt.

Dicht neben Elisa kletterten übermütig zwei rotznasige Bengel am Geländer herum, Kinder, die allzu lange keine Seife gesehen hatten und sich hier mit Klimmzügen und Schabernack die Zeit um die Ohren schlugen. Als die Reihe an Elisa war, als sie endlich sagen konnte, sie wolle drei Tickets nach Kumanovo, in jene nordmazedonische Stadt, in der sie Dragicas Bruder abholen und für eine ungewisse Zeit beherbergen würde, ging die misslaunige Beamtin am Schalter davon aus, dass die Billette für Elisa und die beiden zappeligen Kinder waren, weswegen sie die drei Billette kostenlos abgab, eine Bevorteilung, die Elisa rückgängig zu machen versuchte, was aber an der Ungeduld der unnahbaren Beamtin scheiterte.

Auf dem lang gezogenen Bahnsteig drängten sich die Menschen, stapelte sich das Gepäck und sammelte sich eine Stimmung an, in der die Niedergeschlagenheit und Angst der Einzelnen unterging im Gefühlsmorast aller. Männerlose Familien waren es meist, die hier auf diesen letzten, mit bangen Gefühlen herbeigesehnten Zug warteten, ältere, gekrümmte Frauen, Mütter mit Kindern und absurd viel Gepäck, Menschen, die vor allem aus Furcht, Hoffnung und Erschöpfung bestanden, Menschen, die Serbien verlassen wollten, denen aber der Wunsch nach einer Rückkehr bereits anzusehen war. Zwei Ziegen waren ebenso Teil des Getümmels wie ein Kalb und das filigrane Geäst einer altertümlichen Fernsehantenne. Kaum jemand sprach ein Wort, kaum jemand war in Laune, sich auszutauschen mit anderen, deren Leid noch größer sein mochte, und jene, die besonders viel Gepäck auf den Bahnsteig karrten, die ganze Handwagen hinter sich herzogen, vermittelten mit diesen Gepäckbergen den Eindruck, dass in Serbien keine Zukunft zu

finden sein werde. Auf diesem Bahnsteig zeigte sich, wie wichtig den Menschen ihre Habseligkeiten waren, und manchmal gelang es ihnen sogar, sich mit dem prüfenden Abtasten der Schnur, sich mit dem prüfenden Druck, ob dies oder jenes kostbare Stück auch wirklich gut gepolstert sei, für einen Augenblick abzulenken von der Tatsache, dass sie ihr Land, ihre Häuser, ihre Heimat zurückließen, dass sie sich retteten in eine ungewisse Zukunft.
Auf diesem Bahnsteig war Elisa zum ersten Mal richtig erleichtert darüber, Bogdan mit einem Gips am Bein, mit dieser absurden Lüge zu sehen, die sie ansonsten mit allerhand Sprüchen ins Lächerliche zu ziehen liebte, auch weil sie nicht einverstanden war, dieses Luftkrieges wegen gänzlich auf Humor zu verzichten. Auf dem Bahnsteig nun war dieses komplett gesunde, vielleicht etwas muskelschwache und jedenfalls für alle bestens sichtbar eingegipste Bein eminent wichtig: Bogdan, sie und ihre Schwiegermutter wurden von vorwurfsvollen Blicken verschont, dank dieses Gipses konnten alle sehen, dass die Familie Mandić nicht bloß aus Verrätern bestand.
Verglichen mit dem, was andere Familien mitschleppten, war das Gepäck der Familie Mandić bescheiden ausgefallen, bloß Dragica hatte viel Sorgfalt darauf verwendet, alle Partituren mitzunehmen, kein einziges der in zahlreichen Ordnern, teils auch zwischen Büchern eingeklemmten und mit allerlei Notizen und Eselsohren versehenen Papiere durfte fehlen.
Als nach einer unverständlichen Ansage schleppend langsam der Zug einfuhr, entstand etwas Tumult, aber nur für ein paar Augenblicke, denn die Menschen drängelten nicht, sie bewegten sich langsam, beinahe zögerlich, als würden die Bomben nur dort einschlagen, wo unnötig gelärmt und gehetzt wurde. Jetzt, da die Möglichkeit der Flucht in Form von vierzehn Waggons vor ihnen stand, hatte es niemand mehr besonders eilig.
Im Gesicht Dragicas war unmissverständlich zu lesen, dass sie das Abteil nicht mit einer Ziege oder einem Kalb würde teilen wollen,

dazu fühlte sie sich als Witwe eines Instrumentenbauers zu nobel. So fanden sich Bogdan, Elisa und Dragica in einem Abteil ein, in dem eine ältere Frau damit beschäftigt war, die aus spitzen Stäben bestehende Fernsehantenne mit grünen, fusseligen Schnüren so an die Gepäckablage zu binden, dass das Gerippe weder den Koffern und Taschen den Platz versperrte noch so weit ins Abteil hineinragte, dass sich jemand beim Aufstehen an einem Metallstab verletzen würde.

Als das fast bis auf den letzten Platz gefüllte Vehikel nach einem grellen Pfiff endlich Fahrt aufnahm, wollte sich wider Erwarten bei Elisa keine Beruhigung einstellen. Noch immer fühlte sie deutlich, dass sie lieber nach Italien geflüchtet wäre, zurück nach Apulien, in ihre Heimat, von der sie in den letzten Wochen häufiger als sonst geträumt hatte.

Nun aber saß sie im Zug nach Mazedonien, und mit ihr reisten die vom Kreisen in immer gleichen Bahnen erschöpften Gedanken. Diese Ruhe gefiel ihr nicht, denn sie schien allein dazu da, einen nächsten Fliegeralarm deutlich hörbar zu machen. Jetzt wäre es ihr, zum ersten Mal seit Monaten, lieb gewesen, Dragica hätte auf ihrem Klavier eine Sonate gespielt. Aber Dragica saß, den mit Partituren gefüllten Koffer auf dem Schoß, stur auf ihrem Sitz und biss mit den Schneidezähnen auf der trockenen Unterlippe herum. Der Zug löste sich aus der Stadt, gewann nach einer zögerlichen Fahrt über die Weichenfelder bald einmal an Tempo und fuhr hinein in eine Natur, die mit ihrem Frühling, den blühenden Kirschbäumen und den blumenübersäten Wiesen keinerlei Rücksicht nahm auf die Ängste und Nöte der Menschen. Dank der besänftigenden Schaukelbewegungen des Zuges verlor sich allmählich die bedrückte Stimmung, und das Ächzen des Waggons in den Kurven, das rhythmische Schlagen der Räder in den Schienenstößen sorgte für einen Geräuschmantel, der sie schützend umhüllte. Alsbald mischte sich ein weiches Gemurmel unter die Fahrgeräusche. Mit der Gewissheit, Dragica mit diesen Worten eine große Freude zu machen, erklärte Elisa, für wie klug sie es halte, nach Mazedonien zu flüchten, und wie überzeugt sie sei, dass sie richtig entschieden habe.

Bogdan fügte dem nichts hinzu, saß aufgrund seines Gipses ziemlich ungelenk im Sitz und hielt seine rechte Hand beschützend über seine Brusttasche, in welcher das Büchlein steckte, das all seine Notizen zuhanden des Kriegsverbrechertribunals enthielt.

Elisa warf lange Blicke auf den schweigsamen Bogdan. Er war in der letzten Zeit öfter gereizt, zerstreut, hatte für Stunden stumpf im Café Sava gesessen, hatte schreckhaft reagiert, wenn sie ihn berührte, und war stundenlang in seinen Aufzeichnungen versunken. Die Erinnerungen an jene Misshandlungen hatten eine cholerische Unruhe in Bogdan bewirkt, die ihr wehtat und deretwegen sie sich vor weiteren Konflikten fürchtete. Elisa wusste nicht, ob Bogdan noch viel reizbarer gewesen wäre, hätte er auf das Trinken, auf die still berauschten Stunden im Café Sava verzichtet.

Es war dies Elisas erste Reise nach Mazedonien, Dragicas Bruder hatte sie nie besucht, sie hatte sich von Bogdan lediglich erzählen lassen, dass er nördlich von Kumanovo in einer winzigen serbischen Enklave lebe, vier Jahre älter sei als Dragica und sich vor Jahren mit einem Stabmixer zwei Finger abgetrennt habe – eine unschöne Entstellung, die er, ebenso pazifistisch gesinnt wie Dmitrij, einigen jungen Nationalisten im Dorf gegenüber während einer unfrohen Diskussion als Kriegsverletzung ausgegeben hatte.

Als nach langer Fahrt eine der Frauen im Abteil ein Käsebrot hervorholte, bemerkte Dragica voller Schrecken, dass sie die Kochbücher vergessen hatte. Entsetzt blickte sie zu Bogdan. Elisa verschwieg, dass sie die speckigen, abgegriffenen Bücher zwar im Hinausgehen noch gesehen, sie aber für entbehrlich gehalten hatte. Ja, es schien ihr eine Beleidigung, Kochbücher in einen fremden Haushalt zu tragen. Bogdan musste viel Energie aufwenden, um Dragica über den Verlust hinwegzutrösten, was umso schwieriger war, da es ihm an überzeugenden Beweisen mangelte, aufgrund derer Dragicas Bruder als fähiger Koch hätte dargestellt werden können. Die Diskussion um die vergessenen Rezepte und die vielleicht doch nicht vorhandene Kochkunst ihres Bruders verstummte erst, als das Donnern zweier Kampfflugzeuge zu hören war. In der Ferne ertönten Sirenen, dann nochmals der schneidend kalte Lärm zweier Nato-Kampfjets. Niemand sprach mehr ein Wort. Die eigenen Hände betrachtend, die Schuhe musternd oder den Blick aus dem Fenster und auf die malerisch neben den Gleisen herlaufende Južna Morava werfend, saßen die Passagiere steif auf den Sitzen. Wer nach draußen blickte, wer sich die blühenden Bäume, das ganze Brimborium des Frühlings anschaute, konnte dies nicht anders tun als mit äußerstem Misstrauen. Der Zyklus der Natur verweigerte die Anteilnahme an den Schicksalen der Menschen. Aber bald schon würden sie alles mit etwas Distanz betrachten können, in zweieinhalb Stunden würde der Zug, sollte er nicht noch weiter hinter dem Fahrplan herhinken, in Kumanovo eintreffen.

Erneut füllte sich der Himmel mit Fluglärm. Der Fahrgeräusche der Eisenbahn wegen konnte niemand richtig einschätzen, wie nahe die Flugzeuge waren, in welche Himmelsrichtung sie verschwanden. Elisa blickte Bogdan lange an. Gerade jetzt hätte sie ihn gerne gefragt, wie er sich das vorstelle, eines Tages Vinko Tošorović gegenüberzustehen, in einem in ihrer Vorstellung sterilen, architektonisch kühlen Den Haager Gerichtssaal, getrennt allein durch eine Glaswand. Es war dies aber nicht der richtige Zeitpunkt für derartige Fragen.

Im Bahnhof von Leskovac passierten sie bei verlangsamtem Tempo einen Militärzug – die dunklen, nahe vor ihrem Fenster sich vorbeischiebenden Waggons wirkten bedrohlich. Am Himmel war es still, aber die Hoffnung, der Fliegerangriff sei vorbei, war trügerisch.

Ein alter Mann im Abteil vis-à-vis durchbrach die Stille und verbreitete das Gerücht, die serbische Armee schaffe ihre Kanonen, ihre Kampfflieger und ihre Panzer so rasch wie möglich in Hangars, Höhlen und Eisenbahntunnels, weil das alles Material sei, mit dem man sich im Kampf gegen die Nato nur lächerlich mache. Aber Serbien müsse für dieses Material dennoch Sorge tragen, weil man es sich nicht leisten könne, nach dem Krieg alles neu zu kaufen. Nach dieser Behauptung war es wieder still, niemand widersprach, niemand pflichtete bei; es war niemand in Laune, sich über derartige Themen zu unterhalten. Das Ertragen des eigenen Schicksals war vielen längst zu einer Beschäftigung geworden, die nur wenig Zeit ließ für andere Themen.

Lange rätselte Elisa darüber, ob sich der Mann im Grunde grämte über sein fortgeschrittenes Alter, das Schuld daran trug, dass er nicht mehr einberufen worden war und sein Land nicht verteidigen durfte. Eine Weile kämpfte Elisa mit einem lächerlichen Mitleid; sie konnte schlecht ertragen, dass niemand mit diesem Mann, der so gesprächsbereit um sich blickte, reden wollte.

Seit Bogdans Verhaftung litt Elisa darunter, nur noch in kurzen Zeitabschnitten zu denken, gerade sie, die sich gerne schöne Dinge ausmalte, eigene Kinder, berufliche Tätigkeiten, die erst in Jahren Realität werden würden. In den letzten Tagen vor der Abreise war es besonders schwierig geworden, mit Bogdan zu sprechen. Er war derart beschäftigt mit der Fürsorge für Dragica, dass er Elisas Sorgen als nebensächlich empfand.

Nun war ein Lärm zu hören, der leicht mit dem Quietschen der Zugbremsen zu verwechseln war. Erst aufgrund von Bogdans nervösem Blick und der sich zu kleinen Fäusten ballenden Hände ihrer Schwiegermutter ließ der Anblick zweier donnernd über das Tal hinwegziehender Kampfflugzeuge auch Elisa eine kalte Angst verspüren. Sie waren weit weg, sie waren winzig, ihr Dröhnen aber erfasste die gesamte Landschaft, grub sich unter die Haut, würgte die Kehlen. Entfernt waren Abwehrkanonen zu hören, aber alle wussten, wie erfolglos das alte Material gegen die modernen Jets war.

»Die werden schon wissen, dass das ein ziviler Personenzug ist«, sagte Bogdan, dessen Hände sich nun am oberen Ende des Gipses festkrallten, und sowohl Dragica wie auch Elisa sahen, dass Bogdan dem noch etwas hinzufügen wollte. Zahlreiche Blicke wurden nun ausgetauscht, Unsicherheit breitete sich aus, der Waggon zitterte, schien instabil zu werden. In diesem Moment rollte der Zug hinter Grdelica über eine lange, stählerne Brücke, eine ganz andere Akustik stellte sich ein. Aber keine neuen Kampfjets zeigten sich. Es waren nur wenige Bewohner Grdelicas, die beobachteten, dass die zwei Luft-Boden-Raketen, die sich von den beiden weit entfernten Kampfjets gelöst hatten, auf einer Linie flogen, deren Verlängerung exakt zur Eisenbahnbrücke führte.

Nun nahm Bogdan seine Krücken und erhob sich. Elisa verstand nicht, ob er pinkeln musste oder ob dies einen Beweis darstellen sollte, dass keinerlei Gefahr drohte, ob er mit seinen langsamen Bewegungen nicht zeigen wollte, dass Ruhe das beste Rezept war. In diesem Waggon war die Toilette verriegelt, weswegen sich Bogdan bereits im vorderen Waggon befand, als die erste Rakete einschlug.

Eine zweite folgte unmittelbar.

Die Piloten hatten ihre Arbeit zielgenau verrichtet; die Lok und der zweitvorderste Waggon wurden direkt getroffen. Brennend stürzte die Lokomotive von der Böschung, riss den ersten Waggon mit sich und dieser den zweiten oder das, was von ihm übrig geblieben war, und jener den dritten, bis der halbe Zug von der Stahlbrücke ins mehrheitlich trockene Flussbett gerissen war. Die Waggons überschlugen sich, Scheiben zersplitterten, Gepäckregale brachen ein. Elisa sah nicht viel mehr als die in Todesangst aufgerissenen Augen ihrer Schwiegermutter und die nach einem ohrenbetäubenden Knall um sie herum zusammenbrechende Welt. Lawinenartig stürzte das Gepäck auf die Reisenden, keiner wusste mehr, was oben, was unten war. Knochen splitterten, Menschen wurden zerquetscht.

Das alles hatte kaum eine Minute gedauert, für Elisa, die alles bei vollem Bewusstsein miterlebt hatte, fühlte es sich an wie ein halber Tag. Selbst keinerlei Verletzungen spürend und doch durch und durch erfasst vom Gefühl, ausgelöscht worden zu sein, prüfte Elisa, ob Dragica, die durch die Luft gewirbelt worden war wie alle anderen auch, noch Reaktionen zeigte. Es war der mit Partituren gefüllte Koffer, der ihr das Leben gerettet hatte; in ihm steckten tief die zwei längsten Spitzen der Fernsehantenne. Als Elisa sicher wusste, dass Dragica atmete, machte sie sich auf die Suche nach Bogdan, dachte an sein eingegipstes Bein und hoffte inständig, dass ihm dies geholfen habe.

Es war nicht ganz einfach, zum vorderen Waggon zu gelangen. Beide Wagen lagen auf der Seite, es war unumgänglich, durch ein zerbrochenes Fenster zu klettern. Beißender, schwarzer Rauch schlug ihr entgegen, es stank nach Plastik, versengtem Stoff und erhitztem Metall. Eine Ziege, deren Magen aufgeplatzt war, schleppte sich mit hängenden Innereien die Böschung hoch. Überall krochen, wimmerten und husteten Menschen. Elisa wollte Bogdan schreien hören. Das würde ihr klarmachen, dass er noch am Leben war. Sie hätte seinen Schrei aus hundert anderen herausgehört. Wenn er denn geschrien hätte.

Als sie hineinkletterte in den vorderen Wagen, hinabtauchte in den Schutt und Acht geben musste, nicht auf einen ohnmächtigen oder toten Menschen zu treten, erblickte sie das eingegipste Bein, nur dieses Bein, abgetrennt vom restlichen Körper, der erdrückt worden war vom Gestell einer Sitzbank. Das Gesicht ihres Mannes war unversehrt, schön wie immer, schön wie nie, schön wie danach nie mehr. Und an der rechten Hand, die ebenso unversehrt auf seinem Bauch ruhte, entdeckte sie den Ehering, den Bogdan an diesem Tag, nachdem die Wunde so viel Heilungszeit beansprucht hatte, erstmals wieder getragen hatte.

Es waren die Sanitäter, die Elisa mit erheblichem Aufwand von dem Verstorbenen lösen mussten. Was sie noch während Stunden an sich presste, waren die Papiere, die sie aus seiner Brusttasche gezogen hatte.

22. KAPITEL
BELGRAD, SERBIEN – DEN HAAG, NIEDERLANDE

Da der zwei Meter hohe und fast zwei Meter breite Edkar auf dem Weg nach Den Haag kurz vor Mitternacht an einer taghell beleuchteten Autobahnraststätte nördlich von Karlsruhe im Streit mit drei nationalistischen, mit Schlagringen ausgerüsteten Kosovo-Albanern derart übel zusammengeschlagen worden war, dass man ihn ins Krankenhaus hatte bringen müssen, wendete sich der hoch besorgte Marko Milošević mit seinem Auftrag, in Den Haag einen gegen Tošorović aussagebereiten Zeugen zu ermorden, schließlich doch an Dragan Popović.
»Ein kurzer Ausflug wird das für dich«, sagte Marko am Telefon. »Am besten konzentrierst du dich auf Buca Branković. Er ist erst seit wenigen Tagen am Tribunal, der Kerl muss in Serbien gewesen sein, die ganze Zeit, und wir haben ihn nicht erwischt. Angeblich hat er viel zu erzählen. Ein präziser Schuss aus der Distanz, dann kommst du wieder nach Hause und kannst dich um deine Mutter kümmern.«
Als ihn dieser Anruf erreichte, saß Dragan Popović tatsächlich am Bett seiner noch immer geschwächten, täglich nach den eventuell doch noch einsetzenden Renovationsarbeiten an ihrem Wohnblock sich erkundigenden Mutter in der Belgrader Universitätsklinik und hörte es genau: Marko versuchte, locker zu klingen, unverkrampft und optimistisch. Das klappte auch diesmal nicht, im Gegenteil, Marko klang wie ein zwischen zwei Aktenschränken zerquetschter Buchhalter.
»Ein präziser Schuss aus der Distanz«, wiederholte Dragan mit einem schweren Seufzer und blickte im kargen Klinikzimmer umher. Was seine Gesundheit anging, war er wieder einigermaßen einsatzfähig. Die Zehen waren zwar noch immer lädiert,

er konnte keinen normalen Schritt tun, ohne dass es schmerzte – mit Schmerzen aber konnte er umgehen. Doch der Wunsch, Marko gegenüber zu erklären, dass er für derartige Auftragsmorde nicht mehr zur Verfügung stünde, nagte an ihm. Er saß hier in der Klinik, versammelt um ihn waren fünf ältere, tief in ihre Krankenbetten versunkene Frauen, es roch zart nach Urin, nach einer sauren Seifenlauge, die das nicht vorhandene Desinfektionsmittel ersetzte, und diese Frauen hatten nichts Besseres im Sinn, als alles, was im tristen Zimmer vor sich ging, wahrzunehmen. Weil es auf den Fluren, wo die Pflegerinnen auf ihren quietschenden Kunststoffsandalen von Zimmer zu Zimmer eilten, auch nicht viel besser war, war dies schlicht der falsche Moment, um mit Marko über Auftragsmorde zu reden.

»Hör mir zu«, sagte Dragan und sah sich jetzt gespiegelt in der mausgrauen Mattscheibe des nicht funktionierenden Fernsehers, »diesmal muss ich auf ein gutes Honorar pochen: Ich muss mich nicht nur um meine Mutter kümmern, ich muss auch dafür sorgen, dass wir zu einer neuen Wohnung kommen.«

Das hatte er vor allem für die Ohren seiner Mutter gesagt.

Statt der erwarteten Freude zeigte sich in deren Gesicht maßlose Empörung: »Ich will keine neue Wohnung!«, rief sie aus, sich aufrichtend im Bett und um Atem ringend. »Nie im Leben will ich eine neue Wohnung!«, wiederholte sie und ballte ihre unverletzte Hand zur Faust. »Ich will raus aus dieser Klinik, zurück in meine Wohnung! Es kann ja nicht sein, dass ich nicht in meiner Wohnung leben kann, bloß weil mir die Nato das Treppenhaus zusammenschießt!«

Nachdem Dragan seiner Mutter hoch und heilig versprochen hatte, sie werde bald schon zusammen mit ihm in ihrer alten Wohnung leben, konzentrierte er sich wieder auf Marko.

»Wann soll es losgehen?«, fragte Dragan.

»So schnell wie möglich«, sagte Marko, »du kannst heute noch zu mir fahren, dir eine brandneue Heckler & Koch holen. Miladin übrigens ist bereits vor Ort. Er hat es geschafft, sich am Tribunal als Zeuge einschreiben zu lassen, er kennt den Verein inzwischen ziemlich gut. Zusammen bringt ihr die Sache dann schon so hin, dass es aussieht wie Selbstmord.«

Dragan war angenehm überrascht, dass Marko den verpatzten Mordanschlag gegen Tahiri unerwähnt ließ, seine blinde Zuversicht über das neue Vorhaben aber ärgerte ihn: Jedem mit etwas praktischer Vernunft begabten Menschen war klar, dass ein Schuss aus zweihundert Metern Entfernung dem Opfer eine Wunde zufügte, die sich von allen möglichen Wunden, die man sich selber zufügen konnte, deutlich unterschied. In Den Haag tummelten sich gewiss genügend gut ausgebildete Kriminalisten, die auch dann, wenn der Auftrag sauber ausgeführt werden würde, die Leiche keine fünf Minuten untersuchen mussten, um auszuschließen, dass es sich um Selbstmord handelte.

Aber Dragan war derartige Umstände gewohnt – in Serbien schien es schlicht ein Naturgesetz zu sein, dass immer jene das Sagen hatten, denen es deutlich an Verstand mangelte, die keinen Grips, sondern Macht und Beziehungen hatten. Er konnte es sich nicht erlauben, auf die Zuwendungen Markos zu verzichten, und deswegen sagte Dragan Popović schließlich zu.

Er blieb noch eine Weile am Bett seiner Mutter, sorgte dafür, dass man ihr ein anständiges Essen servierte, nahm ihre unverletzte Hand in die seine und versprach ihr, sich mit seiner ganzen Energie um die Wohnung zu kümmern. So ließ er sie zurück im Zimmer, zurück in jenem fünften Klinikstockwerk, das ihm, als er von draußen, ehe er in den Wolga stieg, zur Fassade hochblickte, besonders exponiert erschien. Ideal, um von den Bomben der Nato getroffen zu werden.

Unterwegs nach Den Haag beschäftigte sich Dragan ausnahmslos mit seinem Selbsthass, mit dem Ärger über seine Schwäche, diesen Auftrag nicht abgelehnt zu haben. Dass ihm Marko einen schnellen Wagen, eine tadellose Heckler & Koch und eine Packung

Süßholz organisiert und zudem ein Honorar versprochen hatte, mit dem sich unter Umständen tatsächlich eine neue Wohnung würde kaufen lassen, war nur ein kleiner Trost. Er fühlte, wie unnütz er in den vergangenen Jahren gelebt hatte – und doch schien ihm ein Leben, das zur Hauptsache daraus bestand, mit dem plattfüßigen Sotir vor dem Café Sava eine Partie Schach zu spielen, um ein Mehrfaches sinnvoller als ein Leben, dessen Erwerb sich auf die Ermordung von Menschen stützte, die an ihren seelischen Verletzungen schon schwer genug zu tragen hatten.

Mit Miladin hatte er schon eine Weile nicht mehr zusammengearbeitet; von ihm wusste er, dass er üble Narben im Gesicht trug, die er sich bei einem Arbeitsunfall zugezogen hatte, und wenn er Marko richtig verstanden hatte, war Miladin in Den Haag mit diesem Gesicht zum Tribunal spaziert und hatte behauptet, diese Verletzungen seien die Folge einer von Tošorović angeordneten Folter. Das sollte ihm außerdem ermöglichen, das Vertrauen der anderen Zeugen zu gewinnen – und informiert zu sein über die wahrscheinlich seltenen Momente, in denen einer der Zeugen die geschützte Unterkunft für einen Spaziergang oder eine Zigarette verließ.

Es war regnerisch und stark windig, als Dragan nach langer Fahrt in Den Haag eintraf. Er verabredete sich mit Miladin in einem vom Tribunal ziemlich weit entfernten Stadtteil, wo sie sich, dem nicht nachlassenden Niederschlag zum Trotz, auf eine Parkbank setzten – das war Dragans Idee, er hatte es vorgeschlagen, weil er sehen wollte, ob Miladin auch unter unbequemen Bedingungen seine Anweisungen befolgen würde.

Das tat er, und das Gefühl, das Zepter übernehmen zu können, half Dragan, seine Zweifel beiseitezuräumen. Vielleicht war es auch Miladins Gesicht, das immer hässlicher zu werden schien und bei Dragan die Erinnerung wachrief, im Leben eben ein paar unschöne Dinge hinnehmen zu müssen, wollte man etwas erreichen.

Während die beiden in einem menschenleeren, von ein paar bunten Kinderspielgeräten gezierten Park auf der Holzbank saßen und sich die Regentropfen ungerührt über die Stirn rinnen ließen, besprachen sie das Vorgehen. Miladin, der wohl aus Respekt vor Dragan nicht wagte, den Mantelkragen hochzuschlagen, erzählte von den Zeugen, die er am Tribunal bisher kennengelernt hatte: von Maria, einer kosovo-albanischen Frau, die hatte zusehen müssen, wie man ihrem Mann mit dem Küchenmesser den Hals aufschlitzte, und die, aus Angst, den Plünderern in die Hände zu fallen, derart lange in einem brennenden Haus ausgeharrt hatte, dass sie sich eine schwere Rauchvergiftung holte, ehe sie doch noch gefasst, verschleppt und vergewaltigt worden war. Von Ahmedi, die mit ihrem fünfjährigen Sohn hier war und sich so stark schminkte, dass man sie ungeschminkt kaum erkennen konnte.
Miladin wollte noch mehr über Ahmedi erzählen, aber Dragan winkte ab.
»Vergiss sie. Ich schieße nicht auf Frauen«, sagte er.
Miladin schaute ihn unverwandt an und blinzelte einen Regentropfen aus dem rechten Augenwinkel: »Wir haben doch einen klaren Auftrag. Buca Branković und Mirja Ahmedi müssen weg.«
Dragan holte ein Süßholz hervor, steckte sich ein Ende in den Mund, blickte einer Passantin nach, die mit bunten Gummistiefeln und unter einem bunten Schirm vorbeihuschte. Er ließ etwas Zeit verstreichen.
»Hast du die gesehen?«, fragte Dragan.
Miladin blickte ihn verunsichert an. Ein Regentropfen rann im Zickzack über seine vernarbte Wange.
»Eine Frau zu erschießen, das ist nieder, das mache ich nicht«, sagte Dragan.
»Marko hat mir genaue Anweisungen gegeben, und er sagt, dass ...«
»Auf eine Frau zu schießen, die dir, wenn du sie kennenlernst, den Tag erhellt oder das ganze Leben, eine Frau umzulegen, die

dir vielleicht drei Söhne schenken würde, das ist erniedrigend, so etwas mache ich nicht.«

Miladin sagte nichts, entschied sich aber nach einer Weile zu einem Nicken.

»Also nehmen wir den anderen«, sagte Dragan.

»Buca Branković?«, fragte Miladin.

»Den kenne ich«, sagte Dragan. »Spielt Geige. Kommt wie ich aus Šabac.«

»Der ist Serbe?«, fragte Miladin.

»Einer, der entschlossen ist, gegen Tošorović auszusagen, ist kein richtiger Serbe.«

»Vielleicht kein richtiger, aber ...«, sagte Miladin.

»Aber was?«, fragte Dragan.

»Branković ist ... Vielleicht hat er ja seine Gründe, ich meine ...«

»Ich habe auch meine Gründe«, sagte Dragan kühl, in Gedanken bei seiner Mutter. »Wir nehmen den Typen dran, dazu brauche ich deine Hilfe. Wenn du nachher noch die Frau umbringen willst, dann such dir einen anderen.«

Das war auch für Miladin überzeugend.

Was Buca Branković betraf, so hatte sich dieser in der Nacht der Zwangsrekrutierungen, in der auch sein Bruder Stjepan abgeführt worden war, im halb leeren Öltank versteckt. Die Tanköffnung war derart schmal, dass er sich bei dieser qualvollen Unternehmung einen Hüftknochen verletzte und die linke Schulter auskugelte. Aber das Innere des Öltanks war so ungefähr der einzige Ort im Haus, den die Miliz nicht durchsucht hatte. Da sich seine beiden Schwestern weiterhin um seine Mutter kümmern würden, hatte er sich entschieden, in Den Haag gegen Tošorović auszusagen. Er wusste, dass er deswegen den Rest seines Lebens außerhalb Serbiens würde verbringen müssen.

In der sauberen, übersichtlichen Umgebung des hoch umzäunten, hotelähnlichen Gebäudes, in welchem alle Zeugen bestens bewacht waren, befand sich eine bunte Kioskbude. Viele der

Zeugen verließen die Unterkunft so gut wie nie, andere fühlten sich in diesem von ihrer Heimat doch recht weit entfernten Den Haag sicher und wagten es immer wieder einmal, die Tage, die sie in ihren komfortablen, aber doch auch gesichts- und charmelosen Zimmern wartend verbrachten, zumindest mit kurzen Spaziergängen durch das Viertel angenehmer verstreichen zu lassen.
Auf einem Erkundungsgang rings um das Gebäude erkannte Dragan Popović rasch, dass es in einer Entfernung von knapp zweihundert Metern in einem älteren Haus im vierten Stockwerk ein Fenster gab, das ideal sein würde, um jemanden, der vor diesem Kiosk stand, ins Visier zu nehmen.
»Wir können ja nicht einfach klingeln und fragen, ob wir in den nächsten drei Tagen ungestört am Fenster sitzen dürfen«, sagte Miladin.
»Aber wenn der Mieter ein Holländer ist und einer regelmäßigen Arbeit nachgeht, wissen wir in wenigen Tagen, wann er das Haus verlässt und wieder zurückkommt.«
Die Wohnung im vierten Stock bewohnte tatsächlich ein alleinstehender jüngerer Mann, dessen Tagesablauf nach drei Tagen Beobachtung eindeutig zu sein schien, sodass sich die beiden für einen Einbruch entschieden.
Es war überraschend einfach, ins Treppenhaus zu gelangen – bloß für die Wohnungstür war dann doch ein Brecheisen nötig; der Lärm und die aller Vorsicht zum Trotz gut sichtbaren Spuren an der Tür bereiteten Dragan Bauchschmerzen. Auch setzte ihn das Wissen, nur ein einziges Mal für ein paar Stunden in dieser Wohnung sitzen zu können, unter unangenehmen Druck.
Die Wohnung war sauber und ordentlich. In der Küche herrschte eine fast pedantische Ordnung. Dragan war angenehm berührt, denn genau so sah sein idealer Arbeitsplatz aus. Miladin, der alles befingern und den Kühlschrank nach Essbarem absuchen wollte, wies er brüsk zurecht.

»Ich trage Handschuhe, hinterlasse keinerlei Spuren«, wehrte sich Miladin.

»Wenn du Hunger hast, spazier zum Kiosk«, sagte Dragan mit einer kühlen Stimme. »Dort stellst du dich hin, blickst zu mir und winkst – dann kann ich schon einmal einen Probeschuss abgeben.«

Miladin verstand und schwieg.

Beim Fenster, das Dragan als ideal eingeschätzt hatte, handelte es sich um das Küchenfenster, und vom Schuss, den er aus dieser Distanz würde abgeben können, würde außer dem Opfer niemand etwas bemerken. Bloß er, Dragan, würde es zu spüren bekommen. In früheren Jahren mochte das anders gewesen sein, aber er wusste, er würde, verstört durch diesen Mord, abermals eine gewisse Zeit benötigen, bis er sich seelisch erholt haben, bis es ihm wieder möglich sein würde, nicht täglich mehrmals an die todbringende Konsequenz jenes Zeigefingers zu denken, den er nun am Abzug hielt.

Falls sich der Mann, der hier wohnte, auch an diesem Tag an den üblichen Ablauf halten würde, blieb ihnen bis um 17.25 Uhr Zeit, ihren Auftrag zu erledigen.

Der Kiosk war gut frequentiert, das Wetter trocken, die Temperaturen ideal für einen Spaziergang, ideal für einen Auftritt in jener kreisrunden Fläche, die in der Zielvorrichtung des Präzisionsgewehrs zu sehen war. Aber Buca zeigte sich nicht.

Als Dragan seine Heckler & Koch einpackte und in der Tasche verschwinden ließ, spielte Miladin mit dem Gedanken, die hochwertige Stereoanlage mitgehen zu lassen.

»Wir sind doch keine peinlichen Einbrecher, verdammt!«, empörte sich Dragan. »Schlimm genug, dass das Türschloss ruiniert ist!«

Enttäuscht und mit leeren Händen spazierte Miladin im Windschatten Dragans aus der Wohnung.

23. KAPITEL
BUKAREST, RUMÄNIEN

Hinter dem stockenden Scheibenwischer saß breitbeinig und fest eingebettet in einen rissigen Ledersitz ein dickwanstiger Chauffeur, dessen Helmglatze im schräg einfallenden Licht aufglänzte und dessen Berufserfahrung angesichts seiner Art, mit dem Sitz eine organische Einheit zu bilden, mindestens zwei Jahrzehnte betragen musste. Er wusste genau, wie wenig er das Fenster herunterkurbeln musste, damit der Rauch seiner Carpați abzog, und er lenkte diesen von zahllosen Schlaglöchern und Belagschäden erschütterten Bus so ruhig durch den hektischen Feierabendverkehr, als langweile er sich zu Hause mit einer schlechten Fernsehserie. Wiederholt kniff er die Augen zu schmalen Schlitzen und führte die Passagiere vom Flughafen bis ins Zentrum der rumänischen Hauptstadt, deren Straßenführung geprägt war vom Größenwahn Ceaușescus.

Allen Erschütterungen zum Trotz gelang es einigen Reisenden einzunicken hinter den pistaziengrünen Vorhängen, andere blickten abwesend aus den beschlagenen Fenstern, und alle, alle saßen sie einträchtig die Schnur der Haltestellen ab, warteten darauf, von ihrer Straße erlöst zu werden oder umsteigen zu können in einen hoffentlich angenehmeren Bus, eine angenehmere Straßenbahn.

Thomas Steinhövel war nicht zum ersten Mal in diesem Land, aber er war zum ersten Mal unterwegs mit der um drei, vier Jahre jüngeren Fotografin Fernanda Ørjansson, was auch damit zu tun hatte, dass Gerardo Gambelli mit einer Grippe im Bett lag, aber wahrscheinlich, so mutmaßte er, hatte ihm *Der große Bund* Fernanda mitgeschickt, weil man sie für keinen anderen Auftrag gebrauchen konnte. Eingeschrieben an der Kunsthochschule Stockholm, jobbte Ørjansson ein Semester lang im Ausland und hatte sich entschieden, drei Monate für den *Bund* zu fotografieren. Ihre Mutter war Spanierin, ihr Vater Schwede, zwei Tanten lebten in Moskau – mit Steinhövel sprach die ungeduldige und temperamentvolle Fernanda ein schwedisch durchtränktes Englisch. Sie sah gut aus, kleidete sich sportlich und verfügte über einen Augenaufschlag, der Steinhövel, spätestens als sie im Flugzeug nebeneinander Platz genommen hatten, in einer einerseits angenehmen, andererseits auch störenden Art nervös machte. Als sie lobend über Redakteur Bütikofer sprach, als sie voller Bewunderung erwähnte, dass Bütikofer in Bern eine Galerie eröffnet habe, einen Off-Space für zeitgenössische und performative Kunst, und sich sehr für ihre fotografischen Arbeiten interessiere, nickte Steinhövel nur knapp, schüttelte den Kopf über den Kompetenzsimulant Bütikofer und ahnte, dass er sich mit Fernanda in den kommenden Tagen nicht unbedingt gut verstehen würde. Er verzichtete darauf, ihr zu erklären, wie genial Widmann über einen Text zu sprechen verstand, verzichtete, ihr zu erzählen, welch großartige Reportagen Widmann in den letzten zehn Jahren geschrieben hatte. Ebenso vornehm verschwieg er die Diskussion mit Bütikofer, verschwieg, dass dieser für die Reportage über das Kaspische Meer auf einem Umfang von 14000 Zeichen beharrt hatte, weswegen die Geschichte Kamrans, der aufgrund des steigenden Wasserspiegels seine Schankstube ab- und vierzig Meter weiter hinten wieder aufgebaut hatte, aus dem Text hatte fallen müssen, verschwieg, dass der alte, stets viel Kühlwasser verlierende Mercedes Kamrans im Text zu einem tadellos schnurrenden Mercedes geworden war, bloß weil auf der gleichen Seite die größte Berner Mercedes-Garage ein Inserat platziert hatte – das musste sie nicht interessieren, aber Marc Widmanns Vermutung, dass es mit dem *Großen Bund* künftig steil bergab gehen würde, hatte sich für Steinhövel in einer unangenehmen Deutlichkeit bestätigt.

Nach allem, was passiert war, fühlte es sich für Steinhövel sonderbar an, nochmals eine Reportage in Angriff zu nehmen. Der anstrengende Aufenthalt in Baku mit Gambelli war zwar verdaut, die mühselige Schreibarbeit in der Wohngemeinschaft vergessen, die unfrohen Schlussredaktions-Diskussionen halbwegs verdrängt – aber für eine Zeitung, für die Marc Widmann nicht mehr in die nikotingelben Tasten hauen mochte, für eine Zeitung, die es sich nicht mehr leisten wollte, über zwei oder drei Seiten laufende Texte abzudrucken, wollte sich auch Steinhövel nicht mehr abmühen. Finanziell war die Angelegenheit ja schon längst ein Desaster. Der einzige Grund, weswegen Steinhövel nochmals eine Unterhose, eine Landkarte, eine Tafel Schokolade, einen geklauten Kugelschreiber und ein Notizbuch in seine Tasche gepackt hatte, war der tief in die rumänische Provinz ausgewanderte Widmann und die Steinhövel auf leisen Sohlen unnachgiebig verfolgende Frage, ob das Wagnis des Auswanderns auch etwas für ihn sein könnte. Die Idee, eine Reportage über eine rumänische Goldmine zu schreiben, hatte er also nicht aufgrund journalistischer Interessen aus dem Ärmel geschüttelt, eine Reportage aus Rumänien aber war die einzige Möglichkeit, Widmann zu besuchen, ohne sämtliche Reisekosten selber berappen zu müssen. Es interessierte ihn die Art Widmanns, sich im rumänischen Leben einzurichten, aber auch die Frage, ob er wohl bei seiner Rückkehr nach Langenthal endlich einen Brief aus Äkäsjokisuu im Kasten vorfinden würde. Hatte er ihr tatsächlich geschrieben, er wolle ihr die Wolle von den Socken reißen? Womöglich würde sie genau diese Formulierung davon abhalten, seine Zeilen zu beantworten.

Um Bütikofer von der Idee zu überzeugen, hatte sich Steinhövel dann doch einigermaßen ins Zeug gelegt, und es war ihm nicht besonders schwergefallen, das Thema so zu präsentieren, dass es an journalistischer Relevanz nicht mangelte. Dass die am Rand des Bergdorfes Roşia Montană gelegene Goldmine mit ihrem zwischen Wirtschaft und Naturschutz schwelenden Konflikt sogar der *New York Times* einen längeren Artikel wert gewesen und sie also, medial betrachtet, ziemlich berühmt war, hätte Steinhövel früher

in der Regel vom Verfassen einer Reportage abgehalten – nun kam ihm der Umstand, dass ihn die Recherche nur einen Tag kostete, gerade recht. Freilich hatte sich Steinhövel während langer Tage überlegt, sich einen neuen Job zu suchen, aber weil er sich vor dem damit einhergehenden Papierkram fürchtete, hielt er es für klug, eine Reportage vorzuschlagen. Er tat es rasch, denn er befürchtete, Bütikofer oder gar Sollberg, von dem es hieß, die Reportage aus Baku habe ihn beeindruckt, würde auf die Idee kommen, ihn für einen Hungerlohn nach Serbien zu schicken, damit er beschreibe, wie genau es dort pfiff, donnerte und krachte, wenn eine Nato-Bombe einschlug. 860 000 Menschen hatten den Kosovo in den vergangenen Wochen verlassen, 200 000 Menschen waren im Kosovo selbst auf der Flucht – in diesen Tagen eine ruhige Reportage über das Kaspische Meer zu publizieren, war nicht gerade das, was man aktuellen Journalismus nennen konnte, aber Steinhövel hatte keinerlei Interesse, sich einer Reportage wegen in Lebensgefahr zu begeben. Marc Widmann zu besuchen, das interessierte ihn – die Aussicht, sich dank eines Umweges über Roşia Montană eine Reise ins rumänische Hinterland zu finanzieren, machte ihm jetzt ziemlich gute Laune.
Nach langer Fahrt erreichte der Bus seine Endstation, den Nordbahnhof. Stinkender Rauch stieg aus kaputten Gullydeckeln, umhüllte traurige Gestalten, an den Straßenlampen zeigte sich der Regen in silbern glänzenden Fäden. Steinhövel, der immerhin wusste, welche Worte dafür die wirksamsten waren, hatte trotzdem allerhand zu tun, die zahlreichen Taxifahrer abzuwimmeln. Dass er sich im Osten Europas inzwischen ein bisschen auskannte, hatte er im Grunde allein der Redaktion zu verdanken, denn es war die Schuld dieser stur auf dreihundert Franken fixierten Spesenpauschale, dass er in den vergangenen Jahren fast ausschließlich aus Osteuropa berichtet hatte. Alle anderen Himmelsrichtungen waren deutlich teurer. Anderen Journalisten erging das ähnlich,

und eigentlich, so dachte Steinhövel nun, hätte die Redaktion ihre Leserschaft in einer wiederkehrenden Fußnote darauf hinweisen müssen: *Aus Kostengründen berichten wir in unseren Reportagen vornehmlich aus Mittel- und Osteuropa. Vielleicht noch aus dem Süden. Wenn Sie wissen möchten, was in Skandinavien, in Deutschland, den Niederlanden, in Belgien, Luxemburg, Österreich oder England, Schottland und Island passiert, müssen Sie sich eine andere Zeitung kaufen.*

Ohne Rücksicht zu nehmen auf Fernanda, die sich wahrscheinlich ein komfortableres Haus gegönnt hätte, marschierte Steinhövel zielstrebig mit seinen quietschenden Lederschuhen auf ein von ihm auf einer früheren Reise besuchtes Hotel zu. An einer Rezeption stehend, die im Versuch, mit viel Plastik einen edlen Marmor zu imitieren, großartig gescheitert war, mussten sie sich, wie Steinhövel es erwartet hatte, lange gedulden, ehe sich eine Angestellte die Mühe machte, aus einem der hinteren Zimmer hervorzuschlurfen.

»Ich denke, jetzt übernimmst du«, sagte Steinhövel zu Fernanda.

»Was übernehme ich?« Fernanda warf ihm einen verstörten Blick zu.

»Du sprichst doch Rumänisch«, sagte Steinhövel und versuchte, die Worte so zu betonen, dass es sich wie ein Kompliment anhörte. »Bütikofer hat mir gesagt, du sprichst Rumänisch.«

Die Rezeptionistin, der dies zu mühsam wurde, spazierte leise davon.

»Gut«, sagte Fernanda nach einer kurzen Pause. »Wir brauchen trotzdem ein Zimmer«, und damit schlug sie mit der Faust auf die Tischglocke.

Steinhövel fluchte noch einmal leise und fand es absurd, dass er seine allerletzte Reportage – ganz genau wie seine allererste, als er über seine Verhaftung an der rumänisch-ukrainischen Grenze berichtet hatte – ohne Übersetzerin würde bestreiten müssen. Damals hatte er durch Zufall mit einem Dutzend Zigaretten-

schmuggler im selben Waggon gesessen, und die Erlebnisse in der Untersuchungshaft hielt er noch heute für reportagenwürdig. Aber das war lange her.
Die Rezeptionistin, die sich nach einer Weile zu ihnen bemühte, vermittelte ihnen sogleich das Gefühl, sich entschuldigen zu müssen, in diesem Haus übernachten zu wollen – Steinhövel, geduldig betrachtend, wie die Frau seinen Namen richtig in ihr Buch übertrug, fragte sich, ob die Rumänen Zugewanderte wie Widmann wohl freundlicher behandelten als Touristen.
Fernanda schob sich eine nasse Haarsträhne aus dem Gesicht und fragte nach einem Stadtplan, die Antwort war einsilbig und negativ. Unsicher, ob sie genügend Deckung aufweisen würde, legte Steinhövel seine Bankkarte auf die Theke, die Angestellte aber warf ihm einen verärgerten Blick zu, also bezahlte er in bar.
Dann schlug die Rezeptionistin ein anderes, unwahrscheinlich dickes Buch auf, führte ihre Fingerspitze ewig lange über die Linien einer handgeschriebenen Tabelle und händigte ihnen einen Schlüssel aus, der Steinhövel kurz an jenen erinnerte, den er in Baku erhalten hatte. Dieser hier führte sie ebenfalls in den zweiten Stock, und der war, wie sich rasch zeigte, fast restlos vermietet an hyperaktive Jugendliche, jedenfalls kreischten hier junge Menschen ihrem Stimmbruch entgegen, prügelten sich mit Kissen und schlossen einander in der übel riechenden Etagentoilette ein. Fernanda war einverstanden, an der Rezeption ein ruhigeres Zimmer zu verlangen. Der Fall wurde von zwei Damen bemurmelt, es wurde im dicken Buch geblättert, nachgedacht und telefoniert. Schließlich setzte eine der beiden gequält ein Lächeln auf und gab ihnen einen Schlüssel für den fünften Stock.
Steinhövel nahm sich vor, später den Ausdruck Beleidigungszentrale zu notieren.
Mit einem fast schon pathetisch langsamen Lift glitten sie in die Ruhe des fünften Stockwerks. Offenbar hatten die Bediensteten diese Etage allein ihretwegen angebrochen; wie eine Tafel

Schokolade, deren Verpackung man lieber noch nicht aufgerissen hätte. Auf dem Gang schwere Teppiche, dickleibige Vorhänge, müdes Licht.

»Es tut mir leid, dass ich kein Rumänisch spreche«, sagte Fernanda. »Nicht dein Fehler«, sagte Steinhövel sachlich. »Wir packen das schon.« Und erstaunlicherweise war das tatsächlich seine Meinung: Wir packen das schon. Denn er hielt nichts davon, kurzfristig eine Übersetzerin zu suchen. Er betrat das Zimmer, das sich vor allem durch einen Eckpfeiler auszeichnete, der nicht ganz in der Ecke stand und von dem er hoffte, es habe ihm niemand statische Aufgaben zugedacht. Er stand so, dass man entweder die Betten nicht richtig platzieren oder aber das Waschbecken nicht erreichen konnte.

Das vergitterte Fenster ging auf einen Hof hinaus mit einer von Schutt- und Abfallbergen verunzierten Architekturleiche, auf das bröckelnde Skelett einer bankrottgegangenen Idee. Steinhövel betrachtete die Gitterstäbe und überlegte, ob damit Einbrecher oder doch eher Ausbrecher aufgehalten werden sollten, vor allem aber überlegte er, wie das mit Fernanda werden würde, wenn sie in den nächsten Tagen immer derart wenig Privatsphäre hätten.

Fernanda hob skeptisch die eine Matratze an; sie war weich wie ein Spülschwamm und dünn wie ein zweilagiges Papiertaschentuch.

»Mit etwas Alkohol im Blut werde ich schon schlafen können«, sagte Fernanda und grinste so breit, als habe sie soeben den unbedeutenden Makel der Hochzeitssuite inspiziert.

Mit dem Fahrstuhl gelangten die beiden ins Erdgeschoss, verließen das Hotel, gingen durch die Dämmerung, durch den schwach noch fallenden Regen und entschieden sich für einen Italiener. Kaum hatten sie an einem winzigen runden Tisch Platz genommen, schnappte sich Steinhövel vom Nachbartisch aus einer leer getrunkenen Tasse einen feuchten Teebeutel und putzte sich damit die Lederschuhe, argwöhnisch beobachtet von Fernanda.

»Alter Reportertrick«, sagte er selbstsicher. »Pflegt Lederschuhe besser als alles andere.«
Fernandas Lachen schickte ihm einen wohligen Schauder den Rücken hinab. Dann pappte er den Teebeutel zurück in jene Tasse und versenkte sich, wie es auch Fernanda tat, in die Speisekarte. Er verstand sich selbst nicht: Wollte er um jeden Preis wirken auf diese Frau? Sehnte er sich einfach zu sehr nach Heljä? Oder wollte er von Fernanda für witzig empfunden werden? Wünschte er sich, sie würde über ihn so sprechen wie über den so unglaublich an ihren fotografischen Arbeiten interessierten Bütikofer?
Die Speisekarte war allein auf Rumänisch geschrieben, und weil der Kellner keine andere Sprache verstand, bestellten sie aufs Geratewohl, erklärten aber mit Nachdruck, dass sie alles essen würden, bloß kein Fleisch.
Fernanda erzählte von Schweden, erzählte von ihrem Engagement für Greenpeace, von ihrer gelegentlichen Arbeit auf jener zwischen Stockholm und dem finnischen Turku verkehrenden Fähre, auf der sich, weil der Alkohol steuerfrei sei, jede Nacht ein ganzes Dutzend blinder Passagiere umtreibe, und Steinhövel war wie gebannt von ihrem Gesicht, das, auch weil die Rücklichter der an einer Ampel stehenden Fahrzeuge diffus ins schlecht beleuchtete Lokal hineinschimmerten, eine ganz neue Ausstrahlung gewann. Er wünschte sich, sie würde immer so weitersprechen, würde immer so nahe bei ihm sitzen und immer in dieser angenehmen Tonlage weitersprechen. Wieso hatte Heljä seinen Brief nicht beantwortet?
Als serviert wurde, schaufelte Fernanda den gebratenen Käse auf Steinhövels Teller, denn sie ernährte sich, wie sie nun erklärte, wann immer möglich vegan. Steinhövel nickte bewundernd, war kurz verführt zu lügen, dass er es auch immer wieder versuche, gab dann aber zu, dass er Käse leider sehr gerne esse. Aber jedes Mal, wenn er mit seiner Schwester Marlene über das Thema Vegetarismus diskutiere, werde ihm wieder klar, dass er aus Gründen der Vernunft schon lange vegan leben müsste.

»Kann ich verstehen«, sagte Fernanda, »auf Reisen ist es schwierig genug, ohne Fleisch durchzukommen.«

Als Fernanda später wissen wollte, was das eigentlich für eine Goldmine sei, holte Steinhövel zwei, drei Artikel aus seiner Mappe, keine literarischen Reportagen, sondern kurze, streng journalistische Artikel. Im Zentrum dieser Texte stand die am Dorfrand Roşia Montanăs gelegene, vom rumänischen Staat bis vor zehn Jahren betriebene Goldmine. Aufgrund von Probebohrungen war klar, dass noch mehr Gold zu holen war, klar war aber auch, dass erst einmal viel Geld in die Infrastruktur der Mine investiert werden musste – Geld, das der rumänische Staat nicht auszugeben bereit war. Aber ein in Kanada beheimateter, global agierender Bergbaukonzern hatte dem Staat nicht nur die Mine, sondern gleich den gesamten Berg abgekauft – und plante nun, das Gold im billigeren Tagebau abzubauen und damit also während zweier oder dreier Jahrzehnte den gesamten Berg abzutragen. Um die Goldpartikel effizient aus dem Gestein zu lösen, plante Gabriel Resources Ltd., so der Name der Firma, Zyanid zu verwenden, eine schwer oder gar nicht abbaubare, dickflüssige chemische Verbindung. Weil über die Jahre ein paar hunderttausend Kubikmeter von diesem zyanidhaltigen Abwasser entstehen würden, plante Gabriel Resources Ltd., eine hundertachtzig Meter hohe Staumauer zu errichten, welche das giftige Zyanid auffangen sollte. Obwohl er sich schämte für sein ungelenkes Englisch, las ihr Steinhövel zum Schluss noch den entsprechenden Artikel der *New York Times* vor, verstaute seine Papiere wieder in der Tasche und sagte: »Ist halt alles sehr journalistisch.«

»Sehr journalistisch?«, fragte Fernanda. »Du verwendest das wie ein Schimpfwort.«

»Bin wohl schon zu lange in diesem Metier tätig«, antwortete Steinhövel und wusste, diese Überheblichkeit war ihm nur unterlaufen, weil er gerne für eine derartige Zeitung geschrieben hätte. Als die beiden später erst über tatsächlich vorhandene oder nur vermutete Vorteile analoger Fotografie, bald aber über Politik und den Kosovo-Konflikt sprachen, über die ohne Uno-Mandat ausgeführten Luftschläge der Nato, erwähnte Steinhövel den erschütternden Zwischenbericht der Bergier-Kommission, der die sogenannt humanitäre Tradition der Schweiz als billiges Wunschbild entlarvt habe. Und als er von Rexhep sprach, vom jungen, kosovo-albanischen Mitbewohner, der bemüht sei, seine Verwandtschaft in die Schweiz zu holen, behauptete Steinhövel gegenüber Fernanda, er liebäugle mit der Idee, wenn das Schlimmste vorbei sei, mit jenem Rexhep in den Kosovo zu reisen, um eine außergewöhnliche Reportage zu verfassen.

»Da würde ich natürlich sehr gerne mitkommen«, sagte Fernanda. Erschrocken über diese Antwort, nickte Steinhövel eifrig, war aber irritiert darüber, dass er Fernanda angelogen hatte, irritiert, dass er sich – wahrscheinlich, weil sich Fernanda für Greenpeace engagierte und er sich fühlte wie ein alter Sack, der, einmal abgesehen vom Vegetarismus, all seine Ideale aufgegeben hatte – Fernanda gegenüber in ein edles Licht zu rücken bemühte, in das Licht eines engagierten, für Aufklärung kämpfenden Reporters, der er früher einmal, als *Der große Bund* noch als eine bedeutende Samstagsbeilage gelten durfte, gewesen war.

Dass Fernanda sowohl seine beruflichen Absichten wie auch die Möglichkeiten der Zeitung aufgrund seiner Aussagen falsch einschätzen musste, wurde Steinhövel in der etwas beklemmenden Stille, die nun entstand, zunehmend peinlich. Als er sich anschickte, alles zu korrigieren, sprang sie plötzlich auf und stürmte Hals über Kopf aus dem Lokal. Steinhövel blätterte einige rumänische Geldscheine auf den Tisch, ohne zu wissen, ob das zu viel oder zu wenig war, und eilte ihr hinterher.

Es dauerte mehr als drei Querstraßen, bis er sie eingeholt hatte. Er lief heftig atmend neben ihr her, sie machte keine Anstalten, ihr Tempo zu drosseln. Atemlos erklärte sie, sie sei unsicher, ob sie die Zimmertür zugesperrt habe. Womöglich lag also

Ørjanssons Mittelformat-Kamera im Wert von dreißig rumänischen Monatsgehältern bereits seit zwei Stunden im unabgeschlossenen Zimmer. Im Hotel angekommen, drückte Steinhövel den Liftknopf, Fernanda rannte an ihm vorbei die Treppe hoch. Im fünften Stock fand Fernanda die Tür tatsächlich unabgeschlossen vor. Steinhövel, noch auf den letzten Stufen, hörte einen schwedischen oder spanischen Fluch aus Fernandas Mund. Als sich aber zeigte, dass die Kamera, das Stativ und sämtliche Filme noch da waren, fiel sie Steinhövel um den Hals, der nicht wirklich entscheiden konnte, wie er die so plötzliche Körpernähe zwischen ihnen verstehen sollte.

In der verrauchten Hotelbar, in der ein bestimmt seit Jahren nicht bespielter Flügel stand und die beiden Angestellten vollauf damit beschäftigt waren, die mächtige Registrierkasse richtig zu bedienen, tranken sie nach diesem Glücksschrecken einen kräftigen Branntwein, der dazu beitrug, dass Ørjansson in blumigen Ausschweifungen schilderte, was sie mit dieser treuen, vollmechanischen Kamera der Marke Mamiya alles schon erlebt hatte.

Als sie auf dem Zimmer waren und sich die Zähne putzten, fragte Steinhövel, ob sie wisse, wie man auf Rumänisch Gute Nacht sage. Fernanda, lachend über seine Art, mit zahnpastaschaumvollem Mund zu sprechen, fragte ihn, ob er mit ihr noch eine rauchen wolle. Steinhövel rauchte nicht, das wusste Fernanda, und gerade deswegen schien ihm diese Einladung besonders charmant. Am Ende des schmalen Flurs, auf einer winzigen Terrasse, die zur Feuertreppe führte, standen sie in der nun beißend kalten Luft, standen im Rauch von Ørjanssons selbst gedrehter Zigarette und schauten schweigsam auf die gegenüberliegende Tankstelle; dort saß ein Mann, ein Schatten nur, rauchte und blickte zu ihnen hoch. Diese Tankstelle wäre für ihre Serie geeignet, sagte Fernanda, obwohl sie, statt einsam auf dem Land, dicht umringt von anderen Gebäuden stehe.

»Wann gelingt es schon, an einer Tankstelle jemanden zu fotografieren, der raucht?«

Auch Steinhövel war fasziniert und fragte sich, ob das Einzige, was von dieser Tankstelle noch funktionierte, die Leuchtschrift war.

Vom Bild, das Fernanda ab Stativ nun in einer Langzeitaufnahme erstellte, sprach sie so, als wäre es ein Geschenk für Bütikofer.

»Will denn der eine Ausstellung machen mit deinen Bildern?«, fragte Steinhövel.

»Er sagt, meine Serie sei noch zu klein«, sagte Fernanda, »aber wenn ich auf dieser Reise noch ein paar Tankstellen finden kann, macht er vielleicht was.«

Bemüht, möglichst anerkennend zu nicken, blickte Steinhövel hoch zu den Wolken, die sich, wahrscheinlich neuen Regen, neuen Schnee bringend, übereinander und immer wieder vor einen von einigen Kötern angeheulten Mond schoben.

Ørjansson schlief in einem langärmligen Schlafanzug, ein Modell eher für Herren, welches kaum nackte Haut sehen ließ, Steinhövel aber genau deswegen besonders verführerisch erschien. Unruhig auf der dünnen Matratze liegend, im Ohr das Geheul einer fernen Ambulanz, betrachtete er an jenem Abend noch lange Fernandas Haar, das beleuchtet wurde vom Widerschein einer schiefen, vom Wind unregelmäßig bewegten Straßenlaterne. *Der große Bund* und die Reportage, die Königin des Journalismus, befanden sich in einer tiefen Krise, und diese Reise war ihm womöglich vor allem deshalb wichtig, weil sie es erlaubte, den Zustand der Arbeitslosigkeit zu kaschieren. Die Welt aber hatte keineswegs aufgehört, ihn zu beschäftigen, ihn zu interessieren.

24. KAPITEL
BERN, SCHWEIZ

Als sie morgens, wie es ihre Angewohnheit war, bereits kurz nach sechs aufstand, ohne Kaffee aufbrach, beglückt, den Tag mit einem ordentlichen Vorsprung beginnen zu können, und fünfundzwanzig Minuten später, in der einen Hand den Schlüssel, in der anderen die Laptop-Tasche, oben im Treppenhaus stand, traf Marlene Steinhövel vor der Eingangstür zum Amnesty-Büro auf einen jungen Mann, der, zusammengekauert in schmutzigen Kleidern, versunken war in einen tiefen Schlaf.

Irritiert betrachtete sie den Schlafenden, räusperte sich, so laut sie konnte, klimperte mit dem Schlüsselbund, hustete – der Mann erwachte nicht. Also legte sie ihm eine Hand auf die Schulter und rüttelte ihn kräftig. Nun schlug er die Augen auf, warf Marlene einen erschrockenen Blick zu, erhob sich, ordnete sein Haar, strich mit beiden Händen über die schmutzige Jeans und nahm eine aufrechte, militärisch wirkende Haltung ein.

Marlene blickte verwirrt und lange in sein sanft gezeichnetes Gesicht. War er an der Nase verletzt?

Marlene öffnete die Tür, um ihm ein Glas Wasser zu holen. Als der junge Mann hinter ihr eintrat, wurde Marlene erfasst von der Angst, einen groben Fehler gemacht zu haben.

»Suchst du jemanden?« Marlene stellte ihm ein Glas Wasser hin.

»Amnesty International«, sagte der junge Mann.

Marlene nickte, der Mann nahm das Glas und trank es leer.

Dann sagte er etwas, was Marlene nicht verstand, er wiederholte die Worte »Amnesty International« und willigte schließlich, obwohl er sehr ungeduldig wirkte, ein, in ihrem Büro einen Kaffee zu trinken.

Als um acht Uhr Corinna und die anderen kamen, saß der Mann frisch geduscht, aber steif und angespannt in der Küche. Marlene erklärte ihnen, er habe vor der Tür geschlafen und spreche Albanisch. Vier Stunden später, als mit der albanischstämmigen Miranda eine Dolmetscherin organisiert war, saß man am Küchentisch zusammen. Im Lärm des Dampfabzugs, dem es nur ungenügend gelang, den von Köchin Hafira verursachten Knoblauchgeruch einzufangen, erzählte der Mann, er heiße Alim Jahiji, man habe ihn auf einer Demonstration verhaftet, habe ihm das Schienbein, dann das Nasenbein gebrochen. Vor der serbischen Repression und den Nato-Bomben sei er aus dem Kosovo geflüchtet, allein, und suche nun seinen Onkel, der, wie er vermute, in Bern lebe; ein Onkel, der bereits im Jahre 1981, als in Priština die Studentenunruhen ausgebrochen waren, aufgrund massiver Bedrohungen die Flucht habe ergreifen müssen und der, weil er im Gefängnis über Monate zehn Stunden am Tag gelesen habe, enorm gebildet sei.
Nun setzte eine große Debatte ein. Einige waren der Meinung, man solle ihn an die Flüchtlingshilfe weiterleiten, andere, zu denen Marlene und Corinna gehörten, hielten genau dies für wenig dienlich, weil er dort vielleicht gut betreut, aber eben doch in ein langwieriges und möglicherweise aussichtsloses Asylverfahren geraten werde. Ihrer Meinung nach sollte man ihm erst einmal helfen, seinen Onkel zu finden, dessen Name, das hatten sie bereits geprüft, im Telefonbuch nicht verzeichnet war.
Einige warfen ihnen unprofessionelles Handeln vor, Corinna und Marlene aber entschieden, den jungen Albaner in ihre Wohngemeinschaft mitzunehmen, ihn von den Mühlen der Behörden fernzuhalten und sich um ihn zu kümmern. Einen Flüchtling zu beherbergen, das erschien vor allem Corinna, die vor Jahren aus politischen Gründen eine Scheinehe mit einem Iraker eingegangen war, als Chance, der miesen Welt mit einer guten Tat zu trotzen.

Als sie nach Arbeitsschluss im Supermarkt standen, um gemeinsam ein paar Lebensmittel einzukaufen, wirkte Alim eingeschüchtert, wohl auch wegen des riesigen Angebots, das die Regale füllte. Marlene versuchte ihm zu erklären, dass sie alles bezahlen werde. Alim nickte, so ungefähr hatte er vielleicht verstanden, aber es war ihm anzusehen, dass er keine Lebensmittel, sondern seinen Onkel wollte.

Beim Einschlafen dachte Marlene lange noch an Alim, an seine Geschichte, daran, dass er jetzt, nach wahrscheinlich schwierigsten Erlebnissen auf der Flucht, wenige Meter von ihrem Kopf entfernt, getrennt nur von einer dünnen Innenwand, auf dem Sofa lag – erst spät fiel Marlene auf, dass sie den ganzen Tag kaum einen Gedanken an Zahnarzt Gujan verwendet hatte. Das verwirrte sie, denn für genau den heutigen Abend war sie mit ihm verabredet gewesen. Sie hatte einen Tisch im Metzgerstübli reservieren lassen, hätte ihn aber lieber wieder in seiner Praxis getroffen, wo sie sich auch schon geliebt hatten – aber Gujan hatte, nun bereits zum zweiten Mal, das Rendezvous kurzfristig platzen lassen. Das machte sie skeptisch; irgendwie konnte sich Marlene nicht vorstellen, was da immer so kurzfristig dazwischenkommen konnte – außer vielleicht er wäre verheiratet, hätte drei Kinder und eine entsprechend begrenzte Freizeit. Dass Gujan verheiratet sein könnte und sie nichts als eine flüchtige, der Auflockerung seines monotonen Ehelebens dienende Affäre wäre – dieser Gedanke streifte sie nun zum ersten Mal. Um sich abzulenken, las sie ein paar Seiten in *Spaziergänger Zbinden*, horchte nochmals durch die Wand, dann löschte sie das Licht und schlief ein.

Am nächsten Morgen, als Marlene über Alims Art, zusammengesunken und katzenartig in sich verdreht zu schlafen, schmunzeln musste, entschied sie sich, nicht sofort ins Büro, sondern zur Bäckerei zu eilen, für die ganze Wohngemeinschaft ein großes Brot zu kaufen und dafür zu sorgen, dass Alim ein gutes Frühstück erhielt.

Alim aber lehnte das Frühstück ab. Auch Seife, Shampoo und Frottiertücher interessierten ihn nicht. Er erwähnte seinen Onkel, erwähnte seine Familie, die Bedrohung durch die Nato.
Die ersten Döner-Buden, die Marlene an jenem Vormittag zusammen mit Alim aufsuchte, waren zwar in den Händen der Türken und Pakistani, in der dritten Bude aber fand sich unter der Kundschaft ein junger, allerhand Gel im Haar tragender Kosovo-Albaner, dank dessen Vermittlung sie bald schon im Pausenraum eines dampfend warmen, stark parfümiert riechenden Bügelservices standen, wo Alim eine in Deutsch und Albanisch verfasste Zeitung in der Hand hielt, in welcher ein rechtsphilosophischer Artikel abgedruckt war, verfasst von seinem Onkel Siham Amadjani. Es waren allerhand Telefonate nötig, um in Erfahrung zu bringen, an welcher Adresse sich die Redaktion dieser in Serbien zensierten Untergrundzeitung befand. Marlene hätte eigentlich lange schon im Büro erscheinen müssen, entschied sich aber, zumal sie auf den Bescheid des Bundesamtes zu warten hatte, die Betreuung Alims als eine würdige Amnesty-Arbeit anzusehen.
Die Redaktion, die sie in der Folge aufsuchten, war nichts weiter als eine mit Zeitungen und Büchern überfrachtete Wohnung, ein Treffpunkt politisch aktiver Kosovo-Albaner, wo viel diskutiert, viel getrunken, viel geraucht und wenig gelüftet wurde. Beim Redakteur, einem chronisch hustenden Mann mit gepflegtem, zu einem Pferdeschwanz zusammengebundenem und unter einer Baseballkappe gehaltenem Haar, bat Alim um die Telefonnummer Siham Amadjanis, aber man sagte ihnen, Siham kommuniziere ausschließlich per Mail.
»Amadjani lebt in Österreich«, rief nun einer aus einem der hinteren Zimmer. Ein weiterer eilte herbei und brach einen Streit vom Zaun, ob es zulässig sei, einem wildfremden, vielleicht für die serbische UDBA arbeitenden Typen die Adresse eines Albaners zu geben, der serbische Gefängnisse schon zur Genüge von innen gesehen habe.

Marlene blickte kurz in Alims Augen, es war deutlich zu sehen, dass er Mühe hatte, sich zu beherrschen. Mit einem Furor, den sie ihm nicht zugetraut hätte, mit einem Furor, der auch die anwesenden Männer verblüffte, erzählte er ihnen, was zu erzählen er für entscheidend hielt. Nach diesem langen, mit einer in jeder Faser seines Körpers mitbebenden Inbrunst gehaltenen Monolog bröckelte das Misstrauen der Männer merklich, die Stimmen wurden leiser, jemand machte zwei Schritte vor und begrüßte Alim mit einem kräftigen Handschlag, ein anderer kramte beflissen in einer Schublade. Wenig später hielt Alim einen Zettel in der Hand, auf dem die E-Mail-Adresse Siham Amadjanis notiert war, und stieg in einen roten Wagen. Chauffiert wurde er von einem jungen Albaner, der Rexhep hieß und Siham zwar nicht kannte, aber wusste, in welchem Dorf er wohnte: in jenem Langenthal, in dem auch er, Rexhep, ein Zimmer gemietet hatte.

25. KAPITEL
BUKAREST – MIERCUREA SIBIULUI, RUMÄNIEN

Tags darauf saßen, während fremdländische Schlafwagen geradezu feierlich langsam und wie trunken über Weichenfolgen schwankten und unter dem Dach der Bahnhofshalle mit singenden Bremsen zum Stehen kamen, während die Silben monotoner, lang sich hinziehender Lautsprecherdurchsagen durch die schwere Bahnhofsluft wanderten, während struppige Hunde, unbekümmert vom nahen Lärm der Dieselloks, im Gleisschotter dösten, während die ersten Chauffeure in Schnabelschuhen durch die Menge schlurften, ihren Taksi-Taksi-Spruch zischend, als wollten sie Drogen an den Mann bringen, während sich die Buchstaben und Ziffern der mächtigen Anzeige nur zögerlich entschließen konnten, die Reisenden über die nächsten Züge zu informieren – da saßen Thomas Steinhövel und Fernanda Ørjansson im traurigsten der traurigen Restaurants des Bukarester Nordbahnhofs, beobachteten die eilenden oder müßig herumstehenden Menschen und untersuchten den in Folie abgepackten und mit einem ungetoasteten Toastbrot servierten Käse, der Thomas, wie er mit einer verschlafenen Stimme, aber doch auch amüsiert sagte, an Fugenkitt erinnerte, weswegen er das mondgelbe Artefakt in seinem Kunststoffgewand beließ und wie Fernanda bloß die lauwarme Pfütze Kaffee zu sich nahm. Er war erschöpft, hungrig und nervös. Vergangene Nacht war er mehrere Male erwacht, scheinbar grundlos, mit einem Rauschen in den Ohren, als fließe sein Blut schneller, und hatte jeweils länger nicht in den Schlaf zurückfinden können, unsicher, ob der Grund für seine Unruhe der schlechten Matratze, Fernandas Gegenwart oder seiner Sehnsucht nach Heljä zuzusprechen war.

Auf der langen Fahrt von Bukarest hinaus in die Provinz versuchte Fernanda nochmals zu dösen, Steinhövel blätterte nochmals in jenen Zeitungen, die er vor der Abreise am Langenthaler Bahnhofskiosk gekauft hatte, aber er tat es mit müdem Auge. Flüchtig las er schließlich einen Artikel zum Thema Armutsgrenze und musste feststellen, dass er sich bei dem, was ihm als Monatseinkommen reichen musste, deutlich unterhalb dieser Grenze bewegte. Vor sieben Jahren, als er noch eine feste Stelle innehatte, war das anders gewesen. Damals hatte er sich mit vier Journalisten ein Büro geteilt, ein Stockwerk und zwei Ressorts von Widmann entfernt, und er hatte fünf oder sechs Tage die Woche jeweils thematisch gänzlich unterschiedliche Artikel geschrieben, voller Bewunderung für den damals unangreifbaren Widmann, der oft zwei oder drei Wochen abwesend war, um in seiner undurchschaubaren und hartnäckigen Art einem ausgewählten Thema nachzugehen.

Damals, nach der Trennung von Susanna, einer elastisch sich bewegenden Tanzpädagogin, die sich in einen ihrer, wie sich rasch herausgestellt hatte, doch nicht so bewegungsgehemmten Patienten verliebt hatte, war Steinhövel ohne Lust, in der gemeinsam eingerichteten Wohnung zu bleiben. Also reichte er die Kündigung ein, schickte sich auf Reisen, geriet eines miesen Zufalls wegen an der rumänisch-ukrainischen Grenze im Rahmen einer dort abgehaltenen Razzia gegen Drogen- und Menschenschmuggel in Haft, aus der freizukommen er die Hilfe der Schweizer Botschaft in Bukarest benötigt hatte. Aus diesem traumatischen Zwischenfall war damals, angeregt von Widmann, Steinhövels erste Reportage entstanden. Die Zusammenarbeit mit Widmann öffnete ihm die Augen für das Lesen und Schreiben von Reportagen. Widmanns Frage, aus welchem Landstrich der Welt er als Nächstes gerne berichten würde, motivierte ihn zigmal mehr als die Aussicht, sich mit einem abgebrochenen Studium der Biologie um eine Arbeitsstelle zu bemühen. Und während der ersten Reisen, die ihn nach Estland, Kroatien und Ungarn geführt hatten,

war Steinhövel klar geworden, dass tendenziell etwas falsch lief mit diesen Redaktionsstühlen, mit diesen Redaktionsstuhltexten, dass etwas falsch lief mit jener von der gemütlichen Atmosphäre eines Büros beeinflussten Journalistenperspektive.
Thomas Steinhövel legte den *Bund* weg und beobachtete Fernanda, die nicht mehr döste, sondern in der Art eines Bibers, mit Blick in die an Konturen gewinnende Landschaft, an einem schwedischen Müsli-Riegel knabberte, den sie tatsächlich von Stockholm nach Bern und von Bern nun nach Rumänien mitgenommen hatte, einem knusprigen, mit sorgfältig geröstetem Sesam überzogenen Bio-Riegel, der aussah wie eine Miniatur eines herbstlich abgeernteten Gemüseackers.
Irritiert von dem Gedanken, dank Fernanda endlich eine Reportage aus Skandinavien schreiben zu können, obwohl er genau dies mit Heljä für Finnland vereinbart hatte, verwirrt über den Umstand, dass diese Gold-Geschichte aus Rumänien seine letzte Reportage werden würde, lenkte Steinhövel seinen Blick von Fernanda zu seinen Füßen, zu seinen gestern mit einem Teebeutel polierten Lederschuhen, die ihn aber doch nur an die Frage erinnerten, welche Wege er künftig wohl beschreiten würde.
Der Zug machte hin und wieder Halt an einem Bahnhofsgebäude, das einsam in der Landschaft kauerte und das instand zu halten sich in den vergangenen Jahrzehnten niemand verantwortlich gefühlt haben musste. An einem derartigen Bahnhof streckte Steinhövel den Kopf aus dem Fenster und betrachtete drei dürre Hunde, die, blond, schwarzgrau und schmutzig weiß, wie zusammengewachsen vor dem märchenhaften Gebäude lagen, aus dem zwei uniformierte, bemützte und jeder Kälte trotzende Vorstandsdamen traten. Sie empfingen den soeben mit singenden Bremsen zum Stillstand gekommenen Zug, musterten die Diesellok und die drei Waggons, die auf ihrer abseitigen, von ehrgeizigen Zügen strikt gemiedenen Strecke hier innehielten. Die Türen der Waggons öffneten sich nicht erst, sie standen auch während der Fahrt offen.

Nun reckte auch Ørjansson den Kopf aus dem Fenster. Sie schätzte, dass das einzige Haus, das abgesehen vom Bahnhof zu sehen war, in einer Entfernung von rund vierhundert Metern lag: Sie brachte wenig Verständnis auf dafür, dass der Zug hier einen Halt einlegte. Steinhövel amüsierte sich über ihre Ungeduld, denn ihm gefiel diese Leere, ihm schien es durchaus angemessen, hin und wieder einen Halt einzulegen, und je länger er diese Szene beobachtete, desto faszinierter war er von der sich aufstauenden Erwartung in allen Dingen. Die beiden Vorstandsdamen mit ihren nicht erhobenen Kellen, der aus seiner Diesellok lugende Lokomotivführer, ja sogar die drei von der Vormittagssonne ein wenig gewärmten Hunde: Sie alle wirkten, als ahnten sie einen Heraneilenden kommen, der den Zug um keinen Preis verpassen durfte.

Steinhövel hätte eine Verzögerung dieser Reise gerne in Kauf genommen. Überhaupt konnte er sich gut ausmalen, mit Ørjansson noch drei, vier Tage traumwandlerisch unterwegs zu sein, pflichtenlos mit ihr zu reisen, ehe in der Goldmine Roşia Montanăs ihre Arbeit beginnen würde, und so blickte er gern auf einen Bahnhof, an dem sich nichts regte. Kein Vogel flog heran, kein Auto hupte, nicht einmal ein Windstoß fuhr über das Gleis. Das Ereignis, das erwartet wurde, schien anderswo beschäftigt, fand nicht zu diesem Bahnhof. Die beiden Damen, in deren Obhut sich diese Station befand, tauschten einen Blick und hoben synchron ihre grün-weißen Kellen. Der Lokführer zog sich zurück in den Führerstand, ließ die Hupe gellen und jagte Diesel in die Ventile; der Zug rollte an, erreichte bald sein Reisetempo von dreißig, vierzig Stundenkilometern, je nachdem, wie gut sich Schotter, Holz und Schienen zu einer Gleisanlage zusammenrauften.

»Nur gut, dass wir bis Bukarest das Flugzeug genommen haben«, sagte Fernanda.

Steinhövel bot ihr einen Apfel an und erinnerte sich an das schwierige Telefonat vor der Abreise, als sich Fernanda aus ökologischen Gründen geweigert hatte, mit dem Flugzeug zu reisen. Es war dies ihre private Öko-Politik: Den Weg von Stockholm nach Bern hatte sie auch mit dem Zug zurückgelegt. Angesichts der mickrigen Spesenpauschale und der Tatsache, dass der Zug doppelt so teuer war wie der Flug, hatte sie sich schließlich einverstanden erklärt, diesmal von ihren Prinzipien abzuweichen.

In der Industriestadt Pitești, wo sie umsteigen mussten, stand am Rand der Bahnböschung ein dürres Taxi, grauer, ungesunder Rauch schlich über herumliegenden Abfall, ein Fußball lag unberührt da, denn die jungen Männer, die auf dem verwahrlosten Bahnhofsplatz herumstanden, duellierten sich mit der Ereignislosigkeit.

Dass Pitești nicht der Ort war, an dem Rumänien seine großen Feste feierte, war deutlich, lange aber blieb unklar, wieso vom Anschlusszug nichts zu sehen war. Erst beim Blick auf die Bahnhofsuhr stellte sich heraus, dass sie der Zeitverschiebung wegen eine volle Stunde im Verzug waren; Steinhövel war es schleierhaft, wieso ihnen dies nicht bereits in Bukarest zum Verhängnis geworden war. Der nächste Zug in Richtung Alba Iulia sollte erst in zwei Stunden gehen und dann auch nicht mehr bis Alba Iulia, sondern nur noch bis Miercurea Sibiului verkehren, wo er kurz vor dreiundzwanzig Uhr eintreffen sollte. Auf der Karte, die Steinhövel hastig ausbreitete, war Miercurea Sibiului als stecknadelkopfkleiner Punkt auszumachen. Ein verschlafenes Nest gewiss, in dem allein Tierärzte Herberge fanden, wenn die Kuh erst um Mitternacht kalbte – Steinhövel fühlte, wie er sich heimlich freute auf ein ungewisses und hoffentlich unvergessliches Abenteuer, gab sich aber Mühe, Fernanda zuliebe so verärgert zu reagieren wie möglich.

Strotzende Wolken versammelten sich um einen dramatischen Sonnenuntergang über den Flachdächern der Stadt. Dennoch war es kein Vergnügen, zwei Stunden in Pitești zu warten, auf diesem Vorplatz, auf dem zahlreiche Jugendliche Leim schnüffelten und Steinhövel und Ørjansson von einem Türken bedrängt wurden, der ihnen im Befehlston nahelegte, so bald wie möglich nach Istanbul zu reisen, wo sein Bruder ein Busunternehmen unterhielt. Die Stimmung blieb unfreundlich, als sie zum Bahnsteig gelangten, wo unter einem niedrigen Dach nervenschwache, unruhig hantierende, laut sprechende Menschen ihr unförmiges Gepäck, meist prallvolle Taschen mit gerissenen Reißverschlüssen, aber auch drahtumkleidete Holzkäfige voller Hühner und Gänse, in zwei kalte, unbeleuchtete Waggons bugsierten.

Nirgends eine Anschrift, nirgends ein Schild. Im Abteil, in dem bereits vier Menschen im Dunkeln saßen, fragte Ørjansson, ob dieser Zug nach Miercurea Sibiului fahre, jemand ließ seufzend eine bejahende Silbe hören; Steinhövel und Ørjansson verstauten ihr Gepäck und fügten sich dem allgemeinen Schweigen. Der Kälte wegen saßen die Fahrgäste tief in ihren Kleidern, einige hatten Wolldecken mitgebracht, weiter vorn hustete sich jemand die Lunge aus dem Leib. Als der Zug mühevoll den Bahnhof verließ, war im Abteil nur noch ein kleiner orangefarbener Punkt zu sehen, der in unregelmäßigen Abständen aufglühte, ein Zigarettenglimmen als Stand-by-Signal dieser Nacht.

Der Zug passierte Dörfer, von denen jedes noch so schwach erhellte Küchenfenster zu sehen war, jedes spät noch schwelende Feuer, auf dem tagsüber Abfälle und alte Reifen gebrannt hatten. Wasserläufe wurden gequert, dann dichte, ausgedehnte Wälder, Landstraßen auch, an denen uniformierte Schrankenwärter neben einer Holzbaracke standen und mit einer Taschenlampe ihren monotonen Dienst verrichteten. Über lange Zeit hinweg rollte der Zug von Schienenstoß zu Schienenstoß neben einer beleuchteten Dorfstraße her, sodass die Bäume, die zwischen dem Zug und der Straße standen, ihre polypenartigen Schatten ins Innere des Abteils warfen, weit ausgreifende, filigran schwarze Arme, die in bedrohlicher Gleichmäßigkeit über die Gesichter der Passagiere zogen. Halb frierend, halb schlafend stellte sich Steinhövel in der lang anhaltenden Gesprächslosigkeit vor, er wäre nach Rumänien ausgewandert, hätte sich wenige Kilometer von Marc Widmann entfernt ein winziges, allein stehendes Haus gemietet, dem er sich nun mit einem gewissen Heimweh nähern würde, säße also bloß in diesem Zug, um die von weit angereiste Fotografin Fernanda abzuholen, die im Auftrag des *Greenpeace-Magazins* ein Porträt von ihm erstellen wollte. Fröstelnd saß sie ihm gegenüber auf der harten Bank. Noch zwei Stunden bis Miercurea Sibiului.

Er wollte Fernanda fragen, wohin sie, wenn sie denn müsste, auswandern würde, sie aber begann nun leise und heftig zu schimpfen, verfluchte die Kälte, verfluchte diesen langsamen Zug, verwünschte die Aussicht, in einem kalten, dunklen Kaff ein Bett organisieren zu müssen.

Steinhövel versuchte, sie zu beruhigen, malte einen Gasthof aus, der sich gewiss auch in einem entlegenen Dorf würde finden lassen. Sie reagierte nicht auf seine Worte.

Von Station zu Station leerte sich der Zug, und als es gegen dreiundzwanzig Uhr ging, saßen nur noch wenige Mitreisende im Zug. Als Steinhövel jemanden nach einem Hotel fragte, antwortete man ihm mit Misstrauen. Minuten später, als der Zug in Miercurea Sibiului eingefahren war, wurden die Reisenden, die zusammen mit Steinhövel und Ørjansson ausstiegen, von einer tiefdunklen Nacht verschluckt. Hinter ihnen die lärmende Diesellok, vor ihnen das Bahnhofsgebäude, dürftig erhellt von zwei schwach scheinenden Laternen, blickten Steinhövel und Ørjansson reglos in jene schwarze Leere, zu der hin die ungepflasterten Straßen führten.

»Ich habe zwar nicht mit einem Hotel, aber gerade deswegen mit einer privaten Einladung gerechnet«, sagte Fernanda. Die Verzweiflung stand ihr ins Gesicht geschrieben.

Steinhövel legte seine Stirn in Falten, dachte an Widmann, der sich nun gewiss eine Zigarette angezündet hätte. Denn es waren Situationen wie diese, für die das Rauchen erfunden worden war, Fernanda bewies es und drehte sich eine.

Dem großen, bärtigen, wie aus dem Nichts heraus vor ihnen erscheinenden Bahnhofvorstand war anzusehen, für wie absurd er es hielt, zu dieser Stunde zwei ahnungslose Reisende aus dem Westen anzutreffen, aber er schien nicht unsympathisch zu sein. Zwar sprach er nur Rumänisch, mit wenigen Worten und allerlei Gesten aber erklärte er Steinhövel und Ørjansson das lokale Transport- und Hotelwesen: kein Hotel in Miercurea Sibiului, kein Taxi nach Alba Iulia, aber bald schon ein nächster Zug.

»Wann?«, fragte Fernanda mit unmissverständlich ungeduldiger Gestik.

Der Vorstand spreizte die fünf dicken Finger seiner dicht behaarten Hand: um fünf Uhr früh.

Ørjansson warf Steinhövel einen verzweifelten Blick zu.

Als er abermals nach einer Möglichkeit fragte, in Miercurea Sibiului zu übernachten, verwies der Bärtige lakonisch auf die Stube hinter seinem Rücken und forderte die beiden auf, sie zu besichtigen. Das Zimmer war gut beheizt, bestand zur Hauptsache aus einem mächtigen Tisch, einem Vorstandssessel, der die Erfindung der Dampflok wohl miterlebt hatte, sowie einem Holzofen und einer Kiste voller Holzscheite – nirgends aber ein Bett.

Der hagere Lokführer holte nach einer kurzen, von einigen dunklen Lachern begleiteten Diskussion mit dem Vorstand eine hölzerne Sitzbank aus dem Hinterzimmer. Sie legten eine dünne Decke über die Bank und waren sichtlich stolz auf das so dargebotene Gästebett.

Steinhövel nickte freundlich, um nicht unhöflich zu wirken, die Bank aber war nicht breiter als ein Unterarm und auf ihr zu liegen gewiss kein Vergnügen.

Lokführer und Vorstand ließen sich nicht davon abbringen, Steinhövel und Ørjansson auf einen Schnaps einzuladen.

»Etwas Alkohol kann nicht schaden, wenn wir hier übernachten müssen«, sagte Fernanda schließlich.

Im Schlepptau der beiden Bahnbeamten gingen sie auf ein Haus zu, wo sie von einer Frau in blumenbedruckter Haushaltsschürze beäugt wurden; energisch schrubbte sie den Boden und wollte von Gästen nichts mehr wissen.

Vor dem Haus lüftete der Vorstand seine Mütze, besprach sich mit dem müde aus seinem schmalen Gesicht blickenden Lokführer, drückte Steinhövel einen Schlüsselbund in die Hand, gab ihm zu verstehen, er solle sich mit Ørjansson schlafen legen und verabschiedete sich mit einem Händedruck, den Steinhövel noch lange fühlen konnte.

»Ich hätte gerne etwas Starkes getrunken«, sagte Ørjansson.

Steinhövel setzte sich an den Tisch und studierte ein großformatiges Buch, das seiner Vermutung nach sämtliche ankommenden und abfahrenden Züge handschriftlich verzeichnet hielt.

»Schon sehr schmal, diese Bank«, sagte Fernanda mit der Zahnbürste in der Hand in einem ehrlich besorgten Ton.

»Ich werde auf dem Sessel schlafen«, erwiderte Steinhövel und deutete auf den mit allerhand Lappen belegten Stuhl.

Als Fernanda Scheite in den Ofen nachlegte, als Steinhövel testete, in welcher Position der Sessel wohl am bequemsten wäre, und gespannt abwartete, wie Fernanda diesmal den Pyjama überstreifen würde, ohne Haut zu zeigen, da klopfte es. Steinhövel zuckte zusammen, blickte irritiert zu Fernanda, die wie versteinert zur Tür schaute.

Der Vorstand reagierte unwirsch auf die Tatsache, dass Steinhövel abgesperrt hatte. Wortreich gab er Erklärungen ab, Steinhövel entschuldigte sich. Der Vorstand suchte nach keinem vergessenen Gegenstand, öffnete keine einzige Schublade und blätterte nicht im dicken Buch, sondern stand völlig selbstverständlich in einem gemeinsam mit ihm gealterten Vorstandszimmer. Er deutete auf die Holzbank, telefonierte kurz, machte es sich auf dem Sessel bequem, legte die Füße auf den Tisch, wünschte seinen Gästen Gute Nacht, faltete die Hände im Nacken, legte sich zurück und schloss die Augen.

Fassungslos stand Steinhövel im Zimmer: Zu seiner Linken ein Vorstand, der die Nacht seelenruhig auf diesem Sessel verbringen würde, zu seiner Rechten eine Holzbank, die selbst für ein jung verliebtes Paar zu schmal gewesen wäre.

Steinhövel hoffte, es würde etwas passieren. Es passierte aber nichts. Der Vorstand atmete ruhig, das dicke Buch wartete geduldig den nächsten Eintrag ab und im Ofen verbrannten Scheite, das war alles.

Fernanda, mit der Ausweglosigkeit im Blick, schlug Steinhövel vor, sich den Verhältnissen entsprechend so auf die Bank niederzulegen, dass seine Füße neben ihrem Kopf zu liegen kämen.

»Meine stinkenden Füße bei deiner Nase?«, fragte Steinhövel.

»Meine riechen auch nicht nach einem Blumenstrauß«, antwortete Fernanda und legte sich hin.

So lag Steinhövel neben Fernanda auf hartem Holz unter dünner Decke, todmüde zwar, aber doch unfähig, Schlaf zu finden.

Um ein Uhr ging das Feuer aus. Um zwei Uhr stand ein Botengänger in der Tür. Um Viertel vor drei ein Uniformierter und um halb vier eine verwirrte, betagte Frau mit zwei sie beinahe erdrückenden Jutesäcken über der schiefen Schulter. Jeder hatte Dringliches mit dem Vorstand zu besprechen, jeder betrat diese Stube, machte selbstverständlich Licht, und der Vorstand beantwortete zuvorkommend all ihre Fragen, ohne sich dabei auch nur ein Jota zu bewegen, selbst seine Augen hielt er geschlossen.

Fernanda Ørjansson lag die ganze Zeit über derart reglos da, dass Steinhövel nicht einschätzen konnte, ob sie tatsächlich schlief oder in Schockstarre den Morgen erwartete. Zwar verspürte Steinhövel den deutlichen Wunsch, drei, vier Holzscheite in den Ofen zu legen, um mit der letzten Glut nochmals Feuer zu entfachen, aber er war sicher, damit den Vorstand aus dem Schlaf zu holen und endgültig die Grenze der Höflichkeitspflicht zu verletzen. Und an Höflichkeit fühlte er sich als Gast gebunden.

26. KAPITEL
ŠABAC, SERBIEN

Nach dem Tode Bogdan Mandićs brachte dessen Mutter Dragica keine Kraft mehr auf, vor den Bomben der Nato zu flüchten, keine Kraft mehr, in einem fremden Haushalt Unterschlupf zu suchen, und Elisa, taub, lahm und blind vor Schmerz, hockte zu Hause am Küchentisch hinter einem leeren Teller, fern von Willenskraft oder Lebenssinn. Erfasst von einem Fatalismus, fehlte ihr jeder Ehrgeiz, zusammen mit Dragica einen weiteren Fluchtversuch zu unternehmen. Denn Dragica wünschte sich jetzt nichts so sehr, als in Šabac zu bleiben und die Finger über die Tasten des Klaviers gleiten lassen zu können. Spielend und summend verbrachte sie ihre Tage; es kümmerte sie nicht, wie oft die Sirenen heulten, wie viele Bomben fielen. Und es fielen, da Slobodan Milošević nicht einlenken wollte, zahlreiche Bomben. Auch in Šabac.

Die beiden Frauen sprachen nie darüber, sprachen sowieso über kaum etwas, das hätte besprochen werden müssen, aber Elisa lernte, dass ihre Aufgabe nun darin bestand, bei Dragica zu bleiben, um ihr nach dem Verlust ihres Mannes und ältesten Sohnes Halt zu geben und sich um Dinge zu kümmern, mit denen Dragica sich nicht mehr abgeben mochte. Vielleicht, weil sie das Kochen, Waschen und Putzen zu sehr an ein intaktes Familienleben erinnerte, das sie nie mehr würde haben sollen. Dragica tat es gut, nicht allein zu sein, da war sich Elisa sicher. Nicht selten jedoch bekam sie einen Blick zugeworfen, der sie glauben machte, Dragica sei noch immer der Meinung, Bogdan hätte besser eine Serbin geheiratet, eine, für die sie nicht hin und wieder einen Satz zweimal sagen musste, eine, die dieses Land verstand, eine, die jugoslawisches Blut in den Adern hatte und unter der schönen Herrschaft Titos groß geworden war.

Trotz dieser unterschwellig zornigen Blicke wurde es Elisa mehr und mehr unmöglich, alles hinter sich zu lassen und zurück nach Apulien zu gehen, zurück in ihre italienische Vergangenheit, obschon dies für sie das Naheliegendste gewesen wäre. Denn in diesem Šabac sah für sie nichts mehr nach einer Zukunft aus. Einen Grabstein gab es hier, den Grabstein ihres Mannes, und Blumen gab es, die sie dort hinstellen konnte. Wozu? Mehr und mehr glich dieses Heim einem staubigen, vergilbten Fotoalbum, das Zeugnis ablegte von einer glanzvollen, unwiederbringlich verlorenen Zeit. Dragica hatte Probleme mit den Ohren, aber nicht in einer sonst bei älteren Menschen üblichen Art, im Gegenteil, sie hörte immer besser. Sie beschwerte sich bei Elisa, weil diese ihrer Ansicht nach beim Spülen des Geschirrs zu viel Lärm verursachte. Ihre ausführlichen Selbstgespräche hingegen schien sie für unhörbar zu halten. »Šabac war ein wichtiges Zentrum klassischer Musik«, sagte Dragica, als wollte sie hinlänglich genug erklären, warum sie stundenlang Chopin, Bach und Scarlatti spielte. Dies war ein Satz, den Dmitrij zu verschiedenen Gelegenheiten gesagt hatte, mit Vorliebe dann, wenn es um den Telefonanschluss gegangen war. Jetzt hing zwar tatsächlich ein Telefon an der Küchenwand, schwarz und unberührt, Dragica schenkte ihm keinerlei Beachtung, es klingelte nie. Abgesehen vom Fernmeldeamt kannte die Nummer niemand. Um mit ihrem in Neviano wohnhaften Vater zu telefonieren, hatte sich Elisa angewöhnt, eine jener Kabinen aufzusuchen, die in der traurigen Eingangshalle der Hauptpost installiert waren. Weil es schwierig war, die eigenen Schönredereien zu ertragen, rief Elisa nur noch selten an.

An einem dieser Tage begleitete Elisa Dragica nach Belgrad, um eine Witwenrente zu beantragen. Frühmorgens machten sie sich auf den Weg, weil bei der anhaltend hohen Inflation damit gerechnet werden musste, dass das Busbillett nachmittags schon teurer sein würde. Auf dem Amt, nach einer quälend langen Wartezeit, mussten sie ein Formular ausfüllen, mit dem bekundet wurde, dass Dmitrij gesucht werde, und falls man ihn nach drei Monaten nicht fände, könnte Dragica ein neues Formular ausfüllen, welches sie dann, falls Dmitrij auch nach fünfzehn Monaten nicht aus der Verschollenheit auftauchen sollte, zum Bezug einer Witwenrente berechtigte. Es war Dragica anzusehen, wie wenig Lust sie hatte, sich durch dieses Formular und den mächtigen, wie eine Granate aufs Papier einschlagenden Stempel den Tod ihres Mannes amtlich bestätigen zu lassen. Es handelte sich bei der Witwenrente um einen lächerlich kleinen Betrag, angesichts der finanziellen Situation war es aber unumgänglich, diese Vorsorge zu treffen.

Manchmal, wenn sie einen ganzen Tag oder länger nicht mit Dragica geredet hatte, glaubte Elisa, die Sprache zu verlieren. Dann rettete sie sich mit den italienischen Sendungen aus dem Radiogerät in Dmitrijs Werkstatt oder schlich sich heimlich davon und mischte sich im Café Sava unter Leute.

Elisa verstand nicht, weswegen Dragica keine Freundinnen einlud, aber sie konnte nachvollziehen, dass sie keine Einladungen mehr erhielt: Halbe Tage lang hockte sie herum wie ein Möbel und beantwortete Fragen mit einem vorwurfsvollen Blick. Zornig wünschte sich Elisa manchmal, Dragica würde mit ihrem Herumsitzen wenigstens etwas Geld verdienen, indem sie genauso still einige Bilder bewachend in einem Belgrader Kunstmuseum säße. Dass die Einkünfte ausblieben und die Ersparnisse schmolzen, musste auch Dragica zur Kenntnis genommen haben, aber sie wollte nicht darüber sprechen.

Wenn Dragica über einem Kübel hockte und den goldgelben Maiskolben die Körner abrieb, war das ein Anblick, der Elisa versöhnte, ein Anblick, der sie an ihren Vater erinnerte, daran, wie er Oliven entsteinte. Das verschaffte Elisa momentweise Anschluss an das Gefühl, die Normalität sei noch nicht ganz untergegangen.

In den Nächten kam es in Šabac neuerdings zu Ausschreitungen, zu Demonstrationen, zu Beschädigungen auch von albanischen Geschäftsräumen, albanischen Autos. Tags darauf dann ließen die

Menschen den Eindruck aufkommen, als seien die eingebrochenen Scheiben in den von Albanern geführten Geschäften so gut wie unsichtbar, als sei das, was da vorgefallen war, keiner weiteren Beachtung wert. Es lagen Ziegel und Pflastersteine in den Vitrinen, in einem aufwendig eingerichteten Coiffeurladen waren sämtliche Spiegel und Stühle zerstört, es züngelten letzte Flammen an einer Autowaschanlage, schwarzgraue Asche wehte aus den eingeschlagenen Fenstern eines albanischen Restaurants, aber Elisa, die mit Schauder auf diese Tatorte starrte, schien weit und breit die Einzige, der diese Dinge auffielen.

Sie las, was sie sonst nie getan hatte, Zeitung, las die politischen Artikel, die Nachrichten aus dem In- und Ausland, vertiefte sich in die Depeschen, in dem Wissen, dass Bogdan sie gelesen hätte. Berichte über die neuesten Bombardierungen und heldenhaften Erfolge des Militärs waren täglich zu finden, keine Zeile aber über diese Plünderungen – das verstörte sie. Als Elisa nochmals am zerstörten Coiffeurladen vorbeispazierte, war deutlich, dass Polizei wie Behörden diese Tat ignorierten, nichts war abgesperrt worden, nirgendwo stand ein Albaner bei einem protokollierenden Polizisten, es gab keinen Tatort und kein Verbrechen.

Im Café Sava, dessen Mobiliar uralt war und dessen Besitzerin an einem Husten litt, den man in einigen Jahren, wie sie selber regelmäßig erwähnte, noch aus ihrem Grab heraus werde vernehmen können, fanden sich in jenen Wochen deutlich weniger Menschen als üblich ein. Die Sehnsucht, einmal nicht vom Krieg sprechen zu wollen, kombiniert mit der Unmöglichkeit, nicht vom Krieg zu sprechen, erfüllte dieses Lokal mit einer beklemmenden, sich erfolglos um kleine Heiterkeiten bemühenden Stimmung. Elisa, oftmals für einige Stunden vor Dragica in dieses Café flüchtend, hielt sich dennoch gern dort auf und ließ sich unter anderem erklären, dass einige Intellektuelle die Erlaubnis zur Ausreise vom Verteidigungsministerium erhalten hätten. Vor allem den patriotischen oder in letzter Minute als solche sich darstellenden

Künstlern sei dieses Privileg zuteilgeworden, denn die korrupte, kopflos agierende serbische Regierung erhoffe sich so eine kraftvolle Werbung für Serbien und das serbische Schicksal in jener da draußen vielleicht doch noch vorhandenen und diesen Künstlern vielleicht sogar Gehör schenkenden Welt. Aber es war auch die Rede von einigen Männern in ihren Fünfzigern, die, mit einem geräucherten Schinken und einer Flasche Erdbeerschnaps unterm Arm, über die Grenze gewandert seien, hinüber nach Bosnien. Was den Schachspieler anging, der zum Café Sava gehörte wie die Bohne zum Kaffee und der seit Tagen nicht mehr aufgekreuzt war, kursierten Erzählungen, er betreue seine nach einem Infarkt schwer geschwächte Mutter in der Belgrader Universitätsklinik. Andere wollten wissen, er sei für den serbischen Geheimdienst unterwegs; nochmals andere behaupteten, er habe sich zerstritten mit seinem Schachkollegen, dem plattfüßigen Sotir.

Aufgrund der inzwischen täglichen Bombardierungen entwickelte Elisa eine geradezu absurde Beziehung zum eigenen Blick. Das Wort Augenhöhe gewann für sie eine gänzlich neue Dimension: Augenhöhe war das, was sie erblickte, wenn sie nicht zum Himmel starrte, dessen Größe sie nie zuvor als derart mächtig empfunden hatte. Meist war stundenlang, manchmal den ganzen helllichten Tag über kein Flugzeug zu hören, es heulten die Sirenen nicht los, es fielen keine Bomben, und dennoch verbrachte Elisa halbe Ewigkeiten damit, den Himmel zu beobachten, zu ihm hochzulauschen, so lange, bis ihre Ohren schmerzten und sie schreckhaft auf jedes wie auch immer geartete Geräusch reagierte. Was sie vor allem interessierte, war die Frage nach der Wolkendecke: Elisa wollte wissen, ob sie in der bevorstehenden Nacht die herannahenden Bomber würde sehen können, wollte wissen, ob der Himmel, wenn es dämmerte, klar bleiben würde.

»Ich werde lieber aus offenem Himmel bombardiert«, sagte Elisa zu Dragica, die sich angewöhnt hatte, nur dann zu Elisa in den Hof hinauszutreten, wenn die Bomben wirklich fielen und alle, die bei

Verstand waren, sich in ihren Kellern versteckten. In ihrem Haus gab es einen Keller, einen geräumigen sogar, mit zwei Abteilen, weil Dmitrij seine mit Umsicht aufgebaute Weinsammlung partout nicht gleich neben den eingemachten Gurken hatte lagern wollen, aber zwei andere Parteien nutzten die Kellerräume ebenfalls, und Dragica hatte die Weinsammlung sorgfältig mit Kartons und Papierservietten abgedeckt.

Dragica sagte nicht, dass sie sich lieber aus einem offenen Himmel bombardieren lasse, aber Elisa sah ihr an, dass auch sie es vorzog zu sehen, aus welcher Richtung der Angriff kam, ob Flugzeuge abdrehten und mit ihrer Ladung weiterzogen nach Belgrad. Dragica war es auch, die verblüffend rasch erkennen konnte, ob es sich um einen schweren Bomber, meistens um eine B-52, oder aber um die leichteren, schnelleren F-16-, F-17-Kampfjets handelte. Sie verließ sich auf ihr feines Musikgehör, konnte den Lärm der schwereren Flugzeuge schon identifizieren, wenn sie kaum hörbar waren. Elisa benötigte immer ein, zwei Sekunden länger.

Als die beiden Frauen ruhig nebeneinander im Hof standen, die Gesichter zum hintersten Winkel des Himmels gerichtet, als sie da standen in einigen Metern Abstand zu den dürren Büschen vor dem Spielplatz, die mit ihren schwarzen dünnen Armen aussahen wie verkehrt im Sand steckende Spinnen, verspürte Elisa die Lust, Dragica zu fragen, ob sie lieber von einer B-52 oder von einer F-17 abgeschossen würde, aber sie stellte die Frage nicht, weil sie fürchtete, Dragica würde nüchtern und sachlich antworten. Den Ehering Bogdans in ihren Händen haltend, blickte Elisa schweigend ins Dunkel.

Wenn tatsächlich eine Bombe auf Šabac niederging, wenn der Boden, jeder Grashalm, die Luft und das ganze Haus erzitterten und der Lärm noch lange die Ohren füllte, rückten die Frauen unwillkürlich näher zusammen, berührten sich manches Mal ihre Ellbogen oder Schultern, und nach einem kurzen Rätselraten, wo die Bombe wohl eingeschlagen haben mochte oder ob es sich gar um eine jener Bomben gehandelt haben mochte, die nicht einschlugen, sondern einige Dutzend Meter über dem Grund explodierten, konzentrierten sie sich wieder auf das möglichst frühe Erkennen der nächsten Flugzeuge.

Wenn die Flieger mit ihrer Ladung über Šabac hinwegdonnerten und ihnen irgendwelche Satelliten befahlen, sie erst über Belgrad loszuwerden, fühlte sich Elisa angefressen von dem schlechten Gewissen, dass die Menschen in Belgrad nun drankamen, bloß weil Šabac zu wenig zu bieten hatte: »Die erste Stadt in Serbien, in der auf einem Klavier gespielt worden ist«, wie Dmitrij zu wiederholen nicht müde geworden war. Wenn Elisa an jene Menschen dachte, die in Belgrad mit ihren Zielscheibenshirts auf Brücken posierten, wurde sie manchmal zynisch und dachte: »Gut, wenn ihr euch hinstellen wollt an einen Ort, der gerne beschossen wird, wenn ihr dies dem stillen Herumsitzen in einem Keller vorzieht, dann steht ihr eben auf einer Brücke und lasst euch abschießen.« So dachte sie und fühlte doch auch, was als Bombenneid bezeichnet werden musste. Sich von einer ihr Ziel verfehlenden Rakete aus dem Schmerz und aus der Trauer herausbombardieren zu lassen – wieso sollte sie sich dies nicht hin und wieder wünschen dürfen?

Im Café Sava war viel darüber debattiert worden, ob die Nato nun endlich herausbekommen habe, dass es in Šabac nicht viel zu bombardieren gebe, gerade so, als lebten in Šabac die Menschen und in Belgrad das Militär. Aber niemand konnte wissen, worauf die Nato zielte, unterdessen war irrtümlicherweise auch ein Flüchtlingskonvoi beschossen worden, der aus drei kosovo-albanischen Sippschaften bestanden hatte – fünfundsiebzig Menschen hatten ihr Leben lassen müssen.

27. KAPITEL
MIERCUREA SIBIULUI – ROŞIA MONTANĂ, RUMÄNIEN

Es war früher Morgen, als Thomas Steinhövel draußen eine brummende, vibrierende Diesellok hörte. Die Dächer der beiden Waggons waren schneebedeckt, und dort, wo seine eiskalten Füße lagen, war auch das Gesicht von Fernanda Ørjansson, der es tatsächlich gelungen war zu schlafen. Sie erwachte erst, als der Lokführer, der Kondukteur und zwei Mechaniker für eine Besprechung beim Vorstand eintrafen.
»Jetzt habe ich den Fehler gemacht, von einem Kaffee zu träumen«, sagte Fernanda, als sie mit halb noch zugekniffenen Augen in den Waggon kletterte.
Mit heftigen Schmerzen im Rücken blickte sich Steinhövel um und suchte für Fernanda, die gewiss nicht weniger gerädert und unterkühlt war als er, nach einem Kaffeeautomaten, stieg dann aber auch in den bitterkalten Waggon, der sie im graublauen Schimmer des heranbrechenden Tages nach Alba Iulia brachte. Auch hier war der Frühling um Wochen zurückgeworfen.
Nach ihrer Ankunft suchten Steinhövel und Fernanda nach einem Lokal gleich welcher Beschaffenheit, um etwas Warmes zu trinken. In einer mangelhaft beleuchteten, von einigen müden Männern besuchten Bar, die denken ließ, sie würde vor allem mit Zigaretten beheizt, stellte ihnen unter staubig goldenen Girlanden, die ganzjährig in evangelikaler Verträumtheit von Weihnachten kündeten, eine untergewichtige Frau zwei nicht weggeworfene Wegwerfbecher auf den Tisch, in denen sich ein mäßig warmer, bitterer Schluck Kaffee befand, eine kleine, zaghafte Portion Glück.
Als ein stattlicher Mann das Lokal betrat, veränderte sich die verschlafene Stimmung schlagartig. Mit Ausnahme eines apathisch bleibenden Kampfrauchers wurde der neue Gast von den

Anwesenden respektvoll begrüßt. Voller Bart, breite Schultern, tadelloser Anzug, eleganter Hut: Es handelte sich um Priester Basil, und wer ihn umzingelte, befingerte den Stoff seines Sakkos. Fernanda begrüßte er mit Handkuss. Ein Mann, der nun ebenfalls an ihrem Tisch saß, sprach das abenteuerlichste Französisch, das Steinhövel je gehört hatte, und erklärte wortreich, Priester Basil genieße im Tal höchstes Ansehen. Zuständig sei er für vier Gemeinden und fünf Weltreligionen, für Seelsorge, Hochzeit, Taufe, Totschlag und Begräbnisse.

Kaum hatte der Priester erfahren, dass die Fremden nach Roşia Montană wollten, sprach er in ein aufklappbares Telefon, knallte den Apparat schließlich aufs Tischblatt, als ließen sich Telefongespräche nur mit Gewalt beenden, und wenig später saßen Thomas Steinhövel und Fernanda Ørjansson ordentlich erwärmt und mit erheblicher Rücklage – gerade so, als wäre die Beschleunigung des Wagens stark und dauerhaft – auf der Rückbank eines zweitürigen, pechschwarzen und schon ordentlich ramponierten Citroën, dessen schweres Heck sich nicht mehr hob. Auf dem Kofferraumdeckel klebte eine Rolling-Stones-Zunge, am Rückspiegel baumelte ein Jesus und das Lenkrad war mit schwarzen Gumminoppen versehen, das Steinhövel an sadomasochistische Utensilien denken ließ.

Unter dem Schutz der Heiligen Maria, deren Bildnis im Isolationsgummi über der Tür klemmte, saß Priester Basil breit und massig auf dem Beifahrersitz und redete auf den schmalen Mann ein, der mit Seitenscheitel, einer Ismail-Kadare-Brille und wachsamen Augen den Citroën lenkte: Mihai Tinescu hieß er und sprach ein derart gutes Französisch, dass Steinhövel überzeugt war, in ihm einen idealen Übersetzer gefunden zu haben.

Draußen zeigte sich eine dicht bewaldete, hügelige und durch und durch schneebedeckte Landschaft. Fernanda machte Steinhövel auf einen Landwirt aufmerksam, der im weißen Feld bei einem mageren Pferd und einem mächtigen Heuhaufen stand – erst auf den zweiten Blick erkannte Steinhövel, dass der Heuhaufen ein Heuwagen war.

»Den müsste man anzeigen«, sagte Fernanda entsetzt.

Tatsächlich betrug das Volumenverhältnis zwischen Pferd und Heu wahrscheinlich eins zu zehn, der Landwirt aber hatte sich in den Kopf gesetzt, das Heu von diesem Pferd bewegen zu lassen, und weil sich das Fuhrwerk kein Jota bewegte, schlug der Landwirt mit einem Stock und aller verfügbaren Kraft auf das Tier ein.

Steinhövel glaubte zu erkennen, wie sehr sie es hasste, gefangen zu sein im Citroën und nicht eingreifen zu können.

»In der rumänischen Provinz hat sich Greenpeace leider noch nicht durchgesetzt«, sagte Steinhövel, der zum ersten Mal das Gefühl hatte, den Begriff Schindmähre richtig zu verstehen.

»Das hat doch nichts mit Greenpeace zu tun!«, ereiferte sich Fernanda. »Hier geht es um Tierrechte.«

Um sich zu sammeln, konzentrierte Steinhövel sich auf Tinescus Einkäufe, die auf seinem Schoß lagen: Gurken, Kartoffeln, ein welker Blattsalat und zwei unverpackte, sich vergleichsweise spröde und sehr einlagig anfühlende graue Rollen Toilettenpapier. Priester Basil wandte sich nach hinten und erzählte von seiner Kirche, von großen Begräbnissen, vom Sterben der alten Leute, vom Sterben der rumänischen Dörfer.

»Der Niedergang dieses Landes lässt sich auch an deinem Beispiel aufzeigen«, sagte Basil und klopfte Mihai Tinescu auf die Schulter. Tinescu schien zu schüchtern, um von sich zu reden, oder aber er war zu sehr aufs Fahren konzentriert, und so ließ es sich Priester Basil nicht nehmen, seine Geschichte zu erzählen: An zwei verschiedenen Schulen unterrichte Tinescu Mathematik, Französisch und Geschichte, und doch stehe er – wie viele andere im Dorf auch – vor der Entscheidung, nach Westeuropa zu gehen, nach Spanien, um dort mit dem Pflücken von Erdbeeren in drei Monaten zu verdienen, was er in Rumänien in einem Jahr nicht verdiene.

»Wann wird sich Tinescu auf den Weg machen?«, fragte Steinhövel, woraufhin sich zwischen Tinescu und Basil eine lebhafte Diskussion entspann, Antwort aber erhielt Steinhövel keine, stattdessen stieß Fernanda ihn mit dem Ellbogen an: »Hast du gesehen? Wir fahren mit leerem Tank.«

Steinhövel sah nach den Armaturen und stellte fest, dass die Tankanzeige tatsächlich auf null stand, sogar unter der Null.

»Wir sollten bald tanken«, sagte Fernanda zu Priester Basil.

»Nein«, sagte dieser lachend und führte dann sehr ernst aus, dass Tinescu nun schon so lange ohne zu tanken mit diesem Citroën gefahren sei, dass es keinen Sinn mehr mache, noch zu tanken. Der Motor dieser Blechbüchse habe sich schon derart an die Benzinlosigkeit gewöhnt, dass er bestimmt kaputtgehen werde, falls man plötzlich tanken ginge. Allerdings meide Tinescu nach Möglichkeit jene Strecken, an denen eine Tankstelle stehe, denn er wolle seinen Citroën nicht unnötig an diese Orte erinnern.

Steinhövel war sich nicht sicher, ob Basil diese Dinge ernst meinte, als aber dieser das fragende Gesicht Fernandas sah, schilderte er umgehend, dass Tanken problematisch sei, da es die Autos schwerer mache. Und da schwere Autos mehr Benzin verbrauchten, müsse nicht nur für das Auto, sondern auch für das getankte Benzin zusätzlich Benzin getankt werden. Streng mathematisch, wie sich Tinescu ausdrücke, so der Priester, führe das rasch ins Unendliche.

Fernanda nickte freundlich und warf einen belustigten Blick zu Steinhövel.

Es war kalt, die Wolken zogen dahin, und je länger die Fahrt dauerte, desto misstrauischer wurde Steinhövel, desto unheimlicher wurde ihm diese Fahrt mit einem gut gekleideten Mann Gottes, mit dem direkt aus den 50er-Jahren herauskopierten Mathematiklehrer Mihai Tinescu und einer gut gelaunten Fernanda Ørjansson, die sich offenbar mit übernatürlichen Erklärungen bestens anfreunden konnte.

Es dauerte noch eine Weile, bis am Straßenrand der inzwischen schmalen Talschaft das Dorfschild Roșia Montanăs auftauchte. Die baumlosen Hügel ringsum ließen die vielen verlassenen Häuser mit ihren vernagelten Fenstern unheimlich erscheinen. Mihai Tinescu bog von der Hauptstraße ab, grüßte Passanten, indem er den Zeigefinger nur leicht, aber lange vom Lenkrad löste, verlangsamte die Fahrt und ließ den Citroën über eine von Schnee und Eis bedeckte Straße rollen, die mit ergrauten Halmen zu erkennen gab, dass sie nicht asphaltiert war.

Nach einigen Abzweigungen parkte Tinescu vor einem älteren, an einem gurgelnden Bach gelegenen Wohnhaus. Dort wurden sie herzlich begrüßt von Vladana, Mihais Frau, und Yda, Mihais Mutter, den beiden jugendlichen Söhnen, einem stürmischen Welpen, zwei Schweinen, drei Katzen und zwei Dutzend Hühnern, die vor der Tür standen und in die Küche drängten. In dieser niedrigen, mit rußgeschwärzten Pfannen vollgestellten, von einer nackten Glühbirne dürftig erhellten Küche tischte ihnen Vladana Kartoffeln, Paprika, Spinat, Schafskäse und Mămăligă auf, einen sämigen, fest zur Tradition der rumänischen Küche gehörenden Maisbrei.

Yda knotete, ehe sie sich zu ihnen setzte, ihr langes graues Haar zu einem Dutt und wollte kaum glauben, dass Steinhövel und Fernanda in ihr unbedeutendes Dorf gefunden hatten, ohne ein Wort Rumänisch zu verstehen; und weil sie es nicht glauben konnte, hörte sie nicht auf, den beiden auf Rumänisch Ausschnitte aus ihrer Lebensgeschichte zu erzählen.

Zum Essen kredenzte Vladana eine Flasche Țuică, entschuldigte sich, dass sie kein Französisch spreche und zeigte lächelnd auf ihren Mann.

Es war Tinescu anzusehen: Mit seiner Schüchternheit und der Neigung, Situationen für sich sprechen zu lassen, taugte er nicht als Unterhalter. Aber er sorgte dafür, dass die Gäste genügend auf ihren Tellern und Țuică in den Gläsern hatten.

Der neugierig gewordenen Fernanda erzählte Tinescu, dass Vladana im Nachbardorf in einer Modefabrik arbeite, die einem italienischen Hersteller gehöre. Vladana arbeite Teilzeit, fünfzig Prozent, und verdiene knapp eine Million Lei im Monat, Geld, das sie bitter nötig hatten. Dass immer mehr Chinesinnen für billigeren Lohn dort angestellt würden, verschlimmere die Angst der Dorfbewohner nur noch, seit die Goldmine und mit ihr die Hoffnung auf gute Arbeit versiegt war.

Nach dem Essen begleitete sie Vladana in den ersten Stock und zeigte ihnen das Gästezimmer: ein kalter, feuchter, von bunten Wandteppichen dominierter Raum. Von den alten Dachbalken hingen Maiskolben herab, erdrückt von schweren Überwürfen stand an der einen Wand ein schmales Bett. Mihai entschuldigte sich für die Kälte und entfachte im großen Ofen hinter der Tür ein aufprasselndes Feuer.

Steinhövel schaute sich vergeblich nach einem zweiten Bett um, als aber Fernanda sich bei Vladana und Mihai bedankte, war ihm klar, dass sie in diesem schmalen Bett gemeinsam übernachten würden.

Wieder in der Küche, wo ihnen Vladana türkischen Kaffee servierte, bot sich Mihai an, ihnen als Übersetzer und Chauffeur behilflich zu sein. Fernanda blickte voller Euphorie zu Steinhövel, der glücklich nickte, die beiden bedankten sich für das Angebot. Mihais Französisch war gut genug, um alle nötigen Informationen in Erfahrung zu bringen; Steinhövels Ambitionen, aus seiner letzten Reportage auch die beste zu machen, hielten sich in Grenzen.

Gerührt von der Gastfreundschaft, die ihnen entgegengebracht wurde, nach dem vielen Essen aber auch ziemlich erledigt, sehnte Steinhövel sich nach Schlaf. Da Fernanda aber einen Spaziergang vorschlug, um das Dorf kennenzulernen, wischte er sich die Müdigkeit aus dem Gesicht und sagte zu.

Der Rundgang endete nach drei Minuten, als Fernanda vergeblich versucht hatte, mit ihrer Mittelformat-Kamera ein Porträt einer alten Frau zu erstellen, die mit einer gestrickten Einkaufstasche vor den badezimmerblauen Kacheln des halb leeren Dorfladens stand. Die Kälte ließ kleine Dampfschwaden aus Mund und Nase des alten Mütterchens steigen, es wäre gewiss eine bestrickende Fotografie geworden, aber wie Fernanda auch hantierte und manipulierte, der Auslöser ließ sich nicht drücken.

Verunsichert demontierte Fernanda alle nur demontierbaren Teile und musste bald einsehen, dass genau das passiert war, was im Grunde gar nicht passieren konnte: dass nämlich ihre geliebte Mamiya 7, obwohl diese rein mechanisch aufgebaut war und seit Jahren vollkommen problemlos gearbeitet hatte, defekt war. Womöglich war aufgrund der Erschütterungen während der Reise ein winziges Stück Kunststoff abgebrochen, ein Stück, das zuständig war, das Rad des Filmtransportanzeigers zu bewegen. Und wenn sich der Film nicht transportieren ließ, war auch das Fotografieren unmöglich.

Das wäre nicht von großer Bedeutung gewesen, hätte Fernanda nicht kurz vor der Abreise aus Platz- und Gewichtsgründen entschieden, nur eine Kamera mitzunehmen.

»Ich brauche ein großes Glas Țuică«, sagte Fernanda konsterniert. Scham und Tränen standen ihr in den Augen.

Nach zahllosen Telefonaten mit Fachhändlern in der Schweiz und Schweden, mit für ganz Europa zuständigen Lieferanten und allerlei Kurierfirmen kam Fernanda zu dem Entschluss, es wäre das Beste, gleich morgen mit dem ersten Zug zurück nach Bukarest zu reisen, um dort die einzige baugleiche Kamera, die derzeit in Rumänien vorrätig war, zu kaufen. Dieses Vorhaben würde zwar drei volle Tage in Anspruch nehmen und eine stolze Summe Geld verschlingen, war aber immer noch schneller und billiger, als sich per Eilboten eine Kamera nach Sibiu oder Cluj-Napoca schicken zu lassen.

Während er mit Fernanda in der einzigen Dorfbar Roşia Montanăs Țuică schlürfte, liebäugelte Steinhövel mit der Idee, sie nach

Bukarest zu begleiten, was sie aber vehement ablehnte. Es sei allein ihre Schuld; auch sei es schlimm genug, dass sie alles verzögere, da wolle sie nicht auch noch seine Spesen in die Höhe treiben.

Damit hatte sie recht. Also entschied Steinhövel, Fernanda ziehen zu lassen und für die drei oder vier Tage, die er auf sie zu warten haben würde, ins abgelegene Wassertal zu reisen, um Marc Widmann zu besuchen.

Da ihnen Vladana und Mihai Tinescu beim Abendessen nochmals reichlich Țuică servierten, war Steinhövel, als er spätabends hinter Fernanda die knarrende Holztreppe emporstieg und das Zimmer betrat, sich in der Nähe des nicht mehr sehr warmen Ofens auszog und dabei quer durch das dämmrige Zimmer hindurch beobachtete, wie Fernanda in ihren Männerpyjama schlüpfte, zu beschwipst, um nervös zu sein. Auch Fernanda schien es nicht anders zu ergehen: Nach zwei, drei Atemzügen sank sie bereits in tiefen Schlaf. Steinhövel fühlte ihre Wärme, hörte ihren Atem, wusste nicht wohin mit seinen Armen. In den nächsten Tagen auf Fernandas Begleitung verzichten zu müssen, schien ihm ein Verlust.

28. KAPITEL
BERN, SCHWEIZ

Als sie wie jeden Morgen das Amnesty-Büro betrat, dessen Tür sie nun nicht mehr aufsperren konnte, ohne an den damals hier schlafenden Alim Jahiji zu denken, war Marlene besorgt über die wenige ihr verbleibende Zeit, nächste Woche schon würde sie ihre Stelle in Den Haag antreten, von allen Seiten her nahm man ihr Arbeit und Papiere weg, dispensierte sie kollegial von Sitzungen, schickte sie, wenn es darum ging, die Arbeitspläne auszuhandeln, früher nach Hause. Auch an der Diskussion zu einer geplanten Straßenaktion im Hinblick auf die Volksabstimmung zur Asylgesetzrevision konnte sie sich nicht beteiligen, da die Abstimmung erst nach ihrem Wegzug stattfand. Gemäß der ersten Abstimmungsprognose eines renommierten Meinungsforschungsinstituts sah es nicht gut aus: Die Sozialdemokraten waren die einzigen unter den großen Parteien, die ein Nein empfahlen, und die finanziell bestens situierte, die Schweiz mit fremdenfeindlichen Plakaten zukleisternde Volkspartei verbreitete den Slogan, dass es das neue Gesetz endlich erlauben würde, Asylmissbrauch zu unterbinden. Marlene wusste, dass der flüchtlingspolitische Zwischenbericht der Bergier-Kommission, von dem sie erwartet hatte, er würde allen Schweizern ein nachhaltig schlechtes Gewissen bereiten, bereits vollständig vergessen oder – wahrscheinlicher noch – gar nicht erst richtig wahrgenommen worden war, und es ärgerte sie, aufgrund ihres kurz bevorstehenden Umzugs nach Den Haag beim Engagement für eine humanitäre, weltoffene und weniger fremdenfeindliche Schweiz nicht uneingeschränkt mitwirken zu können.
Vielleicht wäre ihr all dies leichter gefallen, hätte sie einen Nachfolger einarbeiten können, aber ihre Stelle würde eine Weile unbesetzt bleiben, Amnesty kämpfte mit Geldproblemen, die den

Rahmen des Üblichen langsam hinter sich ließen, und falls in Zukunft die Stelle neu ausgeschrieben werden würde, so konnte es dauern, bis sich jemand meldete, denn der magere Lohn, den das Berner Büro einer Juristin anbieten konnte, machte den Job für jeden, der nicht durch und durch idealistisch motiviert war, so gut wie unannehmbar.

Ihre letzte Arbeitswoche hatte schließlich überraschend viel mit Den Haag zu tun, denn aufgrund der zahlreichen zivilen Opfer der Nato-Bombardierungen, welche ohne Billigung der Uno ausgeführt wurden, war die Idee aufgekommen, Amnesty müsse sich dafür einsetzen, sämtliche Kriegsverbrechen auf dem Balkan vor das Kriegsverbrechertribunal zu bringen – und bloß weil die Tatverdächtigen nun keine Rebellen, Heckenschützen und Vergewaltiger, sondern wohlangesehene US-amerikanische und westeuropäische Militärs waren, durfte man nicht zulassen, dass deren Kriegsverbrechen mit dem Etikett unvermeidlicher Kollateralschäden ins hübsche Feld der Unschuldigkeit abgelegt wurden.

Aber die Nato-Bombardierungen waren nicht das einzige Thema, das Marlene an jenem Tag beschäftigte, denn im Fall Jovan Jergović gab es Neuigkeiten. Verärgert über die Vertröstungen aus dem Bundesamt für Migration war es Marlene mit Telefonaten und hartnäckigen E-Mails gelungen, im Innenministerium mit einem Rechtshilfegesuch so viel Staub aufzuwirbeln, dass schließlich sogar der Innenminister Druck machte und die Zuständigen aufforderte, die Anonymität des Informanten aufzuheben. Marlene fürchtete schon, ihre Anfrage werde in einem Amtsstreit untergehen, aber kurz vor der Mittagspause erhielt sie tatsächlich Nachricht aus dem Bundesamt, das sie darüber informierte, dass es sich bei dem Gutachter, der über die Hintergründe des Serben Jovan Jergović recherchiert hatte, um einen achtundvierzigjährigen Kosovo-Albaner handelte – die Einschätzung des Bundesamtes, dieses Gutachten sei sorgfältig und neutral verfasst worden, war damit als unhaltbar entlarvt.

Marlene druckte die Mail aus, ließ sich von Corinna umarmen und war beim Mittagessen Gesprächsthema Nummer eins.
Nachmittags setzte sich Marlene an die Tastatur, um jene bürokratischen Schritte einzuleiten, die nötig waren, damit Jovan Jergović sein Asylgesuch ein weiteres Mal einreichen konnte.
In bester Laune ging Marlene nach Feierabend heim, fütterte die Ratten, absolvierte, während sie die Viecher knabbern hörte, jene Kraftübungen, für die sie ansonsten kaum Zeit fand, gönnte sich eine ausführliche Dusche und freute sich darauf, den Abend mit Zahnarzt Gujan verbringen zu können. Kurz vor achtzehn Uhr aber, als Marlene sich bereits geschminkt hatte und ein angemessenes Kleid auswählen wollte, erhielt sie eine Nachricht von ihm. In einer sonderbar gewundenen Sprache ließ er sie wissen, dass es ihm leider heute Abend nicht möglich wäre, nach Bern zu kommen, und bat sie, das Treffen um drei Tage zu verschieben, um drei Tage, an denen er noch viel inniger an sie denken werde als sonst.
Marlene verlor mit einem Mal ziemlich viel Farbe im Gesicht. Halbnackt stand sie in ihrem Zimmer, stemmte die Hände in die Hüften und warf dem Display ihres Telefons einen vernichtenden Blick zu. Ihr Verdacht, Gujan spiele den großromantischen Sterne-vom-Himmel-Holer, während er sich neben ihr eine Ehefrau oder andere Liebhaberinnen halte, war mit diesem Schreiben ein Stück größer geworden. Marlenes Wunsch nach mehr Nähe, mehr Verbindlichkeit, nach regelmäßigeren Treffen kontrastierte – dies auszublenden war nun länger nicht mehr möglich – auf das Schärfste mit Gujans gefühlvoll ausgefutterter Zurückhaltung.
Marlene mochte es, ihm poetische Briefe zu schreiben, wozu sie meist die Leihbestätigungszettel der juristischen Bibliothek benutzte, von denen sie auch Jahre nach Studienabschluss noch einen Stapel vorrätig hatte. Marlene schickte die poetischen Epistel in seine Praxis, schickte sie an die einzige Adresse, die er ihr gegeben hatte, wobei sie in jene Zeile, in der *verleiht hiermit* steht, *Liebe* hinzuschreiben pflegte, was ihm, Gujan, wie Marlene hoffte,

in subtiler Weise zeigen sollte, dass ihr diese Liebesgeschichte noch viel zu provisorisch erschien.

Das änderte nichts daran, dass Gujan mit seiner heutigen Nachricht zum dritten Mal ein Treffen hatte platzen lassen. Zwei Mal hatten sie sich in den vergangenen dreieinhalb Wochen in einem Berner Restaurant, drei Mal bereits in seiner Praxis verabredet, in der sich etwas eingespielt hatte, das ohne Marlenes damaligen Überraschungsbesuch, und das war ihr klar, nicht existieren würde. Marlene hatte die Zahnarztpraxis jeweils als Patientin mit regulärem Termin betreten und wurde vom Personal wie auch von Gujan selbst als eine gewöhnliche Patientin begrüßt. Sobald aber Gujan die Tür des Behandlungszimmers endlich ins Schloss ziehen konnte, hatte stets und augenblicklich ein von Mal zu Mal subtiler und aufreizender werdendes Rollenspiel eingesetzt, von dem Marlene, weil sie es im Grunde zu idiotisch, zu beschämend fand, noch niemandem zu erzählen gewagt hatte, nicht einmal ihrem Bruder Thomas, ein Rollenspiel, welches sie erotisch dermaßen stimulierte, dass sie sich nicht erinnern konnte, je besser geliebt worden zu sein.

Die Sache mit Gujan war also durchaus bestrickend, mit dieser Absage indes erschöpfte sich Marlenes Geduld; auch hatte sie keine Lust mehr, einen Brief zu schreiben. Eilends tippte sie ins Telefon: *Mir scheint, Du bist verheiratet und hast keinen Mut, mir das zu sagen. Überzeuge mich vom Gegenteil und lade mich zu Dir nach Hause ein. Marlene.*

Dass Gujan auch nach einer halben Stunde noch nicht zurückgeschrieben hatte, sorgte dafür, dass Marlene am liebsten per Taxi nach Langenthal gefahren wäre, in dieses Kaff, in dem ihr Bruder unverständlicherweise wohnte, in dieses mittelländische, mittelmäßige Dorf, das sich dauernd abmühte, als Stadt zu gelten, und sich gerade mit dieser Bemühung zum Dorf degradierte, sich bis zu Gujans Adresse durchgefragt und ihn dort, wahrscheinlich im Beisein seiner nichts ahnenden, adretten Ehefrau, zur Rede gestellt

hätte. Diese in ihr kochende Wut machte ihr Lust auf Veränderungen, machte ihr Lust, nach Den Haag zu ziehen und dort nicht nur einen neuen Job, sondern auch ein neues Leben zu beginnen.
Sie feilte ihre Zehennägel, trug grünen Lack auf, spazierte durchs Zimmer, inspizierte zerstreut ihre Sammlung spitzenbesetzter Unterwäsche, zog das rote Höschen an, den roten Büstenhalter, die sie beim letzten Rendezvous getragen hatte, betrachtete sich im Spiegel, zog sich wieder aus, legte sich aufs Bett und musste sich eingestehen, dass es schwierig werden würde, etwas anderes zu tun, als Gujans Nachricht zu erhoffen.
Wenig später stand sie, umgeben von ihren Mitbewohnerinnen, in ihren hocheleganten Paul-Green-Lederstiefeletten, die sie nur zu speziellen Anlässen trug, in der Küche, stemmte die Fäuste in die Hüften und deklarierte, dass sie jetzt in die Stadt gehen werde, um sich zu betrinken. Corinna, Monika und Claire, durchaus gewohnt an ihre aufbrausenden Launen, fanden diese Idee gar nicht so unpassend.
Angeheitert trat Marlene Steinhövel zwei Stunden später in der Scheibenstraße aus einem lauten Lokal, tauchte auf aus der warmen, verbrauchten Luft, hustete kurz und wählte Gujans Nummer. Als er nicht antwortete, legte sie auf, wählte gleich nochmals und hinterließ eine Nachricht auf dem Tonband: »Ich sitze im Luna Llena, betrinke mich und warte auf eine Nachricht von dir.« Wenig später, Marlene saß hinter dem nächsten Glas, erreichte sie eine Kurznachricht: *Bin verheiratet, habe drei Kinder – und liebe nur Dich! Wir können uns auch schon morgen treffen!*
Marlene schmetterte das Telefon zu Boden, wo es in Einzelteile zersplitterte, über die sie energisch hinwegschritt. Corinna, Monika und Claire eilten hinterher, wollten sie bremsen, Marlene aber war nicht aufzuhalten.
»Ich brauche jetzt andere Männer!«, sagte sie wütend. »Ich will mich mit anderen Männern ablenken!« Weil sie Corinnas Angebot, sie in die Innenstadt zu begleiten, ebenfalls abgelehnt hatte, stand

Marlene mehrere Drinks später am Kornhausplatz im Restaurant Ringgenberg dicht neben Gerardo Gambelli, dem klein gewachsenen, elegant gekleideten Italo-Secondo, in den sie sich damals, als sie sich als Kellnerin im Café Lorenzini das Studium finanziert hatte, Hals über Kopf verliebt hatte. Hätte sie ihn bereits gesehen, als sie das Lokal betrat, hätte sie gewiss unverzüglich kehrtgemacht, denn wenn sie gerade jetzt etwas nicht brauchen konnte, dann die leibhaftige Erinnerung daran, wie sehr sie vor einigen Jahren von Gambelli enttäuscht wurde.

Aber er war erst nach dem zweiten Glas aufgekreuzt und er hatte sie so ungewohnt zaghaft, sorgfältig und charmant begrüßt, dass für Marlene, übermannt von so viel Zuwendung, nicht mehr zählte, was vor einigen Jahren geschehen war, es zählte dieser Abend, und deswegen fühlte es sich gut an, neben einem gut aussehenden, mehr oder weniger erfolgreich fotografierenden Gerardo Gambelli stehen zu können, der ein angenehm akzentuiertes Deutsch sprach und mit der schlanken, silbern schimmernden Lederkrawatte zum weißen Hemd ebenfalls der Meinung zu sein schien, dass nun nichts als der heutige Abend zählte.

Nach einem abtastenden Gespräch entschuldigte sich Marlene, dass sie ihm nun brühwarm eine ärgerliche Geschichte werde schildern müssen, aber Gambelli, der besorgt war, Marlene nicht hinter einem leeren Glas stehen zu lassen, schenkte ihr nur allzu bereitwillig Gehör.

Sonderbar gerührt, dass sie ihre unglückliche Liebschaft ausgerechnet dem wahrscheinlich noch immer von Affäre zu Affäre schlitternden Gerardo Gambelli erzählte, steigerte sich die betrunkene Marlene, als alle Fakten auf dem Tisch, als alle Tränen geweint waren, zu einem rhetorisch grandiosen Rundumschlag, der in einer Lobeshymne auf all jene gipfelte, die nicht derart liebesblöd waren, ihren romantischen Vorstellungen hinterherzurennen, um doch immer wieder mit zerschmettertem Herzen im Straßengraben zu liegen. Ja, deklamierte Marlene, es sei ausnahmslos alles der Vergänglichkeit unterworfen, und all jene, die nach einer dauerhaften Liebe suchten, sich verzehrten nach dauernder Zweisamkeit – also zum Beispiel sie! –, müsse man dringend aufwecken. Es brauche große Plakate, Plakate wie im Abstimmungskampf für die Asylgesetzverschärfung, eine große Kampagne, die allen klar vor Augen führen würde, dass diese Welt eine bessere wäre, würde niemand mehr jemand anderen im Gefängnis der Treue einsperren wollen, denn falls das so weitergehe, werde man in einigen Jahren eine Bergier-Kommission einsetzen müssen, um zu eruieren, wie viele Liebesopfer es in der Schweiz zu beklagen gebe.

Es war nicht zuletzt dieser Vortrag, der dafür sorgte, dass Gerardo Gambelli spät an jenem Abend ein Taxi bestellte, in welchem er, begleitet von einer quirligen, überdrehten, sich seit Stunden immer wieder an seinem Oberarm festhaltenden Marlene, direkt vor seine Haustür gelangte. Gambelli wohnte im Obstberg-Quartier, in einem der neuen, großzügig dimensionierten Wohnblöcke, deren viele große Fenster die Menschen zwangen, das eindringende Licht mit allerhand Storen und Vorhängen zu bekämpfen.

Kaum ging im vierten Stock die Wohnungstür hinter ihnen zu, kaum standen sie in der nach teurem Männerparfüm riechenden Wohnküche, eilte Gambelli, statt Marlene mit Küssen zu bestürmen, zur Stereoanlage, schaltete sie ein und suchte, während ein lausiger Radiosender zu hören war, nach einer bestimmten CD.

An die Kochinsel gelehnt, schaute sich Marlene um im von wenigen Lampen erhellten Zimmer, sah die großformatigen Landschaftsaufnahmen, die Gambelli gewiss selber gemacht hatte, versuchte sich daran zu erinnern und war, als es misslang, froh, auch sie noch nie gesehen zu haben. Das würde ihr weiter zum Eindruck verhelfen, sie habe es hier mit einem ganz neuen Mann zu tun, aber sie wusste, sie würde, wenn dieser Mann nicht endlich mit seinem Mannsein anfinge, in spätestens einer halben Stunde gehen. Sie wollte diesen Mann spüren, wollte sich in seine Hände legen und

sich mit jeder Faser ihres erschöpften Körpers dem Moment überlassen.
Als sie den vor der Stereoanlage noch deutlich kleiner erscheinenden Gambelli betrachtete, drängten sonderbarerweise nicht die Erlebnisse mit ihm, sondern die seit drei Jahren verflossene Liebesgeschichte mit Ralf Fichtner in ihre Gedanken, insbesondere jener erste Abend, wo sie, wie es niemanden überraschen konnte, nach der zweiten Flasche Rotwein den Moment verpassten, in welchem man sich hätte verabschieden sollen, wenn man die Nacht nicht zusammen verbringen wollte. Er hatte bei ihr auf der Bettkante gesessen, aber es waren beide zu schüchtern, das in der Luft liegende Spiel der Liebe wirklich werden zu lassen. Dennoch wollten sie nicht zaghaft, nicht unbeholfen wirken, nicht so, als wären sie sich nicht sicher, ob das mit der Anziehung stimmte. Also tranken sie noch einen Branntwein und noch einen und erwachten irgendwann sehr viel später halb ausgezogen und verkatert unter dem Kronleuchter in Marlenes Zimmer.
Fichtner machte einen Spruch über den Kronleuchter, Marlene machte Kaffee und Ralf sagte, so etwas könne er nicht trinken, da bekomme er Pickel.
Marlene sagte: »Wie bitte?«
Ralf sagte: »Im Ernst, ich muss raus hier, raus aus diesem Zimmer. Eine Minute länger noch und ich bin verliebt.«
Das war der romantische Anfang, von dem sie ungemein lange zu zehren verstand. Zehn Monate später war diese Liebe eine gute Kameradschaft ohne jede Dringlichkeit.
Marlene ließ einen Seufzer hören, sie brauchte entweder sofort Sex oder aber nochmals einen Drink – aber Gambelli schien nicht auf sie zu achten.
Marlene wusste mit einem Mal nicht mehr, ob sie nun in dieser heftigen Reaktion auf den verheirateten Gujan einen Beweis dafür sehen sollte, jenes Alter, in welchem sie sich nichts so sehr gewünscht hatte wie eine große Liebe, egal, wie unmöglich sie

auch sein mochte, ein für alle Mal hinter sich gelassen zu haben. Sehnte sie sich denn inzwischen, mit ihren sechsunddreißig Jahren, nur noch nach einer möglichen Liebe, einer alltäglichen Beziehung, in welcher man sich nicht das Herz versengte, sondern geborgen nebeneinander hergondelte und einen größer und größer werdenden Haufen Kompromisse einging?
Das konnte kaum sein. Irgendwo in einer schwer zugänglichen Seelenkammer war, wie in vielen Menschen, auch in Marlene der große Traum lebendig von der innigen, heftigen Liebe, der Traum einer dauerhaften Herzensangelegenheit, die nicht verblühte, nie. Endlich hatte Gambelli die richtige Musik gefunden.
Die langsame, laszive Art, mit der Gambelli sie küsste, seine leicht exzentrische Art, sich zu bewegen, hatten ihr schon immer gefallen. Um ihm klarzumachen, dass sie ausgezogen werden wollte, schlüpfte sie aus ihren Schuhen.
Dass er nicht vorwärtsmachte, dass er ihren Nacken küsste, ihn ableckte und an ihrem Ohrläppchen herumbiss, statt sie endlich auszuziehen, erfüllte sie mit Ungeduld.
Dann begann Gambelli endlich, an ihren Jeans herumzunesteln. Völlig einverstanden mit diesen Avancen, vor allem, weil sie glaubte, damit die Vorstellung besser ertragen zu können, Zahnarzt Gujan schlafe heute mit seiner Ehefrau, genoss Marlene vor allem die Aussicht, sich in wenigen Minuten schon auf das breite Bett fallen zu lassen und von Gambelli verführt zu werden.
Gambelli flüsterte ihr etwas ins Ohr, was sie nicht verstand, vielleicht war es eine Zeile aus dem Song, der nun im Hintergrund lief, jedenfalls löste er sich nun die Krawatte und knöpfte sein Hemd auf. Im Moment, da er ihre Jeans öffnete, erinnerte sich Marlene daran, dass sie vor einigen Stunden für Gujan die rote Spitzenunterwäsche ausprobiert hatte; sie trug sie nicht, aber sie dachte daran. Umso mehr wurde sie nun erfasst von dem Wunsch, es Gujan so richtig heimzuzahlen. Gambelli, der jetzt nur mehr seine schwarze Unterhose trug, die seine Erektion gut zur Geltung brachte, sagte

ihr, sie mache ihn wild, sagte es und führte sie ins dezent beleuchtete Wohnzimmer, wo er sie auf das Sofa legte. Bereitwillig ließ sich Marlene die Jeans ausziehen. Sie fühlte sich schön, stark und begehrenswert. Gambelli war nicht Gambelli, sondern das Versprechen, dass sie bald einen Mann finden würde, der sie wirklich wollte, der nicht verheiratet, nicht schon Vater dreier Kinder war, einer, der sie begehrte.

Was Marlene nach dem heftigen Liebesakt durchlebte, war nicht ein sanftes Absinken in einen erlösenden Schlaf, sondern ein ihr vorerst unerklärlicher Heulkrampf. Sie suchte ihre Kleider, stammelte etwas von nervlicher Katastrophe und verließ, kaum war sie halbwegs bekleidet, das Wohnzimmer. Gambelli, verstört von diesem raschen Aufbruch, eilte, ein Taxi zu bestellen, Marlene aber rauschte an ihm vorbei, sah noch seinen von Narben gezeichneten Unterarm, sah diese Narben, nach deren Ursache sie auch damals nie zu fragen gewagt hatte, rannte aus der Wohnung, aus dem Treppenhaus und barfuß auf die Straße, während Gambelli apathisch ein Telefon in der Hand hielt, aus dem die Stimme eines Taxifahrers zu hören war. Den Büstenhalter, nicht aber die teuren, in Österreich gefertigten Paul-Green-Lederstiefeletten in ihren Händen, rannte Marlene durchs Quartier und gelangte, ohne sich eine Scherbe eingetreten zu haben, mit ungeheuren Kopfschmerzen und nicht minder großen Schamgefühlen in den Waffenweg, wo sie sich in ihr Zimmer einschloss und trotz des Geraschels der Ratten in ihrem Doppelkäfig sogleich einschlief.

29. KAPITEL
ROȘIA MONTANĂ – VIȘEU DE SUS, RUMÄNIEN

Tags darauf saß Thomas Steinhövel im Licht einer milchigen Vormittagssonne auf einer sorgfältig von Schnee befreiten Holzbank und wartete, den Abschiedskuss Fernandas gespeichert auf seiner Wange, auf einen Linienbus, der sich offenbar weigerte, den nicht sehr dichten Fahrplan einzuhalten. Obschon der Ort halb ausgestorben war, herrschte an jenem Morgen auf dem Dorfplatz emsiger Betrieb: Steinhövel beobachtete die staubgrauen, kojotenähnlichen Straßenköter, die nicht totzukriegenden Dacias, die sonderbar zeitverzögert sich bewegenden und bloß einer offenbar unachtsamen Schwerkraft wegen nicht von ihrem Gefährt kippenden Radfahrer, beobachtete die stark geschminkten jungen Frauen, die in Schuhen steckten, deren Absatzhöhen die Beinlänge der umstehenden Hühner mühelos übertrafen, und war getroffen vom Anblick der zahnlosen, vornübergebeugten, in erdfarbene Schürzen gehüllten, mühsam rostige Handwagen hinter sich herziehenden Großmütter, wobei er, voller Sympathie für diesen Flecken Erde, einen im fernen Bukarest gekauften Fruchtjoghurt löffelte und murmelnd rumänische Tätigkeitswörter konjugierte, deren Aussprache ihm immer noch schwerfiel.
Auf der kurvenreichen Fahrt dann durch die Tiefen der Provinz war lange kein Haus, keine Siedlung, waren nur Felder, Wasserläufe und zugeschneite Wälder zu sehen. Des in der Sonne glänzenden Schnees wegen erweckte die Landschaft den Eindruck einer unversehrten, von aller Umweltverschmutzung verschont gebliebenen Idylle. An einigen Bäumen konnte Steinhövel rosa Blüten ausmachen, die wahrscheinlich in den ersten warmen Märztagen dieses Jahres aufgebrochen waren und nun, da sich der Winter zurückgemeldet hatte, von Schnee überdeckt wurden.

Dank der großen Verspätung musste Steinhövel in Cluj-Napoca nicht lange auf den nächsten Zug warten, aber allein im Abteil vermisste er Fernanda. Normalerweise hätte er sich nun schon erste Notizen gemacht, Notizen zur Familie Tinescu, die gewiss Teil werden würde der Reportage über Roşia Montană, nun aber drängte sich ihm die Frage auf, wie er sich dieser Nordländerin gegenüber verhalten sollte.

Gemessen daran war die Nachricht, dass es vom Endbahnhof Vişeu de Jos keinerlei Verbindung gab nach Vişeu de Sus, eine Lappalie. Zuversichtlich stand er im kalten Wind mit klammen Händen am Straßenrand, blickte auf den kaum vorhandenen Verkehr und versuchte mit freundlichem Gesicht und erhobenem Daumen einen Wagen anzuhalten. Zu den Dacias, die hin und wieder an ihm vorbeifuhren, begeisterte ihn angesichts deren stromlinienförmigen Zuschnitts, der dafür sorgte, dass diese Autos von vorn gleich wirkten wie von hinten, seine schon seit Langem gehegte Idee, dass diese Wagen, führen sie rückwärts, aerodynamisch besser abschneiden würden. Gestern erst, als er ihm von dieser Überlegung erzählte, hatte Mihai Tinescu gesagt: »Erzähl's bloß keinem Rumänen, sonst fahren hier, um Benzin zu sparen, in einer Woche alle nur noch rückwärts durch die Gegend«, und klang dabei so ernst, dass Steinhövel noch heute nicht wusste, wie viel Ironie dieser Antwort beigemischt war.

Tatsächlich war es dann ein Dacia, ein uralter, bequemer, aber auch besorgniserregend lauter Dacia, in dem Steinhövel auf einer schneeverwehten, mit Schlaglöchern übersäten Piste durch die rumänischen Waldkarpaten getragen wurde. Einen Hügel erklommen, schaltete der wortkarge Chauffeur den Motor aus, ließ den Wagen lautlos hinunter ins Tal und weit bis in die Ebene rollen, wo er, kurz vor Stillstand, dem Benzinsparen ein Ende bereitete, den Zündschlüssel drehte und das Gefährt umso dröhnender seinen Dienst wieder aufnahm.

In Vişeu de Sus, einem Dorf, dem es, glaubte man dem Verkehrsaufkommen, wirtschaftlich deutlich besser gehen musste als Roşia Montană, war es für Steinhövel ein Leichtes, sich durchzufragen. Nach wenigen Minuten schon stand er auf einem von Schnee, verrosteten Metallteilen und Abfall überzogenen Industrieareal einer Dampflok gegenüber. Bullig hockte sie auf einer Gleisspur, die in einem Einerlei aus Morast, Holzspänen, Kies und Eis endete. Direkt unter der Dampflok brannte ein Feuer – offenbar galt es, einige Teile zu enteisen.

Marc Widmann hatte ihm zwar seine rumänische Nummer gegeben, aber Widmann antwortete nicht. Unsicher bewegte sich Steinhövel zwischen Lagerhallen, deren Fenster zerschlagen waren, gähnenden Einfahrten, leeren Park- und Umschlagplätzen. Hätte kein Feuer gezüngelt dort unter der Dampflok, Steinhövel hätte dieses Areal für ein vor Jahren schon verlassenes gehalten – wollte er das alles wieder in Schuss bringen, so hatte Widmann allerhand Arbeit vor sich.

Vor einer Baracke traf Steinhövel auf einen urwüchsigen Mann, dessen Pelzmütze an den Schläfen nahtlos in einen krausen Vollbart überging: Dass Steinhövel ihn nach Widmann fragte, schien diesen nicht sonderlich zu erstaunen; Widmann halte sich zurzeit hinten im Tal auf, in einer Hütte der Holzarbeiter, gab ihm der Mann zu verstehen, und deswegen saß Steinhövel eine halbe Stunde später gemeinsam mit sieben grobschlächtigen Holzarbeitern, deren kantige, behelfsmäßig rasierte Gesichter an staubig schöne Banditenfilme aus den 30er-Jahren erinnerten, in einem düsteren, unentwegt knarrenden, von einer rhythmisch schnaubenden Dampflok gezogenen Waggon. Hinter diesem einzigen Personenwagen zog die Lok mit einer Maximalgeschwindigkeit von fünfzehn Stundenkilometern keine geringe Anzahl leerer Holzwaggons ins schmale, straßenlose Tal, in die unwirtliche Winterwüste der rumänischen Waldkarpaten.

In einiger Distanz zu den Männern, deren Gepäck vor allem aus Motorsägen und Beilen bestand, hatte eine hagere alte Frau mit Kopftuch Platz genommen, von der sich Steinhövel nicht vorstellen konnte, was sie im Tal der Holzfäller verloren hatte. Die hölzernen, mit niedrigen Lehnen ausgestatteten Sitzbänke bildeten den Rahmen für einen in der Waggonmitte aufgebauten, aus verbeulten Blechteilen zusammengeschweißten, auf krummen Beinen mehr balancierenden als stehenden, von einem Stapel dicker Scheite flankierten Holzofen. Einer der Männer, sein Gesicht war bereits rußgeschwärzt, versuchte, mit vereistem Brennholz ein Feuer zu entfachen. Schließlich half er nach, indem er Diesel ins Feuer goss, was zu einer bis knapp unters hölzerne Waggondach reichenden Stichflamme und ungeheuerlich stinkenden, pechschwarzen Rauchschwaden führte. Alles in allem aber handelte es sich offenbar um eine in diesem Landstrich etablierte Kulturtechnik der Brandförderung, an der trotz geminderter Luftqualität niemand Anstoß nahm.

Steinhövel hatte sich für einen Platz entschieden, auf dem er nicht zu nahe und nicht zu fern der Holzfäller saß, im Gepäck die kleine PET-Flasche, die man ihm mitgegeben hatte: ein bisschen Țuică für unterwegs.

Die durch den knöcheltief auf den Gleisen liegenden Schnee sich pflügende Dampflok hatte bereits etliche Kilometer zurückgelegt, als ein greller Pfiff und wenige Sekunden später das durchdringende Horn der Dampflok eine Unregelmäßigkeit ankündigten. Die Holzarbeiter, einträchtig versammelt hinter stark vergilbten Spielkarten, ließen diese fallen und stürmten, während der Waggon von einer Vollbremsung erschüttert wurde, nach draußen, sodass Steinhövel plötzlich allein war mit der älteren Frau. Obschon er lieber im halbwegs geheizten Waggon geblieben wäre, statt sich der beißenden Kälte auszusetzen, trieb ihn die Neugier doch nach draußen. Beim zweiten Holzwagen hatten sich die Männer versammelt, dessen vordere Räder neben dem Gleis im Schnee standen.

Nun wusste Steinhövel, warum Widmann sich für diese Bahn engagieren wollte, wusste auch, warum Widmann betont hatte, er solle sich für einen Besuch mindestens eine Woche Zeit nehmen, da das rumänische Provinzleben in einem mehr als nur gemächlichen Tempo voranschreite.

Fasziniert davon, einer bei fünfzehn Stundenkilometern freilich eher gefahrlosen, aber dennoch spektakulären Waggonentgleisung beigewohnt zu haben, hätte sich Steinhövel gewünscht, Fernanda wäre an seiner Seite gewesen: Mit einer Fotografie eines entgleisten Waggons wäre es vielleicht doch möglich gewesen, Bütikofer eine zweite Reportage schmackhaft zu machen.

Gespannt beobachtete Steinhövel, wie die Männer aus einem der hinteren Waggons grobes Werkzeug heranholten, darunter eine massive, verschrammte Metallkonstruktion von solchem Gewicht, dass vier Männer kaum reichten, sie zu heben. Eine Konstruktion, die alles in allem der Aufgleishilfe ähnelte, welche die Firma Märklin jenen Modelleisenbahnfreunden zum Verkauf anbot, die ihre Spielzeuge ein bisschen eleganter auf die Schienen bringen wollten. Nur, dass diese Aufgleishilfe nicht im Maßstab 1:87 angefertigt war, ebenso wenig wie der entgleiste Waggon.

Ein tonnenschweres Gefährt mit dieser Technik wieder aufschienen zu wollen, hielt Steinhövel für ein ungemein ambitioniertes Unterfangen. Dass den Gesichtern der Männer keinerlei Besorgnis abzulesen war, obgleich ihnen hier, keine drei Kilometer vom Dorf entfernt, auch nicht einmal ein Traktor mehr zu Hilfe hätte eilen können, verblüffte ihn.

Bis auf den dichten Nadelwald, das Schmalspurgleis, den eiskalt strömenden, um felsige Waldflanken mäandrierenden Fluss gab es nichts in diesem Tal. Bären, Wölfe und Luchse vielleicht. Aber keine Straße und keine Möglichkeit, Hilfe zu rufen. Prüfend holte Steinhövel sein Telefon aus der Tasche, es war ohne Empfang.

Ehe das schwere Metallkonstrukt aufs Gleis gesetzt werden konnte, mussten die Holzarbeiter den Schnee, der dicht und vereist am Gleis lag, wegschaufeln – eine Arbeit, die sich gewiss schneller hätte erledigen lassen, wären mehr als zwei Schaufeln vorhanden gewesen. Thomas Steinhövel, die Hände vergraben in den Hosentaschen, grämte sich, keine Zigaretten dabeizuhaben: Die umstehenden Männer hätten es bestimmt geschätzt, hätte er ihnen nur etwas zu rauchen anbieten können. Sich selber wünschte er sich eine heiße Tasse Tee – und lange Thermo-Unterwäsche, denn die Kälte war unerbittlich.

Als die Schneearbeiten erledigt waren, schleppten die vier Kräftigsten das konisch geformte Metallstück vor den entgleisten Wagen, wobei sie, heftig atmenden Arbeitspferden ähnlich, stets von einer Dampfwolke umgeben waren. Um das Stück möglichst nah an die entgleisten Räder zu bringen, schlug einer der Männer mit einem unwahrscheinlich massigen Hammer auf es ein, ein kalter, stahlharter Hall füllte die Talschaft. Steinhövel, dem diese Schläge durch Mark und Bein gingen, hätte sich gerne die Ohren zugehalten, hielt die Hände aber in den Hosentaschen.

Schließlich, als die Stücke richtig positioniert lagen und alle Männer einige Schritte Abstand eingenommen hatten, gab einer mit einer Trillerpfeife dem Lokführer ein Zeichen.

Dichter Rauch entwich der bulligen Dampflok, hüllte die umstehenden Tannen in eine schwarze Wolke, dann wanderte ein heftiger Ruck von Waggon zu Waggon, und die Kraft, die sich jetzt die Kupplungen entlang durch den gesamten Zug fortsetzte, riss derart heftig an den ächzenden und knarrenden Waggons, dass Steinhövel schon glaubte, der Zug würde in seiner Mitte auseinanderbrechen. Stattdessen konnte er ungläubig beobachten, wie die entgleisten Räder an der konischen Metallform entlang zurückgezerrt wurden und sich der Waggon krachend auf die Stränge der Gleise einreihte. Einer blies kräftig in die Trillerpfeife und gab damit dem Lokführer das Signal, dass die Sache erledigt war.

Ein Lachen im Gesicht und einen Scherz auf den Lippen, schleppten die Männer das Werkzeug zurück, nahmen im Waggon wieder Platz und belohnten sich mit einer Runde Țuică. Steinhövel, der eingeladen wurde mitzutrinken, stieß freudig mit ihnen an und versuchte zu erklären, dass er diese Technik und ihre Kraft bewundere. Wie sehnte er sich danach, Widmann und später Fernanda diese Geschichte erzählen zu können. Der Gedanke an die möglicherweise gerade in diesem Moment in Bukarest ankommende Fernanda, die vielleicht in jenem Hotel absteigen würde, in dem sie beide schon übernachtet hatten, beschäftigte Steinhövel immer mehr.

Die weitere Fahrt führte ihn Flusswindung um Flusswindung tiefer in eine Dämmerung hinein, welche die Macht der Waldwildnis und der uneingeschränkten Abgeschiedenheit Meter um Meter verstärkte. Das rhythmische Stampfen der Dampflok, das eiserne Rattern der Räder verstärkten mit ihrer Geräuschkulisse das Gefühl von Unumkehrbarkeit. Thomas Steinhövel sinnierte über die Frage, was genau Widmann in diesem Tal eigentlich suchte, worin genau er sein Glück zu finden hoffte – da ertönte ein kräftiger Pfiff der Dampflok. Die Holzarbeiter schmissen ihre Spielkarten hin, sie eilten hinaus.

Ein Baum lag quer über dem Gleis, für Männer, denen nichts besser in der Hand lag als eine Kettensäge, aber eine leichte Aufgabe. Steinhövel war erleichtert, dass die Fahrt bald weitergehen würde; so unterkühlt und hungrig wie er war, sehnte er sich nach der warmen Küche seines Freundes, sehnte er sich nach einem Gespräch mit Widmann.

Als aber die Holzarbeiter mit ihren prankenartigen, kerbigen Händen ihr Abendbrot herrichteten und Brotscheiben, halbierte Zwiebeln, ganze Knoblauchzehen und wörterbuchdicke Fleischstücke auf den von Ruß, Diesel und Sägemehl verdreckten Holzofen legten, schlug er die Vorstellung, bald schon bei Widmann anklopfen zu können, in den Wind.

Trotz großen Hungers war es Steinhövel ein zweifelhaftes Vergnügen, mit ansehen zu müssen, wie die Waldarbeiter sich anschickten, ihre Gastfreundschaft unter Beweis zu stellen: Nach Diesel stinkendes Fleisch und ganze Zehen versengten Knoblauchs boten sie ihm an; freilich war er unfähig, das Dargebotene abzulehnen, und nun lachten die kräftig zulangenden und trinkenden Männer ihn so offenherzig an, dass Zahnlandschaften zutage traten, die jede für sich genommen schon eine Reportage wert gewesen wäre.

Steinhövel nahm sich eine Knoblauchzehe vor, die abgesehen von der stark verrußten Außenhaut gänzlich roh war und die ihm, kaum hatte er sie zerkaut, anstatt sie unzerbissen zu schlucken, Tränen in die Augen trieb und den Magen zusammenzog. Ein Schauder lief ihm über die Unterarme, es war klar, jetzt half nur noch ein kräftiger Schluck Țuică. Als die Holzarbeiter ihn aus seiner PET-Flasche trinken sahen, schlugen sie ihm beleidigt auf den Unterarm, reichten ihm eine volle Flasche und prosteten ihm zu.

Der große Schluck war kaum in seinem Rachen verschwunden, da meinte Steinhövel, ein Bunsenbrenner verkohle ihm die Speiseröhre, und die Grimasse, die er unwillkürlich schnitt, ließ die Männer laut auflachen. Immerhin: Das seine Magenwände verätzende Brennen des Knoblauchs ließ nach. Also nahm er einen zweiten Schluck von diesem hochprozentigen Hinterhofgebräu, dann einen dritten. Und so griff er jetzt, voller Zuversicht, dank dieses Teufelswassers einfach alles verdauen zu können, nach den dieselverschmierten, vom Ofen geschwärzten Brotscheiben und Zwiebeln. Aß sie und trank. Und trank.

Minuten später schon stellte er sich vor, Redakteur Bütikofer habe ihm soeben mitgeteilt, er werde, weil es seine letzte Reportage sei, die Reisespesen verdoppeln, und nach einem nächsten großen Schluck bildete er sich ein, heute Abend noch Fernanda verliebt am Telefon von ihm schwärmen zu hören, dank Marc Widmann eine Karriere als Dampflokführer absolvieren und für den Rest seines Lebens in Rumänien bleiben zu können.

Es waren seine hellen, beschwingten Phantasmen, die von einem alarmierend lang anhaltenden Pfiff der Dampflok unterbrochen wurden. Zu träge, den herausstürzenden Männern zu folgen, begnügte sich Steinhövel damit, ein Waggonfenster zu öffnen, das er aber, da in der Dämmerung nichts Außergewöhnliches zu sehen war, wieder schloss, um auf der anderen Seite aus dem Zug zu spähen, wo die gesamte Mannschaft vorn bei der zischenden und schnaubenden Dampflok versammelt stand. Steinhövel fiel auf, dass die Scheinwerfer der Lok nicht mehr die vor ihnen liegende Trasse, sondern die zum Fluss sich neigende, sanft abfallende Böschung erhellten. Irritiert darüber stieg er aus und ging durch den tiefen Schnee zur Zugspitze. Ungläubig betrachtete er dort, was alle Männer um ihn ebenso sprachlos betrachteten: Mit allen drei Achsen, mit allen sechs Rädern stand die Dampflok neben dem Gleis im Schnee.

Steinhövel verstand nicht, wie das hatte passieren, wie ein tonnenschweres Gefährt komplett aus den Schienen hatte springen können, er verstand allein, dass die Kälte schlagartig alle nüchtern werden ließ, und angesichts der ratlosen Blicke ringsum war deutlich, dass das Entgleisen der Lok nicht mehr zu jenen Widrigkeiten zählte, deren Behebung im Pflichtenheft eines Holzarbeiters erwähnt war. Die Männer, der Lokführer, der Heizer, ja, sogar die hagere, alte Frau: Alle standen sie um die wie ein weidwundes Tier schnaubende Dampflok, stumm, mit fassungslosem Blick. Nach einer Weile erst zündeten sich einige eine Zigarette an, murmelten etwas, verschränkten die Arme, blickten zum schwarzen Horizont, zu den schwach schon leuchtenden Sternen und konnten sich ebenso wenig wie er selbst vorstellen, wie zum Henker, wenn nicht durch die Hilfe einer viel kräftigeren Lok, dieses Schienenfahrzeug je wieder zurück auf die Spur gelangen könnte.

Der kräftige Fluch aus dem Mund des Lokführers, der jetzt erst aus seinem Führerstand geklettert kam, ging Steinhövel tief unter die Haut.

Die in Widmanns Küche hängenden Bilder kamen ihm in den Sinn, diese Bergsteiger im Flachland, über die sie an jenem weinseligen Abend gesprochen hatten. Steinhövel sah sie vor sich: hochalpin ausgerüstete Abenteurer, die, Gletscherbrillen im Gesicht, im sanft wogenden, blühenden Sommergras herumstanden, Ausschau haltend nach einem Gebirge, nach einer Ahnung von Schiefer, Schnee und Granit. Genau so standen diese kräftigen, zähen Rumänen nun im Schnee, direkt vor ihnen und brutal unmissverständlich der mächtige Haufen Dung, in den sie das Schicksal geritten hatte. Steinhövel schien, als lebte in ihnen die Erwartung, von diesem Schicksal nun noch etwas hingeworfen zu bekommen, das es ermöglichen würde, einen Ausgang zu finden aus diesem Malheur. Aber das Schicksal hatte seine Arbeit beendet, das Undenkliche blieb aus, und abgesehen von Zigarettenasche fiel niemandem etwas vor die Füße: Die entgleiste Dampflok, der Schnee und die Nacht, mehr Zutaten wurden hier nicht serviert, damit hatten sie auszukommen.

Um nicht unnötig in der Kälte herumzustehen, die er in den nächsten Stunden wohl noch zur Genüge zu spüren bekommen würde, ging Steinhövel zurück in den Passagierwaggon. Es wäre nun gewiss ein guter Moment gewesen, das verrußte, dieselschmierige Stück Fleisch, das er dort zurückgelassen hatte, unauffällig zu entsorgen, aber als er den Wagen betrat, blieb er sogleich stehen: Die Frau hatte sich, den Ofen als Altar gebrauchend, vor den unruhig zuckenden Flammen auf die Knie geworfen, die Hände zu einem knochigen Knoten gefaltet und sich hinabgesenkt in die Tiefen eines halblaut gesprochenen Gebets.

Ergriffen blickte Steinhövel in das vom Widerschein der Flammen erhellte, einmal dämonische, einmal freundlich anmutende Gesicht, sah die Kraft, mit der die Frau die Hände ineinanderpresste, sah die dringliche Bitte in ihren Augen, sah, wie ihre Lippen sich bewegten und verstand, dass die drei vereisten Holzscheite, die neben dem Ofen lagen, alles waren, was in dieser Nacht an Wärme noch vorrätig war.

Steinhövel ließ das Fleischstück liegen, wo es lag, ging wieder nach draußen, wo sich eine heftige Diskussion entwickelt hatte. Da einige der Männer bereits aus dem Werkzeugwagen mächtige Wagenheber herbeischleppten, andere gestenreich diese Wagenheber zum Teufel schickten und nochmals andere ihre Motorsägen hervorholten, begriff Steinhövel, dass die Möglichkeit, auf fremde Hilfe zu warten, wahrscheinlich die schlechteste aller Varianten war, dem Schicksal zu trotzen: Aus diesem Desaster würden sie sich selber herausholen müssen.

Beschämt darüber, nicht selbst Hand anlegen zu können, stand er frierend herum und beobachtete, wie die mit ihren Motorsägen ausgerüsteten Männer unweit des Gleises zwei halbwegs junge Bäume fällten, wie andere Schnee schaufelten oder immer noch fluchend, rauchend und kopfschüttelnd herumstanden. Bald verstummten die Motorsägen, die Dampflok gab ein letztes Zischen von sich, dann lag mit einem Male die ganze seltsame Szenerie von undurchdringlicher Nacht und unwahrscheinlicher Einsamkeit in der Hand einer bedrohlichen Stille, zu der sich Kälte und dichter werdende Finsternis gesellten.

Einige trugen tellergroße Holzscheiben herbei, andere schleppten vier Wagenheber heran. Im schwachen Schein zweier Taschenlampen versuchten einige der Männer mit vereinten Kräften die vier Wagenheber so unter den Rumpf der Dampflok und auf im Schnee stabil platzierte Holzscheiben zu bringen, dass es theoretisch hätte möglich sein müssen, die Dampflok anzuheben. Als Steinhövel, der nicht glauben konnte, dass diese Männer tatsächlich beabsichtigten, mit vier handelsüblichen Wagenhebern eine Dampflok in die Höhe zu stemmen, das silberne Etikett auf jedem einzelnen Wagenheber sah, trat er näher heran und las, was dort, nebst anderen Angaben, eingraviert war: *max. 1000 kg*. Dass diese Instrumente von der in Langenthal beheimateten, für ihre Qualität bekannten Firma Ammann stammten, machte dabei keinen Unterschied: Ihm war klar, es würde dieser Versuch kolossal scheitern müssen.

Mit immensem Kraftaufwand war es den Männern zwar tatsächlich möglich, die Dampflok um ein oder zwei Zentimeter anzuheben, aber spätestens dann rutschte entweder ein Holzstück unter einem Wagenheber oder aber die Dampflok selbst um einige Zentimeter weg, manchmal unter unglaublichem Lärm, manchmal so, dass entweder ein Holzstück oder aber – und bedeutend gefährlicher – ein Wagenheber weggeschleudert wurde, als wären es Streichhölzer.

Immer wieder legten die Männer eine Pause ein, standen im Lichtkegel der leblosen Lokomotive oder abseitig im Dunkel, den Blick gesenkt auf die eigenen Schuhe, den zertrampelten Schnee, in die Unfassbarkeit der Situation, sahen dann wieder zögerlich auf, zur Lok hin, auf die noch immer zwischen den Rädern und der Gleisspur klaffende Lücke, die das Zentrum bildete in dieser Arena eines ohnmächtigen und absurden Kampfes. Ihr dampfender Atem vermengte sich mit dem Rauch ihrer Zigaretten, mystischem Nebel gleich hielt er sich lange in der tiefkalten Luft. Wenn der Wunsch, von hier wegzukommen, größer wurde als die Einsicht, wie aussichtslos das Unterfangen war, mit vier Wagenhebern eine Lokomotive stemmen zu wollen, legten die Männer wieder und wieder los.

Obwohl die Lok dank der von Versuch zu Versuch raffinierter werdenden Handgriffe manchmal mit der vordersten Achse um einige Zentimeter in die richtige Richtung bewegt werden konnte, war es doch stets so, dass sich die hinterste Achse in derselben Bewegung um genau jene Zentimeter vom Gleis entfernt hatte. *Sisyphos hätte gekündigt* war ein Titel einer alten Reportage Marc Widmanns, an die sich Steinhövel nun erinnerte.

Steinhövel hatte Mühe, seine Finger warm zu halten, Mühe, von den Zehen her andere Informationen als Schmerzen zu erhalten.

Weil die Anstrengungen der Männer aussichtslos waren, weil er es in dieser Kälte nicht länger aushielt, zog er sich zurück in den Waggon, wo es ein paar Grad wärmer war und die alte Frau darauf achtete, das Feuer im Ofen auf niedrigem Niveau in Gang zu halten. Von den Holzscheiten war nur noch eines übrig.

Auf der Sitzbank ging er in die Hocke, umarmte seine Schienbeine, dachte kurz an Marlene, dachte an Fernanda, dann biss er in das erkaltete Stück Fleisch. Als er es bis auf die Knochen abgenagt hatte, gönnte er sich eine ordentliche Portion Pflaumenschnaps, legte sein Kinn auf die Knie und schloss die Augen.

Nach zweieinhalb erdrückend langen, vom eisigen Wind beinhart gefrorenen Stunden, in denen Steinhövel bloß der Kälte wegen nicht eingeschlafen war, wurde er aufgeschreckt vom gellenden Pfiff der Lokomotive und dem lauten Gejohle der Männer. Ein Ruck ging durch den Waggon, der Zug setzte sich in Bewegung.

Die Jubelrufe nach diesem spektakulären Erfolg wurden bald schon von einer umfassenden Müdigkeit abgelöst. Man schwieg, döste, schlief ein oder wartete geduldig in die Nacht hinein. Als der Zug weit nach Mitternacht auf einer baumfreien Ebene einfuhr, die einer Handvoll Häuser, Unterständen und Holzschuppen Raum gab, zogen sich die Männer müde und erschöpft in den Schlafsaal zurück. Die alte Frau ging ihres Weges. Steinhövel wurde an einem mit fünfunddreißig Betten vollgestellten Saal vorbei in ein separates, komfortabel eingerichtetes Zimmer geführt. Es war unbeheizt, die Decke auf dem von breiten Latten umfassten Bett aber war dick und schwer. Mit der roten Wollmütze auf dem Kopf, die er unter dem Kissen gefunden hatte, schlief Steinhövel augenblicklich ein.

30. KAPITEL
DEN HAAG, NIEDERLANDE

Die von Dragan Popović noch über Tage verfolgte Idee, Buca Branković in einem Moment, da er sich nicht auf den Fluren des Tribunals und nicht in der streng bewachten Unterkunft aufhalten würde, per schallgedämpftem, seiner Heckler & Koch mit einem zärtlich metallenen Klang entweichendem Schuss zu liquidieren, erwies sich inzwischen als undurchführbar. Buca war offenbar ein licht- und bewegungsscheuer Zeitgenosse, dem es in den Räumlichkeiten seiner Unterkunft an nichts zu mangeln schien. Das Zimmer, das er bewohnte – so viel immerhin hatte Miladin eruieren können –, ging auf den Innenhof und war damit allein vom benachbarten Flügel des Gebäudes aus ins Visier zu nehmen.
Dragan Popović hielt sich nur äußerst ungern derart lange mit einer wertvollen Präzisionswaffe in einer ihm fremden Stadt auf. Wenn er abends, sobald der in der Unterkunft des Tribunals nächtigende Miladin sich von ihm verabschiedet hatte und er sich, voller Widerwillen gegen die Vorstellung, in einer am Stadtrand gelegenen Absteige auf der Kante des billigen Bettes die Müdigkeit herbeiwarten zu sollen, allein noch in jenem Restaurant aufhielt, in dem er zuvor mit Miladin gegessen hatte, war ihm die Gegenwart der Waffe lästig. Sie lag sorgfältig eingewickelt und bestens gepolstert in seiner alten, absichtlich unauffälligen Biathlon-Sporttasche, und da es ihm unmöglich war, diese Tasche länger als auch nur zwanzig Sekunden aus den Augen zu lassen, musste im Lokal jedem aufmerksamen Beobachter klar sein, dass hier jemand ein Geheimnis zu verbergen trachtete. Gefangen in dieser inneren Unruhe, konnte Dragan nicht umhin, einen jeden, der ihn musterte, zu verdächtigen, *ihn* unter Verdacht zu nehmen. Hingegen war es

ihm ein Trost, sichergehen zu können, dass die Polizei, was den Wohnungseinbruch betraf, im Dunkeln tappen musste.

Aber wie unbehaglich auch immer ihm war in diesem aufgeräumten, nüchternen Den Haag, wie sehr ihn diese Stadt und die Tatsache, sich nicht um seine Mutter kümmern zu können, auch bedrücken mochten: Es war ein neuer Plan vonnöten. Weil aber die Unterkunft der Zeugen besser bewacht war als ein dauerhaft unter Terroranschlagsverdacht stehender Flughafen, fiel es Miladin wie Dragan schwer, alternative Vorgehensweisen zu entwickeln. Zwar hatte ihnen Marko Milošević telefonisch mitgeteilt, dass Edkar trotz einiger Narben im Gesicht wieder einsatzfähig war, und der zeitliche Aufwand, ihn am Tribunal als Zeugen zu melden, wäre vielleicht sogar noch einzuräumen gewesen, stand jedoch in keinerlei sinnvoller Relation zu Edkars sicherlich höchst unwahrscheinlicher Fähigkeit, bei Buca Vertrauen zu gewinnen. Bereits Miladin schien diesbezüglich an seine Grenzen zu stoßen – allerdings lag genau in dessen freundschaftlichem Verhältnis zu Buca ihre einzige Chance. Denn egal, was für Szenarien sich Dragan auch ausdachte, zwei Bedingungen waren klar: Ein von keinerlei Zeugen bemerkter Mord war nur in Bucas Zimmer möglich. Und der Mord musste mit einer handlichen Pistole vorgenommen werden. Dragans Überlegungen, wie es Miladin gelingen könnte, die Waffe an der Sicherheitsschleuse vorbeizuschmuggeln, scheiterten immer wieder an jenen Männern, die an der Schleuse arbeiteten, denn sie schienen eine gute Portion nordischen Temperaments abbekommen zu haben: An einer lockeren Plauderei lag ihnen nichts, an einem Lächeln ebenso wenig, und sie machten, ganz gleich, ob Miladin sechs oder sieben Mal täglich die Schleuse passierte, keine Ausnahme von ihrer rigiden, in unabänderlichen Abläufen vorgenommenen Kontrolle.

Je genauer sie die Sache analysierten, desto deutlicher schien ihnen, dass allein zermürbende Wiederholung es ermöglichen würde, die kleine Waffe an diesen Männern vorbei in die

Unterkunft schmuggeln zu können. Deswegen eilten sie alsbald von Modegeschäft zu Modegeschäft und suchten nach einem Gürtel mit Metallschnalle, der, gemessen an Miladins Jeans, ein bisschen zu breit sein musste – sodass es stets ein umständliches, zeitraubendes Prozedere wäre, bis Miladin den Gürtel an der Sicherheitskontrolle aus der Hose gezogen haben würde. Das ermüdende Gezerre an Gürtel, Laschen und Schnalle sollte schließlich die Geduld der Sicherheitsmänner knacken: Wenn er nur häufig genug diese Schleuse passieren würde in nämlicher Hose und nämlichem Gürtel, die Sicherheitsbeamten würden, so ihre verzweifelte Hoffnung, Miladin bald schon erlauben, mitsamt Gürtel zu passieren – so sollte es möglich sein, die Pistole in die Unterkunft zu schmuggeln.

Während Miladin noch am selben Tag siebzehn Mal die Unterkunft verließ und zehn, fünfzehn Minuten später ins Gebäude zurückwollte, beruhigte Dragan sein schlechtes Gewissen gegenüber seiner Mutter, indem er eine Telefonkabine aufsuchte, die Nummer der Klinik wählte und sich mit ihr verbinden ließ. Bereits im Moment, da er endlich ihren schweren Atem und ihre zerbrechlicher und zerbrechlicher werdende Stimme hörte, waren die ersten zweieinhalb Niederländischen Gulden vertelefoniert, er würde sich beeilen müssen, genügend Münzen einzuwerfen. Da seine Mutter die Klinik noch eine Weile nicht verlassen durfte und ihr keinerlei Grund vorlag, den Worten ihres Sohnes nicht zu glauben, tat dieser so, als hielte er sich in Šabac auf; er erklärte ihr, zahlreiche Arbeiter gingen ein und aus, die sich um das bombardierte Treppenhaus kümmerten, die Arbeiten aber gingen nur schleppend vorwärts, er wie andere Hausbewohner würden jedoch helfen, das Treppenhaus so rasch wie möglich wieder begehbar zu machen. Er fügte an, dass ihre Wohnung im Großen und Ganzen in Ordnung sei, dass es sogar wieder Strom gebe. Seine Stimme wurde mit jeder Lüge brüchiger, sie schnürten ihm den Hals zu, er stockte. Sie aber bat ihn, die Wäsche aus der Waschmaschine zu nehmen,

sie zählte auf, welche Kleidungsstücke sich in der Maschine befinden mussten, erklärte ihm, wo er die schmutzigen Kleider finde und wo das Waschpulver – und er musste ihr versprechen, alles genau so zu waschen und aufzuhängen, wie sie es wünschte.
Nach diesem Telefonat suchte Dragan eine Apotheke auf, kaufte sich eine ungemein teure Wundsalbe, cremte sich anschließend ausführlich seine Zehen ein, deren Schmerzen ihm zum treuesten Begleiter geworden waren. Darauf erlaubte er sich, mit nackten Füßen auf einer Parkbank eine geraume Zeit lang nichts anderes zu tun, als in der zunehmenden Dämmerung Ruhe zu finden
Im Grunde genommen wartete er hier doch allein darauf, dass Milošević sich der Nato beugte. Darauf, dass er und mit ihm seine marionettenhaften Minister vom Thron gestürzt würden, und doch wusste er, diese Hoffnung war leerer als ein Revolvermagazin nach sechs abgegebenen Schüssen. Würden Milošević und seine Minister gestürzt, hundert andere Möchtegernpräsidenten mit ihren Möchtegernministern stünden bereit. Ein Abdanken Slobodans würde auch ein Abdanken Markos bedeuten, womit auch seine, Dragans, Geheimdienstkarriere ihr Ende gefunden hätte. Man würde ihn, der gern als Jurist gearbeitet hätte, zu Recht als Mörder verurteilen, er würde zehn oder fünfzehn Jahre im Knast sitzen – so sah die Alternative aus. Deswegen hoffte er nicht auf einen Umsturz, sondern auf Gewohnheit. Bald schon würde er wieder am Kotflügel des alten Wolgas stehen, den fehlenden schwarzen Turm, das fehlende schwarze Pferd durch einen Zigarettenstummel ersetzen und mit dem plattfüßigen Sotir Schach spielen. Im Auftrag der UDBA würde er mit dem Erfinden oder Weiterreichen von Gerüchten ein kleines Einkommen erwirtschaften, Tag um Tag, Spiel für Spiel.
Die Aussicht auf diese Aussichtslosigkeit zehrte an seinen Kräften.

31. KAPITEL
WASSERTAL, RUMÄNIEN

Als Steinhövel die Augen wieder öffnete, stand die Sonne bereits ziemlich hoch. Er musste, begraben unter der schweren Bettwäsche, zehn oder elf Stunden geschlafen haben. Als er sich aus dem Bettgestell hievte, mischte sich Hunger mit Übelkeit. Gewiss hatte er gestern zu viel Ruß, zu viel Diesel, zu viel Knoblauch, zu viel Țuică – und vor allem zu viel Fleisch abbekommen. Besorgt darüber, dass hier alles so unglaublich viel Zeit in Anspruch nahm, zog Steinhövel sein Telefon aus der Tasche, dessen Akku aber war leer. Dass er in diesem Zimmer vergeblich nach einer Steckdose suchte, überraschte ihn nicht.

In der Hoffnung, etwas Tee und Weißbrot serviert zu bekommen, ging Steinhövel nach draußen, wo ihn Schnee und Sonne blendeten – so umwerfend schön war die Landschaft, dass seine Ungeduld bei ihrem Anblick versiegte. Auf der von dicht bewaldeten Hügeln umgebenen Fläche vor ihm herrschte reger Betrieb, tiefschwarze Abgase ausstoßende Traktoren luden Baumstämme auf Eisenbahnwaggons, Motorsägen frästen sich durch helles Holz, von aufgeregt bellenden Hunden getriebene Pferde zogen entastete Baumstämme vom Wald her auf einen Unterstand zu, während eine Diesellok schwer beladene Holzwaggons rangierte. Ein struppiger, einem schwarzen Schaf ähnlicher Hund kam stürmisch auf ihn zugeschossen, schlabberte ihm Hose und Hände voll und machte dann neben ihm Platz, als habe er sich Steinhövel zum neuen Herrn erkoren. Angesichts der großen Waldeinsamkeit, durch die er gestern gereist war, glich diese Ebene hier einer Großstadt.

Ein jugendlicher Mann ging auf ihn zu, stellte sich als Cornel vor und war offenbar mit der Aufgabe betraut worden, für Steinhövels

Wohl zu sorgen. Zwar klafften Französischkenntnisse und Mitteilungsbedürfnis des jungen Mannes meilenweit auseinander, aber Steinhövel ließ sich dankbar von ihm in einen Saal führen, an dessen Seitenwand, umstellt von drei Dutzend Betten und einigen klebrig glänzenden Tischen, ein mächtiger Holzherd stand. Das süße Apfelkompott und die massigen, dem Geschmack nach in Schweinefett gewendeten Pfannkuchen wurden ihm von der alten, hageren Frau serviert, die nachts zuvor im Zug ihre Gebete gesprochen hatte und nun lächelte, wie es allein Menschen vermögen, mit denen man ein Abenteuer überstanden hat. Steinhövel lächelte zurück, auch wenn er die Belastungsfähigkeit seines Magens kein weiteres Mal zu testen bereit war.

Während die Frau am Herd einige Handgriffe tätigte, auf dessen Feuer ein Topf Teewasser und zwei Töpfe Diesel standen, versuchte Steinhövel, Cornel zu erklären, dass er auf der Suche nach einem gewissen Marc Widmann sei.

Cornel reagierte auf den Namen Widmann mit strahlend schöner Offenheit, schüttelte aber, als Steinhövel bat, mit Widmann telefonieren oder sein Telefon aufladen zu können, entschuldigend den Kopf und führte wortreich Erklärungen an, die Steinhövel nicht verstand.

Nach dem Frühstück führte er Steinhövel in die Sägerei, den Lokschuppen, die Pferdestallungen – Steinhövel aber, der sich in seiner Erwartung getäuscht sah, Widmann hier anzutreffen, und auf Schritt und Tritt verfolgt wurde von dem schwarzen Hund, wurde ungeduldig. Er weigerte sich, ein weiteres Betriebsgebäude zu besichtigen und fragte hartnäckig nach Widmann, die Hand des jungen Cornel aber deutete nur weit ins Tal hinein, das, abgesehen von einer verschneiten Gleisspur, nichts als endlos sich erstreckende Wälder dem Auge zu sehen gab.

Hatte er Cornel richtig verstanden, sollte am folgenden Tag ein Zug in diese Richtung fahren, um Holz zu holen, Steinhövel aber, der dann bereits wieder den Rückweg antreten wollte, um zeitgleich mit Fernanda in Roşia Montană einzutreffen, entschied, Cornels Versuchen, ihn von dieser Idee abzubringen, zum Trotz, Widmann zu Fuß aufzusuchen, entschied, an den Gleisen entlang tief ins Tal zu gehen und den zwar liebenswürdigen, aber umständlichen Cornel und den überaus anhänglichen Hund endlich hinter sich zu lassen.

Da er im pulvertrockenen Schnee tief einsank, war Steinhövel, wollte er rasch vorankommen, darauf angewiesen, auf den Bahnschwellen zu gehen. Als er sich nach einer Weile umdrehte, um einen letzten Blick zurückzuwerfen, lag die offene Ebene mit ihren Gebäuden bereits hinter einer Biegung verborgen. Noch waren die Motorsägen und das Brummen der Traktoren zu hören und es zeigte sich eine aus den Tannenwipfeln hochsteigende Rauchsäule, bald aber wurde das Rauschen des von Eis bedeckten Baches zu seinem einzigen Begleiter. Beobachtet von einem hoch seine Bahnen ziehenden Greifvogel schlug er den Weg ein in die Abgeschiedenheit eines tief verschneiten, scheinbar unberührten Seitentals.

Bald setzte Schneefall ein, die Sichtweite nahm ab; Steinhövel schritt kraftvoll voran. Nach einer guten Dreiviertelstunde zeigte sich ihm auf einer großen Waldlichtung ein winziges Haus. Eine derart eremitische Behausung hätte er Widmann nicht zugetraut. Das Haus aber war nichts als eine Bude, in der einmal ein Weichenwärter auf den nächsten Zug gewartet haben mochte; zwei Zimmer, zerschlagene Fenster, ein Toilettenhaus und die beiden sich teilenden Gleispaare: von Widmann keine Spur.

Zweifelnd blickte Steinhövel in den ihn umgebenden Wald, blickte in den langsam und dicht fallenden Schnee. Vielleicht hatte Cornel doch gute Gründe gehabt, ihn von diesem Vorhaben abzuhalten.

Steinhövel wischte den Schnee von den Gleisen, wo sie sich gabelten, und entschied sich für jene Richtung, in der die Weiche gestellt war.

Nach einer guten halben Stunde weigerte die weiße Landschaft sich noch immer stoisch, den Blick auf eine Hütte, auf eine egal wie winzige Behausung freizugeben. Er kehrte um. Wieder auf der Lichtung angekommen, blickte er unsicher in die Richtung des Tals, die er zuvor nicht eingeschlagen hatte. War es der dichte Schneefall oder war es bereits die Dämmerung, die das Licht so kraftlos erscheinen ließ?

Wenn er jetzt zurück zu den Holzfällern ginge, war ihm ein warmes Bett gewiss, aber es war auch klar, dass er dann einen weiteren vollen Tag auf Widmann würde warten müssen.

Sollte er sich etwas Brot und Țuică gönnen? Die PET-Flasche mit dem klaren Hausbrand war das einzige Getränk, das er mit sich führte.

»Geduld und Energie sind die Grundlagen eines jeden Reporters«, sagte sich Steinhövel, und als ihm bewusst wurde, dass dies ein Zitat war des polnischen Reporters Ryszard Kapuściński, den er lange nicht mehr gelesen hatte, gab er sich einen Ruck und begann mit dem Marsch ins Seitental.

Die Talsohle stieg bald merklich an, Steinhövel fragte sich, wie eine Eisenbahn ohne die Hilfe von Zahnrädern diese Steigung wohl überwinden mochte. Und erst der Wald! Wie eine Wand ragte er jetzt neben der Gleistrasse auf, undurchdringlich dem Auge, dunkel und unwirtlich. Mit jedem Schritt erwartete Steinhövel, ein wildes Tier zu sehen, aber es blieb ruhig. Das Einzige, was Steinhövel hörte, waren sein Atem und die im Schnee versinkenden Schuhe.

Schweißtropfen der Anstrengung auf der Stirn, blieb er hin und wieder offenen Mundes stehen, ließ die Schneeflocken auf seiner Zunge landen und rätselte, wie es weitergehen sollte. Falls es einer Recherche diente, war er in den vergangenen Jahren immer wieder bereit gewesen, Risiken einzugehen, aber allein, hungrig und mit durchgefrorenen Füßen durch den Schnee eines dunklen, rumänischen Waldes zu stapfen, geplagt von der lächerlichen Einbildung, jeden Moment aufgenommen zu werden von den Pranken eines Bären, bloß, um am Ende das Sofa einer geheizten Stube zu erreichen und in einen komatösen Schlaf zu fallen – so etwas hätte auch ein Kapuściński nicht so beschreiben können, dass es einer Reportage zuträglich war.

Steinhövel blickte zurück ins Haupttal, dann wieder nach vorne, und ganz gleich, wohin er sein Auge wandte, Schnee und Dämmerung waren komplizenhaft zu einer indifferenten Kulisse verschmolzen, ein steingrauer Himmel warf eher Schatten als Licht über den Erdboden, der den niederfallenden Schnee tonlos empfing und verschluckte – der Welt war ihr akustisches Versprechen auf Leben abhandengekommen.

Mit vorgeneigtem Kopf seinen Marsch fortsetzend, hielt Steinhövel mit Flüchen dagegen, verfluchte die miserablen Honorare des *Großen Bunds*, für die er sich in den vergangenen Jahren immer wieder ein Bein ausgerissen hatte und die er verantwortlich machte mit derben Verunglimpfungen für seine Lage in Langenthal, seine unerträgliche Wohngemeinschaft dort, die so wenig Privatsphäre hergab, dass es mehr oder weniger unmöglich war, eine Frau einzuladen und sie, falls das Schicksal seinen Beitrag leisten mochte, zu verführen, und im Schwung dieses Unmuts über das Verhältnis von Arbeit, Lohn und Lebensglück verstummte er erst, als im schneeflockenflirrenden Dunkel ein Gebäude auftauchte, gut hundertzwanzig Schritt von den noch weiter in die Nacht führenden Gleisen entfernt.

Die Aussicht, jetzt gleich vor Widmann in dessen warmer Hütte zu stehen, versorgte Steinhövel mit neuer Energie. Endlich beim Gebäude angekommen, machte dieses auf ihn einen profund unbewohnten Eindruck. In der Hand das Feuerzeug, stand Steinhövel vor zerschlagenen Fenstern, stieß eine Tür auf und fand sich in einem Gemäuer wieder, in dem es dunkel war wie im Rachen des Teufels. Kahle Wände, leere Zimmer, kaputte Tische, Stühle, ein demontierter Holzofen, eine vergammelte, von Mäusen bewohnte

Matratze, zertrümmerte Regale und eine an der Wand hängende Flinte erwürgten Steinhövels Hoffnung, diesen Abend mit Widmann verbringen zu können.

Seine Schritte klangen hier unangenehm laut, er fühlte sich beobachtet, wollte diese Unheimlichkeit so rasch wie möglich hinter sich lassen und war doch bereits eingeholt von der Einsicht, hier sein Nachtlager einrichten zu müssen.

Auf der Suche nach einem Zimmer, durch das kein Wind pfiff, stolperte er und fiel zu Boden, schlug mit dem Kopf auf, befühlte seinen Schädel, fand aber kein Blut.

Auf einer schuttübersäten Treppe, von deren Tragfähigkeit er nicht restlos überzeugt war, stieg Steinhövel ins Obergeschoss, wo er marodes Mobiliar, einen mächtigen Schreibtisch und die Scherben zerschlagener Flaschen vorfand. Er setzte sich in einen Sessel, holte die eiskalten Füße aus den durchnässten Schuhen, rieb die Handflächen über die Zehen und setzte, als ihm klar wurde, wie wenig damit zu erreichen war, die Schnapsflasche an die Lippen.

Er durchsuchte sein Gepäck nach einem trockenen Paar Socken, streifte sie sich über, spürte, wie der Țuică seine wärmende Wirkung entfaltete. Dann suchte er nach Brennholz, nach einer Decke, nach irgendetwas, was ihn wärmen würde. Viel Schnaps hatte er nicht mehr.

Er blickte um sich, ob er nicht ein Werkzeug fände, um den Tisch zerschlagen zu können, eine rostige Rohrzange aus einem der unteren Räume sollte ihm genügen. In der Stille und Finsternis war die Lautstärke seiner Schläge kaum zu ertragen. Mit einer der Wut und Enttäuschung geschuldeten Heftigkeit schlug er zu, schlug zu, bis der Tisch zusammenkrachte. Im Licht seines Feuerzeugs verschaffte er sich Übersicht über das vor ihm liegende Mobiliar, um sich hernach auch Stühle und Regale vorzunehmen. Er riss leere Seiten aus seinem Notizbuch, zerknüllte sie, setzte den Berg zerschlagener Möbel in Brand, eine bald schon mannshohe Flamme ließ ihn zurückschrecken. Im Schein des Feuers zeigte sein schweißüberströmtes Gesicht einen Ausdruck heftigster Erregtheit.

Dicht an der Glut legte sich Steinhövel später schlafen. In Böen und Wirbeln trieb der Wind tänzelnde Schneekristalle durch die Nacht, wehte sie hinein durch die zersplitterten Fenster, wehte sie bis hin zu Steinhövels Füßen.

32. KAPITEL
LANGENTHAL, SCHWEIZ

Nervös ob der Aussicht, seinen in der Verwandtschaft berühmten Onkel zum ersten Mal überhaupt zu treffen, verließ Alim Jahiji um achtzehn Uhr die Wohngemeinschaft, spazierte am Benzingeruch der Centralgarage vorbei zum Gehsteig der um diese Stunde dicht befahrenen Hauptstraße und folgte dieser, bis er in einer engen Kurve das hell erleuchtete Schaufenster der Firma Velorama sah. Irritiert von so viel Glanz, betrachtete er die dort ausgestellten Räder, elegante Alltagsmodelle, schlanke, dynamisch geformte Rennräder, mit groben Reifen und aufwendig konstruierten Federungen ausgestattete Mountainbikes; Räder, wie er sie im Kosovo noch nie gesehen hatte.

Alim hielt Amadjanis Vorschlag, sich vor einem Fahrradgeschäft zu verabreden, für etwas sonderbar, aber er würde seine Gründe haben.

Zwei junge Frauen beobachtend, die den benachbarten Schnellimbiss Yldirims verließen, stellte sich Alim an den Rand des Schaufensters, dachte an Amadjani und versuchte, sich dessen dicht bepackten Terminkalender vorzustellen, der gewiss schuld daran war, dass er sich verspätete.

Glücklich darüber, in Rexheps unkomplizierter Wohngemeinschaft untergekommen zu sein, in der, was er für einen wirklich schönen Zufall hielt, auch der Bruder jener Marlene wohnte, die ihn vor der Eingangstür des Berner Amnesty-International-Büros geweckt hatte, konnte er mit Rexhep, der geprahlt hatte, wie viele Frauen er in diesem Jahr bereits verführt habe, doch nicht über jene Dinge sprechen, die ihm wichtig waren. Alim brauchte jemanden, der ihm half, Mutter und Schwester davon zu überzeugen, die bombardierte Heimat auch ohne Vater und Bruder zu verlassen. Vor

allem aber brauchte er jemanden, der ihm half, seine Wohn- und Lebensumstände in der Schweiz so einzurichten, dass diese Überzeugungsarbeit überhaupt möglich werden würde.
Zunehmend ungeduldig stand er vor jenem Schaufenster, stand am Rand der Dunkelheit, in der Menschen in ihren Autos ihrem Zuhause entgegeneilten. Das Gehen zu Fuß, diese im Kosovo übliche Art der Fortbewegung, galt hier offenbar als zu langsam, alle schienen eingebunden in ein dichtes räumliches und zeitliches System, das Alim in einer Kleinstadt nicht erwartet hatte. Es musste die florierende Schweizer Wirtschaft sein, die zu einer Eile trieb. Umtost von dieser Rastlosigkeit fühlte sich Alim zunehmend deplatziert, und nach zwanzig Minuten Wartezeit erst stellte er fest, dass sich hinter dem Schaufenster gar kein Laden befand – weswegen er in Zweifel zog, am richtigen Ort zu sein. Unsicher, ob er der Hauptstraße weiter folgen sollte, machte Alim einige Schritte in die schmale, verkehrsfreie und irgendwie privat anmutende Gasse hinein, die gleich beim Schaufenster ihren Anfang nahm.
Als sich eine Holztür öffnete und ein großer, schlanker, gut fünfzigjähriger Mechaniker auf ihn zuging, erwartete Alim, unfreundlich des Weges gewiesen zu werden. Der Mann mit randloser Brille aber lächelte, streckte seine Hand aus, stellte sich als Siham Amadjani vor, nannte ihn einen Bruder und bat ihn, mit in die Werkstatt zu kommen.
Alim, der einen gut gekleideten, grauhaarigen Intellektuellen mit Mantel, Hut und Ledermappe erwartet hatte, folgte Siham in einen düsteren, von dicht an dicht stehenden Fahrrädern und mit Ersatzteilen gefüllten Regalen bis auf den letzten Quadratzentimeter besetzten Raum. Sie gingen in die hinterste Nische, wo zwei Lampen brannten und mit einer aufwendigen Vorrichtung vier Fahrräder auf eine Höhe gehievt waren, auf der es sich an ihnen arbeiten ließ, ohne dass man sich hätte bücken müssen. Es roch nach Öl, Gummi, Metall und Leder. Alte und neue Reifen standen

herum, an der Wand hinter Siham hing Werkzeug, im Regal an der anderen Wand befanden sich Schrauben, Drähte, Muttern, Hülsen und Klemmen. An einem Pfeiler in der Mitte des Raumes hing ein uraltes Werbeplakat, das eine Dame im weiten Rock zeigte, die sich auf ein Fahrrad schwang.

»Nach achtzehn Uhr beginne ich meine Überstunden«, sagte Amadjani, warf ihm kurz durch die Speichen des Rades hindurch einen Blick zu und begann, an diesem alten Damenfahrrad eine neue Lampe zu montieren.

Alim, dem es die Sprache verschlagen hatte, schaute gebannt auf Amadjanis schwarze Hände, die trotz der hinderlichen Brems- und Schaltkabel geschickt mit Schraubenziehern und Inbus-Schlüsseln präzise Griffe ausführten.

»Freiwillige Überstunden«, fügte Amadjani nach einer Pause an, »weil ich noch immer etwas langsam bin. Und weil ich dem Chef beweisen will, dass ich exakter arbeite als die Schweizer.« Amadjani sprach leise und blickte sich, fast unsichtbar hinter den Fahrrädern, immer wieder unsicher um.

Alim konnte es nicht fassen. Das Einzige, was Siham Amadjani halbwegs als Intellektuellen verriet, war sein Haarschnitt: Mit diesem halblangen Haar konnte man Konzerte dirigieren oder Vorlesungen halten. Jedenfalls fand sich im ganzen Kosovo kein Friseur, der, würde er Männer so auf die Straße lassen, noch mit Kundschaft würde rechnen können. Außerdem trug Amadjani einen winzigen schwarzen Fleck auf der Nase, wahrscheinlich ein Spritzer Kettenöl.

Diese Äußerlichkeiten täuschten Alim nicht über den Eindruck hinweg, mit gänzlich falschen Erwartungen in die Schweiz geflüchtet zu sein. Alim hatte den Kosovo verlassen, um in der Schweiz einen reichen, gebildeten Onkel zu finden, von dem er sich Rat und Hilfe für die ganze Familie erhoffte, einen Onkel, der ihm helfen würde, vielleicht mit der Unterstützung internationaler Organisationen, seinen Vater und seinen Bruder aus der serbischen Gefangenschaft zu befreien und für alle eine Wohnung in der Schweiz zu finden. Nun aber stand er neben einem Fahrradmechaniker, der in einer kleinstädtischen, düsteren Werkstatt an einem alten Damenfahrrad herumschraubte. Dass Onkel Amadjani ein weithin bekannter Professor sei, schlau genug, als Premierminister des Kosovo gute Figur zu machen, war womöglich nur ein von der Verwandtschaft über Jahre hin zurechtgebogenes Märchen.

»Du hast den Kosovo hinter dir gelassen«, begann Amadjani. »Ein mutiger Schritt.«

Alim verstand diese Aussage nicht. Er dachte an seinen Vater, seinen Bruder, an die Mutter vor allem, die unter den Bombardierungen der Nato lebte, dachte an die bitteren Augenblicke, als man ihm das Schienbein, das Nasenbein gebrochen hatte – es war doch viel mutiger, viel gefährlicher, im Kosovo auszuharren.

»Ich habe dich gesucht, um mit dir über den Kosovo zu sprechen«, sagte Alim, gehemmt von einer Angst, sein Anliegen falsch zu beginnen. Gerne hätte er Amadjani sofort gefragt, ob er ihn, seine Mutter und seine Schwester bei sich aufnehmen könne. Die Ruhe, mit der dieser an dem Fahrrad schraubte, machte diese dringliche Frage aber unmöglich. Trüge Amadjani nicht eine randlose Brille, trüge er nicht diesen aufmerksamen Geist im Gesicht, Alim hätte heftig bezweifelt, hier seinen Onkel vor sich zu haben, Onkel Amadjani, der nach den Studentenprotesten in Priština politisch verfolgt worden war und sich seit seiner Flucht im Exil für die Unabhängigkeit des Kosovo einsetzte. Alim war sich sicher, dass in der ganzen Verwandtschaft niemand auch nur ahnte, dass Amadjani abends mit schmutzigen Händen in der Werkstatt eines Fahrradmechanikers zugange war.

»Kosovo«, sagte Amadjani nachdenklich und leitete damit eine Pause ein, eine hinter diesem Wort drohende Leere, als stünde es synonym für ewig wiederkehrende, unlösbare Probleme.

»Wir Albaner haben ein schweres Los gezogen. Es zwingt uns, nochmals neu anzufangen, das politische, soziale und kulturelle Feld neu zu denken. Die Ansicht, dass dies harte Knochenarbeit ist, vertrete ich schon lange. Menschen, die nicht vertraut sind mit der Geschichte, die den Fehler machen, alten, längst leeren Symbolen nachzurennen, finden selten ihren Platz in der Gegenwart. Und all jene, die nicht verstehen, dass es in unserem Fall bitter nötig ist, Geschichte als etwas Abgeschlossenes zu betrachten, werden wenig zu einer neuen Kulturgesellschaft beitragen.«

»Man sagt, du bist Professor«, warf Alim ein.

»Das ist eine längere Geschichte«, erwiderte Amadjani, machte sich am Rücklicht zu schaffen und sagte, mehr zum Fahrrad als zu Alim: »Meine Geschichte ist derart unglaubwürdig, dass ich bisher darauf verzichtet habe, sie aufzuschreiben.«

Als Alim diese Geschichte zu hören wünschte, schaute ihn Amadjani prüfend an, nahm sich Zeit, das Rücklicht festzuschrauben und seine Funktion zu prüfen, ehe er ansetzte zu einer Erzählung, die in den 80er-Jahren in Priština begann, abrupt hinüberwechselte nach London, wo Amadjani seine Studien abschloss, sich fortsetzte mit einem Aufenthalt in Paris und einer Assistenzstelle an der Historischen Fakultät der Universität Heidelberg, bis er Anfang der 90er-Jahre, beim Versuch, zurück in den Kosovo zu reisen, in serbische Haft geriet. Zwei volle Jahre habe er in einem Gefängnis verbracht, in welchem er sich dank eines hilfsbereiten Wächters durch die gesamte Gefängnisbibliothek habe lesen können.

»Das klingt pathetisch, es ist aber genau so: Diese Bibliothek hat mir das Leben gerettet«, sagte Amadjani. Er habe sämtliche Klassiker der Weltliteratur gelesen, habe sich alle Sprachlehrbücher in die Zelle bringen lassen, habe Serbisch, Französisch, Englisch und Deutsch gelernt und endlich verstanden, dass aus der kosovo-albanischen Sache nichts werden würde, solange sich die Menschen nicht um eine Kultur des Miteinanders kümmerten.

Nach diesem Gefängnisaufenthalt sei es ihm zwar wieder möglich gewesen, sich an der Universität Heidelberg zu betätigen, daneben habe er aber mit anderen Albanern beschlossen, ganz nach serbischem Vorbild ein Zentrum für kulturelle Dekontamination zu gründen, eine mehrsprachige, von allen Nationalismen, allen historischen Dogmen befreite Institution, deren Thesenblatt so radikal freiheitlich und humanitär aufgebaut sei, dass er sich immer gewünscht habe, es würde eine Vorlage werden für eine künftige Verfassung des Staates Kosovo.

Als zwei seiner Freunde dieser albanischen Vereinigung ermordet worden waren – verschleppt und erschossen von Mitgliedern des serbischen Geheimdienstes, und zwar mitten in Heidelberg –, habe er vor der Wahl gestanden, sich entweder eine Pistole zuzulegen und im Falle einer Bedrohung jemanden zu erschießen oder aber abzutauchen in einen Untergrund, in welchem sich die Bekanntheit seines Gesichts verwischen würde.

»Als Pazifist bin ich abgetaucht. Und weil ich trotz allem Geld brauche, um zu überleben, bin ich hier, als Aushilfsmechaniker, der nur dann arbeitet, wenn keine Kunden im Geschäft sind. Alles schwarz, angemeldet bin ich nach wie vor in Heidelberg.«

Alim nickte erstaunt.

Die Arbeit als Mechaniker bringe ihm nicht nur etwas Geld, sie ermögliche ihm zudem einen Ausgleich zu den geistigen Beanspruchungen; er arbeite an einer zweisprachigen, sowohl serbokroatischen als auch albanischen Ausgabe der Allgemeinen Erklärung der Menschenrechte.

»Und die Artikel für die *Koha Ditore*?«, wollte Alim wissen. »Kannst du mit denen Geld verdienen?«

Siham Amadjani lachte. »Ich gehöre zum Kollektiv der Herausgeber. Das heißt, ich trage mit anderen das Defizit, das die Zeitung erwirtschaftet.«

Alim nickte bedrückt.

»Du musst wissen: In der Schweiz ist es nicht leicht, sich finanziell über Wasser zu halten. Überhaupt ist es nicht leicht, sich für eine Einkommensphilosophie zu entscheiden. Mein in Priština lebender Bruder beispielsweise hat sich dafür entschieden, italienischen Wein zu importieren und zwei, drei Mal im Jahr nach Kroatien zu reisen, sich dort Trüffel zu besorgen und diese vergleichsweise billige Ware an einer guten Adresse in Italien als hochexklusiven Tartufo d'Alba für teures Geld unter die gutbetuchten und ahnungslosen Feinschmecker zu bringen. Es gibt hierzu verschiedene Urteilsmöglichkeiten. Mein Bruder vertritt die Ansicht, der Mensch mache sich moralisch strafbar, wenn er nicht die Dummheit der anderen dazu verwende, sich und seinen Nächsten zu helfen. Aber ich will dich nicht mit meinen Geschichten langweilen. Hol uns doch im Yldirims zwei Kebab, dann essen wir und du erzählst, was du zu erzählen hast.«

Unsicher, ob Amadjani ihn mit der hingestreckten Geldbörse testen wollte, zögerte er, sie anzunehmen; Amadjani aber drückte sie ihm in die Hand, und also machte Alim sich auf den Weg. Keinerlei Ausweise, keinerlei Kreditkarten fanden sich in der Börse; das wenige Geld, das vorrätig war, reichte knapp für zwei Kebab.

Als Alim zurückkam, hatte Amadjani seine Schürze ausgezogen und wusch sich mit Kernseife die Hände sauber. Dann bat er Alim, mit in den Keller zu kommen, führte ihn in ein mit Wandteppichen ausgekleidetes Zimmer, das, abgesehen von einem schmalen Bett und einem Kleiderstapel, einer Bibliothek glich.

»Mein bescheidenes revolutionäres Refugium«, sagte Amadjani.

»Hier wohnst du?«, fragte Alim und schämte sich ob des abschätzigen Klangs seiner Frage.

»Vom Wohnen habe ich mich verabschiedet, wie von manchen anderen Themen auch. Es ist für einen Menschen nicht von Belang.«

Alim, hin- und hergerissen zwischen Beklemmung und Begeisterung, zögerte, auf der Bettkante neben Amadjani Platz zu nehmen,

aber einen Stuhl gab es hier nicht. Die Frage, ob es ihm möglich wäre, Mutter und Schwester bei sich aufzunehmen, hatte sich erübrigt – eine Einsicht, die schmerzte.
»Kennst du dich aus in der Geschichte?«, wollte Amadjani wissen.
»Hast du dir eine Meinung gebildet zu den kulturellen Konflikten auf dem Balkan?«
Den Kopf voller Bilder von einschlagenden Bomben, verstand Alim nicht, weswegen Amadjani dauernd von Kultur sprach. Er dachte an Arbenor, der sich geweigert hatte, den Kosovo zu verlassen, dachte an Linor, dem er das Versprechen mit in den Tod gegeben hatte, für einen befreiten Kosovo zu kämpfen, dachte an diese beiden Blutsbrüder, das Herz beschwert von einem schlechten Gewissen darüber, geflohen zu sein, und nun, da er neben seinem Onkel saß, der dreimal schlauer schien als ein guter Professor und doch nichts anderes war als ein mittelloser Aushilfsmechaniker, schämte er sich, seiner Heimat den Rücken gekehrt zu haben.
»Was sich jetzt in Serbien und im Kosovo abspielt, ist nur ein weiterer trauriger Höhepunkt einer langen Geschichte. Du weißt ja: Für viele Serben fängt die Geschichte des Kosovo erst mit der serbischen Besiedlung an, gerade so, als ob es nicht schon vorher eine Geschichte gegeben hätte. Die meisten Albaner hingegen machen geltend, sie seien schon länger in der Region ansässig, stammten von den antiken Illyrern ab, hätten über die Jahrtausende hinweg ihre Kultur und ihre Sprache erhalten, die zu den ältesten Europas gehöre – während sie dabei vergessen, dass es in diesem Siedlungsraum neben den Serben auch die Ruthenen, die Goraner, die Roma und die Türken gegeben hat und noch immer gibt.«
Hier fügte Amadjani eine rein pädagogisch anmutende Pause ein, nahm einen Bissen Kebab und warf einen kritischen Blick zu Alim, als wollte er prüfen, ob dieser auf eine bestimmte Geschichtsauslegung versessen sei.

Alim aber sagte nichts, versuchte einen neutralen, einen freundlichen Gesichtsausdruck und war froh, dass Amadjani den Minderheiten gegenüber eine wohlwollende Meinung hatte.
»Die internationale Forschung«, fuhr Amadjani fort, »ist sich mehr oder weniger einig darin, den Ursprung der albanischen Besiedlung weit vor der slawischen Einwanderung im siebten Jahrhundert zu datieren. Mit dieser Einwanderung und der Entwicklung der serbischen Hochkultur während der Nemanjiden-Dynastie im dreizehnten Jahrhundert ist die damals zumeist katholisch-albanische Bevölkerung in die umliegenden Gebiete zurückgedrängt worden. Man kann sich bei diesem Thema rasch in Details verlieren, und es ist nicht von der Hand zu weisen, dass die Frage, welches Volk zuerst da war, historisch von Interesse ist. Aus einer grob umrissenen Antwort jedoch für die Gegenwart so etwas wie ein Siedlungsrecht einer einzelnen ethnischen Gruppierung abzuleiten, ist aber äußerst umstritten und darf, wie ich finde, keinen Einfluss haben auf die Frage, auf welche Verfassungen sich die heutigen Nationalstaaten stützen.«
Alim dachte zurück an seine Schulzeit, in der Wissen dieser Art nicht vermittelt worden war. Die Aussagen seines Onkels beeindruckten ihn.
»In einer demokratischen Gesellschaft«, sagte Amadjani und erhob seine Stimme wie in einem Vortrag, »müssen gleiche Rechte für alle Menschen gelten, und ich sehe«, sagte er wieder leise, aber nicht ohne Nachdruck, »ich sehe keine andere Möglichkeit, als den Prozess voranzutreiben, der darauf gründet, die Belastungen der Historie ein für alle Mal abzuwerfen und von der Gegenwart auszugehen, auch wenn das ein kollektives Umdenken erfordert, zu welchem leider viele weder die Kraft noch den Mut aufzubringen willens sind. Denn du musst wissen: Einigen Albanern gegenüber habe ich nie erwähnt, dass ich fließend Serbisch spreche. Das sehen zwar die wenigsten so, aber es ist doch deutlich, dass die

Unkenntnis der Sprache des anderen gerade im serbisch-kosovarischen Fall nichts anderes ist als eine kriegsbeschleunigende Bildungslücke.«

Damit ließ Amadjani vom Sprechen ab und biss in seinen Kebab.

Alim empfand großes Mitleid mit ihm, von dem alle zu Hause dachten, er habe es geschafft, sich in der reichen Schweiz ein neues Leben aufzubauen, während er in Wahrheit versteckt und schwarzarbeitend in erbärmlichen Umständen lebte.

Als Amadjani fragte, weshalb er gerade zu ihm gekommen sei, schaute Alim seinen Onkel erst lange an, dann schilderte er die Situation seiner Familie. Dass ihm eine Roma-Frau versprochen war, dass er sich auch schon ausgemalt hatte, dereinst in die Schweiz zu ziehen, um mit dieser Frau eine Familie zu gründen, erwähnte er nicht.

»Auch wenn ich anstelle dieses Zimmers eine ganze Wohnung hätte, ich könnte es trotzdem nicht verantworten, dich und deine Familie bei mir aufzunehmen«, sagte Amadjani. »Meine Name wird noch lange auf der schwarzen Liste des serbischen Geheimdienstes stehen, und solange das so ist, bin ich nicht viel mehr als das Pseudonym, unter dem ich meine Artikel und politischen Kommentare veröffentliche. In Heidelberg bin ich gefährdet, hier fühle ich mich ziemlich sicher, aber ich bin froh, nirgendwo registriert zu sein und auf einen Alltag vertrauen zu können, der sich weitgehend im Schatten abspielt. Ich werde dir also nicht groß helfen können. Aber ich kann dich unterrichten. Du kannst bei mir Serbokroatisch, Deutsch, Englisch und Französisch lernen, und das ist wichtig. Willst du die Welt verstehen, musst du lesen können, mein Bruder, musst in mehr als einer Perspektive zu denken lernen. Schau dir die Menschen an, die jene Politiker gewählt haben, die zurzeit an der Macht sind, dann weißt du: Verblendete Dummköpfe gibt es genug. Ich weiß, das klingt schrecklich arrogant, aber ich kenne nicht viele Argumente, die das Gegenteil stützen. Die Mühe, den eigenen Intellekt zu schulen, machen sich nur wenige. Solange sich das nicht ändert, wird es auf dem Balkan und in anderen Landstrichen dieser Welt Idioten geben, die überzeugt sind, im Namen einer Sache anderen das Leben nehmen zu müssen.«

33. KAPITEL
WASSERTAL, RUMÄNIEN

Es war eine beißende Kälte, die Thomas Steinhövel noch vor Anbruch des Tages weckte. Unterkühlt und taub für alles, was mit seinem Körper zu tun hatte, konnte er kaum den Kopf heben. In der ersten Ahnung des Tageslichts machte er dort, wo der Wind des Nachts in kristallzuckerkleinen Flocken Schnee in die Ruine und bis hin zu seiner Schlafstelle geweht hatte, frische Spuren aus. Was ihm horchend auffiel, war der leise Atem, der doch nur sein eigener sein konnte. Das glaubte er so lange, bis ein nachtblau leuchtendes Augenpaar vor ihm auftauchte.

Das Tier kam schnuppernd näher und leckte ihm die Hand. Niemals zuvor hatte ein Hund einen derart mächtigen Jubel in ihm ausgelöst; es war das schwarze Tier, das ihm gestern im Lager der Holzarbeiter so hartnäckig gefolgt war.

Körperlich erledigt, aber bis in den hintersten Winkel der erkalteten Seele euphorisiert, folgte Steinhövel dem Hund hinaus in die von einer zartblauen Dämmerung erhellte, von schwarzen Nadelwaldhorizonten umrissene Landschaft, deren Märchenhaftigkeit ihm in seinem Zustand noch viel traumhafter erschien. Auf den Spuren des Hundes, der sich, mal stürmisch vorpreschend, mal zu ihm zurückkehrend, mehrmals versicherte, dass er ihm auch folgte, gelangte er zurück zur Weiche der Gleise und schließlich zu einem niedrigen, von üppig mit Schnee beladenen Fichten umstandenen Gebäude. Es lag einen Steinwurf von jener Hütte entfernt, bei der er gestern zweimal gestanden hatte; im heftigen Schneetreiben musste er das Haus übersehen haben.

Als Steinhövel aus einiger Entfernung erkennen konnte, wie sich eine Tür öffnete, wie ein Mann, bei dem es sich nur um Marc Widmann handeln konnte, den bellenden Hund zu beruhigen versuchte und forschend in die weißdunkle Weite hinausblickte, schnürte ihm ein kräftiges Glücksgefühl die Kehle zu, Fanfaren füllten seinen Kopf, als er sich taumelnd dem Haus näherte.

Wie gern wollte er, als er vor dem verschlafen und verblüfft dreinblickenden Widmann stand, diesen herzlich begrüßen! Aber er stotterte nur, Silben, keine Worte.

Widmann begriff rasch, in welchem Zustand sich Steinhövel befand. Er bat ihn in die kalte, düstere Küche, entfachte im Holzherd ein Feuer, zündete zwei Kerzen und eine Petroleumlampe an, setzte Wasser auf, legte mehr Holz nach und schickte den winselnden Hund vor die Tür.

Steinhövel ließ einige Seufzer hören, zog mit jedem zweiten Atemzug Rotz hoch und setzte sich an den Küchentisch, auf dem neben einer halb leeren Țuică-Flasche Bücher, eine alte Ausgabe der *Neuen Zürcher Zeitung*, eine leere Packung Schweizer Schokolade, ein Laptop und drei Ersatz-Akkus ausgebreitet waren.

Widmann zündete sich eine Zigarette an, hustete eine Weile, nahm nochmals einen Zug und musterte erstaunt seinen Gast. »Recherchierst du zum Thema Erfrierungen?«

Die Fürsorge, die in Widmanns Worten lag, wärmte Steinhövel mehr noch als das zügig lodernde Feuer.

»Der Hund hat mich aufgespürt«, sagte er schließlich.

»Besser der Hund als der Bär«, sagte Widmann, bat ihn, sich näher ans Feuer zu setzen, und kramte in einem Küchenschrank.

Steinhövel wärmte sich an der Suppe, die ihm Widmann servierte, die Hände, wurde aber das Zittern nicht los, von dem Knie, Schultern und Arme noch immer erfasst waren. In einigen wenigen und ungelenken Sätzen erzählte Steinhövel, was vorgefallen war, erwähnte die Goldmine, die Fotografin, die Bütikofer ihm mitgeschickt hatte, die defekte Kamera und seine spontane Idee, ihn besuchen zu kommen.

»Nicht frisch vom Bäcker, aber immerhin«, sagte Widmann und stellte eine Packung Knäckebrot auf den Tisch.

So gut es ihm gelang, löffelte Steinhövel die heiße Suppe. Wahrscheinlich selbst noch ziemlich müde und jedenfalls kaum gesprächiger als Steinhövel, beheizte Widmann nun einen großen Sitzofen in der Stube und schlug vor, sich nochmals schlafen zu legen.

Als Steinhövel die Augen öffnete, fand er sich unter mehreren Decken in einem Bett; sehr warm war es und taghell; selten hatte er sich so gerettet gefühlt.

Marc Widmann saß am Küchentisch hinter einem Laptop, der zwischen Büchern, Zeitungen, Konfitüren, Kaffeetassen und einem großen Stück Käse kaum Platz fand.

»Ich dachte schon, du bist ins Koma gefallen«, sagte Widmann, lachte herzhaft und schob den Laptop beiseite.

Als sie frühstückten, als Steinhövel mit einem Bärenhunger Pellkartoffeln, Käse, eingelegte Gurken, Kohl, kräftigen Schwarztee, Schokolade und schließlich auch einen Schluck Țuică zu sich nahm, fragte ihn Widmann nach dem Thema seiner Reportage.

»Es wird meine letzte werden«, fügte Steinhövel an, nachdem er kurz erklärt hatte, worüber er schreiben wollte.

»Du willst aufhören?« Widmanns Überraschung schien erstaunlich groß.

»Ehrlich gesagt: Ich habe Bütikofer das Thema nur vorgeschlagen, um dich besuchen zu können«, sagte Steinhövel.

Widmann nickte nachdenklich. »Aber was wirst du künftig arbeiten?«

Steinhövel räusperte sich, öffnete den Mund, um zu antworten, die Worte »Ich wandere aus nach Finnland« lagen ihm auf der Zunge, aber er sagte sie nicht, blieb bloß hängen an dem Wunsch, kurz in den Langenthaler Briefkasten, kurz nach einem Brief Heljäs spähen zu können.

»Vielleicht möchtest du ja für mich arbeiten«, sagte Widmann nach einer Weile und erzählte von seinem Versuch, sich im Selbststudium die Eigenheiten rumänischer Architektur beizubringen, und von seiner Idee, mit umfangreichen Umbauten aus diesem

Haus sowohl einen Bauernhof als auch ein Hotel für Wanderer zu machen, das auch kulinarischen Ansprüchen genügen sollte.
Steinhövel verstand nicht, was Touristen in dieser Waldwildnis suchen sollten, aber je länger Widmann erzählte, desto deutlicher wurde, dass er schon eine ganze Weile mit diesen Themen beschäftigt war, dass er seinen Abgang auf der *Bund*-Redaktion offenbar von langer Hand vorbereitet hatte. Es war, als würde Steinhövel Widmann nochmals ganz neu kennenlernen: Dieser ehemals passionierte Journalist sprach plötzlich von Schweinen, Schafen, Pferden, vom Versuch, eine möglichst genaue Wanderkarte zu erstellen, und von der Frage, wie es gelingen könnte, sowohl Eisenbahnfreunde wie auch Wanderer aus ganz Europa in dieses Tal zu locken.
»Allein vom Holz wird das Tal nicht mehr lange leben, und die Bahn ist ein Albtraum: Alle zwei, drei Jahre reißt ein Erdrutsch einen langen Gleisabschnitt mit in den Fluss – für die Sanierung bezahlt allein die Holzfirma, denn Versicherungen gibt's keine.«
Durch das Fenster blickte Steinhövel nach draußen, Widmann tat es ihm gleich, gemeinsam schauten sie eine Weile hinaus in den Schnee.
»Und was genau könnte ich hier tun?«, fragte Steinhövel.
»Fast alles«, sagte Widmann und zählte eine Reihe an Tätigkeiten auf, sagte, er könnte hier Holzfäller, Gleismonteur oder Lokführer werden, machte Steinhövel aber auch gleich klar, dass er nur sehr wenig würde bezahlen können.
»Hier müssen leider rumänische Löhne bezahlt werden, hundertfünfzig oder zweihundert Franken im Monat. Aber wenn du im Tal hinten lebst, kannst du auch nichts ausgeben.«
Auch wenn sie bald das Thema wechselten und sich über das unterhielten, was Widmann den Niedergang des *Großen Bunds* nannte, so schwebte Steinhövel die Möglichkeit, wenigstens für ein halbes Jahr in diesem rumänischen Hinterzimmer sein Glück zu versuchen, doch stets deutlich vor Augen. Dass er sich

inmitten der ersten Steine dieses Gedankendominos einen Besuch Fernandas vorstellte, verstärkte seine Sehnsucht, in der Schweiz alle Zelte abzubrechen und an der Seite Widmanns eine ganz andere Geschichte zu beginnen. Widmann erzählte von früher, seiner Jugend im Berner Oberland, der Lehre als Schreiner in Lyss, von einem vertragsbrüchigen Autohändler aus Burgdorf, von ruinösem Handel mit Baumaterialien, von einer in den späten 80er-Jahren erst in Angriff genommenen, noch vor dem Entscheid der Behörden hinfällig gewordenen Auswanderung in die DDR, von einer Anstellung beim Vatikan wie auch von diversen Liebesverhältnissen, die samt und sonders in die Brüche gegangen waren und nicht viel mehr übrig gelassen hatten als ein Stück Altgold, ringförmig, wie Widmann sagte, sowie einen Schlüssel zu einem in der Nähe des Seealpsees gelegenen Ferienhaus, in dem er wohnen werde, falls das rumänische Experiment misslinge.

Zuhörend musste Steinhövel dem Wunsch widerstehen, sich Notizen zu machen; ein beruflicher Reflex. Die Idee, dereinst einmal ein längeres Porträt über Widmann zu schreiben, gefiel ihm immer besser.

Frühnachmittags, nach einem langen Gespräch über die von der Nato-Pressestelle beeinflusste Darstellung des Kosovo-Krieges in den Medien, machten sie sich auf zum Holzlager; Widmann wollte mit dem Zug, der angeblich um fünfzehn Uhr losfuhr, zurück nach Vișeu de Sus.

Bei Tageslicht, ohne Schneefall und in Begleitung Widmanns und des schwarzen Hundes konnte Steinhövel kaum glauben, dass er sich gestern derart übel verirrt hatte. Auch war ihm unerklärlich, weswegen er die halb schon zur Ruine gewordene Hütte entdeckt, das deutlich größere Haus von Widmann aber übersehen hatte.

Auf dem Weg erzählte Widmann, wie oft er gegen die schwerfällige Mentalität der Menschen hier ankämpfte; es verstehe hier kaum jemand, was Tourismus sei. Ferien sei nach wie vor ein Fremdwort, entweder kenne man Arbeit oder aber Arbeitslosigkeit. Kaum jemand könne sich vorstellen, was westliche Touristen an Infrastruktur und Konsummöglichkeiten benötigten. Früher habe er sich immer über diesen Begriff geärgert, aber jetzt sehe er deutlich, dass man heutzutage eine Landschaft vermarkten müsse, damit sich Tourismus überhaupt entwickle. Gerade hier, wo die Natur noch derart ursprünglich und unverbaut sei, müsse den Leuten noch klar werden, dass man auf einer touristischen Goldader hocke.

Als sie bei den Holzarbeitern eintrafen, wurde Widmann groß empfangen. Weil er aus dem reichen Westen kam, weil er im vergangenen Sommer bereits einige Touristengruppen ins Tal gelockt hatte und man große Hoffnungen in ihn setzte, wurde er mit größtem Respekt behandelt.

Es war bereits nach fünfzehn Uhr, aber es mussten noch allerhand Holzwaggons rangiert werden, die Abfahrt verzögerte sich. Mit ihnen wartete ein Touristenpaar aus Deutschland, zwei groß gewachsene Vierzigjährige mit schweren Wanderschuhen, sportlichen Rucksäcken, tadellosen Thermoskannen und knallbunten Gore-Tex-Jacken. Die Schneeschuhe hatten sie seitlich an die Rucksäcke geschnürt, in der Hand hielt der Mann ein robustes GPS-Gerät. Die beiden sahen nicht nur erschöpft und mitgenommen aus, es war ihnen auch anzusehen, wie wenig es ihnen hier gefiel, wie wenig Verständnis sie aufbrachten für den sich verspätenden Zug und den Umstand, dass niemand sagen konnte, wann genau er denn fahren würde.

Neugierig, was das Paar ins Tal gelockt hatte, sprach Widmann die beiden an.

»Wäre das Kartenmaterial besser, stünden wir gar nicht hier«, antwortete der Mann.

»Wissen Sie, wann dieser Zug endlich fährt?«, fragte die Frau.

»Für die Rumänen ist ein Fahrplan eine grobe Richtlinie«, versuchte es Widmann, »ein vage gefasster Vorsatz; daran muss man sich erst gewöhnen.«

»Man muss sich hier an ziemlich viel gewöhnen!« Die Frau schüttelte den Kopf.
»Welches Reisebüro hat Ihnen denn dieses Gebiet hier empfohlen?«, hakte Widmann nach.
»Ein Büro in München, das ich nie mehr betreten werde«, sagte der Mann.
»München«, sagte Widmann und nickte und ging zu Steinhövel, der sich ein paar Schritte entfernte und den Rangierbetrieb beobachtete, um seinen Ärger über die beiden Touristen loszuwerden.
Als die zahlreichen schwer beladenen Holzwaggons rangiert und verkuppelt waren und der Zug mit mehr als zwei Stunden Rückstand auf die mit einem schwachen, hellblauen Kugelschreiber auf ein an der Holztür der Unterkunft angebrachtes Papier notierte Abfahrtszeit Fahrt aufnahm, saß Thomas Steinhövel, Fingerbeeren und Zehen noch immer sonderbar taub, nicht nur mit Marc Widmann und den beiden nicht weiter belastbaren Wanderern im unbeheizten Personenwagen, sondern auch mit Holzfäller Wassili und seiner kranken Sau, einer dicken, stark riechenden, mit eingetrocknetem Mist bedreckten Muttersau. Mit Kot verschmierte Strohhalme klebten an ihren hellen Borsten, in unregelmäßigen Abständen, begleitet von knallenden Fürzen, gab sie ein lang anhaltendes, angsteinflößendes Stöhnen von sich.
Wassili, ein Brocken von Mann, der auch in dieser Kälte nur einen dünnen, schmutzigen Pullover trug, auf dem vier elegant vorüberziehende Rentiere aufgestickt waren, hatte sich so breitbeinig hingesetzt, dass die Sau zwischen seinen Knien Platz fand; neben ihm auf der Bank lagen Brot, getrocknetes Schweinefett und ein Beil, das er wie alle der Holzarbeiter mit sich führte. Widmann und Wassili kannten einander, denn Wassili arbeitete im Sommer oft als Heizer auf einer der beiden ramponierten Dampfloks; er war bekannt dafür, schon Stunden vor Abfahrt den Kessel derart einzuheizen, dass die Lok, wenn die Fahrt losgehen sollte, schon wieder ohne Wasser dastand.

Wassili war es unangenehm, den Menschen aus dem Westen seine Sau zuzumuten; hätte er gewusst, dass sowohl Touristen, die Geld ins Tal brachten, wie auch Widmann, der die Touristen ins Tal brachte, in diesem Zug mitreisten, so hätte er wenigstens dafür gesorgt, dass Cornel oder ein anderer Junge die Sau vor der Abreise noch gereinigt hätte. Jetzt schien die Sau nur dort, wo sie durch den Schnee gestapft war, hell und sauber, aber dort leckte sie sich nun die ganze Zeit.
»Sie fiebert«, sagte Wassili und tätschelte dem Tier besorgt den Rücken. Die Sau entblößte auf diese Berührung hin ihre seifengelben, dolomitenartig aufragenden, von Futterresten verunreinigten Zähne und ließ lange Speichelfäden zu Boden gleiten; alles andere an ihr aber schien fett und zufrieden. Wassili erzählte, er sei eigentlich nicht willens, das Tier so jung schon zu schlachten, aber er wisse auch nicht, ob es eine gute Idee sei, mit der Sau zum Tierarzt zu gehen.
»Eigentlich gibt es keinen Tierarzt in Vişeu«, sagte Widmann zu Steinhövel, »aber es gibt einen Bauern, bei dem schon einmal ein halb totes Pferd wieder zu Kräften kam. Einer, der nicht gleich alles schlachtet, was Probleme macht.«
Trotz der heftigen Erschütterungen während der Fahrt versuchte Steinhövel, ein paar Notizen zu erstellen über diese Sau, deren Anwesenheit eine erstaunliche Wärme verströmte, eine Wärme, die ihm sehr willkommen war, weil der dieselverschmierte Holzofen zwar noch immer in seinem bewundernswert lausigen Zustand an seinem Platz stand, sich aber niemand bemühte, ihn einzufeuern. Die mitten im Abteil liegende, übel riechende und fiebernde Muttersau machte Steinhövel umso mehr Freude, als dieses Tier in den Augen der beiden reisemüden Wandertouristen eine Zumutung darstellte. Die beiden hatten sich zwar in die hinterste Ecke verkrochen, der Waggon aber war so kurz, dass dem Geruch nicht zu entkommen war. Es war ein böser Gedanke, aber Steinhövel glaubte zu sehen, wie auch Widmann sich darüber

heimlich amüsierte, dass es den Wanderern auferlegt worden war, sich vor ihrer Rückreise ins hygienische München noch ein wenig mit der unverfälschten rumänischen Realität abgeben zu müssen. Um die Kälte besser zu ertragen, nahmen Steinhövel und Widmann die Einladung Wassilis zu einem Schluck Țuică gerne an; die PET-Flasche machte die Runde, die Wangen röteten sich; Zentrum des Gesprächs blieb aber unangefochten die Sau, und immer, wenn Widmann sich anschickte, von ganz anderen Dingen zu sprechen, gab die Sau sonderbare Laute von sich, stand auf, warf Wassili beinahe von der Sitzbank, musste dann allerhand Schläge einstecken, entlockte ihrem Besitzer eine Serie von Flüchen und legte sich schließlich wieder hin. Das wiederholte sich, bis die Sau, ungefähr eine Reisestunde später und vielleicht auch aufgrund der kurvenreichen Strecke, zu würgen begann, sich krümmte, wälzte und schließlich zitternd ihren Mageninhalt auf den Waggonboden erbrach.

Widmann und Steinhövel, die aufgesprungen waren, beobachteten gebannt, wie Wassili zu einer Fluchtirade ansetzte. Außer sich trat er dem Tier in Bauch und Hintern, das gequälte Tier erbrach sich erneut, Wassili zerrte die Sau mit aller Kraft aus der üblen Pfütze in den Eingangsbereich des Waggons, um ihr dort, als sie wieder zu einem fürchterlichen Würgen ansetzte, sein Beil in den Hals zu wuchten.

Ein bis ins Knochenmark dringender Schrei jagte durch den Waggon, Blut drang stoßweise, im Rhythmus der Herzfrequenz, aus dem Tier, warf violett glänzende Blasen auf. Die Sau zuckte, röchelte, zuckte noch einmal gehörig – was einen Augenblick lang den Eindruck erweckte, sie halte das ganze Theater für lächerlich und wolle sich aus dem Staub machen –, dann folgte nach einer kurzen Pause ein heftiger Blutschwall, der sich mit dem talabwärts fahrenden Zug ins Wageninnere ergoss und diesen endgültig verwandelte in einen brechreizfördernden fahrenden Schlachthof.

Wassili war sein Unbehagen und Ärger deutlich anzusehen, eine Sau lag da vor seinen Füßen, die man weder zum Tierarzt bringen noch verkaufen noch selber essen konnte, und in den Händen hielt er beschämt das für den Wald gedachte Beil.

34. KAPITEL
ŠABAC, SERBIEN

Die Luftangriffe wurden heftiger, die allgemeine Lage wie auch die Stimmung der Menschen verschlechterte sich, auch in Šabac. Grafitbomben legten Stromversorgungen lahm, Elisa verstand nicht, wie das möglich war, aber die Nato konnte das: eine Bombe aus einem Flugzeug fallen lassen, ihren Sprengkopf hundert oder zweihundert Meter über dem Boden zünden, wobei er irgendwelche Wellen aussandte, die dafür sorgten, dass bei allen Elektrizitätswerken die Sicherungen durchbrannten.

Der tagelang fehlende Strom hatte weitgehende Folgen für das öffentliche Leben. Die elektrifizierten Lokomotiven und Straßenbahnen standen still, blockierten die Strecken. Weil nicht genügend Diesellokomotiven vorhanden waren, verkehrten Busse, die wiederum, weil die Pumpen zahlreicher Tankstellen ausgefallen waren, schon bald nicht mehr betankt werden konnten, was zu einem umso heftigeren Chaos führte, als nach wie vor zahlreiche Menschen das Land verlassen wollten.

Dass die Stadt mit den einbrechenden Abenden nun gänzlich dunkel war, steigerte das Bedürfnis der Menschen nach Gesellschaft. Rasch ging in Šabac die Mär um, dass jene und jene Pizzeria weiterhin ihre Pizzen servieren würde, und manch einer war stolz auf deren Tradition, die Pizzaöfen mit Holz oder Gas zu befeuern. Also saßen die Menschen im Schein einiger Kerzen und aßen gut belegte Holzofenpizzen, während sämtliche Hamburger- und Ćevapčići-Buden geschlossen blieben.

Meist war Elisa mit Dragica zu Hause, auch wenn die Situation nicht immer leicht zu ertragen war. In den Wochen nach Bogdans Beerdigung war Elisa noch stolz, wenn sie eine Handvoll Kartoffeln aufzusetzen vermochte, ohne sie zwei Stunden später, weil es leicht geschah, alles um sich herum zu vergessen, grob verkohlt aus einer glühend heißen Pfanne zu kratzen. Nun wäre Elisa erleichtert gewesen über Strom, um wenigstens einmal täglich etwas Warmes zuzubereiten, für sich und auch für Dragica, die schon lange nicht mehr versuchte, in der Küche etwas Essbares hervorzubringen.

Die Zahl derer, die auswandern wollten, nahm täglich zu. Jene, die einen Obstbaum besaßen, umstellten diesen mit Holzlatten und Blechdosen, damit nachts zu hören war, wenn Kinder auf den Baum stiegen, um die noch nicht einmal halbwegs reifen Früchte zu klauen. Dragica sehnte sich nach einem Obstbaum, aber Elisa wusste, wie wenig es nutzte, jemandem einen Baum abzukaufen, der in einem Garten stand, den man nicht eigenhändig bewachen konnte.

Dragica spielte nun nicht mehr nur manisch Klavier, neuerdings hatte sie auch damit begonnen, das Haus von oben bis unten zu putzen. Dies nahm seinen Anfang, als sie einen Gegenstand suchte, der wahrscheinlich vor Jahren schon abhandengekommen war. Sie wollte um keinen Preis sagen, was sie nicht mehr auffinden konnte, aber mitten in ihrer Suche traf sie die Entscheidung, dass es viel zu schmutzig war in der Wohnung. Seither kniete sie, wenn sie nicht in sich versunken am Klavier saß, in einem Winkel und schrubbte an einem nur für sie sichtbaren Schmutzfleck. Sie reinigte alles, das letzte Eckchen, rackerte auch dort, wo kein Auge je hinschauen würde. Bloß den Fenstern schenkte sie nicht die geringste Beachtung. Es waren im Grunde nicht besonders dreckige Fenster, nein, aber im Vergleich mit der restlichen Wohnung waren sie es.

Von außen erwartete auch Elisa nichts Gutes, sie verstand durchaus, dass es wenig Sinn hatte, die Fenster zu putzen, und wenn die Bomber kamen, fühlte es sich besser an, nach draußen zu gehen, sich ein paar Schritte vom allenfalls einstürzenden Haus zu entfernen.

Je mehr sich Dragica um die Sauberkeit der Wohnung kümmerte, desto weniger pflegte sie sich selbst. Es war bereits Wochen her, seit sie das letzte Mal geduscht, seit sie sich letztmals die Zähne geputzt hatte. Um sich nicht mehr ansehen zu müssen, demontierte sie den Spiegel im Badezimmer und legte ihn in den Schrank. Die im ersten Stock herumschlurfende und mit sich selber sprechende Dragica hätte im Grunde eine psychiatrische Behandlung nötig gehabt. Elisa war klar, dass sie nicht zurück in ihre italienische Heimat würde reisen können, ehe nicht Aca aus Moskau zurückkam. Sie hatte Aca wenige Male erst gesehen; zu den Dingen, die sie von ihm wusste, gehörte der Umstand, dass er eines ungültig gewordenen Passes wegen nur auf illegalen Wegen würde nach Hause reisen können; sie wusste nicht, ob er dieses Risiko auf sich nehmen würde.

Das wohlriechende Holz, die Werkzeuge, die aufgerollten Saiten, die zerknitterten Zettel mit Dmitrijs Handschrift – in der Werkstatt, die von Dragica kaum mehr betreten wurde, fand Elisa Ruhe. Sie saß da, drückte am Radiogerät herum, für das Dmitrij mit einigem Aufwand aus buntem Papier kleine Pfeile gebastelt hatte, welche die Wellenlängen der verschiedenen Sender kennzeichneten, und mit diesem Radio hörte Elisa italienische Canzoni.

Oder aber sie saß im Café Sava, in das die Menschen an Tagen, da der Strom ausblieb, ihre eigenen Getränke mit sich brachten, um sie zu tauschen und auch zu verkaufen, Mineralwasserflaschen, leer oder voll, alles war begehrt, sie wussten, niemand würde sich erregen, die Servierdame war froh, Kundschaft zu haben, auch wenn es kaum etwas zu servieren gab, denn Kundschaft war nicht Kundschaft, sondern Gesellschaft, es ging um das Gefühl für die Gemeinschaft, um Zusammenhalt.

Im Café Sava konnte sich Elisa erholen. Auch musste sie hier nicht mit ansehen, wie Dragica vor den Fotografien ihrer Liebsten, umflort und veredelt von allerlei Plastikblumen und Bibelsprüchen, auf die Knie fiel und betete. Elisa ertrug es kaum, wenn

Dragica abtauchte in ihre allerheiligsten Erinnerungen, die ihr das Herz regelmäßig zertrampelten, bis sie so heftig schluchzte, dass sie weder die abgebildeten Gesichter noch Elisa wahrzunehmen imstande war, Elisa, die hinter ihr stand, voller unterdrückter Unruhe und wortloser Verzweiflung, kurz davor, die Bilder von der Wand zu reißen.

Elisa ertrug diese Kniefälle vor allem deshalb schlecht, weil die Bilder auch sie so ungemein rührten. Weil sie die Gesichter Dmitrijs, Bogdans und auch Acas faszinierten, denn in ihrer skeptisch-liebenswürdigen Art, sich ablichten zu lassen, waren sie sich alle gleich. Immer war in diesen Gesichtern der leichte Vorwurf zu lesen, dass auch eine Fotografie nur einen lächerlich kleinen Ausschnitt eines Menschen, einer Situation zeigen konnte, eine Eitelkeit vielleicht, aber doch eine, die nicht das eigene Aussehen, nicht eine eigene Vorteilhaftigkeit meinte, sondern das Wahrnehmen an sich, gegen dessen Ungenauigkeit sich alle drei, als sei das familiär so ausgehandelt worden, zur Wehr gesetzt hatten.

Umso wichtiger wurden Elisa die Stunden im Sava. Sonderbare Geschichten wurden herumgereicht in diesem Lokal, Geschichten über Bürger, die Jagd machten nach abgestürzten Nato-Piloten, die sich jubelnd bei halb verkohlten, hüfttief in irgendeinem Acker stecken gebliebenen Kampfflugzeugen fotografieren ließen, als hätten sie die Militärmaschine eigenhändig vom Himmel geholt. Als Elisa das erzählt bekam, wusste sie nicht, ob sie sich dafür interessieren sollte. Aber diese Geschichten wiederholten sich, fingen an, einander zu ähneln, und glichen alsbald mehr und mehr einem Märchen, besonders jene Erzählung, die davon handelte, dass gleich neben einer brachial in einem von mannshohen Pflanzen bestandenen Maisfeld gelandeten Maschine eine dunkelhäutige Pilotin gefunden worden sein soll, eine große, schwarze Amerikanerin mit einem schönen Gesicht, mit Blut an den Handgelenken und einer sportlichen Figur, sehr zum Erstaunen der hohn- und triumphgierigen Serben, die wahrscheinlich einen idiotisch auf seinem Kaugummi herumkauenden Kampfpiloten erwartet hatten – in einer Woche hörte Elisa diese Geschichte aus drei verschiedenen Mündern in drei Varianten, und mit jedem Mal war die Pilotin noch hübscher geworden, in der dritten trug sie gar knallrote Lippen, während die Verletzung am Handgelenk geheilt war. Tagsüber, wenn sich die Leute aus ihren Kellern trauten und sich um die Hausecken herum die Gespräche wanden, bauschten sich Gerüchte zu eigenständigen Verschwörungstheorien auf. Als besonders unbequem in diesem Gestrüpp aus Halbwahrheiten erwies sich der Umstand, dass bisweilen ein jeder den anderen für einen Spion oder Agenten der Nato hielt. Es kamen Gerüchten gemäß für diese Agentenarbeit durchaus nicht nur Personen infrage, die schon immer mit dem Westen zu tun gehabt hatten, im Gegenteil. Die Nato, hieß es, wisse genau, dass man für etwas Geld ein paar Serben dazu bringen könne, in heimlich und blitzschnell ausgeführten Aktionen schwarze Kästchen genau dort zu montieren, wo es viel Schaden anzurichten gab, in der Mitte einer städtischen Brücke beispielsweise. Es handle sich bei diesen schwarzen Kästchen um Ortungsgeräte für die Zielmechanismen der Luft-Boden-Raketen, von der Bauweise her nicht viel aufwendiger als ein Taschentelefon, erklärten die technisch interessierten Männer, denn auch ein Telefon lasse sich, wie allgemein bekannt sei, von Satelliten auf wenige Meter genau orten. Seit in Šabac derartige Geschichten kursierten, zogen die Obdachlosen und Alkoholiker, die ohnehin den halben Tag unter der Brücke verbrachten, besonders viele Verdachtsmomente auf sich. Elisa beobachtete, wie diese Menschen nicht mehr mit den üblichen Hilfestellungen rechnen konnten, wie sie die ersten Opfer eines in jede gesellschaftliche Ritze sickernden Misstrauens geworden waren. Dieses Misstrauen wurde oftmals überblendet von einem knallhell präsentierten Größenwahn, der die wildesten Blüten trieb. Serbische Kinder, so verkündete stolz das serbische Radio, seien einer neuen Studie gemäß die klügsten der Welt. Als Elisa klar geworden war, dass dieser Beitrag fern von ironisierenden Untertönen auskam, wäre sie beinahe in einen Lachanfall ausgebrochen, aus Rücksicht aber auf Dragica hielt sie sich zurück. Als Zugewanderte, die ohne Ehemann nicht mehr richtig dazugehörte, wagte sie nicht, ihre Gedanken zu äußern.

Für lachhaft hielt Elisa ebenso die noch und noch verlautbarte Meinung, Serbien werde der Nato bald schon eine empfindliche Niederlage bereiten. Sie konnte kaum fassen, dass in weiten Teilen der Bevölkerung der Glaube vorherrschte, technische Überlegenheit sei wertlos verglichen mit dem Mut und der Leidenschaft der serbischen Miliz.

Auch in Šabac trugen immer mehr Menschen T-Shirts und Oberteile mit dem Target-Abzeichen. Elisa wurde es müde, in den Straßen den immer gleichen Gesprächen über die immer gleichen Themen mit dem immer gleichen Konsens zu hören, dem Konsens, Serbien sei unschuldig.

Dragica sprach wenig. Sagte sie etwas, waren es floskelhafte Wendungen, die Elisa mehr wehtaten als die unfrohen Dinge, die Dragica damit ansprach. Wiederholt äußerte sie den für Elisa besonders schmerzhaften Satz: »Es gilt, sich auf einem niedrigeren Lebensstandard einzurichten.« Dazu erläuterte sie, dass es einem die Rentner vormachen würden. An ihrem Beispiel könne man lernen, richtig zu warten, richtig in der Schlange zu stehen. Denn sie stünden, wenn sie ihre Rente abholen wollten, nicht während Stunden in der Schlange, sondern sie nähmen hölzerne Schemel mit, auf denen sie sich setzten, um dann nach Stunden, manchmal nach Tagen zu erfahren, dass der Bank das Geld ausgegangen, dass ihr bisheriges Warten umsonst gewesen sei und dass das eigentliche Warten nun erst seinen Anfang nehme.

Um sich abzulenken, sah sich Elisa manchmal insgeheim die Sendungen des als oppositionell geltenden Senders aus Montenegro an, aber es war nicht ganz einfach, sich im Gewimmel von Propaganda und Gegenpropaganda zurechtzufinden. Es fehlten ihr die

Kommentare Bogdans. Im Belgrader Fernsehen wurde stündlich wiederholt, dass nur die Nato und die UÇK die Kosovo-Albaner gefährdeten, während vonseiten Serbiens zu keiner Zeit irgendeine Aggression verübt worden sei. Auch war zu erfahren, dass laut Umfragen sechsundneunzig Prozent der Serben völlig einverstanden damit seien, dass Serbien sich gegen die Nato zur Wehr setze. Fünfundsiebzig Prozent der Bevölkerung gingen offenbar davon aus, Russland werde bald militärisch eingreifen und Serbien unterstützen. Elisa schloss die Augen und sah ihren Bogdan, sah, wie er den Kopf schüttelte. Als sie eines Tages seine umfangreichen Notizen zuhanden des Tribunals las, war sie niedergeschlagen wie selten zuvor. Erstmals dachte sie darüber nach, an seiner Stelle mit diesem Dokument nach Den Haag zu reisen.

35. KAPITEL
ROȘIA MONTANĂ, RUMÄNIEN

Obwohl die Wolken vergleichsweise hoch über dem Dorf ihre Türme aufgebaut hatten und hell und gewichtslos wirkten, fielen schwere Regentropfen vor ihnen auf die noch immer von Schnee und Eis bedeckte Straße. Mihai Tinescu drückte Thomas Steinhövel den Schlüssel in die Hand und wies ihn an, auf der Fahrerseite einzusteigen. Ein, zwei Regentropfen im Gesicht, hinter ihm zwei nervöse Hühner, auf der Zunge noch den Geschmack stark gesalzener Spiegeleier, wehrte Steinhövel ab, er habe ja keinen Führerschein, warf hilfesuchend einen Blick zu Fernanda, aber diese schmunzelte, zuckte mit den Schultern und schien sehen zu wollen, wie er sich schlagen würde.

Für sein Gefühl verstand sie sich viel zu gut mit Tinescu, mit dem sie, während er sich im Wassertal die Extremitäten abgefroren hatte, offenbar einen kurzweiligen Abend in der Küche verbracht hatte.

Da Tinescu auf dem Beifahrersitz Platz nahm und Fernanda vor ihm die Tür der Rückbank zuknallte, blieb Steinhövel nichts anderes übrig, als sich hinters Steuer zu setzen.

Als spräche er über ein naturwissenschaftliches Phänomen, erklärte Tinescu, dass der Citroën ein mit speziellen Funktionen ausgestattetes Auto eines Fahrlehrers sei, er, Steinhövel, solle sich aufs Lenken konzentrieren, die Pedale übernehme er selbst.

»Drei oder vier Kilometer sind es bis zur Mine«, sagte Tinescu, »das schaffst du!«

Tinescu saß aufrecht auf seinem Sitz, kommentierte, was es zu beachten gab, wies Steinhövel an, welches Pedal er wie bedienen, wohin er seinen Blick und den Wagen lenken solle.

Auf der Rückbank machte Fernanda Fotos von Steinhövel, amüsierte sich über Tinescus ausführliche Anweisungen und Steinhövels zaghafte Versuche ihrer Umsetzung, sie schien es zu genießen, auf seine Kosten zu scherzen. Die Geschichte mit dem im Zug ausblutenden Schwein hatte er ihr noch nicht erzählt, um sie als Veganerin und Tierrechtlerin in ihren Gefühlen nicht zu verletzen.

»Ich habe vor Jahren als Fahrlehrer halbtags gearbeitet«, unterbrach Tinescu Steinhövels Gedankengänge, als er es endlich geschafft hatte, den Citroën auf knapp fünfundvierzig Stundenkilometer zu beschleunigen. »Später habe ich erfolglos versucht, das Auto zu verkaufen.«

Steinhövel spürte den Reiz, in der Reportage vor allem über Tinescu zu schreiben; ihm gefiel dieser schmale Mann, ihm gefiel sein stiller, hartnäckiger Humor.

Auf der Straße herrschte kaum Verkehr. Eine Weile folgten sie einem erstaunlich trüben Wasserlauf, dann schlängelte sich die Straße in die Höhe. Steinhövel klammerte sich fest an das Steuerrad, etwas beunruhigt, dass sich seine Fingerbeeren noch immer so sonderbar anfühlten; immerhin schien Tinescu soweit zufrieden mit seinem Fahrstil.

Ganz hinten war das Seitental umringt von baumlosen, mit mattem Schnee bedeckten Hügeln. Fetzen blauen Himmels weckten minutenweise Hoffnung auf schöneres Wetter, aber der Regen fiel weiterhin in einzelnen Tropfen. Hier also, auf diesem idyllischen Gelände, wollte das kanadische Bergbauunternehmen Gabriel Resources das größte Goldbergwerk Europas erbauen. Das zu gewinnende Volumen wurde auf 300 Tonnen Gold und 1600 Tonnen Silber geschätzt. Steinhövel parkte, erntete von Tinescu ein anerkennendes Nicken, dann stiegen sie aus und gingen auf eine Anhöhe. Fernanda, sehr zufrieden mit dem schlechten Wetter und den wuchtigen Wolken, lichtete die imposante Landschaft, das beschauliche Dorf zwischen den weiten Hügeln mal um mal ab, Steinhövel notierte sich mögliche Bildlegenden und erste Beobachtungen, die er verwenden würde, um über die Absurdität zu schreiben, dass ein kanadischer Konzern hier, in dieser Naturpracht, mittels aggressiver Chemie einen Berg abbauen wollte, einen Berg, den die rumänische Regierung bereits verkauft hatte und den die Kanadier also aus dem Ensemble des Bihor-Gebirges heraustrennen und zum Verschwinden bringen würden. Da die Zugänge zu den ehemaligen Stollen abgesperrt waren und die Stollen selbst als einsturzgefährdet galten, war es nicht möglich, sich einen Eindruck vom bisherigen Minenbetrieb zu verschaffen.

»Wer die rumänische Regierung kennt, den erstaunt es wenig, dass sie es nicht fertig bringt, hier eine Mine zu betreiben«, sagte Tinescu und schien Überwindung zu brauchen, um sich zu dieser Aussage aufzuraffen. »Es liegt noch viel Gold im Berg, und es gäbe im Dorf Männer genug, um es herauszuholen. Die Kanadier aber wollen lieber die Chemie arbeiten lassen. Das bringt dem Dorf weniger Arbeitsplätze.«

Weswegen man zum Abbau von Gold Zyanid verwenden konnte, wusste Tinescu nicht, er sprach lediglich von seiner Hoffnung, dass die Mine bald schon eröffnet würde. Falls noch mehr Familien das Dorf verließen, habe er als Mathematiklehrer keine Zukunft hier.

Wortlos traten sie den Rückweg zum Auto an. Tinescu fuhr sie an den Dorfrand, wo der Kälte zum Trotz zwei alte Männer auf einer windschiefen Bank vor einem Ladenlokal saßen und Țuică tranken. In den Rand eines Mülleimers hatte stolz eine Krähe ihre Krallen gesetzt, ansonsten war niemand zu sehen.

Zu dritt gingen sie auf die Trinkenden zu, betraten den düsteren Laden. Tinescu wollte Zigaretten kaufen, Fernanda hätte gerne einen Kaffee getrunken. Steinhövel, froh, die Fahrstunde heil überstanden zu haben, war neugierig auf die Leute im Dorf.

Im winzigen, halb leeren, fensterlosen Laden, in dem sich Steinhövel von einem aufflatternden Huhn erschrecken ließ, gab es weder Zigaretten noch Kaffee zu kaufen, aber sie kamen ins

Gespräch mit dem vierzigjährigen blassen Mann hinter der Theke, dessen gestrickter Pullover von Brandlöchern übersät war. Tinescu kannte ihn, war wohl aber nicht mit ihm befreundet, wahrscheinlich verirrte er sich nur selten hierher, und dass er jetzt mit zwei Fremden erschienen war, weckte Argwohn. Entsprechend unsicher erzählte der Verkäufer, wie das Dorf einst von eintausendzweihundert Menschen bewohnt und mit einer florierenden Wirtschaft gesegnet war. Beinahe neunzig Prozent der Arbeitsstellen in Roşia Montană hätten direkt oder indirekt mit dem Abbau von Gold zu tun gehabt. Seit die staatlich geführte Firma den Betrieb wegen geringer Wirtschaftlichkeit aber eingestellt habe, sei das Dorf ohne Lebensader.

Hier stockte der Mann und schien auf Tinescus Reaktion, auf seinen Widerspruch zu warten, aber Tinescu schwieg.

»Niemand will begreifen, dass man auch dann mit einem Berg Geld verdienen kann, wenn man ihn nicht abbaut«, fuhr der Mann zornig fort, wandte sich dann aber abrupt ab und zog sich schließlich so weit in den Hintergrund, dass Steinhövel kaum mehr als das milchige Weiß seiner Augen erkennen konnte, ein Weiß eines Augenpaars, das sie kühl musterte.

Tinescu wollte noch immer Zigaretten, Fernanda wollte noch immer Kaffee, aber es schien, als würden sie hier nicht länger als Kunden wahrgenommen werden. Aus dem Halbdunkel heraus erreichte sie die Frage, ob sie aus Kanada angereist seien.

Als Tinescu erklärte, seine Gäste stammten aus der Schweiz, trat der Mann wieder ans Licht, ließ ein annähernd freundliches Gesicht erkennen und zog aus einer Schublade eine Packung Carpaţi hervor, die Tinescu dankend entgegennahm und bezahlte. Ein Gespräch schien wieder möglich, aber Tinescu zögerte; man sah ihm an, dass er Mathematiker war, dass er, statt mit Menschen, lieber mit Zahlen arbeitete. Mit einem flüchtigen Gruß ließen sie den Laden hinter sich.

Draußen auf dem Dorfplatz, über dem momentweise die Sonne aufblitzte und ein leichter Wind das Regenwasser in den Pfützen erzittern ließ, jener weite Platz, wo die beiden Alten von den Besuchern in ihrem Schweigen unterbrochen worden waren, wollte Fernanda wissen, was es mit all den Schildern an den Fassaden der Häuser auf sich habe. Tinescu verwies auf den Schriftzug *Roşia Montană Gold Corporation* – eine Firma, hinter der sich im Grunde nichts anderes als Gabriel Resources verstecke; die Schilder seien Zeugnis für die Tatsache, wie viele Einwohner sich bereits einverstanden erklärt hätten, ihr Haus zu verlassen: Der Boden, auf dem diese Häuser stünden, gelte als reich an Gold; man wolle auch hier alles aufreißen.

Da erstaunte es niemanden mehr, dass sie im Gemeindebüro nicht den Bürgermeister, sondern ein Informationszentrum der Firma Gabriel Resources vorfanden. Steinhövel las mit gesteigertem Interesse die Werbe- und Informationsschriften der Firma: *Rettet Roşia Montană* umfasste als Großprojekt der Region die unterschiedlichsten Pläne, so sollten Schulgebäude renoviert, Arbeitslosengelder bezahlt, Lernkurse in Englisch angeboten, ein Internet-Café eröffnet, Sozialhilfe ausgebaut und eine neue Turnhalle errichtet werden. Zudem sollte mit aufwendigen Maßnahmen zur Verbesserung des Bodens und der Gewässer beigetragen werden.

Von der sorgfältig gekleideten Frau, die das Informationszentrum betreute, wollte Tinescu wissen, wie lange die Firma diese Mine betreiben werde. Fachlich unbelastet murmelte die Dame höfliche Entschuldigungen und blätterte lange in ihren Unterlagen, als hegte sie Hoffnungen, Tinescu würde die Geduld verlieren. Tatsächlich war diese Information auf den tadellos gestalteten Papieren nicht zu finden. Nach einem längeren Telefonat erst konnte sie die Zahl nennen: Fünfzehn bis siebzehn Jahre würde die Mine betrieben werden.

»Siehst du«, sagte Tinescu zu Fernanda und Steinhövel, als wären sie ein Paar, das man im Singular ansprechen konnte, »siehst du:

Es muss noch viel Gold zu holen sein im Berg. Ein Kapital, das den Arbeitern der Gemeinde zugutekommen sollte.«

Steinhövel, der eher eine Laufzeit von fünfzig Jahren erwartet hatte, notierte sich diese Angabe, als er aber wissen wollte, worauf diese Zeitdauer gründete, zuckte die Frau hilflos mit den Schultern. Da sie offenbar nur für Freundlichkeiten, nicht aber für Inhalte zuständig war, schaute sich Steinhövel weiter in der Ausstellung um. Hinter einer Serie von Stellwänden fand er einen Übersichtsplan, aus dem hervorging, dass der Berg, an dessen Fuß sie sich befanden, noch viel großräumiger abgetragen werden sollte, als er sich das bisher vorgestellt hatte. Ungefähr sechzig Häuser standen zurzeit noch im Weg. Im benachbarten Corna-Tal würde ein mächtiger, dreihundert Hektar Naturland unter sich begrabender See mit zyanidhaltigem Abraum entstehen, ein See, der von einem hundertachtzig Meter hohen Staudamm in Schach gehalten werden würde. Steinhövel notierte sich das Wort Zyanid, um später die genauen chemischen Vorgänge zu recherchieren.

Als Fernanda bat, im Informationszentrum fotografieren zu dürfen, sagte die Frau umstandslos zu, schien aber, als sie sah, was Ørjansson alles auspackte, wie groß die Kamera und wie massiv das Stativ war, nach Argumenten zu suchen, ihre Erlaubnis rückgängig zu machen. Sie stand sichtlich angespannt hinter ihrer Theke, verlor jedoch ihre Höflichkeit nicht, als Tinescu sich seine filterlose Carpați ansteckte, und ließ ihn trotz des Rauchverbots gewähren.

Während Fernanda die Informationstafeln abfotografierte, sprachen Steinhövel und Tinescu auf dem Dorfplatz mit einem zweiunddreißigjährigen Rumänen, der sich und seine Familie über Wasser hielt, indem er für die Kanadier Informationsbroschüren übersetzte und zwei, drei Mal wöchentlich Geschäftsleute aus Kanada am Bukarester Flughafen abholte und hierherbrachte.

Als sie sich nach diesem kurzen, für die Reportage wertvollen Gespräch verabschiedeten, fiel Steinhövel auf, dass der blassge-

sichtige Ladenbesitzer vor seinem Geschäft stand. Wahrscheinlich hatte er schon eine Weile dort gestanden, hatte sie beobachtet, jedenfalls winkte er sie, noch ehe Fernanda zu ihnen gestoßen war, hinüber zum Laden. In einer winzigen Nische hinter der Theke befand sich eine Kaffeemaschine, die der Mann nun bediente. Er musste Vertrauen geschöpft haben, denn nun begann er über die arroganten Kanadier und all jene doch nur am Geld interessierten Einwohner dieses Dorfes zu reden, die sich dazu hätten verleiten lassen, ihre Heimat, ihre Wurzeln zu verkaufen, nur um sich anderswo ein vielleicht geringfügig größeres Haus bauen zu lassen. Er stellte vier staubige Tassen auf den Verkaufstisch, verteilte sorgfältig den Kaffee, versah jede Tasse mit einer Portion Țuică, prostete ihnen zu, beklagte den drohenden Verlust des Dorfplatzes, auf dem man sich seit Generationen ausgetauscht und getroffen habe, und schilderte verblüffend gut informiert, was in der Goldmine von Baia Mare, ungefähr zweihundertfünfzig Kilometer von Roșia entfernt, geschehen war, ohne dass es hier im Dorf ernst genommen wurde: In einer Winternacht war dort ein mächtiger Staudamm gebrochen, hunderttausend Tonnen zyanid- und schwermetallhaltiger Schlamm waren in die Theiß gelangt. Auch in der Donau und bis hinaus ins Schwarze Meer waren sämtliche Fische ums Leben gekommen. »Gabriel Resources sagt, sie werden hier einen viel stabileren Damm aufstellen, aber das sind Worte, Versprechungen ohne Verantwortung. Auch wenn kein Zyanid auslaufen sollte: Ein künstlicher See voller hochgiftiger Chemie ist der Tod dieser Landschaft!«
Der Ladenbesitzer hatte sich in Rage geredet, er erzählte rasch und viel, sodass Tinescu seine Mühe hatte, genau und umfassend zu übersetzen; Steinhövel notierte in Schnellschrift die Erwähnung eines von Giften verfärbten Bergbachs, der jetzt, statt trinkbaren Frischwassers, eine saure, ungenießbare Brühe durch sein Bett führe, deren Gehalt an Arsen, Kadmium, Eisen und Zink die

festgelegten Grenzwerte deutlich überschritt – seit den 70er-Jahren schon sei dieses Wasser ein totes, ja tötendes Giftgemisch.

Nach dem zweiten gemeinsamen Glas Țuică lud sie der Ladenbesitzer ein, abends bei ihm zu essen – ein Angebot, mit dem sogar Tinescu einverstanden war, und so erfuhren sie unter anderem, dass der Berg hier bloß anderthalb Gramm Gold pro Tonne Gestein hergeben würde. Dies bedeutete, dass sich in der Ladung eines riesigen Kipplastwagens, der eintausend Tonnen fasste, nichts als ein schokoladentafelkleiner Goldbarren befinden würde. Eine wirtschaftlich rentable Goldgewinnung war also nur auf chemischem Wege möglich.

»Die lokalen Behörden und alle Exponenten der lokalen Politik lassen sich blenden vom vielen kanadischen Geld«, sagte der Verkäufer, der ihnen dampfende Kartoffeln und Käse aufgetischt und ausführlich aus den blühenden Tagen des Dorfladens erzählt hatte. Betreffend die Zukunft Roșia Montanăs gab er eine düstere Prognose ab: »Wahrscheinlich kommt die Mine so oder so. Die Proteste der Umweltschützer, das ewige Gerede von Leuten wie mir, das alles wird lediglich das Bewilligungsverfahren verzögern. Gewinnen werden jene, die mehr Geld haben, und das sind die Kanadier. Die werden unser Dorf, das bereits jetzt ein Wrack ist, in ein hässliches, von einer Großbaustelle entstelltes Loch verwandeln, in dem niemand mehr leben will. Ein paar Kanadier streichen fette Gewinne ein, nach zwanzig Jahren lässt die Firma ihren Dreck stehen und geht nach Hause.«

36. KAPITEL
HUELVA, SPANIEN

Eine Tasche mit Brot, Wurst und einer vollen Flasche Wasser in der Hand, stand Mihai Tinescu an einer staubigen Straße und wartete auf einen weißen Toyota-Kleinbus, der ihn allmorgendlich »in den Plastik« brachte, wie man hier sagte. Hier, das war Huelva, das Zentrum der südspanischen Erdbeerproduktion, mehr als dreieinhalbtausend Kilometer von Tinescus Heimat entfernt. Die Sonne stand noch tief am Horizont, heizte die Ebene aber bereits auf und überzog die schmutzig weißen Plastikplanen, mit denen die gesamten fünfunddreißigtausend Hektar zwischen El Ejido und Almería im südspanischen Andalusien bedeckt waren, mit zartem Glanz.

Neben Tinescu saßen dann drei Frauen aus Tiraspol in Transnistrien im Bus, vielleicht fünfunddreißigjährig, mit denen er sich, wenn nicht auf Rumänisch, so doch bestimmt auf Russisch hätte unterhalten können, etwa über Schmerzen im Rücken, über entzündete Stellen an Fingern und Handgelenken, über den üblen Geruch der Pestizide, der einem auch nachts in die Nase stieg, aber diese Frauen waren schon eine Weile hier beschäftigt und bildeten einen geschlossenen Kreis, in den einzutreten Tinescu unhöflich erschien, weswegen er stumm aus dem staubigen Busfenster über das ihn jeden Tag von Neuem irritierende Plastikmeer blickte, das errichtet worden war, um mit möglichst geringem Aufwand Europas Supermärkte mit Gemüse und Früchten zu versorgen.

Tinescu hoffte, auf eine möglichst weit entfernt liegende Plantage gefahren zu werden. Weil das Fahren im Bus den einzig angenehmen Teil dieser Arbeit darstellte und der Fahrer ein wortkarger Algerier war, der frühmorgens schon seine Reggae-Kassette in die Wiederholung schickte. Tinescu hatte immer gedacht, er würde

Reggae geringschätzen, hier aber boten ihm die langsam einherschreitenden Rhythmen eine Geborgenheit, die sonst nicht zu haben war.

Diese Musik erinnerte ihn auch an seine längst verflossene Zeit an der Universität in Tîrgu Mureş, wo er eine Zeit lang mit einem Studenten befreundet gewesen war, dessen große Sehnsucht Jamaica und der dortigen Musik gegolten hatte, der aber mit fortschreitendem Studium wider Erwarten von einem akademischen Ehrgeiz erfasst worden war, dessen opportunistische Ausprägung Tinescu anekelte. Er hatte sich nie wohlgefühlt in einem System, das auch den miserabelsten Studenten ermöglichte, ein Diplom zu ergattern, solange sie und ihre Familien das Geld dafür aufzuwenden vermochten, in einem System, in dem die Wahrheit dem Professor gehörte, der diese in einem im Selbstverlag herausgegebenen Sachbuch festgehalten hatte und die Studierenden Semester um Semester neu dazu verdonnern konnte, ebendieses Buch zu kaufen. Der Jamaica-Sehnsüchtige hatte sich seinen Abschluss nicht erkauft, hatte sich aber so gut in diese Bildungsmafia eingelebt, dass er heute bestimmt einen guten Lohn bezog, während Tinescu nach seinem Abschluss wie zahlreiche andere feierlich und mit dem vom Konterfei Ceauşescus gezierten Diplom in die Arbeitslosigkeit entlassen worden war, die er länger als ein Jahr hatte ertragen müssen.

Am Fuß der entfernten Hügel zog Lastwagen um Lastwagen nordwärts, Mihai Tinescu schätzte den zeitlichen Abstand zwischen ihnen auf eine knappe Minute. Würden sie rund um die Uhr fahren, so ergäben sich bei einem Durchschnitt von einem Lastwagen pro Minute eintausendvierhundertvierzig Lastwagen täglich. Allerdings herrschte zwischen Mitternacht und circa fünf Uhr Ruhe auf den großen Straßen; mit neunzehn Stunden ergab die Rechnung dreihundert Lastwagen weniger.

Am Horizont, auf dem Tinescu seine Augen gerne ruhen ließ, damit ihm im schwankenden Bus nicht übel wurde, zeigten sich graue Wolken, die den Schloten der chemischen Fabriken Huelvas entstiegen, wo drei große Firmen Dünger und Pflanzenschutzmittel produzierten. Es war, so hatte Tinescu sich erzählen lassen, eine dieser Düngemittelfirmen, die in den 60er-Jahren hier mit der Pflanzung von Erdbeeren begonnen hatte. Dank der Technisierung von Anbau- und Bewässerungsmethoden, des flächendeckenden Einsatzes chemischer Produkte und des Überschusses an billigen Arbeitskräften war die Produktion von jährlich sechseinhalbtausend Tonnen Erdbeeren Ende der 70er-Jahre auf derzeit über dreihunderttausend Tonnen gestiegen.

Nach weiteren drei Haltestellen saßen zwölf Menschen in diesem Gefährt, das eigentlich mit neun Personen bereits voll belegt gewesen wäre, sodass Tinescu den Bus nach knapp einer Dreiviertelstunde Fahrzeit an der vorgesehenen Plantage erleichtert verließ. Einige besser entlohnte Spanier hatten alles vorbereitet: Die sich hinziehenden Plastikplanen waren mittels Stahlschnüren um zwanzig Zentimeter angehoben, die zu füllenden Sammelkisten ordentlich aufgestapelt, ein Kleinlastwagen hielt eine leere Ladefläche bereit, neben dem Lastwagen stand breitbeinig, mit absurder Mütze auf seinem Kopf, der Aufseher samt einer unbestechlichen Digitalwaage und den turmhoch gestapelten Kartonschalen, die auf fünf- oder dreihundert Gramm Erdbeeren zugeschnitten waren. Der Aufseher, der sich »Jefe« rufen ließ, griff umgehend ein, wenn jemand wagte, auch nur eine halbe Minute auszuruhen.

Einige der Afrikaner, die sich bereits im Bus mithilfe von Schnüren und Gummibändern Schaumstoffstücke um ihre Knie gebunden hatten, schnappten sich umgehend eine leere Kiste, knieten nieder und begannen noch vor der vollen Stunde mit der Arbeitsschicht, die sechseinhalb Stunden dauerte; genau die Zeitspanne, die laut Gesetz ohne bezahlte Pause gearbeitet werden durfte.

Tinescu wickelte sich die beiden Teile seines Unterhemdes, das er zu diesem Zweck zerrissen hatte, um seine Knie – dennoch würde er nicht lange kniend arbeiten können, der Schaumstoff, den die Afrikaner nutzten, war begehrte Ware und stammte aus den für die Luftfracht abgepackten Erdbeerschachteln – bislang wartete Tinescu vergeblich auf eine Möglichkeit, sich einen Rest dieses Schaumstoffs unter den Nagel reißen zu können.

Eigentlich hatte er sich vorgenommen, den Jefe heute zu fragen, wann er endlich den ersten Lohn erhalten werde. In Rumänien war Tageslohn üblich, seit die Inflation in schlimmen Jahren bis auf 157 Prozent geklettert war. Aber Tinescu hatte Angst, negativ aufzufallen. Ohnehin saß ihm dauernd die Angst im Nacken, nicht schnell genug zu arbeiten und körperlich zu wenig robust zu sein. Er hatte bereits begriffen, wie die ungeschriebenen Gesetze lauteten, begriffen, dass jeden Tag ein paar Arbeiter leer ausgingen: Wer einen schwachen Tag hatte und in sechseinhalb Stunden nicht vierzig Kilo Beeren sammelte, lief Gefahr, am nächsten Tag nicht in den Bus steigen zu dürfen. Wer krank war oder sonst nach medizinischer Hilfe fragte, durfte nicht in den Bus. Wer aufgrund von Pestiziden an Hautausschlägen litt oder sich nach Handschuhen erkundigte, durfte nicht in den Bus. Und wen sie nicht in den Bus steigen ließen, der trug für diesen Tag auch keinen Lohn heim. So stand es im Vertrag, den er in Abrud unterschrieben hatte. Dass die tägliche Arbeitszeit bloß sechseinhalb Stunden betrug und der Arbeitgeber jeden Tag neu entschied, ob Tinescu arbeiten durfte, dass die Firma nur dann für die Kosten der Rückreise aufkommen würde, wenn er länger als sechs Monate arbeitete, darauf hatte die Mitarbeiterin ihn damals nicht hingewiesen. Mit der Schulleitung, auf deren Loyalität er zählte, hatte er damals vereinbaren können, seine Stelle nach vier Monaten wieder antreten zu dürfen, und beim Baugeschäft im Dorf hatte er in Erfahrung gebracht, wie viele Dachziegel er zu diesem Zeitpunkt für eine Million Lei würde kaufen können.

Seine Frau Vladana hatte empört auf die Nachricht reagiert, dass er sich nun nach langen Diskussionen für drei Monate Spanien angemeldet habe. »Drei Monate Spanien!«, in Vladanas Ohren klang das hochdramatisch. Mihai hatte sich gewehrt, hatte gesagt, das sei nicht die Fremdenlegion, wo er hingehe, das sei Spanien, sei die Europäische Union, keine Gangsterbande. Und er versprach, sie jede Woche einmal anzurufen. Mindestens.

»Ich will nicht telefonieren«, hatte Vladana mit trauriger Stimme gesagt, »ich will einen Mann.« Dann war sie in Tränen ausgebrochen, die sicherlich nicht nur der angekündigten Abwesenheit ihres Mannes gegolten hatten. Der soziale Abstieg ihrer Familie war mit Mihais Entscheidung augenfälliger geworden.

Jetzt, da sich das Erdbeerpflücken tatsächlich anfühlte wie eine militärische Schulung, wollte Mihai Tinescu nur eines: die drei Monate so rasch wie möglich hinter sich bringen. Es war sein fünfter Tag heute, er hoffte, dass der Lohn, den er jeden Abend vergeblich erwartet hatte, zumindest am Ende der ersten Woche ausbezahlt würde. Die flinken Afrikaner füllten bereits die dritte Kiste, während Tinescu erst mit der zweiten zum Jefe marschierte. Er hievte sie auf die Waage und blickte dann zu Boden, weil er im Gesicht des Jefe ohnehin nichts Gutes lesen konnte, dann holte er sich eine leere Kiste, kniete sich wieder hin und pflückte weiter. Es musste alles gepflückt werden, das war strikte Weisung, die kleinen, die verformten, die verfaulten Früchte kamen in einen Plastikkessel und wurden weggeschmissen. Verformt oder verfault waren die Früchte selten, häufiger erreichten die Erdbeeren die der Zucht entsprechende Größe nicht. Es war den Arbeitern aber streng verboten, die kleinen Früchte zu essen. Es hieß, das lenke von der Arbeit ab. Tinescu sammelte so schnell er konnte, legte die Beeren nicht zu sorgfältig, aber auch nicht zu schnell in die Kiste. Manchmal fragte er sich, weswegen er den Journalisten aus der Schweiz bezüglich dieser Erdbeerangelegenheit angelogen hatte. Wahrscheinlich hatte er einfach keine Lust gehabt, sich von einem, der gewiss zehnmal mehr verdiente als er, bei einer erniedrigenden Arbeit über die Schulter blicken zu lassen. Jetzt, da er Erdbeeren pflückte, hätte er die Lüge gern rückgängig gemacht. Wäre es nicht gut gewesen, Verbindungen zu haben zu einem, der gewiss einen guten Draht hatte zu westeuropäischen Universitäten und der ihm also helfen könnte, seine Söhne unterzubringen?

Die Schweiz? Tinescu kannte dieses Land im Grunde nicht. Aber er wusste vom vielen Geld, das dort lagerte, das dort zu verdienen war, wusste vom stabilen politischen System, bei dem alle mitsprechen konnten, wusste von den hoch aufragenden Bergen. Dass es in der Schweiz kein Meer und keine Küste gab, erschien Tinescu seit jeher als Resultat eines politischen Entscheides: Hätten die Schweizer gerne ein Meer gehabt, so hätten sie schon lange eines bauen lassen. An Geld für derartige Projekte, so dachte Tinescu, war in der Schweiz kein Mangel.

Seine Finger waren geschwollen, seit zwei Tagen schon. Über Jahre hatte er nachts seinen Ehering auf dem Nachttischchen deponiert, hatte sich angewöhnt, ihn frühmorgens mit einem zärtlichen Gedanken wieder überzustreifen. Nun aber, mit diesen geschwollenen Fingern, konnte er den Ehering nicht mehr ablegen. Er dachte dabei an die großen Renovationsarbeiten, die in Roşia Montană anstanden, dachte an die neuen Dachziegel, das war der größte Brocken, dachte an den Hühnerstall, an den Gaskochherd, der sich nicht mehr reparieren ließ, an das zweite Küchenfenster, das dafür sorgen würde, dass Vladanas Mutter nicht noch erblinden würde im Alter, weil sie immer im Dämmerlicht stand, dachte an die Feuchtigkeit im nicht unterkellerten Erdgeschoss, gegen die endlich etwas unternommen werden sollte, dachte an die Brücke, die abgesichert werden musste, um seine Mutter nicht an diesen so häufig wilden Bach zu verlieren, dachte an den Citroën, der früher oder später seinen Geist aufgeben würde, besonders jetzt, da Vladana ihn fuhr, welcher das nötige Feingefühl für die Kupplung hin und wieder fehlte. Vladana, die er noch kein einziges Mal hatte anrufen können. Die öffentlichen Telefone hier funktionierten allein mit Telefonkarten, und jene Karte, die er einem Afrikaner

abgekauft hatte, tadellos und originalverpackt, war allein in Italien gültig.
Er hatte es zu spät bemerkt und die Karte wütend in den Straßengraben geschmissen.

37. KAPITEL
ZÜRICH FLUGHAFEN – LANGENTHAL, SCHWEIZ

Es war ein erstaunlich kalter, vernebelter Tag, die Felder lagen schwer und bedeckt von altem Schnee, der in diesem Rekordwinter so üppig gefallen war, kahl und glanzlos standen die Bäume in der Landschaft. Die Maschine aus Bukarest musste noch zwei Schlaufen drehen, ehe die Zürcher Landebahn frei war.
Als er mit Fernanda auf das Gepäck wartete, versuchte Thomas Steinhövel, sie unauffällig dazu zu bewegen, einen langsamen, in Langenthal Halt einlegenden Zug nach Bern zu nehmen, er hätte es gern gesehen, wenn Marlene, die ihn am Bahnhof abholen wollte, sie noch kurz zu Gesicht bekommen hätte. Aber Fernandas Müdigkeit war nach der langen Reise zu groß, sie verabschiedete sich bereits am Flughafen von ihm, und Steinhövel schlug den Weg zum Bahnsteig allein ein. Als er in Langenthal eintraf, blies ihm ein launischer Wind ins Gesicht.
Tatsächlich stand seine Schwester auf dem Bahnsteig, ihre Begrüßung war genau die Erfrischung, die er nötig hatte. Auf dem Heimweg dann hatte Steinhövel Mühe, sich mit Marlene zu unterhalten, die Frage, ob Heljä endlich ein Lebens- oder Liebeszeichen geschickt hatte, verstopfte ihm alle Rezeptoren.
Als er in dieser latenten Nervosität Marlene fragte, ob sie für den bevorstehenden Umzug alles organisiert habe, und sie sonderbar schlapp mit den Schultern zuckte und erzählte, sie beschäftige sich derzeit absurderweise mit den Inhalten eines botanischen Studiums, konnte er nicht richtig reagieren. Marlene ließ ein kurzes, selbstironisches Lachen hören, das Steinhövel längst kannte, aber auch heute nicht richtig zu deuten verstand. Thomas spürte, dass etwas in Marlene rumorte. Er musterte ihre Gesichtszüge. Nach

einigen stummen Schritten sagte sie, sie hoffe, nicht den größten Fehler ihrer beruflichen Laufbahn zu machen.
Thomas blickte sie prüfend an.
»Eigentlich bin ich gekommen, um zu sehen, wie es deinem neuen Mitbewohner geht«, sagte Marlene plötzlich mit einem ganz anderen Klang in ihrer Stimme.
»Habe ich einen neuen Mitbewohner?«, fragte Steinhövel verblüfft.
»Alim. Haben dir die anderen nicht von ihm erzählt?«
Sie standen bereits im Treppenhaus, Steinhövel schüttelte den Kopf.
»Ein Kosovo-Albaner«, fügte Marlene an. »Befreundet mit Rexhep.«
»Keine Ahnung«, sagte Steinhövel und betrat die Wohnung. Unter den Briefen, die für Steinhövel eingetroffen waren und von Jörg wie immer in einer für ihn außergewöhnlich pedantischen Art auf seinen Schreibtisch gestapelt worden waren, fand sich kein Lebenszeichen von Heljä, kein noch so kleiner Schnipsel mit einer finnischen Briefmarke. Drei Mal ging Steinhövel den Stapel durch, drei Mal atmete er schwer auf, dann erinnerte er sich wieder, dass Marlene hinter ihm im Zimmer stand, blickte sie kurz verloren an und wusste nicht, ob er ihr nun alles erzählen sollte oder nicht.
Ebenso wenig wusste er, was sich vor wenigen Tagen erst im schweizerischen Härkingen, am Jurasüdfuß und gar nicht weit von Langenthal gelegen, in jenem für die landesweite Sortierung zuständigen Briefverteilzentrum ereignet hatte: Der umfangreiche, auf hauchdünnem, längst außer Mode geratenem Luftpostpapier geschriebene und von einem ebenso hauchdünnen Umschlag geschützte Liebesbrief Heljä Halkkanens war von einer monumentalen, ein paar Dutzend Tonnen schweren Briefsortiermaschine, unbemerkt von dem an zwei Händen abzuzählenden Personal, zwischen zwei hochtourig rotierenden Transportrollen eingeklemmt und im Bauch der Maschine in winzige Teile zerrissen worden. Ein seltenes technisches Versagen, das nicht vor

der nächsten Gesamtrevision der Briefsortiermaschine bemerkt werden sollte, deren Termin in einigen Wochen erst anstand.
In der Hoffnung, damit seine Stimmung zu heben, schlug Steinhövel seiner Schwester einen ausgedehnten Spaziergang vor.
»Und was ist mit Alim?«, wollte Marlene wissen.
»Mit Alim? – Ach ja.«
Steinhövel klopfte bei Jörg an die Zimmertür. Es dauerte eine Weile, bis die Musik leiser wurde und sich die Tür öffnete, aber die Begrüßung war herzlich.
»Ja, leider«, antwortete Jörg auf die Frage, ob sie einen neuen Mitbewohner hätten. Aber er könne jetzt nicht sprechen, er sei beschäftigt und Alim nicht da.
Das bedeutete, dass Jörg seinen eigenen Rekord bei einem Game zu pulverisieren gedachte und ungestört bleiben wollte.
Quer durch die Wässermatten und hinein in die Wälder schritten sie Wege ab, die Steinhövel lange nicht mehr gewandert war und deren gefrorene Pfützen unter ihren Schuhen in unzählige Scherben zersplitterten, was ihm auf sanfte Art grausam erschien.
Marlene entschuldigte sich für ihre miese Laune, für ihre oft fehlende Selbstsicherheit; sie verstehe selbst nicht genau, warum sie sich nun, da ein derart großer und von allen Seiten bewunderter Karriereschritt anstehe, tatsächlich überlege, alles fallen zu lassen und zum Beispiel nach Wien zu ziehen, um sich dort nochmals an der Universität einzuschreiben und das von ihr im Nebenfach und tatsächlich immer nebensächlich behandelte Fach der Botanik als Nachdiplomstudiengang zu belegen, um nochmals neu anzufangen mit ihrer gesamten Biografie.
Mit einer kraftlosen Stimme sagte Marlene das, ungewohnt mutlos und so, als handle es sich um den Vorschlag einer alten Tante, die ernst zu nehmen alle längst aufgegeben hatten. Wie ernst es um Marlene stand, begriff Steinhövel, als sie sich vorsorglich entschuldigte, sich heute Abend vielleicht betrinken zu müssen.

Neben ihnen gurgelte Wasser in einem schnurgeraden Kanal der Wässermatten, und Steinhövel konnte Marlene nur zu gut verstehen. Dank der so nur selten auftretenden Melancholie seiner Schwester fühlte Steinhövel sich in der Lage, auch von seinem Kummer zu erzählen; auf Umwegen begann er, die katastrophale Entwicklung des *Großen Bunds* zu schildern, die Kündigung Marc Widmanns erwähnte er ebenso wie die Aussichtslosigkeit seiner kläglichen Wohnsituation; endlich sprach er auch von der großen Enttäuschung, keine Nachricht von Heljä Halkkanen erhalten zu haben. Schließlich führte er voller Schamgefühl seine Verwirrung bezüglich der mit ihm gereisten Fernanda aus, deren Verhalten ihn bei der Frage, wie er auf Frauen überhaupt wirke, umso ahnungsloser mache.

Die Nebeldecke hatte erste Risse bekommen, Marlenes Stimmung schien sich allmählich zu heben.

Dass er von ihr, die sich in Wohngemeinschaften noch immer wohlzufühlen schien, bezüglich seines Wunsches nach einer eigenen Wohnung nicht viel Verständnis erhoffen konnte, war ihm bewusst. Aber er spürte, wie sehr sich Marlene in ihn einfühlte, als er von Heljä sprach, sie erkundigte sich genauer nach den Abläufen dieser Nacht am See, sie lachten über einige Details, und schließlich schlug sie ihm vor, Heljä doch anzurufen. Steinhövel wehrte mit umständlichen, drückebergerischen Gründen ab, bis ihm Marlene einen Blick zuwarf, in dem Mitleid und Vorwurf sich ungefähr die Waage hielten. Steinhövel kannte das: Von seiner Haltung, man müsse eine Liebe vor allem von Fügungen des Schicksals abhängig machen, hielt seine Schwester nicht besonders viel.

Der Weg führte sie an einen Waldrand, wo einige dunkle Pferde auf einer leicht abfallenden Koppel standen, gehüllt in dunkelgrüne Steppdecken. Die meisten hielten eines ihrer Hinterbeine entlastet, befanden sich in diesem rätselhaften, pferdetypischen Dämmerzustand, wolkiger, weißer Dampf entstieg ihren Nüstern. Den Kontakt zu seinen Zehen hatte Steinhövel verloren.

Ehe sie heimkehrten, schnitt Steinhövel nochmals das Thema der Botanik an. Es wollte ihm nicht in den Kopf, warum Marlene die ganze Jurisprudenz und alle ihre Erfahrung auf diesem Gebiet auf Eis legen sollte, um nach Wien zu ziehen.

Marlene sprach von ihrer Liebe zu Bäumen, von ihrem Interesse für alles Forstwirtschaftliche, für Wachstum und Standortpräferenzen – allerdings zog sie selbst in Zweifel, ob dieses Interesse ausreichend sein könnte für einen Studiengang. Sie vermute, es sei ihr bloß wichtig, in Alternativen denken zu können.

Es war dunkel geworden, Kälte und Hunger trieben sie nach Hause. Zurück in der Wohnung, begegnete Thomas Steinhövel Alim Jahiji. Ehe er Alim fragen konnte, was diesen hergeführt habe, stellte er fest, dass Marlene vielleicht doch vor allem Alims wegen nach Langenthal gekommen war; sie begrüßte ihn nicht weniger innig, als sie ihn, ihren Bruder, begrüßt hatte. Überhaupt schien seine Wohngemeinschaft wie verwandelt: Kaum hatten seine Mitbewohner von der Anwesenheit Marlenes Wind bekommen, versammelten sie sich, obwohl sie ansonsten kaum aus ihren Zimmern zu bewegen waren, um den Küchentisch, an dem er wohl letztmals vor mehr als siebzehn Monaten mit seinen Mitbewohnern gemeinsam gesessen hatte. Alle fanden es dringend nötig, einen billigen Sekt und eine Packung Wasabi-Nüsse zu öffnen.

Dass Marlene sonderbar verschmitzte Blicke auf Alim warf, der doch immerhin siebzehn Jahre jünger war als sie und von dem Steinhövel kaum mehr wusste, als dass er erstaunlich schnell ein paar einigermaßen verständliche Brocken Deutsch gelernt hatte und abends viel Zeit im Velorama verbrachte, war nicht weniger merkwürdig. Steinhövel sah, dass auch Alim in Gegenwart Marlenes nervös wurde, sah, wie Stefano Manzini sich bemühte, Marlene charmant in ein Gespräch zu verwickeln; er selbst hatte jetzt schon so lange kein Wort mehr gesagt, dass er den Tisch hätte verlassen können, ohne dass es aufgefallen wäre.

Von Manzini wusste Steinhövel, dass er in seiner Familie »Professore« genannt wurde oder »Goethe«, weil er sich seit Jahren mit einem ewig sich hinziehenden Studium der Germanistik plagte, und als vor drei, vier Monaten sein Großvater beerdigt worden war, hatte er, tief bedrückt und seltsam gereizt, Steinhövel in allen Einzelheiten das bewegte Leben dieses seines geliebten Großvaters geschildert und Thomas das Versprechen abgerungen, mit ihm bald einmal nach Norditalien zu reisen, nach Mailand, um wenigstens den langjährigen Lebensfreund seines Großvaters in einem ausführlichen Porträt zu verewigen – dieser Manzini holte jetzt zu Steinhövels größter Verwunderung farbige Stoffservietten aus einer sonst nie geöffneten Küchenschublade und legte sie fein säuberlich auf den Tisch, bloß um sicherzustellen, dass sich Marlene bei Bedarf würde die Hände reinigen können.

Was die Reportage aus Norditalien betraf, so hatte Steinhövel lange schon verdrängt, dass er damals zugesagt hatte. Jetzt saß er neben Manzini am Tisch, knabberte Wasabi-Nüsse, war froh, dass sich seine unterkühlten Zehen wieder ins System der wahrgenommenen Körperteile zurückbemühten, hoffte, Manzini habe sein Versprechen längst vergessen, und beobachtete seine Schwester, beobachtete Alim, dann Stefano und schließlich den in seinem Hells-Angels-T-Shirt dasitzenden Jörg. Er musste feststellen, dass es Marlene mühelos gelang, seine gesamte Männerwohngemeinschaft emotional auf den Kopf zu stellen.

Alims Vorschlag, gemeinsam zu kochen, wurde freudig begrüßt. Während der Zubereitung des kosovo-albanischen Gerichts behandelte Stefano Marlene äußerst zuvorkommend, Jörg seinerseits war besorgt, dass sich ihr Weinglas nie leerte, was aber Marlene nicht daran hinderte, ihre Aufmerksamkeit nur umso mehr dem jungen Alim zu schenken. Und dieser dankte es, indem er erzählte. Da unterdessen auch Rexhep eingetroffen war, stand fortan ein Dolmetscher zur Verfügung, und so erfuhren sie Dinge über Alim, die er noch niemandem erzählt hatte. Er schilderte seine Flucht aus dem Kosovo, berichtete, wie er erst an einem Skilift, dann in der Slowakei kurz bei einem bosnischen Imker gearbeitet hatte, erzählte, wie er sich von Wien nach Bern durchgeschlagen hatte, und sprach von seinem Onkel mit größter Bewunderung. Von Marlene nach seiner Meinung zum Kosovo-Konflikt gefragt, ließ Alim vor ihrem inneren Auge den genauen Ablauf der Demonstrationen und seiner Verhaftung entstehen, während Rexhep jedes Detail ins Deutsche übertrug.

Steinhövel verstand nicht warum, aber es schmerzte ihn, beobachten zu müssen, dass Stefano Manzini im Kampf um die Gunst Marlenes den Kürzeren zog. Dieser Manzini erinnerte ihn an Mihai Tinescu, von dem er nun doch zu gern erfahren hätte, ob dieser für die mächtige Goldmine in Roşia Montană oder aber auf einem Erdbeerfeld in Südspanien würde arbeiten können.

Steinhövel gefiel Manzinis Blick nicht, in dem er eine tiefe Kränkung zu erkennen glaubte. Bisher hatte er sich vor allem um Jörg Niederegger Sorgen gemacht, dessen Leben von allerlei Düsternis durchwirkt war: Jörg, als Zeitungsausträger an der Quelle, sammelte seit Jahren Artikel, schnitt sie aus und klebte sie in sein »Album des Ablebens«, wie er es nannte. Hungersnot, Erdbeben, Krieg, Vergewaltigung, Mord, Folter, Überschwemmungen, Verkehrsunfälle, Gruppensuizid, Meuchelmord, Dürre, Flugzeugabstürze, nicht mehr zu bergende U-Boote, Artensterben, Öltankerhavarien, Aids, Giftgaskontaminationen, ukrainische Leukämiestationen und nordkoreanische Gefangenenlager – egal welches Thema, welche Gegend der Erde, Jörg klebte alles, was seinen Ansprüchen genügte, in sein Album. Als müsse er die Sache kulturell umfloren, pflegte er eine große Sammlung an Heavy-Metal-Schallplatten, eine Musikrichtung, die es scheinbar immer noch gab, und seine Arbeitszeiten hatten dazu geführt, dass Jörg tagsüber, in der Regel zwischen neun und sechzehn Uhr, in seinem ganztägig verdunkelten Zimmer schlief, dann langsam aktiv wurde. Wenn sie sich schlafen legten, wurde Jörg richtig wach und hörte mit großen Kopfhörern diese ratternde Musik oder saß vor dem Bildschirm und schaute sich Filme an, in denen die Physik und andere Dinge, die auf der Welt ihre Geltung hatten, außer Kraft gesetzt waren. Dieser Lebenswandel hatte Steinhövel schon einige Male Sorgen gemacht, jetzt aber, da zwischen Alim und Stefano ein sonderbares Wettrennen um Marlene entstanden war, sorgte sich Steinhövel mehr um Stefano, dessen Stolz tief gekränkt schien. Die mehr und mehr zornigen Blicke, mit denen er Alim bedachte, machten Steinhövel regelrecht Angst.

Am nächsten Morgen, als Steinhövel aus der Dusche stieg, saß Marlene bereits hellwach und gesprächig neben Alim Jahiji am Küchentisch. Auch Manzini war schon wach, grüßte mürrisch und stieg kleinäugig in die Dusche. Spätestens jetzt musste ihm klar geworden sein, dass seine Bemühungen um Marlene seinen tollen Manieren, seiner beneidenswert korrekten Artikulation, seinen frischen Hemden und seinem rasurlos aufgetragenen Rasierwasser zum Trotz umsonst gewesen waren.

Als Marlene nach dem Frühstück in Steinhövels Zimmer kam, stand sie eine Weile hilflos und mädchenhaft herum, lehnte sich vor dem Fenster an den Radiator, warf Steinhövel einen großäugigen Blick zu und sagte: »Ich fühle mich dumm.«

Ihre Hände zog sie zurück in die Ärmel, den Kopf zog sie ein in den Kragen ihres Pullovers und sagte: »Ziemlich dumm. Dumm und verliebt.«

»Die Liebe hat noch selten vernünftig gehandelt«, sagte Steinhövel und schämte sich sogleich, damit ein negatives Urteil abgegeben zu haben. Wieso sträubte sich in ihm ziemlich vieles gegen diese Verbindung?

»Ich weiß nicht, wie ich mich verhalten soll«, sagte Marlene, »ich kann doch nicht einfach zurück ins Wohnzimmer gehen und Alim um den Hals fallen.«

Nicht ohne Sorge nahm Thomas zur Kenntnis, dass Marlene unbändige Lust empfand, genau dies zu tun.

38. KAPITEL
DEN HAAG, NIEDERLANDE

Nachdem es ihm in den vergangenen Tagen zwei Mal gelungen war, in der Unterkunft des Tribunals flüchtig mit dem menschenscheuen Buca Branković zu sprechen, nachdem er einmal sogar unverhofft in dessen schlecht gelüftetem, außerordentlich kahl wirkendem Zimmer zu einem Tee eingeladen worden war, stand Miladin an diesem Nachmittag mit einem heftig pochenden Herzen vor Brankovićs Zimmertür, blickte mit fieberndem Ausdruck auf die Knöchel seiner rechten Hand, legte diese Knöchel an die Tür, klopfte zwei Mal und führte die Hand zurück in seine Hosentasche, wo er sie um den kühlen, metallenen Schaft legte. Gut hörbar atmete er aus.

Still war es auf dem Flur, unangenehm still, obwohl ihm klar war, dass jedes Geräusch ihn aufgeschreckt und das ganze Vorhaben womöglich vereitelt hätte.

Er starrte sie an, aber die Tür öffnete sich nicht. Er blickte auf seine Schuhe, schluckte leer, kniff die Augen zusammen, riss sie wieder auf. Seine rechte Hand begann zu zittern. Die Euphorie, das Sicherheitspersonal überlistet zu haben, hatte sich längst in Erfolgsdruck verwandelt.

Die Klimaanlage des Gebäudes arbeitete tadellos, die Luft war kühl, schien aber doch zu flirren, ihm glänzten Schweißperlen auf der Stirn. Er war überzeugt: Branković war in seinem Zimmer, das Schicksal würde ihm keinen Ausweg bereithalten. So hatte es auch Dragan Popović vorausgesagt, von dem er sich kräftig unter Druck gesetzt fühlte und über dessen Allüren, die einen Schuss aus der Nähe als unehrenhaft brandmarkten, er leider nicht zu spotten gewagt hatte.

Da das grüne Licht über dem einige Schritte weiter vorn sich befindenden Aufzug nicht aufleuchtete, war sich Miladin unsicher, ob das Rauschen, das jetzt zu vernehmen war, tatsächlich von dem unweit hinter der Zimmertür gelegenen Waschbecken herrührte.
Mit einem zarten Geräusch drehte sich der Schlüssel im Schloss, der Griff sank nach unten, die Tür öffnete sich. Mit nassem Haar, in schwarzer Hose und über die nackte Schulter ein Frottiertuch geworfen, stand schüchtern lächelnd Buca Branković vor ihm.
Da Buca ihm die Hand entgegenstreckte, spürte auch Miladin die Verpflichtung, seine Rechte hervorzuholen. Aber das ging nicht, seine in der Taschentiefe vergrabene Hand umklammerte die Waffe mit einer Kraft, die sich längst verselbstständigt hatte. Obschon ihm Dragan eingebläut hatte, Buca nicht in der Tür, nicht in diesem heiklen, halböffentlichen Bereich, sondern erst im Zimmer, erst in einem sehr sicheren Moment umzubringen, zog Miladin nun seine rechte Hand aus der Tasche, in der sich wie angewachsen jene schwarze, mit einem teuren Schalldämpfer bestückte Pistole befand, die Edkar vor vier Tagen eigenhändig nach Den Haag geliefert hatte.
Buca Branković blieb noch Zeit, erstaunt zu blicken. Der Schuss, der ihn an der Schläfe traf, ließ einen Klang vernehmen, als wäre im Flur eine schwere Tür sanft ins Schloss gefallen.

39. KAPITEL
DEN HAAG, NIEDERLANDE

Erst als Marlene an jenem kühlen, bedeckten Morgen den Verwaltungstrakt des Tribunals betrat, einen wuchtigen Bau, der trotz seiner langen, großzügigen Fensterfronten ungemein schwerfällig wirkte, erst als sie das von der Glastür ihr entgegengeworfene Spiegelbild selbstsicher zur Kenntnis nahm und nach wenigen Schritten, kaum hatte sie die Sicherheitskontrolle passiert, instinktiv die richtige Richtung wählte, auf den Empfang zusteuerte, dort sowohl ihren Namen als auch denjenigen der mit ihr verabredeten Personalverantwortlichen nannte, ohne diesen auf der ausgedruckten Mail nachlesen zu müssen, erst da fiel ihr auf, dass ihr Herz nicht heftig pochte, ihr Magen nicht flau und sie nicht nervös war.

Ehe sie dazu kam, sich zu fragen, ob das ein gutes oder schlechtes Omen sei, stand sie in einem langen, von abstrakten Gemälden geschmückten Flur vor jener dreistelligen Nummer, die ihr die Frau vom Empfang auf einen Zettel geschrieben hatte, räusperte sich, klopfte zweimal an und trat ein.

In einem kleinen, durch magere, in voluminösen Behältnissen stehende Topfpflanzen verengten Büro saß, halb verborgen hinter zwei Bildschirmen, eine brünette Mittvierzigerin mit stark hervortretenden Wangenknochen. Sie trug eine weiße, eng anliegende Bluse und verwaschene Bluejeans. Ihr langes Haar hatte sie zu einem Pferdeschwanz gebunden, die Ellbogen hielt sie aufgestützt, die Hände am Kinn. Stoisch blickte sie auf einen der beiden Bildschirme, legte kurz, als stehe sie an einem Waschbecken, das Gesicht in ihre Handflächen, erhob sich dann von ihrem Stuhl, schritt Marlene entgegen und schenkte ihr einen Blick, dem das Bemühen, möglichst freundlich zu wirken, deutlich anzusehen war.

»Willkommen im großen Hirn des Tribunals«, sagte Yvonne Blanten in einem gestochen scharfen britischen Englisch. Der Seufzer, der ihren Worten unwillentlich folgte, machte Marlene klar, dass Blanten wohl Besseres zu tun gehabt hätte, als sich mit den Ahnungslosigkeiten einer neuen Mitarbeiterin herumzuschlagen.

Blantens Händedruck war aber angenehm kräftig. Der unter ihrem Blusenkragen hervorlugende Saum einer Tätowierung – eine Schlangenzunge – gab Marlene das gute Gefühl, dass auch die Menschen, die am Tribunal arbeiteten, ein Privatleben führten.

»Ein großes Hirn«, fuhr Blanten fort, als sich Marlene an einer Topfpflanze vorbeigedrückt und im abgewetzten Sessel Platz genommen hatte, »Anklage und Verteidigung sind seine linke und rechte Hirnhälfte, und die Zeugen mit ihren Beweismaterialien sind, wenn Sie so wollen, die fünf Sinne, die diesen Körper mit Informationen beliefern.«

Mit Blanten hatte Marlene indes nur in der ersten Stunde zu tun. Es war der dünne, ständig auf seinem Telefon herumdrückende, irgendetwas heranzoomende oder herunterscrollende, gleichzeitig aber über etwas ganz anderes konversierende und nicht nach viel Freizeit ausschauende Ire David Gleeland, der sich darum kümmerte, Marlene an ihrem ersten Tag in die relevanten Abläufe und Einrichtungen ihrer Abteilung einzuführen.

Gleeland legte großen Wert darauf, sie mit allen Schnittstellen vertraut zu machen.

Marlene Steinhövel fühlte sich David Gleeland gegenüber von Anfang an unsicher. Er sprach, wenn sie nebeneinander die Flure abmarschierten, nicht mit einem ihr ein wenig zugeneigten Kopf, sondern geradeaus, sodass Marlene zu Beginn zwei, drei Mal meinte, er würde zugleich telefonieren. Auch schien ihr, Gleeland versuche ab und an witzig zu sein, vielleicht aber war er bloß zynisch. Jedenfalls irritierten sie seine Kommentare, weil sie nicht einschätzen konnte, ob ihm daran gelegen war, eine

heitere Atmosphäre aufzubauen, oder aber ob er ihr im Gegenteil klarmachen wollte, ein derartiges Tribunal sei der falsche Ort für Scherze. Gleeland gelang es, Marlene Türen so aufzuhalten, dass sie sich doch vor ihrer Nase schlossen, Gleeland schaffte es, die Frage, ob sie nun nicht endlich einen Kaffee nötig habe, so zu betonen, dass klar war, für wie arbeitsscheu er sie halten würde, sollte sie tatsächlich einen Kaffee trinken wollen. Gleeland sagte »Die Mitarbeiter des Tribunals«, als wäre Marlene bloß eine Besucherin. Gleeland sagte nicht »Ihre«, er sagte »diese Abteilung«, um Marlene zu verstehen zu geben, dass sie noch nicht dazugehörte.
Er führte sie im Eilschritt zu einem am Rand des Areals sich befindenden Altbau, worin sich, da die Büros der Ermittlungsbehörde aus allen Nähten platzten, für die nächsten Monate ihr Arbeitsort befand. Durch eine schwere Tür und ein mit breiten Steintreppen ausgelegtes Treppenhaus erreichten sie das Hochparterre, von wo aus sie bald einen großen Raum erreichten. Es war ein helles, geräumiges Zimmer, in welchem neben Aktenbergen wieder groß gewachsene Pflanzen Platz fanden, was Marlene freute. Fünf Frauen arbeiteten in diesem Raum, drei von ihnen führten gerade ein Telefongespräch, die anderen beiden standen auf, um Marlene zu begrüßen.
»Eigentlich sind wir nur zu viert hier drin«, sagte die eine, »denn Marijke telefoniert immer so laut, dass wir sie nach draußen schicken!«, und warf einer der telefonierenden Frauen einen missbilligenden Blick zu. Marijke winkte erfreut, setzte ein entschuldigendes Lächeln auf und begab sich mit einer Tasse in der Hand nach draußen.
»Hier werden vor allem Nachbetreuungen koordiniert«, sagte Gleeland und erläuterte, es sei die Aufgabe dieser Frauen, dafür zu sorgen, dass die Zeugen nach Prozessende nicht einfach entlassen und heimgeschickt würden.

»Vielleicht darf ich hier kurz ausholen«, sagte Gleeland und räusperte sich gekünstelt, »und ein paar basale Dinge erwähnen, die den Hintergrund Ihrer Arbeit bilden werden: Das Gericht achtet die Unschuldsvermutung, das Recht auf einen zügigen Prozess, das Recht, Zeugen zu hören, das Recht auf Berufung und das Recht mittelloser Angeklagter auf einen Rechtsbeistand. Sämtliche Zeugen erhalten vor, während und nach ihrer Aussage Unterstützung und Schutz durch das Tribunal. Die Zeugenschutzmaßnahmen sind zahlreich, das geht von relativ einfachen prozessualen Anordnungen bis hin zur Schaffung einer neuen Identität. Der Staat, der sie aufnimmt, muss bereit sein, unter Umständen für ihren Lebensunterhalt aufzukommen, weshalb es oft mühsam ist, verbindliche Zusagen seitens der Politik zu erhalten. Für die Zeugen sind die Schutzmaßnahmen oft schmerzhaft, weil sie sich bereit erklären müssen, nicht mehr in ihre Heimat zurückzukehren. Viele halten diesem Druck nicht stand, oder sie lassen sich gar nicht erst darauf ein.«

»Sie meinen, viele lehnen das Zeugenschutzprogramm ab?«, fragte Marlene.

»Im Gegenteil: Sie lehnen es ab, vor Gericht auszusagen. Sie müssen wissen: Unser Gerichtshof ist stark vom angelsächsischen Prozessrecht geprägt, was uns immer wieder Kritik einbringt. Wir pflegen eine strikte Gleichbehandlung von Anklage und Verteidigung. Weil der oft geäußerte Wunsch der Zeugen, anonym bleiben zu dürfen, die Verteidigungsrechte des Angeklagten tangieren kann, wird unseren Zeugen viel abverlangt. Am Europäischen Menschenrechtsgerichtshof läuft das anders, und ich persönlich wäre auch dafür, diese Regelung zugunsten der Zeugen anzupassen. Derzeit ist es aber noch so, dass ein Zeuge nur dann anonym aussagen darf, wenn er nachweisen kann, an Leib und Leben gefährdet zu sein, und seine Aussage derart entscheidend ist, dass die Anklage, gezwungen, ohne sie auszukommen, ihr Recht auf einen fairen Prozess verletzt sieht. So ist es für unser Gericht entscheidend, ein effizientes und zuverlässiges Zeugenschutzprogramm zu betreiben. Sie dürfen sich also freuen, in einer prozessrelevanten Abteilung mitwirken zu können.«

Marlene nickte. Diese Herausforderung nahm sie gerne an.

»Eine Einführung in die hausinterne Software wird man Ihnen demnächst erteilen«, sagte Gleeland, und während Marlene sich noch umsah, einen Blick aus den hohen Fenstern warf, die auf einen parkähnlichen Hinterhof führten, wo in großer Pracht Kastanienbäume blühten und eine kräftige Trauerweide im hohen Gras stand, hatte Gleeland das Zimmer schon wieder verlassen.

»Abschließend zeige ich Ihnen noch das Hotel Ambassador«, sagte er mit einem Schmunzeln, als sie ihn wieder eingeholt hatte. »Manche Zeugen müssen erst die Polizei benachrichtigen, wenn sie draußen am Kiosk ein Papiertaschentuch kaufen wollen – eigentlich nimmt jeder, der in Den Haag aussagen will, Abschied von seinem bisherigen Leben.«

Ambassador war der Name des teuersten Hotels der Stadt, und es hatte sich eingebürgert, die gut bewachte, aber bescheiden ausgestattete Unterkunft der Zeugen auch so zu nennen. Sie stand gleich vis-à-vis des Tribunals, ein silberner Klotz, der Marlene bereits bei der Anreise aufgefallen war. Relativ rasch nach Arbeitsaufnahme des Internationalen Strafgerichtshofes im Dezember 1994, so erzählte Gleeland, habe sich das Tribunal im »Ambassador« dauerhaft einmieten können, weil man nur dank dieser Unterkunft für die Sicherheit der Zeugen habe sorgen können. Auch sei das Personal bestens instruiert und kenne sich aus im Umgang mit psychisch stark belasteten Personen.

»Ich werde Ihnen nun gleich einen nicht allen Personen bekannten Weg ins Ambassador zeigen«, sagte Gleeland und führte Marlene in ein tristes Kellergeschoss. Sie gelangten in einen unterirdischen Gang, der die Unterkunft direkt mit dem Gerichtsgebäude verband. Dieser Fußgängertunnel sei, so Gleeland, nach allerhand Diskussionen vor einigen Jahren dann doch gebaut worden. Er ermögliche es jenen Zeugen, die besser darauf verzichteten, sich auf der Straße zu zeigen, ungesehen von ihrem Zimmer ins Gerichtsgebäude und wieder zurück zu gelangen.

Das kalte Licht vergitterter Neonleuchten, die gelb gestrichenen Wände, die Raumhöhe von knapp zwei Metern, die Überwachungskameras und die harten Geräusche der eigenen Schuhe machten es für Marlene äußerst unangenehm, diesen Tunnel zu passieren.

Über eine unauffällige, von drei Sicherheitsmännern bewachte Treppe kamen sie in eine Eingangshalle. Dort wurden sie abermals von Polizisten begrüßt, Marlene musste ihren Ausweis zeigen, mit Metalldetektoren wurden sie abgesucht.

»Es gibt nichts Besonderes zu sehen«, sagte Gleeland, »aber wir können dennoch die langen Gänge abspazieren. Sie werden sich auch hier zurechtfinden müssen, um Zeugen abzuholen oder sie zurück aufs Zimmer zu begleiten.«

Gleich nach der Eingangshalle, die mit ihren Spiegelwänden größer wirkte, als sie ohnehin war, übernahmen rot-schwarz-grün gemusterte Teppiche und eine Tapete mit dünnen, senkrechten, hellblauen Linien das ästhetische Zepter. Der Teppich war erstaunlich dick, schluckte jedes Geräusch. Viel mehr als die sanfte Glocke eines Aufzugs und das gedämpfte Geplauder zweier Frauen am Eingang war nicht zu hören.

Da die Fenster verschraubt waren und das Belüftungssystem schlecht arbeitete, herrschte eine trockene, ungesunde Luft.

Gleeland schlug vor, kurz mit dem Aufzug in den obersten Stock zu fahren, weil sich dort mit einem Blick aus dem Fenster Übersicht gewinnen ließ über das Areal des Tribunals.

Als der Lift oben angekommen war, drängte sich in die erst ein paar Zentimeter offen stehende Tür ein kräftiger Mann, der, erschrocken, die Kabine nicht leer vorzufinden, seine Hände zurücknahm, sich mit einen großen Schritt wieder vom Lift entfernte, sich in einer slawisch anmutenden Sprache entschuldigte, um Marlene und Gleeland den Vortritt zu lassen.

Als Gleeland entdeckte, dass hinten im Flur eine Zimmertür leicht offen stand, fragte er, ob sie sich kurz umsehen wolle. Da ihre Aufgabe auch darin bestehen werde, sich ausführlich mit Zeugen zu unterhalten, werde sie, so Gleeland, viel Zeit in diesen Zimmern verbringen.
Marlene nickte.
Gleich hinter der Tür lag ein Mann am Boden. Sein Haar war nass, Füße und Oberkörper nackt, der Hals gerötet, der Mund offen. Aus einer Wunde an der Schläfe strömte Blut. Neben seiner rechten Hand lag eine Faustfeuerwaffe. Die Sonnenblenden waren geschlossen, dämmrig war es, im Badezimmer summte ein Ventilator.
David Gleeland und Marlene Steinhövel entdeckten den Mann ungefähr zeitgleich. Marlene kniete nieder, beugte ihr Gesicht zum Gesicht des Verletzten hin, er atmete noch.
Gleeland war unfähig, etwas zu unternehmen. Marlene schüttelte ihn und befahl, einen Notarzt zu benachrichtigen.
Gleeland fasste sich und telefonierte.
Im Zimmer lagen ein paar Kleider herum, ein Kamm, eine Dose mit Rasiercreme, auf dem Bett ein Brief und eine Geige. Marlene fiel der aufwendig verzierte Griff der Pistole auf.

40. KAPITEL
LANGENTHAL, SCHWEIZ - MOSKAU, RUSSLAND

Wie immer, wenn er glaubte, sie hätten diese dumme Eigenschaft aufgegeben, fingen Thomas Steinhövels Lederschuhe bei jedem Schritt zu quietschen an. Auch jetzt, da er mit viel Gepäck auf den Langenthaler Bahnhof zuging, machten sich seine Schuhe derart laut bemerkbar, dass sich hin und wieder Passanten nach ihm umdrehten. Am Kiosk kaufte sich Steinhövel drei Zeitungen, ließ sich auf dem Bahnsteig von einem vorbeirasselnden Güterzug einen warmen, fremdländisch anmutenden Wind ins Gesicht wehen und setzte sich schließlich in den Zug nach Zürich.
Zwar war ihm die Aussicht, nach Moskau zu fliegen, unangenehm, da die Nato unter gleichem Himmel täglich von den Medien als sogenannte Luftschläge bezeichnete Luftangriffe gegen Serbien führte, zermürbt aber von der kräftezehrenden Perspektive, mit einer wahrscheinlich langwierigen Stellensuche endlich beginnen zu müssen, war ihm trotz der lausigen finanziellen Entlohnung seitens des *Großen Bunds* die von Fernanda an ihn herangetragene Einladung, gemeinsam für eine nächste Reportage nach Moskau zu reisen, doch willkommen gewesen.
Die Wohngemeinschaft über der Centralgarage für eine gewisse Zeit hinter sich lassen zu können, empfand Steinhövel als Erleichterung, der kurzweilige Abend mit Marlene war kaum vorbei, da hatte sich Jörg Niederegger Luft verschafft. »Stinksauer bin ich«, sagte er, »gleich platzt mir der Kragen. Dieser Alim stellt sich vor, er kann gratis bei uns wohnen. Ich weiß nicht, was der sich einbildet! Ich werde von den Nebenkosten nur ein Fünftel bezahlen!«, rief Niederegger verärgert. »Ich bin nicht bereit, irgendwelche Schmarotzer durchzufüttern.«
»Jörg!«, rief Steinhövel, aber es gelang ihm nicht, ihn zu unterbrechen.

»Mir ist egal, ob sie aus dem Kosovo kommen oder vom Mond. Für Flüchtlinge ist der Staat zuständig, nicht ich. Und die Nebenkostenabrechnung, die heute ins Haus geflattert kam, werde ...«
»Du bist auch der Staat«, wetterte Steinhövel.
Niederegger blickte ihn entsetzt an.
Steinhövel zog an Niederegger vorbei in die Küche, entdeckte dort, zuoberst auf dem Altpapierstapel, das Couvert mit den Wahlunterlagen zur Asylgesetzrevision, adressiert an Jörg Niederegger. Der Umschlag war ungeöffnet. Dass Niederegger für die Teilnahme an demokratischen Prozessen wenig übrig hatte, war in diesem Fall vielleicht erfreulich, es ärgerte Steinhövel aber, sich mit einem latent rassistischen Zeitgenossen eine Wohnung teilen zu müssen. Er verschwand in sein Zimmer, suchte die Amnesty-Broschüre, die ihm Marlene mitgebracht hatte, und klebte das ausführliche Argumentarium, mit dem Amnesty gegen die Asylgesetzrevision kämpfte, über dem Küchentisch an die Wand.
»Lesen kann er ja«, dachte Steinhövel, »ein Versuch ist es wert.« Wahrscheinlich würde er für die zusätzlichen Nebenkosten aufkommen müssen, denn weder Stefano noch Rexhep waren berühmt dafür, ohne Geldsorgen durchs Leben zu spazieren. Immerhin aber sollte Niederegger ein bisschen zum Nachdenken angeregt werden – und weil Steinhövel sicher sein wollte, im Bedarfsfall dieses Beweisstück helvetischer Geschichte Niederegger unter die Nase halten zu können, bestellte er sich bei seinem nächsten Besuch im Buchzeichen, der, abgesehen von den Bücherregalen in der Papeterie Bader, einzigen noch verbleibenden Buchhandlung Langenthals, sogleich ein Exemplar des flüchtlingspolitischen Zwischenberichtes der Bergier-Kommission.
Dieser Vorfall lag kaum eine Woche zurück. Weil ihnen die Stadt vor zwei Tagen wieder einmal Strom und Gas abgestellt und der Vermieter telefonisch mit Polizei und Pfändungsamt gedroht hatte, hätte der Zeitpunkt dieser Abreise nicht besser liegen können.

Fernanda und er hatten vereinbart, sich gleich am Flughafen zu treffen, vor dem Check-in-Schalter der polnischen Fluggesellschaft. Ihre Reportage aus Rumänien war mit dem Titel *Der goldene Berg. Eine Reportage aus der rumänischen Provinz* veröffentlicht worden. Fernandas Lieblingsfotografien hatten es tatsächlich aufs Frontblatt geschafft: Hinter niedrigen Häusern war der Hügelzug Roşia Montanăs zu sehen, überspannt von dramatisch verwehten Wolken; ein Bild, das den Betrachter schlagartig in diese Landschaft versetzte. Steinhövel konnte noch immer Fernandas Gesicht sehen, konnte sehen, wie sie ihr Auge vom Sucher nahm und strahlte, weil sie bereits wusste, dass sie ein gutes Bild im Kasten hatte.

Steinhövel hatte sich gefreut, dass Fernanda nach dieser ersten Geschichte bereit war, bei Redakteur Bütikofer mit einer nächsten Idee für eine Reportage vorstellig zu werden. Leider hatte er Mühe, darin nicht auch eine Liebeserklärung zu sehen – durchaus ahnend, dass dies ein Fehler sein würde, saß er nervös im Zug nach Zürich.

Als dieser in einem Tunnel verschwand, prüfte Steinhövel im verspiegelten Fenster seine Rasur. Seine Probleme mit ihr waren darauf zurückzuführen, dass er seit Monaten dieselbe Klinge verwendete. Aber jedes Mal, wenn Steinhövel in einem Supermarkt stand, ärgerte er sich über den lächerlich hohen Preis der stets in Kassennähe erst angebotenen Gillette-Rasierklingen, die in einer abgeschlossenen Vitrine aufbewahrt wurden, in einem Gillette-Tresor, der jeden beiläufigen Diebstahl verunmöglichte. Aus diesem Grund hatte sich Steinhövel auf seinen Reisen immer wieder bei der Hoffnung ertappt, dereinst per Zufall in einem schlecht geführten Gemischtwarenladen auf eine Packung Gillette Sensor zu stoßen, die entweder furchtbar billig zu kaufen oder aber furchtbar einfach zu klauen wäre – beides war bisher nicht passiert.

Es war ganz nach seinem Geschmack, dass Fernanda Ørjansson, als er die Rolltreppe hinter sich gelassen hatte und die Halle betrat, bereits am Check-in-Schalter stand. Dass sie genau jene Jeans und genau jenen Kapuzenpulli trug, die sie auch in Rumänien fast jeden Tag getragen hatte, weckte in Steinhövel ein ihm angenehmes Vertrauen in sie.

Als Ørjansson gleich nach den drei Wangenküsschen von ihrem Reisefieber erzählte, begann Steinhövel das Herz zu pochen. Er hatte keine Lust zuzugeben, dass auch er ziemlich nervös war.

Als sie in der Abflughalle auf die Ankündigung des Boardings warteten, fand Thomas Steinhövel tief im staubigen Spalt zweier Abflughallensitzpolster einen imposanten, mit goldenen Verzierungen versehenen Füllfederhalter der Firma Montblanc. Sein dunkel an der Deckelspitze glänzender Stein und der wohlgeformte, schwarz glänzende Schaft verliehen diesem Schreibgerät etwas Prunkhaftes, das Steinhövel zunächst abstoßend fand. Es musste eine Feder sein, wie sie von Aufsichtsratsvorsitzenden oder hohen Staatssekretären verwendet wurde. Steinhövel, obschon er selten nur mit Tinte schrieb, fand, er wäre, nachdem er sorgfältig den Raum auf mögliche Staatssekretäre und Aufsichtsratsvorsitzenden hin abgescannt hatte, der bestmögliche Besitzer dieses vielleicht seit Wochen oder Monaten im Spalt schon klemmenden Fundstücks.

Im polnischen Flugzeug, das angenehm unterbelegt war, bestellte Steinhövel kurz nach dem Start zwei Menüs. Fernanda schmeckte es nicht besonders, sie ließ die Hälfte stehen und erklärte, es sei der Sitte wegen unumgänglich, vor dem Treffen mit der Moskauer Fahrradkurierin, der vor drei Tagen zum zweiten Mal in diesem Jahr ihr Rad geklaut worden sei, zuerst drei Tage bei ihren Verwandten zu verbringen. Steinhövel gab vor, dass ihn dies überhaupt nicht störe, hielt den Montblanc in den Fingern und versuchte, sich gedanklich abzulenken. Wie er es meistens tat, bemühte er sich auch jetzt, zu diesem Zweck möglichst genau zu beschreiben, was seine Augen zu sehen bekamen. Er hatte schon drei, vier gar nicht so unpassende Adjektive für die Wolken gefunden, über denen sie schwebten, als der kräftige Russe, der neben Fernanda saß, sie fragte, ob er ihre Reste essen dürfe. Der Mann war deutlich höher und deutlich breiter gebaut als Steinhövel, weswegen es den Eindruck machte, er sitze näher an Ørjansson als Steinhövel, was gar nicht stimmte. Auf eine ablehnende Antwort hoffte Steinhövel vergeblich; er hielt es für eine übertriebene Form von Zuneigung, dass sie diesem ungepflegten Brocken ihre Essensreste anvertraute. Als der Mann später pinkeln ging, hoffte Steinhövel, er werde sich in der winzigen Tür verkeilen und den Rest des Flugs auf der Toilette verbringen. Das passierte leider nicht, im Gegenteil. Der Mann kam zurück und glaubte, er müsse seine Dankbarkeit Fernanda gegenüber nun beweisen, indem er ihr erzählte, er könnte für sie ein Haus finden in Moskau oder in St. Petersburg, er könnte alles organisieren, um den Kauf rasch über die Bühne zu bringen. In nur zwei Jahren werde das Haus bereits den doppelten Wert aufweisen und in fünf Jahren vielleicht den vierfachen. Fernanda ging tatsächlich auf das billige Thema ein, interessierte sich unterschiedslos für alles und fragte den Kerl aus über Miet- und Lebenskosten in Russland; unterdessen legte Steinhövel eine Liste ungewöhnlicher, später bei Bedarf zu verwendender Adjektive an, die das Leben auf den Straßen Moskaus vielleicht beschreiben könnten.

Die Landung auf dem Moskauer Flughafen war hart, die Fahrt zum Flughafengebäude im breiten, sitzlosen Bus dauerte fast so lange wie der Flug. Steinhövel war froh, die Sache überstanden zu haben. Auch war es ihm nur recht, dass nicht Fernandas Verwandte, sondern eine mit der Familie befreundete Frau sie am Flughafen abholte; eine zierliche, puppenhaft gekleidete Russin, die in der Ankunftshalle stand und ein Schild in den Händen hielt, auf dem ihre Namen zu lesen waren.

Die Frau begrüßte sie herzlich, stellte sich vor als Slawenka und ließ ausrichten, wie untröstlich die Familie sei, sie nicht persönlich

in Empfang nehmen zu können; kurz vor Mittag werde man sie in einem Innenstadtcafé abholen kommen – und bis das geschehe, werde sie ihnen Gesellschaft leisten.
Als sie in einen gut besetzten Flughafen-Expresszug stiegen, wurde Steinhövel klar, dass Slawenka sie für ein Paar hielt. Steinhövel genoss dieses Gefühl. Fernanda richtete ihren Blick auf die ewig langen, monströsen, teils auch abenteuerlich hohen Wohnblocks, die sich eine Weile schon vor dem Zugfenster hinzogen. Lange Zeit fuhren sie entlang zweier mächtiger, isolierter Rohre, die in regelmäßigen Abständen große Bogen vollführten. »Fernwärme«, sagte Fernanda. Steinhövel brachte endlich den Mut auf, forschend in ihr Gesicht zu schauen. Im Flugzeug hatte er das nicht geschafft. Weil er auf dem Fensterplatz saß, hatte er ihr Gesicht dicht vor seinem Mund. Die Begleiterin stand im Gang, es wäre einfach gewesen, Fernanda zu küssen.
»Es ist fast zwei Jahre her, seit ich letztmals hier war«, sagte Ørjansson und nahm den Kopf etwas zurück. Sie fühle sich sonderbar heimisch, und doch sei alles fremd genug, um sogleich überall anhalten und alles fotografieren zu wollen.
Wenig später stiegen sie um in die Metro. Wie auch schon im Flughafen-Express waren die Menschen auf dem angenehm beleuchteten, mit Marmor ausgekleideten Bahnsteig ruhig. Beim Roten Platz tauchten sie auf ans Tageslicht und standen vorerst wortlos im touristischen Herzen der Stadt. Enttäuscht stellte Steinhövel fest, dass dieser Platz mit jedem neuen Besuch ein bisschen kleiner wurde.
Ob sie einverstanden wären, in einem Café etwas trinken zu gehen?, fragte Slawenka, und Fernanda nickte. Steinhövel nickte ebenfalls und fragte sich still, ob nicht auch in Fernandas Augen, in ihrer Art, seinem Blick auszuweichen, eine Verliebtheit versteckt war. Steinhövel hielt seine Unsicherheit, seine chronische Mutlosigkeit mehr und mehr für einen staubigen, lebensfeindlichen Unsinn.

Um eine stark befahrene Straße zu queren, nahmen sie eine breite, übel riechende Fußgängerunterführung, in der Fernanda auf eine schwarze, auf der Zeitschriftenablage einer Kioskbude schlafende Katze aufmerksam wurde. Steinhövel hingegen fixierte einen vielleicht dreißigjährigen, in abgetragenen Kleidern neben dem Kiosk stehenden Mann, an dem ihm nicht nur das Béret, die geduckte Haltung und der hochgeschlagene Kragen des Mantels, sondern auch das silbern glänzende, im Mundwinkel steckende Drahtstück irritierte. Weil Steinhövel überzeugt war, es hier nicht mit einem gewöhnlichen Obdachlosen und Bettler zu tun zu haben, wagte er, seinen Blick etwas länger auf dem Fremden ruhen zu lassen. Die Reaktion des Mannes war keinesfalls ablehnend, sondern interessiert, er bewegte sich zwei Schritte auf ihn und Fernanda zu und bat – Steinhövel verstand es erst beim zweiten Mal – um eine Zigarette. Steinhövel, dieses Mal ganz bewusst einige Schachteln dieser Marke mit sich führend, legte ihm eine Mary Long in die hohle Hand. Der Mann nahm die Zigarette an, warf Steinhövel einen fragenden Blick zu, als wollte er sichergehen, diese Zigarette tatsächlich geschenkt erhalten zu haben, legte sie schließlich mit rascher Bewegung in eine weibliche Hand, die aus dem winzigen Fenster zwischen dem Blätterwald der Kioskbude hervorlugte. Diese Hand verschwand sodann im Bauch der Verkaufsbude und zeigte sich kurz darauf mit einem Geldschein wieder, den der Mann in einer raschen, wie blind vollführten Bewegung einsteckte, um wieder dazustehen, als wäre nichts geschehen.

Fasziniert von diesem Handel, stand Steinhövel sprachlos da; Slawenka zog, als wolle sie sich damit für soziale Missstände in ihrem Land entschuldigen, die Brauen in die Stirn. Fernanda erwähnte den Namen einer französischen Wochenzeitung, die es hier verblüffenderweise zu kaufen gab. Dies ließ den um Zigaretten bettelnden Mann aufhorchen, er machte zwei weitere Schritte auf sie zu, schob sein Béret höher in die Stirn, hielt mit der einen Hand

den Mantelkragen hoch, sprach Fernanda auf Französisch an und fragte, ob sie aus Paris stamme.
Fernanda verneinte freundlich und fragte, woher er denn komme. Der Mann blickte sich um, wie um sich zu vergewissern, unbeobachtet zu sein, dann sagte er leise, dass er aus Algerien stamme. Er sprach ein tadelloses Französisch, was Fernanda und Steinhövel aufmerken ließ. Ihre Verblüffung spornte den Mann zu einer Präzisierung an: Aus der Stadt Béjaïa stamme er, jenem Ort, wo zum ersten Mal in Algerien auf einem Klavier gespielt worden sei – eine Aussage, auf die weder Fernanda noch Steinhövel zu antworten verstanden, sodass es ihnen nicht gelang, sich von diesem Mann, der jetzt wieder einen Schritt zurückwich, sich umsah und von dannen ging, mit der geforderten Freundlichkeit zu verabschieden. Steinhövel, der sah, dass er seine Verwirrung mit Fernanda teilte, nahm den Montblanc-Füller hervor und notierte diesen überraschenden, das erste algerische Klavierspiel betreffenden Satz ins Carnet. Er wusste, diese Aussage konnte nichts mit der Reportage zu schaffen haben, aber er hatte das merkwürdige Gefühl, dieser Satz berge eine Information, die ihm später einmal wichtig sein werde.
In einem Café, dessen Bedienstete schwarz-grüne Uniformen trugen und in dem zahlreiche Wasserpfeifen dekorativ die halbmeterbreiten Fenstersimse besetzten, während im Hintergrund russischer Turbo-Folk lief, bestellten sie ihre Getränke. Als sich Slawenka tatsächlich kurz entschuldigte und Fernanda allein, nah und wortlos neben Steinhövel am Tisch saß, nahm er ihr Gesicht in seine Hände und legte ihr ohne ein weiteres Zögern einen Kuss auf den Mund.
Fernanda wandte sich irritiert ab, blickte Steinhövel vorwurfsvoll an, rutschte von ihm weg und stand schließlich ganz auf.
»Ich habe gedacht, du bist an einer Zusammenarbeit interessiert«, sagte sie. Ihre Stimme war grob und laut.
Steinhövel bekam kaum Luft.

»Genau das bin ich«, sagte er vorsichtig.
Fernanda zerknüllte eine Papierserviette, starrte geradeaus, schwieg.
Steinhövel fröstelte.
»Du hast dich also verliebt«, sagte Fernanda und ließ Steinhövel, der noch etwas hätte anfügen wollen, keine Zeit dazu.
»So geht das nicht«, fügte sie sogleich an, »so kann ich nicht arbeiten.«
Steinhövel schaute sie ungläubig an.
»Es tut mir leid«, sagte sie, »das ist zu verwirrend, ist leider auch nicht rückgängig zu machen. Ich hatte mich gefreut, aber so? Nein! Du wirst bestimmt ein eigenes Reportagethema finden, das Visum ist vierzehn Tage gültig.«
Die letzten Worte hatten einen unangenehm fürsorglichen Klang, Steinhövel hatte es definitiv die Sprache verschlagen.
Fernanda schmiss die zerknautschte Papierserviette auf den Tisch, schulterte ihr Gepäck und fing, als wäre alles perfekt synchronisiert, Slawenka ab, die von der Toilette auf sie zukam. Eine Weile noch sah es aus, als würden die beiden zu Steinhövel zurückkehren, auch, weil Slawenka nicht einverstanden schien, Steinhövel zurückzulassen, aber Fernanda setzte sich durch. Mit großen Schritten verließ sie das Lokal, die Russin im Schlepptau.
Niedergeschmettert saß Thomas Steinhövel vor drei Tassen Kaffee. Er blickte eine Weile in diese vor seinem arg geschrumpften Horizont nun hoch aufragenden Milchschaumlandschaften hinein, kippte dann in fahrigen Bewegungen dreimal reichlich Zucker hinein, rührte mit drei Löffeln in allen drei Tassen, trank sie hintereinander leer und war entschlossen, Ørjansson fortan, egal, was passieren mochte, als gefühlsverkrampft und kalt zu bezeichnen.

41. KAPITEL
DEN HAAG, NIEDERLANDE – LANGENTHAL, SCHWEIZ

Aufgrund ihrer Verwicklung in diesen Mordfall lernte Marlene Steinhövel mit rasanter Geschwindigkeit mehr oder weniger das vollständige Tribunal, einen bunten Haufen durchgängig kraushaariger Psychologen sowie die wichtigsten niederländischen Kriminalpolizisten kennen. Zigmal musste sie erklären, was sie beobachtet hatte. Besonders unangenehm war ihr die Frage, wie der Mann ausgesehen habe, dem sie gemeinsam mit David Gleeland beim Lift begegnet war. Trotz aller Anstrengung konnte sich Marlene Steinhövel zwar an die Bewegungen dieses Mannes, nicht aber an sein Aussehen erinnern.

Gerade weil das Fürchterliche an ihrem allerersten Arbeitstag geschehen sei, im Zustand also einer allgemeinen Anspannung, sei es, so hieß es vonseiten der psychologischen Fachkräfte, wichtig, diesen Schock gut zu verarbeiten – so wurde ihr gegen ihren Willen eine Woche Urlaub verschrieben. Fast hätte Marlene gesagt, sie sei nur des unsympathischen Gleelands wegen angespannt gewesen, fügte sich aber schließlich, durchaus erleichtert darüber, dem ganzen Prozedere der kriminalistischen Befragungen zu entkommen, der ärztlich verordneten Urlaubspflicht. Sie wollte die freien Tage nutzen, um Den Haag kennenzulernen.

Das Spazieren, das Bummeln, das Kaffeetrinken und Schaufensterschauen in der herausgeputzten Haager Innenstadt fühlte sich erst ziemlich erholsam, rasch aber langweilig an – ohne Fahrrad machte ihr die Stadt nur wenig Spaß. Das geordnete Leben Den Haags, die bei roter Ampel brav wartenden Fußgänger, die freundlich einer alten Frau den Sitzplatz anbietenden Fahrgäste, die sorgfältig ihre leeren Weinflaschen in einen schallgedämpften Sammelcontainer einwerfenden Menschen – in den Augen Marlenes wirkte das, als seien die Menschen hier künstlich ruhiggestellt.

Aufgrund der Langeweile und der Vermutung, vielleicht doch noch unter Schock zu stehen, wählte Marlene Corinnas Nummer in Bern und führte mit ihr ein Telefonat, das Marlene schon am nächsten Morgen ein Flugzeug nach Zürich nehmen ließ. Corinna brauchte kompetente Unterstützung, Marlene hatte sich ein kleines Honorar zusichern lassen und wusste, dass sie problemlos im Bett ihres in Moskau arbeitenden Bruders würde schlafen können.

Schon am Abend des zweiten Tages ihres Besuches stieg sie hinter dem sichtlich aufgeregten Alim pochenden Herzens ein enges Treppenhaus empor auf den dämmrigen Dachboden. Dort war die Luft eine andere, dort war das Licht ein anderes, in die Nase stieg der Geruch von altem Holz und feuchtkalten Ziegeln. Ausrangierte Koffer, Skiausrüstungen, schwere Fotoalben und Kartonkisten voller Kleider und Weihnachtskugeln lagerten hier. Zwei nackte, schwache Glühbirnen sandten ihr Licht in den lang sich hinziehenden Raum. In der hintersten Ecke des Dachbodens, wo vier ins Dach eingelassene türkisfarbene Glasziegel die Vorstellung erlaubten, man liege unter dem Sternenhimmel, hatte Alim bereits ein Klappbett hergerichtet.

Die Nacht zuvor hatten sie in Steinhövels Zimmer lange gesprochen, geflüstert, gekichert und sich schließlich geküsst, stundenlang – und voller Feingefühl für die Ohren der sicherlich in ihrer Ruhe gestörten und wahrscheinlich auch schamvoll berührten Mitbewohner hatte Alim ihr vorgeschlagen, die zweite Nacht auf dem Dachboden zu verbringen; damit es wohnlicher werde, hatte er Decken und Kissen vorbereitet, so viele, wie er nur irgend hatte auftreiben können.

Marlene war froh, dass Stefano an jenem Abend noch nicht von der Universität zurückgekehrt war, noch nichts von dieser handfesten, sich zwei Etagen über der Wohngemeinschaft abspielenden Romantik erfahren hatte – Thomas hatte ihr erzählt, wie sehr Manzini für sie schwärme. Es waren sonderbar durchwühlte Gefühle: Marlene fürchtete, Manzinis Eifersucht zu wecken, allerdings bemitleidete sie ihn auch, der es, mit seiner attraktiven, südländisch anmutenden Erscheinung, gewiss nicht gewohnt war, wenn sich eine Frau für den Nebenstehenden entschied.

Das Klappbett war nicht wesentlich breiter als das Sofa im Wohnzimmer. Alim bezog die alte, staubige Matratze mit einer Sorgfalt, die Marlene ungeduldig werden ließ; seit dem letzten Kuss waren Ewigkeiten verflossen. Im Gesicht Alims konnte Marlene nicht erkennen, ob es ihm überhaupt auffiel, wie außerordentlich die Idee war, hier oben, direkt unter dem Dach, zu zweit eine Nacht auf einem erbärmlichen Klappbett zu verbringen, welches gewiss, falls ihr Liebesspiel heftig werden sollte, zu einem kümmerlichen Haufen Altmetall zusammenbrechen würde.

Sie schaute Alim bei der Arbeit zu; schwer verliebt sah er nicht aus. Eher so, als würde er regelmäßig in vergessenen Dachkammern für Ordnung sorgen.

Erst als sie mit dem Kopf unter Alims Hemd schlüpfte, schien er sich gedanklich wieder ihr zuzuwenden. Er umfasste Marlenes Kopf, schloss seine Augen und küsste sie. Marlene genoss seine Art, sich zu zieren, die Kleider abzustreifen, sie genoss es, sich mit ihm in einen Zweikampf zu verwickeln, in dem sich Atem, Lippen und Blicke betörend vermischten.

Als Marlene zu einem Kondom griff, wehrte Alim ab, sagte Nein und wirkte plötzlich, als hätte er soeben etwas Wertvolles verloren. Die sexuelle Atmosphäre war verflogen.

»Du kannst nicht meine Frau sein«, sagte Alim.

Marlene starrte in sein Gesicht, konnte aber nur schwer darin lesen.

»Es geht nicht«, sagte Alim gequält.

»Was geht nicht?«, fragte Marlene. Sie verstand nicht, weswegen er vorgeschlagen hatte, auf einem Klappbett in einem kühlen, staubigen Dachboden zu übernachten, wenn er nicht mit ihr schlafen wollte.

»Was geht nicht?«, wiederholte sie aufgewühlt.

»Meine Frau muss Kosovo-Albanerin sein«, sagte Alim endlich. »Es wird von mir erwartet, dass ich mit einer Kosovo-Albanerin eine gesunde, kinderreiche Familie gründe.«

»Wer erwartet das von dir?«, fragte Marlene vorsichtig. Die Bauchschmerzen, die sich angekündigt hatten, verstärkten sich.

Alim schwieg, blickte an die Decke.

Weil sie die betretene Atmosphäre nicht länger aushalten mochte, begann Marlene, ihn zu kitzeln. Das funktionierte besser, als sie erwartet hatte. Alim kugelte sich vor Lachen, erholte sich kaum mehr, krümmte sich unter ihren Berührungen und geriet beinahe in Atemnot.

»Erwartet dein Vater, dass du eine Kosovo-Albanerin heiratest?« Sie ließ ihn los, warf ihm einen aufmunternden Blick zu. Es musste doch möglich sein, darüber zu sprechen, dachte Marlene.

Alim richtete sich auf, fuhr sich mit beiden Händen übers Gesicht, erholte sich vom Lachen, blieb eine lange Weile still sitzen und erzählte dann von seiner Mutter. Von ihrer Fürsorge, von ihren Rezepten und von ihrer großen Sammlung an Medikamenten, die ihr zahlreiche Besuche ins Haus brächten. Erzählte von seinem Vater, dem schweigsamen Familienoberhaupt, der sich in der Wissenschaft über die Sterne auskannte und alle für die Familie wichtigen Entscheide fällte, seit Monaten aber, genau wie sein jüngerer Bruder, in serbischer Gefangenschaft sei.

Nach einer schwermütigen Pause erzählte Alim von seiner Schwester Albana, die seit zwei Jahren davon träume, nach Mazedonien zu gehen, um Umweltwissenschaften und Geografie zu studieren, des fehlenden Geldes und ihrer Mutter wegen aber gezwungen sei, zu Hause zu bleiben.

Marlene war gerührt zu sehen, wie bedeutend seine Familie für Alim war. Es schien ihr aber, dass er ihr Entscheidendes noch verschwieg.

»Gibt es im Kosovo eine Frau, die du bald schon wirst heiraten müssen?«, fragte Marlene, noch immer verunsichert.
»Ich muss niemanden heiraten«, sagte er leise. Eine kurze Weile schien es Marlene, als werde Alim gleich zu weinen anfangen.
»Aber dein Vater will, dass du eine Kosovo-Albanerin mit nach Hause bringst?«
»Er sagt so etwas nicht. Aber weil ich ihn ehre ...« Alim seufzte, als wäre ihm die Unterhaltung lästig. Genau dieser Seufzer aber ließ Marlene aufstehen, dieser Seufzer, der sich anhörte, als werde sie von Alim für zu dumm gehalten, um zu wissen, wie sich die Sache mit der Ehre bei einem Kosovo-Albaner verhielt.
Sie schaute ihn lange an, suchte in seinem Gesicht nach einem Indiz zurückgehaltener Worte.
Zwar verstand sie nicht, warum er sich weigerte, mit ihr zu schlafen, aber um dies zu klären, brauchte es neuen Elan, und erst einmal musste Marlene dringend pinkeln gehen. Sie drückte Alim einen Kuss auf die Wange, schnappte sich dessen Hemd, zog es über, während sie über den Dachboden spazierte, und ging durchs Treppenhaus nach unten, wo sie, um niemanden zu wecken, auf Zehenspitzen auf die Toilette schlich. Dort angekommen, gab Marlene einen schrillen Schrei von sich, denn im Toilettendunkel, gleich neben der Schüssel und sonderbar verrenkt, lag Stefano Manzini, der auf ihr Eintreten nicht reagierte. Er verströmte einen unangenehmen Geruch nach Grappa.
Schreckensstarr setzte sich Marlene auf die Toilette und hielt es kaum aus, dass der Urin derart lange aus ihr herausströmte, während halb unter ihr ein bewusstloser Germanistikstudent lag, der von Goethes *Faust* schwärmte und nach dem Abendessen Gedichte Hölderlins zitierte, mit einer Stimme, als habe er ein Hörbuch verinnerlicht.
Als Marlene fertig war, prüfte sie Puls und Atmung Manzinis, holte eilends Alim vom Dachboden, zog sich eine Hose an und schaufelte Manzini, gemeinsam mit Alim, kaltes Wasser ins Gesicht.

Endlich öffnete dieser die Augen. Sie brachten ihn, ohne zu wissen, ob er etwas wahrnehmen konnte, in Seitenlage und hielten ihm eine Schüssel unter den Mund, damit er würde erbrechen können. Viel mehr als ein Husten und einige Speichelfäden brachte der leichenblasse Manzini aber nicht hervor. Er richtete seinen Blick, wann immer er die Augen offen zu halten vermochte, auf Marlene. Kalt sei ihm, er fröstelte, und also legten sie ihn ins Bett, wieder in Seitenlage, tupften ihm den Schweiß von der Stirn und beratschlagten sich.

Unvermittelt erlitt Stefano Manzini einen heftigen Anfall: Er biss ins Kissen, biss sich in die Finger, ja, stopfte sämtliche Finger der rechten Hand in den Mund und biss zu. Weder Alim noch die vom Lärm geweckten Jörg und Rexhep konnten Stefano daran hindern; kaum war es den Männern gelungen, ihm die Hand aus dem Mund zu ziehen, schlug er wild um sich, mit einer Kraft, die wie injiziert durch ihn hindurchschoss; Sekunden später hatte er die Finger wieder im Mund und wieder biss er zu. Waren die Finger unter größter Anstrengung aus den Fängen der Kiefer befreit, hämmerte sich Manzini mit den Fäusten gegen den Kopf. Augenblicke später löste sich die unerträgliche Anspannung in ihm, er wurde ruhiger, fiel Alim um den Hals, umarmte ihn schluchzend, murmelte Dankesworte, war aber unfähig, richtig zu sprechen, unfähig, sich zu erklären; in seinen Augen flackerte ein nervöses Licht. Dann krümmte er sich hustend, atmete heftig und unregelmäßig und gab schließlich Liebeserklärungen von sich, die Marlene schamvoll erröten ließen.

Nach zwei Minuten war es mit den schönen Worten wieder vorbei, Manzini wurde ergriffen von übelsten Konvulsionen. Jörg und Rexhep entschieden, den Professore in die Klinik zu bringen.

Marlene und Alim saßen im Fond, stützten Manzini, tauschten wortlos Blicke und waren sich einig, dass er wohl nicht nur Alkohol in sich hineingeschüttet hatte.

Eine knappe halbe Stunde später schon wurde Stefano Manzini ein langer Schlauch in den Mund geschoben, durch den eine sirrende Pumpe große Mengen Grappa und einige psychopharmazeutische Wirkstoffe aus seinem Magen holte, der im Laufe der Nacht, während Marlene und Alim sich auf dem Dachboden schließlich doch noch liebten, zurückfinden konnte in einen einigermaßen ruhigen Zustand.

42. KAPITEL
ŠABAC, SERBIEN

Zwischen halb fertigen Geigen und Cellos, im Geruch sorgfältig zugeschnittenen Holzes saß Elisa Mandić in der dämmrigen Werkstatt ihres Schwiegervaters, streifte in einer einzigen gleitenden Bewegung ihren Ehering ab und biss sich nach dem Vorbild ihres Mannes in den Finger.

Sie öffnete ein Fenster, legte ihren Ehering auf den Sims, gleich neben den Ring Bogdans, und hoffte, eine diebische Elster werde ihr Nest mit den beiden goldglänzenden Kostbarkeiten schmücken. Dragicas Lebensgeister hatten weiter nachgelassen, Elisa fühlte sich manches Mal, als teile sie den Haushalt mit einer Hundertjährigen. Sie schien alles, was Essen und Trinken, überhaupt das Körperliche betraf, durch Musik ersetzen zu wollen.

Diese Nachlässigkeit mutete auch insofern absurd an, als es in ihrer Wohnung, im Unterschied zu zahlreichen anderen in Šabac, noch immer fließendes Wasser gab und einen schönen, uralten Wassererwärmer im Badezimmer, der sich mit Holz befeuern ließ. Einige Nachbarn hantierten mit PET-Flaschen, stellten Töpfe auf den Herd, egal, ob gerade Strom floss oder nicht, und duschten unter Gießkannen mit lauwarmem Wasser. Anderen war der Wunsch nach warmem Wasser begraben worden unter anderen Sorgen.

Als sie eines Tages besucht wurden von einem der Philosophen, der zu Hause nicht duschen konnte, freute sich Elisa über die Abwechslung. Beim nächsten Mal, weil dies Elisa ausdrücklich vorgeschlagen hatte, nahm der Philosoph gar seine Frau mit und verschwand mit ihr in der gekachelten Kammer, aufgeregt wie Kinder, die eine Schatztruhe entdeckt haben. Das aus dem Badezimmer dringende, wie ein Geräusch aus einer verschollenen Zeit anmutende Gekicher! Eine vor Lachen glucksende Frau im Badezimmer! So musste sich das freie Leben anhören.

Still auf der Bettkante sitzend, war Elisa voller Freude über die Freude der anderen, die nach einer guten Weile wie zwei Frischverliebte mit erhitzten Körpern aus dem dampfgesättigten Badezimmer tapsten, sich mit roten Köpfen entschuldigten, das Bad so lange blockiert zu haben, und erklärten, wie unumgänglich es gewesen sei, gleich alle drei ihrer lange aufgesparten Shampoos auszuprobieren, des Duftes wegen. Betrübt durch die kalten oder gleichgültigen Blicke seitens Dragica, die für derartige Gastfreundschaft kein Herz mehr hatte, lag Elisa umso mehr daran, die beiden zu einem baldigen nächsten Besuch einzuladen, denn die Einsamkeit mit der vom Leid halb leblosen, zermürbten Dragica feindete sie an.

Elisa war oft zu müde, um überhaupt noch an den Krieg zu denken. Lange stand sie am Fenster und beobachtete einen Rentner, der einen Zigarettenstummel vom Boden auflas und diesen mit einem kurz zuvor aus einem Mülleimer herausgefischten, wahrscheinlich allen Hoffnungen zum Trotz doch vollständig leeren Feuerzeug mit einer unendlichen Geduld anzuzünden versuchte.

Manchmal gelang es Elisa, Dragica aufzumuntern, indem sie ihr eine Tasse Kaffee aufkochte. Seit Jahrzehnten an einen erstaunlich bitteren türkischen Kaffee gewohnt, hatte ihr Dragica schon bald nach Elisas Einzug im Haushalt ein Kompliment gemacht: Nie zuvor habe sie besseren Kaffee getrunken als jenen, den Elisa aus ihrer süditalienischen Küchenkultur mit nach Šabac gebracht habe. Elisa, schon damals nicht gerade überschüttet mit Komplimenten von ihr, hatte sich enorm geschmeichelt gefühlt; es tat ihr gut, dass dieses Lob noch immer galt.

An manchen Tagen stand auch Timor Obradović vor der Tür, der Intendant des Stadttheaters, ein ehemaliger Freund Bogdans. Schüchtern, schmalschultrig, mit zahlreichen Beileidsbekundungen, zahlreichen Erinnerungen an Bogdan in seinem Blick betrat er die Küche, stand vor Elisa, vielleicht mit dem Gefühl, sie zu stören, und fragte, ob er etwas mitbringen könne, wenn er in die Stadt fahre, fragte, ob er sie mit dem Auto mitnehmen dürfe. Manchmal sagte Elisa zu und saß auf dem Beifahrersitz, mit dem Wunsch, einfach nur gefahren zu werden, egal wie lang, einfach fortgefahren zu werden in ein traumhaft fernes Land, in dem alles Bisherige vergessen gehen würde.

Auf einer dieser Fahrten begriff Elisa, dass sie sich, sobald keine Bomben mehr einschlagen würden, sobald der Krieg beendet wäre, auf die Reise nach Den Haag vorzubereiten hatte. Sie würde in Den Haag gegen Tošorović aussagen, würde dort Bogdan vertreten, ihren Schwur leisten und versuchen, sich bei den Juristen mit den Notizen Bogdans Gehör zu verschaffen. Das war verrückt, sie wusste es, fühlte aber, es für Bogdan tun zu müssen, sie war es ihm schuldig. Anschließend würde sie direkt nach Italien fahren, um in ihrer ehemaligen Heimat ein neues Leben zu beginnen.

Die Probleme, die sich beim Autofahren stellten, brachten Elisas Gedanken aber immer wieder zurück in die serbische Gegenwart. Benzin war knapp, die Schwarzmarktpreise brutal hoch, und wenn eine Tankstelle oder ähnliche Einrichtungen Benzin zu einem guten Preis anboten, war es sinnvoll, sich mit Kanistern und PET-Flaschen eine Reserve anzulegen. Allerdings war genau dies auch verhängnisvoll. Einmal wurden sie angehalten von drei gelangweilten Polizisten, die notfalls auch den ganzen Wagen auf den Kopf gestellt hätten, um etwas beanstanden zu können. Elisa sah den Ausdruck in Timors Gesicht, als die Beamten im Kofferraum zehn mit gutem Benzin gefüllte PET-Flaschen fanden, sah, wie es keinen Ausweg gab aus diesem Dilemma: Die Beamten würden sich entweder eine absurde Buße überlegen oder aber diese Flaschen konfiszieren, würden behaupten, es sei gegen das Gesetz, außerhalb des Tanks Benzin mitzuführen, würden sich freuen, die PET-Flaschen auf dem Schwarzmarkt zu einem guten Preis abzusetzen.

Es kam vor, dass ihnen beiden die Lust verging, sich in eine lange Schlange zu stellen, um Brot zu kaufen oder Mehl oder Milch. Dann ließen sie den Wagen stehen und spazierten ins Café Sava, um dort, falls nicht gerade Stromausfall herrschte, eine mit Slibowitz angereicherte Tasse Kaffee zu trinken. Am Tresen und an den Tischen, überall in diesem Lokal waren Äußerungen des Zorns zu vernehmen, man war wütend auf den Westen, der für die serbische Misere verantwortlich gemacht wurde. Aber allenthalben, an jedem Kiosk und in jedem dämmrigen Warenhaus, konnte Elisa beobachten, dass niemand auch nur ein Stück Seife kaufen wollte, wenn sie nicht einen englischsprachigen Markennamen trug, dass niemand einem Radiogerät traute, das aus russischer Produktion stammte, und niemand mit Freude einen Autoreifen kaufte, der in Serbien geprüft worden war.

Als am 9. Juni der Luftkrieg mit dem Abkommen von Kumanovo tatsächlich ein Ende fand und die alles lähmende Ohnmacht sich verflüchtigte, konnte Elisa beobachten, wie die Menschen wieder zu spazieren begannen, wie sie sich bewegten auf den Straßen, ohne möglichst rasch und möglichst sicher ein bestimmtes Ziel erreichen zu müssen. Auch sie selbst stand mit einem ganz anderen Gefühl im Türrahmen und blickte nach draußen. Es war, als ob erst jetzt, mitten im Sommer, der Frühling Einzug hielt, zum ersten Mal seit Monaten waren wieder Vögel zu hören, gehörte der Himmel wieder der Natur.

Bald standen Dragica und Elisa gemeinsam im Vorgarten, standen auch hinter dem Haus und betrachteten voller Verblüffung, was da alles gewachsen war, kniehoch fast standen die Halme und erinnerten sie daran, wie lange sie ihre Augen ausschließlich zum Himmel gehoben hatten, auf der Suche nach dem nächsten Geräusch, der Suche nach dem nächsten Bomber. Nun, da aus ihrem Garten, aus ihren Gemüsebeeten ein imponierender Urwald geworden war, freute sich Dragica an der wilden Pracht, und wahrscheinlich war

sie insgeheim erleichtert, von keinem gut gepflegten Beet daran erinnert zu werden, dass es keine Familie mehr zu versorgen gab.
Dragica weigerte sich, den Spiegel wieder ins Badezimmermöbel einzusetzen, aber sie schien allmählich aus der tiefsten Trauer herauszufinden; sie duschte sich, trug frische Kleider. Als sie sich aufmachte zur Schule, um sich endlich wieder einmal an den dortigen Flügel setzen zu können und um in Erfahrung zu bringen, wann sie wieder würde unterrichten können, hätte Elisa sie am liebsten auf die leider gut sichtbaren, stoppligen Haare hingewiesen, die an ihrem Kinn gewachsen waren. Aber auch Elisa hatte sich seit Wochen nicht mehr richtig betrachtet, dann und wann nur im unscharfen Spiegelbild, das sich im Fenster zeigte, wenn sie nachts herumgesessen hatte, den Flügelschlägen eines nervösen Falters lauschend, in Erwartung des nächsten Fliegeralarms; also sagte sie nichts und ließ Dragica ziehen.
Zahlreiche andere Lehrer fanden sich ebenfalls im Schulgebäude ein, der Flügel war verstimmt, aber unversehrt. Von der Schulleitung war erst nichts, dann nur der Hinweis zu erfahren, die Schule werde vor den Sommerferien ihren Betrieb nicht aufnehmen, also trottete Dragica nach Hause und hämmerte erbost ihre Lieblingsstücke in die Tasten. Falls die Schule Ende August wieder öffnen würde, blieb ihr noch ein einziges, kurzes Jahr bis zur Pensionierung.
Elisa sah sich die an das Ozeanografische Institut der Lomonossow-Universität von Moskau adressierten Briefumschläge an, Briefe, die Bogdan nie abgeschickt hatte. Gerne hätte sie einen dieser Umschläge nun verwendet, um Aca wissen zu lassen, dass er hier dringend benötigt werde, denn sie würde bald schon nach Den Haag aufbrechen. Aber sie schrieb diesen Brief nicht. Bogdan hatte aus Gründen der Vorsicht und Aca zuliebe darauf verzichtet, nun würde auch sie darauf verzichten. Sie hoffte auf Aca, insgeheim aber fürchtete sie sich auch vor einer Begegnung mit ihm, fürchtete, er sehe Bogdan ähnlich, spreche mit ähnlicher Stimme.

Niemand trug mehr ein T-Shirt mit dem Target-Aufdruck, einige Radiostationen wagten es, auch amerikanische Rockmusik zu senden. Als deutlich wurde, dass Milošević tatsächlich einlenken würde, dass der Friedensbeschluss eine feste Sache war, kroch die früher allgegenwärtige Angst, mit Dragica in einem Splitterbombenhagel einen qualvollen Tod sterben zu müssen, zurück in ihr miefiges Loch. Elisa hatte sich für das Gefühl geschämt, den Tod nicht mit dieser Frau teilen zu wollen, aber es war nun nicht die Zeit, sich mit Vorwürfen aufzuhalten.

Im Radio wurde die Nachricht verbreitet, ein wichtiger Zeuge im Prozess gegen Kommandant Vinko Tošorović habe sich in seinem Zimmer in Den Haag das Leben genommen. Der Radiosprecher nannte es eine Tat der Verzweiflung, die belege, dass Tošorović unschuldig sei.

Elisa war bestürzt. Der Name des Gestorbenen wurde nicht genannt, sie konnte nur hoffen, dass es nicht Buca war. Der Gedanke, anstelle von Bogdan nach Den Haag reisen zu müssen, wurde deutlicher, er verwandelte ihren Alltag, ihre Selbstwahrnehmung. Mit einem Mal nahm sie sich wieder als einen Menschen wahr, der in der Gemeinschaft eine Rolle spielen konnte, ein Mensch, der fähig war, seine Zukunft zu gestalten.

Falls das möglich war, würde sie nicht nur gegen Tošorović, sondern auch gegen die Nato aussagen, die ihren Ehemann auf dem Gewissen hatte.

Den Haag war weit weg, aber als Frau würde sie notfalls auch per Anhalter dorthin gelangen. Und falls Aca, von dem auch Dragica nicht wusste, ob er sich noch in Moskau aufhielt, es schaffen sollte, in den nächsten zwei Wochen nach Šabac zurückzukehren, um sich um seine Mutter zu kümmern, so würde sie sich sogar ohne schlechtes Gewissen auf den Weg machen können.

43. KAPITEL
MOSKAU, RUSSLAND

Thomas Steinhövel saß in einem vernachlässigten Park einer halb vergessenen Kleinbaustelle, aß ein Brötchen und eine dunkle belgische Milchschokolade. Dann gab er sich einen Ruck und versuchte, sich zu motivieren.
Um ein bezahlbares Hotelzimmer zu finden, musste er allerdings nicht weniger als vier mühsame Stunden aufwenden, nur, um schließlich für das kleinste der knapp sechshundert Zimmer eines hässlichen Betonriesen einen zwei Zentimeter hohen Stapel schmutziger Rubelnoten auf die Theke zu blättern, da die grell überschminkte Empfangsdame behauptete, seine Bankkarte sei nicht genügend gedeckt. Als er im Zimmer probehalber auf die Matratze klopfte, die ihn in den nächsten Nächten tragen sollte, stieg eine Staubwolke auf, die ihn husten ließ. Das Rohr, das zum Radiator führen sollte, endete zehn Zentimeter vor dem Heizkörper in einem rostigen Stummel, aus dem sich in unregelmäßigen Abständen ein Tropfen löste und auf den Teppich fiel, wo sich in bezaubernder Symmetrie eine grauweiße Kalkkruste gebildet hatte. Unter dem Bett fand Steinhövel im Staub ein Verlängerungskabel, dessen zweipolige Steckbuchse ihn anschaute wie eine Schweineschnauze. Ungern erinnerte er sich daran, dass ihm Bütikofer nicht hatte versprechen können, wie viele Spesen diesmal drinliegen würden.
Auf der Suche nach einer Etagendusche schritt Steinhövel daraufhin eine lange sich hinziehende, hinter jeder Tür von Neuem beginnende Weile die Flure entlang. Die Tür zum Duschraum ließ sich allerdings allein mit einem Jeton öffnen, nach dem sich zu erkundigen er nun keine Energie mehr aufzubringen vermochte. Einigermaßen unkonzentriert las Steinhövel in der *Moskauer Deutschen*

Zeitung, die er sich gekauft hatte, aß zwei bittere Gewürzgurken aus einem großen Glas, das er besser nicht gekauft hätte, füllte mit seinem prunkvollen Montblanc-Füllfederhalter ein paar Seiten in seinem Notizbuch, legte sich angezogen aufs Bett, schaute mit debiler Begeisterung aserbaidschanische TV-Serien, ohne ein Wort zu verstehen, trank zweieinhalb Liter Pepsi-Cola, überlegte sich, wie er wohl am besten einen Menschen finden könnte, der ihm 2500 Franken oder mehr für einen alten Montblanc-Füller bezahlen würde, sinnierte, was Marlene wohl gemeint hatte, als sie kürzlich vom Dilemma der Transsubstantialität von Pepsi und Coca-Cola gesprochen hatte, träumte fiebrige Träume, in denen er sich in Wäldern bewegte, wo jeder Baum eine Frau war, wo er umherirrte und im Schatten eines Baumes einen Rastplatz suchte, aber überall und ausnahmslos weggeschickt wurde, bis er schweißnass erwachte und sich erneut mit Fernsehbildern abzulenken versuchte.

Nachdem er neun Stunden geschlafen hatte, sah er auf seinem Telefon keine Kurznachricht von Fernanda und entschied sich, dem Hotel Suputnik für eine Weile den Rücken zuzukehren und einen ausgedehnten, seine Wahrnehmung hoffentlich schärfenden, ihn vielleicht sogar auf ein neues Thema bringenden Spaziergang zu machen.

Als er das Hotel verließ, fragte ihn die Empfangsdame, eine zierliche, wahrscheinlich aus dem Kaukasus stammende Frau mit einer viel zu großen und vielleicht gerade deswegen hübsch in ihr Gesicht passenden Brille, ob er das Fenster geschlossen und keine Wertgegenstände zurückgelassen habe. Als er sie ratlos anblickte, erklärte sie ihm, es bestehe aufgrund des Baukrans auch im vierten Stockwerk erhöhte Einbruchsgefahr.

Erstaunt blickte Steinhövel aus dem Fenster. Hier war er im Erdgeschoss, von einer Baustelle war nichts zu sehen. Als er draußen auf der Straße stand, sah er tatsächlich ein Gerüst, allerdings konnte er nicht erkennen, was da renoviert wurde. Arbeiter waren auch keine zu sehen.

Während er mit der Straßenbahn in einer Dreiviertelstunde ins Zentrum fuhr, hielt er die ganze Zeit über Ausschau nach Kränen und überlegte, ob das ein mögliches Thema für ihn wäre: erhöhte Einbruchsgefahr aufgrund von Baukränen. *Einbruch im 13. Stockwerk* – als Titel vielleicht gar nicht so schlecht. Allerdings ahnte Steinhövel, wie schwierig es werden würde, innerhalb von nützlicher Frist einen mit derartigen Themen vertrauten Kriminologen aufzutreiben, der diese Art von Krankriminalität bestätigte und dessen Arbeit so kurzweilig war, dass sich aus ihrer Beschreibung so etwas wie eine Reportage verfassen ließ.

In der Innenstadt angekommen, frühstückte Steinhövel in einem Kaffeehaus, dessen Inneneinrichtung kaum prunkvoller hätte sein können, die Preise waren leider auch ziemlich feierlich. Um seine Stimmung nicht weiter absacken zu lassen, las er Kapuściński und stolperte über den Satz: *Eine Schilderung der endlosen Weite der russischen Landschaft fordert lange Sätze* – eine Aussage, die Steinhövel enorm guttat, weil er sich in Moskau mit seinen wuchtigen Imponierbauten verschwindend klein fühlte, weil sich hier nicht nur die Alleen, die Boulevards, die Gebäude und die Plätze, sondern auch die Themen enorm groß, mächtig und unbezwingbar ausnahmen; er fasste den Vorsatz, von nun an diesem Moskau mit lang ausgreifenden Satzkonstruktionen Herr zu werden. Dass just in jenem Moment, da er sein Notizbuch zuklappen wollte, ein Zettel aus diesem herausflatterte, bei dem es sich um die Werbung jenes Bestattungsinstituts handelte, in welche Heljä ihre Adresse geschrieben hatte, irritierte ihn; er konnte sich gar nicht mehr erinnern, wann er dieses ihm so kostbar erscheinende Papier zwischen die Seiten seines Notizbuchs gelegt hatte.

Mit Elan ging er zurück auf die belebte Straße. Von Zeit zu Zeit hielt er inne, stand einfach nur da und versuchte, genau wahrzunehmen. Seit ihn Fernanda buchstäblich sitzen gelassen hatte, fühlte er sich verpflichtet, in jeder Kleinigkeit, die ihm auffiel, den Kern einer möglichen, ihn aus der deutlich und deutlicher werdenden Auftrags- und Sinnlosigkeit rettenden Reportage zu sehen. Das Eintreffen einer Kurznachricht ließ ihn aufschrecken, aber es war Marc Widmann, der schrieb, ein Holzwagen der Wassertalbahn habe einen Achsenbruch erlitten, und also werde es, falls er sich dies tatsächlich überlege, genügend Arbeit geben für ihn in Rumänien; Steinhövel schien das Widmannsche Auswanderungsmodell heute besonders attraktiv. Er schrieb ein paar freundschaftliche Zeilen zurück und steckte das Telefon wieder ein.

Er sinnierte, schaute, marschierte ohne Plan und landete ungewollt wieder in jener schäbigen Unterführung, die er gestern mit Fernanda passiert hatte. Im Halbdunkel weit hinter der Verkaufsbude, Steinhövel erkannte ihn sofort, stand der Zigarettenmann mit dem blassen Gesicht und dem labbrigen Béret, er wirkte vorzeitig vergreist.

Stärker als bei der ersten Begegnung fiel Steinhövel die eingeschüchterte, geduckte Haltung des Mannes auf, seine dunklen Augen wirkten aber hellwach und zeugten von einem klaren Intellekt. Steinhövel war sich sicher, dieser Mann war von einem ungerechten Schicksal in diese trostlose Fußgängerunterführung hintergedrückt worden. Er machte einen Schritt auf den Mann zu, suchte und fand seinen Blick und fragte ihn, ob er Zeit habe, einen Kaffee zu trinken.

Hatte Steinhövel zu leise gesprochen? War der Mann heute taub? Er reagierte nicht. Irgendetwas, so ahnte Steinhövel, stimmte nicht mit diesem Kerl. Ihm schien, er verberge etwas, führe ein doppelbödiges Schauspiel vor, ein schwer zu durchschauendes Täuschungsmanöver, und Steinhövel dachte an die Fotografien in Marc Widmanns Küche. Er sah das zwischen den Schultern eingesunkene, zwischen den hochgeschlagenen Mantelkragen versenkte Gesicht, sah die Haltung, halb Pensionär, halb Sekundarschüler, sah den Blick, das kluge Misstrauen in den Augen.

Steinhövel war sich sicher, einen Bergsteiger im Flachland vor sich zu haben, einen, der vor Jahren schon von irgendwelchen Umständen gezwungen worden war, in der Kurve geradeaus zu fahren, einen, dem das Leben eine falsche Fährte gelegt hatte. Er wollte unbedingt mit ihm ins Gespräch kommen, eine Kerbe schlagen in diese aus Misstrauen gemauerte Wand. Ein weiteres Mal fragte Steinhövel, ob er ihn auf einen Kaffee einladen dürfe.
Ungläubig nahm der Mann das zerbissene Drahtstück aus dem Mund und wiederholte fragend, was Steinhövel eben gesagt hatte. Er artikulierte pedantisch, sein Französisch klang nicht nach Straße, klang nach einem Lehrer, der Wert gelegt hatte auf vollkommen korrekte Aussprache und Umgangsformen.
Unsicher, nicht doch einen Fehler zu begehen, wiederholte Steinhövel seine Einladung, der Algerier nickte erfreut, dann traten sie gemeinsam und wortlos vom Halbdunkel der Unterführung ins Licht.
Der Algerier schien sogleich zu wissen, wohin er wollte, aber die beiden Totenschädel am Eingang und der drinnen beeindruckend laut donnernde Heavy Metal, der das fensterlose, an Glühbirnen arme Kellerverlies weiter verdüsterte, ließen darauf schließen, dass Kaffee nicht das Lieblingsgetränk dieses merkwürdigen Mannes war. Steinhövel verstand nicht, wieso um alles in der Welt dieser schüchterne, feinfühlig anmutende Mann ein Lokal dieser Art ausgesucht hatte. Als er dann noch einen Tisch wählte, der direkt unter einem Lautsprecher stand, vermutete Steinhövel, der Algerier werde wortkarg die Einladung hinter sich bringen wollen.
Die Getränke wurden serviert von einer breitschultrigen, in ein schwarzes Lederkostüm gezwängten, schwarz-rot geschminkten Frau, deren Dekolleté Abgründe offenbarte, in die derart tief hinabzublicken sich Steinhövel niemals gewünscht hätte. Er suchte Ablenkung in ihren dicht mit schwarzen Kraushaaren bewachsenen Unterarmen wie auch in den von Drohgebärden beinahe platzenden Schallplattencovers, die einen gewichtigen Teil der

Innendekoration übernahmen. Am liebsten hätte Steinhövel den Algerier sogleich gefragt, was einen an Klaviermusik interessierten, in der Grobheit dieser Schreckens- und Stromgitarrenkultur völlig untergehenden, auf fast schon affektierte Art und Weise Französisch sprechenden Algerier dazu veranlasse, sich bei einer Einladung auf einen Kaffee in derart grobschlächtiger Umgebung hinter einem Bierkrug zu verschanzen. Außerdem hätte Steinhövel gerne gewusst, weswegen er dauernd auf einem Stück Draht herumkaute – aber der Lärm würde, wenn überhaupt, nur kurze Fragen zulassen. Viel einfacher wäre es zu trinken, und das taten sie jetzt.

Nach dem zweiten Bier begann Steinhövel, von sich zu erzählen, von seiner Arbeit und davon, dass er es sich nicht würde leisten können, ohne Reportage heimzukehren. Erzählte, dass es schwierig genug sein dürfte, dem *Großen Bund* beizubringen, dass aus der vorbesprochenen Geschichte nun eine ganz andere geworden sei.

Peinlich davon berührt, wie atemlos er diesen stillen Mann mit seinen eigenen Problemen konfrontiert hatte, saß Steinhövel hinter dem lange unbeachteten, der Schaumkrone längst verlustig gegangenen Bier. Sein Gegenüber, das Béret jetzt fast bis zu den Brauen heruntergezogen, hatte die ganze Zeit über kaum ein Wort gesagt und keine Miene verzogen. Eine Stille trat zwischen die ungleichen Schachfiguren des Schicksals, dann blickte der Algerier ihn unverwandt an und fragte Steinhövel, wie er denn über die Verhandlungen von Rambouillet denke und ob er glaube, dass das Scheitern dieser Gespräche von Anfang an und allen Teilnehmenden klar gewesen sei.

Darüber rätselnd, wieso er nicht ein wenig lauter sprach in diesem akustischen Sturmgewitter, musste Steinhövel ihm eingestehen, die Frage nicht verstanden zu haben. Der Algerier wiederholte sie, wiederholte sie in ihrer ganzen Ausführlichkeit, blickte Steinhövel prüfend an und legte sich seinen Draht zurück in den Mund.

Über die Verhandlungen von Rambouillet nachdenkend, wollte es Steinhövel scheinen, sein Gegenüber sei vielleicht nicht gerade ein großer Künstler des kurzweiligen Kleingesprächs. Dank seiner Zeitungslektüren hatte er durchaus eine Meinung zu jener Diplomatie, deren Scheitern zur Bombardierung Serbiens durch die Nato geführt hatte, wenn auch keine besonders klare. Klar war ihm bloß, dass er keine Ahnung hatte, wie sich zu diesem umfangreichen, für lockere Plaudereien wenig geeigneten Thema mit einem in einer verlärmten Moskauer Bar sitzenden Algerier ein sinnstiftendes Gespräch führen ließe.

»Wie denkst denn du über das Scheitern der Verhandlungen von Rambouillet?«, fragte Steinhövel zurück.

Der Algerier musterte ihn misstrauisch. Steinhövel spürte deutlich, dass er keine Antwort erhalten würde, spürte, dass es wohl auch bei dieser Frage nicht um den Inhalt einer Antwort gegangen war. Aber worum dann?

Die Gegenfrage des Fremden lautete, ob er es denn nicht in der *Politika* gelesen habe?

Steinhövel meinte herauszuhören, dass auch diese Frage der Algerier lange im Voraus geplant hatte, es war ihm aber nicht einsichtig, welche Antwort er zu hören wünschte. War das ein codiertes Gespräch?

Steinhövel fühlte mehr und mehr Unbehagen aufkommen. Er hatte keine Lust, länger in einem Spiel mitzuspielen, dessen Regeln er nicht kannte, und also fragte er entlarvend offen, wer oder was die *Politika* sei. Als er das sagte, suchte der Algerier in Steinhövels Gesicht minutiös nach Informationen; wahrscheinlich wollte er wissen, ob da nicht doch noch ein Stück Ironie mitschwang. Das dauerte aber nur ein paar Sekunden, dann machte er ein zufriedenes Gesicht, schlug vor, das düstere Lokal zu verlassen, und verlangte die Rechnung. Steinhövel nickte, er war überrascht, leerte aber seinen Krug und bezahlte für beide.

Als sie wieder im Licht der Welt standen, fragte ihn der Algerier, ob er morgen wieder zur Unterführung käme.
Wieder sprach der Mann erstaunlich leise, zudem vermied er den Augenkontakt.
Obwohl Steinhövel unsicher war, wozu das führen sollte, nickte er.
Und er fasste erstes Vertrauen, als ihm der Mann zum Abschied die Hand drückte und seinen Namen sagte: Ahmed.
Im Wegdrehen schob er sich das kurze Stück Draht in den Mund und machte sich in seinem viel zu langen und schweren Mantel davon, wie einer, der pünktlich in den Hades hinabsteigen muss.

44. KAPITEL
DEN HAAG, NIEDERLANDE

Normalerweise hätte Marlene Steinhövel nach einem derartigen Abstimmungswochenende mindestens eine volle Woche zwischen Zorn und Resignation verbracht, denn das Schweizer Stimmvolk hatte, bei einer Stimmbeteiligung von 46 Prozent, die Asylgesetzrevision mit 70,6 Prozent Ja zu 29,4 Prozent Nein angenommen und würde es damit Flüchtlingen künftig noch ein bisschen schwieriger machen, in der Schweiz ein Obdach zu finden. Nur vier Tage nach dem Ende des Nato-Bombardements, in einer Zeit also, da in Europa Millionen von Menschen auf der Flucht waren, da noch immer Millionen von Menschen ohne tragfähige Perspektiven zu leben gezwungen waren, brachten es die in ihrer luxuriösen Gemütlichkeit lebenden Schweizer fertig, sich dafür zu entscheiden, das Leben von Asylsuchenden weiter zu erschweren. Im Kanton Bern, wo zahlreiche Menschen so abgelegen wohnten, dass sie noch nie einem Asylbewerber begegnet waren, war das neue Gesetz gar von über 73 Prozent befürwortet worden.
Dass sie sich einigermaßen fern von dieser engherzigen, sich in ihrem Wohlstand abschottenden Schweiz aufhielt, empfand Marlene als Erleichterung. Der Versuch Amnestys, die Nato für die circa fünfhundertdreißig Zivilisten, die dem Luftkrieg gegen Serbien zum Opfer gefallen waren, vor das Kriegsverbrechertribunal zu zitieren, verstärkte aber den Wunsch in ihr, sich umso deutlicher und tatkräftiger für die Entwürdigten dieser Welt starkzumachen – obwohl sie die Gründe für diesen Luftkrieg durchaus anerkannte und denen, die den Einsatz der Nato unterstützten, schweren Herzens zustimmte.
Dass die Wahrheit bisweilen hauptsächlich eine Frage der Perspektive war, galt auch für die Vorkommnisse im Tribunal, wo noch

immer der Ausnahmezustand herrschte. Am Schaft der Pistole, die in der Hand des toten Buca Branković gelegen hatte, waren in serbischer Sprache drei Wörter eingraviert: *In Frieden leben*. Diese Worte mochten ironisch gedacht sein oder nicht, sie mochten viel oder wenig mit einem Motiv zu tun haben, darüber zu rätseln war müßig. Obwohl von polizeilicher Seite zunächst nicht mehr zu vernehmen war als die üblichen Floskeln laufender Untersuchungen, war doch allen im Tribunal klar, dass es sich nicht um einen Selbstmord gehandelt hatte: Allein dass der Tote die Waffe in der rechten Hand gehalten hatte, während die Kugel an der linken Schläfe in den Schädel eingedrungen war, machte einen Suizid unglaubwürdig – zudem war sicher, dass der Pistole zum Zeitpunkt der Tat ein Schalldämpfer aufgeschraubt gewesen sein musste; anders ließ sich nicht erklären, weshalb den Schuss niemand gehört hatte.
Zusätzliche Brisanz verlieh dem Fall der Umstand, dass in den vergangenen zwei Wochen Ivo Agolli in einer Klinik in Amsterdam verstorben war und viele Indizien vermuten ließen, dass die Todesursache einer Vergiftung zuzurechnen war. Etwa zeitgleich waren Dževad Velashi und Slavoj Ruli, die in Helsinki auf den Prozessbeginn warteten, in einen mysteriösen Autounfall verwickelt. Velashi verstarb auf der Unfallstelle, Ruli schwebte seit drei Tagen in Lebensgefahr, vom verursachenden Fahrzeuglenker fehlte jede Spur. Saša Surdić, der nach einem Umweg über Mazedonien nach Den Haag hatte reisen wollen, blieb spurlos verschwunden. Ein gewisser Bogdan Mandić schließlich, der sich ebenfalls am Tribunal gemeldet hatte, war bei einem Raketenangriff der Nato ums Leben gekommen.
Diese Menschen teilten keine auffälligen Gemeinsamkeiten, waren jedoch alle am Tribunal eingeschrieben, um gegen Vinko Tošorović auszusagen. Damit hatte sich die Liste der Belastungszeugen in diesem Fall innerhalb von vierzehn Tagen von siebzehn auf elf reduziert. Dies war besonders gravierend, da die Aussagen der meisten Zeugen nur eine sogenannte korroborative Verwendung

erlaubten: Sie hatten in der Beweisführung der Anklage allein dann Gewicht, wenn sie von anderen, unabhängig davon getätigten Aussagen gestützt wurden.

Falls keine neuen Zeugen gewonnen werden konnten, würde es schwierig werden, die Anklage gegen den serbischen Kommandanten aufrechtzuerhalten.

Die Ermordung Buca Brankovićs war nicht der erste Zwischenfall in Den Haag, gegen Zeugen war öfter schon Gewalt angewendet worden, nicht wenige hatten ihren Aufenthalt nach Drohungen vorzeitig abgebrochen. Nie zuvor aber war es vorgekommen, dass jemand im gut bewachten Ambassador ermordet worden war.

Es war Yvonne Blanten, der es mit einem großen Kraftakt gelang, eine intern bereits anberaumte Pressekonferenz abzublasen. Vor ranghohen Vertretern des Tribunals legte Blanten überzeugend dar, dass das Tribunal, wenn es den Tod Brankovićs in die Welt hinaustrage, genau das unterstütze, was in der Absicht der Mörder liegt: dass sich im Fall Tošorović kein einziger Zeuge mehr melden werde. Dass die noch in Den Haag anwesenden Zeugen, die gegen ihn auszusagen bereit seien, von diesem Mord erfahren würden, sei schlimm genug. Man sei während der mehr als zwei Jahre, in denen an der Anklage Tošorovićs gearbeitet wurde, oft gezwungen gewesen, sich von eingeschüchterten Zeugen erklären zu lassen, dass es ihnen nicht möglich wäre, etwas zu erzählen. Mehr als ein Dutzend potenzielle Zeugen sei bereits beim zweiten Gespräch nicht mehr bereit gewesen, sich auch nur über eine mögliche Reise nach Den Haag Gedanken zu machen. Mit dem Verlust der wichtigsten Belastungszeugen, so Blanten weiter, sei es inzwischen fraglich, ob sich der Fall Tošorović überhaupt noch in Den Haag werde halten können. Sie selbst sei aber überzeugt davon, dass Tošorović genau hierhingehöre; sie wolle nicht zusehen, wie er in Belgrad vor einem Marionettengericht mangels Beweisen freigesprochen würde. Nach allem, was das Gericht bisher über ihn in

Erfahrung gebracht habe, gehöre Tošorović der Liga der schlimmsten Kriegsverbrecher an.
Das hatte gesessen. Eine Pressekonferenz fand nicht statt. Auch würde der Mord an Buca Branković in den niederländischen oder europäischen Zeitungen keine Erwähnung finden, aber den verbleibenden Zeugen konnte es nicht verborgen bleiben, dass ein Gesicht fehlte, dem man zuvor fast täglich begegnet war.
Als Marlene auf dem Flur David Gleeland begegnete, machten die zuvorkommende Art, mit der er sie begrüßte, die Fürsorge, mit der er sich nach ihrem Wohlergehen erkundigte, und die Selbstverständlichkeit, mit der er sie auf einen Kaffee einlud, deutlich, dass Gleeland eine radikale Wandlung hinter sich und seine Einstellung zu Marlene gründlich überdacht hatte.
Kurze Zeit später teilte Yvonne Blanten Marlene mit, sie habe einen angemessenen Arbeitsplatz für sie einrichten können. Blanten unterrichtete sie persönlich über die Details, die Chefanklägerin Carla Desilvestri im vergangenen Jahr mit den serbischen Behörden ausgehandelt hatte, um zweitrangige Mittäter vor serbischen Gerichten aburteilen zu können. Angesichts der zeitlichen Limits und beschränkten personellen Kapazitäten des Tribunals, so führte Blanten aus, würden nicht prioritäre Kriegsverbrecherprozesse auch in Ländern des ehemaligen Jugoslawien von lokalen Gerichten geführt. Die Ergebnisse müsse man, diplomatisch formuliert, als gemischt bezeichnen. Der kroatischen Justiz beispielsweise sei vor Kurzem von der OSZE Voreingenommenheit vorgeworfen worden. Zurzeit sehe es aber nicht so aus, als werde das Haager Tribunal jemals über die Ressourcen verfügen, diese zweitrangigen Prozesse eigenständig durchführen zu können. Man müsse schon froh sein, wenn es gelänge, die laufenden vierunddreißig Prozesse in einem einigermaßen vertretbaren Verfahren über die Bühne zu bringen.
Marlene hörte aufmerksam zu. Dass Blanten ihr beim abschließenden Händedruck Mut, Kraft und Ausdauer wünschte, rührte

sie, und sie ahnte, ja, wusste bereits, dass sie nun, am Beginn ihrer Arbeit stehend, sehr viel davon benötigen würde.
David Gleeland legte ihr keine halbe Stunde später Papiere auf den Schreibtisch und empfahl, dass sie sich möglichst rasch einen Überblick verschaffe über das, was man Tošorović vorwerfe, da sie sich um die verbliebenen Belastungszeugen zu kümmern habe.
Marlene öffnete die erste Aktenmappe und begann zu lesen: *Kommandant Vinko Tošorović ist angeklagt wegen Folter, Deportation, unmenschlicher Behandlung, Mord, willkürlicher Tötung, Verletzung des Kriegsrechts und Missachtung der Genfer Konventionen.*
Mit diesem Satz begann Marlenes Arbeit in Den Haag.
Die lange Liste grässlicher Handlungen, die Kommandant Vinko Tošorović vermutlich begangen, angeordnet oder toleriert hatte, führte Marlene mit aller Wucht die Brutalität der Welt vor Augen, der sie hier in Den Haag die Stirn würde bieten müssen.
Die Anklage wirft Tošorović vor, jene Folterungen angeordnet und begleitet zu haben, die sich im Kontext der bewaffneten Angriffe der serbischen Streitkräfte gegen nicht-serbische Dörfer und Gebiete zwischen Mai und Dezember 1995 richteten. Diese Folterungen beinhalten das gegen bosnische Muslime oder bosnische Kroaten gerichtete absichtliche Herbeiführen schwerer Schmerzen, sexuelle Misshandlungen, Vergewaltigung, brutales Schlagen und andere Formen schwerer Misshandlung in Polizeistationen, Militärgebäuden, privaten Häusern und anderen Lokalitäten wie auch während der Verschleppung von Personen. Tošorović wird vorgeworfen, diese Misshandlungen angeordnet zu haben und bei etlichen persönlich anwesend gewesen zu sein.
Weiter warf ihm die Anklageschrift vor, in einer Schule außerhalb des Ortes Bosanska Krupa mindestens fünfzig Schüler gefangen gehalten zu haben. In einem Zimmer sollen ihnen Elektroschocks verabreicht worden sein. Drähte mehrerer Autobatterien seien befestigt worden an Fingern und Zehen, und Strom sei in Intervallen von fünf Minuten an- und abgestellt worden. Man

habe diese Technik angewandt, um den Gefangenen »das Singen beizubringen«, wie ein Protokoll in Anführungszeichen vermerkte. Einige der so Gefolterten seien heute noch von den Folgen dieser Misshandlung gezeichnet.

Zudem wurde Tošorović vorgeworfen, in seiner Rolle als damaliger Offizier – denn in den Status des Kommandanten war er erst 1997 getreten – das ihm anvertraute Regiment in mehrheitlich von bosnischen Serben bewohnte Dörfer in der Region um Banja Luka wie auch nach Omarska geführt zu haben, um dort private wie auch öffentliche Häuser, Geschäftsräume, öffentliche Einrichtungen und religiöse Bauten zu zerstören, zu plündern und in Brand zu stecken. Ziel dieser Aktionen sei es gewesen, dadurch die Flucht der bosnischen Bevölkerung zu bewirken und dafür zu sorgen, dass sie nie mehr zurückkehren werde. Meistens seien diese Angriffe nachts ausgeführt worden. Etliche Häuser seien mit Granatenwerfern und Mörsern beschossen, andere mit Handgranaten und Maschinengewehren gestürmt worden.

Insgesamt wurde Tošorović in der Anklageschrift verantwortlich gemacht für den Tod von mindestens 459 bosnischen Muslimen im genannten Zeitraum.

Im Juli des Jahres 1995 schließlich sei der Angeklagte verantwortlich gewesen für ein Gefangenenlager in der Gemeinde Omarska, in der zwei Kämpfer der bosnisch-serbischen Truppen vor den Augen der anderen Gefangenen enthauptet worden seien. Täglich seien die Insassen Schlägen ausgesetzt worden. Am 23. Juli seien sie in ein Militärgebäude namens Omarska Camp überführt worden, das als Gefängnis gedient habe. Am 24. Juli sei erneut ein Häftling im Beisein der anderen enthauptet worden, dessen Kopf man im Anschluss an einen an der Wand sich befindenden Kleiderhaken gehängt habe. Einige Inhaftierte seien gezwungen worden, sich nicht nur ständig in diesem Raum aufzuhalten, sondern auch täglich diesen deformierten Kopf zu küssen. Gemäß Anklageschrift

sei Tošorović über diese Prozedur informiert gewesen und habe es unterlassen, dergleiche Misshandlungen zu unterbinden.
Nach dem eingehenden Studium der Anklageschrift wunderte es Marlene nicht, dass den Menschen, die sich wagten, über diese Verbrechen zu berichten, nichts wichtiger war als das Gefühl, in Sicherheit zu sein.
Auch über die Belastungszeugen lagen Akten vor. Buca Branković hätte als Hauptzeuge in nicht weniger als neun Anklagepunkten auftreten sollen. Er hatte während des Bosnienkriegs mehr als acht Monate in dem genannten Gefangenenlager verbracht. Er hatte angegeben, bei mehreren Erschießungen anwesend gewesen zu sein, er berichtete von sexuellen Misshandlungen, von einem enthaupteten Mann, von Hunger und Misshygiene. Besprizt mit dem Blut eines anderen und mit einer Kugel im Bauch, die abgesehen vom Dickdarm nichts zerlöchert hatte, war es Buca Branković bei einer Exekution gelungen, sich tot zu stellen und nachts aus jener Grube zu fliehen, aus der es, wäre der Bulldozer nicht gerade anderswo beschäftigt gewesen, kein Entkommen mehr gegeben hätte.
Es hätten Branković in der kommenden Woche weitere Angeklagte vorgeführt werden sollen; man hatte sich erhofft, von ihm zu hören, wer wann und wo nach den Anweisungen Tošorovićs gehandelt hatte.
Die Zeitspanne, in welcher die Verbrechen verübt worden waren, für welche die Anklage Tošorović verantwortlich machte, umfasste beinahe ein ganzes Jahrzehnt. Wie in einer zusammenfassenden Schlussbemerkungen zu lesen war, ging die Ermittlungsbehörde davon aus, dass dem Angeklagten noch weitere Verbrechen angelastet werden müssten; aufgrund erheblicher Schwierigkeiten, Zeugen zu rekrutieren, beschränke sich die Anklageschrift vorerst aber auf die erwähnten Vergehen.
Dass der Mord an Buca Branković ebenfalls mehr oder weniger direkt auf das Konto Tošorovićs ging, schien Marlene wahrscheinlich. Sie

hielt es für sinnvoll, vor dem ersten Teammeeting nochmals einen starken Kaffee zu trinken. In einer etwas lieblos eingerichteten Cafeteria stand sie dann, holte sich das schwarze Getränk aus dem lärmenden Automaten, verrührte mit einem Plastiklöffel etwas Kaffeesahne und wusste, ehe sie den Becher kippte, dass sie es als ihre persönliche Aufgabe auffasste, den Abstieg Tošorovićs in die Liga der serbischen Gerichte zu verhindern.

45. KAPITEL
HUELVA, SPANIEN

Als es gegen Mittag zuging, als die Sonne fast schon im Zenit stand und die Plastikfolien aufheizte, dass man sich an ihnen die Finger verbrennen konnte, erinnerte sich Mihai Tinescu daran, wie Ceaușescu einst in rauen Mengen und zur obligatorischen Montage im Wohnzimmer Thermometer hatte verteilen lassen, die bei 14 °C schlicht 18 °C anzeigten und bei 16 °C bereits 20 °C. Diese manipulierten Thermometer sollten den Rumänen das Gefühl vermitteln, sie würden in gut geheizten Wohnungen sitzen, sollten das positive Denken fördern und davon ablenken, dass es dem Staat nicht gelungen war, genügend Erdöl zu importieren. Zu wissen, wie elend die Zustände in Wirklichkeit waren, und dabei freundlich nicken zu müssen, statt umgehend zu demonstrieren: Das war Rumänien. Was Tinescu hier in Huelva nötig gehabt hätte, wäre ein Thermometer, das genau umgekehrt beschaffen war. Eines, das statt der tatsächlich herrschenden 36 °C nur 28 °C anzeigte.
Aus Kalifornien, so hatte sich Tinescu erzählen lassen, stammten die Erdbeeren, die hier gepflanzt wurden, von einer dortigen Universität, die mit zahlreichen Pflanzen-Patenten ziemlich viel Geld umsetzte, und ehe die Erdbeeren nach Huelva kamen, wurden sie in der Region Segovia, hundert Kilometer nordwestlich Madrids, wo das kühle Klima sie resistent machte, auf einer Hochebene eingepflanzt. Erst nach einigen Wochen oder Monaten wurden sie nach Huelva transportiert, wo pro Hektar siebzigtausend Pflanzen gesetzt wurden. Jede davon war so gezüchtet, dass sie im Idealfall etwa achthundert bis neunhundert Gramm Beeren trug, und weil diese Zuchtprodukte anfällig waren, mussten sie regelmäßig gegen ihre Feinde, die rote Spinne und Thread, behandelt werden. Mit den Pflanzenschutzmitteln, die von der Europäischen Union

zugelassen waren, hätte man diese Erdbeeren zwei- bis dreimal wöchentlich spritzen müssen. Weil das den Plantagenbesitzern aber zu aufwendig war, hatten die drei großen Erdbeerfirmen die Politiker in Brüssel dazu gebracht, für die Region Huelva eine Ausnahmebewilligung zu erteilen, die das Zerstäuben eines Pflanzengiftes erlaubte, welches so stark wirkte, dass es nur einmal alle vierzehn Tage per Helikopter über den Feldern verteilt werden musste.

Nach sechseinhalb Stunden trug Mihai Tinescu seine letzte Kiste zum Jefe, schaute ein letztes Mal zu, wie der Mann die Ziffern, welche die Waage anzeigte, in ein Heft übertrug. Tinescu wusste nicht, ob er die Vierzig-Kilogramm-Marke geknackt hatte. Das wusste auch der Jefe nicht, er würde es nachmittags ausrechnen, und irgendwer würde entscheiden, ob sie ihn montags, wenn er wieder am Straßenrand stehen würde, mitnähmen.

Die anderen hatten schon im weißen Toyota-Bus Platz genommen, als Tinescu seinen Mut sammelte und den Jefe fragte, wann denn der Lohn ausbezahlt werde. Als dieser, ohne von seiner Liste aufzuschauen, ihn mit einem »más tarde, más tarde« abservierte, merkte er, wie sehr er diesen Mann verachtete und an sich halten musste, um nicht loszuwüten. Es war ein Zorn in ihm, wie er ihn von seiner Kindheit her kannte, ein alles kurz und klein schlagen wollender Zorn eines Grundschülers, der nichts anderes wahrnehmen wollte als die kleine Ungerechtigkeit, die ihm widerfahren war.

Mit dieser Wut würde er es im engen Bus unmöglich aushalten. Deswegen gab er dem Fahrer zu verstehen, dass er zu Fuß zu seiner Chabola zurückgehen werde; ein Weg, der gut anderthalb, wenn nicht sogar zwei Stunden in Anspruch nehmen würde. Es rührte ihn, dass der Chauffeur zweimal nachfragte, ob er sicher sei, zu Fuß gehen zu wollen.

Tinescu bejahte, obgleich er wusste, dass der Weg durch das Plastik alles andere als romantisch zu werden versprach. Vielleicht aber würde er unterwegs ja etwas Schaumstoff finden, ein als Kniepolster sich eignendes Stück Schaumstoff, das er aber womöglich gar nicht mehr benötigte: Wieso sollte er sich länger noch hier abmühen, wenn er nicht sicher sein konnte, dass er auch entlohnt würde? Er glaubte nicht, dass der Lohn erst Ende des Monats ausbezahlt würde, obwohl auch Wes Mbacke dies behauptete, ein Ivorer, der in derselben Chabola übernachtete und mit dem er sich auf schüchterne Art angefreundet hatte.

Tinescu wusste nicht, ob er Vladana erzählen würde, wie es aussah hier. Vielleicht später einmal, wenn alles überstanden war. Er war froh, dass Vladana nicht wusste, wie er hauste und übernachtete: Weil er nicht bereit war, zehn Prozent des versprochenen Lohnes von fünftausendzweihundert Peseten gleich wieder für eine schäbige Unterkunft auszugeben, hauste Tinescu, wie zahlreiche andere auch, in einer Chabola, einer aus Plastikabfällen, Holzpaletten und leeren Pestizidbehältnissen errichteten Hütte. Strom und Wasser fehlten. Von improvisierten Feuerstellen stieg abends Rauch und Gestank auf, Fliegen schwirrten über dem Müll. Wasser zum Waschen und Kochen holten sich die Arbeiter aus der Balsa, einem Bassin, das der Bewässerung der Gewächshäuser diente. *Prohibido bañarse* stand am Beckenrand, alte Pestizidkanister schwammen auf dem Wasser.

Spazierend dachte Mihai Tinescu nun an Vladana und ihre Vorliebe für Kochsendungen. Es konnte sie in lange anhaltende Verstimmung bringen, sehen zu müssen, wie modern Pfannen, wie flach und rasch zu bedienen Herdplatten, wie tadellos schön Marmorabdeckungen heute sein konnten. Auch hatten die in diesen Kochsendungen verwendeten Zutaten wenig mit den Lebensmitteln gemein, wie man sie in Roşia Montană kaufen konnte. Asiatische Küche. Thailändische Küche. Es mochten spannende Rezepte sein, aber es wäre allein einer Fehllieferung zu verdanken, wenn es in Marias Laden in Roşia Montană einmal Kokosmilch zu kaufen gäbe.

Das lange Gehen tat ihm gut, aber die Vorstellung, Vladana die erschreckend brutalen Umstände, unter denen er hier zu leben hatte, zu schildern, ließen seinen Zorn über den bisher ausgebliebenen Lohn wieder aufflackern. Er hatte es ohnehin nicht eilig gehabt, zurück in seine Chabola zu gelangen, jetzt aber dachte er, es wäre besser, bei der rumänischen Botschaft anzurufen, was zu tun ihm die Anapec-Mitarbeiterin in Abrud damals empfohlen hatte, sollte es um eine dringliche oder behördliche Angelegenheit gehen.

Nach anderthalb Stunden fand Tinescu zu einem Vorort von Huelva, der einer Insel gleich aus dem blassweißen Plastikmeer ragte und es ihm nicht schwer machte, ein Restaurant zu finden. Der erste Augenkontakt mit der Kellnerin war grundlos herzlich, was Tinescu Mut machte. Die Frau zeigte ihm nicht nur das Telefon, sondern machte für ihn sogar die Nummer der rumänischen Botschaft in Madrid ausfindig. Als in der Folge auch noch die Sekretärin auf der Botschaft, die den Anruf entgegennahm, nett klang, zutraulich gar, fasste er Zuversicht. Die Mitarbeiterin hörte ihm geduldig zu, schien sich Dinge zu notieren und sprach davon, dass man von Amtes wegen der Sache nachgehen werde, dass er sich aber etwas gedulden solle, da der Amtsweg nicht immer der schnellste sei.

Als habe die Kellnerin Tinescus Hunger erkannt, zweigte sie etwas Suppe und Brot aus der Küche ab und trug es in jenen Gang, der zum Hinterausgang führte, in dem sich das Telefon befand. Mihai Tinescu wollte es erst gar nicht annehmen, aß dann aber so hastig, dass er sich schämte. Freilich dachte er nun daran, Vladana anzurufen, aber er wollte sich das nicht erlauben, solange er nicht sicher war, hier auch wirklich bezahlt zu werden. So erfuhr er nicht, dass Vladana, weil der als Chauffeur arbeitende Gavril betrunken in einen Telefonmasten gefahren war, einen für Gabriel Resources arbeitenden Geschäftsmann bei sich beherbergte, was im Dorf sogleich zu allerlei Gerüchten führte, vor allem, weil sich der Mann bei seinem nächsten Besuch in Roşia mit einem imposanten Blumenstrauß bei Vladana bedankte.

Auf dem Fußmarsch zurück sagte Tinescu ein Gedicht auf, das er in der Grundschule hatte auswendig lernen müssen, ein patriotisches Gedicht, von dem er nicht mehr wusste, dass es derart unversehrt in seiner Erinnerung schlummerte. Diese Strophen auch hier, dreitausend Kilometer von Roşia Montană entfernt, fehlerlos sagen zu können, rührte ihn zu Tränen.

Endlich angekommen bei seiner Chabola, schliefen in diesem Provisorium die neun anderen Arbeiter bereits, zwei Polen und sieben Schwarze, gesellige Kerle, die es nicht zu stören schien, dass es keine Zimmer gab, dass aufgestellte Paletten und herunterhängende Plastikfolien als Raumteiler dienten. Mehr Privatsphäre wünschte sich Tinescu vor allem dann, wenn die beiden kräftigen Typen aus der Elfenbeinküste Frauen empfingen, ob Freundinnen oder Sexarbeiterinnen, das vermochte Tinescu nicht zu beurteilen. Auch verstand er nicht, wie diese Ivorer trotz der harten Arbeit noch Energie hatten, eine Frau zu lieben, verstand nicht, wieso es das Schnarchen eines kräftigen Nigerianers nicht schaffte, den Liebeslärm der Ivorer zu übertönen.

Mihai Tinescu hatte seine Sexualität in der Hochzeitsnacht entdeckt, obwohl damals in Alba Iulia, wo er groß geworden war, und später dann in Tîrgu Mureş, wo er studiert hatte, durchaus andere Meinungen zu Masturbation und vorehelichem Beischlaf kursierten. Aber das waren Angelegenheiten für die anderen. Die anderen, die sich gemeinsam mit Frauen durchwachte Nächte und schlechte Prüfungsresultate hatten leisten können – seine Familie hatte das dafür notwendige Kleingeld nicht gehabt.

Seine Bildung auf diesem Gebiet war von einem Halbwissen geprägt, das abzubauen ihm erst gelang, als er, nach Arbeitsantritt am Gymnasium in Alba Iulia, im Lehrerzimmer ein dickleibiges, illustriertes Buch der Medizin zu fassen bekommen hatte. Das wirklich Verheerende an seiner sexuellen Bildungslücke war die Allianz gewesen von selbst gestrickten Erklärungen ohne jeglichen Erfahrungsraum mit der Idee vom großen und größer werdenden rumänischen Volk, wie Ceaușescu sie propagiert hatte. Weil der politische Herrscher Kinderreichtum angeordnet, kinderreiche Familien bevorteilt, lauthals von den strammen Soldaten geträumt hatte, die er in den Kindern heranwachsen gesehen hatte, und schließlich gar den Import von Kondomen zu verhindern gewusst hatte, war es nicht schwierig, dass sich Ceaușescus Ideen, wenn nicht sogar Ceaușescu selbst, in die vergleichsweise harmlosen sexuellen Fantasien des jungen Mihai Tinescu eingeschlichen hatten.

In seiner Chabola war es an jenem Abend zu Tinescus Zufriedenheit ziemlich ruhig. Er war froh, seine erschöpften, schmerzenden Glieder hinlegen zu können. Mbacke lag auf der Matratze gleich nebenan, aus Leder und bunten Kügelchen stellte er Schmuck her, den er auf dem Markt in Huelva zu verkaufen vorhatte. Während Mbacke seine Arbeit verrichtete, kam er mit Tinescu ins Gespräch, erzählte ein weiteres Mal von seinem Bruder, der mit aus Elfenbein fabrizierten Billardkugeln handle. Da dieses Geschäft besser und besser laufe, beabsichtige er, bald zu seinem Bruder in die Elfenbeinküste zurückzukehren, dort wolle er sich nach einer Frau umsehen. Was dieses Thema anbelangte, so riet Mbacke Tinescu dringlich an, nie mit einer marokkanischen Frau etwas anzufangen, denn diese könne, falls es ihr gelinge, auch nur einen winzigen Tropfen seines Samens aufzubewahren, frei über seine Seele verfügen. Er wisse, das höre sich unglaubwürdig an, aber mithilfe dieses Spermatropfens gelinge es marokkanischen Frauen, dafür zu sorgen, dass ihr Mann, auch wenn sich die schönste Frau splitterfasernackt vor ihm präsentieren sollte, nur an sie, nur an die marokkanische Frau denke und es ihm unmöglich sei, mit der Schönen zu schlafen. Ja, er werde wie ein Hund dieser Frau gehorchen, werde Haushaltsarbeiten und ähnliche eines Mannes unwürdige Dinge verrichten und ein erbärmliches Leben führen.

Die Dämmerung kam spät, aber rasch, Tinescu schlief schnell ein. Ein schwacher Wind bewegte die Plastikfassaden seiner Unterkunft.

Am nächsten Morgen, als der weiße Toyota-Kleinbus vorfuhr und sich die Schiebetür öffnete, schlug Tinescu statt der Reggae-Musik eiskalte Stimmung entgegen. Der Jefe stieg aus und baute sich breitbeinig vor ihm auf; Tinescu erblasste. Unsicher gingen die drei Frauen aus Tiraspol an ihm vorbei, blickten ihn voller Mitleid an und stiegen ein. Niemand wagte, die Schiebetür zu schließen. Durch die offene Tür konnten alle mit anhören, wie der Jefe einem eingeschüchterten rumänischen Mathematiklehrer erklärte, dass es keinen Grund gebe zu meckern. Und dass er, wenn ihm sein Lohn lieb sei, davon absehen solle, sich mit der Botschaft seines beschissenen Heimatlandes in Verbindung zu setzen.

Es war für Tinescu trotz seiner mangelhaften Spanischkenntnisse nicht schwierig zu verstehen, um was es ging. Als ein dunkelblauer BMW vorfuhr, war Tinescu erleichtert; er wusste, der Patron würde bald einsteigen und verschwinden. Nun aber knallte der Patron vor seiner Nase die Schiebetür des Toyota-Kleinbusses zu und gab ihm damit zu verstehen, dass er heute keine Erdbeeren pflücken würde. Tinescu war froh über die Aussicht, nach dieser erniedrigenden Stelle wieder als Mathematiklehrer arbeiten zu können. Er nutzte den leeren Tag, um eine Postkarte nach Roşia Montană zu schreiben: *Geliebte Vladana! Ich vermisse Dich sehr. Meine Hände schmerzen, die Finger sind angeschwollen, ich kann unseren Ring nicht mehr ausziehen, wir gehören zusammen.* Dann malte er eine Birke auf die Karte, mit blauem Kugelschreiber, ihren Lieblingsbaum.

46. KAPITEL
MOSKAU, RUSSLAND

Unsicher, was er von dieser Begegnung erwarten sollte, und in der Befürchtung, er werde hier seine Zeit vertrödeln, betrat Thomas Steinhövel die düstere Fußgängerunterführung. Vergeblich hatte er gestern in einem fensterlosen, überteuerten Internet-Café nach möglichen Reportagethemen gesucht, nichts hatte ihn zu überzeugen vermocht, und die lange, detailreiche Mail an seine Schwester hatte er schließlich kopfschüttelnd in den Entwurfs-Ordner abgelegt, denn es gefiel ihm nicht, Marlene anzujammern.

Die Unterführung war gut frequentiert, auch stand eine improvisierte Bretterbude gleich neben dem ihm schon bekannten Kiosk. Große Gestecke von Plastikblumen und mit Comic-Figuren bedruckte Ballons wurden da verkauft, einige Passanten begutachteten das neue Angebot – Ahmed erkannte Steinhövel auf den ersten Blick. Er begrüßte ihn knapp, gerade so, als komme er ungelegen, als sei er zu beschäftigt mit Herumstehen. Wieder war er gehüllt in einen zu großen Mantel, unverändert trug er sein Misstrauen im Gesicht; auch die zerkaute Büroklammer im Mund fehlte nicht. Gegen alle Erwartung aber schlug er Steinhövel vor, mit der Straßenbahn zu fahren. Gemeinsam standen sie an der Haltestelle, Ahmed drückte sich dicht in die Ecke des Windschutzes, er wirkte in seiner Aufmachung wie ein in seiner Obdachlosigkeit eingerichteter Eremit, der sich bereits im Frühling auf den nächsten Winter in der städtischen Kanalisation vorbereitete. Es war aber Juni.

Die erste herannahende Straßenbahn schien die richtige zu sein. Mit verschwörerischer Geste bedeutete Ahmed Steinhövel, er möge einsteigen, half ihm dann beim Erwerb des Billetts und hüllte sich erneut in sein merkwürdig dunkles Schweigen. Steinhövel blickte aus der schmutzigen Scheibe und überlegte bereits, ob er nicht besser aussteigen sollte. Aus dieser Straßenbahn, aus der ganzen Geschichte. Wie sollte er jemals zu einer Reportage gelangen, wenn er mit einem misanthropischen, paranoiden Algerier in überheizten Straßenbahnen durch ein frühsommerliches Moskau tuckerte? Schwer atmend betrachtete dieser die imposanten Fassaden, fast gelblich im Gesicht, blass und übernächtigt, verbissen in seinem Schweigen.

Drei Haltestellen später stieg eine Horde Jugendliche ein – offenbar hatte Ahmed auf sie gewartet, denn jetzt erst, im Lärm der plappernden Gruppe, wandte er sich Steinhövel zu, funkelte mit seinen abgezehrt wirkenden Augen und erklärte flüsternd, dass es nun vielleicht an der Zeit sei, sich einander richtig vorzustellen: Er heiße Aca Mandić, stamme aus Šabac, jener Stadt, in der zum ersten Mal in Serbien auf einem Klavier gespielt worden sei. Ängstlich schaute er sich um; die alte Frau mit der Pelzmütze vor ihm hatte ihnen den Kopf zugedreht, als er zu sprechen begonnen hatte. Also kniff er die Augen zusammen, räusperte sich, sprach leiser, Steinhövel musste sein Ohr noch näher an seinen Mund halten. Dann hörte er, wie der Algerier, der ein Serbe war, sich entschuldigte, ihn bisher angelogen zu haben – er habe sichergehen wollen, dass er nicht doch etwas mit dem serbischen Geheimdienst zu schaffen habe. Das Wort Geheimdienst sagte er auf Deutsch, gerade so, als verstünden hier in der Straßenbahn alle sein geflüstertes Französisch.

Nachdem Steinhövel abermals versichert hatte, dass er für eine in der Schweiz beheimatete Zeitung arbeitete, und äußerst nachdrücklich beteuert hatte, seine Geschichte ohne sein Einverständnis nicht einmal mit geändertem Namen zu publizieren, war Mandić bereit, Steinhövel für den Rest einer langen Straßenbahnfahrt seine vertrackte Geschichte zu erzählen. Als wäre ein Ventil geöffnet worden, sprudelten die Sätze aus ihm heraus, löste sich seine ganze Verkrampfung, durfte endlich die Geschichte eines serbischen Studenten der Linguistik, der Russischen und Französischen

Literatur, der dank eines Auslandsemesters nach Paris und Moskau gekommen war, ans Licht gehoben werden. Aca hatte seinen Doktor in Sprachwissenschaft, besaß ein Diplom über Menschenrechte und war ein beliebter und sozial integrierter Mann an der Moskauer Lomonossow-Universität gewesen. Hier hatte er regen Kontakt mit Exilserben pflegen können, von denen die meisten Teil waren eines Austauschprogramms und nach einem halben Jahr nach Serbien zurückgingen. Irgendwann war für Aca Mandić der Tag gekommen, da er seinen Pass hätte erneuern lassen sollen, um nach Serbien zurückkehren zu können. Er begab sich zur Botschaft Restjugoslawiens, wie er es nannte, einem schmucken Haus, vor dessen Eingang allerdings ein derartiger Andrang geherrscht hatte, dass er gar nicht an die Reihe gekommen war. Es war in jenen Tagen allen wehrpflichtigen Exilserben befohlen worden, in die Sozialistische Republik Jugoslawien zurückzukehren. Das war im August 1996 gewesen. Wer sofort nach Jugoslawien zurückkehre, erhalte Amnestie und einen neuen Pass – so hatte das Versprechen gelautet. Leider hatten das viele Landsleute, viele Freunde von ihm auch geglaubt. Hatten gedacht, sie würden, wenn sie sich nur schnell genug meldeten, nicht in die Armee einrücken müssen. Serbien sei damals, so erzählte Aca Mandić, nicht viel anders eingerichtet gewesen als die Mausefalle in seiner Dachkammer: Einige seiner Freunde seien bereits am Flughafen abgeholt und an die Front geschickt worden. Von den meisten habe er kein einziges Wort mehr gehört – seither lebe er in Moskau, in stiller Feindschaft mit dem serbischen Regime, in stiller Angst vor der russischen Bürokratie, in stiller Sorge um seine Familie. Seither lebe er ohne gültige Papiere.

Es war mühselig, Acas dünne Stimme aus den Fahrgeräuschen und dem allgemeinen Lärm herauszufiltern, und noch fragte Steinhövel sich, ob er Aca diese Geschichte glauben sollte oder ob es sich bloß um ein riesiges Theater handelte, das bald schon in den Versuch münden würde, ihn um eine erhebliche Summe anzubetteln.

Aber Aca, falls er denn tatsächlich so hieß, erzählte weiter. Sein Vater, ein berühmter Geigenbauer im wenig berühmten serbischen Städtchen Šabac, habe den Dienst verweigert, sein Bruder Bogdan ebenso, und eines Morgens habe man sie abgeholt und in eine Kaserne gesperrt. Seither habe er nichts mehr von der Familie gehört. Ans Telefonieren sei gar nicht zu denken, alles werde abgehört. Seit Jahren schon habe er nicht mehr angerufen. Also lebe er hier in Moskau, im Untergrund. Manchmal übernachte er bei Freunden auf dem Sofa, manchmal in einer vergessenen Kammer ganz oben im mächtigen Gebäude der Lomonossow-Universität, gleich über dem Institut für Ozeanografie. Dort sei sein Obdach und dort befinde sich seine bescheidene Habe. Vor allem die mannigfaltige Korrespondenz mit der serbischen Botschaft, aber auch serbische und französische Fachliteratur zur Linguistik und zur Allgemeinen Sprachgeschichte bewahre er dort auf. Am Institut für Ozeanografie betreibe er so etwas wie ein privates Nachdiplomstudium, und sein Geld verdiene er sich mit einer Stelle als Hilfsassistent in einem Linguistischen Seminar, mit dem er freundschaftlich verbunden sei. Außerdem habe er sich darauf spezialisiert, Menschenrechtsverletzungen zu dokumentieren, die in Russland begangen würden. Er suche Belege, erstelle Texte in Französisch und Russisch, darauf hoffend, damit einmal an die Öffentlichkeit gehen zu können. Und ja, ansonsten stehe er, um ein paar Stunden herumzubringen, in der Unterführung und bettle um Zigaretten. Auch benötige er ja Geld, richtig viel Geld. Nicht nur für den Zahnarzt, sondern für eine Reise nach Rom, wo er sich einen französischen Pass kaufen wolle, um endlich zu seiner Mutter heimkehren zu können. Keinen gefälschten Pass, einen richtigen, aber mit einem anderen Namen. Als Aca Mandić werde er serbischen Boden nie mehr betreten können. Und als Ausländer ohne gültigen Pass sei es unmöglich, in Moskau, der Hauptstadt der Überwachung und Kontrolle, zu einem Zahnarzt zu gehen.

Als er das sagte, schob er sich die verbogene Büroklammer zurück in den Mund und biss so stark zu, dass es Steinhövel schmerzte. Die Jugendlichen waren längst ausgestiegen, die Straßenbahn würde bald auf ihrer Schleife wieder dort sein, wo sie eingestiegen waren, und allmählich gewann Thomas Steinhövel den Eindruck, dieser paranoide junge Mann, der dringend eine Dusche, einen Zahnarzt, ein neues Hemd und vor allem einen neuen Pass brauchte, habe ihm die Wahrheit erzählt. Falls ihm dieser Eindruck beim nächsten Treffen nicht abhandenkommen würde und falls sich seine Geschichte nicht plötzlich nur noch um jenes ihm dringlich fehlende Geld drehte, wäre es sicher an der Zeit, einander zu helfen. Steinhövel würde ihm ein Dolmetscher-Honorar zustecken, das seine Spesenrechnung weiter strapazierte, und Aca Mandić würde ihm helfen, eine Reportage zu erstellen. Keine Reportage über ihn selbst, das wäre gewiss zu heikel, aber der Kerl kannte sich aus in der Stadt und er würde ihm, davon war Steinhövel überzeugt, Dinge und Orte zeigen können, die auch in Moskau nicht allgemein bekannt waren.

47. KAPITEL
MOSKAU, RUSSLAND

Für Aca Mandić war der Vernadskogo-Prospekt zwei, drei Kilometer südlich der großzügig bis größenwahnsinnig angelegten Lomonossow-Universität nichts anderes als eine alte, Asphalt gewordene Witwe, die ihre Würde allein aus dem Glauben zog, ihrem Untergang allen widrigen Umständen zum Trotz entgehen zu können, und weil es Aca nicht viel anders erging, fühlte er sich hier wohl. In dieser Straße sich länger aufzuhalten, wäre ihm dennoch nicht eingefallen, gäbe es am Kreisel direkt vor dem Abgang zur Metrostation Yugo-Sapadnaya nicht den silberglänzenden Deniss-Supermarkt, dieses protzige, nach Westen riechende Warenhaus, in dem sich auch die Bäckerei Brelankowa befand.

Auf Plakaten verkündete diese Bäckerei verlogen, zweimal täglich ofenfrisches Brot geliefert zu bekommen. Aca Mandić war diese Lüge ein willkommener Anlass, sich keine Vorwürfe zu machen, wenn er, sobald der mokkabraune, dreiachsige Kleinlastwagen kurz nach sechs Uhr morgens in die auf der Gebäuderückseite sich befindende Seitengasse eingebogen war, an dem düsteren, auch bei geschlossenen Türen übel nach Parfüm riechenden Sex-Shop vorbeischreitend, den Schatten eines breiten Betonpfeilers aufsuchte, von dem aus er, selbst nicht zu sehen, bestens beobachten konnte, wie der Chauffeur des Lasters, dem Gesicht nach ein Georgier oder Tschetschene, mit einem mächtigen Schlüsselbund und etwas Gewalt das zum Warenumschlagplatz des Supermarkts führende Gittertor aufsperrte, dann den Lastwagen um gute zehn, zwanzig Meter vor den Lieferanteneingang rollen und das Gittertor, weil er zu faul war, sich an die Regeln zu halten, für die kurze Zeit seines Parkens offen stehen ließ.

Was sich hier abspielte, war eine unveränderliche, seit Monaten schon von Aca eingeübte Choreografie, und weil auch heute der Tschetschene am Steuer saß, kaute Aca ganz zuversichtlich auf seiner zerbissenen Büroklammer.

Der Kaukasier ließ den Motor laufen, stieg aus, schlurfte in seinem Arbeitskombi nach hinten, öffnete den Frachtraum, ließ surrend die Hebebühne herunter auf halbe Höhe, band den mannshohen, bereits mit Broten beladenen Handwagen los und schob die nach Hefe duftende Fracht auf den Lieferanteneingang zu.

Als er hinter der Flügeltür verschwunden war, schob Mandić seine Büroklammer in die Hosentasche, eilte, in Gedanken bei diesem eigenwilligen Reporter, mit dem er sich am frühen Nachmittag verabredet hatte und der von dieser Szene hier nie etwas erfahren würde, zum Lieferwagen, hechtete auf die Hebebühne und mit einem zweiten Satz in den Bauch des Frachtraums und klaute dort, auf Kniehöhe, damit es niemandem auffallen konnte, zwei Brote aus dem Regal.

Den Duft der Backware in der Nase, schob sich Aca die beiden Brote unter den Mantel und machte sich, horchend, ob sich am Lieferanteneingang etwas bewege, unverzüglich aus dem Staub.

Als der Kaukasier mit nun leerem Handwagen aus dem Lieferanteneingang spazieren kam, hatte Aca das Gittertor längst hinter sich gelassen.

Sobald er die um diese Zeit stark frequentierte Metrostation Yugo-Sapadnaya erreicht und für sich eine ruhige Nische gefunden hatte, holte er eines der beiden Brote hervor und begann zu essen.

Er hatte keine Lust, Steinhövel zu schildern, wie er sich sein Brot organisierte, denn er glaubte nicht, dass ihn dieser Reporter würde verstehen können. Wie sollte er denn erklären, dass er, obwohl er dank einer inoffiziellen Assistenzstelle am Linguistischen Institut der Lomonossow-Universität einen Lohn verdiente, der zwar aus Schwarzgeld bestand und mit dem sich theoretisch eine Ein- und mit etwas Glück auch eine günstige Zweizimmerwohnung finanzieren ließe, dennoch in einer staubigen, längst vergessenen Universitäts-Dachkammer hauste, ohne fließendes Wasser und ohne Heizung?

Nur dank guter Beziehungen zu anderen Linguisten war es ihm möglich, am Institut für Vergleichende Sprachwissenschaften zu unterrichten. Illegal freilich, papierlos, denn mit seinem abgelaufenen serbischen Pass war nicht daran zu denken, eine richtige Stelle anzutreten. Aber man bezahlte ihm dennoch den vollen Lohn, dank einer sehr handschriftlichen Buchhaltung, die keinen schnellen Überblick zuließ, war das möglich, und diesen Lohn legte Aca Monat für Monat größtenteils auf die Seite, legte die Rubelscheine in eine Stofftasche, die er in den Kissenbezug eingenäht hatte.

Nein, Steinhövel musste nicht wissen, dass er sich morgens die Kleider in aller Eile überstreifte, um ihrem Geruch nicht ausgeliefert zu sein, er musste nicht wissen, dass er sich das gebügelte Hemd, in dem er am Institut zu arbeiten pflegte, von einem befreundeten Studenten lieh.

So stand Aca Mandić am Rand des Prospekt Vernadskogo, stand unter dem Holz eines gerade unbenutzten Baugerüsts und vor dem schulterschmalen Schaufenster einer Immobilienfirma, schaute zu, wie die Menschen zur Metro hinabeilten und biss ins Brot, genießend und doch auch wie ein Tier.

Sich über Jahre hinweg illegal in Moskau aufzuhalten, ohne aufzufliegen, war eine Arbeit, die viel Einsamkeit abverlangte. Und der Versuch, möglichst rasch möglichst viel Geld auf die Seite zu bringen für einen neuen Pass, bedeutete Sparsamkeit in allen Lebensbereichen. Es war Acas Ziel, möglichst rasch zu einem Vermögen von 500 000 Rubel zu gelangen, denn mindestens 50 000 Rubel würde er hinblättern müssen, um sich von einem von St. Petersburg aus operierenden Schlepper als blinder Passagier auf einem Frachtkahn über die Ostsee direkt nach Deutschland verschiffen zu lassen. Lübeck hieß der Hafen, das wusste Aca bereits. Von dort würde er dann auf Wegen, die ihm noch nicht sehr deutlich waren, nach Rom gelangen müssen – dieser Umweg war die einzige Möglichkeit, die stark kontrollierten Grenzen des Schengenraums im Osten Europas nicht passieren zu müssen.

In Rom – das hatten verschiedene Quellen bestätigt – würde er sich gegen ein nochmaliges hohes Entgelt einen neuen französischen Pass anfertigen lassen. Einen französischen Pass, gedruckt in einer italienischen Hinterhofdruckerei von einem Fachmann aus der Schweiz, der seinen Lohn von der italienischen Mafia empfing. Einen französischen Pass, der nicht weniger französisch war als ein Ausweis, wie er vom Pariser Passbüro ausgestellt wurde. Bloß ein bisschen teurer.

Was jedoch Steinhövel betraf, so wollte er diesem Journalisten lieber nicht zu viel erzählen, denn auch wenn er ihn für durchaus sympathisch hielt, auch wenn sein Interesse so angenehm naiv wirkte, gab es einen letzten Rest an Misstrauen, den zu tilgen Aca nicht möglich war.

Noch schien es Aca jedenfalls mit keinerlei Vorteilen verbunden, Steinhövel die volle Wahrheit über sich zu erzählen.

Er erlaubte sich nicht, das erste Brot schon jetzt ganz aufzuessen. Auf dem Fußweg zurück zur Lomonossow-Universität kontrollierte Aca die Abfallkübel möglichst beiläufig auf Pfandflaschen, meist glücklos.

Im hoch aufragenden Gebäude der Lomonossow-Universität angekommen, erzählte ihm ein Studienfreund aus dem Linguistischen Institut, dass ein Brief für ihn eingetroffen sei. Tatsächlich fand sich im Postfach auf dem Sekretariat des Ozeanografischen Instituts ein Schreiben von seinem Bruder Bogdan.

Lesen zu müssen, dass sein Vater ermordet worden war, verstörte ihn. Er las den Satz wieder und wieder, Trauer aber setzte keine ein, nur Unglaube und das Gefühl mächtiger Einsamkeit.

Dass sich aber sein Bruder Bogdan entschlossen hatte, nach Den Haag zu gehen, um gegen Kommandant Tošorović auszusagen, versetzte Aca einen Stich. Sogleich war er überzeugt, ihn daran hindern zu müssen. Um jeden Preis. Wieso hatte Bogdan noch immer nicht begriffen, dass so etwas wie Gerechtigkeit nicht zu haben war? Jedenfalls nicht in der Geschichte Serbiens und nicht in der Gegenwart Serbiens. Am liebsten hätte er Bogdan umgehend angerufen. Aufgrund der Abhördienste der UDBA war dies aber unmöglich.

Aufgeregt eilte Aca zu seiner Dachkammer. In diesem fensterlosen Kabuff fand er jene Dunkelheit, die zum Schlafen nötig war; es dauerte eine Weile, bis er sich an das schwache Licht der Kerze gewöhnt hatte. Damit der Wind weniger hindurchpfiff, waren die Wände des Zimmers überkleistert mit alten Zeitungen, mit Bus- und Straßenbahnbilletten, und hier lag, einen knappen Meter von seiner auf makulierter Fachliteratur aufliegenden Matratze entfernt, mit gebrochenem Genick in einer Falle eine dicke, aschgraue Maus, die zu entfernen sich Aca noch nicht die Mühe gemacht hatte. Auf der Kartonkiste neben seinem Bett, auf dem fast hüfthohen Stapel von Fachliteratur zur Linguistik sowie Literatur in russischer, französischer und serbokroatischer Sprache, lag seit gestern die Visitenkarte Steinhövels.

Aca Mandić schob sich die zerkaute Büroklammer in den Mund, setzte sich aufs Bett, öffnete sorgfältig den Kissenbezug, in welchen er seine Ersparnisse eingenäht hatte, und zählte die Noten. Es fehlten, um seine Reise beginnen zu können, noch 125 000 Rubel. Er steckte die Noten zurück, ging auf die Knie und sprach jenes Gebet, das er als Kind immer hatte aufsagen müssen auf dem Schoß seiner Mutter, später vor seiner auf der Bettkante sitzenden Mutter, immer dieses Gebet und immer mit ihrer Stimme im Ohr. Seine Mutter, die nicht wissen konnte, wo er sich aufhielt, und deren Bild er an jenem Tag, als sein Pass die Gültigkeit verlor, in einem Senkloch hatte verschwinden lassen, damit ihr, sollten sie ihn erwischen, nichts würde passieren können.

48. KAPITEL
ISTOK, KOSOVO

Der Schacht, in dem die beiden standen, gehörte zum unfertigen Netz der örtlichen Kanalisation; er war übel riechend, feucht, beherbergte lichtscheue Fauna und zeichnete sich vor allem dadurch aus, dass bestens versteckt in ihm jener Sprengstoff zu zünden war, der vierzig Meter entfernt in den Felsen über der Straße angebracht war. Wie Arbenor trug auch Alim Jahiji grobe Gartenhandschuhe. In schmutzigen Jeans und Gummistiefeln standen die beiden gebückt in diesem Enddarm der nordwestkosovarischen Kleinstadt Istok und erwarteten über Funk den Befehl, die beiden Kabelenden zusammenzuführen, den Stromkreis zu schließen und den von Belgrad entsandten Beamten einen donnernden Empfang zu bereiten.
Angelehnt an die Wand stand das Brecheisen, mit dem sie hinter dem Türkischen Bad, hundertzwanzig Meter entfernt, in den Kanal eingestiegen waren, in einer Aussparung lag griffbereit eine Taschenlampe. Jetzt, da die Dunkelheit fast absolut war, stellte sich Alim vor, sie stünden in einem riesigen Saal. Das verrottete Abwassersystem, durch das sie gewatet waren, hatte in Alim eine nur schwer zu unterdrückende Platzangst ausgelöst, die Furcht, nicht genügend Sauerstoff zu bekommen, hatte diese Vorstellung nur unterstützt. Dass die Röhren plötzlich geflutet werden könnten und kein Entkommen mehr bieten würden, diesen Gedanken verbannte er aus seinem Kopf.
Koordiniert wurde der Anschlag von Admir Tahiri. Dieser war seit Langem und nicht umsonst einer der wichtigsten Anführer der UÇK – was er anpackte, war gut durchdacht. Allein bei einer offiziellen Stellungnahme in den Medien war es kürzlich zu einer Peinlichkeit gekommen; noch hatten sich nicht alle angewöhnt, im

Umgang mit Journalisten oder Behörden statt von der UÇK von der TMK zu sprechen. Alims Meinung nach war diese Umbenennung nur das Resultat eines politischen Kuhhandels: Milošević hatte nach dem militärtechnischen Abkommen von Kumanovo der Lösung zugestimmt, dass der Kosovo unter Uno-Verwaltung gestellt würde, kontrolliert von Nato-Truppen. Die Kosovo-Albaner hatten sich im Gegenzug verpflichtet, die paramilitärische UÇK in ein offizielles Militär namens TMK umzuwandeln, in eine politisch legitimierte Verteidigungsarmee, welcher nicht mehr der Ruch einer antiserbischen Untergrundorganisation anhaften sollte. Abgesehen von neuen Uniformen, auf denen TMK zu lesen war und die hin und wieder tatsächlich getragen wurden, hatte sich indes während der Monate, die Alim fern seiner Heimat zugebracht hatte, wenig verändert.

Nur drei Tage nach Unterzeichnung des Abkommens, also bereits am 12. Juni, waren die ersten internationalen Truppen eingetroffen, Mitglieder der sogenannten Kfor, und solange die sich noch nicht überall eingenistet hatten, solange es noch ein gewisses Machtvakuum gab, setzte die TMK alles daran, sich für die Mordserien, die Folterungen und die Demütigungen, die das kosovo-albanische Volk auch während der Nato-Bombardierungen erlitten hatte, zu rächen. Deshalb hatte sich Blutsbruder Arbenor bei Alim gemeldet, deshalb hatte sich Alim entschieden, die Schweiz und Onkel Siham Amadjani, die weder ihm noch seiner Familie würden helfen können, zu verlassen und in seiner Heimat zu kämpfen, wie es seine Ehre und sein Schwur von ihm verlangten.

Es waren noch immer dieselben Leitfiguren, die den kosovo-albanischen Unabhängigkeitskampf anführten, und sie taten es mit den immer gleichen Mitteln gegen den immer gleichen Feind. Die bunt zusammengewürfelte Kfor-Truppen, in denen sowohl Finnen, Spanier, Deutsche, Dänen, Rumänen wie auch Amerikaner ihren Dienst verrichteten, würden zwar, falls man den offiziellen Informationen Glauben schenken durfte, in wenigen Wochen schon zu einer zahlenmäßig eindrucksvollen Armee heranwachsen, aber Arbenor war der Meinung, dass sie, da sie sich in der Geografie des Kosovo nicht auskannten, keine ausschlaggebende Wirkung würden entfalten können. Zwar wurde der Kfor die Aufgabe anvertraut, Gewalt zu verhindern und rechtsstaatliche Verhältnisse durchzusetzen, die erstaunliche territoriale, soziale und ethnische Ahnungslosigkeit dieser Soldaten wie auch die Probleme, untereinander zu harmonieren, machten diese Truppen aber selbst in den Augen internationaler Beobachter zu eher blutleeren Figuren.

Von dem nun geplanten, gut vorbereiteten Anschlag würde die Kfor erst Stunden, vielleicht erst Tage später etwas mitbekommen. Es ging den Kämpfenden vor allem darum, in letzter Minute – ehe die Internationalen alles, was sie sahen, als Status quo taxierten – so deutlich wie möglich den geschlossenen und integren kosovo-albanischen Siedlungsraum aufzuzeigen. Denn vieles deutete darauf hin, dass sich die Uno in künftigen Versuchen, eine politische Lösung zu finden, auf die ethnische Zusammensetzung der Gemeinden abstützen würde.

Es fühlte sich für Alim seltsam an, wieder zurück in seiner Heimat zu sein. Noch seltsamer war es, in einem finsteren Kanalisationsrohr zu stehen, statt in den Armen der gar nicht so weit entfernt sich aufhaltenden Jarmila zu liegen, welcher er sein Herz versprochen hatte, die ihn aber so lange warten ließ, dass genau das passiert war, was nie hätte passieren dürfen – er hatte sich in eine andere verliebt, in Marlene, und diese hatte ihn übermannt mit ihrer Sinnlichkeit, hatte ihn um ihren Finger gewickelt und entjungfert.

Arbenor hatte ihn eindringlich um Unterstützung gebeten, und Alim hatte nach kurzer Besinnung seine Gefühle in Langenthal zurückgelassen und war, ohne in der Wohngemeinschaft eine Nachricht zu hinterlegen, mit Rexheps BMW und seinem letzten Geld in den Kosovo gefahren, um sich hier, ohne sich bei seiner

Schwester oder seiner Mutter zu melden, dieser ihm bekannten Abteilung der UÇK anzuschließen.

Ein Kampf gegen die Serben würde ihn ablenken von der Tatsache, dass er die Treue zu jener Frau verraten hatte, deren Liebe er sich sicher sein konnte, deren Liebe er nicht enttäuschen wollte.

In der stinkenden Kanalisation stand er nun, zwanzig Kilometer von seinem Elternhaus entfernt, von seiner Mutter, die nur das Beste für ihn wollte. Dreißig Kilometer weiter westlich lag das Dorf Klinë e Mesme, wo Jarmila wohnte, eine geringe Distanz, die ihm dennoch unüberbrückbar schien.

Mit Arbenor verhielt es sich nicht viel anders: Zwar stand er nur einen Meter neben ihm, und doch war da etwas, das nach Entfernung roch, nach abgestandenen Idealen. Sie hatten sich zu lange nicht gesehen, die Zeit im serbischen Gefängnis war lange vorbei. Alim spürte, die Zeit in der Schweiz und die Begegnung mit Marlene hatten ihn verändert, er war nun nicht mehr der Freund, den Arbenor als Kombattant bei diesem Anschlag gegen das serbische Regime so dringend zu sich gebeten hatte.

Aber auch der Kosovo hatte sich verändert. Der Weg zur Unabhängigkeit schien zwar nicht weniger steinig als noch vor Jahren, dank des Einschreitens der Internationalen, dank des Eingreifens vor allem der USA hatte Alim immerhin das Gefühl, es ginge vorwärts. Und gerade jetzt deutete vieles darauf hin, dass ein größerer Schritt bevorstand, auch wenn die Gewalt, die dabei losbrach, weder von Arbenor noch von Alim begrüßt wurde. Die Sache verhielt sich so: Vor drei Tagen war ein achtzehnjähriger Serbe bei der Enklave Čaglavica aus einem Auto heraus beschossen und schwer verletzt worden. Serbische Demonstranten hatten daraufhin die Straße zwischen Priština und Skopje blockiert, eine Lebensader der Kosovo-Albaner. Die Stimmung in der ganzen Region hatte sich aufgeheizt, bedingt auch durch die Tatsache, dass die politische Elite in Kumanovo einen sonderbaren und ungleichen Frieden ausgehandelt hatte. In Čaglavica hatten sich daraufhin Albaner versammelt, um die Blockaden der Serben anzugreifen. Als der albanischen Gemeinschaft zu Ohren gekommen war, in der Nähe des Dorfes Cabra seien drei albanische Kinder von Serben mit Schlägen und einem scharfen Hund in die reißenden Fluten des Ibar getrieben worden und ertrunken, entbrannte ihr Zorn. Um in dieser bürgerkriegsähnlichen Situation etwas strategisch Sinnvolles zu bewirken, was keine Leben kostete, standen Alim und Arbenor nun in dieser Kanalisation: Kurz vor Eintreffen zusätzlicher serbischer Miliz, die von Belgrad aus, entgegen den Richtlinien der Internationalen, beordert worden war, würden sie einen Felssturz auslösen. Es ging Belgrad darum, das Bemühen der Uno um eine multiethnische, unvoreingenommene Polizei zu unterwandern. Die neuen Einheiten sollten nicht, wie das aufgrund der Straßenverbindung zu erwarten wäre, via Mitrovica oder Podujevo einreisen, sondern via Novi Pazar, über eine steile, wenig befahrene Passstraße im äußersten Nordwesten, die erst in Istok so richtig auf die Zivilisation stieß. Dieser Plan war vermeintlich ideal, weil die meisten Coca-Colas – so wurden die rot-weiß lackierten Streifenwagen der internationalen Polizei landläufig genannt –, von denen es bereits jetzt eine ganze Armee gab, der Ausschreitungen wegen vor allem in der Region um Dečani und Mitrovica im Einsatz waren. Doch der Plan war zur UÇK durchgesickert. Wer über die Passstraße nach Istok gelangen wollte, kam nicht an jenen mit Sprengstoff bestückten Felsen vorbei.

Über Funk erhielten sie die Meldung, der Polizeikonvoi ließe noch auf sich warten. Man werde, wenn es noch länger dauern sollte, dafür sorgen, dass man ihnen etwas zu essen bringe.

Der Empfang in der Kanalisation war derart schlecht, dass sich das Albanisch wie eine Geheimsprache anhörte. Trotz der möglicherweise noch ewig sich hinziehenden Wartezeit sah Jahiji davon ab, Arbenor von seinem Liebeskummer zu erzählen. Mit dem Vorwurf, Jarmila betrogen zu haben, würde er alleine fertigwerden müssen. Gedanken an Marlene versuchte er zu verscheuchen. Stattdessen dachte Alim an Jarmilas Traum, in eine Stadt zu ziehen, um sich in einer Klinik zur Pflegerin ausbilden zu lassen, ein Berufswunsch, der ihm imponierte. Ein Wunsch auch, den sie gegen den Willen ihres Vaters Djemaro würde durchsetzen müssen. Es gab zahllose Dinge, die ihm Jarmila anvertraut hatte, Dinge, die er allein mit Arbenor hatte teilen können. Er war überzeugt: Das Leben würde noch mit Zeiten aufwarten, in denen seine Eltern ihm zustimmen würden, wenn er sagte, dass der Kosovo das Land jener sei, die, egal welchem Volk sie angehörten, für einen von Belgrad losgelösten Kosovo standen.

In der Stille und in der Dunkelheit dachte er zurück an jene Abende, da er sich mit Jarmila beim Wasserbaum getroffen hatte. Lange und mit einer ihn berührenden Sorgfalt hatten sie unter den ausgebreiteten Ästen dieses Baums über Hass, Vorurteile und ihre Familien gesprochen. Jarmila hatte ihm erzählt von dem mutwillig abgerissenen Rückspiegel am alten Mercedes ihres Vaters. Nun, da er daran dachte, kam ihm Siham in den Sinn, der wohl lange vor ihm begriffen hatte, dass auch die Völker der Ruthenen und der Goraner untrennbar nicht nur zur Geschichte, sondern auch zur Gegenwart und Zukunft des Kosovo gehörten. Alim hatte sich immer für alle Albaner geschämt, die für alles, was nicht albanisch war, nur Geringschätzung übrig hatten. Manche von ihnen, so hatte er Jarmila gegenüber gemutmaßt, seien umso stärker nationalistischen Gedanken verhaftet, je traditionsferner ihre eigenen Familien lebten. Vor seiner Flucht hatten sie noch darüber diskutiert, was Djemaro, Jarmilas Vater, denn unternehmen könnte, um allen zweifelsfrei klarzumachen, dass seine Familie mit dem serbischen Staat nichts zu tun und von ihm keinerlei Gelder bezogen hatte, ja, dass sie es sogar ablehnen würden, aus Belgrad einen Beitrag zu erhalten.

Das Funkgerät blieb stumm, die Dunkelheit machte müde. Arbenor witzelte, man hätte einen Liegestuhl und ein Buch mitnehmen sollen. Alim fingerte an der Schürfwunde herum, die er sich bei der Montage des Sprengstoffs geholt hatte. Er dachte nach über die UÇK, zu der er TMK sagen müsste, dachte nach über die in den letzten Monaten neu hinzugekommenen Mitglieder. Etliche hatte er nie zuvor gesehen. Er rätselte über ihre Motivation, über ihre Familien. Er hätte gerne gewusst, wie viele von ihnen einen Großvater hatten, der bereits im Krieg gegen die Türken für die Idee Albaniens gefallen war, wie viele diesen Konflikt schon in der dritten Generation lebten. Aber er war wahrscheinlich der Einzige, der in eine Roma-Frau verliebt war. Man zählte sie zu den Serben. Alim hatte das früher auch getan: alle Nicht-Albaner einfach zu den Serben gezählt. Das machte das Denken einfacher. Jarmila aber gehörte einer alten Roma-Familie an, die lange in einem Bergtal südlich von Prizren gelebt hatte, einem Tal, das näher an Mazedonien lag als Skënderaj an Serbien. Alim Jahiji wusste, was man über Klinë e Mesme sagte unter Albanern: Ein serbisches Nest voller Ungläubiger sei es, voll von Spionen, die nichts anderes tun würden, als herumzuhocken, die Namen irgendwelcher Albaner auf Zettel zu schreiben, diese Zettel nach Belgrad zu schicken und auf die Unterstützungszahlungen aus der Hauptstadt zu warten. Alim Jahiji war sich bewusst, dass es der jüngsten Ausschreitungen wegen kaum der geeignete Zeitpunkt war, die albanische oder auch serbische Bevölkerung über die wahren Umstände aufzuklären. In einem unabhängigen, freien Kosovo würde das anders sein: Menschen, die ihren Hass abgelegt hatten, würden einander anders wahrnehmen und entdecken, dass gerade die Kultur der alten Völker zu den reichsten im Land gehörte.

Lange war es still, dann sprach Arbenor von seiner Hoffnung, dass dieser schwebende Zustand, in dem sich der Kosovo befinde, nicht mehr lange anhalten werde, dass diese mörderischen Sandkastenspiele bald ein Ende finden mögen. Er ersehne den Moment, in dem das Haus seines Vaters nicht mehr auf serbischem, sondern auf kosovarischem Grund stehen werde. Ja, wahrscheinlich werde er, auch des Symbols wegen, sehr viel anpflanzen wollen, Gemüse,

Beeren und Bäume, junge, kraftvolle Bäume, unter denen in einem halben Jahrhundert seine Enkelkinder spielen würden, denen er, alt und rheumatisch, erzählen würde, welche Mühen, welche Gefahren er auf sich genommen habe, um ihnen jene Freiheit und Unbeschwertheit zu schenken, mit der sie nun um jene Bäume laufen würden.

Alim, durch diese Fantasie Arbenors ermutigt, sprach von der Vorstellung, nach der Hochzeit in Priština zu wohnen. Mit Jarmila, die sich in einer Klinik würde ausbilden lassen wollen, wenn es ihnen gelänge, ihren Vater Djemaro davon zu überzeugen, wie wichtig diese Ausbildung sein werde. Und er selbst, sagte Alim, könne ebenfalls einem städtischen Beruf nachgehen, irgendetwas zwischen Architekt und Maurer wolle er werden, schöne Bauten entwerfen, am liebsten öffentliche Gebäude wie die Post oder ein neues Terminal für den Flughafen.

Arbenor antwortete, dass er am liebsten als Richter oder Anwalt arbeiten und vielleicht eine unbestechliche Hilfe benötigen würde. An einem wichtigen Gericht in Priština in einem unabhängigen Kosovo.

Der Befehl, die beiden Metalldrähte miteinander zu verbinden, ließ weiter auf sich warten, das Gespräch mäandrierte zurück ins Politische. Serbien sei zwar geknickt und müsse sich internationalem Druck beugen, werde aber insgeheim doch alles unternehmen, um die Auflagen der Uno zu umgehen. Bereits seit Wochen schon, seit sich die bevorstehende Niederlage dem Volk nicht mehr habe verschweigen lassen, versuche Belgrad, Serben mit Geldprämien in den Kosovo zu locken, damit der serbische Bevölkerungsanteil hier nicht weiter sinke. Allein zu diesem Zweck habe man Wohnblocks aus dem Boden gestampft, doch die Erfolge, so zeichne sich bereits ab, seien bescheiden. Nicht einmal die lautesten nationalistischen Schreihälse wollten in den Kosovo ziehen, um die »Wiege der Nation« dichter mit Serben zu besiedeln.

Plötzlich waren Stimmen zu hören. David und Albin, beide langjährige UÇK-Mitglieder, wateten durch den Dreck; bald war das käsegelbe Licht ihrer Taschenlampe zu sehen. Sie brachten nicht nur Weißbrot, Frischkäse und eingelegte Paprika, sondern auch die Nachricht, dass die UÇK die Unruhen genutzt habe, um im Hinterland ein paar Serben zum Teufel zu jagen. Als Arbenor fragte, wo genau das passiert sei, sagte Albin, man sei vor allem gegen die Zellen bei Llaushë, Klinë e Mesme und Çubrel vorgegangen.

Alim fühlte einen heftigen Stich.

Die Taschenlampe leuchtete am Brot vorbei an die Wand, von den Gesichtern war wenig zu sehen.

»Hast du Klinë e Mesme gesagt?«

Alim fühlte deutlich, dass er diese Worte zu hart ausgesprochen hatte; Entsetzen und Vorwurf hatten unüberhörbar mitgeklungen.

»Hast du Klinë gesagt?«, wiederholte er. Seine Stimme zitterte.

Als niemand antwortete, schnappte sich Alim die Taschenlampe und rannte los. So schnell er in geduckter Haltung mit Gummistiefeln in knöcheltiefem Dreck rennen konnte, entfernte er sich. Verschlammtes Wasser spritzte auf, in seinem geschwächten Schienbein hämmerte ein Schmerz, die Rufe Arbenors hallten durch das Röhrensystem, Alim ignorierte es. So schnell ihn die Füße trugen, rannte er auf jenen Schacht zu, durch den sie eingestiegen waren, einen behelfsmäßig vergitterten Belüftungsschacht an einer Böschung vor der fensterlosen Westfassade des Türkischen Bads. Er erinnerte sich gut an die Abzweigungen, es waren nur zwei, er bog nicht falsch ab, Jarmila zog ihn. Jede Sekunde zählte. Einer Unebenheit wegen fiel er hin und schlug sich just jenes Schienbein auf, das ihm, seit es ihm in Gefangenschaft gebrochen worden war, immer wieder Schmerzen bereitete. Einen Fluch unterdrückend rappelte er sich auf, spuckte und rannte weiter.

49. KAPITEL
AUSSERHALB MOSKAUS, RUSSLAND

Der Bahnsteig war ohne Dach, bewachsen von einem giftgrünen Moos und pathetisch beleuchtet von der Morgensonne. Im Wartesaal des winzigen Bahnhofs stand frech eine junge Birke, die dereinst Mühe haben dürfte, ihren Wuchs der Raumhöhe anzupassen. Hinter dem Bahnhof lag ein Marschland, lagen struppige Wiesen, teils flankiert von einem unabsehbaren Wald. Dorthin entfernte sich mit gut vernehmbaren Geräuschen der träge Vorortszug, der Thomas Steinhövel und Aca Mandić hierhergebracht hatte.
Nach langen Diskussionen hatte Aca Mandić vorgeschlagen, eine Reportage über die kaukasischen und osteuropäischen Bauarbeiter zu erarbeiten, über jene einen langen Weg und zahllose kurzfristige Arbeitsverhältnisse hinter sich habenden Männer, die meist nur ein paar Wochen auf Moskaus Großbaustellen arbeiteten und durch Geldmangel gezwungen waren, in einer Waldlichtung ihr Lager zu errichten. Aca Mandić behauptete, diese Männer zu kennen, weil er vor einigen Monaten mit ihnen gearbeitet habe. Allerdings sei er ein halbes Jahr nicht mehr in ihrem Lager gewesen, er könne nicht davon ausgehen, dass man ihn noch kenne, es werde gewiss am Anfang etwas heikel sein. »Difficile«, hatte Aca in seinem pedantisch artikulierten Französisch gesagt, und Steinhövel wusste nicht, was er sich darunter vorstellen sollte und warum Aca noch immer nicht bereit war, Russisch mit ihm zu sprechen.
Steinhövel ärgerte sich zwar sehr, über Mandić selbst nichts schreiben zu können, hatte es ihm aber nach langen Gesprächen hoch und heilig versprochen. Aca hatte ihm weit oben im riesenhaften Bau der Lomonossow-Universität seine unterprivilegierte Unterkunft gezeigt, inzwischen glaubte ihm Steinhövel sogar,

dass er aus Serbien stammte, aber er wusste nicht, womit er Geld verdiente, wusste nicht, wie er ihn davon überzeugen könnte, sein gegen die ganze Welt sich richtendes Misstrauen wenigstens ihm gegenüber abzubauen.

Es ärgerte ihn, dass Fernanda nicht anwesend war: Bestimmt wäre sie, wie er hier unterwegs war mit einem ortskundigen Übersetzer und Vermittler, unterwegs zu einer unvergleichlichen Reportage, vor Neid erblasst. Lust, nun auf der Redaktion in Bern anzurufen und zu fragen, ob sie auch an einer Geschichte über Wanderarbeiter interessiert seien, verspürte Steinhövel keine. Er war jetzt hier, er hatte für diese Tage ein russisches Visum, er hatte genau heute das Angebot dieses Serben und er hatte keine Zeit, die Antworten eines ahnungslosen Bütikofers abzuwarten. Außerdem hatte er in Aca einen Menschen kennengelernt, dessen eigene Geschichte derart ungewöhnlich war, derart dunkel und schillernd, dass sich Steinhövel kaum vorstellen konnte, mit ihm nun etwas zu erleben, was zu beschreiben sich nicht lohnen würde.

Die Kamera, die Steinhövel um den Hals trug, hatte er mit Aca auf einem Flohmarkt gekauft, eine uralte Praktika, ein sowjetisches Modell, sehr analog, aber er hatte sein Budget mit dem Kauf einer digitalen Kamera nicht weiter ruinieren wollen.

Mit dem Zug hatten sich die letzten zivilisatorischen Geräusche entfernt; ein lauer Wind ging, über ihnen spannte sich ein leicht bedeckter Himmel, ein paar Vögel waren zu hören, sonst war es still. Steinhövel hatte sich beim Aussteigen aus dem ungemein hohen Waggon im Schotter den Knöchel verstaucht, aber er wusste, das war der falsche Moment, Aca Mandić etwas vorzujammern.

Sie verließen die Schneise, welche die Bahnlinie in diesen Wald geschlagen hatte, marschierten auf einem fußbreiten, von hüfthohem Gras fast vollständig überwachsenen Pfad. Die Luft roch schwach nach Diesel. Mandić nahm seinen Zeigefinger hervor und deutete auf das, was auch Steinhövel bald als Rauch erkennen konnte.

In einer Waldlichtung und geschart um eine improvisierte Feuerstelle saßen Männer asiatischen Einschlags, sie sahen ungewaschen, aber nicht verwahrlost, nicht verwaldet aus. Hinter ihnen bildeten Holz, Tücher und Plastik einen Unterstand. Als sie die Fremden wahrnahmen, verstummte ihr Gespräch, ihre Blicke wurden kalt und hart; Brot, Wurst und Getränkeflaschen blieben versteinert in ihren Händen, niemand kaute mehr. Steinhövel hörte das Singen eines Vogels, ein Ast knackte im Feuer, eine helle, schmale Rauchsäule wand sich zu den Wipfeln. Mit welchem Starrsinn ein- und derselbe Vogel ein- und dieselbe Melodie singen konnte, war Steinhövel bislang nie aufgefallen. Er zählte, fast ohne die Augen zu bewegen, zwölf Männer, einige trugen Mützen, andere Bärte. Zwanzig, dreißig Meter trennten sie von ihnen. Der Boden war von struppigem Moos bedeckt, feucht, Steinhövel blickte auf seine Schuhe.

Einer der Männer, wohl der jüngste in der Runde, ging auf Mandić und Steinhövel zu; erst als auch Mandić sich bewegte, begriff Steinhövel, dass die Begrüßung eine freundliche sein würde. Tatsächlich: Auch seine Hand wurde herzhaft gedrückt. Der Mann nannte sich Dschamschet und war kurdischer Abstammung. Sie nahmen Platz am Feuer, das ihretwegen nochmals aufgestockt wurde, bekamen Erdbeerschnaps und Wurst. Mandić nahm seine Büroklammer aus dem Mund und stillte seinen Hunger.

Als Steinhövel Schnaps und Fladenbrot kostete, während er die Wurst zu umgehen versuchte, war er nicht mehr so sicher, dass sich Acas Biografie tatsächlich als spannender erweisen würde als diese Szenerie hier im Wald. Dschamschet riss das Gespräch an sich und lancierte, als ihm Mandić erklärt hatte, dass es sich bei Steinhövel um einen aus der Schweiz angereisten Journalisten handle, eine Vorstellungsrunde, sagte fremd klingende Namen auf und nannte die jeweiligen Nationalitäten; die Mehrzahl der Männer stammte aus Usbekistan, Kurdistan, Tadschikistan,

Kasachstan, Turkmenistan – Länder und Gegenden, die Steinhövel nie besucht hatte.

Steinhövel wollte Dschamschet gerade fragen, ob er das Lager fotografieren könne, als ein heranknatterndes Motorrad ihn davon abhielt. Von dem Gefährt stieg ein Mann ab, mit dessen Ankunft sich die ganze Atmosphäre veränderte. Es war ein grimmig aus winzigen Augen schauender Mann, der im Gegensatz zu Dschamschet nicht damit einverstanden war, dass hier ein Journalist hockte. Jedenfalls bekam Steinhövel nach einer unruhigen Diskussion von Aca Mandić erklärt, es sei besser, das Gespräch mit Dschamschet woanders fortzusetzen.

Gleichwohl ließ sich Mandić nochmals eine Wurst halbieren und kam nicht dazu, für Steinhövel zu übersetzen. Dass Mandić mehr mit den kaukasischen Männern sprach, vertrauter und lauter als mit ihm, hielt Steinhövel für ein ungutes Zeichen. Einen kurzen Moment lang erwog er, zurück zum beschaulichen Bahnhof zu gehen, einen halben Tag auf den nächsten Zug zu warten und in Moskau wieder von vorn zu beginnen.

Aber kaum war Mandić mit seiner Wurst fertig, standen zwei Motorräder samt Fahrer bereit. Der Fahrstil, den die beiden Lenker an den Tag und über die Waldstraßen legten, war kein zögerlicher, Steinhövel wünschte sich, er hätte einen Helm dabeigehabt. Hin und wieder, auf einem geraden Abschnitt, fuhren die beiden nebeneinander, sodass Mandić und Steinhövel, beide an ihren Fahrer geklammert, sich kurz in die Augen blickten; es war ein Moment unerwarteter Verbrüderung.

Die Wohnblocks, die bald schon auftauchten, zeigten von Rost zerfressene, verblüffend kräftig orange verfärbte Stahlträger und wirkten auf eigentümliche Weise fröhlich. Die Motorradfahrer luden sie auf einem großen Platz inmitten dieser Plattenbauten ab, ließen sie wissen, Dschamschet werde jeden Augenblick hier sein, und erbettelten sich von ihnen ein paar Rubel für die nächste Tankfüllung. Steinhövel bezahlte pflichtschuldig, unsicher, welche

Geschäftszweige er damit wohl unterstützte. Knatternd fuhren die beiden davon.

Weiter hinten auf dem Platz standen junge Männer breitbeinig vor einer ungesunden Zukunft, Zigarettenrauch umkränzte die harten Blicke, die sie für Steinhövel und Mandić übrig hatten. Ein weinroter Opel fuhr vor, zwei Männer stiegen aus, öffneten den Kofferraum, dort stieg nochmals einer aus. Steinhövel dachte an eine Geisel, aber sie halfen dem Typen aus der Blechschachtel, klopften ihm den Staub von der Schulter und begrüßten die Umstehenden. Wenig später näherte sich ein alter Renault, Dschamschet saß auf dem Beifahrersitz, er stieg aus, das Auto entfernte sich.

»Die Rücksitze sind leer«, sagte Mandić auf Französisch, eher zu sich selbst, und Steinhövel wusste ebenso wenig wie Aca, wieso sie nicht mit diesem Auto hatten mitfahren können.

Im Treppenhaus ging Steinhövel voran, gerade so, als wüsste er, wo's langgeht. Diese Stufen, das kalte Scharren seiner eigenen und der vier fremden Schuhe auf den Betontreppen hatte etwas Theatralisches, was ihn nervös machte. Unvermittelt stand eine ältere Frau dicht vor ihm, so nahe, dass er deutlich die Eigenart ihrer Nasenbehaarung erkannte. Er dachte, sie wolle ihnen den Weg versperren, aber es war bloß eine alte Frau, die sich beim Treppensteigen dicht ans Geländer hielt.

Er versuchte ein Lächeln, das im Gesicht der Frau aber ohne Entsprechung blieb. Sie gingen aneinander vorbei. Die Wohnung im vierten von vielleicht acht, neun Stockwerken war möbliert, aber doch auch enorm karg, jedenfalls schummrig. Wer immer hier wohnen mochte, es war jemand, der nicht viel Zeit und Geld übrig hatte, sich einzurichten.

Aus einem riesenhaften Glas aßen sie Salzgurken, niemand sprach ein Wort. Im Kauen drängte sich Steinhövel das Wort Henkersmahl auf. Es klingelte ein Telefon, laut und deutlich und zwei Mal in der Hosentasche Dschamschets, er machte keine Anstalten, den Anruf entgegenzunehmen, stand bloß auf und sagte, er sei in

zehn Minuten zurück. Vom Treppenhaus her war nochmals seine Stimme zu vernehmen, Steinhövel wusste nicht, ob seine Worte ihnen galt oder der alten Frau, die womöglich eine geringfügige Anzahl Stufen tiefer am Geländer stand.
Steinhövel hockte mit fettigem Haar und Dreck unter den Fingernägeln an diesem klebrigen, sklerotisch schwachen Küchentisch, gefangen in einer Stille, die noch das kleinste Geräusch in Lärm verwandelte, und ihm gegenüber saß ein Bergsteiger im Flachland, wie Marc Widmann gesagt hätte: dieser undurchschau- und unnahbare Aca Mandić mit der grundsoliden Paranoia, die an den Rändern seiner Pupillen riss, dieser Mandić, der Steinhövel verboten hatte, über ihn zu schreiben, und über den er gerade deswegen umso lieber zu schreiben wünschte, dieser Mandić, der sich nun so deutlich hinter seine Zigarette zurückzog, dass Steinhövel vermutete, es wäre ersprießlicher, sich in der nächsten Stunde, statt mit ihm, mit den vor ihnen im trüben Wasser liegenden Salzgurken zu unterhalten. Derart wortlos hatte er noch nicht einmal mit dem phasenweise hochmelancholischen Stefano Manzini am Küchentisch ihrer nach Benzin stinkenden, lärmbelasteten Langenthaler Wohngemeinschaft gesessen.
Nach einer Weile fragte Steinhövel, ob er wohl hier ein paar Bilder machen dürfe, auch, um die Kamera besser kennenzulernen. Mandić hatte nichts dagegen.
Auf der Küchenablage entdeckte Steinhövel ein Einmachglas mit jenen tennisballgelben Miniaturmaiskolben, die seine Mutter immer klein schnitt, wenn sie ihren berühmten russischen Salat zubereitete. Wenigstens eine, der das Bild bestimmt gefallen würde, dachte er und schrak auf, als sich vom Treppenhaus her Schritte ankündigten.
Es war Dschamschet und er setzte sich an den Küchentisch, als hätte er nie woanders gesessen. In einem Russisch, das Steinhövel ohne Acas Hilfe kaum verstanden hätte, erzählte er, dass diese im Wald sich am Feuer versammelnden Männer bis vor Kurzem

auf einer Baustelle in Moskau gearbeitet hätten. Von den Russen würden sie »Schwarzarsch« genannt, ihrer dunkleren Hautfarbe wegen. Sie hätten Armierungseisen zugeschnitten, Beton gerührt, Schalungsbretter gewaschen, hätten sich Steinwollmatten unter den Nagel gerissen, um im Skelett der Rohbauten immer dort zu übernachten, wo sie den nachrückenden Elektrikern, den Haustechnikern nicht im Weg gewesen seien: im Keller, im Parterre, im ersten Stock, dann wieder im Keller. In Moskau eine Wohnung zu finden, sei auch dann aussichtslos, wenn genügend Geld zur Verfügung stehe. Die xenophoben Moskowiter würden einem die Tür vor der Nase zuschlagen, wenn klar werde, dass sie einen Kaukasier vor sich hätten. Man müsse sich, sagte Dschamschet, den Kaukasus vorstellen wie Sizilien für einen Mitteleuropäer. Dort gebe es die starke Familie, eine tiefe Religiosität, also einen kräftigen Rückhalt. Das angenehme Klima neide denen im Süden ohnehin jeder. Und dass sich während der Alkoholkrise 1991 der gesamte Schwarzhandel in den Händen der Kaukasier befunden hatte, habe ihr Ansehen in Russland nachhaltiger ruiniert als alle Separationskriege zusammen.

Und vor diesem Hintergrund also säßen sie im Wald, säßen ums Feuer, ärgerten sich, so viel Geld nach Hause geschickt zu haben, und warteten auf die nächste Arbeitsgelegenheit. Allein im Wald würden sie sich sicher fühlen vor der Willkür der »Dosenöffner«. Das sei der Begriff für die russische Miliz, von der man in Moskau, wenn man »Schwarzarsch« sei, immer und überall durchsucht und abgeklopft werde. Von einer Miliz, die noch in jeder Konservendose etwas Illegales vermutete.

Seine Idee, so Dschamschet weiter, in Moskau rasch Geld zu verdienen, sei an den in Moskau alles bis in den letzten Winkel hinein kontrollierenden Behörden gescheitert. Es sei unmöglich, als papierloser Kurde, der nicht aktenkundig werden möchte, eine Stelle zu finden, die ordentlich bezahlt sei. Die dazu notwendigen Bestechungsgelder überstiegen bei Weitem die zu erwartenden

Einkünfte, und so arbeite er wie zahlreiche andere auch auf dem Bau. Von Woche zu Woche. Wenn es hoch kommt, einen Monat, sechs Wochen am gleichen Ort, für die gleiche Firma. Immer ohne Vertrag. Und manchmal, so wie diese Woche, gehe er leer aus und übernachte nicht auf der Baustelle, sondern im Wald, wo man wenigstens davon ausgehen könne, von der Miliz in Ruhe gelassen zu werden.

Hier legte Dschamschet eine Pause ein, warf Aca und Steinhövel einen freundschaftlichen Blick zu und entschuldigte sich dafür, sie nicht wie in seiner Heimat zu sich und seiner Familie einladen zu können, wo seine Frau schon ein wundervolles Mahl für sie zubereitet hätte.

Steinhövel bedankte sich – und bat Aca Mandić, Dschamschet zu fragen, ob er im Waldlager ein paar Fotografien machen könne. Wenig später saßen die beiden nochmals auf einem Motorradrücksitz – der Chef des Waldlagers war nicht mehr anwesend, die Stimmung locker. Als Steinhövel aber seine Praktika hervornahm, stellte er fest, dass sich einige Männer fürchteten. Er machte also eine Serie von Bildern, auf denen eine menschenleere, von grauem, langsam aufsteigendem Rauch umhüllte Zeltstadt zu sehen war. Er würde sich tatsächlich außergewöhnliche Legenden einfallen lassen müssen, um die Redaktion von diesen Bildern zu überzeugen.

Als Steinhövel die Aufnahmen im Kasten hatte, fragte er Dschamschet, ob es möglich sei, ihn auf einer Baustelle zu besuchen.

Dschamschet verzog nachdenklich das Gesicht, erklärte ihm, dass er möglicherweise in vier Tagen auf einer Baustelle im Norden Moskaus mit einer Arbeit beginnen könne. Wenn es ihm nichts ausmache, Staub zu schlucken, möge er ihn dort gern besuchen kommen.

Steinhövel sagte zu. Das Zeitbudget erlaubte durchaus ein paar leere Tage, und was er brauchte, waren Erfahrungen aus erster Hand.

Im Vorortszug, der sie zurück nach Moskau brachte, notierte sich Steinhövel den Satz: *Verstecken sich nicht nur vor der Miliz, sondern auch vor westlichen Kameras: kaukasische und osteuropäische Bauarbeiter in einer Waldlichtung südöstlich von Moskau.* Dann bemerkte er, wie der Mantelkragen von Aca Mandić, als sei dies ein Naturgesetz, mit jedem Kilometer, den sie der Stadt näher kamen, Zentimeter für Zentimeter höher wurde, bis Acas Gesicht fast vollständig dahinter verschwunden war. Steinhövel wagte einen freundschaftlichen Blick und fragte, ob er ihm auch während der kommenden Tage bei seiner Arbeit behilflich sein mochte.

Mit kaum sichtbarer Herzlichkeit nickte Aca ein stummes Ja.

50. KAPITEL
ISTOK – KLINË E MESME, KOSOVO

Alim Jahiji stemmte sich aus dem Schacht, verließ das Gelände durch eine Lücke im Maschendrahtzaun, rannte auf das Zentrum Istoks zu, in Richtung Skënderaj, in Richtung Klinë e Mesme. Er musste augenblicklich dorthin, musste wissen, ob die UÇK auch dort Bewohner vertrieben hatte. Aber bis Klinë e Mesme waren es dreißig, vielleicht fünfunddreißig Kilometer, mit seinen Gummistiefeln war das nicht zu schaffen, und Rexheps BMW stand vierzig Kilometer entfernt vor dem Elternhaus seines zurückgelassenen Freundes Arbenor.

Bald erreichte er die Marktgasse. Seine Kleidung war verdreckt, er schwitzte an den Händen, zog endlich die Gartenhandschuhe aus und warf sie weg. Zahlreiche Marktstände waren bereits abgebaut, die Händler luden die Waren in ihre Fahrzeuge, vor allem Gemüse und Früchte, aber auch Fleisch, Werkzeuge, Kleider, Schuhe, Sonnenbrillen. Am Ende der Gasse stand ein herrenloser Citroën-Kombi, dessen Laderaum mit drei riesigen Käselaiben gefüllt war. Alim schaute sich um, stieg ein, der Schlüssel steckte. Am Rückspiegel hing das Kreuz der serbisch-orthodoxen Kirche, auf dem Beifahrersitz lag eine Zeitung in serbischer Sprache, aber er hatte keine Zeit, sich nach dem Auto eines Albaners umzusehen, das sich ebenso leicht hätte entwenden lassen. Beim zweiten Versuch sprang der Motor an, Alim kuppelte, gab Gas und ließ das Gelände hinter sich. Die Straßen waren staubig und kurvenreich, der Himmel war nach sanftem Regen am frühen Morgen milchig bedeckt und doch so prall gefüllt mit Licht, dass Alim die Augen zusammenkneifen musste.

In Shipol, wo vor der orthodoxen Kirche zahlreiche Autos geparkt standen, verlangsamte er seine Fahrt und erwog, unter

Zuhilfenahme seines Taschenmessers und etwas Gewalt, einem Toyota die Nummernschilder abzuschrauben, um sie am Citroën zu montieren, befürchtete er doch, von der Polizei aufgehalten zu werden. Aber es war keine Zeit für derartige Aktionen, Alim drückte das Gaspedal durch, der Zeiger der Tankfüllung befand sich nur wenige Millimeter über dem rot markierten Bereich, für die Fahrt nach Klinë würde es aber reichen. Das Überholmanöver, zu dem ihn ein Eselsgespann zwang, war riskant, gab ihm aber das Gefühl, den Citroën gut im Griff zu haben. Es herrschte nur wenig Verkehr, Alim kam zügig voran.

Kurz vor Runik rannte ein großer Hund unmittelbar vor ihm auf die Fahrbahn, Alim trat zu spät auf die Bremsen, hörte den kurzen, harten Schlag, sah, wie der Köter in einem weiten Bogen in den Straßengraben geschleudert wurde, erst dann setzte die Vollbremsung ein. Gänsehaut überzog seine Unterarme, er spürte Schmerzen im Schienbein, ein Schweißtropfen rann knapp am Lid vorbei über seine Wange, dann starb der Motor ab.

Mit kaum hörbarer Stimme sprach er ein kurzes Gebet, verzichtete auf einen Blick zurück und startete erneut, beschleunigte und versuchte das Gefühl abzuschütteln, es sei in diesem Zwischenfall das Unheil angekündigt, auf das er womöglich zufuhr.

An einer von knorrigen Bäumen und großen Farnstauden getarnten Böschung hatten finnische Kfor-Soldaten zwei Radpanzer stationiert, Alim drosselte seine Fahrt; es irritierte ihn, dass auch die Finnen, obwohl die doch einen weiten Weg zurückzulegen hatten, bereits im Kosovo eingetroffen waren. Die Geschützrohre der Panzer ragten parallel in den Himmel, zwei finnische Flaggen bauschten sich sanft im Wind. Die sorglose Ruhe der vor den beiden Fahrzeugen stehenden Soldaten machte klar, dass sie ohne Ahnung waren, was sich einige Kilometer hinter ihren Rücken abspielte, dass sie nicht begriffen hatten, dass hier auch ohne Nato-Bomben ein Krieg ausgefochten wurde, der ohne Panzer auskam, ein Krieg, dessen Gewehre schon wieder verschwunden sein würden, wenn die Kfor endlich begriff, hinter welchem Hügel welche Kämpfer wohnten.

Alim passierte Runik, passierte den dortigen Dorfplatz, auf dem zwei weitere Uno-Fahrzeuge geparkt standen. Zwei Kilometer später bog er rechts ab, der asphaltierte Belag wurde abgelöst von einer abschnittsweise schlammigen Lehmpiste. Dieser Übergang, der sonst klar und deutlich als Linie wahrzunehmen war, zeigte sich heute nur vage; auf den letzten Asphaltmetern lagen Lehmstreifen, schlammbraune Pfützen; ein Zeichen dafür, dass hier vor Kurzem zahlreiche Autos unterwegs gewesen sein mussten.

Wenige Minuten später traf Alim Jahiji in Klinë e Mesme ein. Er lehnte sich weit vor, als könnte er mehr sehen, wenn er näher an der Windschutzscheibe saß. Der Citroën rollte im Schritttempo. Das Erste, was Alim zu sehen bekam, waren zwei magere Kühe, die, unweit vor dem Dorfplatz, mitten auf der Straße standen. Eine der beiden riss Blätter von einem niedrigen Baum. Unter der mächtigen Rauchwolke, auf die Alim in der nächsten Straße stieß, konnte er erst auf den zweiten Blick den Traktor ausmachen, der in Flammen stand. Menschen waren keine zu sehen. Die meisten Tore der hier für jedes Haus üblichen Umzäunungen standen offen, ebenso die Pforte der orthodoxen Kirche, und jene Häuser, die trotz der meist mannshohen Verschläge gut zu sehen waren, machten einen verlassenen Eindruck. In der nächsten Straße, in die er bog, der Straße, in der sich das Haus von Jarmilas Eltern befand, lief ein junger Albaner mit einer schwarzen Wollmütze und einem Gewehr in der einen, einer Fahne in der anderen Hand auf ihn zu. Es handelte sich, wie Alim auf den zweiten Blick erkannte, um den inzwischen vielleicht siebzehnjährigen Azem, den Alim vom ersten Schuljahr her kannte; stolz schritt Azem entlang der Straße, schwenkte die rote, mit dem albanischen Doppeladler gezierte Fahne.

Alim hielt den Wagen an. Voller Misstrauen blickte Azem in den Innenraum des Citroëns – sie hatten sich einige Jahre nicht gesehen. Es schmerzte ihn, dem bewaffneten Azem in die Augen zu blicken. War es Mordlust, die dieses junge Gesicht entstellte? Eine Fratze der Angst? Azem setzte ein schwer zu verstehendes Lächeln auf.

Alim lächelte zurück, er wollte nicht als verräterisches UÇK-Mitglied gelten. Azems Miene erhellte sich allmählich, und bald schon strahlte er Alim an wie einen langjährigen Verbündeten. Dann schoss er euphorisch in die Luft.

Alim zuckte zusammen, als wäre er getroffen worden. Er sah, dass Azem darauf wartete, angesprochen zu werden, aber Alim hatte nicht die Kraft dazu und fuhr weiter. Azem blieb irritiert zurück.

Hinter dem Gemeindehaus dann bog Alim nach links ab, nahm den Fuß vom Gaspedal und stellte mit einem Blick in den Rückspiegel beruhigt fest, dass sich Azem nicht um ihn zu kümmern schien. Vor dem Haus der Familie Balankaja kam der Citroën zu einem tonlosen Halt. Alim schmiss die serbische Zeitung vom Beifahrersitz auf die Fußmatte, riss das Christenkreuz vom Rückspiegel und steckte es ein; er wollte nicht, dass ein wild gewordener Albaner dieses Auto abfackelte. Weil es jemandem gehörte und weil er es noch brauchen würde.

Der Baustil war typisch für Klinë e Mesme; ein niedriges Haus, in dem man sich vor allem wohlfühlte, weil die Menschen freundlich waren. Die Wände waren aus hellem Backstein, dem anzusehen war, dass der Familienvater die Mauer selbst hochgezogen hatte, und es waren gerade diese kleinen Unregelmäßigkeiten, die dem Haus seinen Charakter verliehen. Das Dach bestand aus Wellblech, die Aussparung, wo das Kaminrohr hervorragte, war mit teerschwarzen Lappen abgedichtet. Über jenem Zimmer, das sich die beiden Töchter als Schlafzimmer teilten, hatte Jarmilas Vater kunstvoll und mit nicht geringem Aufwand eine Handvoll Glasziegel ins Dach gefügt: Zu den Sternen sollten seine Töchter eine gute Verbindung haben, Jarmila hatte es ihm einst beim Wasserbaum erzählt.

Alim Jahiji stand am Zaun vor dem Haus und zögerte, blickte sich um. Feuer brannte keines, in der ganzen Straße nicht, aber eine Ruhe hing über den Häusern, dass einem kalt werden konnte. Das Zauntor stand offen. Er schickte ein Gebet zu Allah, dann passierte er das Tor. Die Haustür stand offen.

Zwei entfernte Schüsse zerschnitten die Stille, Alim blieb stehen. Vielleicht Azem, der nochmals in die Luft schoss, oder aber die Sache war noch nicht ausgestanden. Gejohle war zu hören, Alim machte ein paar Schritte zurück, lehnte sich über die Kotflügel des Citroëns und spähte die Straße entlang zum Dorfplatz: Unschwer erkannte er eine Gruppe von Männern, alle trugen sie das Abzeichen der UÇK, einer schwenkte die albanische Fahne. Alim konnte erkennen, dass inmitten der Gruppe mit von Euphorie verzerrtem Gesicht einer schritt, den er schon oft bewundert hatte: Admir Tahiri. Wie ein hohes Fieber entzog dieser Anblick Alim die Kräfte. Er erinnerte sich an einen Fernsehauftritt Tahiris, wo er zu betonen nicht müde geworden war, wie wichtig die freiwillige Drei-Prozent-Steuer sei, um im Kosovo von Serbien losgelöste Schulen, Arztpraxen, soziale Netzwerke aufzubauen; erinnerte sich an die Bewunderung, die er diesem Mann entgegengebracht hatte. Eine Bewunderung, die inzwischen zu Verachtung geworden war. Einen Augenblick lang starrte er entgeistert auf die Lackierung des Kotflügels, dann besann er sich, wen er zu retten hatte.

Er sah zum Haus, zitterte. Mit pochenden Schläfen betrat er das Haus und öffnete, wie in Vorbereitung auf die Dinge, die er würde sagen müssen, den Mund. Er vernahm ein Rauschen, das musste das Blut in seinen Ohren sein. Der Druck auf seiner Brust nahm zu, als er das Wohnzimmer betrat, in dem er Jarmila hatte besuchen dürfen, ein einziges Mal, als ihr Vater für zwei Tage außer Haus war. Es herrschte grobe Unordnung. Dass hier jemand mit Gewalt eingedrungen war, stand jetzt außer Zweifel. Es roch wie damals nach den filterlosen Zigaretten, die in diesem Haus geraucht wurden.

Alim öffnete die Tür zur ebenfalls verwüsteten Küche. Hier, vor dem Holzherd, hatte ihn ihre Mutter aufs Herzlichste begrüßt.
Seine Bewegungen verlangsamten sich, gerade so, als bewege er sich unter Wasser. Er hatte den Namen Jarmilas auf der Zunge, brachte aber nichts hervor. Schwer atmend öffnete er die Tür zum Schlafzimmer der Eltern. Er entdeckte Einschusslöcher in der sanft vergilbten Tapete und in den Holzabdeckungen, entdeckte Djemaro, den Vater Jarmilas, und dann, schräg unter ihm, den Großvater. Dieser lag auf dem Rücken, Djemaro auf der Seite, einen Revolver in der Hand. Mehrere Kugeln hatten im Rücken sein weißes Hemd durchbohrt, das Stück Teppich unter seinem Mund war vollgesogen mit schwarzrotem Blut.

51. KAPITEL
MOSKAU, RUSSLAND – LANGENTHAL, SCHWEIZ

Im Norden Moskaus wurde innerhalb von drei Monaten auf einer Industriebrache ein neues Wohnquartier errichtet: Siebzehn Hochhäuser mit je achtundzwanzig Stockwerken und acht Wohnungen je Stockwerk entstanden hier, Wohnraum für knapp zwölftausend Menschen, fast so viele, wie in Langenthal lebten, und weil dem unglaublichen Zeitdruck entsprechend nicht immer alles nach Plan verlief, stand der völlig vertrags- und versicherungslos arbeitende Dschamschet neuneinhalb Stunden am Tag, abzüglich zweimal fünfzehn Minuten unbezahlter Pause, dreißig, fünfunddreißig oder vierzig Meter über dem Boden auf einem Holzgerüst und schlug, wenn niemand ihm den Strom kappte, unter ohrenbetäubendem Lärm Zentimeter für Zentimeter mit einem abgestumpften Presslufthammer in die Betonwand jene Löcher, die gemäß den in der Regel nur vom Hörensagen bekannten Architektenplänen von Anfang an hätten ausgespart bleiben sollen, da die Abluftrohre der Küchen und Toiletten ja nach draußen gelangen mussten. Nach sechs lauten, staubigen Tagen und sechs im noch komplett fensterlosen vierzehnten Stockwerk auf einem improvisierten Matratzenlager verbrachten Nächten hatte Thomas Steinhövel sein Material für eine brauchbare Reportage beisammen.

Erst am Tag vor der Rückreise stellte Steinhövel fest, dass sein Rückflugticket in seinem Gepäck nicht zu finden war. Dies bedeutete, dass es in Fernandas Handtasche liegen musste, denn sie war es, die sich um Visa und Reisepapiere gekümmert hatte.

Zorn und Nervosität hielten sich die Waage. Inzwischen hatte er sogar gehofft, ihr nie wieder begegnen zu müssen, gehofft, sie würde einen anderen Flug, einen anderen Tag für die Rückreise wählen. Nun war klar, das sie es in der Hand hatte: Sie konnte ihren

Flug ändern und musste keinen einzigen Gedanken verschwenden, wie er zurück nach Zürich gelangen würde. Von ihrem Wohlwollen abhängig zu sein, war Steinhövel unangenehm. Dennoch verzichtete er darauf, sie anzurufen.

Tags darauf, am späten Vormittag eines verregneten Dienstags, fand sich Steinhövel, nachdem er sich freundschaftlich von Aca Mandić verabschiedet hatte, pünktlich am Flughafen ein. Er betrat die Flughafenhalle, wo sich internationale Mode-, Schmuck- und Uhrenfirmen eingemietet hatten. Zu seiner Überraschung entdeckte er im Vorbeigehen eine nobel eingerichtete Filiale der Firma Montblanc und betrat, dreckig und unrasiert wie er war, das Geschäft. Nachdem er die unangenehm zuvorkommende Bedienung abgewimmelt hatte, konnte er in einer erstaunlich übersichtlichen Auslage bald schon einen Füllfederhalter erkennen, der jenem, mit dem er auch hier in Moskau in sein Carnet geschrieben hatte, sehr ähnlich war. Dieses Modell, das sich durch einen grün schimmernden Stein auszeichnete, wurde hier zu einem Preis von 119 000 Rubel verkauft. Mit offenem Mund blieb Steinhövel stehen und rechnete: 119 000 Rubel waren ein Vielfaches jenes Betrags, den er für neun Übernachtungen im Hotel Suputnik hingeblättert hatte. Als hätte er etwas Verbotenes gesehen, verließ er die Filiale, entfernte sich ein paar Schritte und rechnete: Dreieinhalbtausend Schweizer Franken sollte er in Händen halten? Irritiert sah Steinhövel auf das kostbare Schreibgerät zwischen seinen Fingern – vielleicht war es doch nicht identisch mit dem ausgestellten Modell, vielleicht handelte es sich um einen schon in die Jahre gekommenen, heute nicht mehr erhältlichen Füllfederhalter, aber er war sich sicher, dass nichts auf eine Fälschung hindeutete. Überwältigt von der Angst, in den nächsten Augenblicken Opfer eines Raubüberfalls zu werden, steckte er den Füller wieder ein; auch hatte er ein schlechtes Gewissen Aca Mandić gegenüber, dem es wohl gelingen würde, mit diesem Betrag seine Zahnprobleme beheben zu lassen. Es ärgerte Steinhövel, Mandić nicht darum gebeten zu haben, ihn zum Flughafen zu begleiten; noch mehr ärgerte ihn, dass ihm nicht schon früher in den Sinn gekommen war, ihm den wertvollen Füllfederhalter zu schenken oder diesen ihm zuliebe zu Geld zu machen. Unsicher verließ Steinhövel den Laden, lief durch den Flughafen auf der Suche nach einem Monitor, um zu sehen, an welchem Gate das Flugzeug nach Warschau zu finden sein würde. Ein heftiger Stich fuhr ihm in die Brust – aufgewühlt machte er kehrt: Es war Fernanda Ørjansson, die er gesehen hatte. Die Hand am Kinn stand sie mitten unter den Reisenden und schaute auf jenen Monitor, auf den er selbst zugesteuert war. Nach zehn Schritten machte er erneut kehrt; sie hatte sein Ticket, das war ein Fakt, und er hatte keine Lust, die Begegnung auf später zu verschieben.

Fernanda wirkte nicht überrascht, im Gegenteil, sie war höflich wie immer, bot ihm sogar eine gut gewürzte Frühlingsrolle an und tat, als hätten sie vereinbart, die vergangenen zehn Tage totzuschweigen. Auch Steinhövel erwähnte nicht mehr als eine abenteuerliche Fahrt mit der Straßenbahn – einen Kuss hatte es nie gegeben, sie hatten sich einfach hier getroffen, saßen jetzt auf einer russischen Flughafenbank und aßen Frühlingsrollen.

Statt wenig später gemeinsam in eine Maschine zu steigen, standen sie an einem Informationsschalter, den sie wegen des geschlossenen Lufthansa-Check-in-Desks aufgesucht hatten, und ließen sich erklären, dass aufgrund von Streiks des polnischen Flughafenpersonals der Flug nach Warschau eine unbestimmte Verspätung erhalten werde. Wenig später zählte eine gut frisierte, perfekt in ihre Uniform gegossene Mitarbeiterin der Fluggesellschaft Destinationen und Flugnummern auf, die soeben annulliert worden waren; der Flug nach Zürich via Warschau wurde genannt. Fernanda Ørjansson fluchte und schimpfte, dass sie die Visa nicht ein paar Tage länger hatte ausstellen lassen. Thomas Steinhövel blätterte in seinem Pass und stellte fest, dass sie tatsächlich heute noch das Land verlassen mussten. Am Schalter der

Fluggesellschaft, die nach Berlin und Wien flog, hatte sich eine unabsehbar lange Schlange gebildet, am Schalter für Rückerstattungen drängten sich die Menschen. Für Fernanda, die das Fliegen aus ökologischen Gründen ohnehin verurteilte, war das zu viel.
Der schmerbäuchige Taxifahrer, der Zahlenrätsel lösend dem auf seinem Schoß gehaltenen Radiogerät lauschte, fühlte sich in seiner Ruhe gestört, als Ørjansson und Steinhövel die Türen öffneten. Als sie ihn baten, zum Hauptbahnhof zu fahren, erklärte er mit einem grunzenden Lachen, es gebe in Moskau je nach Zählart sieben oder neun Hauptbahnhöfe, dann versenkte er sich wieder in sein Zahlenrätsel und tat so, als seien Ørjansson und Steinhövel lange schon ausgestiegen.
Im majestätischen Gebäude des Kiewskaja-Bahnhofs herrschte Hochbetrieb. Die überdimensional große Fahrplantafel kündigte einen Zug an, der Moskau im doppelten Nachtsprung mit Budapest verband.
Hinter einem Schalter, an dessen dicker Glasscheibe geschrieben stand, dass man hier Billette für längere Reisen erhalte, was zu allerhand Diskussionen unter den nicht wenigen führte, die sich in die Schlange gestellt hatten, thronte eine blondierte, sorgfältig uniformierte Matrone, die derart erhöht saß, dass man zu ihr hochzuschauen gezwungen war, was ihren stolzen, aufwendig verzierten Hut umso mächtiger erscheinen ließ.
Zwar verkaufte sie auch Billette, ihre eigentliche Arbeit bestand jedoch darin, die Respekt erfordernde Herrlichkeit der staatlichen russischen Eisenbahngesellschaft zu repräsentieren.
Immer wenn Ørjansson und Steinhövel dachten, jetzt sei die Reihe endlich an ihnen, kam gewiss ein mit großen, schweren, allein von Plastikschnüren halbwegs zusammengehaltenen Taschen bewehrter Mann quer durch die Halle gerannt, um sich vorzudrängeln bis ganz ans Glas, wo er so tat, als habe auch er hier mindestens eine halbe Stunde gewartet. Dass dies zu bösen Kommentaren führte, war verständlich, und seine tatsächlich sofort folgende

Behauptung, er sei bereits vor einer Stunde hier gewesen, habe das Ticket eigentlich fast schon gekauft, es habe nur noch eine Passnummer gefehlt – wurde von den Umstehenden erst grob verhöhnt, so lange, bis dem Gesicht der uniformierten Matrone abzulesen war, dass seine Geschichte stimmte, sie wusste genau, wann dieser Mann mit seiner Familie in welchen Zug zu steigen wünschte, und also mussten ihm alle den Vortritt lassen und wohl oder übel Zeuge werden, dass noch viel mehr unklar war als nur eine Passnummer, und je länger dieser Mann die Aufmerksamkeit der Matrone beanspruchte, desto größer wurde die Gefahr, dass bald der nächste anzurennen kam mit der Behauptung, er habe vor zwei Stunden schon während mindestens einer vollen Stunde in der Schlange gestanden, es fehle nur noch dieser, jener oder jener andere Zettel.

Zu ihrer Fahrkarte nach Budapest via Kiew mit Bett in einem 6er-Abteil kamen Ørjansson und Steinhövel aber noch rechtzeitig. Steinhövel war beruhigt, in einem 6er-Abteil unterzukommen, mit Fernanda in einer 2er-Kabine zu nächtigen, hätte er kaum ausgehalten.

Mit ihnen im Abteil reisten vier weitere Personen: ein altes Männlein, das die längste Zeit die Verpackung seiner Zwischenmahlzeit studierte, als sei dort ein Kriminalroman zu lesen; eine ältere, mit habichtsscharf blickenden Augen beschenkte Frau, die angespannt eine korpulente Handtasche auf dem Schoß hielt; ein mit durch und durch schwarzer Kleidung, groben Piercings und Nietengurt auf sich oder das Unrecht in der Welt aufmerksam machender Jugendlicher und ein vielleicht fünfundvierzigjähriger, mit heißen und deswegen nackten Füßen reisender Pakistani, der sich stündlich laut schlürfend Tee zuführte, von dem er Fernanda und Steinhövel, obwohl die beiden jedes Mal freundlich, aber bestimmt ablehnten, immer wieder anbot, und der mit aufwendigen Handbewegungen die Eigenheit und Symbolik nordpakistanischer Bergwelt schilderte und staatstragende Lyrik rezitierte – Steinhövel erwog, für

die nächste Reportage nach Pakistan zu reisen, um das eigentümliche, auch auf Gedichte gründende Nationalverständnis der Menschen dort zu schildern. Vielleicht aber würde es genügen, einfach drei, vier Tage und ebenso viele Nächte in einem russischen Zug zu sitzen, denn allein über den barfüßigen Pakistani ließe sich gewiss eine 21 500 Zeichen umfassende Reportage verfassen.
An eine nächste Reportage auf dem Rückweg von einer Reise zu denken, gehörte zu den Verhaltensmuster aus einer Zeit, da sich Steinhövel noch nicht hatte vorstellen können, es würde mit dem *Großen Bund* dereinst bergab gehen. Andererseits, und das gestand er sich selber erst allmählich ein, entsprang dieses Denken schlicht dem Wunsch, vielleicht doch nochmals mit dieser leider noch immer sehr gut aussehenden Fernanda zu verreisen, die jetzt wieder neben ihm saß und ihn anblickte, als warte sie nur darauf, in einen Flirt verwickelt zu werden. Wie gründlich er auch danach suchte, Steinhövel konnte von den beleidigten Gefühlen, die diese Frau in ihm losgetreten hatte, kaum nennenswerte Reste finden.
Der Zug fuhr extrem pünktlich, was damit zu tun hatte, dass ein gewöhnlicher Halt zwischen zwölf und fünfundzwanzig Minuten dauerte, eine eher knapp bemessene Dauer, wenn man bedenkt, was die Reisenden den mit rosigen Wangen auf dem Bahnsteig stehenden Marktfrauen alles abkauften: In Brjansk-Orlovskij waren das Preiselbeeren in Plastikkübeln, in Pidwolotschysk waren das riesige Plüschtiere in Plastiksäcken, oft wurden auch Fisch, Früchte, Wodka und Butterbrote verkauft.
Steinhövel hatte Lust auf Wodka, Fernanda war einverstanden, und gemeinsam ließen sie sich einlullen vom Alkohol und dem beruhigenden Geschaukel des schweren Waggons.
Die Zuständigkeit für diesen Waggon teilten sich ein Schaffner und eine Schaffnerin. Er arbeitete nachts, sie tagsüber. Sie trug langes, blondes Haar, eine dunkelgrüne Uniform, staubsaugte dreimal täglich, nicht nur im Gang, sondern auch in den Abteilen, wobei sie mit einem blitzenden Auge alle aufforderte, die ihr im

Weg herumstehenden Schuhe und Gepäckstücke vom Boden zu entfernen. Zudem spannte sie im Gang alle paar Stunden das blaugelbe Tuch neu, das den darunterliegenden blau-gelben Teppich schützte, und wusch das Kondenswasser vom Fenster. Nach Ende der Schicht stand sie im blau-gelben Schlafanzug am kohlebefeuerten Samowar und goss in einer bauchigen Tasse vorgekochte Nudeln auf. Dann übernahm wieder er, dessen Gesicht nach dem leichten, tagsüber gehaltenen Schlaf trotz der Rasur nicht mehr ganz frisch wirkte. Lange stand er am Kohleofen, paffte kurz hintereinander drei filterlose Zigaretten, hustete lange und bot, als er die Abteile entlangging, Teebeutel an und Kaffeepulver, Ersteres für zwanzig, Letzteres für dreißig Kopeken. Zucker kostete extra.

Draußen herrschten milde zweiundzwanzig Grad, das schien dem russischen Personal aber nicht warm genug. Also schaufelten sie eifrig Kohle in den Ofen, im Abteil waren es gewiss sechsundzwanzig Grad, aber Steinhövel geriet nicht ins Schwärmen, nur weil Fernanda ein paar wunderschöne kleine Schweißperlen auf der Stirn standen, nachdem sie das Glas Schwarztee geleert hatte. Fernanda und Steinhövel waren tief verstrickt in Gespräche, schwiegen sich aber beharrlich aus über die Dinge oder Undinge, die sie nicht ansprechen wollten. Seine Hände waren klebrig, weil er sie lange nicht gewaschen hatte, aber es klebte, wie er nun feststellte, auch Harz an seinen Fingern, ein winziger Fleck nur, ganz vorne auf der Zeigefingerbeere, ein schwarzgrauer Punkt, der roch wie ein ganzes Naturschutzgebiet. Das erinnerte ihn an die Erlebnisse mit Aca, die Erlebnisse in diesem stadtnahen, von den weit gereisten Arbeitern wie ein weitläufiges Hotel benutzten Wald. Dennoch erzählte er, wenn weder im Abteil noch hinter dem Fenster etwas Erwähnenswertes erschien, irgendeine ganz und gar moskauferne Geschichte, berichtete vom oft fehlenden und dann doch aufblitzenden Humor seiner eigensinnigen Großeltern und erzählte, dass seine Schwester Marlene in Bern einem jungen, aus seiner Heimat geflüchteten Kosovo-Albaner namens Alim begegnet sei und sich verliebt habe.

Im Speisewagen, der aus drei winzigen Tischen und einer geräumigen, von zwei engagierten Köchen in Beschlag genommenen Küche bestand, wurden Ørjansson und Steinhövel bedient von einem nach dem Vorbild seines Vaters und damit unerhört engagiert seiner Arbeit nachgehenden Speisewagenkellner, der ihnen, obwohl er noch keine dreißig war, in einem altmodischen, mit allerlei Diminutiven gespickten Russisch in knapp zehn Minuten die verfügbaren Menüs schilderte, was Steinhövel so umständlich übersetzte, dass Fernanda Tränen lachte.

52. KAPITEL
HUELVA, SPANIEN – CERBÈRE, FRANKREICH

Drei Monate und zweieinhalb Tonnen gepflückte Erdbeeren später setzte sich Mihai Tinescu mit wunden Kniescheiben, Rückenschmerzen, entzündeten Handinnenflächen, einer Sehnenscheidenentzündung im rechten Handgelenk und einem nicht sehr dichten Vollbart in den Fond eines uralten Ford, auf dessen Frontsitzen es sich Wes Mbacke und Saoul Boskembi bequem gemacht hatten. Boskembi war ein hochgewachsener, gepflegt gekleideter Freund Mbackes, der ebenfalls drei Monate auf der Plantage hinter sich hatte – Tinescu konnte sich nicht erklären, wo der Mann ein gebügeltes Hemd aufgetrieben und sich so tadellos rasiert hatte. Aber er hielt die beiden Ivorer für durchaus vertrauenswürdig.
Die ersten Sonnenstrahlen fielen auf die schmutzige Windschutzscheibe, Mbacke stieg nochmals aus, umarmte einen Freund, dann fuhren sie los. Es würde ein langer und heißer Tag werden.
Tinescus Aufenthaltsbewilligung für Spanien lief in wenigen Tagen aus, und weil die Firma, das stand im Kleingedruckten, nur für seine Rückreise aufgekommen wäre, wenn er drei weitere Arbeitsmonate angehängt hätte, war er auf Hilfe angewiesen, wollte er nicht einen beträchtlichen Teil des Geldes, das er in Huelva erwirtschaftet hatte, gleich wieder ausgeben. Ende des Monats hatte er jeweils tatsächlich seinen Lohn erhalten, allerdings nicht so viel, wie ihm vor seiner Abreise versprochen worden war. Heimgeschickt hatte er nichts von dem Geld, denn die Überweisungsbüros arbeiteten erst ab Summen von 100 000 Peseten ohne Gebühren. Jetzt trug Tinescu alles mit sich, was er auf die Seite hatte legen können: 287 000 Peseten in einer flachen Umhängetasche unter dem Hemd.

Tinescu versuchte, noch ein wenig zu schlafen. Er sehnte sich nach seinen Söhnen, sehnte sich danach, Vladana zu umarmen und ein von seiner Mutter zubereitetes Mămăligă zu essen. Dennoch erlag Tinescu der Verlockung, fast umsonst mit den Ivorern mitzufahren und im Windschatten ihrer Erfahrung und ihrer Kontakte in Italien einen Monat anzuhängen, auch wenn er den Verdacht hatte, dass der Optimismus, den sie verströmten, mehr mit ihrem Charakter denn mit der Arbeitsmarktsituation in der lombardischen Hauptstadt zu tun hatte.

Boskembi schnarchte leise, Mbacke fuhr derart zügig, als wäre er täglich auf diesen Straßen unterwegs. Neben Tinescu auf der Rückbank lagen drei, vier Taschen, nicht größer als Einkaufstüten. Auch Tinescu reiste mit lächerlich wenig Gepäck.

Während sie dahinrauschten, fragte er sich, ob es eine gute Entscheidung war, sich auf diese Fahrt einzulassen. Am meisten Sorgen machte ihm derzeit die Aussage, der Job in Italien sei noch härter als jener in Huelva; die entzündete Sehne seiner rechten Hand könnte rasch zu einem seriösen Problem werden.

Mbacke und Boskembi hielten sich auf dieser Fahrt, um keine Maut bezahlen zu müssen, an die wenig befahrenen, staubigen Nebenstraßen, ohne dabei auf das auf Autobahnen übliche Tempo zu verzichten. Stumm und geduldig saß Tinescu auf der Rückbank, wischte sich den Schweiß von der Stirn und versuchte, möglichst viel von der Landschaft zu erhaschen. Ihm gefielen die Kakteenfelder, die mächtigen, urwüchsigen Agaven. Müde lagen seine Hände auf seinem Schoß.

Es war längst Abend, als sie nach fast pausenloser Fahrt die nordöstlich von Barcelona gelegene Stadt Manresa erreichten. Dort kannten die beiden eine Frau aus Äquatorialguinea, bei welcher sie übernachten konnten und die tags darauf mit einer sperrigen Handtasche neben Tinescu im Fond Platz nahm. Sie hieß Mawuena; es störte sie nicht, dass Tinescu Mühe hatte, ihren französischen Akzent zu verstehen, sie saß dicht neben ihm, tippte immer wieder auf seinen Unterarm, tupfte sich mit einem farbigen Foulard den Schweiß von der Stirn und erzählte ihm sowohl ihre Lebensgeschichte als auch die Umstände ihrer jüngsten katalonischen Misere.

Als sie auf kurvenreichen Straßen nordwärts fuhren, fühlte Tinescu eine Übelkeit in sich aufsteigen, die er zu unterdrücken versuchte, indem er sich penibel auf den Verlauf der Straße, auf die gelben, im Gegenlicht einmal aufglänzenden, dann wieder kaum auszumachenden Mittelstreifen konzentrierte. Dennoch blasser und blasser werdend, gab Tinescu den Ivorern zu verstehen, dass er sich bald übergeben müsse.

Der Lachanfall, den er damit auslöste, beleidigte Tinescu nur deshalb nicht, weil er sich derart angestrengt auf den Straßenverlauf konzentrierte. Statt dass Mbacke angehalten hätte, um ihn kurz aussteigen zu lassen, begann Mawuena mit beiden Händen Tinescus Nacken zu massieren, was er nicht nur für völlig nutzlos, sondern auch für unangenehm hielt, da es ihn zwang, den Kopf zu senken, eine Haltung, die den Brechreiz eher förderte.

Sie näherten sich der spanisch-französischen Grenze, bis nach Portbou waren es noch fünf Kilometer. Kurve um Kurve wurde ihm übler, verkrampft saß er da und stellte sich vor, wie er das Wageninnere besudeln und von einem plötzlich nicht mehr lachenden Boskembi auf die Straße gestellt würde.

Als Mbacke abbog auf eine unscheinbare, nicht asphaltierte Nebenstraße, dachte Tinescu, das mache er seinetwegen. Aber Mbacke hielt nicht an, sondern fuhr in die bewaldeten Hügel hinein, überwand steil ansteigende, eher für Traktoren geeignete Passagen, überwand eine Anhöhe, folgte lange einer abfallenden Forststraße und parkte den Wagen endlich bei einem alten Schuppen. Dort stieg er aus, schraubte mit Boskembi die Nummernschilder ab und legte diese in den Kofferraum. Dann holten die beiden ihr Gepäck aus dem Wagen; sie sahen nach Aufbruch aus.

»Wo gehen wir hin?«, fragte Tinescu.

»Über die Grenze«, sagte Mbacke.
»Zu Fuß?«, wollte Tinescu wissen.
»Du kannst auch mit dem Fahrrad kommen«, scherzte Mbacke.
Verärgert blieb Tinescu stehen.
Boskembi, Mbacke und Mawuena wanderten durch dichte Büsche und Felsen auf eine Böschung zu. Widerwillig packte Tinescu seine Tasche und folgte ihnen.
Oben auf der Geländenase angekommen, blickten sie hinunter auf einen mächtigen Güterbahnhof, der die Fläche eines imposanten Felskessels füllte. Zahllose Güterwagen belegten die Gleise, einige Dieselloks lärmten, ohne zu fahren, ein Kran hob einen Container in die Höhe, winzige Arbeiter in orangefarbenen Kleidern bewegten sich im Gleisfeld.
Endlich begriff Tinescu, dass Mbacke, Boskembi und Mawuena keine gültigen Papiere hatten. Den Entscheid, sie alleine ihrem Schicksal zu überlassen, nahm er nach einigen Augenblicken zurück – die Chance, in Mailand nochmals gut zu verdienen, wollte er sich nicht entgehen lassen.
Auf einem schmalen, steil abfallenden Pfad näherten sie sich der Anlage.
Aus einem am Fuß der Felsen gelegenen Schuppen schritt alsbald ein dickleibiger Mann in orangefarbenen Hosen und mit kräftigem Kinnbart auf sie zu. Er schien auf sie gewartet zu haben, brummelte einen unfreundlichen Gruß und verschwand mit Boskembi in einem Büro. Mbacke, Tinescu und Mawuena warteten vor der Tür.
Boskembi kam mit steinerner Miene zurück, besprach sich kurz mit Mbacke, dem das Lachen offenbar vergangen war, drückte Mawuena mit einem kurzen Kommentar, den Tinescu nicht verstand, fünf Tausend-Peseten-Scheine in die Hand, um gleich darauf von Tinescu fünf dieser Scheine zu verlangen. Tinescu sah nicht ein, weshalb er so viel bezahlen sollte, während Mawuena Geld zugesteckt bekam. Das mochte mit der Übernachtung in Manresa zu tun haben, aber er musste sich nicht alles bieten lassen,

das war klar. Tinescu trommelte seine gesamte Wehrfähigkeit, seinen Stolz in sich zusammen, streckte seine Wirbelsäule durch, um gegenüber dem hochgewachsenen Boskembi nicht zu klein zu wirken, legte die Hand auf die Brust, befühlte das Geld, das genau dort unter seinem Hemd lag, und schüttelte resolut den Kopf.

Verärgert machte Boskembi einen Schritt auf Tinescu zu, senkte den Kopf, warf die Stirn in Falten – Tinescu verstand zwar noch immer nicht, wozu er das Geld hergeben musste, aber er verstand, dass es erst einmal die Aufgabe hatte, den Zorn Boskembis nicht weiter zu nähren.

Mit angespannten Gesichtszügen kam der dicke Mann aus dem Büro geeilt; er führte sie zu einer gedeckten Verladestation. Fünf schulterhohe Bahnsteige waren hier untergebracht; zwei der fünf Gleise standen leer. Überall stapelten sich Paletten, Zementsäcke, es roch nach Kartoffeln, Rüben und Mehl. Schwere Ketten mit mächtigen Haken hingen von der Decke, unter der die gewinkelten Stahlträger einer hydraulischen Krananlage zu sehen waren. Aus einem Nest entfernten sich flink zwei Vögel, schwirrten durch die Halle und gelangten durch eine zerbrochene Fensterscheibe nach draußen.

Der dicke Mann deutete auf den vordersten von vier Güterwaggons, einen ziemlich langen Waggon mit offener Schiebetür, der des erhöhten Bahnsteigs wegen ebenerdig zu erreichen war. Boskembi, Mbacke und Mawuena schlenderten ins Innere des Wagens, stellten ihr Gepäck ab, Tinescu zögerte noch. Mbacke wies ihn an, endlich einzusteigen.

Tinescu blickte zurück zum Mann, der nochmals die Geldscheine zählte, zwanzig abgegriffene Tausend-Peseten-Scheine. Fünftausend in Huelva hart verdiente Peseten, für die er in Roşia Montană eine knappe Woche Mathematik würde unterrichten müssen. Der Dicke steckte sie in seine Tasche und verschwand.

Eine unangenehme Ruhe kehrte ein.

Eine Weile standen die vier im Güterwaggon wie in einem blockierten Aufzug. Sie hatten sich von der Schiebetür entfernt und befanden sich im hinteren Drittel des Waggons. Das leise Geräusch, das sie hörten, könnte von einer Spitzmaus oder einer Ratte stammen. Viel deutlicher war dann das Geräusch, mit dem sich ein motorisiertes Gefährt hören ließ. Es war ein Gabelstapler mit einer Palette voller Zuckerrüben. Der Dicke kam über den Bahnsteig geholpert, fuhr in den Waggon hinein, schrie einige Silben, die Tinescu nicht verstand. Sie drängten sich alle vier an die Wand und ließen sich die Palette direkt vor die Nase stellen.

In dieser beengten Situation dachte Tinescu nun doch an den Reporter aus der Schweiz, der ihm beim Abschied in Roşia Montană seine Visitenkarte in die Hand gedrückt hatte – weil ihm Steinhövels Anwesenheit geholfen hätte, sich diesen Afrikanern und ihrer sonderbaren Art des Reisens weniger ausgeliefert zu fühlen.

Die zweite Palette, die nicht lange auf sich warten ließ, nahm ihnen die letzte Sicht. Tinescu fühlte, wie ihn die Enge angriff, wie er jetzt schon das Gefühl hatte, die verbrauchte Luft nochmals und nochmals einzuatmen; er fühlte, wie der Brechreiz sich zurückmeldete. Als der Waggon gefüllt war, fiel krachend die Schiebetür ins Schloss.

53. KAPITEL
DEN HAAG, NIEDERLANDE

Die Jeans in der Kniekehle, die rechte Hand mit gespreizten Fingern über dem Gesicht, als gelte es, etwas Ungeheuerliches abzuwenden, saß Marlene Steinhövel ganz vorn auf der Klobrille in ihrer Den Haager Mietwohnung. Zum dritten Mal bereits pinkelte sie nun auf den Streifen, aber das Papier, die darauf applizierten Chemikalien verhielten sich nicht anders als zuvor, und deswegen – darüber versuchte sie sich allen gedanklichen Widerständen zum Trotz klar zu werden – war ein Irrtum ausgeschlossen. Die Hand noch immer über dem Gesicht, las sie durch die Fingerzwischenräume hindurch und zum fünften Mal in Folge den in Englisch, Deutsch, Französisch, Italienisch, Spanisch, Portugiesisch, Polnisch, Dänisch, Niederländisch, Belgisch, Schwedisch, Norwegisch, Finnisch und Ungarisch abgedruckten Text der Packungsbeilage und verifizierte zum ebenfalls fünften Mal, ob nicht ein Übersetzungsfehler vorlag, aber es gab neben dem Text auch einen Comic, der sprachfrei und idiotensicher darstellte, um was es ging. Kein Irrtum also. Viel eher war es ein Irrtum, ihrer in diesem Fall deutlich der Romantik zuneigenden Erinnerung zu glauben, Alim habe seinen Samen in jener auf dem Dachboden zugebrachten Nacht allein auf ihrem Bauch verteilt. Deswegen hatte sie kurz noch an die ungestüme und tränenreiche Nacht mit Gerardo Gambelli gedacht, deren Verlauf sie beim besten Willen nicht mehr genau in ihre Erinnerungen holen konnte. Gambelli besaß zwar noch immer ihre Paul-Green-Stiefeletten, aber sie hatte seinen Samen nicht empfangen, das wusste sie. Wenn sie zurückdachte an jene Langenthaler Dachbodennacht, so konnte sie sich erinnern, dass sie sich mehrere Male geliebt hatten: Als sie schon eine Weile auf dem erbärmlich engen Klappbett geschlafen hatten, waren sie nochmals aufgewacht, hatten sich nochmals mit Küssen bedeckt und hatten nochmals kurz und in traumzarten Bewegungen miteinander geschlafen, wobei Marlene zu nachlässig, zu schlaftrunken und zu berührungssüchtig gewesen war, um eines Kondoms wegen aus der Umarmung aufzutauchen. Da musste es passiert sein, in diesem nur kurz dauernden, schwebend schönen Liebesakt.

Was es zu bedeuten hatte, dass nun, da sie Alims Nummer wählte, der kühle, automatisch generierte Hinweis zu hören war, dieser Anschluss sei zurzeit nicht in Betrieb, verstand Marlene nicht. Ihr Bruder, unterwegs in einem Nachtzug und erfreut zwar, von ihr zu hören, allerdings nicht in der Lage, sich länger mit ihr zu unterhalten, wusste auch nicht, was mit Alims Telefon passiert war und wo er sich aufhielt.

Mit einem unangenehmen Vorgefühl und noch immer heruntergelassener Jeans wählte Marlene die Nummer der Langenthaler Wohngemeinschaft. Wie befürchtet meldete sich Stefano Manzini. Freudig überrascht, sie am Draht zu haben, begann er gut gelaunt ein Gespräch.

»Alim ist ohne Nachricht verschwunden«, verkündete Stefano mit Genugtuung, es war jeder einzelnen Silbe anzuhören, wie gern er ihr diese Information übermittelte.

»Wir haben nichts von ihm gehört«, sagte er, als Marlene besorgt nachfragte.

»Du nimmst mich auf den Arm!«, versuchte Marlene ihre eigene Angst ins Spielerische zu wenden.

»Schön, dass du mir das zutraust«, sagte Manzini, »allerdings stimmt, was ich dir sage. Jörg kann dir das bestätigen.«

Marlene verabschiedete sich knapp und legte auf.

Da sie vermutete, Alim wäre mit Rexhep oder einem befreundeten Albaner ein paar Tage unterwegs und weil sie ihm von ihrer Schwangerschaft ohnehin nicht am Telefon erzählen wollte, suchte sie ein Reisebüro auf, buchte für das kommende Wochenende einen Flug nach Zürich und fasste den Entschluss, sich vorerst mit möglichst umfangreicher und konzentrierter Arbeit von ihrer Schwangerschaft abzulenken. Schließlich hatte sie sich geschworen, mit all ihrer Energie dafür zu sorgen, dass jene, die gegen Tošorović aussagen wollten, einen Zeugenschutz erhielten, der diesem Namen gerecht wurde.

Aber egal, mit welcher Energie sie auch arbeitete, egal, wie spät sie in ihrer Wohnung eintraf, egal, wie sehr sie sich vornahm, nur noch einen Tee zu kochen, um sich dann schlafen zu legen – egal, welche Taktiken der Ablenkung sie anwandte, spätabends wählte sie doch Alims Nummer, auch wenn sie wusste, wie zornig sie die automatische Nachricht der Unerreichbarkeit inzwischen machte. In Marlene festigte sich das Gefühl, ohnehin selbst verantwortlich zu sein für ihr Kind, sie würde das meistern, und also würde in Den Haag tatsächlich ein neues Leben beginnen.

Dennoch oder gerade weil sie sich so sicher fühlte auf ihrem selbstbestimmten Weg: Marlene wünschte sich, Alims Stimme zu hören, wünschte sich seinen Anruf, sein Lachen, hätte ihn am liebsten jetzt hier neben sich, um das Glück aufstrahlen zu sehen auf seinem Gesicht.

Das neue Leben in Den Haag bestand, abgesehen von ihrer Arbeit für den Tošorović-Prozess und die involvierten Zeugen, aus Teetrinken und innerer Unruhe. Einige Fachbücher zur Botanik schmückten ihre Stube, auf dem Küchentisch stand jene Kerze, die ihr Corinna zum Abschied mitgegeben hatte, eine Amnesty-Kerze, auf welcher in siebzehn Sprachen das Wort Freiheit zu lesen stand. Auch heute hatte Marlene keine Lust, mit dem Abbrennen dieser Kerze zu beginnen.

54. KAPITEL
CERBÈRE, FRANKREICH – MAILAND, ITALIEN

Bis die anderen drei Waggons gefüllt und an eine Diesellok gekoppelt wurden, dauerte es zwei geschlagene Stunden, die Mawuena, Mbacke, Boskembi und Tinescu, weil der Raum zwischen der Wand und den Zuckerrübenpaletten zu eng war, um sich zu setzen, stehend zu verbringen hatten. Es war stickig und heiß, sie waren erschöpft.
Tinescu fluchte lautlos und schimpfte sich einen Idioten. Niemals hätte er sich auf eine grenzüberschreitende Reise mit zwei Ivorern einlassen dürfen. Bestimmt war er der erste Mensch mit tadellosen Papieren überhaupt, der sich, eingeklemmt zwischen Zuckerrüben, in einem Güterwaggon über die Grenze schmuggeln ließ.
Während Mbacke und Boskembi hinabsanken in ein fast traumleises Gespräch, stellte sich Tinescu vor, wie sie von ruppigen Grenzern entdeckt würden, von breitnackigen Uniformierten, denen es ohne Weiteres möglich wäre, seinen tadellosen rumänischen Pass als schlechte Fälschung abzustempeln und ihn vor Gericht zu schleppen.
Dann ging die Fahrt endlich los. Es rüttelte, der Wind pfiff durchs Holz, sie mussten sich an den Paletten festhalten, und kaum befand sich der Zug auf offener Strecke, war der Waggon erfüllt von einem Lärm, dass Tinescu sein eigenes Wort nicht verstand.
Boskembi kletterte über die Zuckerrüben, pinkelte am anderen Ende des Wagens an die Holzwand, kletterte zurück und suchte auf den Rüben eine Position, in der er würde schlafen können. Mbacke erzählte etwas, Boskembi und Mawuena kugelten sich vor Lachen. Tinescu schüttelte den Kopf, aber auch die anderen richteten sich ein für die Nacht.
So gut es ging, bemühte sich Tinescu um etwas Schlaf.

Es war bereits wieder hell, als der Zug langsam über ein großes Weichenfeld schaukelte, mit singenden Bremsen zu stehen kam und die Waggons aufwendig rangiert wurden. Stimmen waren zu hören, Schritte in einer großen Halle, die Waggons wurden entkoppelt. Übermüdet und kaum noch fähig, sich zu bewegen, kletterten die vier aus den Zuckerrüben.
Die Schiebetür wurde aufgerissen, Staub und ein sonderbar süßer Geruch hingen in der Luft, mächtige Ventilatoren dröhnten durch die Halle. Ehe die letzten beiden Paletten von einem Gabelstapler aus dem Wagen gehievt wurden, machte sich Mbacke mit einem kräftigen Pfiff bemerkbar. Ein Angestellter der Bahn führte sie zur Halle hinaus und öffnete ihnen am Rand des abgezäunten Geländes eine Tür.
Tinescu hatte nicht mehr die Kraft, sich zu ärgern. Er vermochte kaum noch sein Gepäck zu schleppen. Sie waren angekommen in Genua.
In einem Park, in welchem bewundernswert mächtige Bäume standen, legten sie sich ins dürre Gras. Das Gebell der Hunde und der Lärm der Straßen, die den Park umgaben, boten ihnen eine willkommene Stille, sie schliefen rasch ein.
Als die Ivorer später einen Teppichladen betraten, blieb Tinescu draußen stehen, unsicher, was nun passieren würde. Von einem sich weit aus dem Fenster lehnenden Automobilisten wurde er nach dem Weg gefragt, er hob die Schultern.
Er hatte Hunger. Als er sich vom Teppichgeschäft losmachen wollte, wurde ein schriller Pfiff an ihn adressiert; bald saß er wieder im Fond eines Wagens, neben ihm wieder Mawuena, die ihm einbläute, er dürfe die Gruppe nicht verlassen.
Sie fuhren über Land, mieden die Autobahnen, verlangten mehrmals zweitausend Peseten von Tinescu und tankten; er kannte den Wechselkurs nicht, fühlte sich betrogen, sah aber keinen Nutzen in einer Diskussion und versuchte, sich so gut wie möglich auf den Verlauf der Straße zu konzentrieren.

Nach drei Stunden erreichten sie Mailand, wo sie Tinescu einluden zu einem Abendessen mit Freunden. Er hatte keine Energie mehr für diese gut gelaunten Menschen, aber er wusste, er würde nur dann eine Arbeit finden, wenn er mitginge.

Drei Tage darauf saßen in einem alten Bus vier Männer, die allesamt den salatgrünen Overall einer Reinigungsfirma trugen: ein Kosovo-Albaner, der in Deutschland Politologie studiert hatte, ein nicht weniger separatistisch engagierter, bizepstrainierter Zypriot mit rumänischen Wurzeln, ein beruflich auf Reisekrankheiten spezialisierter Kambodschaner sowie ein schmächtiger Mathematiklehrer namens Mihai Tinescu.

Die Arbeit in dieser Reinigungsfirma war zwar nicht besonders angenehm, immerhin aber behandelte ihn niemand wie einen Idioten, was vor allem daran lag, dass dieser Betrieb als Genossenschaft organisiert und offiziell als Wohltätigkeitsverein eingetragen war, eine oft ungenutzte und von den Steuerfahndern noch nicht entdeckte Lücke im italienischen Gewerbegesetz; das wusste er von Belil Zorani, dem selbstbewussten Zyprioten, der hier alles und jeden kannte. Bei Tinescu kam oft der Verdacht auf, es handle sich bei dieser Firma um eine politische, für die wahre Unabhängigkeit der Völker kämpfende Untergrundorganisation: Es arbeiteten für sie iranische und türkische Kurden, kein Wort Spanisch sprechende Basken, es gab Georgier, Zyprioten, es gab Leute, die für irgendwelche Untergrundzeitungen Aufsätze schrieben, Afrikaner, Griechen, Chinesen, Guatemalteken, Inder und Bangladescher; nicht wenige von ihnen übernachteten im Passantenheim der Heilsarmee. Auch Tinescu nächtigte dort und fand sich mit ein paar handverlesenen russischen, spanischen, englischen und französischen Vokabeln einen kleinen Kreis von Freunden. Zwei Thailänder besorgten mittags Essen und Espresso, beides galt als fester Bestandteil des Lohnes. Dieser wurde gemäß dem amtlichen Eintrag als Spende ausbezahlt – einer der zahlreichen Tricks, die nötig waren, um die Firma steuerfrei zu halten

und es auch Papierlosen zu ermöglichen, eine Zeit lang unter menschlichen Bedingungen zu leben.
Autofahren in Mailand um sechs Uhr abends war nicht jedermanns Sache, aber Belil Zorani saß mit dicken Nerven am Steuer dieses Busses, pfiff den Frauen hinterher, die den Gehsteig als Catwalk nutzten, und sorgte mit seinen bissigen Kommentaren über das Fahrverhalten der anderen für heitere Stimmung. Zorani kannte sich aus mit den italienischen Verkehrsregeln respektive mit der Art und Weise, wie sie in Mailand interpretiert wurden. Das hieß für Tinescu, sich auf dem Beifahrersitz gut festzuhalten. Er hatte in Huelva ein paar Kilogramm Körpergewicht verloren, obwohl nicht klar war, wo er die noch hatte verlieren können. Die Schwellungen an seinen Fingern hatten sich erholt, er konnte den Hochzeitsring über Nacht wieder abstreifen.
Zorani, der in einer Rotationsdruckmaschine den Mittelfinger der rechten Hand verloren und am Zeigefinger ein paar Nerven und Sehnen verletzt hatte, weswegen dieser Finger losgelöst von seinen Absichten unablässig auf die unterschiedlichsten Dinge zeigte, hatte Tinescu sofort ins Herz geschlossen, weil er endlich wieder die inzwischen für ihn fast schon verloren geglaubte Sprache seines exilrumänischen Vaters sprechen konnte. Die Sympathie war gegenseitig. Es hatte viel mit Zorani zu tun, dass Tinescu das Hupen auf den Straßen als etwas Fröhliches erschien. Tinescu war glücklich, diese Arbeit gefunden zu haben. Aller Voraussicht nach würde er hier nur doppelt so viel verdienen wie als Mathematiklehrer in Alba Iulia, aber er würde zu den ersparten Erdbeerpeseten noch einige hunderttausend Lire dazuverdienen, die ihm die Rückreise nach Roşia Montană finanzieren sollten, sodass er jene 260 000 Peseten, die er Tag und Nacht auf seiner Brust trug, vor seiner Rückkehr nicht mehr würde anrühren müssen. Und er hoffte, in den nächsten Tagen und Wochen jemanden kennenzulernen, der ihn nach Monatsfrist mitnehmen würde Richtung Rumänien, wenigstens ein Stück weit, wenigstens bis

nach Slowenien, nach Ljubljana, von wo aus die Busreise nicht mehr so teuer wäre.

Wieder schrieb er eine Postkarte an Vladana. In drei, vier Wochen werde er zu Hause sein, schrieb er und malte wieder eine Birke. Tinescu schrieb nichts von seinen bitteren Gedanken über die Zukunft seiner Söhne und seines Landes auf die Karte. Würde wohl auch künftig nichts dergleichen schreiben. Eine Birke, das war zuverlässiger. Birken hatten einen weißen Stamm und wirkten so zuversichtlich, hatte Vladana einmal in einer verträumten Minute zu ihm gesagt, Worte, die sich Tinescu ins Herz geschrieben hatten. Über den Westen Europas würde er nicht schreiben können, weil es für seine Mutter, eine bald schon siebzigjährige Frau, absurd wäre, Rumänien zu verlassen. Man müsste ihretwegen die Hühner und die Schweine auch gleich mitnehmen können. Den Bach und die Nachbarn und den großen Wochenmarkt in Alba Iulia sowieso.

»Zypern ist im Arsch«, sagte unvermittelt Zorani. »In Zypern gibt es kein Geld mehr zu verdienen. Entweder du hast schon welches oder es ist vorbei.«

Ein Müllwagen versperrte die Quartierstraße, es wurde eng. Zorani kurbelte die Scheibe herunter, klappte den Rückspiegel ein, verlangte von Tinescu dasselbe, dann steuerte er den Bus zentimetergenau durch die Lücke. Tinescu blickte zu Zorani wie zu einem großen Bruder. Gewiss ließen sich viele Frauen beeindrucken von seiner zupackenden Art, von der Lebensfreude, die aus seinen Augen sprudelte.

Während der Fahrt zählte Tinescu, wie er es oft tat. Er zählte die Fußgänger, die auf grünes Licht warteten, die Stockwerke des höchsten Gebäudes, die Laternen bis zur nächsten Querstraße. Berechnete Verhältnisse von Tisch- zu Stuhlbeinen im Café. Zählte die unregelmäßigen Herzschläge pro Tag, die Lamellen am Heizkörper im Klassenzimmer (5; 21; 8; 28 zu 68; 3; 22).

Belil Zorani, der den Bus ruhig durch das Verkehrschaos lenkte, der wusste, auf welchen Straßen man schneller in die Nähe des

Firmenhauptsitzes jenes Versicherungsrückversicherers gelangte, dessen Büros sie zu reinigen hatten, Zorani, neben dessen Oberarmen sich Tinescu wie ein unterernährter Ministrant fühlte, vertraute Tinescu an, dass er letztes Jahr in Norwegen auf einer Bohrinsel gearbeitet hatte, zu einem unübertrefflichen Stundenlohn, und dass er dank eines Cousins auf die baldige Möglichkeit hoffe, sich wieder einige Monate dort anstellen lassen zu können, bei einer Firma, die Arbeitskleider reinige. Falls er, Tinescu, interessiert sei, werde er sich bei seinem Cousin umhören und rechtzeitig Bescheid geben. Wem es nichts ausmache, unter harten Bedingungen zu schuften, für den sei ein Job auf einer Bohrplattform attraktiver als alles andere. Abgesehen vom Drogenhandel.

Wie er denn von Mailand nach Norwegen komme, wollte Tinescu wissen.

»Ich fahre mit dem Frachtschiff von Genua nach Tromsø«, sagte Zorani, als sei es das Allereinfachste. »Ich helfe an Deck oder in der Küche, gewöhne mich rasch an den Seegang und werfe 300 000 Lire auf. Die habe ich mit der Arbeit auf der Plattform aber im Handumdrehen wieder eingespielt. Die Norwegische Krone ist stark!«

Tinescu stellte sich vor, dass die Arbeit auf einer Ölplattform deutlich anstrengender wäre als auf den Erdbeerplantagen. Und für harte Arbeit war er nicht geschaffen. Außerdem hätte er nicht sagen können, weshalb jemand einen handwerklich ungeschickten rumänischen Mathematiklehrer mit auf ein Frachtschiff nehmen sollte. Aber Zorani gegenüber behauptete Tinescu, er könne sich gut vorstellen, später einmal auf einer Bohrinsel zu arbeiten. In Rumänien sei es ja nicht möglich, genügend Geld zu verdienen, ohne kriminell zu werden.

Zorani nickte, parkte den Bus auf einem halb leeren Parkplatz hinter dem Gebäude, gab Anweisungen, verteilte die Arbeitsgeräte und die gelben Handschuhe. Nun zeigte sich, dass Tinescu in einem eingespielten Team unterwegs war. Alle wussten, was sie zu tun hatten. Es war für ihn nicht schwierig, sich einzugliedern.

Wer einmal begriffen hatte, wie man sich einen Industriestaubsauger an den Rücken band, konnte nicht mehr viel falsch machen. Welche Reinigungsflüssigkeit für den Boden, welche für die Badezimmerspiegel und welche für die Chromarmaturen bestimmt waren, konnte sich Tinescu rasch merken. Der Umstand, dass er in einem Team arbeitete, in dem alle denselben Lohn erhielten, sogar Zorani, obwohl er die meiste Erfahrung mitbrachte und vor Jahresfrist schon fünf Monate hier gearbeitet hatte; der Umstand, dass es keinen Jefe gab, der einen schikanierte, ließ Tinescu ehrlich engagiert ans Werk gehen.

55. KAPITEL
KLINË E MESME, KOSOVO – MONTENEGRO

Festgenagelt vom Blick, der ihn aus den Augen Djemaros traf, realisierte Alim Jahiji, dass als Täter allein die UÇK infrage kam. Dass Djemaro schräg über dem Großvater lag, wirkte so entstellend, dass Alim einen Moment lang überlegte, die beiden Leichen in eine würdigere Position zu bringen und den Revolver zu entfernen, mit dem sich Djemaro wahrscheinlich hatte verteidigen wollen. Dunkel war das in den Teppich gesickerte Blut, aber jenes auf der Haut, das Blut nahe den Wunden, war noch hell. Alim hielt prüfend die Hand auf Djemaros Handgelenk. Erst fühlte er gar nichts, weil seine Augen die Wahrnehmung dominierten. Er schloss sie, aber weil ihn die Angst überfiel, ein Messer in den Rücken gestoßen zu bekommen, riss er sie sogleich wieder auf und nahm die Hand vom Handgelenk. Es war noch Wärme in diesem Körper, die Männer waren noch nicht lange tot.
Er wollte sich gar nicht ausmalen, was Jarmila, falls man sie verschleppt hatte, widerfahren würde. Als er auf die Knie ging, um ein Gebet zu sprechen, vernahm er Geräusche, die er zuerst für Jarmilas Schritte hielt, Sekunden später für die eines UÇK-Kämpfers. Panisch griff Alim nach dem Revolver, drehte sich um, aber die Geräusche entfernten sich, stammten wohl von außerhalb des Hauses. Er bemühte sich, ruhig zu atmen. Er legte den Revolver weg, schloss die Augen, versuchte, zu klaren Gedanken zu kommen, sah aber hinter den geschlossenen Lidern die beiden Leichen nur umso deutlicher. Er befahl seinem Herzen, langsam zu schlagen, und sprach schließlich unter Tränen ein Gebet, in das er innigste Wünsche für die Unversehrtheit und das Wohlergehen von Jarmila einflocht. Dreimal wiederholte er den Namen des Allmächtigen, auf Albanisch, auf Serbisch, schließlich noch auf

Romanes, so, wie er es von Jarmila gelernt hatte. Zögernd verließ er das Schlafzimmer, rief Jarmilas Namen. Das Haus war winzig, ein paar Schritte nur und er würde sich in jedem Zimmer umgesehen haben.

An jeder Schwelle rief er ihren Namen, rief jene drei Silben, zu hören war nicht viel mehr als ein Flüstern, ein Flüstern aus voller Kehle, eine angegriffene Stimme. Wie um dem Schicksal noch ein wenig Zeit zu geben für eine barmherzige Wendung, betrat er erst ganz am Schluss das Schlafzimmer der beiden Töchter. Die Tür stand wenige Zentimeter offen, helles Licht drängte in den dunkleren Gang, Alim konnte sehen, wie seine Finger zitterten, aber er fühlte sie kaum. Er flüsterte ihren Namen und bewegte sich langsam auf die Tür zu, flüsterte ihren Namen, bis es wehtat, bis seine Stimme versagte. Im Zimmer standen reglos die Möbel, stand ruhig ein Kajütenbett. Alles sah friedlich aus, zeigte, zumindest auf den ersten Blick, keine Anzeichen der Verwüstung. Es war das erste Mal, dass er dieses Zimmer betrat. Jarmilas Mutter hätte ihm vielleicht erlaubt, im Haus zu übernachten, in einem Gästebett, aber Djemaro hielt viel auf Ehre, und auch Alim selbst hätte das nicht gewünscht. Er hatte sich gefreut, in der Küche sitzen zu dürfen. Dass ihm diese Liebe so heilig war und dass er sich dennoch von Marlene hatte entjungfern lassen, drückte ihm die Kehle zu.

In einem Korb erkannte Alim einige von Jarmilas liebsten Kleidern, ein von ihr oft getragenes Tuch darunter, und auf einem winzigen alten Holztisch gab es einen Teller voller Schmuck und Ohrringe. Ein kunstvoll gehäkelter Vorhang verschleierte den Blick in den Hinterhof, wo die Erde aufgewühlt und schwarz war, als sei der Boden kürzlich umgegraben worden.

Mit einem bis zum Hals pochenden Herzen schritt er hinters Haus in den großen Garten, wo er die tote Mutter, Jarmila und Jovana zu finden erwartete. Hinter dem Haus empfing ihn die magere, braungraue Stute, ein ausgezehrtes Arbeitspferd, auf dem er Jarmila einige Male reiten gesehen hatte. Das Tier war aus seinem

Gehege ausgebrochen, stand nun im Gemüsebeet und schaute ihn unsicher an.

Der uralte, salatgrüne Mercedes, der stets unter dem Schrägdach neben dem Pferdestall geparkt war, stand nicht mehr da. Er hoffte, den drei Frauen sei die Flucht gelungen. Vielleicht hatte der umsichtige Vater darauf bestanden, dass er mit Großvater im Haus blieb. Gut möglich, dass sich Djemaro jeder Aufforderung, diesen Flecken Land zu verlassen, strikt verweigert und den gehässigen Sprüchen seine ruhigen Weisheiten entgegengehalten hatte. Seine Weisheiten und schließlich den Revolver.

Das Pferd näherte sich zögernd, Alim streckte ihm den Handrücken entgegen und verharrte eine Weile in dieser um Zutraulichkeit bemühten Geste. Angesichts des geistigen Reichtums des ermordeten Djemaro beschämte es Alim, dass nun all diese ungebildeten Halberwachsenen in der TMK wirkten, Jugendliche, die diese Angelegenheiten hier für ein bewaffnetes Pfadfinderlager halten mochten, Jugendliche, die vor allem Langeweile und die fehlende Aussicht auf Arbeit ins Lager der Rebellen getrieben hatte.

Alim ging zurück ins Haus und entdeckte am Rand der Küchenablage, gleich unter dem Schrank, in dem die Gewürze lagerten, das schwarze Telefon von Jarmila, ein uraltes Modell mit einer zerkratzten Anzeige und abgegriffenen Tasten. Dieser Anblick verstörte ihn. Dass es eingeschaltet war, erfüllte ihn mit Freude, ganz kurz jedenfalls, dann stellte er fest, wie wenig es bedeutete.

Die Hand an Djemaros Hüfte haltend, versprach ihm Alim, Jarmila zu finden, zu heiraten und glücklich zu machen. Dann griff er in Djemaros Hosentasche, in der er, als wäre alles so vereinbart, die Taschenuhr fand. Er öffnete sie, wiederholte sein Versprechen, steckte sie ein und verließ, versunken in Gedanken an Jarmila, das Haus.

Mit dem umgehängten Gewehr und einem Flachbildfernseher unter dem Arm stand Azem lässig bei seinem Citroën. Alim erschrak.

»Ich komme wohl zu spät«, sagte Alim nach einem Moment der Stille. Alim begriff erst allmählich, woher der Fernseher stammte, die ausgerissenen Kabel endeten kurz vor Azems Knien, ruhig baumelten sie dort. Alim verstand, es hing nun vieles von seinen schauspielerischen Fähigkeiten ab.

»Du hast dir einen schönen Wagen unter den Nagel gerissen«, sagte Azem unsicher. Er schien nachzudenken, wie lange sie dieselbe Schule besucht hatten, wie lange das alles zurücklag.

Die Gewehrmündung ragte dicht neben seiner Schulter in den Himmel, es war ein eigenhändig am Lauf gekürztes Jagdgewehr, wie es für all jene typisch war, die sich kurz entschlossen einer bewaffneten Gruppe angeschlossen hatten. Eine Schürfwunde am Ellbogen war bedeckt mit grauem Staub, in zwei dünnen Linien drang frisches Blut an die Oberfläche.

Alim war froh, dass Azem ihn nicht mit seinem Namen angesprochen hatte. Vielleicht konnte er sich nicht mehr an ihn erinnern, Azem hatte drei oder vier Klassen unter ihm die Schule besucht, nichts weiter als eine Pausenhofbekanntschaft, die nun so unheilvoll bei seinem Wagen stand, der doch überhaupt nicht seiner war.

»Für den Rest komme ich wohl zu spät«, sagte Alim erneut. Er umschloss die Taschenuhr fest mit seiner Hand, ein erstes Mal musste sie ihm als Talisman dienen.

Dass Azem nicht sogleich antwortete, sondern einfach sein Gesicht musterte, setzte Alim unter Druck.

»Haben sich denn schon alle Drecksserben verpisst?«, fragte er. Festzustellen, wie locker ihm dieser Satz über die Lippen gekommen war, tat weh.

»Sie haben sich davongemacht«, jubelte Azem, und Alim erkannte, dass es nicht Misstrauen war, was das Gespräch bisher so schwierig gemacht hatte, nein, Azem war noch beschäftigt mit dem Rausch der Gewalt, der in ihm pulsierte. Nun begann er zu berichten, dass einige schon vom Nachbardorf her gewusst hätten, was auf sie zukomme, dass man einige Häuser bereits leer angetroffen habe, dass sich bloß wenige geweigert hätten und dass man denen habe beweisen müssen, wie ernst man es meine und dass Tahiri gewinnen werde.

»Ja, Tahiri wird gewinnen«, wiederholte Alim, aber es gelang ihm nicht, Euphorie mitschwingen zu lassen.

»Man erzählt sich, Den Haag will ihn anklagen«, sagte Azem, »aber das können sie nicht tun, das werden sie nicht wagen.«

Alim hielt den Mund offen, bereit, Azem beizupflichten, dann aber sagte er, wie ohne sein Zutun, er müsse los. Er stieg in den Citroën, ohne sich weiter um Azem zu kümmern. Es führte zu nichts, ihn zu fragen, wohin die Menschen geflüchtet waren, das konnte er sich selber denken: In Mitrovica würde man sie nicht durchlassen, außerdem wäre ihm die Kolonne der Fahrzeuge aufgefallen. Um nach Mazedonien zu gelangen, hätten sie Prizren zu passieren, eine Stadt, in der die Handlanger Tahiris, zu denen er sich ebenfalls zu zählen hatte, seit Jahren schon viel Macht ausübten, und die Ausreise nach Albanien würde ihnen keinen halben Gedanken wert gewesen sein. Blieb Montenegro, wo sich ebenfalls der politische Wille zur Unabhängigkeit formte; blieb der bergige Grenzübergang westlich von Pejë. Im Rückspiegel blickte er noch einige Male zurück zu Azem, zurück zu jenen Bäumen, die das Haus von Jarmila umstanden, dann konzentrierte er sich auf das, was vor ihm lag.

Erst suchte Alim den Wasserbaum auf, jenen geheimen Ort, an dem sie sich so oft verabredet hatten. Dort fand er kein Zeichen, keinen Hinweis, nur das in die Baumrinde geritzte Herz mit ihren Initialen, nur die Erinnerung an jenen Sommerabend, als sie lange bloßfüßig im Fluss gestanden hatten und er ihren Hals mit Küssen bedeckt hatte, ihren Hals, wo sie fast noch lieber geküsst wurde als auf den Mund.

Im geklauten Citroën raste Jahiji in Richtung der montenegrinischen Grenze. Dass die Rückbank voller Käse war, hielt er erstmals für beruhigend, weil dieser ihn, egal, was ihm auch widerfahren mochte, mit ausreichend Nahrung versorgen würde.

Alim war bestimmt noch fünfhundert oder sechshundert Meter vom Pass entfernt, als er bereits die Fahrzeuge erkennen konnte, sechzig, siebzig Autos, ein ganzer Tross von Flüchtlingen, dessen Anblick Alim beelendete. Womöglich hatte die UÇK gleich in einem halben Dutzend Siedlungen gewütet, dachte Alim, nicht ohne über den Gedanken und die viel zu harmlose Wortwahl zu erschrecken. Er schloss nicht zur Kolonne auf, fuhr nur bis zu einer Kurve, die ihm Übersicht bot, hielt den Wagen an, ohne den Motor auszuschalten. Alle vor ihm stehenden Autos waren voll bepackt bis auf den letzten Zentimeter, auf das Dach geschnürt sah er Kühlschränke, Teppiche, Sofas, Schlafzimmerschränke, Bettgestelle, Matratzen, Stühle, Kinderfahrräder, einen Kochherd; das Gewicht dieser Ladungen drückte die Autos beinahe vollständig zu Boden, was den Eindruck verstärkte, die Kolonne sei seit Stunden keinen Zentimeter vorangekommen.

Der Anblick der elenden Autoschlange erfüllte Alim Jahiji mit großer Scham. Er fühlte sich mitverantwortlich für das Leid dieser Familien. Die Chancen, bereits hier auf den alten Mercedes zu stoßen, schätzte er als gering ein. Dennoch parkte Jahiji den Citroën im Straßengraben und marschierte an den stehenden Autos vorbei nach vorn. Als er sich der Grenzlinie näherte, stellte er fest, dass die serbischen Beamten sich viel Zeit nahmen für jedes Dokument – bestimmt eine Weisung aus Belgrad, die offizielle Politik versuchte mit allen Mitteln zu verhindern, dass Serben ihre Häuser im Kosovo aufgaben und damit den Anteil der Albaner dort in die Höhe schnellen ließen.

Je näher er den Grenzbuden kam, desto deutlicher wurde, dass es unsinnig war, darauf zu hoffen, hinter der Grenze von einem Anhalter mitgenommen zu werden. Sämtliche Autos waren nicht nur schwer überladen, sondern auch überbelegt.

Alim verstand nicht, wie das alles so schnell hatte passieren können. Für Umsiedlungen wäre doch auch nach einer Unabhängigkeitserklärung noch genügend Zeit gewesen.
Rund zehn Autos trennten ihn noch von der Grenzanlage, als er sichergehen konnte, dass der ersehnte Mercedes nicht in der Schlange stand. Er blieb stehen, hoffte wie in einem Traum auf eine ihm zuwinkende Hand, aber es passierte nichts. Die Aussicht, bei der Passkontrolle von Umstehenden als Albaner gebrandmarkt zu werden, machte es wenig aussichtsreich, zu Fuß die Grenze zu passieren, weswegen er umkehrte und langsam die Kolonne der wartenden Fahrzeuge abschritt. Er sah weinende Kinder, stumme Männer, sah Frauen, die das Gesicht in den Handflächen vergruben. Alim versuchte, klar zu denken. In klaren Sätzen. Sätzen wie: Der Kosovo braucht eine Befreiungsarmee. Der Kosovo braucht Unabhängigkeit. Onkel Siham kam ihm in den Sinn, und sogleich wirkten diese Sätze, die bei UÇK-Mitgliedern beliebt waren, platt und banal.
Schneller als erwartet stand er wieder vor seinem Wagen, setzte sich hinein, machte kehrt und war froh, dass die kurvenreiche Straße bald den Wald in den Rückspiegel brachte und nicht mehr die Kolonne der Vertriebenen.
Er überlegte, trotz allem seine nichts ahnende Mutter zu besuchen. Zögerlich ließ er den Wagen zurück Richtung Pejë rollen, unsicher, ob er ihn gleich hier stehen lassen oder umkehren sollte, in der Hoffnung, der Wagen wäre noch nicht als gestohlen gemeldet.
Seine Mutter würde ihm weder Rat noch Verständnis gewähren. Sie wäre vielleicht stolz auf ihn, wenn sie erführe, dass er sich in der Schweiz um eine bessere Zukunft für die Familie bemüht hatte. Dass er aber noch immer für die Rebellen Kopf und Kragen riskierte, würde sie nicht verstehen. Und er selbst, das spürte er deutlich, er selbst verstand es auch nicht mehr.
An der Wand des Restaurants an der Wegbiegung, das seines dunklen Holzes wegen wenig einladend wirkte, lehnte ein altes,

rotes Herrenrad. Als hätte er nichts anderes geplant, stellte Jahiji den Motor ab, ließ den Wagen zum Restaurant rollen, schmiss den Schlüssel auf den Beifahrersitz, stieg aus, klemmte die neben dem Käse liegende Decke auf den Gepäckträger und stieg aufs Rad. Dass der Sattel etwas niedrig war, störte ihn nicht; um den Anstieg zu schaffen, musste er ohnehin im Wiegetritt fahren.

Als er hinter sich ein Auto hörte, erwog er kurz, sich im Wald zu verstecken, dann zog es an ihm vorbei. Jenseits der Grenze würde er Jarmila finden, noch konnte sie nicht weit sein, zwanzig, vielleicht vierzig Kilometer, zwei Stunden mit diesem Fahrrad, anderthalb, falls es bergab ging.

Alim fuhr zurück zu jener Kurve, in der ihn noch ungefähr fünfzig, sechzig Meter vom hintersten Auto der Kolonne trennten, dann schulterte er das Rad und schlug sich in den Wald. Auf einer Lichtung blühten Blumen, Vögel flatterten zwitschernd aus dem Unterholz, aber er hatte keine Lust, sich einzubilden, die Natur wolle ihn zuversichtlich stimmen.

Er achtete auf die Geräusche, von der Passstraße oder der Kolonne her war aber nichts zu vernehmen. Dass der Waldboden felsig war, beruhigte Alim, konnte er so doch einigermaßen sicher sein, in diesem Gelände auf keine Minen zu treten. Nach kurzer Zeit stieß er auf einen Pfad, auf dem bestimmt andere schon diese Grenze unbemerkt überwunden hatten. Nach einigen Dutzend Höhenmetern, als Bizeps und Unterarm schmerzten, der Hügelkamm aber noch in weiter Ferne lag, war Alim Jahiji versucht, das Rad stehen zu lassen. Dann erinnerte er sich, wie aussichtslos es sein würde, in einem der Autos einen Platz zu finden, wie schnell er, wenn die andere Seite einmal erreicht war, mit dem Rad würde fahren können. Am Fuß eines Felsbandes legte er eine Pause ein, blickte in seine Handflächen, studierte die vom Tragen des schweren Rads weiß gewordenen Knöchel. Er befühlte das serbisch-orthodoxe Kreuz, das er dem Citroën entrissen hatte, diesen Gegenstand fremden Glaubens, voller Zuversicht, dass er ihm Glück bringen würde. Es war nicht der falsche Gott, aber es waren die falschen serbischen Politiker, das falsche politische Konstrukt, die Unglück brachten über den Kosovo.

Er griff zum Telefon. Als Siham endlich am Apparat war, blieb es, nach einer knappen Begrüßung, erst einmal still, und genau diese Stille tat Alim, der seines Verschwindens wegen eine Lawine von Vorwürfen erwartet hatte, gut. Es war beschämend, Siham zu erklären, dass er in den Kosovo gereist war, weil er die Bitte eines Blutsbruders nicht hatte abschlagen können, aber es war erleichternd, ihm zu erzählen, dass er die UÇK verlassen hatte.

Während ihn Sihams deutliche Meinung zur UÇK in der Kellerwerkstatt des Velorama noch befremdet hatte, fühlte sich Alim nun eng verbunden mit ihm. Die kühl-analytische Art seines Onkels, die Aktivitäten dieser Untergrundarmee zu kritisieren, gepaart mit einer pazifistischen Haltung, nahm er sich nun zum Vorbild.

Mit dem Versprechen, sich aus Montenegro bald wieder zu melden, verabschiedeten sie sich voneinander. Bestärkt, das Richtige zu tun, wenn er nicht kämpfte, sondern die vertriebene Jarmila suchte, wuchtete Alim das schwere Rad auf die Schulter und schritt bergan.

56. KAPITEL
MAILAND, ITALIEN

Ein Stück Seife unter der Achsel und ein Frottiertuch auf dem Unterarm, schritt Mihai Tinescu auf durchgescheuerten Teppichen durch den dämmrigen Flur der Obdachlosenunterkunft. Die Etagendusche aber war zugesperrt – zurück im Schlafsaal klärte ihn Zorani auf, dass sie zwischen achtzehn und vierundzwanzig Uhr aufgrund erhöhten Wasserbedarfes in der Küche geschlossen blieb. Enttäuscht legte sich Tinescu mit der von Schweiß verklebten Haut in sein im hintersten Winkel dieses Saals stehendes Bett und blickte hinaus in diesen großen Raum, in dem sich sechs Kajütenbetten, ein schranktürenloser Schrank und ein schief an der Wand hängendes Waschbecken befanden. Mihai war zufrieden mit seinem Platz, nur zwei der sechs Betten verfügten dank des Fenstersimses über so etwas wie ein Nachttischchen. Auf diesem Sims, neben dem Ehering, den er vor dem Duschen abzustreifen pflegte, standen vier kleine Packungen Kokosmilch, die er in einem asiatischen Lebensmittelladen gekauft und hier wie einen Schatz aufgestellt hatte, eine für andere nicht nachvollziehbare Kostbarkeit, die er Vladana heimbringen wollte – die Vorfreude auf ein liebevoll zubereitetes asiatisches Essen war bereits gespeichert in diesen schwarz-grünen Verpackungen.
Brüsk tauchte Tinescu aus diesen Gedanken auf, denn Zorani warf ihm quer durch den halben Saal hindurch einen nassen Lappen an den Kopf und forderte ihn auf, sich am Waschbecken zu waschen, so wie er selbst es eben getan hatte. Auch wenn der Hahn nur kaltes Wasser hergab.
Wenig später saßen die beiden, um der Düsternis des Schlafsaals zu entgehen, auf einer der von prächtigen Kastanien beschatteten Sitzbänke vor dem Heim. Nachdem er Mihai nochmals von

der Firma seines Cousins erzählt hatte, für die er im Spätsommer wieder vier Monate lang arbeiten werde, einer Firma, die auf drei in der Nordsee vor dem nordnorwegischen Tromsø verankerten Ölbohrinseln täglich Hunderte von Arbeitskleidern reinigte, kam Belil Zorani eher beiläufig auf die Tankstelle zu sprechen, die einen Steinwurf entfernt auf der anderen Straßenseite stand, auf die zwei Zapfsäulen in ihrer fröhlichen Bemalung, auf das handgeschriebene Schild, das behauptete, man könne hier das billigste Benzin und die besten Batterien in ganz Mailand bekommen. Zorani grinste und sagte, dass diese Tankstelle vor allem wegen der langbeinigen osteuropäischen Frauen aufgesucht werde, die nachts im Obergeschoss auf Kundschaft warteten. Zorani sagte »osteuropäisch«, scheinbar ohne zu bemerken, dass er einem Rumänen gegenübersaß.

Das Wissen, sich in unmittelbarer Nähe eines Bordells aufzuhalten, wühlte Tinescu auf. Umso mehr, als Zorani berichtete, das Lokal sei berühmt dafür, dass man auch zu dritt oder zu viert erscheinen und mit dem nötigen Kleingeld alle Frauen ins gleiche Zimmer bestellen könne.

Zorani hatte offenbar fest im Sinn, den Frauen der Tankstelle demnächst einen Besuch abzustatten. Am besten gleich eine ganze Nacht, dann müsse man sich keine andere Unterkunft suchen.

Aufgewachsen nicht nur unter dem moralischen Joch der katholischen Kirche, sondern auch unter dem Diktat der nationalen Fortpflanzung, wie Ceaușescu sie entworfen hatte, war sich Mihai Tinescu heute zwar im Klaren darüber, Opfer diverser sexueller Hemmungen zu sein, allerdings hatte er längst zu hoffen aufgehört, diese Blockaden abbauen zu können. Als Zorani fragte, ob er mitkommen wolle, fühlte sich Tinescu bedrängt und nickte voreilig. Als dann aber jener Abend bevorstand, hatte er nicht die Kraft, als Versager dazustehen. Zusammengepfercht saßen die Männer der Putzequipe im Bus, und obwohl auch er getrunken hatte, um sich auf das, was kommen sollte, vorzubereiten, gelangte Tinescu nicht

in jene gelöste Stimmung, in der sich die anderen befanden. In einem Hallenbad, an dessen Eingang Zorani geschickt einen Gruppenrabatt aushandelte, duschten sich die Männer ausführlich, halfen sich aus mit Deo und Parfüm, scherzten über die lausige Qualität ihrer Unterhosen, waren sich aber rasch einig, dass es nicht auf die Qualität der Hose, sondern auf deren Inhalt ankam.
Gut gelaunt erreichten sie die Tankstelle, über der sich das Lokal befand. Einige von Tinescus Arbeitskollegen fassten sich, als sie auf den Eingang zugingen, um die Schulter wie ausgelassene Fußballfans; Tinescu, die Hände vergraben in den Hosentaschen, war entschlossen, die Angelegenheit so rasch wie möglich hinter sich zu bringen.
Weil das, was kommen würde, nicht Teil seiner Ehe werden sollte, entschied er sich, den Ehering abzustreifen. In der Hosentasche fand er unter dem Stofftaschentuch einen sicheren Platz.
Ein dickhalsiger Mann, dessen Narbe am Kinn Tinescu Unbehagen einflößte, öffnete die Tür zum Treppenhaus. Die Stufen waren aus Metall, es roch nach alten Reifen, Motoren und Öl. Oben an der Treppe gelangten die Männer nach wenigen Schritten durch eine Flügeltür in einen Salon, einen großzügig dimensionierten Raum, der erfüllt war von weichem Licht, von schwerer, arg parfümierter Luft und einer Musik, die Tinescu an seine beiden Söhne erinnerte, an die Songs der Hitparade, an der sie sich orientierten.
Die Anwesenheit dreier Frauen, die einander zugewandt am Ende des Tresens saßen, katapultierte Tinescu vom Zimmer seiner Söhne zurück in die Gegenwart. Die Frauen waren groß gewachsen, waren aufwendig geschminkt und trugen zarteste Blusen: ein leichter Windstoß, und die Hüllen würden sich verabschieden.
Als eine der Frauen nach den Männern blickte und Tinescu ihr Gesicht wahrnehmen konnte, ihre schönen, ebenmäßigen Züge, da ergriff ihn der klamme Verdacht, die Frauen könnten aus Rumänien stammen. Er hatte bislang keinen Gedanken daran verschwendet, jetzt aber schien es ihm sehr wahrscheinlich, bald

einer Prostituierten gegenüberzustehen, die wie er allein des Geldes wegen ihre Heimat verlassen haben musste und die das Schicksal auf dem falschen Fuß erwischt hatte.

Tinescu horchte auf, als Belil, weit über den Tresen gebeugt, beim Kellner zwei Flaschen Sekt bestellte.

Jetzt geht es also los, dachte Tinescu und starrte zur Tür, durch die sie eingetreten waren. Lieber hätte er eine Cola bestellt, wollte er für zwei Schluck minderwertigen Schaumweins doch kein halbes Vermögen ausgeben. Als Belil ein Bündel Banknoten auf den Tresen legte, war Tinescu erleichtert, ja, irgendwie auch gerührt. Da er den Sekt bezahlte, führte Belil eine kurze, konspirative Unterhaltung mit dem Kellner, vier, fünf Worte und ein bestätigender Augenaufschlag genügten, und die drei Frauen drehten sich völlig synchron um, schwangen ihre Mähnen und schritten auf ihrem ausgeklügelten Schuhwerk quer durch den Salon auf das Halbrund des mächtigen Sofas zu. Ehe er wusste, wie ihm geschah, hatte Tinescu zwei lange, in hauchdünnem Nylon steckende Frauenbeine neben sich. Eine feingliedrige Hand mit lackierten Fingernägeln hielt ihm ein Sektglas hin, das er ihr abnahm und aus Angst, einen überteuerten Tropfen zu verschütten, auf den niedrigen Tisch abstellte. Er zitterte und bereute, an der Bar keine Cola bestellt zu haben, die ihm bestimmt geholfen hätte. Das seichte Gefühl im Magen musste auf die unmittelbare Nähe jener Bluse zurückzuführen sein, deren Knöpfe in derart lockeren Abständen zueinander standen, dass Tinescu schon im allerersten Moment nicht nur erkennen konnte, dass die Frau keinen Büstenhalter trug, sondern auch direkten Blickkontakt aufgenommen hatte mit dem Nippel ihrer linken Brust.

Belil und die anderen ließen einen Trinkspruch hören, der die Frauen zum Kichern brachte, alle erhoben das Glas. Mihai Tinescu bemühte sich, nun nicht mehr an Vladana, nicht an seine Ehe zu denken. Über Frauen- und Männerbeine hinweg erklärte Belil Tinescu, 100 000 Lire seien zu bezahlen, damit die Sache anfangen könne. Ein Stich fuhr in Tinescus Brust. Gerne hätte er gefragt, ob er richtig verstanden habe, 100 000 Lire, aber es wäre schmerzhaft gewesen, diese Zahl zu wiederholen.

Kaum war der Kellner mit dem Geld verschwunden, wurden die Lichter über den Sofas schwächer und schwächer, die Scheinwerfer an der Decke leuchteten auf und tauchten eine kleine, ebenerdige Bühne in farbiges Licht. Erneut war ein Song zu hören, den Tinescu von seinen Söhnen her kannte. Der Kellner drehte die Lautstärke auf, Tinescu leerte sein Glas und blickte starr auf die besonders hell beleuchtete, chromglänzende und vertikal aufragende Stange in der vorderen Mitte der Bühne, um die sich nun eine der Frauen, mit denen sie eben noch auf dem Sofa gesessen hatten, zu winden begann; langsam, mit nach hinten geworfenem Kopf, kraftvoll die Rhythmen der Musik aufnehmend, mit wenigen, deutlich obszönen Gesten. Die Männer verfolgten ihre Verrenkungen, folgten ihren Händen, die über ihre entblößten Brüste strichen und sie hoben, folgten den kreisenden Bewegungen ihres Beckens.

Tinescus Hoffnung, möglichst unbeteiligt zu bleiben, wurde kleiner. Die Frau schob zwei ihrer Finger, die sie zuvor lasziv in ihren Mund gesteckt hatte, in ihren schwarzen Slip aus feinster Spitze, drei weitere Männer betraten den Salon, vier Frauen an ihrer Seite. Tinescu traute seinen Augen nicht, als die Tänzerin nun auf Hüfthöhe einen gliedförmigen Stab an die Chromstange montierte und ihren bloß noch vom schwarzen Slip bedeckten Körper auf den symbolischen Penis zusteuerte.

Mit einem Mal gingen die Scheinwerfer aus, das Licht über den Sofas kam gedämmt zurück, Belil tänzelte bereits Arm in Arm mit der Blonden, die eben noch auf der Bühne gestanden hatte, den Flur entlang und verschwand. Auch Cem, Patrice und Danilo steuerten je auf eine der Frauen zu, bald wurden sie ebenfalls von dem mit rotem Teppich ausgelegten Flur verschluckt. Tinescu, unvorbereitet auf dieses Prozedere, fühlte sich erlöst, als eine der Frauen am Tresen auf ihn zukam, sich neben ihn setzte, ihm die Hand aufs Knie legte und ihm etwas ins Ohr flüsterte. Es war ganz einfach, zusammen mit ihr aufzustehen.

Sie führte ihn in ein sanft beleuchtetes Zimmer, schloss die Tür hinter sich und stellte sich vor ihm auf. Alles ging übergangslos, Tinescu hörte die Musik nicht, die das Zimmer in eine angenehme Schwingung versetzen sollte. Mit beiden Händen öffnete sie seine Hose, öffnete die wenigen Knöpfe ihrer Bluse, entblößte vor seinen Augen einen Nippel, klemmte ihn ein zwischen Daumen und Zeigefinger und ließ ihre Zunge über die Oberlippe fahren. Dann half sie Tinescu aus der Hose, schnappte sich ein Kissen, legte sich bequem aufs Bett und spreizte ihre Beine. Der Saum ihrer Bluse lag in schönen Mäandern über ihrer Brust, sodass der hauchdünne Stoff den einen Nippel verdeckte, den anderen entblößte.

Mit langsamen Bewegungen winkte sie ihn zu sich heran, fasste seine Erektion an der Wurzel, streifte ihm ein Kondom über und dirigierte sein Glied in ihren Schoß. Tinescu entfuhr erst ein unkontrolliertes, wimmerndes Geräusch und Sekunden später, nachdem er sich drei Mal in ihr bewegt hatte, sein Samen. Mit Hand und Hüfte sorgte sie dafür, dass das Kondom nicht zu früh von seinem Glied rutschte, knotete es zu und warf es in den auf einem Beistelltischchen stehenden Müllbehälter. Mit einem Küchenpapier tupfte sie sein Glied ab, fuhr mit einem weiteren kurz über ihre Scham und legte sich, da Tinescu aufgestanden war und nun unentschlossen, eingeschüchtert und schutzbedürftig herumstand, nochmals hin, bedeckte ihren Schoß und öffnete ihre Arme. Tinescu schloss die Augen und legte sich wieder zu ihr. Leise Tränen bildeten sich um seine Augen, die von der jungen Frau ausgesprochen sanft verstrichen wurden.

Die vier Kokosmilch-Packungen hatten ihn bereits am Tag danach an Vladana erinnert. Nie hätte er gedacht, dass die vier kleinen Tüten ein derartiges Schuldbewusstsein in ihm wecken würden. Er stellte, als sie nach der langen Nacht wieder die

Obdachlosenunterkunft betraten, die Packungen unters Bett, damit er ihrem Anblick nicht mehr ausgesetzt war. Dennoch erinnerte ihn die nun auf dem Sims vorhandene Leere daran, dass die Kokosmilch unter dem Bett lagerte. Erinnerte ihn an Vladana, an ihre schwarze Unterwäsche, an ihr Muttermal auf dem Bauch, daran, wie sie sich schämte, wenn sie am Rand ihres Warzenhofs ein Haar entdeckte, daran, dass sie ihn manchmal, wenn sie ihn nackt sah, dazu ermahnte, mehr zu essen; »bitte schau ein bisschen besser zu dir«, sagte sie dann, »du siehst ja aus wie ein Häftling.«

Eine Hitzewelle peinlichster Not durchfuhr ihn, als Tinescu den abgelegten Ehering nicht mehr finden konnte. Es gab dazu keine andere Erklärung: Die Prostituierte hatte vor oder nach dem Beischlaf in seine Hosentasche gegriffen.

57. KAPITEL
BIJELO POLJE – BAR, MONTENEGRO

Das unweit hinter der serbisch-montenegrinischen Grenze auf dem Gelände eines großen Landwirtschaftsbetriebs errichtete Flüchtlingscamp ausfindig zu machen, war relativ einfach, aber es war überaus beschämend, sich als Albaner genau jenen Menschen zu nähern, deren friedliches Leben von albanischen Fundamentalisten zerstört worden war. Alim Jahiji lehnte das Fahrrad an die mit Gras bewachsene Böschung und blieb zunächst am Straßenrand stehen, von wo aus er das Gelände überblicken, er selbst aber ungesehen bleiben konnte. Keine dreißig Meter stand er von den Vertriebenen entfernt, hörte ein paar herumtollende Kinder, hörte das klagende, geduldige Gebrüll einiger Kühe und undeutlich die Stimme einer Nachrichtensprecherin, die aus einem Autoradio heraus ihre Meldungen verlas, ohne zu ahnen, dass sich in ihrem Land eine Tragödie abspielte, die den Weg in die Agenturen noch nicht gefunden hatte.
Alim nahm die Decke vom Gepäckträger und klemmte sie sich unter den Arm; er hoffte, man werde ihn für einen Flüchtling halten, für einen verstörten jungen Mann, der wenig Eile hatte, auf dem Gelände einen Platz für sich zu finden.
Alim bewegte sich vorsichtig auf jene Autos und Menschen zu, die das mit knöchelhohem Gras bewachsene, gleich an die Stallungen anschließende Feld für sich in Anspruch genommen hatten. Er suchte möglichst unauffällig nach dem verheißungsvollen Mercedes, er fand ihn nicht. Er ging durch das Flüchtlingslager, die Not der Menschen traf ihn umso tiefer, als diese nicht davon abließen, ihr Leben so gut wie möglich würdevoll weiterzuführen, selbst unter diesen Bedingungen. Von einem zahnlosen, sich mit zwei struppigen Hunden abgebenden und nicht ganz klar im Kopf

wirkenden Mann erfuhr Alim, dass einige Flüchtlingsfamilien hier nur zwei, drei Stunden Halt gemacht hätten und dann nach Bar gefahren wären, um mit dem Schiff nach Italien zu gelangen. Es war schwierig, den alten Mann zu verstehen, der doch erstaunlich genau wusste, dass sich in jener Gruppe sowohl Serben als auch Roma befunden hatten, Familien, deren Häuser in Flammen aufgegangen und die von der Geschichte ihres Landes derart ins Elend getrieben worden waren, dass sie diesen Flecken Erde ein für alle Mal verlassen wollten – so jedenfalls, sagte der Zahnlose, hätten sie sich ausgedrückt.

Alim kamen Zweifel auf, ob er nicht bloß einem alten Schwätzer aufsaß, der froh, endlich einen Zuhörer gefunden zu haben, sein eigenes Schicksal beklagte. Als er sich umschaute, sah er eine rauchende, trostlos gen Himmel blickende Flüchtlingsfrau, die sich, einige wenige Schritte von ihm entfernt und doch wie außerhalb der Gegenwart, mit dem Rücken zum Flüchtlingslager hingestellt hatte, wie Menschen, die an einer Reling stehen und hinaus auf den Ozean blicken. Alim verspürte sogleich den Wunsch, mit dieser Frau zu sprechen, den Wunsch, die Aussagen des Zahnlosen bestätigt zu bekommen, aber weil er wusste, wie deutlich sein Serbisch von einem albanischen Akzent durchdrungen war, fürchtete er sich vor dem Hass dieser Frau. Sich ihr gegenüber als montenegrinischer Albaner auszugeben, würde keinen Unterschied machen, und deswegen bewegte sich Alim nicht zu ihr hin, deswegen machte er den Mund nicht auf, sondern wagte allein einen Blick zu dieser wie in Bronze gegossen dastehenden, vielleicht fünfunddreißigjährigen Frau, deren linke Hand eine Zigarette hielt, die wohl schon kurz nach dem Anzünden vergessen worden war und von der sich nun, weil sich kaum ein Windstoß regte, eine federleichte, zartgraue Rauchschnur löste, die entlang ihres Armes emporstieg, sich weitete zu einem wohlgeformten Band und sich einige Meter erst hinter ihrem Rücken auflöste.

Alim hoffte, die Frau werde ihn nicht hören, wenn er nun in seinem besten Serbisch zum Zahnlosen sprach, und halbwegs war er dann zufrieden, als der Mann seine zuvor gemachten Angaben mit anderen Schilderungen beglaubigte. Er konnte sich gut vorstellen, dass Jarmilas Mutter entschieden hatte, den Kosovo für immer zu verlassen, und machte sich auf den Weg.

Jedes Mal, wenn er hörte, dass sich ein Fahrzeug näherte, blickte er sich hastig um, streckte sogleich den Daumen aus, stieg sogar vom Rad, als das zweite und dritte Auto ihn überholte, aber erst der siebte Wagen bremste ab. Alim schöpfte Hoffnung, es werde möglich sein, den Hafen von Bar nur wenige Stunden nach Jarmila zu erreichen. Als der Lenker des Fahrzeugs, ein um wenige Jahre älterer Mann in aufwendig bestickten Jeans, bemerkte, dass es sich bei Alim um einen Albaner handelte, sagte er, er solle sich verpissen, und würdigte Alim keines Blickes. Nachdem sich diese Szene zwei Mal noch in kaum angenehmeren Ausführungen wiederholte, war Alim entschlossen, mit dem Fahrrad nach Bar zu fahren, auch wenn er derartige Strapazen nicht gewohnt war.

Immerhin wies die Strecke, alles in allem gesehen, mehr Abfahrten als Steigungen auf, und das schwere Fahrrad lief, abgesehen vom Vorderreifen, der etwas an Druck verloren hatte, zuverlässig. Unterwegs holte ihn wieder und wieder die Vorstellung ein, Jarmila sei umgebracht, ihr Gesicht verstümmelt, ihre Leiche verscharrt worden, irgendwo im Wald hinter Klinë e Mesme, und von den herbeihalluzinierten Bildern kam er erst los, als sich ihm, Dorf um Dorf passierend, das Gefühl eröffnete, tatsächlich ziemlich rasch vorwärtszukommen.

In einem Vorort der Hafenstadt entdeckte der völlig entkräftete Alim auf dem Parkplatz eines von Baugerüsten umstandenen Gasthauses einen salatgrünen Mercedes. Er erkannte ihn an den handflächengroßen, im Fensterrahmen über den hinteren Türen angebrachten Kippfenstern, die sich schräg stellen ließen: Es war jenes Modell, das hinter dem Haus der Familie Balankaja gestanden hatte.

Alim eilte ins Gasthaus und fand im großen Speisesaal fünf, sechs breitschultrige Männer vor, die in verdreckten Arbeitsgewändern um einen Tisch saßen, Kaffee tranken und rauchten. Es war Alim danach, lauthals zu fragen, wer den Mercedes dort draußen geklaut habe und was mit Jarmila, ihrer Mutter und ihrer Schwester passiert sei. Als er den Mund aufmachte, hörte er bloß seine vorsichtige Stimme, mit der er die Runde auf Serbisch und ausgesprochen höflich fragte, wem der grüne Mercedes vor dem Haus gehöre. Die Männer blickten sich um, musterten ihn, irritiert wohl durch seine Atemlosigkeit, durch seinen zitternden Blick, den Schweiß auf seiner Stirn. Sie wirkten vertraut miteinander. Dick befreundete Bauarbeiter waren das, schwere Männer von trägem Temperament, in deren großen Händen die weißen Plastikbecher mit den in den Kaffee gesunkenen Plastiklöffelchen wie verloren wirkten.

Weil Alim nicht wagte, seine Frage zu wiederholen, und nichts darauf hindeutete, dass ihm die Männer würden helfen können, verließ er das Lokal. Beim Eingang wurde er gegrüßt von einer mit einem Gartenschlauch hantierenden jungen Frau. Zurück auf dem Parkplatz entdeckte Alim ein vorn am Kühler des Wagens angebrachtes, leicht schon angerostetes Hufeisen – womit klar war, dass es sich nicht um den gesuchten Mercedes handelte.

Eine Dreiviertelstunde später erreichte Alim das lärm- und abfallverschmutzte Bar, wo er rastlos in den Straßen umherirrte, wo er das gesamte Hafenareal absuchte, lange und intensiv, bis er am frühen Abend, als sich seine Hoffnung erschöpfte, feststellen musste, dass er seit sieben oder acht Stunden nichts gegessen, nichts getrunken hatte. Die Literflasche Sprite, die er in einem stark nach Gewürzen riechenden asiatischen Laden kaufte, wenige Meter vor der Ladentür schon an die Lippen führte und auf der Stelle leerte, versetzte ihn in einen euphorischen Zustand, als er aber in einer heruntergekommenen Imbissbude am Rande des Hafengeländes die letzten beiden Ćevapčići, ein dünnes Fladenbrot, Käse und Gurken verschlungen hatte, breitete sich in ihm das Gefühl großer Vergeblichkeit aus. Dennoch fragte er den Inhaber nach den hier ablegenden Passagierschiffen. Der schnauzbärtige, in eine Zeitung vertiefte Mann berichtete mit nikotinversengter Stimme von einem großen Andrang auf das Schiff nach Bari, das vor rund zwei Stunden abgelegt habe – nur mit Mühe sei es der Hafenbehörde gelungen, die Flüchtlinge, die erst heute eingetroffen waren, daran zu hindern, sich einzuschiffen; erst seien die vom Vortag an der Reihe gewesen, und nach allem, was man sich hier erzähle, würden die Flüchtlinge, die auf die morgige Abfahrt warten mussten, in ein altes Fußballstadion gesperrt.

Von einer ihre Habe auf zwei Parkbänken ausbreitenden Roma-Frau erfuhr Alim, dass nicht wenige aus Bijelo Polje noch in der Stadt seien, dass die meisten von ihnen mit dem nächsten Schiff nach Italien übersetzen, andere aber weiter Richtung Bosnien reisen wollten, wahrscheinlich bis nach Pljevlja, wo ein temporäres Lager eingerichtet worden sei. Pljevlja lag im bergigen Norden des Landes, gut hundertachtzig Kilometer von Bar entfernt. Er fragte, wann das Schiff nach Italien ablegen würde. Das wisse niemand genau, sagte sie, wahrscheinlich bereits morgen früh. Alim sah seine Chancen, Jarmila zu finden, von Stunde zu Stunde schwinden, aber um weiter nach ihr suchen zu können, musste er sich zumindest kurz erholen.

Auf einer Parkbank zog er die Gummistiefel aus und betrachtete die Taschenuhr mit Jarmilas Konterfei, die Erinnerung des tot auf dem Schlafzimmerteppich und schräg über dem Großvater liegenden Djemaro flackerte in ihm auf. Kinder, die einen jungen Hund auf eine zerzauste, zum Flug nicht mehr fähige Taube losließen, um diesen wieder und wieder im letzten Moment zurückzuhalten, lenkten ihn ab. Alim hielt es für seine Pflicht, den Kindern beizubringen, dass dies kein guter Umgang mit Tieren war, aber es fehlte ihm die Kraft dazu.

Aus einem Brunnen trank er eiskaltes, metallisch schmeckendes Wasser, setzte sich dann wieder hin, starrte in die sich langsam herabsenkende Dämmerung, auf das zwischen den Steinplatten sprießende Gras oder auf die Werbung für einen protzigen Mercedes und dachte in diesem fast betäubungsähnlichen Zustand an seinen Onkel, der in den 80er-Jahren aus dem Kosovo geflüchtet war. Schließlich zog er den Reißverschluss seiner Jacke hoch und legte sich hinter einem wohl seit Längerem dort gelagerten, in Bodennähe bereits von Rost zersetzten Container ins Gras. Es entsprach nicht seinem Willen, sich hinzulegen, das diktierte ihm die Erschöpfung. Er verzichtete darauf, die Decke auszurollen, er wollte bald wieder los.

58. KAPITEL
ABRUD – ROŞIA MONTANĂ, RUMÄNIEN

Es war ein schwüler, vom Zirpen der Grillen erfüllter Nachmittag, an dem Mihai Tinescu nach vier Monaten Abwesenheit und einer langen, erschöpfenden Reise im Städtchen Abrud einen alten Bus bestieg, erstmals wieder rumänisches Geld in den Fingern hielt und dank des gesprächigen Chauffeurs eine Stunde vor seiner Ankunft bereits wusste, was in Roşia Montană los war. Zu seiner Enttäuschung noch immer nichts. Während der kurvenreichen Fahrt durch das Bihor-Gebirge erzählte ihm der Chauffeur, es hätten sich in die Angelegenheit der stillgelegten Goldmine ausländische Umweltschützer eingemischt; überall rege sich Widerstand, es rieche nach weiterer Verzögerung.

Als der Bus den Dorfplatz in Roşia Montană erreichte und Mihai mit etwas Gepäck, vier arg zerdrückten Packungen Kokosmilch und zwei dicken Bündeln gut in verschiedenen Taschen versteckten Peseten und Lire entließ, stand dieser auf dem menschenleeren Platz eine Weile herum und sah zu, wie sich der Staub legte, den der Bus aufgewirbelt hatte. Sein Blick, sein ganzes Gesicht war gezeichnet von einer leisen Angst, Vladana in wenigen Minuten schon zu überraschen: Um zu verhindern, dass sie womöglich umsonst auf ihn wartete, hatte er am Telefon geschummelt. Nun, da er die beschwerliche Busreise via Triest und Ljubljana ohne Zwischenfall überstanden hatte, würde er einen Tag früher als erwartet bei ihr sein.

Der trockene Mund, das verschwitzte Hemd und die längst überfällige Rasur: Nervös wie vor einem allerersten Rendezvous hätte Tinescu gerne verhindert, dass aus dem ersten ein bleibender Eindruck werden würde, aber dazu war es nun zu spät. In gemäßigtem Tempo ging er auf jenes Haus zu, in welchem er die vergangenen einundzwanzig Jahre verbracht hatte; nie zuvor war er länger als zwei Wochen fort gewesen. Der Stich, den er in der Herzgegend fühlte: Tinescu hätte nicht sagen können, ob er einem heftigen Schmerz geschuldet war oder der lang unterdrückten Freude, endlich seine Familie wiederzusehen.

Was ihm auffiel an seinem Haus, war das rote Löchersieb, das noch immer an der Satellitenschüssel hing und das, egal, wie idiotisch es auch aussah, unerklärlicherweise den Empfang der Fernsehsender deutlich verbesserte.

Als er sich der einen Spalt breit offen stehenden Haustür näherte, setzten die Hühner ihre Empörung in Betrieb, ein Gackern, das in der Küche gewiss zu hören war. Tinescu blieb vor der Tür stehen, betrachtete sie wie mit fremden Augen. Diese Tür und die an ihrem alten Lack klebenden Fliegen hatten oft schon Anlass zu Diskussionen gegeben: Mihai war der Meinung, die Küchentür müsse immer geschlossen sein, damit keine neuen Fliegen hineingelangen konnten. Vladana hingegen hielt die Tür immer leicht geöffnet, damit jene Fliegen, die rauswollten, diese Möglichkeit auch hatten. Mihai hatte Vladana mehrmals versprochen, eine mathematische Formel zu finden, die beweise, dass es wahrscheinlicher sei, dass eine neue Fliege in die Küche gelangte, als umgekehrt. Dass er ihr diese Formel noch immer schuldig war, schien ihm wie ein Versprechen, dass ihre Geschichte noch lange nicht zu Ende sein würde.

In ihrer meistgetragenen Küchenschürze, das silberschwarze Haar zu einem dicken Zopf geflochten, in der Hand das karierte und von allerlei Flecken verunzierte Geschirrspültuch, die Stirn halb verdeckt vom niedrigen Türbalken, stand Vladana Augenblicke später vor ihm. Stand da mit offenem Mund und blickte ihn an.

Mihai Tinescu konnte schon sehen, wie sie die Tasse, die sie halb umwickelt hielt, vor Erstaunen fallen ließ.

Aber Vladana ließ nichts fallen. Sie stand vor ihm, eingefasst vom klebrigen Türrahmen, und brachte nicht mehr heraus als er auch: nichts.

Er hatte ihr Gesicht weniger faltenreich in Erinnerung, und gewiss erging es ihr genauso mit seinem. In ihren Augen konnte er die Augen seiner beiden Söhne sehen, Nase und Kinn hatten sie eher von ihm, die Augen aber waren ganz die der Mutter. Woran Mihai Tinescu nicht zu denken versuchte und gerade deswegen zu denken nicht vermeiden konnte, war die Vorstellung, es sei ihm der Besuch im Bordell ins Gesicht gezeichnet.

Endlich trat Vladana aus dem Türrahmen, streckte ihre Arme aus und umarmte ihn mit einer Kraft, die Tinescu dankbar aufnahm. Als sie zärtlich seinen Namen flüsterte, wurde seine Verunsicherung vollends verdrängt. Augenblicke später, als Yda, seine Mutter, vom Stall her um die Hausecke kam, ihn in dieser Umarmung stehen sah und einen Kübel voller Maiskörner fallen ließ, war er heiter geworden und lachte laut jubelnd auf.

Als Mihai Tinescu nicht ohne Stolz und sorgsam Tasche für Tasche, Portion um Portion seine in Huelva und Mailand gesammelten Peseten und Lire auf den Tisch legte und Vladanas Gesicht bewundern konnte, war er sicher, all die Plackerei, die Demütigungen in der Fremde hätten sich gelohnt. Vladana kostete es große Überwindung, ihrem Mann zu sagen, dass während seiner Abwesenheit ein Brief der Schulleitung eingetroffen war.

Mihai musste ihn drei Mal lesen, musste Briefkopf und Absender studieren, bis er es glaubte: Von der Direktion wurde er darüber in Kenntnis gesetzt, dass seine von einem Stellvertreter übernommene Arbeit nun dauerhaft habe besetzt werden können – das temporär außer Kraft gesetzte Anstellungsverhältnis sei damit beendet.

Außer sich über diese Neuigkeit, wählte Tinescu sogleich die Nummer des Direktors. Dieser ließ sich nicht aus der Ruhe bringen, teilte Tinescu aber mit, dass auch er die Kündigung erhalten hatte. Er solle sich melden, wenn er Schweinefleisch benötige – er habe sich sechs Schweine zugelegt.

Ein gewisser Pinarescu, der die Schulleitung übernommen hatte und den Mihai Tinescu anderntags nach einer halb schlaflos verbrachten, von Existenzängsten heimgesuchten Nacht anrief, hatte noch nie von ihm gehört. Er sagte, es tue ihm leid, ihm mitteilen zu müssen, dass derzeit keine Stellen offen seien, weder für Mathematiklehrer noch für andere.

Tinescu brachte kaum mehr ein Wort hervor. Die Einsicht, trotz seiner Bildung, trotz seiner langjährigen Berufserfahrung stellenlos zu sein, als Vater zweier Burschen, denen es mit etwas Ehrgeiz möglich wäre, in Paris zu studieren und einmal ein ganz anderes Leben zu führen als er – diese Einsicht schmetterte ihn nieder.

Höchst verunsichert ging er anderntags zum Baugeschäft Balescu, dessen Inhaber ihn herzlich begrüßte, aber er sagte nur Tinescu, nicht Mathematiklehrer Tinescu, wie er das sonst immer getan hatte. Nicht, dass ihm besonders viel daran gelegen wäre, aber jetzt, da er im Dorf offenbar nur noch Tinescu war, fühlte er sich, als habe er seine Stelle gleich doppelt verloren.

Tinescu gewann rasch den Eindruck, Balescu spreche salopp und freue sich insgeheim, dass da einer des Geldes wegen ins Ausland verduftet war und nun zu lernen hatte, dass er besser geblieben wäre. Was seine lange Abwesenheit anging, bemühte sich Tinescu deswegen um beschwichtigende Antworten. Auf die Andeutung, dass es sicher nicht einfach sei, mit der Liebesbeziehung wieder neu anzufangen, war er nicht vorbereitet.

Balescu erzählte unsicher von einem für Gabriel Resources arbeitenden Geschäftsmann, der, weil Gavril besoffen in einen Telefonmasten gefahren sei, im Dorf nach einer Unterkunft gesucht und diese bei Vladana gefunden habe.

Tinescu spürte, wie Zorn in ihm aufkochte. »Und wer kommt auf die unsinnige Idee, deswegen gleich von einer Affäre zu sprechen?«, wollte Tinescu wissen.

»Nun ja«, sagte Balescu und blickte knapp an Tinescu vorbei. »Tatsache ist, dass er gleich drei Nächte geblieben ist und nach drei

Wochen schon wieder hier war, um ihr einen riesigen Blumenstrauß zu schenken.«

Tinescu erblasste. Balescu blieb stumm, fuhr sich mit der Hand über die Stirn, nannte ihn dann wieder Mathematiklehrer Tinescu und entschuldigte sich.

Ohne sich den aktuellen Preis für Dachziegel notiert zu haben, machte sich Tinescu auf den Rückweg. Er wusste nicht, was er glauben sollte.

Nun, da er zu Fuß durchs Dorf ging, fühlte er sich ausgestellt. Als er sich dem Dorfkern näherte, begegnete er Grigorij, einem alten, fast zahnlosen Landwirt.

»So, hast du den blasierten Franzosen zum Teufel gejagt?«

»Den Franzosen?«, fragte Tinescu.

»Sag bloß, man hat dir noch nichts erzählt?«

»Von was?«

»Dass deine Frau von einem Franzosen einen riesigen Blumenstrauß geschenkt bekommen hat.«

»Du meinst von einem Kanadier?«, sagte Tinescu lakonisch.

»Von einem Kanadier auch noch?«, fragte Grigorij erstaunt. »Das lässt du ihr hoffentlich nicht durchgehen«, sagte er, »meiner Frau würde ich so etwas deutlich zu spüren geben!«

Geknickter noch schlenderte Mihai Tinescu in den ganzjährig kühlen Dorfladen, bestellte zwei Glas Țuică und musste zusehen, wie dieser Pflaumenschnaps die Nachricht von Vladanas eventueller Affäre erst richtig zur Geltung brachte. Bauchschmerzen setzten ein, sein Herz nahm einen schnellen Rhythmus an. Tinescu fühlte sich angefeindet von jedem Zentimeter Tapete, von jeder hier vorrätigen Bierflasche, von jeder hier einzeln und nur unverpackt erhältlichen Toilettenpapierrolle. Nach vier Gläsern stand er auf, legte ein paar Noten auf den Ladentisch, dachte nicht daran, auf das Rückgeld zu warten, trat auf die inzwischen im Dämmerlicht liegende Straße, marschierte auf sein Haus zu und versuchte, ein möglichst gleichmütiges Gesicht aufzusetzen.

Als er sich hinter dem Schweinestall in ein Gebüsch drückte, um dort zu pinkeln, entdeckte er auf dem nahe gelegenen Kompost einen ganzen Haufen verwelkter Blumen. Es mussten die blassen Überreste sein eines in Roşia Montană gewiss nicht erhältlichen und gewiss unsinnig teuren Blumenstraußes, der deutlich üppiger war als alle Blumensträuße, die er Vladana jemals geschenkt hatte. Die Geschichte des spät im Frühling noch tobenden Schneesturms, des betrunken von der Straße abkommenden und von Priester Basil in die Klinik von Alba Iulia chauffierten Gavrils und des deswegen seinen Flug nach Paris verpassenden Franzosen schien Mihai glaubhaft. Nicht weniger realistisch schien aber die Annahme, Vladana habe sich während seiner Abwesenheit in einen anderen verliebt.
Tinescu knöpfte sich die Hose zu, versuchte, ein Gesicht aufzusetzen, dem die Verstimmung nicht anzumerken wäre, und ging ins Haus.
Vladana war beschäftigt mit Vorbereitungen für ein thailändisches Rezept, bei dem viel Kokosmilch verarbeitet wurde.
Tinescu erzählte, was er über Gavril erfahren hatte, der nicht zum ersten Mal betrunken am Steuer gesessen hatte.
Vladana schilderte ihm die Geschichte. Sie entsprach ziemlich genau dem, was Balescu erzählt hatte – von einem Blumenstrauß aber sagte sie nichts.
Dass ihm Vladana dies verschwieg, genügte ihm als Beweis, dass sie ihm höchst unerfreuliche Dinge zu erzählen hatte. Er wusste, jeder andere hätte sie nun zur Rede gestellt. Zorani, Cem, Danilo, sie hatten gewiss ihren Frauen gegenüber keine Gewissensbisse aufgrund des Bordellbesuchs. Genau jene Nacht hinderte ihn nun aber daran, Vladana um die ganze Geschichte zu bitten.
Moralisch geknickt saß er in der Küche, schaute Vladana beim Kochen zu und anerbot sich, zum ersten Mal nach all den Jahren, Zwiebeln klein zu schneiden. Vladana bedankte sich mit einem verliebten Blick.

Sie kochten gemeinsam, sie aßen gemeinsam, sie liebten sich in dieser Nacht, und Mihai sah das Gesicht der Prostituierten aus Mailand nicht nur einmal vor sein inneres Auge treten.

Aus der größer und größer werdenden Angst, in den nächsten Wochen und Monaten ohne Einkommen zu sein, aus der realistischen Befürchtung, das in Huelva und Mailand erarbeitete Vermögen bald schon schmelzen zu sehen, rettete ihn wenige Tage später ein Anruf des Zyprioten Belil Zorani, der ihm bestätigte, was in Mailand oft thematisiert worden war: Die Reinigungsfirma seines Cousins suchte Hilfsarbeiter, die sich bereit erklärten, während mindestens vier Monaten im nordnorwegischen Tromsø auf einer Bohrinsel zu arbeiten.

59. KAPITEL
BAR, MONTENEGRO – KLINË E MESME, KOSOVO

Falls er die Position der Zeiger im Dunkeln richtig deutete, zeigte die Taschenuhr, deren Ticken er leise vernehmen konnte, fünf Uhr; er musste sieben, acht Stunden geschlafen haben.
Zwei Möwen ließen ihr Gekreische hören, dann wurde es wieder still.
Weil er befürchtete, von einem Polizisten aufgegriffen zu werden, zwang er sich aufzustehen. Schweiß klebte an seiner Haut, zwischen seinen Beinen war alles wund. Dass ihn das Schienbein schmerzte, störte ihn nicht, aber an seiner Achillessehne hatten sich Blasen gebildet, zwei große, helle Hautwölbungen. Es tat ihm leid, mit schmutzigen Fingern die Taschenuhr aufzuziehen, dennoch drehte er erneut an diesem Hoffnungsrad.
Er blickte in den Himmel. Noch schwirrten Fledermäuse im gelben Licht einer Straßenlampe, sausten manchmal so nah über ihn hinweg, dass er in blitzkurzen Augenblicken ihre Ohren und das feine, die Flügelhaut durchmessende Netz der Adern erkennen konnte. Auf einer entfernt liegenden Straße holperte ein Last- oder Lieferwagen, Alim machte einige Schritte aufs Pflaster, ihn fror, ihm schmerzte der Rücken, seine Kleidung war feucht.
Einige Meter von ihm entfernt landeten lautlos zwei Möwen und wanderten mit wackelnden Köpfen auf das Nachtlager der Flüchtlinge zu. Im schwachen Schein entfernter Lichter nahm ihr Gefieder eine metallische Färbung an. Als er sich auf das Rad schwingen wollte, war der vordere Reifen ohne Luft. Er nahm es hin. Mit der Decke unter dem Arm machte er sich auf den Weg.
Von einem Hafenarbeiter erfuhr er, dass es noch zwei Stunden dauerte, bis der Frachter ablegen würde. Zwei Stunden, in denen es möglich sein müsste, Jarmila zu finden, falls sie hier war,

spätestens dann, wenn sie das Schiff bestieg. Erstmals stellte er sich die Frage, ob er, falls sie entschlossen oder gezwungen wäre, mit ihrer Mutter zu reisen, mitgehen würde nach Italien.

Am Hafen kündeten vereinzelte Lichter und Stimmen den Arbeitsbeginn der Berufsfischer an. Schemenhaft schälte sich aus der Dunkelheit ein fast traumhaft langsam in die Pedale tretender Radfahrer, seine Gummistiefel und seine Hosen glänzten wie alte Tierhaut, als er wortlos an Alim vorbeizog.

Weiter vorne am Pier, wo Platz war für große Schiffe, stand er lange am Maschendrahtzaun. Im Abglanz des von Scheinwerfern in eine Halle geworfenen Lichts stand ein Frachtschiff namens Serena. Festgebunden an zwei nicht so dicken Tauen lag das weit aus dem Wasser ragende Schiff im Hafen. Zwei fest montierte, ihre Arme nach hinten ausstreckende Kräne ragten aus seinem Rumpf. Die Serena war weit und breit das einzige Schiff ihrer Größe, es stand da wie ein Versprechen, aber vielleicht befand sich das für die Flüchtlinge bestimmte Passagierschiff noch auf der Fahrt über das Adriatische Meer, dessen Schwärze sich im beginnenden Tag mehr und mehr wandelte zu einem glänzenden Dunkelblau.

Gefolgt von einem scheuen Hund, ließ Alim den Hafen hinter sich. Er hörte noch die Rufe der Fischer, hörte, wie sie den Motor eines Kutters starteten, hörte seine Gummistiefel auf dem sandigen Pflaster, dann stieg ihm der Duft einer Backstube in die Nase. Ofenfrisches Weißbrot kauend, ging Alim durch die Gassen, hielt Ausschau nach öffentlichen Plätzen und Parks, hielt Ausschau nach Jarmila. Der heller werdende Himmel, der anbrechende Tag machten es deutlich: Die Zeit arbeitete gegen ihn.

Als er nach einer Stunde zum Hafen zurückkehrte, herrschte dort reger Betrieb; eine große Traube Menschen stand ungeduldig und nervös vor dem Bug der Serena, zwei Uniformierte waren an Bord und schrien gestikulierend in die Menge. Alim eilte zu den Vertriebenen. Wenn er das Gezeter richtig verstand, ging es um die Frage, ob sie ihre Autos mitnehmen konnten oder nicht.

Es war der ihm freundlich zugewandte Blick einer alten Frau, der ihm den Mut verlieh zu fragen, ob jemand der hier Versammelten aus Klinë e Mesme stamme. Sie komme aus einem benachbarten Dorf, sagte die Frau, aber sie wisse, dass auch Leute aus Klinë da seien. Dabei schaute sie sich um und hielt ihre rechte Hand, als würde sie jeden Augenblick auf jemanden zeigen wollen, weswegen auch Alim seinen Blick über das Gedränge schweifen ließ.
Ob bereits Flüchtlinge auf dem Schiff seien, wollte Alim wissen. Die Frau, die gewiss hörte, dass in seinen Worten ein albanischer Akzent mitschwang, die in seinem Gesicht aber auch Sorge erkannte, sagte, sie sei vor wenigen Minuten erst eingetroffen, andere seien schon früher hier gewesen, aber so kompliziert, wie die Abläufe hier seien, glaube sie eher nicht, dass schon jemand habe an Bord gehen können.
Während sich mehr und mehr Männer heftiger und heftiger in die Diskussion um den Transport ihrer Autos mischten, bewegte sich Alim durch die dichte Menge an Serben, Roma und Goranern. Vom gesuchten Gesicht fehlte auch hier jede Spur.
Das Hafengelände zu verlassen, fiel ihm schwer. Über eine halbe Stunde stand er noch an eine Hausecke gelehnt, von der aus er besten Einblick hatte in die direkt zum Hafen führende Straße. Es tauchten aber keine weiteren Vertriebenen auf, die Straße blieb bis auf wenige Autos ruhig, Alim war zunächst unentschlossen, dachte dann aber doch, es wäre das Beste, zurück nach Klinë e Mesme zu fahren; er sah ein, wie aussichtslos es war, ohne jeglichen Anhaltspunkt in Montenegro nach Jarmila zu suchen.
Mit einem Lastwagenfahrer, dessen Beine so kurz waren, dass er Holzklötze an die Pedale geschnürt hatte, um diese bedienen zu können, gelangte er wieder in den Norden Montenegros, von wo aus er, vorbei am Flüchtlingslager, das deutlich kleiner geworden war, zu Fuß und illegal die Grenze überquerte.
Als er auf der anderen Seite des Geländekamms die Straße erreichte, sah er zu seiner Verblüffung den von ihm entwendeten Citroën

stehen, auf den er sich verunsichert und mit dem Gefühl, beobachtet zu werden, zubewegte. Möglichst unauffällig schlenderte er nahe an ihm vorbei, erkannte auf dem Beifahrersitz den Zündschlüssel, genau so, wie er ihn hingelegt hatte. Als er die Tür öffnete, schlug ihm ein starker Käsegeruch entgegen. Er setzte sich in den Wagen und fuhr los.

Er befand sich noch etliche hundert Meter von Klinë e Mesme entfernt, als er die weißen Uno-Fahrzeuge und die gepanzerten Wagen der Kfor ausmachen konnte, fünfzehn, zwanzig Wagen. Alim verlangsamte seine Fahrt, er zögerte, weil es vielleicht besser war, sich nicht auf Gespräche mit den Internationalen einzulassen. Andererseits mochte die Anwesenheit der Uno vielleicht dazu führen, dass die Vertriebenen zu ihren Häusern zurückzukehren wagten. Es war eher die Hoffnung als sein Sinn für Realität, die diesen Gedanken leitete, denn zurück in das Grauen, das sie hier ereilt hatte, würden die Menschen nicht sobald zurückwollen.

An einer Straße saßen zwei Hunde mit Halsband und starrten in die Ferne – gehörten sie jemandem, der nun an Deck der Serena stand? Alim ließ den Wagen bis zu den ersten gepanzerten Fahrzeugen rollen. Die Stimmung, die ihm vom Wachposten entgegenschlug, war kühl, aber nicht feindlich. Es waren finnische Kfor-Soldaten, sie wollten seinen Ausweis sehen, notierten seinen Namen. Einer der Soldaten prüfte, ob Alim Waffen bei sich trug, dann ließen sie ihn passieren.

Das Dorf, bei seinem gestrigen Besuch noch leer, präsentierte sich nun voller Uniformierter, Bewaffneter und erinnerte an militärisches Übungsgelände. Auf dem Dorfplatz fuhren nochmals zwei neue Uno-Jeeps vor, aus zwei Häusern stieg Rauch auf, die Feuerwehr aber hatte ihre Arbeit bereits beendet. Ein dicker Polizist führte einen Schäferhund an der Leine, breitbeinig standen Soldaten auf dem Platz, einer sprach laut in ein Funkgerät – mindestens vierzig Personen waren hier im Einsatz. Alim ging sogleich auf das Haus von Jarmila zu, das kleiner wirkte, gerade so, als sei es inzwischen halb schon im Boden versunken. Schräg vor dem Haus, halb auf der Straße, halb im Straßengraben, stand ein Militärlastwagen.

An der Flanke des Fahrzeugs entlangblickend, erkannte Alim eine ausgestreckte Hand, die auf das Haus der Familie Balankaja zeigte, eine Schulter auch; vier, fünf Männer hatten sich hinter dem Wagen versammelt. Alim blieb stehen. Wahrscheinlich waren die Männer bewaffnet, es wäre unklug, sie von hinten zu überraschen. Als jemand sagte, man könne nun zum nächsten Haus gehen, dies hier sei lange schon unbewohnt, schrie er mit einer ihn selbst erschütternden Schrille: »Du lügst!«

Die Lautstärke, die Kraft seiner Stimme, sein heftig schlagendes Herz zielten auf ein einziges Augenpaar: Azem war es, der gesprochen hatte. Es war ein langer, ein suchender Blick, Hass und Empörung flammten auf darin. Alim stand wie angewurzelt, er fühlte die angespannten Blicke der Internationalen, die ihn bestimmt nicht verstanden hatten. Aber Azem hatte verstanden, jedes Wort. In einem auch für Alim fremden Englisch fragte nun einer der Uniformierten, wer er sei und was er soeben gesagt habe.

Alim blickte in seine Augen, ein groß gewachsener Mann Mitte vierzig, glatt rasiertes Gesicht, dunkle Brauen, in den kräftig geaderten Händen eine digitale Kamera. Neben Azem stand ein älterer, hagerer Mann, ein Einwohner Klinë e Mesmes, wie Alim vermutete. Jedenfalls war klar, dass es hier um die Rekonstruktion eines Verbrechens ging. Alim spürte, wie sein Mund austrocknete, wie sich ihm die Bilder des ermordeten Djemaro, des ermordeten Großvaters aufdrängten.

Der harte Blick, den Azem auf ihn gerichtet hielt, und sein trockener Mund hinderten ihn daran, sogleich zu sprechen. Auch war sein Englisch im Grunde nicht ausreichend für eine exakte Schilderung dessen, was er gestern gesehen hatte. Er war erfüllt von Hass auf Azem, der geplündert, vertrieben, womöglich auch gemordet hatte und sich nun von der Kfor ein bestimmt verdammt gutes Honorar bezahlen ließ, um Unwahrheiten zu übersetzen. Alim fühlte deutlich seine Verantwortung, auch glaubte er, dass seine Mithilfe bei den Ermittlungen die einzige Chance war, etwas über Jarmilas Verbleiben zu erfahren.

Abtastende Blicke gingen hin und her. Alim glaubte, sehen zu können, dass dem alten Mann nicht wohl war, dass er nicht ganz freiwillig hier stand.

Er brachte den Mut auf, sich der Gruppe einen Schritt zu nähern und zu sagen, er werde ihnen über dieses Haus nun etwas erzählen. Azem richtete seinen Zeigefinger, als sei er eine Pistole, auf ihn und sagte, man solle diesen Mann verhaften, er werde nichts als Lügen erzählen.

Die beiden Ermittler tauschten einen Blick, es war ihnen anzusehen, dass sie auf vielerlei gefasst waren, aber keine Eile hatten. Alim entging nicht, dass jener, in dessen Händen keine Kamera war, seine Hand zum Gürtel, nahe an das lederne Halfter führte, in dem die Pistole steckte.

»Ich trage keine Waffe«, sagte Alim auf Englisch und schlug den Ermittlern vor, ins Haus zu gehen. Als sie verstanden hatten, dass Alim nicht in diesem Haus wohnte, nicht einmal in diesem Dorf, winkten sie zwei Kfor-Soldaten herbei, besprachen sich kurz und überließen ihnen die Aufgabe, sich im Haus nach einer Gefahr umzusehen.

Einer der Männer fragte Alim nach seinem Namen.

»Ich werde meinen Namen erst nennen, wenn er nicht mehr hier herumsteht«, sagte Alim und deutete auf Azem.

»Der Teufel soll dich holen«, zischte Azem auf Albanisch, dann drehte er sich um und ging davon.

Die Soldaten standen in der Tür des Hauses und winkten. Die Ermittler fragten Alim, ob er mit ihnen ins Haus kommen wolle. Alim schaute noch einmal Azem hinterher, dann nickte er und machte sich gefasst, nochmals Djemaro, nochmals den unter ihm begrabenen Großvater zu erblicken.

Das Schlafzimmer aber war leer, die Leichen waren verschwunden. Jemand hatte das Bett entfernt, der Teppich mit den Blutflecken war ersetzt. Alim war sprachlos. Die fragenden Gesichter der umstehenden Männer setzten ihn unter Druck.
Erst als er auf die vier Abdrücke hinwies, die das Bettgestell auf dem weichen Holzboden hinterlassen hatten, keimte die Hoffnung auf, es werde sich alles beweisen lassen. Die Lücke in der Wand, die sichtbar machte, dass hier etwas entfernt worden war, jene Lücke, in der bis gestern noch ein Kühlschrank eingebaut war, trug spürbar zur Bereitschaft der Männer bei, den Ausführungen Alims Beachtung zu schenken.
Mit etlichen Schwierigkeiten schilderte Alim auf Englisch, dann, dank eines mit weiteren Soldaten im Dorf eingetroffenen Übersetzers, auf Albanisch seine Beobachtungen, wobei er den Mut aufbrachte zu sagen, dass er unter den Plünderern auch Azem gesehen habe.
Zwar verschaffte es ihm eine gewisse Befriedigung, dass seine Aussagen protokolliert wurden, auch war es wertvoll, sich auf einen guten Übersetzer verlassen zu können, aber es gelang ihm nicht, über Jarmila, Jovana und deren Mutter etwas in Erfahrung zu bringen. Geknickt verabschiedete er sich und ging aus dem Dorf hinaus, auf jener staubigen Straße, an deren Rand er den Citroën geparkt hatte. Es war an der Zeit, den Wagen dorthin zurückzubringen, wo er ihn entwendet hatte.
Versunken in Gedanken erkannte Alim erst spät, dass am Dorfausgang, wo vor wenigen Stunden noch die beiden Finnen gestanden hatten, zwei hüfthohe Türme aus Sandsäcken und Stacheldraht aufgebaut waren – mit einem kleinen Umweg über den Wald war dieses Hindernis aber umgehbar, und kaum hatte er den Stacheldraht hinter sich, erblickte er den Citroën.
Am Ende der Unterredung hatte man ihn gefragt, ob es ihm möglich sei, in den nächsten Tagen zum Uno-Hauptquartier nach Priština zu kommen, womöglich seien seine Aussagen für den Verlauf der

Ermittlungen nicht unbedeutend. Er dachte an Arbenor, an den Sprengstoff in den Felsen über der Straße, dachte an ihre gemeinsame Geschichte, die schon etwas verblasst war; ihre Blutsbrüderschaft machte ihm inzwischen einen verjährten Eindruck. Dass er gegenüber den Internationalen erklärt hatte, die Plünderung und Verwüstung Klinë e Mesmes gehe ganz klar auf das Konto der UÇK, würde er Arbenor nicht erzählen können. Die Zeit, in der er sich mit der UÇK identifiziert hatte, war vorbei.

Alim Jahiji startete den Motor und verspürte das Bedürfnis, nochmals die Wasserbuche aufzusuchen. Immerhin war es denkbar, dass dort eine Nachricht auf ihn wartete.

Über die Freundschaft mit Arbenor nachsinnend, befand sich Alim bereits auf der leicht ansteigenden, einmal von lockerem Buschwerk, dann wieder von dichtem Wald gesäumten Waldstraße, auf deren hellem Asphalt sich flirrende Baumschatten abzeichneten, als er eine Pistolenmündung an seiner Schläfe spürte. Instinktiv blickte er sich um: In Azems Augen blitzten Zorn und Entschlossenheit auf.

Seinen Oberkörper von der Rückbank aus zwischen die vorderen Sitze drängend, wollte Azem wissen, was er den Internationalen erzählt habe. Alim traute es ihm durchaus zu, ihn gleich hier umzubringen, hier im Wald, wo man ihn lange nicht finden und wo ihn wilde Tiere, angelockt durch den stinkenden Käse, in aller Ruhe auffressen würden. Für einen kurzen Moment stellte er sich die mit dem Tod eintretende Erleichterung vor, und etwas wie eine Glücksvision durchzuckte ihn. Sekunden später rebellierte die Hoffnung, Jarmila noch lebend zu finden.

Der Citroën kam zum Stillstand, Alim stellte den Motor ab, Stille kehrte ein. Alim konnte Azems Atem riechen, entfernt hüpfte ein Vogel über die Straße, der Wald hier war von bestechender Schönheit. Azem wiederholte seine Frage, er wollte wissen, was Alim den Internationalen erzählt habe, Wort für Wort.

»Falls du mich anschwärzt, werde ich es herausfinden und dich nicht hier, sondern erst in ein, zwei Tagen umbringen«, sagte Azem. Alim fühlte ein Fieber in sich, er schluckte leer, die Handflächen klebten am Lenkrad, er wagte nicht, sie zu bewegen. Als er endlich den Mund aufmachte, hörte er sich sagen, es seien persönliche Verwandte gewesen, und obwohl er gleich hörte, wie lächerlich das war, persönliche Verwandte, fuhr er fort und sagte, er komme um vor Schmerz, nicht zu wissen, ob sie noch am Leben seien.

Diese Worte einmal ausgesprochen, dachte Alim erstmals sowohl an Jarmila als auch an Marlene und vermeinte abzutauchen ins Leblose.

Auf Azems Gesicht zeigte sich Überraschung. Er nahm die Pistole von Alims Schläfe, musterte ihn mit hartem Blick.

»Das waren doch Roma«, sagte er zögernd.

Alim blickte geradeaus in den sattgrünen Wald. Bis zur Wasserbuche waren es bestimmt nicht mehr als fünfhundert Meter.

»Das waren doch Roma«, wiederholte Azem verärgert.

»Sie sind gemischt«, sagte Alim. Er hatte den Atem und den Mund von Azem nahe an seinen Ohren. Rasch erfand er die Geschichte eines Urgroßvaters, der sich gleich nach der Jahrhundertwende in eine Roma-Frau verliebt hatte. Er behauptete, diese Geschichte auch erst seit zwei Jahren zu kennen. Er sagte, man habe die Familie mehrmals eingeladen, nach Skënderaj zu ziehen, in eine albanische Siedlung. Habe ihnen gesagt, es wäre besser für sie, Klinë e Mesme zu verlassen, aber nun sei alles zu spät.

Voller Furcht wartete Alim, welche Wirkung diese Geschichte hatte. Im äußersten Winkel seines Blickfelds erkannte er, dass viel von der Härte, viel vom Zorn aus Azems Gesicht verschwunden waren.

»Ich werde die Sache prüfen«, sagte Azem schließlich, fuchtelte mit der Pistole und forderte Alim auf auszusteigen.

Die unablässig zwitschernden Vögel im Ohr, stand Alim auf moosigem Waldboden, seine Beine trugen ihn kaum.

Azem schwang sich auf den Fahrersitz, startete den Motor, wendete den Wagen und hielt schräg vor Alim wieder an. Was folgte, sah Alim wie in einer überbelichteten Fotografie. Diese Szene hätte sich perfekt für eine Hinrichtung geeignet: Wie er im Wald stand, mit hängenden Schultern, hängenden Armen, schräg vor ihm der fluchtbereite Wagen und hinter dem heruntergekurbelten Fenster das aufgewühlte Gesicht des Täters. Ein Schuss ins Herz, ein Fuß aufs Pedal, der Rest gehörte dem Wald und der überforderten Kriminalpolizei.

Azem aber streckte nicht die Pistole aus dem Fenster, sondern seinen Kopf. Er sagte: »Wenn es eine Lüge ist, wirst du büßen. Ich weiß, wo du wohnst.«

Noch ehe der Citroën vom Wald verschluckt wurde, drehte sich Alim um und rannte los. Er rannte, so schnell ihn die Füße in diesen Gummistiefeln trugen. Er hatte sich getäuscht, es war noch ziemlich weit bis zur Wasserbuche. Dort angekommen, legte er sich keuchend ins Moos. Als sich sein heftig pochendes Herz beruhigt hatte, stand er langsam auf und suchte den im Wasser stehenden Baum auf neu eingeritzte Nachrichten ab. Aber weder in der Rinde noch sonst wo fanden sich Hinweise. Er wusste nicht, ob es stimmte, dass Azem wusste, wo sein Elternhaus stand, wusste nicht, welches Risiko er einging, falls er sich in Priština im Hauptquartier der Uno melden würde.

Nach einem knapp zweistündigen Fußmarsch am Lauf jenes Flusses entlang, der ihm vor Jahren Jarmila in die Arme gespült hatte, erreichte er Skënderaj. In privaten Garagen und beim Dorfladen wurden Kühlschränke, Fernsehgeräte und anderer Hausrat zum Verkauf angeboten, wahrscheinlich war hier der Kühlschrank der Balankajas zu kaufen – Alim hatte Lust, jeden Einzelnen, der so ein Gerät anbot, anzuzeigen. Aber er wusste, wohin das führen würde, und diese Einsicht verdeutlichte das Gefühl, hier nicht länger leben zu können.

Plötzlich und nach Monaten vor ihrem Sohn zu stehen, traf seine Mutter wie ein Schock, und es dauerte, bis sie sich freuen, bis sie es überhaupt glauben konnte. Die Frage, weswegen seine Kleider so schmutzig seien und er so erschöpft und ausgemergelt, beantwortete Alim mit der leichthin erfundenen Geschichte, er habe mit einem alten Freund im Wald gefeiert.

Dabei vergaß Alim, dass auch seine Mutter von den jüngsten Ausschreitungen allerhand mitbekommen hatte; sie schimpfte, dass er sich in dieser Situation im Wald herumgetrieben hatte, und verstand nicht, weswegen er nach dem Gefängnis nicht direkt nach Hause gekommen war.

»Blutsbrüderschaft«, sagte Alim und war froh, dass sich die Mutter mit einer wortkargen Antwort zufriedengab.

Am nächsten Morgen holten Alim wirre Träume früh aus dem Schlaf. Ihm war unwohl, Kopfschmerzen hämmerten an seine Schläfe, dort, wo Azem die Mündung hingehalten hatte.

Vor der Haustür, wo er einen Tee trinken wollte, fand er einen Zettel, auf dem geschrieben stand: *Hüte deine Zunge, Alim.*

Was das genau bedeutete, verstand er besser, als er den blutverschmierten Kopf eines großen Hundes entdeckte, der ihn anschaute, aufgespießt auf einer spitzen Latte des Holzzauns gleich beim Tor. Alim machte einen Schritt zurück, riss die Augen weit auf – am dicht umbuschten Straßenrand gleich gegenüber fanden sich genügend Verstecke.

Die Nummer, welche sein klingelndes Telefon nun anzeigte, war zwar jene Siham Amadjanis, aber er war sich nicht sicher, dass er hier, herumstehend wie eine Zielscheibe, einen Anruf entgegennehmen sollte; schließlich hob er ab. Siham hatte sich Sorgen gemacht, nichts mehr von ihm zu hören, Alim beschwichtigte und erzählte von seiner erfolglosen Suche. Siham erwähnte ein Massengrab am Ufer des Radoniqit-Sees, das er gewiss schon besucht habe.

Alims Atem stockte, denn von diesem vor wenigen Tagen erst entdeckten Verbrechen hatte er noch nicht gehört. Als Siham erzählte, es handle sich um ein Massengrab, das, falls sich die Internationalen nicht täuschten, ganz klar auf das Konto der UÇK gehe, wusste Alim, er würde es aufsuchen müssen.

60. KAPITEL
POWAROWO – ST. PETERSBURG, RUSSLAND

In der einen Hand das Zugsbillett, in der anderen seine alte, gut gefüllte Sporttasche, stand Aca Mandić an jenem kühlen, regnerischen Morgen am Bahnhof von Powarowo. Dieses Dorf war eine kummervolle Sammlung niedriger, durch lehmige Straßen verbundener Hütten, es lag zwei Dutzend Kilometer nordwestlich des Moskauer Agglomerationsgürtels, und vor zwanzig Jahren waren den Hütten einige Hochhäuser zur Seite gestellt worden, deren baulicher Zustand heute bereits schlechter war als jener der alten Holzhäuser.

Aca war mit einer Marschrutka, einem kleinen, halb privaten Linienbus hierhergereist, weil der langsamste aller nach St. Petersburg verkehrenden Züge hier angeblich – mehr oder weniger aus Mitleid – kurz Halt einlegte und im Unterschied zu Moskau ein Billett gekauft werden konnte, ohne dass man seinen Ausweis vorzeigen musste.

Alle relevanten Angaben auf seinem Ticket nochmals kontrollierend, wartete Aca auf den Zug und kämpfte stumm gegen jene Verzweiflung an, die er in den vergangenen Jahren zu ignorieren gelernt hatte, die nun aber, da er Moskau definitiv hinter sich zurückließ, umso kräftiger an ihm zerrte. Niemand war da, der ihm hätte sagen können, ob das, was er zu tun sich anschickte, erstaunlich klug oder selbstmörderisch war – er wusste bloß, dass er, wollte er seinen Bruder Bogdan von einer Reise nach Den Haag abhalten, nicht länger in Moskau bleiben konnte. Und er wusste, dass Bogdan, würde er beim Tribunal gegen einen serbischen Kommandanten aussagen, der Familie Mandić das Grab schaufelte. Nachdenklich musterte Aca seine Schuhe: Die Hälfte seiner Ersparnisse lag gefaltet unter den Innensohlen. Das war der sicherste Ort.

Die Druckstellen, die sich aufgrund der Banknoten bildeten, nahm er gern in Kauf, weil sie ihn mit jedem Schritt daran erinnerten, dass das Geld noch da war. Nervöser machte ihn die andere Hälfte seines Vermögens: Sie war eingenäht ins Innenfutter seines Mantels, und dieses alte, ungleichmäßig gewordene Futter wies derart viele Verhärtungen auf, dass er tastend nicht immer sicher war, ob er nun die Stelle mit den Banknoten oder einfach ein sprödes Stück Leder unter den Fingern hatte.

Angespannt hielt er den Riemen seiner Sporttasche fest umklammert. In ihr lagen sein nötiges Tagesgeld und seine Diplome des Instituts für Komparatistik und Linguistik, gut geschützt in den robusten Original-Briefumschlägen der Universität. Wasser, belegte Brote, ein Taschenmesser, Äpfel, ein Glas eingelegter Gurken, Knäckebrot, Käse und Senf hatte er eingepackt, nebst einer harten luftgetrockneten Wurst, die Thomas Steinhövel, auf dessen Hilfe er ja vielleicht noch angewiesen war, ihm zum Abschied geschenkt hatte.

St. Petersburg, das Aca Mandić nach einundzwanzig Stunden gemächlicher Zugfahrt am folgenden Nachmittag erreichte, empfing ihn mit kalten Temperaturen, einem grauen Himmel und kräftigem Wind, der an seiner Kleidung zerrte. Er suchte eine nahe dem Hafen gelegene Telefonkabine auf. Das Gespräch war kurz, die Stimme überraschend freundlich. Eine halbe Stunde später saß er bereits in einer lauten, gut besuchten Kellerbar, in der er einem alten und doch auch jungenhaft wirkenden Mann einen beachtlichen Teil jener Noten, die er im linken Schuh verstaut hatte, in die Hand drückte. Die Scheine verströmten einen strengen Geruch. Es kümmerte den Mann wenig. Er zählte die Noten unter dem Tisch, zählte sie zwei Mal, nickte zufrieden, steckte das Geld ein, nippte an seinem Plastikbecher und sagte: »Die zweite Hälfte wird fällig, wenn wir auf dem Schiff sind.«

»Und wie komme ich zum Schiff?«, fragte Aca mit zitternder Stimme. Da er jemandem viel Geld in die Hand gedrückt hatte, ohne sicher sein zu können, dass die Überfahrt klappen würde, bildete sich in seinem Bauch ein schwerer Klumpen, der nichts anderes war als die Angst um seine Existenz.

»Wenn du nach einundzwanzig Uhr diese Bar verlässt und geradeaus gehst in Richtung Turukhtanneya-Insel, wird alles wie am Schnürchen laufen.«

Aca verstand nicht: Er wolle auf ein Schiff, nicht auf eine Insel.

»Turukhtanneya ist eine künstliche Insel«, sagte der Schlepper. Er wirkte weder gereizt noch ungeduldig, eher wie ein Mitschüler, der den Lernstoff ein bisschen schneller begreift und sich nichts darauf einbildet. »Dort wird unser Schiff beladen.«

Aca nickte.

»Du musst auf diese Insel zugehen, aber hörst du: Du darfst dich von der Wache nicht kontrollieren lassen! Die dürfen dich gar nicht sehen. Wenn du den Wachposten erkennst, ohne dass ich dich abgefangen habe, gehst du zurück und kommst eine halbe Stunde später nochmals. Kapiert?«

»Du fängst mich ab?« Aca mochte es nicht, dass der Mann mit ihm sprach, als rede er von einem Spiel, dessen Regeln allgemein bekannt waren.

»Stell bloß nicht zu viele Fragen. Geh einfach auf der großen Straße Richtung Turukhtanneya, und wenn du meinen Pfiff hörst, werde ich dich rechts hineinwinken.«

»Ins Schiff?«

»Zur Mauer! Du musst zuerst an der Kontrolle vorbei auf die Insel gelangen, erst dann kannst du aufs Schiff.«

Aca nickte, der Schlepper winkte die Kellnerin herbei, bezahlte sein Bier und verabschiedete sich knapp.

Aus Angst, draußen unnötig aufzufallen, bestellte Aca nun doch noch ein Bier, suchte sich im hinteren Teil der Bar einen freien Stehtisch und versuchte trotz allem möglichst locker auszusehen. Die um ihn versammelten Männer knabberten Erdnüsse, er kaute gewohnheitsmäßig auf dem Draht seiner Büroklammer.

Aus den Lautsprechern sang Mark Lanegan »the hours crawl by like a spider«, und der Schaum in Acas Bier zerfiel so langsam und unwiderruflich wie das Eis der Arktis.

Als er kurz nach einundzwanzig Uhr die Bar verließ, war es stockdunkel. Die Straßen in diesem Quartier waren schlecht beleuchtet, das gefiel ihm, das half ihm, mit seiner Nervosität fertigzuwerden. Er war erleichtert, als er nach zehn Minuten die ihm genannte Straße fand, rechter Hand war sie gesäumt von einer hässlichen, mit Stacheldraht überzogenen Betonmauer, linker Hand waren hinter einer niedrigeren Blechmauer zahlreiche Container aufeinandergestapelt. Da ein Gehsteig nicht einmal zu erahnen war und alle paar Augenblicke ein schwer beladener Lastwagen an ihm vorbeidonnerte, fühlte er sich exponiert. Was konnte denn einer, der im Schutz der Dunkelheit mit einer Tasche in der Hand zum Hafen lief, schon anderes sein als ein Illegaler, der sich als blinder Passagier versuchen würde?

Dass er jetzt einige Container der Firma Hamburg Süd entdeckte, machte ihm Mut: Wenn es diese riesigen Container unversehrt hierhergeschafft hatten, dann würde auch er es nach Deutschland schaffen.

Bald tauchte am Ende der Straße ein rotes Wachhaus auf: Wer den Hafen betreten wollte, wurde hier kontrolliert. Die Männer, deren Silhouetten er aus der Distanz im Licht ausmachen konnte, waren bewaffnet.

Mit pochendem Herzen blieb Aca Mandić stehen. Dass sie ihn bereits entdeckt hatten, schien unwahrscheinlich.

Er machte kehrt, unsicher, wie er die Zeit totschlagen sollte, ohne aufzufallen. Zwei mit Containern beladene Lastwagen fuhren an ihm vorbei, dann ertönte ein kurzer, heller Pfiff. Und gleich nochmals einer. In der Betonmauer zu seiner Rechten klaffte eine schulterschmale Lücke, die er erst entdeckte, als die Blechverkleidung, die diese Lücke abdeckte, in Bewegung geriet.

»Komm schon!«, rief es hinter dem dunklen Wellblech hervor.

Aufgeregt quetschte Aca zuerst sich, dann die Tasche durch den schmalen Durchgang. Hinter der Mauer öffnete sich eine weitgehend lichtlose Hafenanlage: Schiffe, mit Kies und Kohle beladen, standen in den Becken, Fischkutter auch, Plattformen mit Baggern, einige Lieferwagen. Um diese Zeit schien hier niemand zu arbeiten.

Der Mann befahl Aca einzusteigen in den alten Lada, der vor ihnen stand, dann fuhr er los, ohne das Licht einzuschalten.

Zu spüren, dass der kleine Mann gestimmt war wie ein Junge kurz vor einem Streich, hatte etwas Ansteckendes. Zum ersten Mal, seit er Moskau verlassen hatte, glaubte Aca, dass er es schaffen würde. Der Schlepper parkte den Lada hinter einem Schuppen, dann standen sie beide am schwarzen, schwappenden Wasser. In einiger Entfernung waren drei riesige Containerschiffe zu sehen, umgeben von grell beleuchteten Kränen, Lastwagen und Eisenbahnwaggons.

»Turukhtanneya«, sagte der Mann. Es klang, als hätte er die Insel vor Kurzem selbst entdeckt.

»Und welches ist unser Schiff?«, fragte Aca.

»Das große rote«, sagte der Mann, »ganz vorne. Mit den Containern. Die Germania.«

Aca fiel auf, dass es zwischen dem Flecken, auf dem sie standen, und dieser Germania nichts als Wasser gab. Tintenschwarzes Wasser.

»Und wie kommen wir hin?«

»Es ist alles vorbereitet«, sagte der Mann, blickte auf seine Armbanduhr und zeigte auf ein niedriges Motorboot.

Aca war froh über die Ruhe, die der Mann ausstrahlte, und das Boot, kaum größer als ein Gummiboot, schien geeignet, sie im Schutz der Nacht ungesehen zum Schiff zu bringen.

Gleich hinter dem Schlepper stieg er in das Boot, das sich unter seinem Gewicht merklich bewegte.

Er setzte sich auf eine der beiden Holzbänke, als sich ein größeres Schiff vom hinteren Hafenbecken her näherte.

»Die Hafenpolizei«, sagte der Mann mit gepresster Stimme.

Aca zuckte zusammen.

»Leg dich hin und rühr dich nicht.«

Aca schob die Tasche unter die Sitzbank und legte sich so flach wie möglich hin. Dass er hörte, wie der Mann das Motorboot verließ, wie er seinen Lada startete und davonfuhr, gefiel ihm nicht. Aber es war besser, sich jetzt nicht zu bewegen.

Er hörte vor allem sein Herz schlagen, hörte es überlaut in jenem Ohr, das er auf den kalten Metallboden des Bootes gelegt hatte, aber er hörte auch, wie das Schiff der Hafenpolizei näher kam. Er sah sogar, obwohl er das Gesicht gegen den schmutzigen Boden drückte, wie ein Scheinwerfer diesen Bereich des Hafens ausleuchtete. Das Licht aber erfasste ihn nicht, auch erklang kein Lautsprecher. Mit gleichmäßigem Geräusch fuhr das Schiff an ihm vorbei.

Nach einigen Minuten wagte Aca, sich aufzurichten. Vom Schiff der Hafenpolizei waren nur noch ein grünes und ein rotes Licht zu sehen, zwei flackernde Punkte, die sich entfernten. Alles war still, aber die Zeit lief ab, und Aca wusste nicht, wann die Germania ablegen würde.

Fünf- oder sechshundert Meter trennten ihn von diesem rot lackierten Containerschiff, und vom Schlepper fehlte jede Spur. Ging er davon aus, dass Aca das Boot nun selbst zur Germania steuern würde? Würde er ihn an Bord des Schiffes erwarten?

Vom Versuch, den Außenbordmotor zu starten, schmerzten ihn bereits beide Oberarme, als sich ohne Licht ein Auto näherte. Aca legte sich wieder hin und hielt die Sporttasche fest umklammert.

Dann hörte er die bekannte Stimme und stand erleichtert auf.

Die Laune des Mannes hatte sich deutlich verschlechtert.

»Lass das Boot!«, sagte er bestimmt. »Lass das Boot und gib mir deine Tasche!«

Aca brauchte eine Weile, bis er diese Worte verstand.
»Nie im Leben trenne ich mich von dieser Tasche«, sagte Aca.
»Das haben andere auch schon gesagt«, erwiderte der Mann, jetzt wieder mit einer freundlichen Milde in der Stimme. »Wenn sie dann im Wasser sind und merken, wie schwierig es ist, mit Gepäck zu schwimmen, überlegen sie es sich nochmals.«
Verunsichert blickte Aca in das nur schwach erhellte Gesicht. Er verstand, dass der Mann nicht scherzte, und doch konnte er ihm nicht folgen.
»Hör zu«, fing der Schlepper nun an und hob erstmals den Zeigefinger. »Du gibst mir deine Tasche und deinen Mantel. Die Schuhe behältst du besser an. Dann schwimmst du rüber zur Germania, ich lasse dir am Heck die Leiter runter, die kannst du nicht verfehlen. Ehe du kletterst, stellst du sicher, dass dich niemand sieht.«
»Schwimmen soll ich?«, fragte Aca ungläubig.
»Wenn die Hafenpolizei ihre Runden dreht, ist das deine einzige Chance.«
Aca hielt diese Situation für einen Test. Aber egal, wie verzweifelt er den Schlepper auch anblickte, dessen Gesicht blieb unverändert.
»Ich weiß nicht, wie schnell du schwimmen kannst. Aber wenn du hier noch lange herumstehst, wird die Germania ohne dich ablegen.«

61. KAPITEL
DEN HAAG, NIEDERLANDE – WIEN, ÖSTERREICH – DUKLA, POLEN

Kaum hatte man sich von den ersten Aufregungen um den ermordeten Buca Branković ein wenig erholt, kam am Haager Kriegsverbrechertribunal erneut Nervosität auf, denn es stand, falls Yvonne Blanten recht behalten sollte, in den nächsten Wochen ein großer Coup bevor: Mit Admir Tahiri würde der Gerichtshof erstmals in seiner Geschichte Anklage erheben gegen einen bedeutenden kosovo-albanischen Militär. Die Tatsache, dass Tahiri zurzeit als Chef der kosovarischen Übergangsregierung amtierte, machte das Vorhaben umso brisanter. Noch war die Anklageschrift gegen Tahiri unvollständig, bislang umfasste sie siebenunddreißig Punkte, darunter Verbrechen gegen die Menschlichkeit und Verstöße gegen das Kriegsrecht. Der Entwurf sah vor, Tahiri, zusammen mit zwei anderen Männern, anzuklagen, in führender Position an einer verbrecherischen Organisation beteiligt gewesen zu sein, welche Zivilisten verschleppt, entführt, gefoltert, ermordet und vergewaltigt hatte.

Dass das Tribunal, ähnlich wie bei Kommandant Vinko Tošorović, auch in diesem Fall viel in Bewegung setzen würde, hatte sich bereits in ersten Zwischenfällen gezeigt: Direkt nach einem ersten Gespräch mit den Ermittlern und wenige Augenblicke nachdem er mit seinem Sohn ins Auto gestiegen war, wurde mitten in einer kosovarischen Kleinstadt ein möglicher Belastungszeuge von einem langsam fahrenden Auto aus mit einer automatischen Waffe beschossen. Nur dank großen Glücks blieben die beiden unverletzt.

Drei Tage zuvor war auf einen anderen Mann, der sich auf den Kontakt mit den Ermittlern eingelassen hatte, ein Sprengstoffanschlag verübt worden. Jetzt amputierte man ihm das Bein und brachte ihn außer Landes – es war unklar, ob er noch bereit sein würde, vor Gericht auszusagen.

Yvonne Blanten hatte verlauten lassen, dass noch mit weiteren derartigen Verbrechen zu rechnen sei; auch Marlene, die sich ärgerte, mit Alim nicht ausführlicher über Kriegsverbrechen gesprochen zu haben, ahnte, dass man von albanischen Kriegstreibern nicht weniger Einschüchterungen, Morddrohungen und Gewalt erwarten konnte als von ihren serbischen Berufsgenossen. Marlene Steinhövel hatte freilich auch keine patente Lösung parat für diese Probleme, aber ihr schien, dass man, um am Tribunal fachlich korrekte Arbeit leisten zu können, ein Heer von zivilen Polizisten, Psychologen, Unterhändlern, Detektiven und Seelsorgern nach Ex-Jugoslawien schicken können müsste, eine Armada subtil arbeitender Spurensicherer und Friedensarbeiter, die Drohungen und Gewalt verhindern und etwas Licht in das Gestrüpp von Verbrechen und Schuld bringen würde.

Aber Marlene hatte immer wieder Mühe, sich auf ihre Arbeit zu konzentrieren; es gelang ihr selten, eine Stunde nicht an ihre Schwangerschaft zu denken. Der Flug nach Zürich, den sie vor sieben Tagen gebucht hatte, war längst annulliert. Auch während der Arbeitszeit wählte sie mehrfach die Nummer der Langenthaler Wohngemeinschaft, wollte Thomas aber nicht von ihrer Schwangerschaft erzählen, ehe es Alim nicht wusste. Wo dieser sich aufhielt, konnte ihr Thomas nicht sagen. Einmal war Rexhep am Apparat und erklärte ihr, Alim habe sich mit seinem BMW aus dem Staub gemacht – eine Nachricht, die Marlene in höchstem Maße beruhigte. Sie wollte wissen, ob es mit diesem BMW möglich wäre, in den Kosovo einzureisen.

»Die Papiere sind in Ordnung«, sagte Rexhep, »man kann damit fahren, wohin man will.«

Marlene überlegte angestrengt, dann bat sie Rexhep um die Nummer Siham Amadjanis. Rexhep gab sie ihr erst, nachdem er mit Siham gesprochen hatte. Marlene wählte sie sofort.

»Alim ist ein kluger Junge«, sagte Siham, der wusste, wen er am Apparat hatte. »Ich kenne seine Geschichte und ich kenne seinen Charakter. Er kann selbstständig denken. Er weiß, was er macht.« Dann sprachen sie über die Situation im Kosovo.

Dass Siham wusste, dass vergangene Woche im kosovo-albanischen Pejë zwei Personen, die angeblich bereit waren, in Den Haag als Belastungszeugen gegen Tahiri aufzutreten, angeschossen worden waren, verblüffte Marlene. Sie wollte Siham nicht verraten, dass die Anklage Tahiris tatsächlich kurz bevorstand.

»Tahiri«, sagte Siham und machte eine Pause, »Tahiri ist keine Person, sondern ein System. Wer sich gegen dieses System auflehnt, tut gut daran, sich rasch aus dem Staub zu machen. Es ist streng clanmäßig organisiert. Das ist jetzt meine persönliche Prognose, aber mir scheint, es gibt Gründe, sie in Betracht zu ziehen: Solange die Kosovo-Albaner ihr Clan-Denken nicht ablegen, werden sie es mit der Demokratie nicht weit bringen.«

Erstaunt, aber auch beruhigt, von einem engen Vertrauten Alims eine derart kühle, umsichtige Meinung zu hören, verabschiedete sich Marlene mit dem Wunsch, von Siham benachrichtigt zu werden, falls sich Alim bei ihm melden sollte.

Als sie über das Gespräch nachdachte, stieg allmählich das Gefühl in ihr auf, dass ihr Siham nicht alles erzählt hatte, was er über Alim wusste.

Dann blickte Marlene um sich: Sie saß am Arbeitsplatz, es war die falsche Zeit für private Gedanken; sie zwang sich zurück in die Gegenwart, zu ihren Aufgaben. Die bestanden vor allem darin, für Zeugen und deren Angehörige, die nach ihrem Aufenthalt in Den Haag aufgrund befürchteter Familienfehden oder Blutrache nicht in ihre Heimat würden zurückkehren können, in Drittländern einen Platz zu suchen. Einen Platz, der es ihnen ermöglichen sollte, mit ihrem Leben neu zu beginnen. Es war dies eine Aufgabe, die oft schwer zu erfüllen war, da die entsprechenden Verordnungen in den allermeisten europäischen Staaten mit dem

Asylgesetz verbunden waren und Menschen aus dem Balkan seit dem Abkommen von Kumanovo kein Asyl mehr erhielten – in den Asylämtern vieler Länder ging man davon aus, dass der Krieg vorbei war, dass die Kfor die Zivilbevölkerung beschützte und dass also niemand mehr angeben konnte, an Leib und Leben gefährdet zu sein.

Gegen diese pauschale Haltung kämpfte Marlene an; viel Zeit verwendete sie darauf, die Asylbehörden fast aller europäischen Länder dazu zu bewegen, diesen Menschen trotz der beruhigten, von internationalen Truppen überwachten Lage auf dem Balkan mindestens vorübergehend Wohnraum und Unterstützung zu gewähren.

Marlene empfand es als schmerzhaft und beschämend, den Zeugen erklären zu müssen, es sei noch kein Land bereit, sie aufzunehmen. Einsehen zu müssen, dass die Schweiz durchaus nicht das einzige Land war, das zahlreiche Paragrafen in Kraft gesetzt hatte, um fremden Bürgern den Aufenthalt zu erschweren, machte Marlene wütend. Sie ahnte, weswegen die Kontaktpersonen in den nationalen Anlaufstellen oft wechselten: In einem derartigen Unrechtssystem zu arbeiten, hielt niemand lange aus.

»Erstaunt mich nicht«, sagte Blanten eines Abends zu Marlene. »So ungefähr alle zwei Jahre sind viele Teams komplett ausgewechselt, und jene, die man kontaktiert, wirken oft ahnungslos. Ist natürlich nicht gerade das, was rasche und unkomplizierte Lösungen ermöglicht.«

Wenn sich Marlene Steinhövel frustrieren ließ von Absagen oder Aufschüben, wenn sie es müde war, zehnmal täglich dieselbe Nummer zu wählen, weil eine dringliche Mail schlicht nicht beantwortet worden war, dann blickte sie manchmal verloren in die Fenstersimsblumentopferde, in die Blüten der Fenstersimsblumen hinein, und ertappte sich beim Gedanken, ob sie nicht doch, wie sie Thomas einmal in Langenthal erzählt hatte, ein Biologiestudium beginnen sollte. Ihre Arbeit war ihr wichtig, sie wollte etwas bewegen auf der Welt – und doch verspürte sie manchmal den Wunsch, in Den Haag alles abzubrechen, alles hinter sich zu lassen und in Wien – mit Alim oder ohne – ein Biologiestudium zu beginnen.

Eines Nachmittags fühlte sie sich derart zerstreut, dass sie, ohne zu überlegen, ob das nun ihre Karriere gefährdete oder nicht, ihren Computer ausschaltete und Yvonne Blanten von der Schwangerschaft und dem verschollenen künftigen Vater erzählte.

Blanten machte große Augen, schrieb ihr nach einem langen, persönlichen Gespräch einen zehn Tage dauernden Dispens und nahm Marlene sogar kurz in den Arm.

Jetzt war es an der Zeit, dass sie ihren Bruder anrief und ihm endlich von der Schwangerschaft erzählte. Dass er vor allem erstaunt war und mit einer zurückhaltenden Begeisterung reagierte, nahm sie ihm nicht übel, es schien ihr verständlich und passte zu ihrer eigenen Nachdenklichkeit. Der schwierigste Teil des Gesprächs war deswegen die Frage, wo sich Alim aufhielt. Thomas konnte sie noch immer nicht beantworten.

Das erleichterte es ihr, wenige Stunden später bereits ein Flugzeug nach Wien zu besteigen. Sie hatte es in ihrer nicht sonderlich lebendig scheinenden Wohnung und überhaupt in Den Haag nicht mehr ausgehalten, hatte sich danach gesehnt, an einem Ort sich aufzuhalten, der nicht nach Arbeitspflichten aussah, einem Ort, wo sie niemanden kannte und von niemandem erkannt werden würde. In Wien angekommen, blieb sie eine Nacht in einer günstigen Pension, telefonierte erneut mit ihrem Bruder und bestieg am frühen Morgen des nächsten Tages ohne lange nachzudenken einen Überlandbus, der sie nach Polen brachte, in ein winziges Dorf in den Beskiden, am Fuße des unbedeutenden Dukla-Passes, wo der Sommer noch nicht richtig angekommen war. Dort gefiel es ihr, dort las sie, gelehnt an eine junge Lärche, Sonne im Gesicht, Seite um Seite in einem von den Herren Braun und Hering veröffentlichten Botanikklassiker mit dem Titel *Wachstumsverlauf*

von Hybridlärchen. Dann nahm sie Papier und Stift zur Hand und schrieb:
Geliebter Alim,
ich sitze hier in den Beskiden, gelehnt an eine frei in der Sommersonne stehende Junglärche, blättere einigermaßen gelangweilt im *Wachstumsverlauf von Hybridlärchen*, recke den Kopf, blicke hinunter zum Kaff, wo ich im halb leeren, vor allem von Fliegen frequentierten Dorfladen eine staubige Dose Cola, ein zu wenig gesalzenes Weißbrot und eine gurkenkrumme polnische Salami gekauft habe, von der ich nun hoffe, sie werde mich so gut nähren, dass ich wieder warme Füße bekomme. Ja, ich ernähre mich eigentlich vegetarisch, aber mein Magen oder mein Kreislauf oder beides ist gerade etwas durcheinander, und ich denke, jetzt brauche ich das. Ich blicke hinauf ins Astwerk der kleinen, von meinem Sitzplatz aus aber riesig wirkenden Lärche und würde gerne wissen, wie denn der Wachstumsverlauf unserer Liebe aussieht.
Habe ich Sommersonne geschrieben? Na, es ist eben bergig hier, und der Sommer war bisher zu faul, richtig in die Höhe zu klettern. Es ist, wenn ich mich nicht täusche, eine Europäische Lärche, an die ich mich lehne, Larix decidua, und nichts wünsche ich mir sehnlicher als eine dezidierte Meinung aus Deinem Mund, aber Du kannst nicht einmal wissen, zu welchem Thema mir Deine Meinung fehlt. Ich kann nur vermuten, dass Du in den Kosovo abgehauen bist, ein Landfleck, der Schlagzeilen macht mit internationalen Militärs, mit der sich dort einrichtenden Kfor, aber auch mit Unruhen, Schüssen, abgefackelten Klöstern, mit serbischen Polizeieinheiten, die unter einem Steinschlag begraben werden – ich hoffe, dass Du nicht im Kosovo bist, diesen Auseinandersetzungen fernbleibst und wohlbehütet Deiner Sache nachgehst. Aber was zum Henker ist Deine Sache? Hätte mir Jörg nicht erzählt, in Langenthal liege auf Deinem bescheidenen Unterhosenstapel Deine alte Sim-Karte, so würde ich mir nun die Finger wund tippen mit Kurznachrichten – ja: Deinetwegen wäre ich sofort nach

Langenthal gereist, hätte Dich dort überall, sogar auf dem Dachboden, gesucht, hätte mich den Charmeoffensiven Manzinis ausgesetzt und mich schließlich, weil ich nicht dort hätte übernachten wollen, in ein lausiges Hotel gerettet, aber ich weiß, ich hätte mich dabei noch hilfloser gefühlt als hier. Nun hocke ich auf einigen von blühenden Blumen umringten Quadratzentimetern der Beskiden, halte einen technischen Minenbleistift in der Hand, den mein Bruder wohl irgendwo hat mitlaufen lassen, und beschreibe die Rückseiten kopierter Blätter aus der *Enzyklopädie der Holzgewächse*. Falls die Verfasser dieses Nachschlagewerks richtig informiert sind, gibt es im Kosovo keine Lärchen, keine einzige, nicht einmal Hybridformen. Dass ich nicht weiß, an welche Adresse ich diese Worte schicken kann, macht mir meine Seele noch viel hybrider. Du hast doch meine Nummer, bitte melde Dich, ich studiere Botanik im Selbstversuch, und mir ist kalt.
Marlene stand auf, sie hätte heulen können, und tatsächlich war es an der Zeit, sich abzulenken. Was ihr Kraft verlieh, war das sichere Gefühl, nicht abtreiben zu wollen, und darin lag auch der einzige Vorteil der Abwesenheit von Alim: dass es nichts zu diskutieren gab über Abtreibung, Familiengründung, Vaterpflichten und all den üblen Quark, über den sie nun zu sprechen hätten.
Im winzigen Lebensmittelladen, in dem eine alte Frau mit ein paar staubigen Lebensnotwendigkeiten handelte, ließ sich Marlene einen Pfefferminztee und einen weichen Butterkeks servieren. Glühwein hätte ihrer Verfassung bedeutend besser entsprochen, drei, vier Becher gut gewürzter Glühwein; dem Menschenwurm in ihrem Bauch zuliebe verzichtete sie darauf und schrieb stattdessen melancholisch an jenem Brief weiter, den sie wahrscheinlich bald schon verbrennen würde, weil sie nicht mit einem Dokument der Verzweiflung in der Tasche herumlaufen wollte.
Sie hatte ihren Bruder ausgelacht, der, als lebe er noch im 19. Jahrhundert, handschriftliche Briefe nach Finnland geschickt hatte; »das ist wieder einmal eine typische Steinhövelei von dir!«, hatte

sie ihm vorgeworfen. Nun war sie selber dieser Neigung verfallen: Und ich denke darüber nach, in Wien ein neues Studium zu beginnen, schrieb sie, denke ernstlich darüber nach, Den Haag, das dortige Tribunal und das aufgeräumte Städtchen hinter mir zu lassen, um nochmals ganz neu anzufangen. Ich frage mich, ob Du Admir Tahiri kennst – gegen ihn ist eine Anklage in Vorbereitung. Gerne würde ich wissen, wie Du über ihn denkst, was Du über ihn weißt. Das Tribunal, von dem ich manchmal denke, es bringt auch sehr viele neue Ungerechtigkeiten hervor, habe ich für ein paar Tage verlassen, habe es vorübergehend eingetauscht gegen diesen Lebensmittelladen, und denke an Dich. Wo steckst Du bloß?
Deine Marlene

62. KAPITEL
BASEL, SCHWEIZ – HADERSLEVO, DÄNEMARK

Angegurtet auf dem Beifahrersitz eines zweiunddreißig Tonnen schweren Lastwagens, vor dem sich das schiefergraue Asphaltband entrollte, saß Thomas Steinhövel nun schon seit anderthalb Stunden, seit er an der Zollabfertigung in Basel zugestiegen war, neben einem seelenruhig dieses Ungetüm lenkenden, breitschultrigen Mann namens Torre Ulrikken. Eine markante Falte teilte seine Stirn in zwei Hälften, mit einem stur geradeaus gerichteten Blick ging er seiner Arbeit nach. Auf den Straßen zwischen Mailand und Oslo kannte sich dieser leicht übergewichtige, knapp dreißigjährige Fahrer aus wie in seiner Hosentasche.
Noch war Thomas Steinhövel schleierhaft, ob Ulrikken sich tatsächlich eignen würde, als Hauptperson einer Reportage zu fungieren; sie hatten Freiburg im Breisgau bereits hinter sich gelassen und noch kaum ein Wort gewechselt. Allerdings war Steinhövel auch schleierhaft, ob er zu dem, was er hier in Angriff nahm, überhaupt Reportage sagen sollte, denn die Dinge, die mit dem *Großen Bund* geschahen, waren besorgniserregend: Einigermaßen unsicher hatte Thomas Steinhövel vor zwei Wochen die Redaktion aufgesucht, um Bütikofer mit der Tatsache zu konfrontieren, dass aus der Zusammenarbeit mit Fernanda nichts geworden und er in Moskau einer ganz anderen Geschichte nachgegangen war. Steinhövels Sorge, er würde abblitzen, erwies sich allerdings als unbegründet, denn Bütikofer hatte den *Großen Bund* bereits verlassen und war hinübergewechselt zur vergrößerten Online-Redaktion. An Bütikofers Stelle saß nun ein junger, vielleicht weniger modebewusster, journalistisch aber wohl ähnlich ahnungsloser Mann namens Nussbaumer, dessen Rede eine derart konturlose, allen Themen gleich viel oder viel eher gleich wenig Interesse

schenkende Art verriet, dass Steinhövel ihm gegenüber spontan behauptete, der Artikel über die im Wald lebenden Zeitarbeiter sei lange schon mit Bütikofer abgesprochen.

Dass als maximale Textlänge nun nicht mehr 21000, sondern 14000 Zeichen festgelegt waren, machte die Arbeit weniger aufwendig, allerdings verlor der Text auch arg an Gewicht, Ausdruck, Genauigkeit und Glanz.

Dieselben Bedingungen galten für die neue Geschichte: maximal 14000 Zeichen und zwei, drei Bilder. Diese müsse er, da man ihm aus Kostengründen keinen Fotografen mitschicken könne, selber machen. Als Honorar bot ihm Nussbaumer an, was für eine Doppelseite üblich sei: achthundert Franken, Spesen inklusive. Dieses abermals geschrumpfte Honorar machte es deutlich: Reportagen zu schreiben, war kein Beruf mehr.

Weil er nicht sicher war, dass sich mit den Erlebnissen, die das Fährschiff hergeben mochte, tatsächlich eine Reportage würde verfassen lassen, hatte sich Thomas Steinhövel zum Ziel gesetzt, zu beschreiben, wie norwegischer Lachs auf die Schweizer Teller kam. Sollte Torre Ulrikken aber weiterhin so wortkarg bleiben, würde Steinhövel Mühe haben, angemessen über diese zum Gemüse-, dann zum Fischmarkt in Oslo führende Reise zu berichten.

Aber egal, was auf dieser Fahrt noch alles passieren oder ausbleiben würde: Sie würde es ihm ermöglichen, mehr oder weniger spesenfrei zu Mihai Tinescu und zu jenem sonderbar anmutenden Sicherheits- und Überlebenskurs zu gelangen, von dem Tinescu ihm in einer umständlich formulierten Mail berichtet hatte. Vor einer Woche erst hatte sich Tinescu zum ersten Mal bei ihm gemeldet, offenbar hatte er sich einen Computer angeschafft. Steinhövels Frage, ob er es also vorziehe, statt in Spanien Erdbeeren zu pflücken, im kühlen Norden nach Erdöl zu bohren, hatte Tinescu unbeantwortet gelassen. Umso ausführlicher aber hatte er geschildert, weswegen er sich entschieden habe, auf einer nordnorwegischen Ölplattform arbeiten zu gehen. Weil Tinescu offenbar verpflichtet war, vor Arbeitsantritt in der verregneten Küstenstadt Bergen einen drei Tage in Anspruch nehmenden Sicherheitskurs zu absolvieren, war Steinhövel sogleich fest entschlossen, diesen Kurs ebenfalls zu absolvieren.

Bis fast nach Karlsruhe beschränkte sich Steinhövel darauf, zu beobachten und zu notieren. Er beschrieb, wie Ulrikken, wenn er einen Wagen überholte oder wenn die Autobahn in Kurven verlief, sein ganzes Gewicht verlagerte, gerade so, als würde der Lastwagen die Kurve sonst nicht kriegen. Und er notierte, wie Ulrikken, der seine mit blonden Haaren bewachsenen Hände auf dem Lenkrad aufliegen ließ, von Zeit zu Zeit, wohl zur Entspannung, alle zehn Finger spreizte.

Steinhövel legte einen Film in die alte Praktika, Lichtempfindlichkeit 400 Asa, prüfte den Filmtransport und erstellte versuchsweise ein paar Fotografien. Solange Berufsfotografen wie Gambelli oder Fernanda analog fotografierten, gab es wohl Gründe, auf digitale Fotografie zu verzichten.

Wahrscheinlich würde *Der große Bund* nie mehr genügend Geld aufbringen können, um ihm einen Fotografen mitzuschicken, und aufgrund der mageren Zeilenhonorare konnte er nicht daran denken, eine bessere Kamera zu kaufen. Aber auch aus sentimentalen Gründen würde er weiterhin mit dieser Kamera arbeiten wollen, denn der urtümliche Apparat mit dem spiegelverkehrt im Sucher erscheinenden Bild war eng verbunden mit der Erinnerung an Aca Mandić, dessen Schicksal ihn untergründig weiterhin beschäftigte.

»Einmal bin ich von Hirtshals aus bis nach Fredericia, quasi quer durch ganz Dänemark, mit offenem Heck gefahren«, sagte Torre Ulrikken unverhofft in die Stille hinein. Er sprach, wie die meisten Skandinavier, ein geschmeidiges, gut verständliches Englisch. »Kein einziger Fisch ist rausgefallen, keinen Eiswürfel habe ich verloren«, sagte er, »es war dunkel wie in einer Kuh, und ich habe es erst bemerkt, als mich ein anderer Chauffeur darauf aufmerksam gemacht hat.«

»Macht es für dich einen Unterschied, was du transportierst?«

»Ist mir egal«, sagte Ulrikken. »Aber Fisch mag ich nicht. Als Kind habe ich mich an einer Gräte verschluckt, habe geglaubt, sterben zu müssen. Das war's dann.«

»Was für Fische bekommst du in Oslo?«

»Nur Lachs«, sagte Ulrikken. »Norwegischen Lachs. Darauf ist die Firma, die meinen Lastwagen bucht, spezialisiert.«

Steinhövel nickte und ließ etwas Zeit verstreichen, denn es schien ihm, es gehöre dies zu einem skandinavischen Gespräch. Abfahrt um Abfahrt passierten sie, ohne viel mehr als Lärmschutzwände zu sehen, das Zentrum von Karlsruhe. Dann fragte er, wo dieser Lachs gefangen werde.

»In Norwegen gibt es keinen Wildlachs mehr«, sagte Ulrikken trocken und zerstörte damit Steinhövels Vorstellung von wortkargen Norwegern, die morgens um vier in See stechen.

»In Schottland gibt's noch ein paar wilde Lachse, aber die sind geschützt.«

Einer minimalen Steigung wegen musste Ulrikken schalten, ihr Tempo sank von hundertdrei auf sechsundneunzig Stundenkilometer.

»Ich hole Zuchtlachs«, fuhr Ulrikken fort, »er wird entlang der Südküste produziert, in Fischgehegen.«

Steinhövel schaute ihn fragend an.

»Das sind Zuchten, die im Meer schwimmen. Mit denen kann man, wenn es Zeit ist, zwei- oder dreitausend Tonnen Lachs in die Schlachtstationen holen. Das stresst die Fische am wenigsten. Sie merken gar nicht richtig, wenn das Gehege vom Zugschiff langsam in die Bucht gezogen wird.«

Steinhövel nickte interessiert.

»Mit einem großen Saugrohr werden die Fische dann angesogen und durch Elektroschock getötet.«

»In Oslo?«
»Östlich von Oslo. An der ganzen Küste«, sagte Ulrikken und brachte sie in der Ebene zurück auf hundertdrei Stundenkilometer. »Dann wird alles nach Oslo gekarrt. Oslo verschickt Lachs in die ganze Welt. Per LKW oder Flugzeug. Tiefgefrorenen Fisch auch mit dem Schiff.«
Dann war es wieder eine lange Weile still.
Als sie überholt wurden von einem Kleinbus der Universität Dresden, dachte Steinhövel an seine Schwester Marlene, deren Schwangerschaft ihn beschäftigte. Er wusste freilich auch nicht, wo Alim sich umtrieb, versuchte Marlene gegenüber aber nicht den Eindruck zu erwecken, als mache er sich Sorgen. Machte er sich aber. Und er schämte sich, weil es ihm am Telefon nicht gelungen war, Freude auszudrücken über diese Schwangerschaft. Das hing vor allem damit zusammen, dass er nicht sicher war, ob Marlenes über Jahre hin erarbeitetes Talent, sich in unmögliche Männer zu verlieben, diesmal nicht etwas allzu deutlich zur Geltung gekommen war.
Wobei Alim nicht unmöglich schien, ganz im Gegenteil, nicht einmal der beachtliche Altersunterschied zwischen den beiden frappierte Steinhövel. Er kannte ihn zwar kaum, aber die paar Dinge, die er über ihn sagen konnte, sprachen für ihn, und solange Alim nicht wusste, dass er Vater werden würde, konnte es, das war das Gute an der Geschichte, zu keinen Beziehungsproblemen kommen, aber derart nüchtern wagte er das nicht zu sagen. Dass er Marlene versichert hatte, ihn jederzeit anrufen zu können, und dass er ihr viel Kraft gewünscht hatte, schien ihm nun beschämend platt, unpersönlich und standardisiert. Auch schämte er sich ein bisschen, dass ihn ihre Schwangerschaft im Grunde weniger interessierte als die Dinge, die sie ihm über Vinko Tošorović und die ermordeten Zeugen erzählt hatte. Vielleicht war das seine Déformation professionelle: Ihn interessierten vor allem Dinge, die sich eventuell für eine Reportage eigneten. Die Verbrechen, die

Tošorović zur Last gelegt wurden, faszinierten ihn nicht weniger als der Umstand, dass der Fall, wenn es der Anklage nicht gelingen sollte, zusätzliche Zeugen zu finden, an ein serbisches Gericht abgegeben würde.

Sie wurden von einem unglaublich schnellen Sportwagen überholt, Steinhövel fand zurück in die Gegenwart.

»Nein, ich habe nie Lastwagenfahrer werden wollen«, sagte Ulrikken, als ihn Steinhövel danach fragte. »Ich habe in einer Wohngruppe gearbeitet mit psychisch Kranken. Ein guter Job, halbwegs anständig bezahlt. Aber der Chef hat sich im Pausenraum erhängt, kurz nach acht Uhr an einem Montagmorgen, und als wir um neun Kaffee holen wollten, haben wir ihn dort gesehen mit aufgequollenen Augen. Ich wollte diesen Raum nie mehr betreten und war fertig mit diesem Job.«

Als sich Steinhövel wieder gesammelt hatte und Ulrikken nach seinen Arbeitsabläufen fragte, verschaffte er ihm einen kurzen Überblick: Dienstags parke er seinen Laster an einem Dock eines außerhalb Mailands gelegenen Verladezentrums und lasse sich den Anhänger mit aus ganz Italien und Spanien herangekarrtem Gemüse füllen. Nachmittags fahre er mit diesen fünfundzwanzig Tonnen zum Güterbahnhof, wo er, gemeinsam mit vierzig anderen, seinen Lastwagen auf die Spezialwaggons der Bahn lade und die Nacht, während der Zug nach Basel rolle, kartenspielend mit seinen Kollegen in einem Schlafwagen verbringe. Mittwochs beginne die lange Zeit auf Achse, das lange Sitzen in der Fahrerkabine. Knapp tausendsechshundert meist mit dem Tempomat gefahrene Schnellstraßenkilometer, eine Übernachtung in einer Raststätte, meist in Großhansdorf bei Hamburg, frühmorgens über den deutsch-dänischen Zoll, um pünktlich die Fähre nach dem norwegischen Larvik zu erwischen, die am frühen Nachmittag dort ankomme. Dann Endspurt bis Oslo, wo er, wenn alles rundlaufe, donnerstags gegen siebzehn Uhr eintreffe. Das sei noch früh genug, um alles Gemüse zu löschen. Der Freitag sei dann sein freier Tag, den er leider in der teuersten Stadt Europas verbringen müsse, wo man nicht einmal Lust bekomme, sich ein belegtes Brot zu leisten. Samstags müsse er rechtzeitig auf dem Fischmarkt sein, wo er den Laster mit Lachs gefüllt bekomme, um am besten vor fünfzehn Uhr sein kariertes Hemd in den Hosenbund zu stopfen, die südwärts führende Autobahn aufzusuchen und das Gaspedal durchzudrücken. Leer sei sein Lastwagen nur auf dem Abschnitt zwischen Basel und Mailand.

Mannheim, Frankfurt und Gießen lagen hinter ihnen, als Steinhövel fragte, ob er ein Bild machen dürfe von seinen auf dem Steuerrad liegenden Händen. Ulrikken nickte und hielt die zuvor gespreizten Finger sogleich ganz normal. Nicht einverstanden mit dieser ästhetischen Zensur, ließ sich Steinhövel nichts anmerken, suchte eine geeignete Perspektive, die nicht nur die Hände abbildete, sondern auch vom Tacho, vom Tourenzähler und unscharf etwas von der Straße erkennen ließ, fokussierte auf die Hände, drückte auf den Auslöser und bedankte sich für das Bild. Es dauerte nicht lange, bis Ulrikken seine Finger wieder spreizte. Steinhövel hatte sämtliche Kameraeinstellungen beibehalten, nahm den Apparat zur Hand in einer Art, als wolle er etwas überprüfen, hielt blitzschnell das Auge an den Sucher, wählte den bewährten Ausschnitt und drückte ab. Sollten die Hände mit den gespreizten Fingern wirklich so gut aussehen, wie er glaubte, so hatte das Bild Chancen, dieser Geschichte als Titelbild zu dienen.

»In meinem Anhänger haben einunddreißig Pal Platz«, begann Ulrikken plötzlich von selbst. »Auf jeder Pal siebenundzwanzig Kisten mit circa zwanzig bis fünfundzwanzig Kilogramm Lachs. Alle schön auf Eis gelegt. Einunddreißig Pal à siebenundzwanzig Kisten macht achthundertsiebenunddreißig Kisten. Achthundertsiebenunddreißig Kisten à fünfundzwanzig Kilogramm macht ungefähr einundzwanzigtausend Kilogramm Lachs. Das restliche Gewicht, das sind die Eiswürfel.«

Steinhövel notierte sich zufrieden diese Zahlen.

»An diesem Imbissstand«, sagte Ulrikken und biss, als sie einen gesetzlich verordneten Halt einlegten, in einen Hotdog, »habe ich mich vor drei Jahren verliebt.« Er strich den Senf, der beim zweiten Bissen aus dem Brot hervorquoll, auf seinen Zeigefinger, steckte diesen in den Mund und sagte dann: »Hier hat sie gearbeitet. Jedes Mal, wenn ich gekommen bin, hat sie ihre Bude eine halbe Stunde geschlossen, um mit mir auf der Toilette eine Nummer zu schieben. Sie hat davon geträumt, als Floristin zu arbeiten oder noch lieber als Landschaftsarchitektin. Eines Tages war sie weg, hat meine Nachrichten nicht mehr beantwortet, nie mehr. Das war's.«
Steinhövel blickte Ulrikken lange an, unsicher, ob es Ulrikkens Fehler oder aber die ungerechte Welt war, die seine Geschichten jeweils derart abrupt enden ließ. Allmählich bekam Steinhövel eine Ahnung davon, wie heimatlos dieser Typ wohl lebte.
»Seither«, sagte Ulrikken und war damit auch fertig mit seinem Hotdog, »seither glaube ich nicht mehr daran, an einer Raststätte die Frau fürs Leben zu finden.«
Nach diesem kurzen Aufenthalt fragte Ulrikken Steinhövel, ob es ihm etwas ausmachen würde, wenn er sich jetzt einen schwedischen Krimi anhörte. Steinhövel verstand kein Schwedisch, hatte aber nichts dagegen einzuwenden, sich den Arbeitsgewohnheiten Ulrikkens anzupassen. Ulrikken öffnete das mit einer beachtlichen Sammlung von Hörbüchern belegte Handschuhfach.
»Schweden und Finnen schreiben gute Krimis«, sagte Ulrikken, wählte eine CD aus und saß die nächsten fünfundsiebzig Minuten hinter dem Steuer wie einer, der sich gut unterhält. Als das Hörbuch unterbrochen wurde von einer Nachrichtensendung, hörte er sich widerwillig den Straßenzustandsbericht an, um sofort wieder mit seinem Krimi weiterzufahren.
Die Nacht senkte sich, Ulrikken schaltete die großen Lichter an, in der Kabine wurde es gemütlich wie in einer Blockhütte.
Nach einer nur zweimal kurz unterbrochenen, zwölf Stunden dauernden Fahrt, als sie die Höhe Hamburgs erreicht hatten, schrieb

das Gesetz Torre Ulrikken eine längere Pause vor, und also bog er, wie er das meistens tat, auf einen nach dem Dorf Großhansdorf benannten Rastplatz ein, auf dem schon ein paar Arbeitskollegen parkten.

Während sie Brot, Fleischkäse, Chips und Gurken aßen, zeigte Ulrikken Steinhövel die verbleibende Route, erklärte ihm, weswegen es der vorgeschriebenen Pausen wegen doch am schnellsten war, die zwischen Hirtshals und Larvik verkehrende Fähre zu benutzen.

»Ich kann besser abschalten, wenn er läuft«, sagte Ulrikken und drückte am kleinen Fernseher herum. Es war ziemlich eng zu zweit, und Steinhövel war zu müde, sich gegen den Lärm zu wehren. Er war bloß heilfroh, nicht übermorgen schon die gesamte Strecke wieder zurückfahren zu müssen.

Torre Ulrikken saß bereits hinter dem Steuer, als der Wecker Steinhövel aus dem Schlaf holte. Aus winzigen Augen heraus begrüßte ihn Ulrikken mit einem gut gelaunten Nicken, Steinhövel verstand, dass ein vor dem ersten Kaffee angezetteltes Gespräch wenig Sinn stiften würde.

»Morgens fahre ich gerne ein wenig mit leerem Magen«, erklärte er bloß und ließ Steinhövel hungern, bis sie die deutsch-dänische Grenze passiert hatten. Dort, in einer in der Nähe von Haderslevo gelegenen Raststätte, in der Ulrikken zu frühstücken pflegte, indem er sich eine Tasse Kaffee und einen Liter Orangensaft zuführte, platzte Steinhövel auf seinem Gang zur Toilette in eine familiäre Angelegenheit: Ein mit tätowierten Unterarmen am Pissoir stehender Punk war vertieft in ein Gespräch mit seiner von ganz ähnlichen Tattoos übersäten Frau, die ihrem auffallend untätowierten, neben dem Pissoir auf einem heruntergeklappten Wickeltisch liegenden Kleinkind die Windeln wechselte und sich wenig darum kümmerte, als Frau in einer Herrentoilette herumzustehen.

Ein in einer Herrentoilette eingebauter Wickeltisch – Steinhövel begriff es allmählich – war der Hinweis darauf, dass sie in Skandinavien angekommen waren. In einem Skandinavien, das noch immer mindestens tausend oder tausendfünfhundert Kilometer von jenem Äkäsjokisuu entfernt lag, in dem Heljä Halkkanen hockte und sich, wie Steinhövel glauben musste, nicht darum bemühte, seinen Brief zu beantworten. Die Distanz zwischen Oslo und dem finnischen Norden – Steinhövel sah das später auch auf Ulrikkens Straßenkarte – war derart groß, dass er das Gefühl, sich in der Heimat Heljäs aufzuhalten, bald schon abschüttelte.

63. KAPITEL
ST. PETERSBURG, RUSSLAND – OSTSEE

Die beißende Kälte des Wassers, der Abfall, der noch und noch vor seinen rudernden Armen und seinem Mund auftauchte, dazu die Gefahr, von einer plötzlich wieder in seiner Richtung kursierenden Hafenpolizei aufgegabelt zu werden – das alles kümmerte Aca Mandić wenig. Was ihn weit mehr belastete, war der Umstand, dass er dem Schlepper seine Tasche und seinen Mantel hatte geben müssen, um überhaupt schwimmen zu können. Hose, Pullover und die eng geschnürten Schuhe mit den Rubelscheinen – das war alles, was er noch besaß. Dies und die absurde Hoffnung, es trotz allem nach Deutschland zu schaffen.
Sport hatte Aca nie interessiert, seine von Musik begeisterten Eltern hatten ihn diesbezüglich auch nie gefördert. Was ihm hier schwimmend abverlangt wurde, übertraf deswegen alles, was er in seinem bisherigen Leben körperlich zu leisten gehabt hatte.
Der Schlepper hatte ihm die Route knapp erklärt: Weil er das Schiff rückseitig, also im Schutz der Dunkelheit würde erreichen müssen, bestand seine Aufgabe darin, erst einmal nicht zu nahe an den hell erleuchteten Verladekränen vorbei- und dann bis zum Ende des fingerdockähnlichen Hafenarmes hinauszuschwimmen, um dort hinüberzuwechseln ins nächste Hafenbecken, in welchem kein Betrieb und stockdunkle Nacht herrsche; auf der Schattenseite des Schiffes werde er einen Strick sehen, an dem er sich in den Rumpf der Germania würde hochziehen können.
Aca bemühte sich, regelmäßig zu atmen. Wenn nicht alle seine Bewegungen dazu dienten, ihn vorwärtszubringen, so trugen sie doch dazu bei, ihn vor einer raschen Unterkühlung zu schützen, und die außerordentliche Anstrengung ließ seine Zahnschmerzen in den Hintergrund treten.

Er hatte die Spitze seines Rundkurses fast schon erreicht, als das Schiff der Hafenpolizei auftauchte. Angst erfasste ihn. Dreißig, vierzig Meter außerhalb seiner Schwimmroute schaukelte eine große, rotes Licht verbreitende Boje im Wasser. Würden sie ihn in diesem Licht noch besser erkennen? Oder würde er sich hinter der Boje verstecken können? Zeit, sich zu entscheiden, blieb ihm keine. Und weil ihm schien, er werde etwas Distanz zwischen sich und die Hafenpolizei legen können, wenn er hin zur Boje schwamm, tat er es.

Als er die mit schmierigen Algen bewachsene Boje erreicht hatte, war das Schiff der Hafenpolizei schon ziemlich nahe, seine Scheinwerfer leuchteten strikt in Fahrtrichtung.

Die Boje bestand in ihrer unteren Hälfte aus einem metallenen Rumpf von etwa drei Metern Durchmesser; es war nicht schwierig, sich hinter dem Ungetüm zu verstecken. Aca ließ das Schiff passieren und gewann an Zuversicht.

Vielleicht war es diese Pause, die seine Muskeln nicht goutierten; Hals, Rücken und Arme fühlten sich, als er losschwamm, steif und hart an, alles in ihm zog sich zusammen, zurück in einen warmen Kern. Er musste sich alsbald schwimmend auf den Rücken drehen, so gut das mit dem Gewicht seiner Schuhe überhaupt ging; er mühte sich ab im Versuch, einen Muskelkrampf abzuwehren. Immerhin war das Wasser im Hafen nahezu frei von Wellen. Wie er die Kraft aufbringen sollte, sich an einer Strickleiter hochzuziehen, konnte er sich nicht vorstellen.

Zug um Zug näherte er sich der dunklen Rückseite der Germania. Wenige Dutzend Meter trennten ihn von ihrem Heck, als er erkannte, dass dort tatsächlich eine Strickleiter herunterbaumelte. Er japste und sprach mit sich selbst; hätte der Schlepper neben ihm gestanden, er hätte ihn kräftig umarmt. Aber der Schlepper stand nicht neben ihm, und er selbst, er stand auch nicht, er schwamm mit aller Kraft und doch sehr langsam durch ein schmutziges Hafenbecken.

Als Mandić die mächtige Flanke des Schiffs erreicht hatte und hochblickte zur Strickleiter, stellte er fest, dass sie zu kurz war. Sie endete zwei volle Meter über der Wasseroberfläche. Egal, wie er sich auch bemühte, er hatte keine Chance, den Strick zu ergreifen. Er tastete die Schiffsflanke ab, suchte nach einem Einschnitt, nach einer Nische, nach einer egal wie kleinen Muschel, die ihm geholfen hätte, sich hochzustemmen. Aber da war nichts, die Germania war gut gewartet, eine glatte Wand aus Stahl war aufgebaut vor ihm, hart, kalt und mächtig.

In der Verzweiflung wagte er es, sich bemerkbar zu machen: Er schlug mit den Fäusten ins Wasser und wollte um Hilfe rufen, aber sein Unterkiefer zitterte, seine Zunge war deutlich wärmer als seine Lippen, und was er von sich gab, hörte sich an wie das Röcheln eines angefahrenen Tieres. Erschrocken klopfte er an die Schiffswand, hämmerte wie verrückt und bemerkte erst jetzt seine blutende Hand. Vielleicht hatte er sich an der Boje geschnitten oder an einem Stück Abfall; die Innenfläche der rechten Hand blutete stark, und sein Körper meldete keinerlei Schmerzen.

Seine Hoffnung, das Schiff erklettern zu können, starb. Damit sich sein Körper nicht weiter abkühlte, musste er schwimmen.

Widerwillig entfernte er sich von der Germania, blickte, rückwärts schwimmend, an ihr hoch und versuchte zu erkennen, wo die Strickleiter hinführte. Eine Luke war zu sehen, eine von maisgelbem Licht schwach erhellte Luke, eine der untersten Luken des Schiffes überhaupt. Aber was nützte ihm dies?

Weit hinaus schwamm er und hielt sich schließlich an einer grün leuchtenden Boje fest. Unsicher, ob er versuchen sollte, an ihr hochzuklettern und dank der runden Plattform aus dem eiskalten Wasser zu steigen, wurde er von einem herannahenden Schiff gezwungen, im Wasser abzuwarten. Es war diesmal nicht die Polizei, sondern ein kleineres Frachtschiff, das in den Hafen einlief. Aca hielt es dennoch für klug, sich versteckt zu halten.

War das ein Fisch, den er an seiner Wade spürte, oder war sonst etwas in sein Hosenbein geraten? Mühsam erkletterte er die metallene Plattform. Sie war übersät mit schwarzen Muscheln, deren scharfe Kanten auch in der Nacht aufglänzten. Es war eng und es schaukelte, aber Aca legte sich hin, nah am Abgrund und nah an der grünen Lampe. Er bemerkte nicht, wie die Muscheln seine vom langen Aufenthalt im Wasser aufgeweichte Haut verletzten.

Sein Unterkiefer zitterte nicht mehr, sein Oberkörper zitterte nicht mehr, die schwankenden Bewegungen der Boje ließen nach, er schloss die Augen.

Die Wellen, die das vorbeifahrende Frachtschiff ausgelöst hatte, waren sanft und schaukelten ihn in einen Schlaf. Er träumte, wie er mit seinem Bruder Bogdan in einem sibirischen Herbststurm vom Weg abkam. Es war schön, sich im Schneetreiben zu verirren, schön zu sehen, dass die endlose Natur für sie beide sorgen würde, schön, schließlich auf einer Waldlichtung neben Bogdan liegend einzuschlafen. Diese Traumbilder waren getragen von einer zauberhaften Lautlosigkeit und bestrickend im kristallenen Glanz der Flocken.

Im Traum lag er bereits im Sterben und empfand Mitleid mit jenen sich ihnen vorsichtig nähernden Wölfen, die nun mit seinem Fleisch vorliebnehmen mussten. Aber ehe der erste Wolf zubiss, wandte er sich blitzschnell ab – und stürzte von der Boje ins Wasser. Sein Kopf war vollständig untergetaucht, als er zu sich kam. Panisch riss er den Mund auf, das salzhaltige Wasser drang in ihn ein, schoss in seine Lungen. Um sich schlagend wie ein wildes Tier, erreichte er die Wasseroberfläche, spuckend, hustend, nach Luft ringend. Die Angst, ertrinken zu müssen, erfüllte ihn mit einer unbändigen Energie. Er rief die Namen aller Heiligen, die er kannte. Es dauerte eine Weile, bis er sicher war, sich über Wasser halten zu können.

Dass die Germania noch im Hafen stand, erschien ihm nun wie eine Verheißung. Das Tempo, mit dem er sich im Wasser vorwärtsbewegte, schien diesen Namen nicht verdient zu haben, er kam kaum vom Fleck, aber er sah schon von Weitem die Strickleiter; er fühlte, sie hing tiefer, er würde sie ergreifen können.

Japsend erreichte er die Schiffsflanke, streckte seine Hand aus und umfasste das dicke Seil. Es hielt. Mit aller Kraft, die er aufzubieten vermochte, zog er sich aus dem Wasser und hoch in Richtung der rettenden Luke.

Oben angekommen, befand er sich in einer winzigen, mit surrenden Einbauschränken vollgestellten Kammer. Das Licht einer nackten Glühbirne blendete ihn; es dauerte, bis er seinen Mantel und seine Tasche erkennen konnte. Er stürzte sich auf sie. Das Blut, mit dem er den Mantel beschmierte, nahm er als Beweis, trotz allem noch lebendig zu sein. Er ließ ein Wimmern hören, das gleichzeitig ein Lachen und ein Heulen war.

Als die Tür sich öffnete und ein Mann eintrat, schien ihn das nicht zu betreffen. Das fand außerhalb seiner Welt statt, er war jetzt auf dem Schiff, auf dem Weg nach Deutschland, und hatte das Geld noch, das er in Rom für den neuen Pass benötigen würde.

Der Mann, der die Strickleiter hereingeholt hatte und sich jetzt über Aca beugte, war der Schlepper. Er befahl ihm, Mantel und Tasche mitzunehmen, löschte das Licht und zerrte ihn über zwei metallene Treppen hinab in das Dunkel des Schiffsrumpfs.

Der Mann sagte noch etwas, aber Aca verstand ihn nicht. Der Lärm der Schiffsmotoren war zu laut.

Als Aca nach einem langen Schlaf erwachte, war es noch immer dunkel. So dunkel, das er kaum die eigene Hand vor der Nase erkennen konnte, und so laut, dass er die eigene Stimme nicht hörte. Schweiß stand auf seiner Stirn, es war heiß und stickig. An einer Rohrleitung verbrannte er sich fast die Hände, an einer anderen schlug er sich den Kopf an.

Hinter ihm öffnete sich eine Tür, grelles Licht schoss herein. Endlich sah er den Raum, in dem er sich befand, endlich erkannte er, wie umzingelt er war von unglaublich dicken Rohrleitungen, von

Ventilen, Flanschen, Druckmessgeräten und Pumpstationen. In einem Plastikkübel brachte ihm der Schlepper etwas zu Essen, reichte ihm eine Flasche mit Wasser.

Aca fragte ihn nach einer Toilette, der Schlepper schüttelte den Kopf, sagte etwas, das er nicht verstand, dann wandte er sich ab, schloss die Tür und ließ ihn im Lärm allein. Er legte die Wasserflasche und den Plastikbehälter auf den Boden, kletterte über eine niedrige Rohrleitung zur Tür und mühte sich mehrere Minuten damit ab, sie zu öffnen.

Zermürbt tastete er sich in eine Ecke, urinierte ins Dunkel hinein, suchte dann lange sein Essen und setzte sich, angelehnt an die einzige Wand, die sich zum Anlehnen eignete, auf den Boden.

Er aß wie ein Hund, aber er war dankbar.

Die Zeit dehnte sich.

Täuschte er sich oder rochen seine Hände nach Kot? Nach dem Kot jener, die vor ihm in dieser Kammer eine Überfahrt von St. Petersburg nach Lübeck hinter sich gebracht hatten? Und war das sein eigener, durch die Vibrationen rasch in der ganzen Kammer sich verteilender Urin, in den er sich soeben gesetzt hatte?

Irgendwann gelang es ihm, Mantel und Sporttasche so zu positionieren, dass es ihm stundenweise möglich war, etwas zu schlafen. Aber er schaffte es nicht, dem Schlepper beizubringen, dass er seine Zahnschmerzen nicht mehr aushielt. Die Farbe jener Flüssigkeit, die er auf dem Finger trug, wenn er sein Zahnfleisch berührte, konnte er nicht sehen, aber es musste Eiter sein.

64. KAPITEL
DUKLA, POLEN

Weiterhin mit der wahrscheinlich unrealistischen Idee liebäugelnd, ihre juristische Karriere abrupt abzubrechen, saß Marlene Steinhövel an eine besonnte Junglärche gelehnt in den Beskiden, las im Buch *Über den Mechanismus der Zapfenöffnung bei Larix leptolepis und Larix decidua* und schrieb:
Geliebter Alim,
gestern habe ich mein Weißbrot und meine Salami mit zwei breitschultrigen Forstarbeitern geteilt. Die beiden waren auf dem Weg zum Dorfladen, es war ihnen der Sprit ausgegangen für ihre Motorsäge, und als sie mich sitzen und lesen sehen haben in dem Buch *Über den Mechanismus der Zapfenöffnung bei Larix leptolepis und Larix decidua*, da haben sie sich zu mir gesellt, beide mit imposanten Forstarbeiterschnauzbärten, beide mit verschwitztem Haar unter den Mützen, beide mit dunkel glänzenden Augen. Vielleicht gelingt es mir ja, Dich etwas eifersüchtig zu machen, wenn ich schreibe, welchen Charme die beiden an den Tag und an den Fuß dieser Junglärche gelegt haben. Ich habe mich, wenn ich ein bisschen übertreiben darf, wie eine frisch entdeckte Waldfee gefühlt, aber jetzt, da sie weg sind, schmerzt es umso mehr, dass unsere Geschichte zurzeit frei von jeglichem Zauber ist. Ob Dir endlich der Zapfen aufgeht?
Erst jetzt fiel Marlene auf, dass einer der Forstarbeiter, und zwar jener, den sie für den charmanteren hielt, dessen Augen und Stimme Wärme ausstrahlten – dass jener Forstarbeiter Gerardo Gambelli geähnelt hatte, weswegen sie diese Begegnung umso mehr irritierte. Um sich wieder auf den Brief und Alim zu konzentrieren, rief sie sich alle unzuverlässigen Eigenschaften Gambellis in Erinnerung, und schon war Marlene wieder sicher, hier in den

Beskiden und in der Hoffnung auf Alim immerhin halbwegs am richtigen Ort zu sitzen.
Wenn ich diesen Aufenthalt hier abbreche und zurückreise nach Langenthal, wirst Du dann dort sein? Wirst Du Deinen süßen Hintern – oder soll ich müden Arsch sagen? – wirst Du Deinen süßen Hintern nach Langenthal, zu mir hin bemühen? Die Samen der Lärche sind einseitig beflügelt, lese ich, und genau so fühle ich mich: einseitig amputiert. In der Bach-Blüten-Therapie wirken Lärchenblütenessenzen gegen Wehmut und Mutlosigkeit, aber ich weiß nicht, ob ich diesen Hokuspokus glauben soll.
Herzlich, Deine Marlene

Im staubigen, vor allem von spielsüchtigen Jugendlichen frequentierten Internet-Café stöberte Marlene durch die Websites der deutschsprachigen Presse und erfuhr, dass die Anklage gegen Admir Tahiri erhoben worden war. Um Unruhen und Einschüchterungen im Kosovo zu vermeiden, hatte das Tribunal, so schrieb die Zeitung, darauf verzichtet, die Anklagepunkte zu veröffentlichen. Ebenso bleibe vorerst offen, ob die Anklageschrift Namen weiterer ehemaliger Angehöriger der Befreiungsarmee UÇK nennen werde. Tahiri, so war weiter zu lesen, habe seine politischen Ämter niedergelegt, öffentlich seine Unschuld beteuert und sich bereit erklärt, sich unverzüglich nach Scheveningen ins Untersuchungsgefängnis überführen zu lassen.
Was Tahiris Rolle anging, so schien klar, dass er die Rebellen in der Region Pejë im Westen des Kosovo befehligt hatte. Während des Kriegs habe er, so die Ermittlungsakten, zwei seiner Brüder im Gefecht verloren, ein weiterer sei wegen eines Mordfalls unter rivalisierenden Guerillagruppen verurteilt worden. Tahiri selber sei im November zweimal von Ermittlern des Haager Tribunals vernommen worden. Obwohl ihm damals bereits eine Anklage gedroht habe, sei er, ganz klar gegen den Wunsch der Europäischen Union, zum Ministerpräsidenten berufen worden.

In den drei Monaten seiner Amtszeit habe der sechsunddreißigjährige ehemalige Armeekommandant dank Tatkraft und kluger Entscheidungen die von politischen Rivalen geäußerte Kritik verstummen lassen. Der in jüngeren Jahren in der Westschweiz als Kampfsportlehrer und Türsteher engagierte Tahiri habe, so wurde ein Pressebericht zitiert, in den vergangenen Jahren nicht nur sein schulisches Defizit spielend wettgemacht, sondern sich auch den auf internationalem Parkett notwendigen Umgang angeeignet.
In seinem Aufruf an die Bevölkerung habe Tahiri seinen Entscheid, sich dem Uno-Tribunal in Den Haag zu stellen, als notwendiges Opfer für sein Land auf dem Weg in die Unabhängigkeit bezeichnet. Seine Landsleute habe er aufgefordert, sich ebenfalls im Interesse des Landes zu verhalten.
Schließlich wurde Chefanklägerin Carla Desilvestri zitiert, die große Hoffnungen in diesen Fall setzte und erklärte, dass soeben, um genügend Zeugen zu rekrutieren, europaweit ein mehrsprachiger Zeugenaufruf veröffentlicht worden sei.
Marlenes Stirn legte sich in Falten.
Marlene war nicht allzu überrascht darüber, dass Tahiri kurz nach seiner Verhaftung in einer Stellungnahme erklärt hatte, die albanischen Freiheitskämpfer könnten nicht mit den serbischen Aggressoren gleichgesetzt werden. Er hatte sogar unterstrichen, dass seine Taten während des Krieges im Einklang gestanden hätten mit internationalem Recht und, wie er anfügte, dem Kodex männlicher Ehre.
Kodex männlicher Ehre: Als Marlene diesen Begriff unter die Augen bekam, musste sie sogleich an Alim denken; sie war überzeugt, dass ein derartiger Begriff auch von Alim stammen könnte.
Weil sie die Vermutung nicht loswurde, das Abtauchen Alims habe zwar nichts mit Tahiri, aber doch mit den anhaltenden Unruhen im Kosovo zu tun, erwog Marlene einmal mehr, dorthin zu reisen, um ihn zu suchen. Um sich von dieser aussichtslosen Idee wieder abzubringen, wählte sie in einer Telefonkabine die Nummer

Corinnas, deren gute Laune sich sofort auf Marlene übertrug. Es war ein Genuss, mit Corinna über den Begriff Kodex männlicher Ehre herzuziehen.

Nach dem Telefonat setzte sich Marlene erneut zur jungen Lärche, dachte kurz über ihre beiden Ratten nach, welche es, Corinna hatte ihr das am Schluss noch erzählt, unerklärlicherweise geschafft hatten, nicht nur die Stangen ihres Geheges durchzubeißen, sondern auch, trotz der solide abgeschlossenen Tür, vollständig spurlos aus dem Amnesty-Büro zu verschwinden. Ihr gefiel die Vorstellung, dass sich diese Ratten die Freiheit zurückerobert hatten, und während sie noch schmunzelte über diese Viecher, holte sie den Brief hervor, las ihn nochmals durch und fügte hinzu:
Geliebter Alim,
die Lärche ist ein Baum, der außerordentlich standorttolerant ist. Ich wünschte mir, es wären meine Gefühle für Dich wenigstens ein wenig abwesenheitsresistent. Junge, fein geschnittene Lärchennadeln können als Wildgemüse verwendet werden und verleihen Mischsalaten einen süß-sauren, herben Geschmack. Melde Dich doch, es zerreißt mir das Herz – Deine Marlene

65. KAPITEL
SKËNDERAJ – RADONIQ, KOSOVO

Ein strahlend blauer Himmel stand über den braunen Feldern, ein Himmel, dessen Kraft und Fröhlichkeit in heftigem Kontrast stand zu jenem Gefühl, mit dem Alim Jahiji im Alfa Romeo saß. Der betagte Wagen gehörte seinem noch immer inhaftierten Bruder, und Alim nutzte die Zeit, die seine Mutter für den Einkauf aus dem Haus gegangen war, um sich aus dem Staub zu machen.

Erfüllt von düsteren Erwartungen, fühlte er sich verpflichtet, so rasch wie möglich nach Radoniq zu gelangen, um das Massengrab aufzusuchen, von dem Siham gesprochen hatte. Weil er befürchtete, auf dem direkten Weg Azem zu begegnen, fuhr er erst in die entgegengesetzte Richtung, hoch in die Hügel, auf kurvenreichen Straßen.

Was den Radoniqit-See betraf, so lag er durchaus auf einer für Jarmila möglichen Fluchtroute – es war, von Klinë e Mesme aus gesehen, nicht der direkteste Weg, um nach Montenegro zu gelangen, aber wer sich fürchtete, auf der großen Straße Opfer eines Anschlags zu werden, kam gewiss rasch auf die Idee, den Umweg über jenes Tal zu wählen.

Nach mehreren Abzweigungen näherte sich Alim einem militärischen Stützpunkt der Kfor, auf dem eine ganze Batterie strahlend weißer Toyotas stand, geschmückt mit den himmelblauen Lettern der Uno. Alim erinnerte sich, wie deutlich Amadjani die Internationalen kritisiert hatte. Mit mehreren tausend Mitarbeitern aus über vierzig Nationen regiere und verwalte die Uno den Kosovo wie ein Protektorat und stehe damit einem selbsttragenden Aufbau eher im Wege, als dass sie ihn fördere. Und Beispiele für Korruption innerhalb der Uno-Mission gebe es viele, hatte Amadjani erzählt, von seltsamen Vorgängen bei der Einstellung der Flughafenangestellten bis hin zu den Gerüchten, die italienische Mafia habe in Pejë unter dem Schutz von Teilen der italienischen Soldaten dunkle Geschäfte getätigt. Das waren Vorwürfe, die sich schwer beweisen ließen. Die kosovarische Justiz selbst sei machtlos, und die Internationalen behaupteten, sie seien immun, seien strafrechtlich nicht zu belangen. Zwar habe die Uno-Zentrale in New York die Immunität ihrer Mitarbeiter gar nicht so definiert, wie sie im Kosovo gehandhabt werde, aber was sollten die Kosovaren schon unternehmen? Die meisten diesbezüglichen Klagen und Anfragen würden von der Uno abgeblockt. Der Widerspruch, einerseits demokratische Strukturen aufbauen zu wollen, andererseits aber jegliche Kritik zu behindern, zeige sich, seit die Internationalen die Geschäfte übernommen hatten, immer deutlicher, hatte Amadjani gesagt.

Alim hätte erwartet, am Stützpunkt rigoros kontrolliert zu werden. Aber die Uniformierten hielten ihn bloß an, fragten ihn, wohin er wolle, und ließen ihn gewähren.

Als er nach der Anhöhe um die erste Kurve bog, die Straße den Wald verließ und sich ihm ein Blick eröffnete, der in diesem klaren Licht bis hin zu jenen Bergen reichte, die hinüberführten nach Albanien und Mazedonien, fühlte er eine Beklemmung, die ihn in den nächsten Stunden nicht mehr loslassen sollte. Es fiel ihm schwer, sich auf den Verkehr zu konzentrieren.

66. KAPITEL
OSLO, BERGEN UND LAKSEVÅG, NORWEGEN

Nachdem er auf dem Bahnsteig drei der kalten, bissfesten Bananen gegessen hatte, die Torre Ulrikken in knapp fünfunddreißig Stunden von Mailand in den Norden geschleppt hatte, richtete sich Thomas Steinhövel ein im hintersten, schon etwas bejahrten, gerade auch deshalb enorm gemütlichen Waggon des von Oslo nach Bergen verkehrenden Nachtzugs.
Es war noch früh, aber bereits hell, als der Zug ohne jede Verspätung im überschaubaren Kopfbahnhof von Bergen einfuhr. Mit schlafverklebten Augen und schmerzendem Rücken blickte er aus dem Fenster, es regnete in Strömen. Weil dieser Nachtzug nicht in voller Länge unter dem Dach des Gebäudes Platz fand, war Steinhövel klatschnass, als er die Bahnhofshalle erreichte.
Thomas Steinhövel und Mihai Tinescu trafen sich in einem innerstädtischen Café, begrüßten einander aufs Herzlichste, tranken Kaffee und sprachen über Vergangenes und Zukunftspläne. Als sie auf die Arbeit, die auf der Bohrinsel zu verrichten war, zu sprechen kamen, erklärte Tinescu seinem neuen Freund, dass der Sicherheitskurs für ihn, Tinescu, wie er gestern erfahren habe, nur deshalb kostenlos sei, weil die Firma, für die er anschließend arbeiten werde, dafür aufkomme. Für Arbeiter, die noch ohne Anstellung seien, koste der Kurs 17300 Norwegische Kronen. Gemäß aktuellem Wechselkurs – das rechneten die beiden auf einer Papierserviette zweimal nach – entsprach dies mehr als 2400 Franken für einen bloß dreitätigen Ausbildungsgang.
Für Steinhövel begann der Aufenthalt in Bergen also mit einem finanziellen Hammerschlag, die Möglichkeit, als Journalist am Kurs teilzunehmen, verwarf er rasch; ein Reporter kam schließlich nur dann zu echten Erfahrungen, wenn er sich nicht zu erkennen gab.

In der Wohnung eines rumänischen Historikers, dessen Bekanntschaft Tinescu erst hier in Bergen gemacht hatte und der für ein Museum arbeitete, das sich mit der Rolle Norwegens während des Ersten Weltkriegs beschäftigte, begriff Steinhövel, nachdem er im Netz endlich alle verfügbaren Informationen zu diesem Sicherheitskurs studiert hatte, dass dieser auch deswegen so teuer war, weil darin ein Helikopterflug und ein freier Fall mit einem nur auf Bohrinseln verwendeten Rettungsboot inbegriffen waren. Nach einiger Überlegung kam Steinhövel zum Schluss, dass seine Chance allein darin bestand, sich in den Kurs zu schmuggeln und auf diese Weise kostenlos und inkognito vielleicht immerhin zwei der drei Kurstage besuchen zu können.
Steinhövel hielt seinen Plan gewiss für etwas fahrlässig, und doch war er zuversichtlich. Schlecht war nur, dass er anderntags mit Tinescu im Zentrum Bergens den Bus verpasste. Als sie mit dem zwölf Minuten später die zerklüftete Küste entlangfahrenden Bus das Dorf Laksevåg und dort jenes Industrieareal erreichten, auf dem die Firma Falck New Tec eingemietet war, hatten die anderen zweiunddreißig Kursteilnehmer die freundliche Dame an der Rezeption lange schon passiert und für den Kurs bezahlt – Steinhövels Vorhaben, sich im Gedränge ungesehen an der Rezeption vorbei in den Kurs zu schleichen, war gescheitert, die Reportage so gut wie beerdigt.
Er fluchte leise, als er die freundlich und schon von Weitem Blickkontakt mit ihm aufnehmende Empfangsdame sah. Er hörte bereits, wie sie ihn bitten würde, die 17 500 Norwegischen Kronen auf den Tisch zu legen – Steinhövel war froh, dass Tinescu sich vordrängte und seinen Namen nannte. Die Empfangsdame schaute auf einer Liste nach, summte etwas, und Steinhövel stellte sich vor, wie ihre Freundlichkeit, kaum hätte sie Tinescu bedient, abfallen würde, sobald sie hörte, dass er weder angemeldet war noch eine Geldbörse dabeihatte.
»Ihr Kurs hat bereits begonnen«, sagte die Frau dann zu Tinescu.

»Ich bin im selben Kurs«, warf Steinhövel schnell ein.
»Oh«, sagte die Frau. »Zimmer 201, beeilen Sie sich. Und melden Sie sich in der Pause bei mir, damit ich Ihren Namen aufschreiben und die Kurskosten einziehen kann.«
Steinhövel packte Tinescu am Ärmel und zerrte ihn in den Flur.
Als die beiden die Tür zu Zimmer 201 öffneten, betraten sie einen fast vollständig leeren Raum: Ein junger Norweger in Turnschuhen, Cargohose und Kapuzenpulli stand am Pult, ein schnauzbärtiger junger Mann war sein einziger Schüler. Der Mann in der Cargohose stellte sich als Kjetil vor und sagte, er freue sich; mit nur einer Person hätte man sich dem in Norwegisch gehaltenen Kurs angliedern müssen.
Kjetil startete ein Fernsehgerät, sagte, er werde in einer Stunde wieder zurück sein, und ließ die drei Männer mit dem Film allein. Dieser dokumentierte, welche Umstände in den 70er-Jahren dazu geführt hatten, dass sich die Ölplattform Piper Alpha innerhalb weniger Stunden in einen gewaltigen Feuerball verwandelte, dem hundertsechsundachtzig von hunderteinundneunzig Ölarbeiter zum Opfer fielen.
Einer der Überlebenden gab ein Interview, das Gespräch musste wenige Tage nach dem Unfall stattgefunden haben, Hände und Füße des Mannes waren einbandagiert, er saß krumm in einem Rollstuhl, trug Verbrennungen im Gesicht, hatte erschöpfte Augen; er wurde gefragt, ob er irgendwann wieder auf einer Plattform arbeiten werde. Er schüttelte vehement den Kopf, erst wortlos und heftig, als sei es eine körperliche Abwehr gegen diesen Gedanken, dann sanfter und indem er ein leises, aber hartes »Niemals!« anfügte, mit dem der Film schloss.
Als er zurückkam, schilderte Kjetil das Programm der nächsten Tage, erwähnte, dass sie sich mit dem Schutzanzug vertraut machen und dass viele Übungen mit dem Helikopter zu tun haben würden. Sie sollten sich aber nicht sorgen, diese Übungen fänden nicht in der unberechenbaren Nordsee und nicht mit einem

richtigen Helikopter, sondern mit einer Attrappe und unter kontrollierbaren Bedingungen im Hallenbad statt.
»Kein richtiger Helikopter?«, fragte Steinhövel, weil er sicher sein wollte.
»Kein richtiger Helikopter«, sagte Kjetil, »nur eine technische Kopie im Hallenbad. Auch müsst ihr euch keine Sorgen machen wegen des Free Fall Life Boats, das in den Kursunterlagen erwähnt ist: Dieses Boot wird nur zu Demonstrationszwecken fallen gelassen, so ein- oder zweimal pro Jahr, immer dann, wenn sich irgendein Journalist für den Kurs interessiert.«
Steinhövel nickte erfreut, seine Reportage war um ein Thema reicher geworden.
Bei der flachen Dose, die Kjetil in der Cargohose verstaut hatte, musste es sich um Snus handeln – wenn er Kjetils Gesicht im Profil vor sich hatte, konnte er die feine Wölbung unter seiner Oberlippe gut erkennen.
Jetzt war Steinhövel überzeugt, diese Mogelpackung eines Sicherheits- und Überlebenskurses, der geleitet wurde von einem rauchfrei sich bekiffenden Späthippie, der sich über die Jahre hinweg die Trennwand zwischen Zahnfleisch und Nase wegätzte, zu absolvieren, ohne auch nur eine einzige Krone abzuliefern. Er war fest entschlossen, sich heute, und wenn möglich auch die kommenden Tage, vor der Empfangsdame zu verstecken.
Um elf Uhr dreißig, nachdem Kjetil einen weiteren Film gezeigt hatte, in dem erklärt wurde, wie eine Bohrinsel aufgebaut war, welche Typen von Bohrinseln es gab, wie sich Sondier- und Förderbohrungen unterschieden und welche elementaren technischen Einrichtungen für jene Sicherheit sorgten, die auf der Plattform Piper Alpha gefehlt hatte, war es Zeit für die Mittagspause. Gemeinsam mit den Norwegern bewegte sich Tinescu den Gang entlang zur Kantine, einem großen, hellen Raum, dessen Fenster direkt zum Meer und zu einem Metallgerüst hin gingen. Aus Angst, entdeckt und schon nach einem halben Tag aus dem Kurs geschmissen zu

werden, blieb Steinhövel im Zimmer und ließ sich von Tinescu einen Teller Bratkartoffeln und Erbsen bringen.

Nach dem Essen teilte Kjetil mit, dass das Nachmittagsprogramm – Erste Hilfe und die Bedeutung der verschiedenen Alarmstufen auf einer Bohrinsel – gemeinsam mit der norwegischen Gruppe bestritten werde. Die Atmosphäre bei den Norwegern war wesentlich kühler, der Lehrer war älter und mürrisch. Aufmerksam und still schauten sich die Teilnehmer den Film zur Ersten Hilfe an und ließen sich die unterschiedlichen auf einer Bohrinsel gebräuchlichen Alarmsignale erklären.

In der Pause sprach Steinhövel ein paar Leute an, fragte, weshalb sie diesen Kurs machten und welchen Beruf sie ausübten; zu seiner Verblüffung gab es immerhin vier Personen, die nicht von einer Firma angemeldet worden waren, die also den Kurs selber bezahlten und sich mit einem Diplom bessere Berufschancen erhofften, so zum Beispiel eine vierzigjährige Frau, die bisher an einem Kiosk gearbeitet hatte und sich wünschte, dank des Kurses in einer Bohrinsel-Küche zu arbeiten und damit das Vierfache zu verdienen.

Nachdem jeder Teilnehmer einer Gummipuppe das Leben gerettet hatte, erklärte der Leiter, der Kurs sei für heute beendet. Irritiert blickte Steinhövel um sich – es war noch nicht einmal sechzehn Uhr. Er hatte bislang nicht darüber nachgedacht, wie er ungesehen aus diesem Gebäude gelangen konnte. Seine Nervosität schlug um in Erleichterung, als klar war, dass die Empfangsdame bereits Feierabend gemacht hatte.

Am zweiten Tag schob sich Steinhövel gekonnt im Schutzschild einer kleinen Gruppe Norweger an der Rezeption vorbei.

Kjetil hatte mindestens zwei Snus unter der Lippe kleben, verlor nicht viele Worte und führte die Gruppe zum Hallenbad im Untergeschoss. Über dem Becken, an einer massiven Kette, die von einem Kran bewegt werden konnte, schwebte die Attrappe eines Helikopters. Die Wasseroberfläche im Hallenbad war spiegelglatt, hinter der großen Fensterfront, die bis zum Boden reichte, war das

Metallgerüst zu sehen und das aus dieser Perspektive noch höher aufgehängt scheinende Rettungsboot – als der Kursleiter Erklärungen auf Norwegisch von sich gab und Steinhövel sich unbeobachtet wusste, nutzte er den Moment, um mit seiner Praktika ein Foto von der leeren Halle zu machen, vom ruhig an einer Kette baumelnden Helikopter und von den vier mächtigen, nah am Beckenrand installierten Ventilatoren, die wie Windmaschinen wirkten.

»Die Nordsee zählt zu den unwirtlichsten Gewässern der Welt«, sagte jemand auf Englisch, und mit einem Mal blickten alle norwegischen Kursteilnehmer auf Tinescu und Steinhövel, als sei es ihre Schuld, dass dieses Meer hier nicht etwas freundlicher war. Der Satz kam aus dem Mund eines stämmigen, schnauzbärtigen Mannes, der einen schwarzen, den gesamten Körper, den Hals, die Ohren und die Stirn bedeckenden Anzug trug, der eine gewisse Ähnlichkeit mit einer Robbe assoziieren ließ.

»Ein verdammt unwirtliches Gewässer«, wiederholte er, »aber eines, aus dem sich sechs Millionen Barrel Öl herausholen lassen – und zwar täglich. Das hat in den letzten Jahren zu einem ziemlichen Gedränge geführt an Ölbohrinseln, Frachtern, Helikoptern, Tankschiffen und kommerziellen Fischerbooten. Ein sicherer Ablauf all dieser Aktivitäten ist deswegen essenziell.«

Steinhövel steckte die Praktika heimlich ein und stellte sich zur Gruppe.

»Heute werde ich euch beibringen, wie man überlebt, wenn der Helikopter auf dem Weg zur Plattform ins Wasser stürzt. Morgen werde ich euch beibringen, wie man überlebt, wenn die Plattform in Flammen aufgeht und einen der Helikopter aus den Flammen zu retten versucht. In beiden Szenarios sind drei Sachen von grundlegender Bedeutung: Sachkenntnis, Ausrüstung, Ruhe.«

Auf norwegischem Staatsgebiet, so fuhr er fort, sei es Vorschrift, auf einem Helikopterflug, der zu einer Bohrinsel führe, egal, wie blau und wolkenlos der Himmel sei, einen Überlebensanzug zu tragen.

Er fuhr sich mit der Handfläche über den großen Schnauz und hielt einen orangefarbenen Anzug hoch, der nicht viel anders anmutete als die Ausrüstung von Astronauten. Das Ungetüm hieß Helly Hansen E-352, begann unten mit schwarzen Gummistiefeln, von denen der Kursleiter sagte, man könne damit gemütlich durch brennendes Öl bummeln, dann gingen die Gummistiefel nahtlos in einen dicken Overall über, der sich bei den Ärmeln in Gummihandschuhe und am Kragen in eine sich an die Haut klebende Sturmhaube verwandelte, die, wie er ausführte, idealerweise so eng sitze, dass sie alle Luft, die im Anzug stecke, in diesem zurückhalte und von außen keinen Tropfen Wasser hineinlasse, sodass jemand, der diesen Anzug trage, wie ein Einmaster im Wasser liegen könne.

Als der Kursleiter fragte, wie lange es erfahrungsgemäß dauere, bis jemand, der ohne derartigen Überlebensanzug in die Nordsee falle, das Leben verliere, herrschte unter den Norwegern munteres Rätselraten und Gelächter. Besorgt durch die Vorstellung, der feingliedrige Tinescu werde sich diesen Gefahren aussetzen, schätzte Steinhövel die Überlebensdauer auf zweieinhalb Stunden.

»Anderthalb Stunden«, sagte ein Norweger.

»Eine Stunde«, sagte ein anderer.

»Zwei Stunden«, sagte ein dritter.

Zufrieden blickte der Kursleiter in die Runde, wartete vergeblich eine vierte Antwort ab und sagte genüsslich, als sei er mitverantwortlich für die harten Sitten dort draußen: »Acht Minuten.«

Nach diesem Erfolg sprach er wieder eine Weile lang nur norwegisch, was Steinhövel erlaubte, unbemerkt ein weiteres Bild zu erstellen, diesmal von der großen Anzahl Helly Hansens E-352, die Hals über Kopf an der Wand hingen. In allen drei Öffnungen, also in den durch wasserdichte Reißverschlüsse schließbaren Bereichen des Unterarms wie auch dort, wo man den Kopf durchzwängen musste, steckten biegsame Rohre, wie man sie von Staubsaugern kennt, Rohre, aus denen warme Luft strömte.

Der Kursleiter, der keine Anstalten machte, sich aus dem Robbenanzug herauszuschälen, obschon deutlich zu sehen war, wie die Kante des Neoprens ihm in die Stirn und in die Wangen schnitt, führte die Teilnehmer nun um das Hallenbad herum in einen großen Umkleideraum, in dem korbweise lange Unterhosen, Thermohemden und Wollsocken gelagert waren. Der Raum war gut geheizt, es roch nach Schweiß, nach nackten Füßen und starkem Waschmittel. Die Norweger, die sich durch die Gefahr ihres Meeres die Laune nicht hatten verderben lassen, zogen sich bestens amüsiert bis auf die Unterwäsche aus, auch die beiden Frauen. Einer zog sich die langen, viel zu großen Unterhosen über den Kopf und simulierte einen hektisch ausgeführten Banküberfall, andere warfen mit Wollsocken um sich. Als alle in blauer oder grüner und meistens viel zu groß bemessener Unterwäsche wieder vor dem Kursleiter standen, konnte sich auch dieser ein Lachen nicht verkneifen, machte auf Norwegisch einen Scherz, den Steinhövel nicht verstand, dann führte er die Gruppe zu jener Wand mit den Helly Hansens, führte kurz aus, dass es drei verschiedene Größen gebe, dass man im Zweifelsfall lieber den größeren Anzug wähle und dass es sinnvoll sei, sich gegenseitig zu helfen.

Selbst die geschickten Teilnehmer benötigten zwanzig Minuten, um in den sieben Kilogramm schweren Anzug zu kommen, die Reißverschlüsse am Unterarm zu schließen und die Sturmhaube unter Anwendung von Gewalt über die Ohren zu ziehen, bis die dicke Gummihaut das Gesicht fest umschloss. Als Tinescu sah, wie lange Steinhövel benötigte, um sich die Kapuze über Gesicht und Nase zu ziehen, lachte er heftig.

»Ehe die Übung mit dem abstürzenden Helikopter beginnt, ist es sicher angebracht, noch einen Kaffee zu trinken«, sagte der Kursleiter und machte mit einem Nachsatz klar, dass er das ernst meinte: Es sei wichtig zu lernen, sich in diesem Anzug zu bewegen, und deswegen werde man nun über die Außentreppe zur Kantine spazieren.

In seinem Helly Hansen wie in einer wattierten Welt, fühlte sich Steinhövel mit dieser Ausrüstung einigermaßen sicher, zur Kantine, dem potenziellen Bezirk der Empfangsdame, zu gehen.

Als auf einer der ersten Stufen bereits jemand umfiel, brach ein großes Gelächter los. Der Hinweis, man solle sich im Zweifelsfall lieber für einen größeren Anzug entscheiden, zeigte nun erste Konsequenzen. Tinescu zählte auch zu jenen, die aussahen wie Insekten in einem zu großen Chitin-Panzer; drei, vier Mal schlug ihm eine Bö die Kapuze von hinten ins Gesicht.

»Lass uns zum Mond spazieren«, sagte Tinescu, als sie oben an der Treppe angekommen waren.

»Ja«, sagte Steinhövel, »dann werde ich endlich sehen, ob es stimmt, dass man Ceaușescus Palast von dort aus sehen kann.«

Wenig später saßen fünfunddreißig orangefarbene, voluminöse Wesen in einer tadellos sauberen Kantine und versuchten, mit riesigen Gummifingern zerbrechlich anmutende Tassen Kaffee an den Mund zu führen, wobei es sich als unmöglich erwies, den Kopf zu drehen, ohne Hals, Schulter und Rücken gleich mitzudrehen; an einem der hinteren Tische saßen zwei Krawattenträger, unfähig, ihre Faszination zu verbergen – von der Empfangsdame zum Glück keine Spur. Steinhövel wagte es unter diesen Bedingungen sogar, seine Praktika kurz hervorzunehmen, sie beiläufig auf den Tisch zu legen und ein Foto zu machen von diesem ästhetisch überzeugenden Kaffeekränzchen.

Unvermittelt gesellte sich Kjetil zu Tinescu und Steinhövel an den Tisch und sprach Steinhövel auf die Kamera an, fragte ihn, ob sie russischer Machart sei. Steinhövel bejahte überrascht, dachte kurz an Aca Mandić, der ihm diese Kamera erklärt hatte, und ahnte, dass nun viele Fragen folgen würden.

Als Kjetil den Apparat in der Hand wog, befürchtete Steinhövel, Kjetil werde, während er die Rückseite öffnete und den Film

herausriss, ihn darauf hinweisen, dass es gegen die Hausordnung verstoße, ohne Erlaubnis zu fotografieren. Aber Kjetil stellte die Kamera zurück auf den Tisch und sagte, er besitze auch eine russische Kamera, eine diesem Modell gar nicht so unähnliche. Sein Bruder habe sie ihm vererbt, sein älterer Bruder, der lange als Taucher auf einer Ölplattform in der Nähe Sachalins gearbeitet habe. Man erzähle sich ja immer, das Tauchen sei gefährlich, sagte Kjetil, richtig gefährlich sei aber nicht das Tauchen, sondern die hyperbare Kammer, welche man nach einem langen Tauchgang aufzusuchen habe. Anderthalb oder zwei Tage müssten die Taucher jeweils in dieser Kammer bleiben, weil sich das Nitrogen in ihrem Blut nur langsam verflüchtige; in dieser hyperbaren Kammer seien die Taucher abhängig vom Personal, das ihnen das Essen durch eine faustgroße, aufwendig konstruierte Druckschleuse in die Kammer reiche. Sein Bruder habe, so erzählte Kjetil, als er in so einer Druckkammer auf der Toilette gesessen habe, den falschen Knopf gedrückt.
Hier hielt Kjetil inne, als ob das schon die ganze Geschichte wäre: dieser eine falsche Knopf.
Kjetil schaute in die Ferne, dann sagte er: »Innerhalb von Sekundenbruchteilen ist der Druck abgefallen, sein Arsch hat sich wie ein Sicherheitsverschluss über die Schüssel gespannt. Die Sogwirkung hat sämtliche Innereien aus ihm herausgerissen und ihn auf der Stelle getötet.«
Tinescu und Steinhövel saßen stumm am Tisch. Steinhövel wusste nicht wohin mit seinem Blick, wusste nicht, was er sagen sollte. Kjetil klatschte mit der Hand auf den Tisch, stand auf und verließ grußlos den Tisch.

67. KAPITEL
DUKLA, POLEN

Allmählich einsehend, dass es wohl unsinnig war, von einem Nachdiplomstudium in Botanik zu träumen, blätterte Marlene Steinhövel unkonzentriert im Buch *Identifizierung von Hybridlärchensaatgut aus Samenplantagen mithilfe eines Isoenzym-Markers* und schrieb:
Geliebter, geliebter Alim,
noch immer fehlt mir von Dir jede Nachricht, obwohl ich gestern Abend auf meinem Telefon alle alten Nachrichten gelöscht und also viel Platz geschaffen habe für neue. Die Temperaturen sind heute erstaunlich mild, der Sommer scheint sich doch noch hierhinzubemühen. Aus der Slowakei, aus der westlichen Ukraine weht mir ein sanfter, warmer Wind ins Gesicht, ich denke darüber nach, im nahen Bach baden zu gehen. Zusammen mit Dir hätte ich dies lange schon gemacht, hätte gelacht über Deine dicken Zehen und wäre barfuß mit Dir über den Lärchenwaldboden gerannt, bis tausend Nadeln an unseren Fußsohlen geklebt hätten.
Wie lange ich hier zu bleiben gedenke? Ich weiß es nicht. So lange, wie Du verschollen bleibst? Im Dorf nennt man mich schon das Lärchenmädchen, und die alte Frau vom Lebensmittelladen hat mich gestern zu einem dunklen Bier eingeladen, ich verstehe ihr Polnisch nicht, wie ich überhaupt kaum Polnisch verstehe, das stört sie nicht, nicht im Geringsten, aber dass sie mich für ein Lärchenmädchen hält, das habe ich verstanden. In der Art von Bauarbeitern kippte sie ihr Bier, ich nippte nur daran, aus purer Höflichkeit, denn ich darf nun keinen Alkohol trinken. Was das für Gründe hat, will ich Dir seit Tagen schon mitteilen, aber vielleicht hat das Schicksal seine Gründe, dass es Dich von dieser Nachricht fernhält. Oder soll ich sagen: verschont?

Die sympathische Alte jedenfalls kippte ihr Bier, fuhr sich mit dem Handrücken über den Mund, erzählte mir eine ihrer wilden Geschichten und lachte so lange und so herzlich, dass ich nicht anders konnte, als mitzulachen.
Ich habe ihr dann wieder eine Cola, ein weißes Brot und eine deftige Salami abgekauft, habe ihr helfen müssen mit dem Preis, den sie trotz Abakus nicht mehr auf die Reihe bekommen hat. Jetzt sitze ich an die junge Lärche gelehnt, auf meinem Schoß und unter diesem Briefpapier liegt das Buch *Identifizierung von Hybridlärchensaatgut aus Samenplantagen mithilfe eines Isoenzym-Markers*, und ich wünschte mir, ich hätte auch Dir einen Isoenzym-Marker hinters Ohr geklemmt, hinter Deine mit einem lustigen Flaum besetzten Läppchen, dann könnte ich nun mit etwas enzymologischem Geschick Deinen Weg verfolgen. Hatte ich doch recht mit der auf dem staubigen Klappbett geäußerten Vermutung, es habe Dir Dein Vater lange schon ein Mädchen zur Frau ausgewählt? Hatte ich doch recht mit der Vermutung, dass ich nur eine undeutliche, westeuropäische Kopie von Dir kennengelernt habe, während mir das albanische Original verborgen blieb?
Deine Marlene
Enttäuscht, auch diese Zeilen nicht losschicken zu können, marschierte sie zurück ins Dorf, setzte sich ins Internet-Café und las dort Nachrichten, die ihren Zweifel, weiterhin für das Tribunal arbeiten zu wollen, verstärkten. Sie las:
Die Menschenrechtsorganisation Human Rights Watch kommt in einem in Washington vorgelegten Bericht zu dem Ergebnis, bei ihren Bombenangriffen gegen Serbien habe die Nato gegen humanitäres Recht der Genfer Konventionen verstoßen; bei insgesamt neunzig Angriffen, zum Teil auf rein zivile Ziele, seien etwa fünfhundert Zivilisten ums Leben gekommen, etwa drei Mal so viel wie von der Nato zugegeben. Auch Amnesty International wirft der Nato in ihrem in Bonn veröffentlichten Bericht Menschenrechtsverletzungen vor.

Carla Desilvestri hingegen, die Chefanklägerin des Haager Kriegsverbrechertribunals, teilte mit, sie werde im Zusammenhang mit dem Luftkrieg der Nato gegen Serbien keine Anklage eröffnen. Dies, weil der Untersuchungsausschuss des ICTY in seinem Bericht zum Ergebnis kommt, dass die Aktionen der Nato keine Verstöße gegen das Völkerrecht darstellten.

Marlene war enttäuscht, einsehen zu müssen, dass die Bemühungen von Amnesty, die Verantwortlichen der Nato vor den Richter zu holen, gescheitert waren. Nach weiteren Informationen suchend, erfuhr sie, dass drei führende deutsche Friedensforschungsinstitute in einem gemeinsamen Gutachten die Kosovo-Kriegsführung der Nato als Misserfolg einstuften. Dies unter anderem, weil das erklärte Ziel, ethnische Säuberungen zu unterbinden und eine humanitäre Katastrophe zu verhindern, nicht erreicht worden sei. Darüber hinaus habe die Nato mit diesem Krieg gegen die UN-Charta verstoßen und das Völkerrecht gebrochen.

Marlene war froh, jetzt fern von Den Haag zu sein.

Als Juristin kannte sie freilich den Unterschied zwischen recht haben und recht bekommen, dennoch war sie empört, dass die Nato ungeschoren davonkommen sollte.

Sie dachte an ihren Bauch, dachte an Alim, spazierte zur alten Telefonkabine und wählte nochmals die Nummer von Siham Amadjani.

»Keine Ahnung, wo er steckt«, sagte er, freudig überrascht, Marlenes Stimme zu hören. Dann schwieg er, und in der Stille hörte es sich an, als quälte ihn die Aussicht, nun mit Marlene über Alim sprechen zu müssen.

Auch Marlene schwieg. Eine Weile blieb es still, in ihrem Rücken unterhielten sich zwei eben aus dem Dorfladen tretende Frauen, ein Traktor ratterte vorbei, sie hörte das Greifen der dicken Reifen in den lehmigen Boden, irgendwo schepperte eine Tür, Vögel zwitscherten.

»Ich bin schwanger«, entfuhr es Marlene plötzlich.

»Du bist schwanger?«, fragte Siham.

Marlene schwieg, unsicher, ob sie einen Fehler begangen hatte.

»Du meinst ...«, begann Siham.

Marlene schwieg noch immer. Der Traktor war nicht mehr zu hören, es war nun sehr still.

»Du bist schwanger, und Alim weiß das noch nicht?«, fragte Siham.

»Ja. Er weiß noch von nichts.«

»Soll ich ihm – ich weiß wirklich nicht, wo er steckt. Ich mache mir auch Sorgen.«

»Sag ihm bitte nichts«, sagte Marlene. »Lass ihn einfach wissen, dass ich ihn liebe. Dass ich ihn brauche. Möglichst rasch.«

Das Gefühl, Sihams Verständnis gewonnen zu haben, verlieh ihr Energie.

»Er ist im Kosovo, nicht wahr?«, fragte sie.

Siham ließ sich etwas Zeit, dann bejahte er. »Aber ich weiß nicht wo, und ich weiß nicht, wie er zu erreichen ist. Er ist unterwegs.«

»So groß ist das Gebiet ja nicht«, sagte Marlene und versuchte, sich Landschaften und Siedlungen vorzustellen.

»Der Kosovo ist kein großes Land«, stimmte ihr Siham zu. »Aber Alim hat sich seit Tagen nicht mehr gemeldet, ich habe seine Nummer nicht, ich weiß nicht, wo er sich aufhält.«

Und dann, als Marlene nichts sagte: »Er sucht jemanden.«

»Wen?« Marlene konnte ihre Unruhe kaum verbergen.

Siham zögerte. »Er sucht jemanden. Aus der Verwandtschaft. Jemand, der vielleicht ermordet worden ist.«

Mehr sagte Siham nicht, mehr mochte Marlene nicht fragen. Überhaupt fühlte sie sich nun überfordert mit allem, fühlte sich, als hätte sie eine intime Grenze überschritten. Wahrscheinlich war es ihre Schuld, dass das Telefongespräch nun derart unschön ausfranste und es auch Siham nicht möglich war, sich herzlich von ihr zu verabschieden.

Die Möglichkeit, trotz allem eine Reise in den Kosovo zu wagen, ging ihr durch den Kopf, bis sie begriff, dieser Welt und wohl auch sich selbst am meisten zu helfen, wenn sie die Beskiden dem allmählich einkehrenden Sommer überließ und zurückging nach

Den Haag. Die Zeugen, die gegen Tošorović aussagen wollten, hatten ihre Hilfe nötig. Es musste doch möglich sein, an diesem Tribunal etwas zu bewegen.

68. KAPITEL
LAKSEVÅG, NORWEGEN

Zweiunddreißig Norweger, ein Engländer, ein Rumäne und ein Schweizer trieben, gehüllt in leuchtend orange Anzüge, wie Bojen im seichten Wasser eines Hallenbads am Stadtrand von Bergen. Überall schauten die schwarzen Spitzen der Gummischuhe aus dem Wasser; vor allem jene, die einen etwas zu großen Anzug gewählt hatten, hatten Mühe, die mit viel Luft gefüllten Stiefel unter Wasser zu behalten.
Der stämmige Kursleiter, der noch immer wie eine Robbe am Beckenrand stand, erklärte, man habe sich bei diesem Hallenbad für Meerwasser entschieden, und zwar sowohl aus ökologischen wie auch aus didaktischen Gründen. Es gehe schließlich darum, die Teilnehmer mit den Elementen vertraut zu machen, welche die Arbeit auf einer Ölplattform prägten.
Thomas Steinhövel hatte Schwierigkeiten, ihn zu verstehen: Der Anzug überdeckte beide Ohren, er war darauf angewiesen, an den Lippen des Kursleiters zu hängen.
»Zuerst ein paar Informationen zum Helikopter«, sagte er. »Was wir gleich tun werden, heißt Huet: Helicopter Underwater Escape Training. Ich werde Ihnen zeigen, wie ein Helikopter verunfallt und wie man es anstellt, aus einem ins Meer gestürzten Helikopter herauszukommen. Leider ist das eine heiklere Angelegenheit als ein Absturz mit dem Flugzeug. Zahlreiche Helikopter sind zwar ausgerüstet dafür, notfallmäßig eine Wasserlandung durchzuführen. Einige besitzen sogar die Rumpfform eines Bootes, andere können dort, wo die Kufen sind, mächtige Luftballone aufblasen. Grundsätzlich gehen wir aber bei den folgenden Übungen von der realistischen Annahme aus, dass der Helikopter absäuft. Wie auch

von der vielleicht weniger realistischen Annahme, dass die Passagiere den Aufprall überleben.«
Einige Norweger lachten kurz.
»Der Tod des Piloten muss euch nicht kümmern«, grinste der Kursleiter, »es ist wichtiger, auf das Rotorblatt zu achten.«
Steinhövel blickte auf die über dem Bassin hängende Helikopter-Attrappe und konnte keinerlei Rotorblätter erkennen.
»Alles wäre viel einfacher«, fuhr der Kursleiter fort, »wenn sich das Rotorblatt eines abgestürzten Helikopters nicht mehr drehen würde. Dann könnte man nämlich wegschwimmen, ohne vom Rotorblatt in schön gleichmäßig dünne Scheiben geschnitten zu werden.«
Nun lachte niemand mehr.
»Falls das Rotorblatt aber tatsächlich stillsteht, dann sinkt ein Helikopter wie ein Sack Kartoffeln. Deshalb benötigen wir den Schutzanzug. Jeder Helly Hansen E-352 ist ausgerüstet mit einer salzwasserfesten Taschenlampe und einer Trillerpfeife, beides an kurzen Schnüren in der linken Brusttasche befestigt. Im Nackenbereich ist eine Luftkammer mit fünf Litern Maximalvolumen eingearbeitet; mit einem Mundstück, das sich in der rechten Brusttasche befindet, kann diese aufgeblasen werden. Sie erfüllt zwei Funktionen: Bei stürmischer See, und stürmisch ist die Nordsee eigentlich immer, dient sie als zusätzliche Schwimmhilfe und sorgt dafür, dass auch ein Bewusstloser den Kopf über Wasser hält. Die Luft in der Kammer kann aber auch als Schnorchel dienen. Beim Atmen unter Wasser ist darauf zu achten, die verbrauchte Luft ins Meer zu lenken, nicht zurück in die Luftkammer. Und nicht zuletzt verfügt jeder Anzug über einen EPLT, einen Emergency Personal Locator Transmitter. Das ist ein am linken Oberarm des Anzugs eingearbeitetes Gerät, ungefähr so groß wie eine Schachtel Zigaretten, das, auf einer weltweiten Notfallfrequenz, die Position des Anzugs oder des Verunfallten mit einer Genauigkeit von zehn Quadratmetern angibt. Vor Jahren«, sagte der Kursleiter, während sich

die meisten Kursteilnehmer daran gewöhnt hatten, halb schräg im Wasser zu liegen, »hat einmal ein Absolvent dieses Kurses das Gerät aus dem Anzug herausgeklaubt und mit nach Hause genommen. Dort lag es im Schrank, bis es sein Sohn in die Hand bekommen und aktiviert hat: Nach einer halben Stunde schwebten zwei Rettungshelikopter über dem Haus und hielten erstaunt Ausschau nach einem Ertrinkenden.«

Gut gelaunt stand Kjetil am Beckenrand und brachte per Fernbedienung die Helikopter-Attrappe in Position. Der Kursleiter wies seine Schüler an, in den Helikopter zu steigen. Er führte aus, dass die Inneneinrichtung genau jenem Transporthubschrauber entspreche, der an der norwegischen Küste am meisten eingesetzt werde. Es gebe also im richtigen Helikopter keinen Zentimeter mehr Platz als hier.

Wie alle fünfunddreißig Teilnehmer auch, stemmte sich Steinhövel aus dem Wasser und zwängte sich durch die Tür. Dabei fiel ihm die Kapuze mit dem Plastikvisier vors Gesicht, ihm wurde heiß, er hatte das Gefühl, nicht richtig atmen zu können, er begann zu schwitzen, die engen Platzverhältnisse machten ihm zu schaffen. Der Kursleiter, der auch in die Kabine geklettert war, erklärte nun die Vortrittsregeln.

»Es geht nicht darum, dass einige mehr Rechte haben als die anderen, aber es hat schlicht keinen Sinn, wenn die, die direkt beim Notausstieg sitzen, den Helikopter nicht auch zuerst verlassen.«

Er führte aus, welche Person auf welchem Sitz nach dem simulierten Absturz dafür zuständig sei, die rote Lasche zu ziehen, mit der sich die Plexiglasscheibe herausreißen ließ. Führte aus, wer wem gegenüber den Vortritt zu gewähren hatte.

»Das Wichtigste ist, keine Angst zu haben und sich kontrolliert zu bewegen. Im ersten Durchgang machen wir alles ganz langsam, es besteht kein Grund, nervös zu werden. Wir machen das so gemächlich, dass man dabei Zeitung lesen kann.«

Nun, da sie alle angegurtet und instruiert waren, verließ der Kursleiter den Helikopter. Kjetil dirigierte den Kasten in die Mitte des Bassins, leicht schwankend wurde er schließlich hochgezogen; die Unterkante der Metallkonstruktion befand sich nun einen Meter über dem Wasserspiegel.

Steinhövel suchte und fand den Augenkontakt mit Tinescu; er sah, dass auch er nervös war.

Der Kursleiter, Steinhövel konnte ihn im Augenwinkel knapp noch erkennen, stand am Beckenrand und sprach in ein Megafon, aber er sprach nur noch norwegisch. Steinhövel versuchte, in den Gesichtern der Norweger zu erkennen, worum es ging, aber sie alle blickten wie betäubt auf ihre Knie oder starrten aus dem Fenster. Die Fenster waren richtig groß, es würde nicht so schwierig sein, dieses Gestell wieder zu verlassen. Davon ging Steinhövel jedenfalls aus.

Die Stimme des Kursleiters nahm einen theatralischen Klang an, und mit einem Male schrie er lauthals »Huet!«

Steinhövel nahm nach dem Vorbild der anderen den Kopf zwischen die geballten Fäuste. Dann ging alles schnell: Der Helikopter fiel ins Wasser, der Aufschlag war ohrenbetäubend. Wenig später klatschten große Wellen aus dem Bassin. Es schien, als sei mitten in die gemütliche Übung der Ernstfall eingebrochen. Auch die Norweger reagierten panisch, als sie erkannten, dass nun von überallher Wasser in die Kabine drang, viel Wasser. Lange damit beschäftigt, die Schnalle aufzubekommen, die ihn am Sitz festnagelte, war Steinhövel erleichtert, dass der Typ neben ihm endlich an der roten Lasche zog und damit das Plexiglasfenster aus der Dichtung riss. Das Wasser stand Steinhövel bis zu den Knien, als die Ersten endlich die Kabine verließen. Wenn er die Situation richtig einschätzte, sank der Helikopter nun nicht mehr tiefer ein, er würde genügend Zeit haben, sich mit einem Sprung aus dem Fenster ins Bassin zu retten. Als er, mit salzigem Mund und erlöst von einer Anspannung, die ganz unvermittelt über ihn gekommen war, umringt von all den anderen Kursteilnehmern in seinem Überlebensanzug im Wasser schwamm, verstand er nicht, wieso er sich dermaßen geängstigt hatte. Auch Tinescu hatte es geschafft und grinste wie ein Schulkind nach einem Auftritt.

Der Kursleiter schien zufrieden mit dem ersten Durchgang, wollte aber sofort einen zweiten.

»Es ist wichtig, dass der ganze Ablauf realistischer wird«, sagte er. »Huet bedeutet, dass man sich unter der Wasseroberfläche aus dem Helikopter rettet: Bei einem richtigen Unfall muss man nach dem Aufprall rasch begreifen, auf welche Seite die Maschine kippt, einen tiefen Luftzug nehmen und sich kräftig und entschlossen aus der Kabine entfernen. Wer unter Wasser die Orientierung verliert, soll sich nach den Luftbläschen richten, die immer den direkten Weg an die Wasseroberfläche zeigen.«

Steinhövel ahnte, dass diese erste Übung nur ein schwacher Vorgeschmack gewesen war.

»Um dies zu üben, werden wir beim zweiten Durchgang den Helikopter nicht nur tiefer abstürzen, sondern auch tiefer ins Wasser sinken lassen«, sagte Kjetil. »Zudem werde ich das Gestell in Schräglage versetzen, damit ihr euch für eine Seite entscheiden müsst.«

Als Rollläden die Halle verdunkelten und zwei direkt am Bassinrand aufgestellte Ventilatoren einen Wellengang erzeugten, fühlte Steinhövel Angst aufsteigen. Gerne hätte er sich mit Tinescu ausgetauscht, aber die Ventilatoren waren derart laut, dass man das eigene Wort nicht verstand.

Sie kletterten in die Kabine. Im Halbdunkel erkämpfte sich Steinhövel einen Sitz, auf dem er angespannt saß. Das Wasser unter ihnen war beinahe schwarz, alles wurde durchdrungen von Lärm, Wind und einem knapp nur unterdrückten Egoismus. Im Gedränge bekam Steinhövel einen Ellbogen ins Gesicht, er befürchtete, seine Nase werde bluten, aber es blieb beim Schmerz.

Auf den erhöhten Puls hätte er jetzt gerne verzichtet, denn es schien ihm, als ahne sein Körper, was passieren würde. Wiederholt versuchte er sich einzureden, dass dies hier bloß ein Kurs sei, dass es nichts zu tun habe mit einem echten Absturz. Die Nervosität in den Augen der anderen jedoch war keineswegs ermutigend.
Ein leichtes Rucken erfasste die Kabine, sie wurden in die Höhe gehievt. Kjetil und der Kursleiter schienen meilenweit entfernt; wenn sich Steinhövel nicht täuschte, wurden sie diesmal deutlich höher angehoben.
Erneut blickte Steinhövel zu Tinescu, der vier Sitze entfernt von ihm saß; er war erstaunt, wie stoisch dieser Mathematiklehrer, der mit Überlebensanzug wahrscheinlich doppelt so schwer war wie ohne, all diese Dinge über sich ergehen ließ. Er verstand nicht, ob Tinescu das tat, weil er wusste, wie viel Geld sich auf einer Plattform verdienen ließ, oder ob er es tat, weil er in Rumänien gelernt hatte, Anweisungen Folge zu leisten und auf die Zähne zu beißen.
Steinhövel wartete darauf, dass die Robbe »Huet!« schrie, aber es war schwierig, etwas zu vernehmen.
Der heftige Wind versetzte die Kabine in Vibration. Steinhövel versicherte sich, gut angeschnallt zu sein. Im Gesicht seines Gegenübers suchte er vergeblich nach einer ansteckenden Zuversicht.
Erschrocken stellte Steinhövel fest, dass der Mann schräg gegenüber vergessen hatte, sich anzuschnallen. Um ihn darauf hinzuweisen, beugte sich Steinhövel vor. Da ertönte ein Schrei. Sekundenbruchteile später stürzte die Attrappe des Helikopters in die Tiefe.
Der Aufprall war bedeutend härter als beim ersten Mal. Steinhövel schlugen die Gummistiefel des Sitznachbarn ins Gesicht. Ein heftiger Schmerz durchzuckte ihn, dann spürte er Blut im Mund. Unsicher, wie schlimm die Verletzung und wo der Sitznachbar gelandet war, wusste er nur, dass er so schnell wie möglich hier rausmusste.

Rasch drang Wasser in die Kabine. Der Kerl, der direkt beim Fenster saß, der die Lasche aufreißen und als Erster aus der Kabine hätte verschwinden sollen, brachte seine Gurtschnalle nicht auf und klebte noch immer im Sitz. Immerhin war klar, auf welche Seite der Helikopter kippte, aber die Schräglage beschleunigte den Wassereintritt; die, die sich auf jener Seite befanden, waren bereits hüfttief im Wasser. Steinhövel wusste nicht, ob er dem Kerl helfen sollte, entschied sich aber, selber die rote Lasche zu ziehen. Der heftige Wind der Ventilatoren drückte die Scheibe sogleich gegen ihn, Salz brannte ihm in den Augen. Er fiel, suchte vergeblich nach Halt, zwei andere drückten sich durch die Öffnung nach draußen, jetzt endlich konnte die Evakuation beginnen. Als sich Steinhövel aufrappelte, machte Tinescu aufgeregt Handzeichen; Steinhövel sah, wie der Mann, der nicht angeschnallt gewesen war, hinter Tinescu im Wasser lag und sich kaum bewegte. Weil es dem Mann die Windhaube hochgeklappt hatte, war nicht zu erkennen, ob er die Augen geöffnet hielt.

Vielleicht würde ihm das später peinlich sein, aber jetzt schrie Steinhövel um Hilfe. Sein Mund war voller Blut, aber er schrie gleich nochmals, auch wenn er wusste, dass er gegen den Lärm der Windmaschine kaum eine Chance hatte.

Erleichtert stellte er fest, dass der Mann noch bei Bewusstsein war. Allerdings schien er keine Kraft mehr zu haben, den tiefer und tiefer ins bewegte Wasser sinkenden Helikopter zu verlassen. Mit Tinescu half Steinhövel dem Mann auf die Beine. Er blutete nicht, aber so, wie er sich den Unterarm über die Rippen hielt, war da vielleicht etwas gebrochen. Eigentlich wäre es gar nicht so schwierig gewesen, dem Mann zu helfen, aber im Fenster gleich vor ihnen klemmte ein Mann, der an jener Schnur gezogen hatte, die dafür sorgte, dass sich die zusätzliche Luftkammer selbsttätig aufblies; mit dem aufgeblähten Anzug schaffte er es nicht mehr durchs Fenster.

Panisch entschied sich Steinhövel, zum hinteren Fenster zu eilen, obwohl dort das Wasser noch höher stand. Weil die Ventilatoren so viel Wind und Wasser in ihre Richtung peitschten, war es besser, kurz abzutauchen. Tinescu ging voran, dann halfen sie dem halb Bewusstlosen. Im hohen Wasser hatten sie gegen Strömung anzukämpfen. Der Norweger bewegte sich schwerfällig, Steinhövel schob ihn, Tinescu zog ihn, so müsste es zu schaffen sein. Wieso aber kam er nicht vom Fleck?

Steinhövel hoffte, die Windmaschine würde jeden Augenblick abgestellt werden, hoffte, der Helikopter würde einen halben Meter angehoben, die ganze Übung abgebrochen werden, damit es der Norweger endlich schaffen würde, den sinkenden Helikopter zu verlassen.

Das Gegenteil aber war der Fall: Die Strömung drängte den Norweger zurück, seine dicken Stiefel versperrten Steinhövel den Weg, und wo Tinescu sich umtrieb, war nicht zu erkennen. Das Wasser stieg höher. Steinhövel würde tauchen müssen. Entschlossen griff er zum Mundstück in der Brusttasche, atmete tief ein und wollte sich, die Füße auf einer Lehne abstützend, in einem einzigen Schwung aus der Kabine pressen. Aber er vergaß, dass die Luft, die in seinem Anzug eingeschlossen war, für kräftigen Auftrieb sorgte. Steinhövel blieb hängen, sah aber nicht wo. Er biss auf das Mundstück, aus dem keine Luft kommen wollte, er suchte mit der rechten Hand nach einem Griff im Fensterrahmen. Dort wurden seine Finger gequetscht, wahrscheinlich von den Stiefeln des mehr oder weniger kraftlos in den Fluten treibenden Norwegers.

Dieser Schmerz setzte in Steinhövels Körper allerhand Energie frei. Kraftvoll stieß er sich ab, stemmte sich gegen den Wasserstrom und befand sich endlich außerhalb des Helikopters. Er holte Luft, tauchte nochmals ab und zog nun, unterstützt von Tinescu, den Norweger aus dem Helikopter.

Als Steinhövel versuchte, den Norweger draußen in eine sichere Position zu bringen, bekam er einen großen Schluck Wasser in den

Mund und eine gute Portion in die Luftröhre. Er hustete, spuckte, riss abermals kräftig den Mund auf, bekam umso mehr Salzwasser ins Gesicht. Obwohl er dank des Anzugs über Wasser blieb, hatte er das Gefühl, ertrinken zu müssen. Er hustete, er würgte, er spie, schließlich musste er erbrechen.

Im Augenblick, da die Windanlage abgeschaltet wurde, da Kjetil die Rollläden hob, schaukelte Steinhövel, getragen vom Helly Hansen E-352, das Gesicht verschmiert von Blut und Erbrochenem, völlig erledigt neben dem halb ohnmächtigen Norweger. Er stellte fest, dass er versucht hatte, Luft aus der Taschenlampe zu saugen.

69. KAPITEL
ŠABAC, SERBIEN

Auf dem müde daliegenden Parkplatz vor dem Café Sava stand er mit einem Süßholz im Mund am Schachbrett und unter einem Himmel, an dessen Stille er sich inzwischen wieder gewöhnt hatte. Geduldig beobachtete Dragan Popović das Gesicht Sotir Jokanovićs, der ihm gegenüberstand und den nächsten Zug bedachte.
In einem Land, das derart am Boden lag, gab es kaum eine bessere und würdevollere Beschäftigung, als sich zu versenken in ein intelligentes Spiel. Dass er Sotirs Züge erahnen, dass er das fehlende schwarze Pferd dank der milden Windverhältnisse durch eine Kippe ersetzen konnte und dass sie sich beide später nicht immer erinnerten, ob die Kippe nun ein Pferd oder einen Turm ersetzte – diese unveränderlichen Dinge stellten für Dragan so etwas wie Heimat dar.
Dragan wartete noch immer darauf, dass Marko Milošević ihm das Geld auszahlen würde für seine Arbeit in Den Haag. Manchmal wünschte er sich, es würden die nächsten zehn Jahre rasch vorüberziehen, es würden alle Untaten, die er begangen hatte, verjähren und es würde Serbien zu einem Land werden, in welchem es sich lohnte, ein Studium abgeschlossen zu haben und einer Arbeit nachzugehen. Gemessen an den herrschenden Umständen waren dies lächerliche Wünsche, das war ihm durchaus bewusst.
Dass er keine Zukunft für sich sah, vermochte er nur zu ertragen, da er seiner Mutter helfen konnte, den Alltag zu meistern. Kaum war er nach der erfolgreichen Ermordung Buca Brankovićs aus Den Haag zurückgekehrt, hatte er seine Mutter in der Klinik besucht, und weil in den miserabel ausgerüsteten Kliniken Serbiens aufgrund der Kriegsverletzten die Betten knapp waren, hatte man

ihn gebeten, seine Mutter trotz ihres noch ziemlich schwachen Zustands zu Hause zu pflegen.
Das tat Dragan gern. Wobei die einzige Medizin, die ihr tatsächlich zu helfen schien, nicht die blutverdünnenden Tabletten waren, sondern der Aufenthalt in ihrer alten Wohnung.
Es war eigentlich nicht möglich, in diese Wohnung zu gelangen. Offiziell galt der Wohnblock als einsturzgefährdet, und es gab ein paar triftige Gründe, diese amtliche Einschätzung zu teilen. Im Gebäude, das großräumig abgesperrt war mit Bändern der Polizei, gab es keinen Strom, kein fließendes Wasser – und es würde im kommenden Winter auch keine Heizung geben. Die Bewohner hatten alles, was ihnen wertvoll war, unter den Arm genommen und sich, so gut es ging, bei Verwandten eingerichtet. Nachdem jemand in eine vermeintlich verlassene Wohnung im Erdgeschoss eingebrochen war und sich das zerbombte Treppenhaus zu einem Treffpunkt für Trinker und Obdachlose entwickelt hatte, hatten sich auch die letzten Mieter entschieden, ihre Wohnung aufzugeben.
Da er ihr aber am Telefon gesagt hatte, es sei mit der Wohnung alles in Ordnung, sprach Dragan mit einem ehemaligen Nachbarn und fand mit dessen Hilfe eine Lösung: Von einer Wohnung aus, die vom eingestürzten Treppenhaus arg in Mitleidenschaft gezogen worden war, konnte er mithilfe einer breiten Holzleiter einen Zugang schaffen zu den weiter oben gelegenen Stockwerken, wo Stufen und Geländer noch intakt waren. Statisch vielleicht nicht, optisch aber schon. Und Dragans Mutter war es wie die meisten Menschen in Serbien seit zahlreichen Jahren schon gewohnt, die Qualität der Dinge mit einem ersten, flüchtigen Blick zu beurteilen. Was konnte es also schon bedeuten, wenn Armierungseisen aus dem Beton ragten? Auf einer Stufe, auf der man gestern gestanden hatte, würde man auch morgen stehen können, weiter brauchte man die Sache nicht zu analysieren.

Der sture Wille seiner Mutter, allen baulichen und technischen Widrigkeiten zum Trotz in ihrer alten Wohnung zu wohnen, beeindruckte ihn. Den Wunsch, ihr einzubläuen, dass es zu gefährlich und zu einsam war, allein in diesem riesigen Block zu wohnen, ließ er zugunsten des Glücks seiner Mutter fahren.

»Solange das Schicksal die Serben auf den Prüfstand stellt, muss man sich der Prüfung stellen«, sagte seine Mutter und nahm die Umstände, die ihr der zerbombte Wohnblock auferlegte, ungerührt in Kauf. Sie atmete zwar wie ein Pferd vor einem überladenen Fuhrwerk, wenn sie sich die steile Leiter hocharbeitete, aber ihr Wille war stark.

»Ich habe Mietrecht hier«, sagte sie und ruderte energisch mit der rechten Faust. »Ich habe die Miete immer pünktlich bezahlt, ich bezahle sie auch weiterhin pünktlich; weder die Amis noch die Nato noch sonst wer hat das Recht, mich hier herauszubomben.«

Dass der Gasherd noch funktionierte, die Pfannen, Teller und Gläser noch an ihrem Platz waren, dass die weißen, vom Priester ihrer Lieblingskirche geweihten Kerzen unversehrt im Schrank standen, schien sie hinzunehmen als Schulterschluss des Schicksals. Dass Strom und fließendes Wasser fehlten, kümmerte sie wenig, damit musste man sich arrangieren, und sie wusste, wie man sich mit einem nassen Lappen wusch. Dragan verbog sogar die Metallbeine des Küchenstuhls, damit sie ihn in die Badewanne stellen und sich sitzend waschen konnte. Sie bedankte sich jedes Mal, wenn Dragan ihr behilflich war, wenn er literweise Wasser in ihre Wohnung schleppte, aber sie trug, das fiel Dragan seit einigen Tagen auf, erste Schatten von Melancholie im Gesicht.

Vielleicht war sie körperlich wieder einigermaßen gesund, aber geistig schien ihm seine Mutter mehr und mehr verwirrt, die Einsamkeit oder die neuen Medikamente bekamen ihr nicht, und Dragan machte sich Sorgen. Klar, sie konnte nicht auf der Rückbank eines Autos übernachten, wie er das tat, der halb schon in seinem Wolga wohnte und dem das Klappmesser im Handschuhfach und die Tassen und Gläser des Sava als Küche genügten. Aber es war anzunehmen, dass es nicht Monate, sondern Jahre dauern würde, bis der Block wieder bewohnbar war, aber ohne Nachbarn in diesem riesigen Gebäude zu wohnen, konnte auch keine Lösung sein.

Als er die heutige Partie gewonnen hatte, bat er Sotir, kurz auf seinen Wolga aufzupassen, ließ sich im Café Sava drei Plastikflaschen mit Leitungswasser füllen, marschierte quer durchs Quartier, schritt über die Absperrbänder und ein paar zersplitterte Betonstücke hinweg in den Wohnblock, kletterte die Holzleiter hoch und betrat, kurz an die Tür klopfend und ihren Namen rufend, die Wohnung seiner Mutter.

Sie antwortete nicht. Ein sonderbarer Geruch stieg Dragan in die Nase. Als er die Küche betrat, vernahm er das leise Zischen, das zu hören war, wenn ein Herd Gas verströmte. Auf dem Küchentisch lagen die Schachteln ihrer Medikamente. Seine Mutter, das Haar zerzaust, die Arme weit ausgebreitet, lag regungslos am Boden.

70. KAPITEL
BERGEN, NORWEGEN

Mit geschwollener Unterlippe und zahlreichen blauen Flecken stand Thomas Steinhövel mit Mihai Tinescu an einem Stehtischchen vor einem der vielen Cafés in der freundlichen, ordentlichen und verkehrsberuhigten Innenstadt von Bergen. Steinhövels Rippen waren geprellt, das linke Knie verletzt, sein Rücken von diversen Muskelzerrungen verspannt. Selten hatte er sich derart erledigt gefühlt.

Mihai Tinescu ging es nicht anders, im Unterschied zu Steinhövel aber hatte er keine erholsamen Tage vor sich. Übermorgen schon würde er nordwestlich von Tromsø auf einer der Bohrinseln seine neue Arbeit beginnen müssen.

Als er mit seinen schmalen Schultern, seiner altmodischen, dickrandigen Brille und dem rührend pedantischen Seitenscheitel vor Steinhövel stand, dachte der ein weiteres Mal, dass dieser rumänische Mathematiklehrer perfekt in einen Woody-Allen-Film gepasst hätte. Die Aussicht, Tinescu auf der Plattform besuchen zu können, hielt Steinhövel für unwahrscheinlich, er hatte am dritten Kurstag durch Abwesenheit brilliert und mithin kein Diplom erhalten, ohne Diplom jedoch war es Fremden verboten, einen Fuß auf welche norwegische Ölbohrinsel auch immer zu setzen; angeblich wurden die Sicherheitsvorschriften rigoros überprüft.

Als es Zeit wurde, sich voneinander zu verabschieden, erwähnte Tinescu seine beiden Söhne und wollte von Steinhövel wissen, welche Universität er besucht und was er studiert habe.

Unsicher, worauf diese Frage zielte, sagte Steinhövel, er habe in Bern und Zürich studiert, Geschichte und Slawistik.

»Und wieso nicht in Paris?«, fragte Tinescu.

»Weil ich ...«, sagte Steinhövel. »Das wäre vielleicht schon möglich gewesen. Aber Zürich hat ein gutes Slawistik-Institut, und deshalb ...«
Tinescu schaute ihn erwartungsvoll an.
Steinhövel blickte verunsichert, bis Tinescus Neugier erlosch.
Dann umarmten sie sich und versprachen einander, in Kontakt zu bleiben.
Mit unsicheren Gefühlen, wie ihn Fernanda dort wohl empfangen würde, machte sich Thomas Steinhövel auf nach Stockholm, zur zweiten Station seiner Reise in den Norden.

71. KAPITEL
INZLINGEN, DEUTSCHLAND – BASEL, SCHWEIZ

Der Himmel war bedeckt, es dämmerte, und einige spät noch aktive Singvögel ließen ihren Gesang hören, als Aca Mandić den Wald betrat. Er war bestanden von stolzen Bäumen und bunten Wegweisern, an denen sich Spaziergänger und Sportler alle paar hundert Meter orientieren konnten. Aca las die Schilder aufmerksam, bemühte sich aber, nicht lange stehen zu bleiben; er wollte nicht wirken wie einer, der sich hier nicht auskannte.

Dass es in der Nähe eine Grenze gab, die ganz ohne Stacheldraht, ganz ohne Mauern, ganz ohne Grenzwächter auskam, hatten ihm Serben in Deutschland wiederholt erklärt, aber es schien ihm unglaubwürdig.

Er schritt, obwohl er nicht immer wusste, ob die Richtung stimmte, in hohem Tempo voran, der heftige Atem, die anhaltende Anstrengung halfen ihm, von den Schmerzen abzusehen, die so groß waren, dass er manchmal, wenn der Druck, den er mit der Büroklammer aufbauen konnte, nicht ausreichte, einen Kiesel in den Mund nahm, mit der Hilfe der Zunge an die richtige Stelle platzierte und kraftvoll zubiss.

Aus der Dunkelheit schälte sich mit einem Mal die Silhouette eines groß gewachsenen Mannes mit einer Flinte. Neben ihm her trippelte ein Hund.

Aca erstarrte innerlich, marschierte aber in unverändertem Tempo weiter. Mit einem Gruß, den Aca nicht verstand, wanderte der Mann an ihm vorbei – es handelte sich nicht um einen Grenzwächter, sondern um einen Jäger.

Später, als der Weg steil bergab führte, gelangte er an einen felsdurchsetzten Aussichtspunkt: Hier sah er einen Hafen, eine Schleuse und die Lichter der Stadt Basel.

Dass er schweizerischen Boden betreten konnte, ohne einem Polizisten oder Grenzwächter zu begegnen, stimmte ihn in aller Stille euphorisch.
Ein Bett fand er in einer Notschlafstelle der Heilsarmee, wo er fast kostenlos verpflegt wurde und sich das Zimmer mit fünf Kokain- und Heroinabhängigen teilen konnte, denen es gelang, sich im Halbdunkel eine Spritze zu setzen, ohne dass es die beiden Heimleiter bemerkten. Es erschien ihm als Geschenk des Himmels, sich endlich unter eine Dusche stellen zu können. Diese Dusche war luxuriöser als jene vier, die er während des langen Wegs von Lübeck in den Süden vorgefunden hatte. Da er den Mantel, in welchem sehr viel Geld eingenäht war, nur ungern aus den Augen ließ, benutzte er ihn als Duschvorhang. Die von Schwielen und mehrfach aufgeplatzten, halb verheilten und nochmals aufgeplatzten Blasen verunstalteten Füße zu waschen, war schmerzhaft, aber aus hygienischer Sicht bitter nötig.
Einer der still seiner Sache nachgehenden Betreuer der Notschlafstelle konnte ihm, was die mächtigen Zahnschmerzen anging, zwar nicht behilflich sein, versorgte ihn jedoch mit frischen Socken, einer Wundsalbe und einem Blasenpflaster. Zudem sprach der Mann ein Französisch, welches so holpernd aus ihm herausschwappte, dass Aca nicht glauben konnte, dass der Mann ein Schweizer war.
Während er spät an jenem Abend an Elisa dachte, dachte im serbischen Šabac, knapp zweitausend Kilometer entfernt, auch Elisa an ihn: Sie hielt es mit Dragica kaum mehr aus und hoffte jeden Tag, Aca würde vor der Tür stehen. Noch immer war sie willens, anstelle Bogdans nach Den Haag zu reisen, bloß brachte sie es nicht übers Herz, Dragica allein zu lassen.
Als Aca anderntags den Basler Bahnhof erreichte und sich erkundigte, wie er in eine Stadt namens Bellinzona gelangen könne, wollte ihm die Frau hinter dem dicken Glas sogleich eine Fahrkarte verkaufen. Aca wehrte ab und notierte sich den Preis, studierte vor

dem Schaufenster einer bahnhofsnahen Bank den Wechselkurs und begriff, dass seine Vermutungen richtig waren: Er würde sich diese Fahrt nicht leisten können. Das Geld, das er eingenäht im Mantel trug, war strikt reserviert für den neuen Pass.

Er brauchte, damit er bis nach Rom reisen könnte, deutlich mehr Geld. Und nicht weniger dringend brauchte er einen Zahnarzt.

Hilfe konnte er sich erhoffen allein von jenem einzigen Menschen in der Schweiz, dessen Adresse er kannte. Als er Passanten auf dem Bahnhofplatz fragte, in welche Richtung er wandern müsse, um nach Langenthal zu gelangen, schüttelten diese nur den Kopf. Bloß jene Männer und Frauen, die vor acht Uhr morgens bereits mit einer Bierdose in der Hand vor dem Bahnhof standen, halfen ihm weiter.

72. KAPITEL
STOCKHOLM, SCHWEDEN – OSTSEE

Die vergangene Nacht hatte Thomas Steinhövel in der chaotischen Wohngemeinschaft von Fernanda verbracht, im Ohr das zarte Damenschnarchen der Mitbewohnerin Ebony, neben deren Zimmer er geschlafen hatte. Nun, da Fernanda ihrer Kunst und eines Gesprächs mit einem Galeristen wegen bereits kurz nach dem späten Frühstück hatte aufbrechen müssen, saß Steinhövel in der Stockholmer Stadtbibliothek und versuchte, ein paar grundsätzliche Dinge zum Fährverkehr zwischen Schweden und Finnland in Erfahrung zu bringen. Sechzehn Millionen Menschen, so las er in einem vor wenigen Monaten im Wirtschaftsteil einer deutschen Zeitung publizierten Artikel, fuhren jedes Jahr im Dreieck Finnland-Schweden-Estland zur See. Das entsprach ziemlich genau der gegenwärtigen Einwohnerzahl dieser drei Länder. 4,2 Millionen Passagiere jährlich zählte allein der Hafen von Turku, Finnland – 11 500 Reisende pro Tag. Auf der Silja Europa, der größten Passagier- und Autofähre der Ostsee, die täglich zwischen Stockholm und Turku verkehrte, fanden nicht weniger als 3123 Reisende Platz. Mit über zweihundert Metern Länge war sie etwa doppelt so lang wie ein Fußballfeld.

Thomas Steinhövel hatte sich diese Zahlen zwar eingeprägt, war aber, als er gegen Abend dem halb leeren, das Zentrum mit dem Hafen verbindenden Zug entstieg und das riesige Terminal betrat, völlig erschlagen angesichts der Menschenmenge, die sich in der hohen Wartehalle versammelt hatte.

Am Rand des Gedränges stehend, enttäuschte es ihn von Neuem, dass Fernanda kaum Zeit gehabt hatte, ihm alles zu erklären. So wusste Steinhövel nur, wie das Bord-Restaurant hieß, in welchem sie im Service arbeitete. Fernanda zu finden, würde ein Kinderspiel sein, wenn es einmal geschafft war, aufs Schiff zu gelangen. Denn er wollte, um eine möglichst realistische Reportage über die auf diesen Vergnügungsschiffen sich aufhaltenden blinden Passagiere schreiben zu können, selbst als solcher an Bord gehen – eine Idee, die er nicht ganz freiwillig verfolgte: Es war bereits späte Nacht gewesen, als Steinhövel Ørjansson gegenüber im Scherz diese Möglichkeit erwähnt hatte. Fernanda reagierte begeistert, Steinhövel allerdings, im Wissen, dass er für dergleichen Wallraffiaden den nötigen Mut eigentlich nicht aufbrachte, fühlte sich von sich selbst überrumpelt. Fernandas Begeisterung aber, die mögliche Aufbesserung seines Honorars bei gleichbleibenden Spesen wie auch sein Wille, weder diese eigenwillige Fernanda noch sich selbst zu enttäuschen, verdammten Steinhövel nun zu einer Unbequemlichkeit, deren Bedingungen er noch zu klären hatte. Schlimmer als der Sicherheitskurs in Bergen würde es ja kaum werden.

Über die Kunst, sich unbemerkt auf die Fähre zu schleichen, hatte Fernanda ihm Hinweise gegeben, mehr nicht. So wusste er, dass die Tickets vor den beiden ausladenden Fingerdocks, die zu den Schiffen führen, kontrolliert wurden. Es sei, so hatte sie geschildert, dem strengen Zeitkorsett zu verdanken, dass sämtliche Passagiere zwischen 18.33 Uhr und 18.45 Uhr aufs Schiff gelangen mussten, damit dieses seinen knapp kalkulierten Fahrplan einhalten könne – und genau dies müsse er sich zunutze machen.

Zwölf Minuten für mehr als dreitausend Passagiere, das waren vier Personen pro Sekunde. Als Steinhövel in der Bibliothek diese Rechnung angestellt hatte, war ihm klar, wieso es auf diesen Fähren so viele blinde Passagiere gab. Jetzt, da er in die Menge blickte und realisierte, wie groß und gut sichtbar das Logo der Schifffahrtsgesellschaft auf den Tickets aufgedruckt war, da er realisierte, wie viele Personen ein menschliches Auge pro Sekunde mustern konnte und wie rasch also jemand auffallen musste, der sein Ticket nicht vorzeigen konnte, schien ihm die Vorstellung, sich hier durchzuschleusen, abwegig.

In zwanzig Minuten würde das Schiff ablegen, Steinhövel geriet unter Zeitdruck. An der Spitze der Menschentraube befand sich eine breite, gläserne Schiebetür, die zu den Fingerdocks führte. Fünf Männer und eine Frau standen in edlen, dunkelblauen und schwarz betressten Uniformen vor einer Tür, die, einmal aufgeschoben, einen Durchgang von vielleicht vier Metern Breite bilden würde – angesichts der Halle nichts als ein Nadelöhr. Steinhövel erinnerte sich, wie Fernanda gesagt hatte: »Du musst dich treiben lassen, schön im Strom schwimmen, dann werden dich die Kontrolleure kaum richtig sehen.«

Ørjanssons Stimme machte ihm Mut: Falls die Statistiken stimmten, so schafften es auf jedes Schiff Dutzende. Wieso sollte ausgerechnet er scheitern?

Er beobachtete, wie andere Menschen mit ihren Tickets umgingen. Einige hatten es verstaut, in der Hosentasche, in der Jackentasche, viele aber hielten es in der Hand, und zwar zusammen mit einem bunten Papier, bei dem es sich um einen Coupon für einen Eisbär-Cocktail mit Wodka und Sprite handelte, der zum Preis von fünfzehn Schwedischen Kronen gekauft werden konnte. Dieser Coupon, das fühlte Steinhövel, würde ihn retten.

Zuversichtlich drängte er sich zurück zu den Buden beim Eingang der Halle, wo die Tickets verkauft wurden. Es dauerte keine zehn Minuten mehr, bis am anderen Ende der Halle die Schiebetür geöffnet werden würde. Steinhövel schlich um die Sitzbänke, schlich an den Mauern entlang, wo es Simse gab, sie waren staubfrei und leer. Bestimmt gab es in den Mülleimern solche Coupons, aber es waren bloß geschlossene Mülleimer aufgestellt, Eimer mit soliden Klappdeckeln, die jedes Herumwühlen unmöglich machten.

Ein Blick nach draußen, wo Menschen aus einer Halle strömten, brachte ihn auf die Idee, in der Ankunftshalle nach diesem Coupon zu suchen. Aber auch dort waren die Mülleimer verdeckt, die Fenstersimse leer. Ernüchtert lehnte er sich an den hüfthohen Topf einer von zahllosen Spinnweben überzogenen Pflanze.

Die Halle leerte sich, die einzelnen Stimmen verloren sich im hohen Deckengewölbe. Abgesehen von einer gut gelaunten, sich um die Toiletten kümmernden Reinigungsmannschaft herrschte nur noch wenig Betrieb.

Da, im Flechtwerk der Spinnennetze, am Rande des schmuddeligen Pflanzentopfs, sah Steinhövel einen tadellosen Coupon liegen, griff ihn sich und eilte aus der Halle, quer über den Parkplatz auf die inzwischen geöffnete Schiebetür zu. Womöglich war es ideal, sich im hinteren Drittel der Passagiere aufzuhalten; er konnte darauf hoffen, dass die Augen der Uniformierten bereits ermüdet waren, wenn er zur Glastür gelangte.

Um sich zu beruhigen, dachte er an die Statistik, an die vielen blinden Passagiere, die es bereits geschafft hatten. Blitzartig durchfuhr ihn die Einsicht, dass die Medien nur dann von zahlreichen blinden Passagieren berichten konnten, wenn die Polizei sie erwischte. Diese unumstößliche Wahrheit fuhr ihm bis in die Knochen. Als er bis auf drei, vier Meter zu jener entscheidenden Passage aufschloss, als die Menschen, die unweit vor ihm standen, ihre Tickets herzeigten, sie hochhielten, sie über fremde Schultern streckten, von der Mitte aus mit ihnen winkten und er die flinken Augen der Uniformierten sah, wurden seine Knie weich. Er war kaum noch einen Meter von der Schiebetür entfernt, als ein tiefer, durchdringender Alarmton erschallte. Zwei der Beamten blickten auf ihre Armbanduhr, die anderen forderten die Menge auf, sich zu beeilen. Eilends wurden sie durchgewunken. Wie betäubt lief Steinhövel über den grauen Teppich des Fingerdocks, von wo aus der Schiffsrumpf zu sehen war.

Als er auf dem Außendeck stehen blieb und zurückblickte auf die mächtigen Terminals, auf die schwarzen Felsen, durch welche die hafennahen, kraftvoll beleuchteten Straßen Stockholms sich wanden, fühlte er sich einigermaßen sicher und suchte unverzüglich das Seaside-Restaurant auf, um Fernanda zu treffen.

Als sie ihn sah, ließ sie kurz ein Kreischen hören, das ihm schmeichelte.

»Hallo«, sagte Steinhövel knapp und genoss die Art, wie ihre Wangen die seinen drei Mal berührten.

Fernanda wies Steinhövel einen Tisch zu, viel Zeit für ihn hatte sie nicht, es drängten zu viele Leute ins Restaurant, das in kürzester Zeit bis auf den letzten Platz belegt war.

»Die Bar ist bis um elf geöffnet«, sagte Fernanda, als sie ihm das schön aufgeschäumte Bier hinstellte, »je nachdem, wie viel es noch zu tun gibt, kann ich um halb zwölf Schluss machen.«

Sie hielt ihr Gesicht nahe vor Steinhövels, schien erfreut, ihn bei sich zu wissen. Obschon sie ihm in Moskau eine deutliche Abfuhr erteilt hatte, stellte sich Steinhövel vor, wie es wäre, ihr nun ein Rendezvous vorzuschlagen, eine Zeit und ein abenteuerliches Außendeck zu nennen.

»Scheußlich, ich weiß«, sagte Fernanda.

Steinhövel verstand nicht auf Anhieb, dass sie ihre Uniform meinte, den Schriftzug auch, den sie, nachdem sie mit dem Finger darübergefahren war, als typografische Grundschularbeit bezeichnete. Dann gab sie ihm einen Klaps auf den Unterarm, sagte, sie müsse los, und eilte zu einem der neu besetzten Tische, um Getränke- und Speisekarten zu verteilen.

Er wollte nicht, dass Fernanda sich verpflichtet fühlte, ihm immer wieder einen Blick zuzuwerfen, wenn sie servierend durch die Tischlandschaft kurvte, aber er wünschte sich ein freundschaftliches Wort zum Abschied. Er leerte rasch sein Bier und wartete den richtigen Moment ab. Als sie von hinten auf seinen Tisch zurauschte, stand er auf, griff nach ihrem Blick.

»Um halb zwölf in der Pianobar«, schlug Steinhövel vor, »ich werde auf dich warten« – die letzten Worte gerieten Steinhövel zu dramatisch, er spürte, wie er rot anlief.

Sie lächelte, schaute ihn aber kritisch an.

»Gut«, sagte sie knapp, »ich werde mich beeilen.«

Steinhövel srich über die Decks, schritt Teppichflure ab, beobachtete die pensionierten Paare, die bereits um neunzehn Uhr zu einer sentimentalen Schlagermusik tanzten, gelangte zweimal an ein falsches Treppenhaus, setzte sich auf eine Bank, holte sein Carnet hervor, überflog seine Aufzeichnungen und fügte neue dazu.

Weil er es satt hatte, sich im Innern aufzuhalten, wo man nicht bemerkte, dass man sich auf dem Meer bewegte, weil ihn die Pubertierenden ärgerten, die sich aufführten, als wäre es eine besondere Leistung, sich mit vergünstigtem Bier zu betrinken, und weil er sich von der kühlen Luft einen klaren Kopf erhoffte, ging Steinhövel nochmals aufs Außendeck. Durch eine schwere Glastür trat er ein in eine windige Sommernacht.

Er stand an der Reling, ließ sich den kalten Nordwind ums Gesicht pfeifen und lauschte dem tiefen Brummen der Schiffsmotoren. Die Fähre hatte sich inzwischen weit von der Küste entfernt, es gab da draußen, so sehr er sich auch bemühte, nichts zu sehen, kein noch so schwaches Licht, keine noch so filigrane Kontur. Diese Schwärze erinnerte ihn an das Wasser auf dem Walensee, erinnerte ihn an Heljä Halkkanen.

Eine tiefe Stimme riss ihn aus den Gedanken. Ein mit leuchtend klaren Augen aus einem schmalen, faltendurchfurchten Gesicht blickender Mann stand neben ihm. Ellbogen an Ellbogen lehnte er sich neben Steinhövel auf die Reling, der Wind formte ihm das schlohweiße Haar zu einer wilden Mähne. Zwei, drei Sätze sprach der Mann mit sonorer Stimme und richtete einen Zeigefinger auf die schwarze See, auf die hinaus er sogleich blickte, lange und innig, als gelte es, einer dort draußen herrschenden Macht Tribut zu zollen.

Steinhövel blickte in dieses alte Gesicht, dann ahmte er jenen andächtigen Blick nach, versuchte, im Dunkel etwas zu sehen, aber das Wasser, das am Schiffsrumpf in grau umrissenen Wirbeln vorbeischlingerte, wurde nach wenigen Metern schwarz und schwärzer und verlor sich in der Nacht.

Der Alte musterte Steinhövels Gesicht, hob, als gehe es um ein beachtliches Gewicht, verblüffend langsam seine Brauen, hob sie in die Stirn und wechselte, Steinhövel verstand es nicht gleich, in ein Französisch, das ihm in dieser Färbung noch nie zu Ohren gekommen war.
»Dort draußen steht meine Wiege«, sagte er.
Sein Gesicht war faltig wie das Relief einer bergigen, abseits gelegenen Landschaft – und es ergab sich alles von selbst: Sie verbrachten den Abend zusammen, wie es Vater und Sohn nicht besser hätten tun können. Hilmer Johansson hieß der Mann. Und die Sache mit der Wiege war nicht symbolisch, sondern ganz real gemeint: Hilmer wurde auf dem Segelschiff seines Vaters geboren, das nun dort draußen auf Grund lag.
Eine berührende Lebensgeschichte bekam Thomas Steinhövel erzählt, eine von Segelschifffahrt, Freiheit und Entbehrungen geprägte Biografie. Johansson war einer der letzten Kap Horner, eines der letzten Mitglieder eines Klubs, der 1936 gegründet worden war und lediglich jene Skipper aufnahm, die Guano, Weizen, Holz, Salpeter oder andere Fracht um das Kap Hoorn, um die oft von Stürmen heimgesuchte Südspitze Südamerikas gesegelt hatten. Auf Segelschiffen ohne Hilfsmotor, zu kommerziellen Zwecken, vom fünfzigsten wieder bis zum fünfzigsten Breitengrad, so war es festgeschrieben in den Statuten dieses Vereins, der mit seinem letzten Mitglied sterben würde. Nun, nach einem langen Leben zur See, wohnte der fünfundachtzigjährige Johansson im finnischen Åland, das aus über 6654 Inseln und Schären bestand. Der Legende nach, so erzählte Johansson, hatte ein Kapitän einst »Oh, Land!« ausgerufen, als er die zwischen Schweden und Finnland gelegene Inselgruppe entdeckte. Hilmer Johanssons Anekdoten aus einem abenteuerlichen Leben als Matrose schienen Steinhövel derart außergewöhnlich, dass er, als Johansson nach zweiundzwanzig Uhr sagte, es sei Zeit für ihn, sich schlafen zu legen, ganz enttäuscht war.

Steinhövel war kalt, für Johanssons Erzählungen hätte er aber noch lange im kühlen Wind gestanden. Er wollte den Alten noch nicht ziehen lassen und fragte, ob er ihn einmal auf Åland besuchen dürfe. Mit sorgfältiger Schrift notierte Hilmer Johansson seine Adresse auf einen Zettel und drückte Steinhövel zum Abschied die Hand mit einer Kraft, dass er meinte, Hilmer greife nach einem Tau.

Als er um halb zwölf die Pianobar aufsuchte, stand Fernanda bereits am Tresen. Sie hatte ihre Uniform gegen Jeans und Hemd eingetauscht, sie sah frisch aus, auf unscheinbare Weise zauberhaft. Zu Steinhövels Verblüffung gab sie ihm zur Begrüßung nochmals drei Wangenküsse und bestellte zwei Bier.

»Hast du genug getrunken für die Sauna?«

»Welche Sauna?«

»Nach elf gehört sie dem Personal«, sagte Fernanda und schlug vor, nach dem Bier schwitzen zu gehen.

73. KAPITEL
RADONIQ, KOSOVO

Es gab nur eine Straße, die sich über zwei, drei Kilometer dem Ufer des morastreichen, zum Baden wenig einladenden Radoniqit-Sees anschmiegte, dennoch erkannte Alim die von einigen Kfor-Soldaten bewachten Uno-Fahrzeuge und das mit breiten gelben Bändern abgesperrte Gebiet erst, als er den Alfa Romeo parkte und von einem mit Abfall übersäten Rastplatz die silbern glänzende Wasserfläche überblickte.
Kurz nach der Abzweigung wurde er von zwei mit Schnellfeuerwaffen bewehrten Kfor-Soldaten aufgehalten. Es waren zwei blasse Finnen, denen es nicht sonderlich gefiel, unangemeldeten Besuch zu erhalten. Sie interessierten sich nicht für seine Beweggründe und blieben standhaft in ihrer Haltung, ihm sei der Zutritt zum Gelände verboten. »Restricted Area«, wiederholten sie und wiesen ihn an, sich im Uno-Hauptquartier in Priština zu melden, wenn er etwas erreichen wolle; hier solle er sich nicht länger blicken lassen. Hinter ihnen brummte wie eine dauerhafte Bestätigung ihrer Macht der Dieselmotor eines Generators.
Alim erinnerte sich an das Gespräch mit Siham Amadjani, der die Kfor-Soldaten immerhin dafür lobte, aufgrund ihres soliden Gehalts nicht besonders anfällig für Korruption und Bestechung zu sein. Weit entfernt von der Möglichkeit, hier jemanden zu bestechen, wandte sich Alim ab. Er sagte sich: Allah wird schon wissen, wieso er mir diese beiden Finnen in den Weg stellt.
Als er wieder hinter dem Steuer saß, die rechte Hand am Schlüsselbund, wurde Alim übermannt von einem Gefühl der Schwäche und Ohnmacht, er konnte die Tränen nicht mehr zurückhalten. Er hatte nicht die Kraft, nach Priština zu fahren, er glaubte, er werde dort nichts erreichen können. Zudem fürchtete er die Rache von

Azem. Womöglich hatte dieser dafür gesorgt, dass man ihn im ganzen Kosovo für einen verlogenen Verräter hielt.

Den Zündschlüssel halb gedreht, sodass zwar nicht der Motor, aber das Radio angesprungen war, schickte Alim durch die diesen Weg säumenden Haselsträucher einen langen Blick über den schimmernden See. Im Radio wurde ein Song Pink Floyds gespielt, der Lieblingsband von Arbenor. Alim fühlte, wie leblos diese Blutsbruderschaft geworden war. Arbenor würde ihm gewiss vorwerfen, er halte das Versprechen nicht, das er dem sterbenden Liburn im Gefängnis gegeben hatte, und mit Freunden, die sich nicht an Versprechen hielten, wolle er nichts zu tun haben.

Arbenor aber hatte keine Augen für die Verbrechen der UÇK.

Den salzigen Geschmack seiner Tränen auf der Zungenspitze, erkannte Alim, wie fünfzig, sechzig Meter vor ihm ein weißer, massiger Pick-up mit dem blauen, unübersehbaren Uno-Schriftzug auf den Weg einbog. Einem Instinkt folgend stieg er aus und stellte sich, eine Wende in seinem Schicksal erhoffend, an den Rand des Wegs.

Was Alim nicht sehen konnte, war die Reaktion der finnischen Kfor-Soldaten in seinem Rücken; es entging ihm, dass sie ihre Waffen entsicherten.

Auf Gesprächsmöglichkeiten hoffend, spähte Alim in den Innenraum des herannahenden Fahrzeugs. Der Pick-up machte ein paar Dutzend Meter vor ihm Halt, aber keine Tür öffnete sich, niemand stieg aus. Um klarzumachen, dass er auf der Suche nach einer Vermissten war, packte Alim die Taschenuhr aus. Nun legte der Pick-up den Rückwärtsgang ein und beschleunigte so stark, dass die großen Reifen Schlamm zur Seite spritzten. Dreißig, vierzig Meter weiter hinten, als der Wagen hielt, öffneten sich zwei Türen, die Scheiben wurden heruntergelassen, und aus den offen stehenden Fenstern wurden die Mündungen zweier Maschinenpistolen auf Alim gerichtet. Alim blickte sich um. Auch die Gewehrmündungen der beiden Finnen zeigten auf ihn.

Beide Hände in Handschellen, war Alim Minuten später gekettet an einen zentnerschweren Generator, der die umstehenden Uno-Baracken mit Strom versorgte. Die Taschenuhr und einen großen Teil seiner Zuversicht hatte man ihm abgenommen. Ängstlich saß er im Lärm dieses Motors, saß umweht von Dieselschwaden und wartete ab, was die Internationalen mit seiner Aussage, er spreche Albanisch und ein wenig Deutsch, anzufangen wussten. Er musste nicht befürchten, in ein serbisches Gefängnis gesteckt zu werden, aber man hatte ihm die Taschenuhr abgenommen.

Es dauerte länger als eine Stunde, bis eine Frau neben ihm Platz nahm, sich vorstellte und ihm in albanischer Sprache erklärte, er sei festgenommen worden, weil man in ihm einen Terroristen vermutet habe. Sein Auto sei von einem gepanzerten Fahrzeug abgeschleppt worden, und nun sei es an der Zeit, dass er erkläre, was er hier suche – sie werde für ihn übersetzen.

Nach einem langen Gespräch mit einem angespannten Uno-Offizier, nach verschiedenen Telefonaten und einer nach Priština gefaxten Kopie seines Passes erhielt Alim nicht nur die Taschenuhr zurück, sondern auch die Erlaubnis, die bereits aus dem Morast gezogenen Leichen zwecks Identifikation zu besichtigen. Er musste dazu ein Formular unterzeichnen, in dem er erklärte, sich den möglicherweise traumatischen Folgen des Anblicks verstümmelter Leichen und abgehackter Gliedmaßen bewusst zu sein. Als er schließlich, ausgerüstet mit Mundschutz und Handschuhen, zum Massengrab vorgelassen wurde, zu einer schlammigen, übel riechenden Grube, erblickte er halb verweste, teils zerstückelte oder jedenfalls nur stückweise vorhandene, von schwarzem Schlamm und einer Art Torf bedeckte Leichen. Fünf bereits ausgehobene Körper lagen am Rand des Morasts, einem Mann fehlte ein Bein. Oft hatten sich Kleidung, Haare, Fleisch und Haut und Erde zu einer Einheit zusammengetan. Einige Meter entfernt tummelten sich, ihren ganz eigenen Interessen nachgehend, drei Enten, die Häupter stolz erhoben.

In weiße Overalls gehüllte, mit Mundschutz und türkisen Kunststoffhandschuhen ausgerüstete Männer machten sich daran, bei einigen Leichen die lehmig-schmierige Erde von der Haut zu lösen, was ein schwieriges Unterfangen war. Würmer erweckten auf eine perfide Art den Eindruck, es sei noch Leben in diesen Gliedern. Erst allmählich begriff Alim, dass diese Menschen bereits mehrere Jahre unter der Erde zugebracht hatten.

Jemand stand telefonierend etwas abseits, Alim verstand sein Englisch schlecht, konnte aber hören, wie er von einem neuen und einem alten Grab sprach, von einigen Leichen, die wahrscheinlich vier, fünf Jahre schon, von anderen, die erst einige Tage im Morast gelegen hätten.

Ihn begleitend, erklärte die Übersetzerin, dass bislang, weil die DNA-Proben noch nicht eingetroffen seien, erst acht der ungefähr dreißig Leichen identifiziert seien. Sie führte ihn zum hinteren Teil des abgesperrten Uferstreifens, wo die ans Ufer gehobenen Leichen erstaunlich frisch aussahen.

Das Wiedersehen mit Jarmila, der Blick in ihr Gesicht, versetzte Alim schlagartig in einen Glückszustand, eine nie geahnte Euphorie, die sich augenblicklich verkehrte in einen mächtigen, seine Brust zerschlagenden Schmerz.

Sie trug das blaue Kleid, das sie gerne für ihn getragen hatte. Ihr Haar war geflochten und umspielte ihr Schlüsselbein, das, zersplittert, als hätte jemand mit einem Beil hineingeschlagen, blutig, blassweiß und schräg aus ihrem Körper ragte.

Alim ging in die Knie.

74. KAPITEL
LANGENTHAL, SCHWEIZ

Beschäftigt mit dem Entziffern seiner skandinavischen Notizen und dem Versuch, daraus drei eigenständige Reportagen zu destillieren, war Thomas Steinhövel, als es an der Tür klingelte, entschlossen, nicht zu öffnen, sich nicht unterbrechen zu lassen. Er befand sich in der richtigen Stimmung, drei Exposés zu verfassen, mit denen er Nussbaumer würde überzeugen wollen. Die zwischen Stockholm und Turku verkehrende Fähre schien ihm ebenso einer Reportage würdig, denn er war auch auf der Fahrt zurück als blinder Passagier gereist.
Es klingelte ein weiteres Mal.
Steinhövel löste sich von der Arbeit und den Erinnerungen an Ulrikken, Tinescu und Ørjansson und öffnete die Tür: In einem viel zu großen Mantel, eine zerkaute Büroklammer im Mund, eine Schürfwunde auf der Wange, stand mit fettigen Strähnen in einem Gesicht, das unter der Kapuze kaum zu erkennen war, Aca Mandić vor ihm.
Fassungslos blickte Steinhövel in das ungesunde Flackern in Acas Augen.
Aca räusperte sich und eilte an ihm vorbei in die Wohnung.
Erst als sie in der Küche standen, in der es nach Kaffee und Essensresten roch, nahm ihn Aca Mandić in eine kraftvolle Umarmung, die Steinhövel schaudern ließ, denn er fürchtete sich vor überzogenen Erwartungen.
Steinhövel bot ihm Kaffee an. Als er sah, wie rasch Aca die Tasse lehrte, kochte er ihm eine Nudelsuppe, tischte ihm das halb frische Brot auf und sah zu, wie Aca das Essen gierig verschlang.

Währenddessen fragte ihn Steinhövel, wie er sich um alles in der Welt ohne gültigen Pass von Moskau nach Langenthal durchgeschlagen habe.

Mit einer Hand wischte Aca, zusammen mit einigen Brotkrumen, diese Frage vom Tisch: »Ich habe vor allem zwei Probleme: Erstens muss ich dringend zum Zahnarzt ... zweitens benötige ich dringend mehr Geld für die weitere Reise.«

Steinhövel, der genau diesen Wunsch befürchtet hatte, sah sich schon nächtelang darüber nachdenken, wie er zu Geld kommen könnte.

»Mit dem, was übrig ist, kann ich mir entweder die Reise nach Rom oder aber einen französischen Pass kaufen, aber nicht beides.«

»Einen französischen Pass?«, fragte Steinhövel unsicher.

»Ich muss so schnell wie möglich nach Serbien, um meinen Bruder vor einer großen Dummheit zu bewahren.«

»Von einem Bruder hast du mir noch nie erzählt«, sagte Steinhövel und versuchte sich Einzelheiten der Gespräche in Moskau in Erinnerung zu rufen.

»Ist gut möglich«, sagte Aca, »ich werde dir auch jetzt nichts von meinem Bruder erzählen. Das ist der falsche Moment. Ich werde dir ein Leben lang dankbar sein, wenn du mir jetzt hilfst.«

Steinhövel schaute ihn lange an. Aca Mandićs Blick war nun klar und offen, durchdrungen von einer Kraft, die seinen Worten Nachdruck verlieh. Steinhövel spürte, Aca stand knietief im Dung, und er würde ihn herausziehen.

Die Montblanc-Füllfeder kam ihm in den Sinn; ein bisher ungenutzter Reichtum, der ihnen helfen würde.

Zwei Stunden später, kurz vor Feierabend, stand Steinhövel mit einem frisch geduschten und eingekleideten Aca Mandić vor der Tür der einzigen Zahnarztpraxis, die Steinhövel in Langenthal kannte.

Steinhövel drückte auf die Klingel, sie traten ein. Es musste zehn, zwölf Jahre her sein, seit Steinhövel zum letzten Mal eine

Zahnarztpraxis betreten hatte, er konnte sich diese Dienste nicht leisten. Die Frau am Empfang fragte nach ihren Namen, Steinhövel lächelte verlegen und sagte, sie seien nicht angemeldet.

Dass dies kein Problem war, schien vor allem mit der guten Laune des Zahnarztes zu tun zu haben, der sich ihnen als Rainer Gujan vorstellte. Er wusste nicht genau, ob das der Zahnarzt war, von dem Marlene erzählt hatte, aber das war nun egal: Es ging darum, Gujan begreiflich zu machen, dass der verzweifelte Aca seine Hilfe nötig hatte.

Die offene Art, wie Gujan den Serben musterte, machte Steinhövel Hoffnungen. Als sie zu dritt im Behandlungszimmer saßen, erzählte Steinhövel knapp, was er über Aca wusste.

Gujan fragte nicht nach der Bezahlung, er schien ziemlich rasch zu begreifen, worum es ging.

»Viel Eiter«, sagte Gujan, mehr zu sich selbst als zu seinem Patienten. Dann schmiss er seine Handschuhe in den Eimer, marschierte zu einer Schublade und holte eine Schatulle hervor.

»Ich bezweifle, dass der Zahn noch zu retten ist«, sagte er. »Aber er muss so schnell wie möglich raus, damit der Kieferknochen nicht angegriffen wird. Bevor ich arbeiten kann, muss der Eiter weg.«

Steinhövel übersetzte für Aca ins Französische, wusste aber das Wort für Eiter nicht.

»Das musst du ja nicht übersetzen«, sagte Gujan zu Steinhövel und war unbemerkt zum Du übergegangen, »aber ich muss sagen: Es sieht in diesem Mund nicht gut aus. Falls der Kieferknochen betroffen ist, wird das eine größere Angelegenheit.«

Im Geiste schloss Steinhövel seine Ohren; er wollte jenen Satz nicht hören, der nun bestimmt kommen würde: dass es eine verdammt kostspielige Sache werde.

Aber Gujan sagte nichts, drückte Steinhövel die Schatulle in die Hand und sah ihn gutmütig an.

»Dreimal täglich zu den Mahlzeiten«, sagte er. »Wenn die Eiterung abgeklungen ist, bringst du ihn wieder her. Frühestens morgen Abend. Ich werde es versuchen.«
Jetzt übersetzte Steinhövel wieder für Aca, dem die Enttäuschung anzusehen war, nicht gleich behandelt zu werden.
»Da ist noch etwas«, sagte Gujan, als er die Hand bereits zum Gruß angeboten hatte.
Jetzt kam sie also doch, die Frage nach dem Geld, und Steinhövel wusste: Falls er für diese Rechnung aufkommen müsste, würde ihn wahrscheinlich auch die Montblanc-Füllfeder nicht retten.
»Ich würde gerne fotografieren«, sagte Gujan. Er blickte Steinhövel an, als erwarte er eine klare Ablehnung. Steinhövel verstand nicht.
»So einem Fall begegnet man nicht alle Tage«, erklärte er, »und weil ich am Dentalchirurgischen Institut immer wieder Vorträge halte, die vor allem dann ankommen, wenn gute Bilder vorliegen, würde ich gerne ein paar Aufnahmen machen.«
Kaum hatte sich auch Aca, unter der Bedingung, dass man sein Gesicht nicht identifizieren könne, einverstanden erklärt, hielt Gujan eine Digitalkamera in der Hand. Es dauerte nicht lange, und Gujan freute sich über die Aufnahmen genau wie Steinhövel über Gujans unbürokratische und äußerst kulante Hilfe – Gujan hatte sich bereit erklärt, die Behandlung kostenlos zu machen. Der Händedruck bei der Verabschiedung fühlte sich schon fast konspirativ an.
Den Abend verbrachten Steinhövel und Aca mit Rexhep. Steinhövels Angst, es könnte schwierig werden, wenn sich ein Kosovo-Albaner und ein Serbe den Küchentisch teilten, war unbegründet. Das lag vor allem an Aca, der Serbien noch viel deutlicher und politisch fundierter geringschätzte als Rexhep. Steinhövel wusste, Aca hätte der Medikamente wegen keinen Wein trinken dürfen, aber als Schmerzmittel hielt Steinhövel Rotwein für angemessen.

Tags darauf, direkt nach dem letzten regulären Patienten, machte sich Gujan ans Werk. Steinhövel hatte nicht gewusst, dass Zahnfleisch derart bluten konnte. Mit erstaunlich geringem Kraftaufwand zog Gujan zwei vergammelte Zähne aus Acas Kiefer, bohrte aus den beiden benachbarten Zähnen allerlei Kariesherde aus und gab dem unterdessen dickwangig gewordenen Patienten eine Packung Mull mit, spezielle kleine Wattebäusche auch, die er zu einer Kugel formen und auf die Wunde halten sollte.

»Während der nächsten zwei Stunden kräftig auf den Ballen beißen«, sagte Gujan, »nach zwei Stunden den Ballen wechseln, nichts essen. Falls die Wunde nicht zu bluten aufhört, ruft ihr mich an, dann muss ich sofort reagieren.«

Unfähig zu kommunizieren, legte sich Aca bald schon ins Bett, Steinhövel richtete sich später auf dem Sofa ein.

Aca schlief noch, als Steinhövel am nächsten Morgen nach Bern reiste, um mit Redakteur Nussbaumer die skandinavischen Themen zu diskutieren.

Dieses Gespräch machte deutlich, dass Nussbaumer noch nie selbst eine Reportage erarbeitet hatte. Steinhövel fand es insofern nur logisch, dass Nussbaumer ihm, nachdem er die drei Exposés gelesen hatte, vorschlug, diese etwas zeitlos anmutenden Geschichten noch ein wenig liegen zu lassen und sich erst einmal um etwas zu kümmern, das zwar, verglichen mit seinen bisherigen Arbeiten, vor der Haustür liege, aber nur dann richtig zur Geltung kommen würde, wenn es einer mit Talent für genaue Beschreibungen anpackte.

Das war ein Kompliment, das Steinhövel misstrauisch werden ließ. Nussbaumer schenkte ihm einen freundlichen Blick und schob ihm ein Papier hin. Es war die Einladung zu einem Blumenbestimmungskurs für Männer und trug den Titel: *Wie heißt diese Blume und warum verschenke ich sie nicht?* Ausgeschrieben von einem stadtbekannten Floristen, handelte es sich offenbar um einen Kurs für floristisch wenig versierte Männer, die bereit waren, ihr

Romantikdefizit zu bekämpfen, ein Kurs, der über fünf Wochen immer donnerstags nach Feierabend stattfinden und mit einem leichten, von essbaren Blüten verzierten Essen abgerundet werden sollte.

»Dieser Kurs wird überschwemmt von Anmeldungen«, schwärmte Nussbaumer. »Gerade unter etwas älteren Männern ist er enorm beliebt, und diese zählen bekanntlich zu unseren treusten Abonnenten. Von den freien Mitarbeitern hat sich noch niemand zur Verfügung gestellt, über den Kurs zu schreiben – vielleicht wäre das etwas für dich?«

Steinhövel schaute Nussbaumer verdutzt an.

»Es braucht hier keinen langen Artikel, fünftausend Zeichen und ein Bild, das reicht.«

Steinhövel sehnte sich nach Widmann und behauptete, er habe seinen Kalender zu Hause vergessen. So verabschiedete er sich von Nussbaumer, ohne zu wissen, was mit seinen Reportagen aus dem Norden geschehen würde.

Am darauffolgenden Mittag, als Aca wieder sprechen konnte und sie sich über die weiteren Pläne unterhielten, begriff Steinhövel, dass es nicht einfach um Geld ging, das Aca für die Reise nach Rom benötigte: Da er keine gültigen Papiere vorweisen konnte, würde er nicht nach Rom fliegen können – auch eine grenzüberschreitende Zugreise war ausgeschlossen.

Über eine Karte gebückt kamen sie zum Schluss, dass es am einfachsten sein würde, mit dem Zug nach Brig zu reisen und von dort aus über den Simplonpass nach Italien zu wandern, zu dem norditalienischen Städtchen Domodossola. Weil er die deutschschweizerische Grenze hinter Basel auf diese Weise passiert hatte, fasste Aca Vertrauen in Steinhövels Aussage, die Grenze zwischen der Schweiz und Italien sei relativ leicht zu überschreiten, ohne kontrolliert zu werden.

75. KAPITEL
TROMSØ, NORWEGEN

Auf einer Anhöhe südlich der Stadt gelegen, umstanden drei schmucke Holzhäuser den sorgfältig asphaltierten, vor allem von Ölfirmen genutzten Helikopter-Flughafen. Die Fenster gaben den Blick frei auf einen Ozean, in dem, weit draußen in der aquarellfarbenen Leere, ein unförmiges Konstrukt aus dem Wasser ragte. Die Hände in den Hosentaschen vergraben, stand Mihai Tinescu im vordersten Holzbau und betrachtete gebannt die Bohrinsel, seinen künftigen Arbeitsort. Dreißig Männer saßen in seinem Rücken, legten ihre Wertgegenstände, ihre Eheringe und ihre Telefone in die schuhschachtelgroßen Schließfächer und wirkten, als wären sie nicht zum ersten Mal hier. Tinescu erinnerte sich, vor Jahren einmal gemeinsam mit Vladana am Schwarzen Meer gestanden und auf eine ähnliche und doch ganz anders gefärbte Wasserfläche hinausgeblickt zu haben. Aber diese Reise ans Donaudelta bildete nun ein ebenso abgeschlossen und unerreichbar in seiner Erinnerung herumliegendes Konstrukt wie Vladana selbst.
Mit der einen Hand umfasste er das Gelenk der anderen – jene Sehnen, die sich in Huelva entzündet hatten und seither immer wieder Probleme machten, waren beinahe schmerzfrei. Umso mehr fürchtete er sich, in den nächsten Monaten wieder schwer arbeiten zu müssen.
Tinescu nahm den Blick von der Bohrinsel, setzte sich neben Belil Zorani, den kräftigen Zyprioten, auf die Holzbank und sah sich argwöhnischen Blicken ausgesetzt: Die hier versammelten Männer machten grimmige Mienen, zu ihren Füßen, die in schwarzen Schnürstiefeln steckten, lag je eine altgediente Tasche. Beim Mann gleich neben Belil handelte es sich um Miguel, einen Spanier, der auch sitzend ein Riese war. Abgesehen davon fiel Miguel vor

allem mit einem Gesicht auf, das aussah, als sei es schon verschiedentlich mit Feuer in Kontakt geraten, ungeheuer grobe, fleischige Narben verunzierten es. Als wäre dies nicht verstörend genug, trug Miguel ein richtiges und ein gläsernes Auge. Seit Jahren schon arbeitete er auf verschiedenen Bohrinseln rund um den Globus, stets als Mud Man, als jener, der den schwer toxischen Bohrschlamm ins Bohrsystem schaufelte.

Dicht neben Miguel, etwas kleiner als dieser, aber immer noch doppelt so breit wie Tinescu, kaute ein Australier, der an Hals und Schädel tätowiert war, an seinen Fingernägeln, mit einer Intensität, als nage er Restfleisch vom Knochen. Weil auch die übrigen Männer ähnlich grobschlächtig aussahen, war Tinescu froh, einen Job in der Wäscherei in Aussicht zu haben.

Als auf dem Bildschirm links neben der Tür der Flug H 57 nicht mit zwanzig, sondern mit dreißig Minuten Verspätung angezeigt wurde, verzog sich Zorani seufzend aufs Klo. Der Australier spuckte einen Fingernagel aus, holte eine Flasche Schnaps aus seiner Tasche und fragte Tinescu, ob nicht er die Flasche mitnehmen könne. Tinescu, der wusste, dass alkoholische Getränke auf der Plattform verboten waren, sah sich verunsichert um und zog die Schultern hoch. Der Australier, zufrieden mit Tinescus Hilflosigkeit, grinste breit, öffnete dessen Tasche, verstaute die Flasche Smirnoff und setzte sich zurück neben den Spanier.

Als Zorani von der Toilette zurückkam, wagte Tinescu nicht, die Flasche zu erwähnen, wobei die Art und Weise, wie der Australier, aber auch der Spanier Macht über ihn ausübten, Tinescu bedrohlich schien. Beunruhigt dachte Mihai an jenen Tag in Huelva zurück, als der Chef seiner Plantage ihn am Einsteigen in den Bus gehindert hatte. 10 400 Peseten hatte ihn das damalige Aufmucken gekostet, der Lohn zweier ganzer Arbeitstage.

Beim Versuch, sich am Automaten mit einer Tasse Kaffee abzulenken, scheiterte Tinescu am Fehler, den in Norwegischen Kronen angegebenen Preis in Peseten umzurechnen.

Endlich landete ein Helikopter, verschiedene Kisten wurden entladen, das Personal forderte sie auf einzusteigen. Kaum hatte sich die Maschine vom Boden gelöst, kaum erblickte Tinescu hinter der viel zu dünnen Fensterscheibe die Bohrinsel, wirkte diese bereits um einiges größer. Außerdem verblüfften ihn die beiden vom Konstrukt abstehenden Gerüste, an deren Enden riesige Flammen loderten. Zorani blickte auch in diese Richtung, das Feuer aber kümmerte ihn nicht. Tinescu war froh, dass sich bislang niemand für den Inhalt seiner Tasche interessiert hatte.

Das Meer zeigte sich jetzt, aufgepeitscht vom Wind und mit der schräg einfallenden Sonne, schwarzgrün.

Als Tinescu die winzige Figur auf der Plattform sah, die auf dem Helideck zwei Fahnen in den Wind hielt, erkannte er die wahren Ausmaße der Bohrinsel. Sie war kolossal.

Der Helikopter landete unsanft. Vom Schlagwind des Hauptrotors beinahe zu Boden gedrückt, war Tinescu bestrebt, nach dem Aussteigen nahe bei Zorani zu bleiben. Jemand schrie etwas, Tinescu verstand nichts; jedes Wort wurde sofort weggetragen. Ein salziger Wind peitschte die Plattform; der Geruch der rauen See vermischte sich hier mit einem Gestank, wie ihn Tinescu von den rumänischen Tankstellen kannte.

Hinter der ersten Metalltür fand Mihai zwar Schutz vor dem Wind, stellte allerdings fest, dass der Lärm des Helikopters bereits abgelöst worden war vom Dröhnen der Bohrinsel. Dieser ununterbrochene, von Zeit zu Zeit von einem Zischen oder Pfeifen begleitete Lärm auf der Plattform machte Tinescu sofort klar, dass es hier nicht ums Reden, sondern ums Arbeiten ging.

Der bullige Mann, der sich im Gedränge vor Tinescu aufbaute, war der zahnarme, breit grinsende Australier, der seinen Smirnoff zurückwollte. Tinescu war froh, die Flasche zurückgeben zu können.

Zorani führte Tinescu durch schmale, neonbeleuchtete Passerellen und hinab über lärmende Metalltreppen ins Personalbüro, wo

Zoranis Cousin arbeitete. Tinescu bekam einen Helm und ein paar schwarze Arbeitsstiefel mit Stahlkappen ausgehändigt.

Nach zahlreichen Passerellen, hinter zahlreichen Schwing- und Schiebetüren erreichten die drei einen Saal, der wie ein zu groß dimensioniertes Wohnzimmer anmutete; ein Raum für die arbeitsfreien Stunden: Vor drei horrend laut eingestellten Fernsehern und auf einem feuerfest anmutenden Mobiliar saßen stumm und breitbeinig die Bohrarbeiter und rauchten. An die Wand geschoben standen zwei Billardtische; ein zerbrochenes Queue lag auf der ramponierten Spielfläche.

Eine weitere Tür führte die Männer in einen schmalen Gang, der zahlreiche Schlafzimmer verband. Knarrend öffnete der Cousin die Tür zu einem halbdunklen Schlag; drei mal drei Betten übereinander auf wenigen Quadratmetern, verbrauchte, feuchtwarme Luft strömte ihnen entgegen. Keiner der Männer, die unordentlich zugedeckt in ihren Laken lagen, ließ sich stören von diesem Besuch, mindestens drei schnarchten. Unter dem in die Wand eingelassenen Propeller, der früher einmal für Frischluft zuständig gewesen sein musste, hing eine technische Zeichnung einer Harley Davidson.

Überall lagen Arbeitskleider, ein halbes Dutzend schwarze Stiefel, verschmutzte Socken, rote und gelbe Plastikhelme, DVDs, Cola-Dosen und leere Chipspackungen. Der Cousin öffnete einige Schranktüren. Tinescu erspähte Arbeitskleider, Helme, Rasierschaumtuben und schwere, orange Rettungsanzüge. Inwendig an den Türen waren Personalausweise angebracht: Der Cousin stellte sicher, dass es hier einen freien Platz gab.

Er deutete auf einen Spind, wies Tinescu an, seine Tasche dort zu deponieren, dann zeigte er ihm eine glänzende Waschküche, in der die Luft stickig war und penetrant nach Waschmittel roch. Einer ganzen Batterie von Waschmaschinen standen sie gegenüber, so groß, dass man ein Fohlen in ihnen hätte reinigen können.

»Es gilt hier, die Wäsche von siebenhundertzwanzig Mitarbeitern zu reinigen«, sagte der Mann. »Mitarbeiter, die dauernd mit Dreck zu tun haben.«

Einige Erklärungen und zwei Unterschriften später konnte Tinescu mit der Arbeit beginnen. Seine Schicht dauerte von neun bis siebzehn Uhr, sieben Tage die Woche, einundzwanzig Tage am Stück, gefolgt von sieben freien Tagen. Das Bett gehörte ihm zwischen vierundzwanzig und acht Uhr. Er war mit sogenannten Tool Pushern, Drillern, Derricks und Rough Necks im gleichen Schlag, alles Männer, die rund um die Uhr in Schichten arbeiteten; von acht bis sechzehn, von sechzehn bis vierundzwanzig und von vierundzwanzig bis acht Uhr.

Tinescus Arbeit bestand im Wesentlichen darin, die Wäsche aus dem auf vierzig Grad Celsius geheizten Trocknungsraum, der belüftet wurde von Propellern, die ein Sportflugzeug hätten antreiben können, herauszuholen und entsprechend den Nummern wieder in die Schlafräume zu schleppen. Er war enttäuscht, dass Zorani nicht mit ihm in der Wäscherei arbeitete, sondern zur Kantine eingeteilt worden war, und sie einander der unterschiedlichen Schichten wegen nie begegneten.

Das Team, in das er geraten war, bestand aus einem pflichtschuldigen Chinesen und indischen Zwillingen, die schweißgebadet und mit flammend roten Turbanen im Trocknungsraum standen. Die Wäsche, die Tinescu dort fasste, war in mächtige Kunststoffsäcke abgefüllt; auf einem Handwagen rollte er sie durch die Gänge. Sie musste auf zweiundneunzig Zimmer und Garderoben in sieben Stockwerken verteilt werden. Es fehlte nicht an Aufzügen, es gab welche fürs Personal, welche fürs Material; allerdings erhielt er bald die Weisung, diese Aufzüge seien für Ingenieure, Geologen und Konzernleiter gemacht. Tinescu mühte sich also in den Treppenhäusern ab. Er spürte bereits am ersten Tag, dass diese Arbeit, nicht anders als jene in Huelva, seinen Rücken ruinieren würde. Außerdem wurde ihm auf der wankenden Insel immer wieder übel.

Weil am Spülbecken ein mächtiges Gedränge herrschte, lag Tinescu oft mit ungeputzten Zähnen im Bett und fuhr sich mit der Handfläche beruhigend über den Bauch, in dem ein fettiges Essen lagerte. Er lag zuoberst, direkt bei der blauen Glühbirne, die dauerhaft leuchtete. In diesem Raum, in dem nie mehr als zwei Betten gleichzeitig leer waren, mangelte es deutlich an frischer Luft. Es waren Norweger, bullige, rotwangige Norweger mit breiten Schultern und breiten Nacken, in seinem Zimmer. Wenn sie in Laune waren, machten sie Sprüche auf seine Kosten. Hatte einer acht Stunden geschlafen, zog er die Bettwäsche ab und machte Platz für den nächsten, der bereits in der Unterhose vor dem Spind stand. Durch den Lüftungsschacht drangen die sonderbarsten Geräusche. Die Gesprächsfetzen, die Tinescu mitbekam, klangen außerirdisch, der Kerl im Bett neben ihm schaute sich auf einem Laptop einen Actionfilm an, irgendwo im Rumpf schlug ein Hammer auf ein Metallstück ein: Die Erschütterungen erfassten die ganze Plattform, er fühlte sich wie eine Ameise auf einem Dieselgenerator.

76. KAPITEL
BERN, SCHWEIZ – ROM, ITALIEN

Die in einem respektvollen Abstand zueinander im Schaufenster präsentierten Schreibgeräte glänzten wie das sorgenfreie Leben in der Werbung, sie leuchteten für jene, die es nicht nötig hatten, sich mit Kleinkram zu beschäftigen. Es fanden sich, was Steinhövel zuversichtlich stimmte, auch einige Montblanc-Stifte in der Auslage, und sie gehörten nicht zu den preisgünstigen: Die meisten wurden hier für über tausend Franken angeboten.
Da im deutlich markierten Parkverbot vor dem edlen Schreibwarengeschäft in der Berner Altstadt ein alter, unglaublich gepflegter Jaguar geparkt stand, befürchtete Steinhövel, all seinen Bemühungen zum Trotz, zu billig und zu staubig auszusehen, um in diesem Umfeld so etwas wie Vertrauen herzustellen.
Vielleicht würde Aca Mandić, der noch immer auf jenen Wattekissen, die ihm Gujan nach gelungener Operation mitgegeben hatte, herumzubeißen hatte, der kaum ein Wort sagen konnte und dem nicht beizubringen war, dass er mit seinem zerschlissenen, verwaschenen Mantel genau jenen Verdacht erweckte, den er zu bekämpfen versuchte, besser hier draußen auf ihn warten.
Die elegant geschwungenen Fenster des Jaguars als Spiegel benutzend, prüfte Steinhövel den Sitz seiner Krawatte. Er hatte sie vor Jahren in einem ungarischen Regionalzug gefunden und sie heute Morgen, anschließend an die Rasur, so lange mit kräftigem Dampf gebügelt, bis sie wieder einigermaßen edel aussah.
Die Angst, von Polizisten kontrolliert zu werden, war ihm anzusehen, aber Aca gab sein Einverständnis, draußen warten zu wollen. Steinhövel prüfte seine Frisur und betrat schwungvoll den allein edelste Füllfederhalter, Kugelschreiber und Minenbleistifte feilbietenden Laden.

An einem aus schönem Holz geschreinerten Verkaufstisch saßen zwei alte, stilsicher gekleidete Männer über verschiedene Schreibgeräte gebeugt, betreut von einem Verkäufer, einer der beiden war gewiss der Besitzer des Jaguars. Vor einem schweren Vorhang, der den Verkaufsraum vom Büro abtrennte, stand ein anderer Verkäufer und führte energisch gestikulierend ein Telefongespräch.
Als Steinhövel grüßte, herrschte zwei Sekunden lang Stille. Steinhövel fühlte deutlich, dass er hier störte, dass hier Kenner unter sich waren, wohlsituierte Männer, denen die Laune nicht danach stand, von Fremden dubioser Finanzkraft in ihren Gesprächen unterbrochen zu werden.
Weil keiner der Verkäufer sich um ihn bemühte, ahnte Steinhövel, dass man sich in derartigen Kreisen die Höflichkeit des Personals erst erkaufen musste. Er machte ein paar Schritte auf den Verkaufstisch zu, nahm seinen Montblanc hervor und räusperte sich.
Der Verkäufer hob seinen Blick.
Steinhövel dachte an die 119 000 Russischen Rubel, die in Moskau für einen Montblanc hingeblättert werden mussten – er nahm sich vor, kühl und überheblich aufzutreten.
»Über den Jahrgang, nehme ich an, wissen Sie Bescheid«, begann Steinhövel.
Der Verkäufer lenkte seinen Blick auf den Füllfederhalter – seine Augen weiteten sich deutlich.
»Ein Zweiundsiebziger aus der Alpha-Serie«, flüsterte der Verkäufer in einem Ton großer Verwunderung.
Simultan hoben nun die beiden Männer ihre Köpfe.
»Ein Zweiundsiebziger?«, fragte der eine, der mit seinem um den Hals gewickelten Tuch und dem zu zwei schönen Kringeln aufgezwirbelten Schnurrbart aussah wie Dieter Meier.
»Das kann ja gar nicht sein!«, sagte der andere.
Bald darauf war Steinhövel umzingelt von vier Männern, die sich mit mehr oder weniger subtilem Vokabular darum stritten, das schöne Schreibutensil auch einmal in der Hand halten zu dürfen.

»Dieser legendäre Füllfederhalter ist mir seit Jahren nicht mehr in natura begegnet«, sagte derjenige, der aussah wie Dieter Meier und es vielleicht auch war.
Steinhövel wandte sich kurz um und blickte durchs Schaufenster auf die Gasse, aber Aca stand noch da, stand wie in Bronze gegossen in seinem Mantel, und Steinhövel versuchte, sich auf die Situation zu konzentrieren.
»Schön, dass Sie den Füllfederhalter kennen«, sagte Steinhövel, bemüht, die Fassade der Selbstsicherheit nicht bröckeln zu lassen. »Dann muss ich Ihnen ja nicht erklären, dass auch andere interessiert sind, ihn zu kaufen.«
Mit dieser Aussage setzte in den Augenpaaren ein nervöses Flackern ein – und eine Viertelstunde später trat Steinhövel ohne Montblanc-Füller, aber mit zweieinhalbtausend Franken in der Tasche aus dem Laden.
Dieter Meier war so glücklich über den in sein Leben getretenen Füllfederhalter, dass er Steinhövel fragte, ob er im Jaguar eine kleine Runde drehen möchte.
»Und eine große Runde, wäre das auch möglich?«, fragte Steinhövel.
So kauften Thomas Steinhövel und Aca Mandić drei Stunden später bereits in Brig jenen Proviant ein, den sie für ihren Marsch über den Simplonpass benötigen würden. Die Wanderung schien Steinhövel problemlos, bis ihm auffiel, dass Aca den rechten Fuß nicht richtig belastete. Aca hatte Blasen an den Füßen, weil die Russischen Rubel drückten, die er unter der Innensohle verstaut hatte. Steinhövel hatte allerlei Überzeugungsarbeit zu leisten, bis Aca einverstanden war, das Geld für die nächsten zwei, drei Stunden aus dem Schuh zu nehmen, da die Wahrscheinlichkeit, beim Aufstieg von einem Grenzpolizisten kontrolliert zu werden, dicht bei null lag.
Auf einer locker bewaldeten, von steilen Felspartien gesäumten Passage tauchten zwei Gämsen vor ihnen auf, standen mitten auf dem Wanderweg und schienen ihn nicht verlassen zu wollen. Aca

zuckte merklich, als das kräftigere der beiden Tiere sie anfauchte wie ein überhitztes Dampfbügeleisen.

Es blieb dies aber der einzige Zwischenfall, und nach siebeneinhalb anstrengenden Stunden erreichten die beiden Domodossola, ohne einem Grenzpolizisten begegnet zu sein.

Weil die Fahrkarten deutlich billiger waren, reisten sie in Regionalzügen weiter. Steinhövel bezahlte alles mit dem Geld der verkauften Füllfeder, und Aca hörte kaum auf, sich zu bedanken. Nun, da er jene Zahnschmerzen nicht mehr hatte, nagte Aca energisch an den Fingernägeln.

Auf der gemächlichen Fahrt in Richtung Bologna kam Steinhövel endlich dazu, den *Bund* zu lesen. Es handelte sich zwar um die Samstagsausgabe, vom *Großen Bund* jedoch, von jener schön gestalteten, mit ausführlichen Artikeln und sorgfältig ausgewählten Fotografien bestückten Beilage, fehlte jede Spur. Erst als er jeden Faszikel in die Hand genommen hatte, stellte Steinhövel fest, dass das Feuilleton, früher schlicht mit *Kultur* überschrieben, nun mit *Der große Bund* betitelt war. Neben einer mehrheitsfähigen Besprechung eines mehrheitsfähigen Hollywood-Streifens, zwei Buchbesprechungen und einem auch nicht gerade ausführlichen Artikel über neue Techniken bei der Visualisierung von Architekturmodellen waren die Seiten gefüllt mit großflächiger Werbung, Kinohinweisen, dem Fernsehprogramm fürs Wochenende und allerlei Todes- und Erotikanzeigen.

»Widmann wird sich im Grab umdrehen«, dachte Steinhövel und erschrak, weil Widmann ja nicht gestorben war, sondern lediglich im hintersten Dorf der Region Maramureş saß und vielleicht noch immer auf seinen, Steinhövels, Bescheid wartete, ob er nun bei der Wassertalbahn als Holzfäller, Gleismonteur oder Lokführer arbeiten würde. Steinhövel dachte an die entgleiste Dampflok, an den rußgeschwärzten Knoblauch, an Fernanda, an die im fahrenden Zug geschlachtete Sau – und er dachte an Heljä Halkkanen, an die er, während halben Ewigkeiten durch den Schnee stapfend, zu denken nicht hatte aufhören können.

Steinhövel faltete die Zeitung, legte sie auf den speckig braunen Regionalzugsitz und dachte darüber nach, ob er vielleicht froh sein sollte, dass es den *Bund* überhaupt noch gab. Aber diese Themen lagen nun ziemlich weit entfernt, er würde gut daran tun, sich erst einmal um Aca zu kümmern, der ihm, kaum war die Zeitung weggelegt, erklärte, wie angesehen die linguistischen Studien in Bologna seien. So wirkte es auf Steinhövel nur natürlich, dass Aca, kaum waren sie in Bologna, nach einem hastigen Durchqueren einiger Quartiere in den Gängen jener von ihm lobend erwähnten Universitätsbibliothek einen zu später Stunde sich dort noch umtreibenden Studenten ansprach, der ihnen tatsächlich in großer Gastfreundschaft und völlig unkompliziert in einer studentischen Wohngemeinschaft zwei Betten und ein umfangreiches Abendessen anbot an einem Tisch, an dem auch zwei Italiener saßen, die Russisch studierten und nicht aufhörten, sich mit Aca über grammatikalische Eigenheiten des Russischen auszutauschen.

Aus düsteren Wolken fiel schwacher Regen, als sich ihr Zug am nächsten Tag schwankend und ächzend über das Gleisfeld vor Roma Termini bewegte. Wahrscheinlich hatte sich Aca diese Witterung gewünscht. So fiel es nicht auf, dass er versteckt unter seiner Kapuze ging. Noch immer konnte Steinhövel nicht einschätzen, wie viel Bedrohung sich Aca einbildete, aber solange er seinen neuen Pass nicht in Händen hielt, würde er seine Geheimnisse für sich behalten wollen, das fühlte Steinhövel. Er konnte nichts tun, als Aca und seine Angst, auf Schritt und Tritt beschattet und verfolgt zu werden, ernst zu nehmen. Er hoffte, hier in Rom nicht einen Tief-, sondern einen Wendepunkt in Acas Biografie miterleben zu können.

Seine Beobachtungen notierte er ins Carnet. Es genügte ein einziger Blick zu Aca, um sicher zu sein, dass er das Geld vom Erlös der Füllfeder gut investiert hatte. Zweitausendzweihundert Franken waren noch übrig, er würde sie Aca geben, wenn es Zeit war, den Pass zu kaufen.

Da er all seinen Reportagereisen zum Trotz nie zuvor in Rom gewesen war, hätte sich Steinhövel gerne ein wenig umgesehen, aber Aca wollte eilends seine Rubel in Lire wechseln und hatte, als die ihn nervlich enorm anstrengende Transaktion in einer Wechselstube geglückt war, allein Augen für den schnellsten Weg zu ebenjenem Büro, in dem angeblich fast alle Pässe dieser Welt angefertigt werden konnten.

Es war nicht mehr möglich, mit Aca ein Gespräch zu führen; seit er den dicken, mit Banknoten gefüllten Umschlag in der Manteltasche trug, war er nur noch ein Nervenbündel. Er drängte darauf, an einem Kiosk eine neue Sim-Karte zu kaufen.

Mit einem halb leeren Linienbus gelangten sie in ein vom Tourismus unbehelligtes Quartier und zu Fuß weiter in eine Gasse, in der sich zahlreiche kleine Gewerbebetriebe eingemietet hatten.

Als sich Aca mit der Adresse einigermaßen sicher war, legte er die neue Sim-Karte ein, wählte mit zitternden Fingern eine Nummer, nahm das Gerät unter die Kapuze und führte dort fingernagelkauend ein Gespräch. Dann wandte er sich mit einem entschuldigenden Blick zu Steinhövel, fragte, ob er ihm nochmals Geld geben könne. Steinhövel nickte und gab ihm, was er bei sich trug. Aca fingerte sich flink durch verschiedene Notenstapel.

Am Ende der Gasse, ganz in der Nähe eines von kreischenden Kindern, schwatzenden Müttern und Jungvätern bis auf den letzten Quadratmeter gefüllten Spielplatzes, wurden sie von einem großen, unauffällig gekleideten Mann angesprochen. Er wirkte wie einer der Väter der hier spielenden Kinder, das Englisch, das er sprach, war getragen von einem wunderbaren italienischen Akzent. Nach kurzem Wortwechsel griff Aca in seinen Mantel und holte den mit Noten gefüllten Umschlag hervor.

»Das Passbild ist dabei?«, fragte der Mann.

Aca nickte.

Trotzdem schaute der Mann in den Umschlag, schien abzuschätzen, ob das Notenbündel dick genug war, dann nahm er das Passbild hervor.

»Was ist mit Ihrer Wange passiert?«, fragte er, als er das Bild mit dem Original verglich.

Steinhövel sah Aca an, dass dies ein Satz war, den er nicht hatte hören wollen.

»Zahnarzt«, sagte Aca gequält.

Der Mann nickte und hörte nicht auf, das Foto mit Acas Gesicht zu vergleichen. Die Falten auf seiner Stirn gefielen auch Steinhövel nicht.

»Morgen ist der Pass bereit«, sagte er schließlich. »Nutzen Sie die Zeit, um Ihre neue Unterschrift zu üben und so auszusehen wie auf dem Bild.«

Mit diesem Spruch machte sich der Mann aus dem Staub.

Aca Mandić und Thomas Steinhövel saßen stumm auf einer Bank, vor ihnen stand ein junger Baum, dessen Stamm von einem hässlichen Pilz befallen war. Angesichts der düsteren, angsterfüllten Miene, die Aca nun zeigte, war Steinhövel klar, dass die nächsten vierundzwanzig Stunden nicht die besten seines Lebens werden würden.

In der Tat hätte Steinhövel die folgende Zeit auch in Gesellschaft eines Möbelstücks verbringen können. Aca war derart angespannt, dass er sich auf keinerlei Gespräch konzentrieren konnte. Eine Ewigkeit saßen die beiden in der Nähe eines asiatischen Lebensmittelladens, und sobald die Eiswürfel, die Aca sich an die Wange presste, geschmolzen waren, holte Steinhövel Nachschub und schmiss Kleingeld in die Kaffeekasse.

Abends, im Hotel, legten sich die beiden nebeneinander aufs Bett wie ein von jeder Liebe verlassenes Ehepaar. Der Fernseher zeigte einen Boxkampf im Fliegengewicht, zwei Männer droschen aufeinander ein, dass das Zuschauen schmerzte.

»Erzähl mir von deinem Bruder«, sagte Steinhövel, den Blick dem Geschehen auf dem Bildschirm zugewandt.

Aca musterte ihn kühl.

»Du hast gesagt, du müsstest deinen Bruder vor einer großen Dummheit bewahren.« Jetzt wagte Steinhövel einen Blick zu Aca; es war deutlich zu sehen, wie missliebig ihm diese Frage war.

Aca atmete gut hörbar aus und lenkte seine Aufmerksamkeit wieder zum Boxkampf. Ein Gong ertönte, die fünfte Runde war fertig, die schweißüberströmten Männer zogen sich mit ihren Platzwunden zurück in ihre Ecken.

»Hast du dein Telefon ausgeschaltet?«, fragte Aca.

Steinhövel war nicht sicher, ob er die Gefahr, in der sich Aca befand, nicht doch unterschätzte. Als er ihm das ausgeschaltete Gerät zeigte, drehte Aca die Lautstärke des Fernsehers auf, wartete den Beginn der sechsten Runde ab und begann zu erzählen. Vom ermordeten Vater, vom angeklagten Kommandant Tošorović und von seinem Bruder Bogdan berichtete er. Zu erfahren, was dieser im Bosnienkrieg aufgrund seiner Befehlsverweigerung unter Tošorović hatte erleiden müssen, drehte Steinhövel den Magen um. Er verstand, weswegen Aca Bogdan davon abhalten wollte, nach Den Haag zu reisen.

Erst wenn Serbien eine komplett neue Regierung erhalte, bestehe Aussicht auf eine Zeit, in der die Gerechtigkeit nach Serbien zurückfinde, fügte Aca an. Solange Milošević und all seine Marionetten im Amt seien, komme der Versuch, in Den Haag als Serbe gegen einen Serben auszusagen, einem Suizid gleich.

Steinhövel nickte nachdenklich.

»Aber vielleicht bin ich schon zu spät«, sagte Aca schließlich. Dann schlug er mit der Faust ins Kissen und schwieg.

Der Boxkampf ging in die siebte Runde, Steinhövel schaute schweigend zu. Aber in ihm drängte eine ganze Kompanie von Gedanken in Richtung Den Haag und hin zu seiner Schwester.

Deutlich erinnerte sich Steinhövel an Marlenes Sorge, es werde dem Tribunal nicht gelingen, zusätzliche Zeugen zu finden. Wenn es stimmte, was ihm Aca soeben anvertraut hatte, war Acas Bruder Bogdan womöglich genau der Mann, der im Tošorović-Prozess bisher gefehlt hatte.

Wenn er jetzt das Bett verlassen würde, um Marlene anzurufen, würde Aca ihn gewiss verstört fragen, was das solle. So, wie Aca ihm die Sache geschildert hatte, war es unsinnig zu hoffen, er würde verstehen, wie wichtig es war, Bogdan nach Den Haag zu begleiten. Der Hinweis auf das Zeugenschutzprogramm würde wohl nichts nützen.

Das brachte ihn wieder zu der Frage, wie gefährdet Aca wirklich war.

Hier und jetzt konnte er Marlene nicht anrufen, aber er würde es gewiss tun, sobald ihn Aca für ein paar Minuten aus den Augen ließ. Es musste doch möglich sein, dafür zu sorgen, dass Bogdan beschützt nach Den Haag reisen konnte.

Nach dem Boxkampf folgte ein Spielfilm und nachher, es war weit nach Mitternacht, ein Erotik-Thriller, der auch nicht wesentlich dazu beitrug, Aca zu ermüden. Als Steinhövel anderntags erwachte, stand Aca bereits im Mantel beim Vorhang am Fenster und schaute hinaus.

Steinhövel hoffte, Aca würde vielleicht nach dem Frühstück für einige Minuten auf der Toilette verschwinden, während derer er Marlene kontaktieren könnte. Aber Aca wollte weder frühstücken noch die Toilette aufsuchen und er wollte auch nicht alleine auf dem schäbigen Zimmer bleiben, während Steinhövel im Speisesaal frühstückte.

Als die beiden kurz vor neun Uhr wieder den gut besuchten Spielplatz erreichten, stand ihr Kontaktmann bereits da. Der Umstand, dass er telefonierte, machte keinen guten Eindruck.

Aca war blass, seine Wange ausgenommen, denn die war hochrot. Die große Beule, die seine Wange verunziert hatte, war inzwischen zwar merklich geschrumpft, auch hatten seine Phantomzahnschmerzen nachgelassen, allerdings hatte er sich von den vielen Eiswürfeln, die er sich gestern während Stunden ins Gesicht gedrückt hatte, eine lokale Erfrierung geholt, die nicht besonders hübsch aussah.

Dann legte der Mann auf, begrüßte Aca mit einem freundlichen Handschlag und holte aus seiner Tasche einen Karton hervor mit einem Panettone.

Unsicher nahm Aca die Schachtel entgegen.

»Ist alles drin, was Sie brauchen«, sagte der Mann und lächelte.

Aca suchte die Schachtel, auf welcher der Panettone in bestem Licht abgebildet war, nach jener Stelle ab, an der sie sich am besten öffnen ließ.

»Öffnen Sie sie erst, wenn Sie mich nicht mehr sehen!«, sagte der Mann jetzt ziemlich schroff.

Eingeschüchtert von diesem Befehlston, nickte Aca eilig.

»Und passen Sie auf, wem Sie unsere Dienste empfehlen!« Damit wandte er sich ab und verschwand nach wenigen Schritten hinter einer Reihe geparkter Wagen.

Mit zitternden Fingern öffnete Aca die Schachtel. Es kam tatsächlich ein Panettone zum Vorschein, in einem Umschlag aber auch ein Pass, geschmückt vom Symbol der französischen Nation. Fieberhaft blätterte Aca durch das Büchlein. Auch Steinhövel konnte keine Auffälligkeit entdecken, alles sah sehr offiziell aus, auch der Stempel über seinem Passbild – diese scheinbare Tadellosigkeit machte Steinhövel misstrauisch.

Aca schien zufrieden, hielt seine Hand auf die verletzte Wange, weil sie ihm wehtat oder weil er sie vor irgendwelchen Blicken schützen wollte, Steinhövel wusste es nicht, aber er hatte keine Lust, jetzt irgendwelche Zweifel zu säen, wenn das Aca ausnahmsweise einmal nicht tat.

Er hieß nun Sylvain Pollak, ein sowohl französisch wie auch polnisch anmutender Name, den sich Steinhövel sogleich einprägte, und spätestens, als Aca oder Sylvain ihn hinter einer Bushaltestelle umarmte, wusste Steinhövel, wie sehr Aca seine Hilfe wertschätzte.

Im Reisebüro, in dem sie auf den Namen Sylvain Pollak den nächsten Flug von Rom nach Belgrad buchten, weckte der Pass keinerlei Skepsis. Er schien sein Geld wert zu sein.

Steinhövel hatte den Eindruck, Aca beginne mit einem neuen Leben. Seine geduckte Haltung und das Misstrauen in seinem Blick waren noch da, wahrscheinlich würden ihn diese Dinge noch lange begleiten. Und doch schien ein neuer Mensch vor ihm zu stehen. Ein Mensch mit Selbstbewusstsein und Zuversicht, ein Mensch, der zumindest einen Teil jener Möglichkeiten zurückgewonnen hatte, auf die er über Jahre hatte verzichten müssen.

Jetzt, da die Anspannung hinter ihnen lag, wagte Steinhövel, die Nummer seiner Schwester zu wählen. Sie antwortete nicht, aber während Aca sich mit großen Bissen den Panettone einverleibte, machte Steinhövel sich die Mühe, in einer ausführlichen Textnachricht einige Dinge, die für Marlene wichtig sein dürften, zu übermitteln.

Zuversichtlich erreichten die beiden den Flughafen, der nichts anderes war als eine mächtige Baustelle, in der es nach erhitztem Stahl, zertrümmertem Beton und frischer Farbe roch.

77. KAPITEL
RADONIQ – PRIŠTINA, KOSOVO

Assistiert von der Uno-Mitarbeiterin hatte Alim im improvisierten Büro der Internationalen zwei detaillierte Fragebogen ausgefüllt, ein Protokoll abgegeben und begab sich nun wieder nach draußen, dicht ans Ufer, um nochmals Jarmilas Gesicht betrachten zu können.

Weil er die Neuigkeiten jemandem erzählen und sich weniger einsam fühlen wollte, wählte er die Nummer seines Onkels. Ohne sich für seine neuerlich hervorbrechenden Tränen zu schämen, erzählte er ihm, dass er sowohl Jarmila als auch deren Schwester und Mutter ins Gesicht geblickt habe, erzählte von seinem Wunsch, dafür zu sorgen, dass ihnen in Klinë e Mesme eine ehrenvolle Grabstätte errichtet würde.

Siham erklärte ihm, dass er nun viel Kraft benötige, dass er in dieser schweren Zeit des Abschieds auf einen Neubeginn zählen könne.

Siham hätte es womöglich bei dieser vagen Formulierung belassen, hätte Alim nicht behauptet, sein Leben habe keinen andern Sinn mehr, als nach Priština zu fahren, um dort klar und deutlich zu formulieren, dass niemand anderes als die UÇK für das Massaker in Klinë verantwortlich sei.

»Dein Leben ist noch voller Aufgaben«, sagte Siham. »Bald schon wirst du Vater werden.«

»Was sagst du?«

»Marlene hat mich gebeten, dir nichts davon zu erzählen«, sagte Siham, »aber jetzt, da du im Begriff bist, töricht zu werden, muss ich es dir sagen: Du wirst Vater.«

»Marlene?« Alim stutzte. »Das kann gar nicht sein.«

»Sie hat nach dir gefragt, ziemlich verzweifelt sogar. Ich nehme an, sie ist klug genug zu wissen, wer der Vater ist.«
Alim schwieg lange.
»Ich muss nachdenken.« Mehr brachte er nicht hervor.
Alim meldete sich kurz bei der Uno-Mitarbeiterin und machte einen Spaziergang. Die Nummer Marlenes hatte er nicht gespeichert, die war auf der anderen Sim-Karte, aber er hätte ohnehin nicht den Mut gehabt, sie anzurufen. In all den aufwühlenden Tagen hatte er jegliches Gefühl für diese Frau verloren, und ohne ihre Gegenwart waren diese Empfindungen nicht greifbar.
Zurück im Büro der Internationalen wurde Alim gefragt, wo er zu übernachten gedenke. Den Vorschlag, im Verband mit einigen Uno-Fahrzeugen nach Priština zu fahren, weil es nun ohnehin zu spät würde, um den restlichen Papierkram hier draußen abzuwickeln, nahm Alim dankbar an.
Jarmila in der Dämmerung zurücklassen zu müssen, brach ihm beinahe das Herz. Mehrere Male versicherte er sich, sie morgen nochmals aufsuchen zu dürfen.
Das Dahingleiten im Verband der Uno-Fahrzeuge, das Rollen auf jener dicht befahrenen Schnellstraße, die in die Hauptstadt des Kosovo hineinführte, wirkte auf Alim wie ein Sog. Es beruhigte ihn, die Internationalen und zahllose städtische Menschen um sich zu wissen.
Als er nach langwierigen Sicherheitskontrollen im gut bewachten Uno-Hauptsitz in Priština ein Büro betrat, wurde er von niemandem erwartet. Angespannt und unruhig, bereit sogar, sofort auszusagen, fühlte er unvermittelt wieder die Mündung von Azems Revolver an seiner Schläfe. Er wollte sein Wissen zu Protokoll geben, wollte die belastende Wahrheit, die er mit sich trug, loswerden und sich aus dem Staub machen. Stattdessen erklärte man ihm, man werde erst morgen für ihn Zeit haben, drückte ihm ein Kissen und eine Decke in die Hand, begleitete ihn in ein karges Zimmer, in dem sich eine Liege, ein Nachttischchen und eine Topfpflanze

befanden. Man zeigte ihm die Etagentoilette, gab ihm ein kleines Set mit Zahnbürste, Seife, Zahnpasta und Waschlappen, machte ihn darauf aufmerksam, dass vorne, im Eingangsbereich, rund um die Uhr zwei Wachmänner stünden, und wünschte ihm eine gute Nacht.

Während Alim ein weiteres Mal mit Siham telefonierte und sich von ihm versichern ließ, dass er sich gedulden und nicht sorgen solle, saß Azem knapp fünfzig Kilometer außerhalb von Priština mit einem halben Dutzend befreundeter UÇK-Kämpfer in einem bis vor Kurzem von einer serbischen Familie bewohnten Haus vor einem Kamin und diskutierte bei einem schnellen Essen über die Frage, wie es wohl am besten und unauffälligsten gelingen könnte, den im See von Radoniq versenkten Leichen, die leider von der Uno gefunden worden waren, nachträglich kleine UÇK-Embleme oder auf Albanisch geschriebene Einkaufszettel in die Hosentaschen zu stecken, damit die ahnungslosen Uno-Mitarbeiter die Schuld für diese Morde dann den Serben in die Schuhe schieben würden. Da sich Admir Tahiri bald schon vor dem Kriegsverbrechertribunal zu verantworten haben würde, wollten die Kämpfer der UÇK alles daran setzen, die Weste ihrer um Freiheit und Selbstbestimmung ringenden Armee möglichst weiß zu behalten.

Noch herrschte in ihrer Gruppe Unklarheit, wie die Aktion am Ufer des Radoniqit-Sees überhaupt gelingen könnte, ohne dass die Manipulation auffallen würde. Aber man war sich einig, dass es noch diese Nacht geschehen musste, dass dies die letzte Gelegenheit war, an den noch nicht aus dem Wasser geholten Leichen ein weiteres Mal Hand anzulegen.

78. KAPITEL
ROM, ITALIEN

In der Eingangshalle des römischen Flughafens machten die zahlreichen Uniformen Aca Mandić nervös, gewohnheitsmäßig zog er seinen Kopf zurück in seinen Mantelkragen und blickte ängstlich umher. Ein Rest von Puderzucker, ein Überbleibsel des Panettone, klebte in seinen Mundwinkeln.

Dann meldete sich Marlene zurück. Steinhövel war es unangenehm, in Gegenwart des nun wieder ungemein angespannten Aca zu telefonieren, aber es ging nicht anders. Thomas versuchte seiner Schwester alles, was ihm Aca geschildert hatte, zu erzählen, ohne jene Namen zu nennen, die er ihr per Kurzmitteilung bekannt gegeben hatte und die Aca jetzt nicht hören durfte.

Zwei Minuten später rief sie nochmals an, erklärte, dass ein gewisser Bogdan Mandić tatsächlich auf der Zeugenliste stehe, jedoch niemand etwas über seinen Verbleib wisse. Sie benötige unbedingt Bogdans Adresse oder Nummer, um umgehend zwei Fahnder losschicken zu können.

Steinhövel erinnerte sich: Aca war in jener Stadt beheimatet, in welcher zum ersten Mal in Serbien auf einem Klavier gespielt worden war. Den Namen dieser Stadt konnte er sich allerdings nicht vergegenwärtigen.

Versucht, Marlene etwas Wind aus den Segeln zu nehmen, erklärte ihr Steinhövel, dass Aca ein schwieriger Mensch sei – er werde sich bei ihr melden, sobald er die Adresse wisse, das könne aber dauern. Unzufrieden mit dieser Warterei, rekapitulierte Marlene jene Verbrechen, die Bogdan erlitten oder beobachtet hatte, dann verlangte sie von Thomas, dass er dies bestätigte.

»Ich kann dir das schon bestätigen, aber es bleibt deswegen doch nur das, was mir Aca erzählt hat«, wehrte sich Steinhövel.

»Ich muss bloß wissen, was das Tribunal ungefähr erwarten kann«, sagte Marlene, »muss die Fahnder überzeugen, dass dieser Zeuge sehr wichtig ist.«

Steinhövel wollte noch etwas einwerfen, aber Marlene hatte bereits aufgelegt.

Inzwischen war er mit Aca vor dem großen Monitor angekommen, der die Flüge, die Check-in-Desks und die Gates auflistete. Steinhövel hatte Mühe, sich auf die Zahlen zu konzentrieren, und er bezweifelte, dass es klug gewesen war, Marlene in der Tošorović-Angelegenheit zu benachrichtigen. Zwar schien die Geschichte, die ihm Aca erzählt hatte, wahr zu sein, aber es war beängstigend zu sehen, dass Marlene am Tribunal seines Anrufes wegen nun offenbar alles in Bewegung setzte, um dieser Spur zu folgen.

Acas Flug ging früher als der von Steinhövel, es wurde Zeit für ihn einzuchecken. Alles lief unkompliziert, auch hier wurde der Pass ohne Wenn und Aber akzeptiert. Aber ehe Aca die Sicherheitskontrolle der beiden Metalldetektoren passieren konnte, wurde er aufgehalten. Ein Beamter hielt seine mächtige Hand auf Acas Schulter. Ein anderer telefonierte.

Blass im Gesicht suchte Aca den Blickkontakt mit Steinhövel. Dieser musste zusehen, wie Aca von zwei schwarz gekleideten, nicht uniformierten Männern abgeführt wurde. Das versetzte Steinhövel einen heftigen Stich.

Steinhövel trat näher an den Beamten heran, der mit verschränkten Armen vor ihm stand; er fragte ihn, was mit Pollak passiere.

Der Uniformierte ignorierte ihn.

Steinhövel hielt es für unklug, ihn weiter mit Fragen zu belästigen, also blieb er neben ihm stehen und schwieg.

Nach einigen Minuten kam ein Beamter zu Steinhövel, redete auf Italienisch auf ihn ein, dann kam ein anderer, der sprach Englisch. Sie wollten wissen, was er fotografiert und was er in Rom verloren habe.

»Ich bin Reisejournalist«, sagte Steinhövel, unsicher, was die Beamten hören wollten, was Aca über ihn erzählt hatte. »Sehenswürdigkeiten Roms habe ich fotografiert.«
Er wurde aufgefordert, seine Tasche auszupacken. Dass Steinhövel mit einer uralten, analogen Kamera arbeitete, weckte zusätzliches Misstrauen. Steinhövel wurde gedrängt, den in der Kamera liegenden Film zurückzuspulen und ihnen auszuhändigen.
Die Beamten nahmen ihm die Tasche ab, wühlten darin herum, ein Beamter mit Hund kam dazu.
Steinhövel zitterte. Es gab nichts, was Aufschluss darüber gegeben hätte, wo sie Aca hingeführt hatten. Vielleicht hatte Aca ihn die ganze Zeit über belogen, vielleicht war seine Geschichte noch viel verworrener und er war tatsächlich Algerier, mit einer nochmals ganz anderen Geschichte, mit ganz anderen Schwierigkeiten, ein Algerier, der, in Belgrad angekommen, sofort nach Tripolis weiterfliegen würde mit einem nochmals anderen Pass.
Steinhövel bemühte sich, ruhig zu bleiben.
Wahrscheinlich hatte Marlene in ihrer überengagierten Art bereits zwei Personenschützer nach Belgrad beordert und erwartete seinen Rückruf. Man gab ihm das Gepäck zurück und sagte, er solle sich aus dem Staub machen.
Erfasst von einem fieberhaften Körpergefühl, ging Steinhövel los. Sicherheitskontrolle hatte er nun keine mehr zu passieren. Mit weit aufgerissenen Augen rannte er zu Gate 47, aber dort standen keine Reisenden. Ein dicker Flughafenangestellter saß auf einem orange blinkenden Gefährt, das geräuschvoll den Teppich reinigte. Er hielt nicht viel von Steinhövels Herumstehen, Steinhövel hielt nicht viel von seinem Lärm. Gemäß seiner Uhr müsste das Flugzeug noch immer am Gate sein.
Ein Monitor informierte Steinhövel über einen Wechsel. So schnell ihn seine Beine trugen, rannte er zu Gate 53. Endlich entdeckte Steinhövel den abseits stehenden, blassen Aca.
Sie umarmten sich kräftig.

»Was war das für eine Übung?«, fragte Steinhövel.
»Eine Verwechslung«, sagte Aca. »Ich werde dir ewig dankbar sein und schulde dir einen großen Gefallen.«
In der Halle ertönte ein letzter Aufruf für den Flug nach Belgrad.
»Wo finde ich dich, wenn ich dich besuchen will?«, fragte Steinhövel.
»In Šabac wohne ich«, sagte Aca knapp, »am Knie der Save.«
»In Šabac«, wiederholte Steinhövel.
»Ich werde mich melden, wenn ich angekommen bin«, sagte Aca schließlich, »ich habe deine Adresse.«
Atemlos kamen zwei Männer mit Aktenkoffern angerannt, dann wurde das Boarding abgeschlossen.
Eine Weile stand Steinhövel haltlos herum. Das Flugzeug löste sich vom Dock. Unsicher, ob etwas fehlte, durchsuchte er nochmals seine Tasche, aber alles, was ihm wichtig schien, war vorhanden.
Im Kopf nichts als die dichten Erinnerungen der letzten Tage, begab er sich auf eine Toilette und hockte sich fünf Minuten auf deren geschlossenen Deckel, um sich zu sammeln.
Dann erschien die Nummer von Marlene auf dem Display seines Telefons.
»Aca wohnt in Šabac«, sagte Steinhövel.
»Šabac«, wiederholte Marlene und schien nachzudenken. Sie verstand zwar nicht, wieso es Thomas nicht geschafft hatte, Bogdans Adresse ausfindig zu machen, aber sie nahm es als Herausforderung.
Vielleicht hätte er ihr sagen sollen, dass Aca eben vorübergehend in Gewahrsam genommen worden war. Aber sie war in Eile, sie sagte, sie werde in fünf Minuten zurückrufen.
Es wurde Zeit, jenes Gate aufzusuchen, von dem aus die Maschine nach Zürich abgehen würde. Auf der Suche nach einem Kiosk schlenderte er durch einen langen Flur, als ihn Marlene bereits wieder anrief.
»Wir müssen ihn holen«, sagte Marlene.
Steinhövel hörte sie laut und deutlich, aber er verstand sie nicht.

»Wir müssen ihn holen«, wiederholte sie. »Bogdan Mandić muss nach Den Haag kommen, und zwar umgehend.«
Steinhövel erwähnte, dass Aca bereits im Flugzeug saß, kein Telefon besitze und wahrscheinlich selber nicht sicher sei, wo Bogdan sich aufhalte.
»Das ist egal«, sagte Marlene. »Aca wird es uns sagen. Und der würde ja nicht von Moskau herreisen, wenn sein Bruder nicht dort wäre. Šabac hat weniger als 100 000 Einwohner, das ist nicht Bombay. Wir werden ihn finden.«
»Wieso wir?«
»Weil die Fahnder erst nächste Woche Zeit haben. Völlig überlastet ist hier alles!«
»Ich glaube nicht, dass es schlau ist, wenn du auf eigene Faust ...«
»Ich gehe nicht auf eigene Faust, ich nehme dich mit.«
»Mich?«
»Wenn wir Bogdan nach Den Haag bringen, wird es die Anklage ziemlich sicher schaffen, Tošorović zu verurteilen.«
Thomas war sprachlos.
»Bist du dabei?«
»Nein!«
»Wenn du jetzt Ja sagst, buche ich uns sofort einen Flug nach Belgrad.«
»Ich bin aber in Rom!«
»Egal! Ich buche dir einen Flug auch von Rom.«
»Aber ich muss arbeiten«, entgegnete Steinhövel; es war ihm egal, dass das nicht stimmte.
»Das kann doch nicht so wichtig sein!«
»Du willst im Ernst ohne offiziellen Auftrag in Serbien nach einem Mann suchen, von dem wir nichts kennen außer seinem verhaltensauffälligen Bruder?«
»Du verstehst mich«, jubelte Marlene. »Ich habe gewusst, dass ich mich auf dich verlassen kann.«
Thomas Steinhövel blieb die Spucke weg.

Als könne er damit gegen ihre Vereinnahmung protestieren, ließ er sich am Gate die Boardingcard abreißen und bestieg das Flugzeug nach Zürich.

79. KAPITEL
TROMSØ, NORWEGEN

Mihai Tinescu bekam rasch zu spüren, wie unvorteilhaft es war, auf der Plattform zugleich Neuling und ein muskelschwacher Mathematiklehrer zu sein. Sie nannten ihn Einstein oder Professor. Eines Nachts, als er schlief – und dank der körperlichen Erschöpfung lernte er, bei größtem Lärm zu schlafen –, urinierten ihm seine Buddies, wie man hier die Zimmerkollegen nannte, in den Helm. Und eines Morgens, als er den linken Fuß in seine Red-Wing-Arbeitsstiefel zwängte, traf seine Fußsohle dort auf einen länglichen, harten Gegenstand, der sich umso dichter und umso schmerzhafter hinter seine Zehen krallte, je energischer er versuchte, den Fuß aus dem Stiefel zu holen. Es war kurz vor acht Uhr, Zeit für den Schichtwechsel. Østberg, einer der norwegischen Bohrarbeiter, betrat das Zimmer, zog Rotz hoch und schmiss seinen Helm in den Spind. Als er Mihai Tinescu mit unglücklichem Gesicht mit dem Stiefel hantieren sah, brach er in heftiges Lachen aus und kümmerte sich weiter nicht um ihn.
Es war Miguel, der riesenhafte, einäugige Spanier, der sich seiner annahm. Er setzte Tinescu auf einen Rollwagen, mit dem für gewöhnlich massige Gasflaschen transportiert wurden, und fuhr ihn zu einem Aufzug. Im Gang begegneten sie den indischen Zwillingen, die Tinescu wortlos musterten und synchron auf ihre Armbanduhr blickten. In der Werkstatt angekommen, spannte Miguel Tinescus Schuh in einen Schraubstock ein, nahm eine Eisensäge hervor und begann, die Stahlkappe abzusägen. Tinescu war besorgt, weil er überzeugt war, den Stiefel ersetzen zu müssen. Miguel erklärte, es gebe keine andere Möglichkeit, die Gabel aus dem Schuh zu bekommen.

Als die Sache überstanden war, sorgte Miguel dafür, dass Tinescu neue Stiefel bekam und vom Chinesen in der Waschküche, wo sie eine halbe Stunde nach Schichtbeginn eintrafen, nicht gleich abgestraft wurde.

Um seine Verspätung zu kompensieren, ging Tinescu eine halbe Stunde später in die Mittagspause. Im großen Saal der Kantine herrschte bereits reger Betrieb; die Küchenhilfen hatte schon fast alle bedient. Fleisch, Nudeln, Fisch, Gemüse aus der Dose – viel Abwechslung gab es nicht, die Saucen schmeckten nach Geschmacksverstärker.

Im Speisesaal wurde deutlich, dass hier vor allem Norweger arbeiteten. Mehr als Spanier auf den Plantagen von Huelva. Mehr als Italiener im Mailänder Reinigungsinstitut. Und es zeigte sich, dass sich die Sitzordnung klar an Nationalitäten und Berufen orientierte. Unter den Bohrarbeitern, die sich immer nahe an die Fleischtheke setzten, befanden sich viele ehemalige Soldaten, hartgesichtige Männer mit mehr oder weniger missratenen Tattoos; Männer, die nichts so sehr verteidigten wie ihr Essen: Diese Männer bauten mit den Ellbogen eine Festung um ihren Teller auf, hielten ihre Gabel wie eine Stichwaffe und mieden während des Essens jeden Augenkontakt.

Einige Tische entfernt saßen die Meeresgeologen, die Ingenieure, die Elektrotechniker, die Hydraulikspezialisten und alle anderen Akademiker, die daran zu erkennen waren, dass sie sich die Mühe machten, auch Papierservietten mit an den Tisch zu tragen. Am Rand des Raumes saßen ein paar wenige, laut sprechende und laut lachende Schwarzafrikaner, denen sich Tinescu, auch der französischen Sprache wegen, gerne anschloss. Wo der kleine Chinese und die indischen Zwillinge ihre Mittagspause verbrachten, wusste Tinescu nicht.

In einem ganz anderen Revier schließlich versammelten sich die Taucher, die hier in einem zweifelhaften Ruf standen. Es hieß, sie würden nie länger als sechs Stunden täglich arbeiten, ihr Lohn aber entspreche einem Achtzehn-Stunden-Tag. Oder einem vierfachen rumänischen Monatsgehalt. Es hieß, sie würden oft nur spaßeshalber tauchen. Bereits am dritten Tag hatte Tinescu den entsprechenden Witz kennengelernt: An welchem Anzug erkennt man die Manager, die besonders viel verdienen? Am Taucheranzug. Nach dem Essen zogen sich viele in den mit dreißig Computern ausgerüsteten Aufenthaltsraum zurück, um sich per Internet beim Rest der Welt zu melden. Es war der einzige Ort auf der Plattform, wo geraucht werden durfte, sah aber aus wie der einzige Ort, an dem geraucht werden musste. Wer nicht rauchte, trank ein in Cola-Flaschen oder Sprite-Dosen abgefülltes Bier oder einen Smirnoff. Hier zeigte sich, dass der auf der gesamten Plattform verbotene Alkohol den Fortbestand sowohl inniger wie auch oberflächlicher Freundschaften sicherte.

Der dicken Luft zum Trotz hielt sich Tinescu in seiner freien Zeit gerne in diesem Raum auf, weil hier meist wilde Geschichten erzählt wurden. Geschichten zum Beispiel über Frauen in Vietnam, die ein ungemein starkes Betäubungsmittel auf den Nippeln trugen, das auf diesem Weg in den Mund eines ahnungslosen, nach käuflichem Sex suchenden Touristen gelangte, worauf dieser nach zwei Minuten bewusstlos umfiel und Stunden später, wenn er wieder erwachte, um einige Wertgegenstände, Devisen und Organe erleichtert war. Geschichten aus Japan, wo es Automaten gab, in denen man getragene, nach weiblichen Genitalien riechende Unterwäsche kaufen konnte, in luftdicht verschlossenen Klarsichtbeuteln und versehen mit einem Lippenstiftkuss. Die Geschichte einer halsbrecherischen Taxifahrt in Lagos, die im Schaufenster eines Coiffeursalons endete, die Geschichte eines russischen Zahnarztes mit tätowierten Fingerknöcheln, eine Geschichte aus Manila, wo Heroin einfacher zu beschaffen war als Spritzen, weswegen sich die Junkies in ihrer Verzweiflung die übelsten Verletzungen zuführten, um das Pulver in eine offene

Wunde zu reiben; die Geschichte einer Zugfahrt auf Sachalin, wo der Schaffner keinen Billettentwerter, sondern eine AK-47 trug.

Um nach dem Aufenthalt im Nikotinzimmer frische Luft zu schnappen, betrat Mihai Tinescu das Deck, wo ihm ein heftiger Wind ins Gesicht schlug. Die See war wild, die Plattform schwankte, farbige Helme purzelten quer über Deck. Tinescu hatte inzwischen gelernt, wo er am wenigsten Gefahr lief, im Weg zu stehen, von schreienden Arbeitern zurechtgewiesen oder von umkippenden Stangen getroffen zu werden. Er hatte gelernt, sich an das Dröhnen zu gewöhnen, das von den mächtigen Gasflammen herrührte, die vierundzwanzig Stunden am Tag brannten, weil die Bohrinsel nicht ausgerüstet war, auch Erdgas zu verarbeiten. Und Tinescu hatte begonnen, sich für Vögel zu interessieren. Dass eine Bohrinsel für diese Tiere als Lebensraum überhaupt infrage kam und dass sie sich, teils in unmittelbarer Nähe zu lärmenden Benzinmotoren, ihre Verstecke eingerichtet hatten, faszinierte ihn. Besonders gefiel ihm der Falke, der sich im Gestänge direkt unter dem Helikopterlandeplatz eingenistet hatte. Tinescu hatte ihn einmal beobachten können, wie er einen kleinen Vogel, einen Finken oder einen Sperling, mit einem tollkühnen Sturzflug zur Strecke gebracht hatte.

Als sich Tinescu um die Ecke und in den Windschatten stellen wollte, sah er Arbeiter, die mittels einer Seilwinde etwas aus dem Wasser zu bergen versuchten. Am Fuß der Stahlgerüste trieb ein Schlauchboot. Zwei Männer im Taucheranzug standen darin, hielten das Ende eines Seils in der Hand. Direkt über ihnen hatten sich vier Männer versammelt, kniend oder über die Reling gebückt, keiner verlor ein Wort. Einer suchte etwas in einem roten Erste-Hilfe-Koffer.

Neugierig geworden, ging Tinescu näher heran. Er wurde Zeuge, wie zwei Taucher mittels Flaschenzug und Bahre einen bewegungslos am Seil hängenden dritten Taucher erst ins Schlauchboot, dann, besser gesichert, an Deck holten. Messer lagen bereit, eine Schere, ein Defibrillator. Der Notarzt, der die Bergung koordinierte, blickte in den Himmel, hielt sich das eine Ohr zu und sprach mit lauter Stimme in ein Telefon. Als der Bewusstlose endlich vor ihm lag, begann er mit Reanimationsversuchen. Sie blieben erfolglos, allmählich verlangsamten sich die Bewegungen der Männer.

Der Anblick der Leiche, die auf dem Rücken lag, bis aufs Gesicht eingepackt ins glänzend nasse Schwarz des Taucheranzugs, der im Bereich der Brust aufgeraut war und Schrammen aufwies, ihre offenen Augen, ihre blutende Oberlippe – dieser Anblick nahm Tinescu gefangen. Die beiden Taucher legten die Sauerstoffflasche ab, blickten stumm auf den Ozean.

Die Männer unterhielten sich über Möglichkeiten, die Leiche ans Festland zu überführen. Weil das Wetter stürmisch war, stand es nicht zur Diskussion, einen Helikopter zu ordern.

Am nächsten Tag, als alle Arbeiter auf der Bohrinsel bereits vom Todesfall erfahren hatten, konnte der Heliport lediglich eine Bell 212 anbieten, einen ziemlich kleinen Helikopter, bei dem die Sitze fix an den Boden geschweißt waren. Die Leiche war zu lang, um in diesem minimalistischen Fluggerät quer zu den Stuhlreihen zu liegen, weswegen die Meinung vorherrschte, man müsse nochmals einen Tag warten. Aber einer der norwegischen Driller hatte die Idee, den Leichnam im Gefrierraum auf einen Stuhl zu setzen, ihn also bei Minus sechsunddreißig Grad so steif werden zu lassen, dass er den kurzen Flug sitzend würde hinter sich bringen können. Was Mihai Tinescu für nichts weiter als einen makaberen Scherz hielt, wurde von den praktisch veranlagten Norwegern ernst genommen; nach einigen Diskussionen und aufgrund der Fluglotsen, die auf einen Entscheid drängten, wurde der tote Taucher im Gefrierraum auf einen Stuhl gesetzt und eine halbe Stunde später erstaunlich problemlos auf einem Heli-Sitz angegurtet. Die Norweger, begeistert von dieser Idee, ließen es sich nicht nehmen, mit der sitzenden Leiche ein Gruppenfoto zu erstellen.

80. KAPITEL
ŠABAC – VIŠNJIČEVO, SERBIEN

Halbe Ewigkeiten lang saß Aca Mandić am Grab seines Bruders, presste die Handflächen auf die Augen, marschierte sämtliche Fußwege des Friedhofs ab, den Blick in den Himmel gerichtet oder aber in die Reihen der Gräber, die belegt waren von ebenfalls viel zu jung Verstorbenen, dann saß er wieder neben dem Grab, führte ein Zwiegespräch mit Bogdan oder aber biss kraftvoll auf die eigenen Zähne, als sehne er sich nach dem Schmerz, den er lange Monate mit sich herumgetragen hatte.

Zurückgekehrt zu einer Familie, die er kaum mehr kannte, zu einer Mutter, die am Klavier sitzend lange Selbstgespräche führte, zurückgekehrt zu einer verwitweten Schwägerin, die ihm wortlos den Vorwurf machte, sich erst jetzt um seine Mutter zu kümmern, zu einem Bruder, der nur noch aus einem Grab, einigen Fotografien, einigen nicht abgeschickten Briefen und einem langen Schreiben zuhanden des Tribunals bestand, fragte sich Aca Mandić immer wieder, ob er nicht besser in Moskau geblieben wäre.

Seit ihrer Hochzeit mit Bogdan hatten sich Aca und Elisa nicht gesehen. Was die beiden nun verband, war die Trauer um Bogdan und die Erinnerung an das damalige Hochzeitsfest, an drei berauschend glückliche Familientage, die sich nicht mehr wiederholen würden. Aca hatte sich damals mitreißen lassen von der Freude Bogdans, hatte getanzt, die Musiker angefeuert und die betörend schöne und bezaubernd gekleidete Elisa bewundert.

Dass Dragica sich über den zurückgekehrten Sohn freute, änderte wenig an den schwierigen Lebensbedingungen: Sie unterrichtete zwar wieder an der Musikschule, allerdings nur noch wenige Stunden die Woche. Ihr Lohn wurde täglich ausbezahlt, die Inflation schwankte stark, derzeit lag sie bei hundert Prozent. In wenigen

Monaten würde sie pensioniert werden und nur noch eine winzige Rente erhalten.

Seine Mutter zu versorgen, würde hier bald schon seine Pflicht werden, das sah Aca klar und deutlich – aber er sah nicht ein, dass es keine Alternativen geben sollte. Elisa erledigte diese Arbeit bereits, und die Geduld, die sie dabei zeigte, würde er leider nicht aufbringen. In Moskau hatte er sich in all den Jahren zwar manchmal vorgestellt, wie bereichernd es wäre, dereinst seiner Mutter in alten Tagen beistehen zu können, aber seine Rückkehr tauchte die Dinge in ein anderes Licht.

Nachdem er sich jahrelang versteckt hatte, sehnte sich Aca Mandić danach, endlich richtig zu leben. Dass Serbien dazu wenig Möglichkeiten bot, lag auf der Hand. Er dachte an Paris, an ein normales Leben mit einer Arbeit, die Wissen, Ehrgeiz und Teamgeist belohnte. Mit einer Frau, die über Charme und Intellekt verfügte, mit eigenen Kindern, wenn es denn passieren sollte, vor allem mit eigenem Geld, eigenen Möglichkeiten, eigenen Entscheidungen. Wahrscheinlich würde er dazu tatsächlich nach Paris und darauf hoffen müssen, dass man am Linguistischen Institut einen wie ihn gebrauchen konnte.

Der gedankliche Morast, in dem er saß, ließ das einzige Vorhaben, das sich nach wenigen Tagen in seinen Gedanken herauskristallisierte, umso klarer erscheinen: Er würde die Notizen und die Tagebücher seines Bruders unter den Arm klemmen und an seiner statt und ungeachtet aller Risiken nach Den Haag reisen, um dort gegen Vinko Tošorović auszusagen.

Am Flughafen Belgrad ein Flugticket nach Schiphol, Amsterdam, zu kaufen, hielt Aca allerdings, seinem französischen Pass zum Trotz, für keine gute Idee. Weil es in diesem Haushalt keinen Computer gab, suchte Aca Mandić in einem alten Schulatlas nach den besten Möglichkeiten, Serbien auf einem unbewachten Grenzabschnitt zu verlassen.

Elisa setzte sich zu ihm, suchte lange nach seinem Blick und studierte wie dieser, als Aca nicht reagierte, die Karte.

Aca bemerkte durchaus, dass Elisa neben ihm saß, aber er blickte nicht zu ihr, denn er kannte ihren vorwurfsvollen Blick: Er hatte es satt, sich von ihr erklären zu lassen, dass es niemandem nütze, wenn er nichts aß.

»Ich werde dich begleiten«, sagte Elisa, als Aca schließlich doch den Kopf hob.

Aca brauchte eine Weile, bis er verstand.

»Woher weißt du, wo ich hinwill?«

»Ist kein Kunststück. Ich bin schon lange bereit zu dieser Reise.«

»Ich gehe alleine«, sagte Aca leise.

Mit festem Blick gab ihm Elisa zu verstehen, wie entschlossen sie war.

»Jemand muss bei Mutter bleiben«, sagte Aca.

»Ich habe mich lange genug ...«, sagte Elisa.

»Jemand muss bei Mutter bleiben«, wiederholte Aca. Er hatte keine Lust auf Diskussionen. »Außerdem ist es dir nicht möglich, das Land zu verlassen«, fügte er an. Trauer und Mitleid schwangen in seiner Stimme.

»Wie meinst du das?«, fragte Elisa.

»Du heißt Mandić. Man wird dich aufhalten.« Er sagte dies, als wäre es ein physikalisches Grundgesetz.

»Ich habe mich nie politisch betätigt. War nie mit dem Gesetz in Konflikt. Die meisten halten mich nicht einmal für eine Serbin. Auch deine Mutter nicht. Für die meisten bin ich nach wie vor eine Italienerin.« Elisa sprach nicht erzürnt, sondern sachlich. Sie sprach wie eine, die sich bereits entschieden hatte.

»In deinem Pass aber steht der Name Mandić«, sagte Aca. »Mit diesem Namen werden sie dich an der Grenze aufhalten. Vielleicht nicht lange, zwei, drei Wochen, vielleicht fünf. So lange, bis klar ist, dass keine neuen Zeugen mehr für den Tošorović-Prozess angehört werden.«

Elisa schaute ihn prüfend an.

»Begreifst du nicht? Du trägst einen Namen, der auf der Liste des serbischen Geheimdienstes steht«, stellte Aca unmissverständlich klar, ehe Elisa den Mund aufmachte. »Wieso ist mein Vater tot? Wieso haben sie Bogdan eingesperrt, gefoltert? Glaube mir, der Name Mandić ist auf der Liste. Ich habe mich lange genug mit Geheimdiensten beschäftigt. Geschrieben wird diese Liste mit Tinte, gestrichen wird mit Bleistift. Was die gestrichenen Namen nur umso verdächtiger macht.«

Elisa wollte widersprechen, sah aber in Acas Blick, dass er in ihr die ahnungslose Italienerin sah, die sie womöglich sogar war.

»Und dich wird man nicht festhalten?«, fragte Elisa empört.

Aca holte den Pass aus seiner Tasche, legte ihn vor Elisa auf den Tisch. »Sylvain Pollak ist mein Name. Ich bin problemlos eingereist.«

In den nächsten Tagen musste Aca lernen, dass sich Elisa nicht umstimmen ließ, dass er ihr nichts zu befehlen und ihre Willenskraft unterschätzt hatte.

Also suchte Aca jemanden, der bereit war, sich eine Weile um Dragica zu sorgen. Er war im Gespräch mit einer Nachbarin, als ihm Elisa Timor Obradović vorstellte, den Leiter des örtlichen Theaters, der sich seit Bogdans Tod immer wieder die Mühe gemacht hatte, Elisa und Dragica mit einem Besuch zu erheitern. Obradović wollte auch jetzt zu Diensten stehen und versprach, sein Bestes zu tun.

Elisa war überrascht, wie ruhig Dragica das alles zur Kenntnis nahm, wie wenig sie protestierte, als ihr nunmehr einziger Sohn und ihre Schwiegertochter ihr verkündeten, in wenigen Tagen schon nach Den Haag aufbrechen zu wollen. Diese Ruhe lag einerseits darin begründet, dass sie nichts mehr nah an sich herantreten ließ, hing andererseits aber auch damit zusammen, dass Dragica Vinko Tošorović unbedingt hinter Gittern sehen wollte.

Aca erklärte sich bereit, Elisa zuliebe Serbien auf illegalem Weg zu verlassen. Gemeinsam setzten sie sich hinter die Karte, diskutierten

die Route. Am schnellsten wäre es, das Land im Norden zu verlassen, direkt nach Ungarn überzusetzen, um schließlich in Wien ein Flugzeug zu besteigen. Aber die Nordgrenze würde aller Wahrscheinlichkeit nach gut bewacht sein, auch wegen des hohen Preisgefälles zwischen Ungarn und Serbien, das diesen Übergang bei Zigarettenschmugglern beliebt machte. Zudem war das Gelände im Norden flach, gut zugänglich, die Grenze würde auch in abgelegenen Landstrichen mit Stacheldraht gesichert sein. Alternativ bot sich am ehesten die südwestliche Grenze an, jene zu Bosnien, wo das Wasser der Drina eine natürliche und wohl einfach zu überquerende Grenze bildete.
Als grenznächste bosnische Stadt befand sich Bijeljina zwar nur fünfunddreißig Kilometer von Šabac entfernt, verkehrstechnisch lag die Kleinstadt aber alles andere als ideal: Die einzige Zugverbindung Bijeljinas führte zurück nach Serbien. Um von Bijeljina wieder loszukommen, würden sie auf langsame, unzuverlässige Busse angewiesen sein, die auf kurvenreichen Straßen oft von Pannen, Steinschlag oder kaum von der Straße zu treibenden Schafherden aufgehalten wurden.
Via Bosnien ausreisen zu müssen, setzte Aca und Elisa zusätzlich unter Zeitdruck.
Elisa schleppte große Pakete auf die Post; sie schickte jene Dinge nach Italien, die sie in ihrem neuen Leben nicht würde vermissen wollen, denn für sie stand fest, dass es für sie nach Den Haag allein in ihrer italienischen Heimat eine Zukunft gab. Also packte sie das sündhaft teure Hochzeitskleid ein, schnürte die italienischen Kochbücher, die ihr die Mutter geschenkt hatte, zusammen, legte das schlichte hellblaue Kleid, das sie trug, als ihr Bogdan den Heiratsantrag gemacht hatte, sorgfältig in eine Schachtel. Die bescheidene Sammlung an Schmuck steckte sie sich an die Finger, sieben Ringe an zwei Händen, etwas feierlich vielleicht für diese Flucht, aber immer noch die sicherste Lösung.

Am vereinbarten Tag stand Dragica Mandić in aller Herrgottsfrüh in der Küche und buk Pfannkuchen, strich belegte Brote, kochte Eier, schnitt geräucherte Wurst in dünne Scheiben und bereitete einen besonders gehaltvollen Borschtsch zu. Aca gab Elisa zu verstehen, dass es keinen Sinn habe, Dragica von diesem Engagement abzuhalten, und also wickelte diese die Brote, an denen sich zehn Personen hätten satt essen können, in Cellophanpapier, verpackte sie so, wie sie in den frühen Schuljahren für ihre Söhne belegte Brote verpackt hatte, und verstaute alles in einer Stofftasche.

Nach neun Uhr fuhr Timor Obradović vor. Er trug einen Optimismus im Gesicht, der vielleicht unpassend war, aber guttat. Dass sein Name wahrscheinlich ebenfalls auf der Liste des serbischen Geheimdienstes stand, verschwieg Elisa, um Aca nicht zusätzlich zu verunsichern. Seine Nervosität war auch so anstrengend genug. Als er sich, mit den Taschen zwischen Obradovićs Auto und dem Haus stehend, von Dragica verabschiedete, konnte Aca deutlich fühlen, wie geknickt sie war. Sie hatte keinen klaren Blick mehr, ließ sich stützen von der Nachbarin, gab Aca Rosen mit und den Wunsch, er möge deren Blätter beim Überqueren der Drina ins Wasser werfen, dann würden sie einen Tag später in der Save zu sehen sein, gleich hinter dem Haus würden sie vorüberströmen, und sie würde wissen, alles sei gut gegangen, sie hätten die Grenze wohlbehütet überschritten.

Aca, dem die Zweifel über die Zuverlässigkeit solcher Kommunikation anzusehen waren, nahm die Blumen an sich, presste die Lippen zusammen. Er klärte sie nicht über das etwas kompliziertere, aber sichere Vorhaben dieser Flucht auf, bei der sie erst die Bosut, dann die Save überqueren würden, die dort, weil sie das Wasser der Drina noch nicht mitführte, einfacher zu queren sein würde.

Kräftig und lange umarmte er seine Mutter.

Elisa, die diesen Abschied, weil sie es anders nicht ertrug, rasch hinter sich brachte, wurde erst im Auto von Trauer erfasst, Dragica nun das letzte Mal gesehen zu haben.

»Ihr habt aber viel Gepäck dabei«, sagte Obradović, wie um die beiden aufzuheitern.

»Pfannkuchen«, sagte Aca, mit Tränen in den Augen und den Rosen in der Hand.

»Dragica glaubt, in Den Haag gäbe es nichts zu essen«, fügte Aca an, der einstieg auf den Versuch, sich mit einem lockeren Gespräch den Abschied zu erleichtern.

Die Straße zum benachbarten Tabanović wirkte verlassen, brüchig und grob wie die Haut eines altersschwachen Tiers. Nicht einmal ein Ochsengespann war unterwegs.

»Ist Tabanović schwer bombardiert worden?«, fragte Aca.

»Nicht dass ich wüsste«, sagt Obradović, »so viele Schäden gab es hier eigentlich nicht.«

Dann herrschte Schweigen. Wiederholt drehte sich Aca auf dem Rücksitz um. Er wollte sehen, ob ihnen jemand folgte. Vier, fünf Krähen im bewölkten Himmel, mehr konnte er nicht an Bewegung erkennen.

Auf dem Dorfplatz in Tabanović, einer Siedlung, die mehr Kühe als Einwohner zählte, hielt ein grimmiger Landwirt eine Mistgabel in der Hand, stand auf krummen Beinen beim Brunnen und musterte den Wagen. Seines argwöhnischen Blickes wegen hielt Aca es bereits für einen Fehler, die Hinterlandroute gewählt zu haben. Pričinović, Uzveće, Glušci – diese Dörfer weckten allein schon aufgrund ihrer Ruhe Acas Misstrauen.

Spontan schlug er vor, die Route zu ändern und via Banovo Polje nach Sremska Mitrovica zu fahren, um damit mögliche Verfolger abzuhängen.

»Ich glaube nicht, dass uns jemand folgt«, sagte Elisa, die befürchtete, aufgrund dieser Umwege Zeit zu verlieren.

Der schwere Seufzer aus Acas Mund war Antwort genug.

Timor Obradović fuhr also den Umweg, obwohl es ihm nicht gefiel; er befürchtete, nicht genügend Sprit getankt zu haben.
Die Fahrt blieb ruhig, von geheimdienstlichen Aktivitäten fehlte jede Spur.
Kurz vor dem grenznahen Višnjičevo, einem stillen, in der Ebene liegenden Ort, parkte Obradović den Wagen in einem Wald, Aca und Elisa stiegen aus.
Nachdem er sich mit einer kräftigen Umarmung von Elisa und Aca verabschiedet hatte, fuhr Timor Obradović sogleich zurück, um mit dem herumstehenden Wagen keinerlei Verdacht zu wecken.
Hinter der Kirche, auf einer alten Fußgängerbrücke, überquerten Aca und Elisa die kleine Bosut, dann die Eisenbahnlinie. Bis zur Grenze waren es gemäß Karte knapp fünf Kilometer, dicht bewaldetes, flaches Land, dann die Save. Elisa trug einen leichten Koffer, Aca die Papiere seines Bruders in einer doppelten Plastiktasche, die Esswaren und den Rosenstrauß in Mutters Stofftasche.
Die verdächtigen Geräusche eines Spechts, der nervöse Pfiff oder höhnische Krächzer eines Vogels: Aca fand nicht zur Ruhe, ehe er das Tier gesichtet hatte.
Als sie ein lichtes Waldstück passierten, stellte Elisa fest, wie unmöglich es noch immer war, in den Himmel zu schauen, ohne in jene Gefühle zurückzufallen, die sie während der Bombardierungen beherrscht hatten.
Sie zwang sich, eine Weile stehen zu bleiben; sie wünschte, gerade jetzt so lange in diesen leicht bewölkten, unspektakulären Himmel zu schauen, bis ihr ein für alle Mal klar werden würde, dass von dort nichts Todbringendes mehr kam.
»Was siehst du dort?«, wollte Aca wissen, dessen Nervosität jedes freundliche Wort verhinderte.
Elisa antwortete nicht. Sie musste achtgeben, sich vom rasant vorwärtsschreitenden Aca auf diesem Waldweg nicht abhängen zu lassen.

Spätestens übermorgen würden sie in Den Haag sein. Dann würde alles leichter werden.

Das Ufer der Save war bestanden von alten, ehrwürdigen Bäumen. Da der Fluss hier die Grenze zwischen Bosnien und Serbien bildete, gab es keinerlei Fußgängerbrücken. Glücklicherweise floss sie langsam, sah aber tief aus. Eine lange Weile standen die beiden in den niedrigen Sträuchern und den winzigen Jungbäumen, die sich zwischen den großen Stämmen am Ufer tummelten. Sie waren unsicher, wie es am besten gelingen würde, ihr Gepäck trocken auf die andere Seite zu bringen. Elisa dachte dabei auch an ihr Telefon, das sie vor Aca verbergen wollte.

81. KAPITEL
BELGRAD – ŠABAC, SERBIEN

Der Flug von Zürich nach Belgrad war ruppig, begleitet von einem nicht wegzubringenden Pfeifen in den Belüftungsdüsen über seinem Sitz und ganz grundsätzlich schraffiert von unguten Gefühlen. Steinhövel saß widerwillig in diesem Flugzeug, war nur bereit gewesen, die Reise anzutreten, weil er seine Schwester nicht enttäuschen wollte. Dass sie für sein Flugticket bezahlt hatte, machte die Sache nicht besser.
Er würde sie in Belgrad am Flughafen treffen, wo ihre Maschine eine halbe Stunde vor der seinen landen würde. Ihm schien, sie würden bald schon in Šabac und damit am Ende ihres Lateins ankommen.
Die Happen, die nun serviert wurden, aß er lediglich, weil sie ansonsten weggeschmissen würden. Im elektronischen Briefkasten, den er in Langenthal eilends geleert hatte, war auch eine Mail von Redakteur Nussbaumer aufgetaucht, der von ihm wissen wollte, ob er sich nun Zeit nehmen könne, für den *Großen Bund* einen Artikel über den Blumenbestimmungskurs zu verfassen. Nussbaumer ließ ihn wissen, er habe in Erfahrung gebracht, dass der Kurs infolge großer Nachfrage nun fünf Wochen lang zusätzlich jeden Dienstag stattfinden werde, inklusive Abendessen mit Blumenblüten. Er habe sich erlaubt, ihn, Steinhövel, um ihm alle terminlichen Freiheiten zu gewähren, gleich für beide Abende zu akkreditieren. Steinhövel hatte nicht geantwortet und er hatte keine Lust mehr, sich von Nussbaumer beleidigen zu lassen.
Um die Motive von Marlene besser zu verstehen, las er nun ihre letzte Mail, die er ausgedruckt mitgenommen hatte, nochmals durch. In diesen Zeilen schilderte sie ihm, ungeachtet ihrer Schweigepflicht, jene Verbrechen, die Tošorović zur Last gelegt wurden.

Dass die zitierten Textausschnitte in Englisch abgefasst waren, machte die Grausamkeiten ein wenig abstrakter. Wenn er sich diese Kriegsverbrechen vor Augen führte, verstand er Marlenes Wunsch, den Opfern Tošorovićs zu helfen. Ob es aber klug war, auf der Suche nach Bogdan Mandić ohne Personenschutz durch die serbische Provinz zu ziehen, schien ihm äußerst zweifelhaft.

In Belgrad begrüßte ihn Marlene derart herzlich, dass die Hälfte seines Ärgers bereits verflog. Jetzt schätzte er ihren Optimismus und ihre Art, nicht nachtragend zu sein. Er hatte ihr nämlich am Telefon vorgeworfen, nur deshalb auf eigene Faust nach Aca und Bogdan Mandić fahnden zu wollen, weil sie hoffe, sich damit von ihrer ungewollten Schwangerschaft abzulenken.

Mit diesen Worten hatte er sie auch beleidigt, weil sie diese Schwangerschaft nicht als ungewollt, sondern als ungeplant bezeichnet haben wollte. Der Versuch aber, einen wichtigen Zeugen ausfindig zu machen und ihn nach Den Haag zu bringen, habe nichts mit ihrer Zukunft als Mutter, sondern allein mit ihrer beruflichen Zufriedenheit zu tun, die gegenwärtig ziemlich angeschlagen sei.

Nun, da er neben ihr im von Vorhängen verdunkelten Bus saß, der sie ins Zentrum brachte, nun, da ihm Marlene nochmals erklärte, dass Bogdan Mandić die wahrscheinlich letzte Möglichkeit war, die Anklage gegen Tošorović mit ausreichend belastendem Material zu versorgen, schien ihm Marlenes Vorhaben wieder ehrenhaft und notwendig.

Während der Fahrt kämpfte Marlene gegen eine Übelkeit, die mit der Schwangerschaft zu tun haben musste und sich erst legte, als sie in einem leeren Schnellrestaurant mit angewinkelten Beinen an einem Glas Mineralwasser nippte. Thomas verdrückte unterdessen eine große Portion gut gesalzener Pommes. Der unterbeschäftigte Kellner goss sich einen Schluck Kaffee in einen lächerlich kleinen Pappbecher, verrührte darin mit einem sich im heißen Gebräu verbiegenden Plastiklöffelchen etwas Zucker und war enttäuscht, den einzigen beiden Kunden nicht noch viel mehr servieren zu können. Oder trug er auch Misstrauen im Gesicht, weil die Schweizer Mundart, die Thomas und Marlene sprachen, für serbische Ohren gewiss nach dem Niederländischen klingen musste, das man in Den Haag sprach?

Belgrad, das waren halb leere Straßen, von den Nato-Bomben zerstörte Gebäude, lange Schlangen an den Tankstellen, bedrückte, ärmlich gekleidete Fußgänger und Paare, die mitten in der Stadt und mit einer unüberbietbaren Geduld aus dem Kofferraum ihres Autos Früchte und Gemüse feilboten.

Im Zentrum der Stadt einen Bus nach Šabac zu finden war einfach, änderte aber nichts daran, dass sie nicht wussten, ob sie Aca dort finden würden. Noch weniger wussten sie, ob dessen Bruder ebenfalls dort wohnte.

Nach einer anderthalbstündigen Fahrt erreichten sie Šabac, in dessen Zentrum an einem Taxistand, vor einem verschlafenen Café namens Sava und einem alten Lebensmittelladen, zwei Männer Schach spielend auf Kundschaft warteten.

Sie hatten das Schachbrett auf der Kühlerhaube eines zeitlos himmelblauen Wolgas aufgestellt und spielten dort, gleich neben einer eingerollt schlafenden Katze, eine langsame Partie; der eine kaute geduldig auf einem Süßholz.

Die Katze ließ Thomas zurückdenken an jene pechschwarze Artgenossin in der Moskauer Fußgängerunterführung, in der er Aca kennengelernt hatte.

Der sportlichere der beiden Männer war freudig überrascht, von Steinhövel auf Russisch angesprochen zu werden, und er antwortete in einem derart perfekten Russisch, dass ihn Thomas sogleich fragte, wo er das gelernt habe.

»Das war ein Pflichtfach am Institut für Jurisprudenz der Universität Belgrad«, sagte der Schachspieler und schien selber erstaunt, sich so gewählt auszudrücken.

Jetzt kamen zwei Alte auf sie zu, die um Zigaretten bettelten und vom Schachspieler wissen wollten, mit wem er sich da unterhalte.
»Zwei aus dem Westen, die Russisch können«, sagte der Schachspieler, und das Staunen der beiden Alten wollte kein Ende nehmen. Auch weil ihn Marlene nun dazu drängte, fragte Thomas den Schachspieler, ob er in Šabac eine Familie Mandić kenne. Dieser überlegte kurz, warf einen langen Blick auf Marlene und fragte, ob er jene Mandićs meine, die sich mit dem Bau von Instrumenten einen Namen gemacht hatten.

Marlene zuckte mit den Schultern, aber Thomas nickte, der Schachspieler nickte auch – sogar die beiden Alten, die noch keinen Meter zurückgewichen waren, sprachen kurz über den berühmten Instrumentenbauer.

Der Schachspieler schien sich zu freuen, für eine Fahrt angefragt zu werden. Er entschuldigte sich für die Verzögerung, die nun entstand, da er das Schachbrett erst erschütterungsfrei von der Kühlerhaube wegbalancieren musste. Sie legten das Brett einfach auf die nächste Kühlerhaube; offenbar wussten sie, dass sich jener Wagen in der nächsten Stunde nicht vom Fleck rühren würde. Das passte zur allgemeinen Stimmung; es sah in Šabac alles aus, als würde es sich nicht vom Fleck rühren.

Thomas setzte sich neben seine Schwester auf die Rückbank und wartete, bis der gedrungene Schachspielgegner auf dem Beifahrersitz Platz genommen und ihr Chauffeur es geschafft hatte, den alten Motor zu starten.

Er fuhr ohne Hast und ohne Zähler – Thomas ärgerte sich, vor dem Einsteigen keinen Preis ausgehandelt zu haben.

Šabac schien nicht viele Bauten aufzuweisen, welche die Nato als strategisch wichtig eingestuft hatte. Dennoch waren einige Gebäude bombardiert worden; viele waren heruntergekommen.

Der Chauffeur und sein Beifahrer zeigten sich nicht besonders gesprächig, und obwohl sie gewiss nicht verstanden worden wären, verzichteten auch Thomas und Marlene auf eine Unterhaltung.

In einem ruhigen Wohnquartier mit breiten Bürgersteigen drosselte der Taxichauffeur seine Fahrt, schaltete den Motor aus, ließ den Wolga lautlos auf ein Parkfeld rollen und wies mit der Hand auf ein altes Haus, das, zwanzig Meter von ihnen entfernt, am sanft ansteigenden Hang stolz zwischen hohen Bäumen stand.
»Hier wohnt die Familie Mandić.«
Thomas wollte bezahlen, aber Marlene fragte den Fahrer, ob er kurz warten könne.
Augenblicke später standen Thomas und Marlene einer eingeschüchterten Frau gegenüber, deren aschgraues Haar in ungepflegten Strähnen auf ihre Schultern fiel. Sie trug ein viel zu großes Herrenhemd und lehnte sich schwer an den Türrahmen; sie schien abgekämpft und lebensschwach. Abgesehen davon, dass sie bestätigte, Mandić zu heißen, verstanden Thomas und Marlene nicht, was sie sagte, es hörte sich abweisend an. Frau Mandić verstand nicht, wieso die Fremden Russisch mit ihr sprachen, verstand nicht, was sie von ihr wollten. Sie schüttelte vehement den Kopf und wedelte mit zerknitterten, von Kaffeeflecken verunstalteten Notenblättern.
Um bei Frau Mandić etwas zu erreichen, benötigten Thomas und Marlene die Hilfe eines Übersetzers.
Der Taxichauffeur wartete gemäß ihrem Wunsch direkt hinter dem Vorgarten. Aber weder Thomas noch Marlene hielten es für klug, ihn dolmetschen zu lassen: Aller Wahrscheinlichkeit nach handelte es sich bei ihm um einen ethnischen Serben, und wenn der nun übersetzen sollte, was eine Serbin zu berichten hatte über ihren Sohn, der in Den Haag gegen einen Serben aussagen wollte, so konnte dies für Frau Mandić allerhand Probleme mit sich bringen.
Thomas versuchte es nochmals und fragte Frau Mandić in seinem besten Russisch nach Aca und Bogdan.
Die Frau bat um etwas Geduld, ließ die beiden vor der Tür stehen, verschwand in der Küche und kam zurück mit einer Zeitung. Es

war eine Seite voller schwarz gerahmter Todesanzeigen. Ziemlich groß und mit einem schwarz-weißen Bild geschmückt war darauf die Todesanzeige von Bogdan Mandić abgedruckt.

Thomas schluckte leer, blickte in das trübe Gesicht der Frau, die nun gegen Tränen kämpfte. Dann blickte Thomas zu Marlene, deren Gesicht sich verfinsterte. Er las das Geburtsjahr des Verstorbenen, ein paar Jahre vor Aca war Bogdan geboren, und Thomas begriff, sie waren zu spät.

Offenbar war auch Aca zu spät gekommen.

Thomas, seine noch immer auf die Todesanzeige starrende Schwester musternd, wusste, was sich in ihrem Kopf abspielte: Wieder war ein möglicher Zeuge ums Leben gekommen, und es war nicht unwahrscheinlich, dass man ihn ermordet hatte.

Thomas ahnte, dass Marlenes, und mit ihrer auch seine, Mission zu Ende war, ehe sie richtig begonnen hatte. All die Aufregung, die Sorgen auch, sie würden sich in eine Geschichte hineinreiten, die sie nicht überschauen konnten, fielen von Thomas ab. Er fühlte sich ebenso erleichtert wie ohnmächtig.

»Ich weiß nicht, ob ich an diesem Tribunal arbeiten kann«, sagte Marlene und blickte zu Boden.

Frau Mandić klemmte sich die Zeitung unter den Arm, Tränen schimmerten auf ihrer Wange. Auch Marlene begann zu weinen, Thomas wusste nicht, ob sie sich von Frau Mandić hatte anstecken lassen oder ob sie weinte, da sie einsehen musste, sich völlig verschätzt zu haben.

»Tagtäglich daran erinnert zu werden, wie wenig es der Anklage gelingt, genügend Indizien zu sammeln«, begann Marlene mit einer zerbrechlichen Stimme, »tagtäglich zusehen zu müssen, wie der Aufbau wichtiger Anklagen bröckelt und bröckelt, bis er kurz vor dem Prozess zusammenbricht, das ist deprimierend!«

Mit beiden Händen die gerollte Zeitung umfassend, trippelte Frau Mandić davon.

»Vielleicht können wir Aca besuchen, vielleicht ist er in der Nähe«, sagte Thomas zu Marlene, ohne zu erwarten, dass sie das interessieren würde. Thomas war voller Mitleid für diese alte Frau, voller Mitleid für Marlene und voller Mitleid auch für Aca, der nach den erniedrigenden Jahren in Moskau doch Anrecht hatte auf etwas Glück: Sylvain Pollak – all der Aufwand, all das Geld, all die Nerven!
Nun fuhr ein Wagen vor, parkte direkt hinter dem noch immer wartenden Taxi. Ein schlanker, groß gewachsener Mann stieg aus. Er hatte sich ein paar Schritte genähert, aber noch kein Wort gesagt, als die Frau aus dem Flur heraus seinen Namen rief: »Timor!«
Timor Obradović begrüßte sie mit einem Händedruck und erklärte, kaum hatte er sich mit Frau Mandić unterhalten, dass er auch Französisch sprechen könne.
Marlene war erleichtert. Auch Thomas hoffte, nun wenigstens in Erfahrung bringen zu können, was genau vorgefallen war.
Jetzt hupte es; das war der Schachspieler, der seine Ungeduld anmeldete. Thomas ging zu ihm, erklärte ihm, dass er nicht mehr zu warten brauche, und zahlte einen erstaunlich fairen Preis.
Nachdem sich Marlene und Thomas dank Timor endlich richtig vorstellen konnten, bat Dragica Mandić ihre Gäste in die Küche. Als Thomas am Tisch, auf dem drei Äpfel und ein großer Stapel Notenblätter lagen, von Moskau erzählte, von jener Fußgängerunterführung, in welcher er Aca kennengelernt hatte, als er berichtete vom Langenthaler Zahnarztbesuch und von der gemeinsamen Reise nach Rom, erlangte er das volle Vertrauen von Dragica, deren Augen blitzlebendig wurden.
Sie begann zu erzählen. Wort- und gestenreich schilderte sie Marlene und Thomas, wie sie Dmitrij, wie sie Bogdan verloren hatte.
Als es Thomas endlich gelang, sie zu fragen, wo sich Aca aufhalte, erfuhren sie, dass er und Elisa sich gestern erst aufgemacht hatten, westlich von Šabac und zu Fuß die serbisch-bosnische Grenze zu passieren, um anstelle von Bogdan nach Den Haag zu gelangen.

Während Frau Mandić weinte, geriet Marlene in helle Aufregung.
Als Marlene fragte, ob sie Acas Nummer haben dürfe, erklärte diese, dass er kein Telefon mitgenommen habe, um nicht abgehorcht werden zu können.

Thomas wollte wissen, was die beiden am Tribunal denn vorzubringen im Sinn hatten, aber Marlene war schon dabei, Timor zu erklären, man müsse den beiden beibringen, sich gut beschützt nach Den Haag begleiten zu lassen.

Timor sagte, er habe die Nummer Elisas – sie habe allen Befürchtungen Acas zum Trotz ihr Telefon mitgenommen.

Dragica schaute ihn lange an, zuckte mit den Schultern, dann wählte Timor Elisas Nummer.

Timor hielt sich den Hörer ans Ohr; alle hörten den Summton, den zweiten, den dritten. Nach einer Weile meldete sich Elisa. Ihre Stimme klang gepresst.

Als ihr Timor erklärte, Freunde Acas seien nach Šabac gereist, um sie beide nach Den Haag zu begleiten, glaubte sie ihm nicht.

Nun nahm auch Aca am Gespräch teil; er wollte wissen, wie die Fremden hießen. Die Namen reichten dem misstrauischen Aca aber nicht. Er bat Timor, Thomas Steinhövel zu fragen, wo sie sich kennengelernt hatten.

»In einer Fußgängerunterführung in Moskau.«

Timor übersetzte, aber Aca war noch nicht überzeugt. Er wollte wissen, was sie bei Dschamschet in der sonderbaren Blockwohnung gegessen hatten.

»Bei Dschamschet?«, fragte Thomas. »Salzgurken aus dem Glas.«

Als Timor ihm erklärte, dass Steinhövels Schwester am Tribunal arbeite, war Aca endlich zufrieden.

Marlene wollte wissen, ob sie nach Den Haag wollten, um gegen Tošorović auszusagen.

Erst wollte Aca nicht antworten, schließlich aber bejahte er, und Marlene wäre ihm am liebsten durchs Telefon hindurch um den

Hals gefallen. Thomas wusste, sie würde sich nun von nichts mehr aufhalten lassen.

Nach längeren Erklärungen waren Aca und Elisa einverstanden, sich von Marlene und Thomas nach Den Haag begleiten zu lassen. Sie befanden sich inzwischen kurz vor der bosnischen Stadt Bijeljina.

»Wie weit ist das von hier?«, fragte Marlene.

»Eine knappe Stunde«, sagte Timor, »je nachdem, wie schnell die Grenzer die Pässe kontrollieren.«

Thomas besprach sich mit Marlene, die sofort wusste, was zu tun war.

Sie befahl Aca, bis nach Bijeljina zu gehen, sich dort in ein ruhiges Café zu setzen und ihr so rasch wie möglich den Namen dieses Lokals mitzuteilen.

»Ihr setzt euch da hinein und rührt euch nicht von der Stelle, bis wir euch abholen«, befahl sie.

Marlene rief, latent euphorisiert, den Fall Tošorović doch noch retten zu können, das Büro von Amnesty International an, wo eine überraschte Corinna für sie die nächsten Flugverbindungen von Sarajevo nach Den Haag eruierte.

Thomas war fasziniert, wie schnell Marlene handelte. Sie hatte Timor gar nicht gefragt, es war einfach klar, dass er sie nach Bijeljina würde fahren müssen.

Als es darum ging, sich von Dragica zu verabschieden, hielt Marlene inne und sagte: »Es wäre das Beste, wenn sie mitkäme.«

Timor zögerte, das zu übersetzen.

Marlene warf Timor einen kritischen Blick zu, musterte dessen Augen, in denen sie nichts Verneinendes sehen konnte, dann wiederholte sie: »Es wäre das Beste, wenn sie auch gleich mitkäme.«

Timor übersetzte.

Dragica warf derart theatralisch die Hände in die Luft, dass Thomas gleich wusste, sie würde sich nie im Leben überzeugen lassen.

Marlene wollte wissen, ob sie jemals bedroht worden war.

»Ganz Šabac weiß, dass ich meinen Mann und meinen ältesten Sohn verloren habe«, sagte sie. »Ganz Šabac weiß, ich bin genügend gestraft. Wenn man mir in der Stadt etwas entgegenbringt, dann Mitleid und Fürsorge.«
Trotzdem versuchte Marlene nochmals, Frau Mandić zum Mitkommen zu überreden, versuchte ihr zu erklären, dass es für alle Beteiligten das Beste wäre.
Dragica aber blieb standhaft.
Damit war es Zeit, sich auf den Weg zu machen. Timor war einverstanden, sie zu fahren, sagte aber, er müsse noch seinen Pass holen.
Herzlich verabschiedeten sie sich von Dragica.
»Glaubst du, das wird klappen?«, fragte Thomas, als sie im Fond des Wagens saßen.
»Du bist skeptisch?« Marlene schenkte Thomas einen kritischen Blick.
»Vielleicht«, sagte Thomas und blickte zwischen den Nackenstützen hindurch auf die Straße.
Marlene kurbelte das Fenster hinunter, um der im Türrahmen mit einem weißen Taschentuch stehenden Dragica winken zu können.

82. KAPITEL
TROMSØ, NORWEGEN

Als an der nordnorwegischen Küste Windgeschwindigkeiten von bis zu hundertvierzig Stundenkilometern prognostiziert wurden, entschieden sich die Verantwortlichen der staatlichen Erdölgesellschaft, den Betrieb auf den Bohrinseln vor Tromsø vorübergehend einzustellen und die Plattformen zu evakuieren. Eine derartige Entscheidung wurde nur selten getroffen und war unter Ökonomen ausnahmslos unbeliebt; eine Räumung war nicht nur teuer, weil große Helikopter über mehrere Stunden vom Festland zu den Bohrinseln und zurück fliegen mussten, bis das Personal sicheren Boden unter den Füßen hatte, sondern vor allem, weil das Prozedere eines Bohr- und Förderunterbruchs mit einer späteren Wiederinbetriebnahme beim derzeitigen Ölpreis eine Einnahmenseinbuße von mindestens vier Millionen Norwegischen Kronen verursachte. Die Sturmböen, von denen die Meteorologen sprachen, würden aber in der Lage sein, einen auf Deck stehenden Menschen wie einen Pappkarton zu erfassen und über die Reling ins eiskalte Wasser der Nordsee zu wuchten.
Der Sturm kündigte sich bereits an, als Mihai Tinescu als einer der letzten in den Helikopter kletterte. Das heftige Tiefdruckgebiet erfasste auch Tromsø selbst, aber die Arbeiter der Plattform, bestens gelaunt aufgrund des unerwarteten, bezahlten Urlaubs, bemerkten nicht viel davon, denn sie hockten entweder in einer Bar, lagen in ihrem Hotelbett oder waren, wenn sie doch an die frische Luft gingen, derart betrunken, dass ihnen der peitschende Wind wie eine angenehme Brise erschien – die Pubs und Bars Tromsøs waren selten so voll wie an den Tagen heftiger Stürme.
Inmitten der Gruppe, der sich Tinescu trotz allerhand Bedenken angeschlossen hatte, saß an jenem Abend auch Miguel. Nach

dem dritten Bier beschwerte er sich bereits, in dieser Bar nicht oben ohne bedient zu werden – eine Meinung, die naturgemäß viel Zuspruch fand und jene, die es nicht lassen konnten, dazu anspornte, die servierenden Frauen diesbezüglich anzusprechen.
Mihai Tinescu konnte Miguel kaum ins Gesicht blicken, da dieser sein Glasauge nicht trug. Dort, wo das künstliche Auge hätte ruhen sollen, befand sich eine von labbrig herabhängender Haut mehr schlecht als recht abgedeckte Mulde in seinem Kopf, die in der mangelhaft beleuchteten Bar aussah wie ein tief ins Schädelinnere sich bohrendes Geschwür.
Auf die Frage, wo er sein zweites Auge gelassen habe, wollte Miguel nicht richtig antworten. Er blieb ruhig, zuckte mit den Schultern und schenkte Mihai ein Lächeln. Die Kollegen nebenan lachten laut auf.
»Das Auge ist gegenwärtig in der Reinigung«, sagte Miguel schließlich. Nochmaliges Gelächter beendete die Sache, und Mihai bemühte sich, Miguel, obwohl er ihm direkt gegenüberstand, nicht mehr anzuschauen.
Ein Australier schlug nun tatsächlich vor, in eine andere Bar zu ziehen, aber Tinescus Glas war noch fast voll. Um sich nicht dem Spott preiszugeben, setzte er das Glas an und trank in großen Schlucken. Als durch den Bierschaum hindurch ein Augapfel auf seinen Mund zurollte, zog er das Glas reflexartig von seinen Lippen, womit er zwar verhinderte, dass Miguels Glasauge seine Lippen berührte, allerdings schüttete er ziemlich viel Bier über sich, über den Tisch und sah ungläubig zu, wie Miguels Auge murmelgleich vom Tischblatt hüpfte, hart und laut aufschlug und schließlich auf dem schmutzigen Boden quer durch die Bar kullerte. Die Männer krümmten sich vor Lachen.
Mihai blickte zu Miguel, aber der lachte am lautesten.
Dann stand Miguel auf, griff sich sein Auge, schmiss es ins eigene Glas, um es darin zu schwenken, nahm die nasse Kugel, kniff sein

großes Gesicht zusammen und drückte das Auge zurück in die Mulde.

Tinescu ekelte sich, die umstehenden Männer klopften mit ihren Pranken auf die Oberschenkel.

Während die Männer sich auf die Suche nach einer Bar machten, in der oben ohne serviert wurde, rettete sich Mihai Tinescu auf dem Weg zurück zur Unterkunft vor dem stürmischen Wetter kurz in einen Lebensmittelladen. Gleich im Eingangsbereich wurden dort Erdbeeren angeboten, knallrote, überreife Erdbeeren, serviert in transparenten Plastikschalen mit hellblauem Henkel. Er kannte diese Verpackungen nur zu gut: Im Kleingedruckten des Etiketts war der Name Huelva zu lesen.

83. KAPITEL
PRIŠTINA – RADONIQ, KOSOVO

Verstört von der wieder und wieder sich aufdrängenden Vorstellung, Jarmila liege in ihrer ganzen Anmut neben ihm im Bett und verwandle sich immer dann, wenn er sie berühre, wenn er einen Arm um ihre Schulter lege und sie zu sich heranziehe, in jene grausig graue Leiche, die er vor ein paar Stunden am Ufer des Radoniqit-Sees gesehen hatte, gelang es Alim nicht, Ruhe zu finden, geschweige denn Schlaf. Es schmerzte ihn, abgeschoben worden zu sein in eine isolierte Kammer, in der sich niemand für diese Fakten interessierte. Sämtliche Uno-Mitarbeiter, die sich um seine Sache kümmern sollten, waren auf und davon in einen wahrscheinlich ganz unbekümmerten Feierabend, hatten ihm erklärt, sie seien seit zehn Stunden schon an der Arbeit, es gehe nicht mehr, und nun saßen sie wahrscheinlich irgendwo in der Innenstadt in einem der neuen, geschichtslosen Restaurants, die genügend Geld hatten, einen großen Dieselgenerator in den Keller zu stellen, der sämtliche Stromausfälle nahtlos überbrückte, Restaurants, in welchen auch sonst alles danach aussah, als sei eine neue, blühende und an Möglichkeiten reiche Zeit angebrochen.
In diesem riesigen Gebäude der Einzige zu sein, der wollte, dass die in Klinë e Mesme verübten Verbrechen rasch aufgeklärt werden würden, machte ihn fertig. Er stand auf, warf sich in die Klamotten und machte sich auf den Weg. Die beiden Männer, die am Ausgang Wache standen, waren mit seiner Idee nicht einverstanden. In einem ruhigen Ton erklärten sie, für seine Sicherheit sorgen zu müssen – er solle versuchen, sich zu beruhigen, sich schlafen zu legen.
Alim schüttelte vehement den Kopf.

»Es ist dringend!«, sagte er und warf ihnen flammende Blicke zu. »Es geht um die Gerechtigkeit!«

»Gerechtigkeit ist keine Frage der Eile«, sagte der eine.

»Leg dich schlafen«, ergänzte der andere. »Für die morgige Befragung wirst du fit sein müssen.«

Verärgert marschierte Alim den Flur entlang zurück in sein Zimmer, nahm die Taschenuhr hervor, betrachtete Jarmilas Bild, bat Allah, ihre Seele aufzunehmen und seine Familie zu beschützen. Worte, die ihn daran erinnerten, dass Siham behauptet hatte, er werde bald schon Vater. Diese Vorstellung war sowohl kraftvoll wie auch traumartig fern, hier und heute entfaltete sie keine Bedeutung.

Leise öffnete Alim die Zimmertür, spähte den Flur entlang und machte sich, als er sicher war, niemanden anzutreffen, in der anderen als der vorhin eingeschlagenen Richtung davon. Alsbald stand er in einem langen Korridor vor einer Tür, die wie ein Hinterausgang wirkte, aber sie war verriegelt. Im Büro nebenan öffnete er ein Fenster und stellte fest, dass er sich im zweiten Stockwerk befand.

Auch sah er den Balkon des benachbarten Zimmers, von dessen Geländer er sich, eine Weile unsicher noch, ob es nicht doch zu riskant war, zu Boden fallen ließ. Der Zaun, der das Gelände begrenzte, war hoch, aber ohne Stacheldraht. Er war sicher, dass ihn irgendeine Kamera filmte, aber es regte sich nichts.

Weil der Alfa Romeo auf dem gut bewachten Uno-Parkplatz stand, erwog Alim erst gar nicht, diese Möglichkeit zu prüfen. Er holte die Taschenuhr hervor. Die Chance, nach zweiundzwanzig Uhr mit einem Linienbus in die Provinz zu gelangen, war minimal. Also ging er – nicht ohne unterwegs doch noch zwei Aufkleber mit dem Satz *Tahiri ist unschuldig* abzureißen – hinaus an den Stadtrand und stellte sich dort, erfüllt vom Gefühl, von Allah gelenkt und behütet zu werden, mit erhobenem Daumen an den Rand der Straße.

Als er, anderthalb Stunden und drei Mitfahrgelegenheiten später, den See im schwachen Mondschein zu Gesicht bekam, fühlte er sich endlich am richtigen Ort. Er verabschiedete sich von seinem Chauffeur, der nicht verstehen wollte, was ein junger Mann zu derart später Stunde in der Abgeschiedenheit anstellen wollte.

Er ließ die Straße hinter sich und marschierte querfeldein auf das Ufer des Sees zu. Als er sich dem Massengrab näherte, war er irritiert darüber, kein einziges Uno-Fahrzeug zu sehen. Auch brannte in der Baracke kein Licht mehr. Falls dort jemand Wache schob, stand die Person entweder im Dunkeln oder schlief.

Schließlich war es aber ein doppelter Stacheldraht, der ihm den Zugang zum Gelände verwehrte. Nachdem er die an diesem Draht angebrachten Klingen näher betrachtet hatte, entschied er sich für die Alternative, in entgegengesetzter Richtung den Stacheldraht entlangzugehen bis an jenen Punkt, wo dieser im schilfigen Morast des Sees enden musste.

Das schlammdurchsetzte Wasser war deutlich kälter, als Alim erwartet hatte. Die Vorstellung aber, genauso schwarzgrau verschmutzt wie Jarmila neben ihr liegen zu können, schien ihm stimmig. Als er bis zur Brust im Wasser stand, kamen ihm Zweifel, ob es überhaupt möglich sein würde, das Massengrab auf diesem Umweg zu erreichen. Aber dort, wo der See tiefer wurde, wuchsen die Pflanzen weniger dicht. Schwimmend erinnerte er sich daran, Jarmila vor Jahren aus den Fluten gerettet zu haben.

Sie lag noch immer so, wie er sie angetroffen hatte, abgesehen davon, dass jemand den doppelten Stacheldraht näher an die Leichen herangezogen hatte.

Triefend nass und überzogen von grauem Schlamm legte sich Alim unter den milchig weißen Kunststoff, unter dem Jarmila lag. Er sorgte dafür, dass ihr Gesicht nicht mehr zugedeckt, sondern vom Mond beschienen wurde, fuhr ihr mit den Fingern sanft über die Wange und fiel, sich auf dem harten, feuchten Grund genau am richtigen Ort fühlend, in einen untiefen Schlaf.

84. KAPITEL
ŠABAC, SERBIEN

Auf den Wunsch des neben ihm sitzenden Sotirs ging Dragan Popović jetzt nicht ein. Er hatte keine Lust auf eine weitere Partie. Überhaupt war er seit dem Tod seiner Mutter nicht mehr sicher, wofür er sich eigentlich noch würde begeistern können.
Sotir verstand nicht, wieso Dragan nicht zurück zum Café Sava fahren wollte, sondern nach rund hundert Metern, kaum hatten sie sich vom Haus der Familie Mandić entfernt, bereits anhielt und den Wolga in dieser Quergasse parkte, in der es nichts zu sehen und nichts zu tun gab. Im Unterschied zu Sotir war Dragan aber längst klar, dass es sich bei den Besuchern der Familie Mandić allein um Fahnder handeln konnte, die im Auftrag des Haager Tribunals ihre Nasen in fremde Angelegenheiten steckten und denen es darum ging, Zeugen zu gewinnen.
Nachdenklich blickte Dragan durch die Windschutzscheibe und hin zum Haus, vor dem sie soeben noch geparkt hatten. Es regte sich nichts.
»Worauf warten wir eigentlich?«, fragte Sotir.
Dragan schenkte ihm einen mitleidigen Blick.
»Sie sprechen kein Serbisch, sind westlich gekleidet und haben diese Gesichter, denen man aus hundert Metern Entfernung ablesen kann, dass ihnen noch nie ein Leid widerfahren ist.«
»Schön für den alten Mandić, wenn er wieder einmal eine Geige verkaufen kann«, sagte Sotir.
»Der alte Mandić ist tot«, sagte Dragan, war aber nicht in Laune, ihn über die Dinge aufzuklären, die nun in seinem Kopf vorgingen. Für Sotir war er seit jeher einfach der Schachspieler, der Marko Milošević hin und wieder mit Informationen versorgte und zum Dank etwas Geld erhielt; er brauchte nicht zu wissen, dass er auch

Scharfschütze war. Da er das Honorar für den Mord in Den Haag zu einem großen Teil für die Beerdigungsfeier seiner Mutter ausgegeben hatte, war er, um sich endlich eine Wohnung kaufen zu können, auf einen neuen Auftrag angewiesen.

Gebannt blickte Dragan zur Haustür der Mandićs hinüber: Timor und die beiden Fremden traten vor das Haus, gefolgt von Dragica. Sie hatten offenbar noch allerhand zu besprechen.

Dragan wählte die Nummer Marko Milosevićs. Sie unterhielten sich über Bogdan, über dessen Todesanzeige, dann über Aca, der seit Jahren vom Radar der UDBA verschwunden war.

Marko und Dragan waren gleicher Meinung: Die Vermutung, dass Aca zurückgekehrt war und nun anstelle des verstorbenen Bogdans, der sich vor wenigen Wochen am Tribunal gemeldet hatte, nach Den Haag reisen wollte, klang zwar abenteuerlich. Grund genug, sich an die Fersen der Fahnder zu heften, bot sie aber allemal.

Mit seinen platten Füßen war Sotir alles andere als ein passionierter Fußgänger. Diesmal aber ging es nicht anders, denn Dragan hatte nun keine Zeit, ihn zurück zum Café Sava zu chauffieren.

Während Sotir in Richtung Zentrum davontrottete, dachte Dragan an seine neue Heckler & Koch, die gut versteckt im Kofferraum lag. Nach der Rückkehr aus Den Haag hatte er sich geschworen, nie mehr mit ihr zu arbeiten. Diesen Schwur nahm er nun zurück.

Er wartete, bis Obradović mit den Fremden die erste Abzweigung genommen hatte, dann startete er den Motor.

85. KAPITEL
ŠABAC – BADOVINCI, SERBIEN

Timor Obradović gab trotz der von Schlaglöchern übersäten Piste sein Bestes, während Marlene sich, erneut gegen eine der Schwangerschaft zuzuschreibende Übelkeit ankämpfend, auf den Verlauf der Straße konzentrierte, auf das Vorbeiziehen der Felder, auf das Auf und Ab der alten, dem verbuschten Straßensaum folgenden Telefonleitung.
Elisa meldete sich und sagte, sie würden in Bijeljina im Café Europa auf sie warten.
»Bist du sicher, dass wir das Richtige tun?«, fragte Thomas, nachdem Marlene aufgelegt hatte.
Marlene seufzte nachdenklich. »Was hat dir denn Aca alles erzählt?«
»Nicht mehr als das, was ich dir erzählt habe«, sagte Thomas.
Er fühlte, dass Marlene voller Zweifel war, sich aber weigerte, ihre Hoffnungen aufzugeben.
»Wir wissen nicht, was es dem Prozess gegen Tošorović bringen wird, aber wenn die beiden nach Den Haag wollen, können wir doch so oder so dafür sorgen, dass sie sicher dorthin kommen«, sagte Marlene.
»Ich habe keine Ausbildung in Sachen Personenschutz«, sagte Steinhövel.
»Hast du einen besseren Vorschlag?«
»Die Polizei? Die Personenschützer des Tribunals?«
»Die sind in Sarajevo stationiert. Bis die reagieren können, sind Aca und Elisa längst in den Niederlanden.«
Steinhövel nickte zögerlich. Heimlich sehnte er sich nach einer Autopanne, nach irgendetwas, das ihre zwiespältige Aktion ausgebremst hätte.

Sie erreichten Badovinci, das letzte Dorf vor der serbisch-bosnischen Grenze. Das Auto, das ihnen in einem großzügigen Abstand folgte, war ein alter, himmelblauer Wolga, der Mann am Steuer telefonierte mit Marko Milošević.
Auf einer imposanten, alten Brücke überquerten sie die Drina. Der Grenzposten, der im Wald auf der anderen Seite auftauchte, mutete unbelebt an, ihr Wagen war weit und breit das einzige Fahrzeug. Dies erwies sich als nachteilig, denn nicht weniger als sechs Uniformierte nahmen sie in Empfang. Die Gewehre schräg über der Brust, die Mienen grimmig, präsentierten sie sich wie feindliche Krieger. Thomas Steinhövel war noch selten einem sympathischen Grenzwächter begegnet, aber diese Typen hier schienen ihm besonders üble Exemplare zu sein.
Sie gehorchten der Aufforderung auszusteigen. Ihre Pässe wurden eingesammelt, der Schlagbaum, der jetzt erst heruntergelassen wurde, verdeutlichte, dass ihre Fahrt so rasch nicht weitergehen würde. Marlene fluchte leise, Obradović machte ein leidendes Gesicht.
Die Uniformierten verschwanden mit den Pässen in ihrer Bude.
Der Wald gleich hinter dieser Grenzstation war groß; kühle, feuchte Luft strömte herüber. Wenig später kamen aus der Richtung des Waldes drei magere, verwilderte, Füchsen nicht unähnliche Hunde herangezottelt. Sie trotteten auf den Wagen zu, beschnüffelten die Räder, beschnüffelten das Heck, die Kotflügel.
Gewiss sind das keine Polizeihunde, dachte Marlene, während die Uniformierten im Verborgenen in ihren Pässen blätterten und die im Pass ihres Bruders besonders zahlreich vorhandenen Stempel studierten, rumänische, ungarische, polnische, aserbaidschanische, russische, ukrainische Stempel, und jeder einzelne würde ihren Argwohn wecken. Marlene hasste Grenzen, und diese hier, das spürte sie von Minute zu Minute deutlicher, missfiel ihr besonders.

Endlich kehrten drei Uniformierte mit ihren Papieren zurück. Aber sie händigten ihnen die Dokumente nicht aus, sondern wiesen sie an mitzukommen. Mit nervöser Stimme fragte Obradović, wozu das nötig sei, aber die Männer gingen nicht darauf ein.
In einem stickigen Hinterzimmer nahmen Thomas, Marlene und Timor Platz.
Vier Autoreifen standen herum, daneben ein Feuerlöschgerät. Das einzige Fenster dieses Zimmers gab den Blick frei auf den schattigen Wald, in einiger Distanz ließ sich der Flusslauf der Drina erahnen. Durch eine dünne Wand hörten sie das Gemurmel eines Gesprächs.
Marlene hielt sich die rechte Hand auf den Bauch. Thomas studierte das glänzende, von der Decke hängende Band, an dem eine Vielzahl von toten und sterbenden Fliegen klebte, wobei die noch knapp lebenden Fliegen in ihrer Agonie flügelschlagend einen Summton hören ließen, der an das leise Knistern einer Stromerzeugung erinnerte.
Aus dem Fenster in ihrem Zimmer war das nicht zu erkennen, aber vorne wurde der Schlagbaum geöffnet; ein alter, himmelblauer Wolga erhielt freie Fahrt.
Marlene hielt es nicht mehr aus. Schließlich war sie, auch wenn dort niemand davon wusste, im Auftrag von Den Haag hier. Sie stand auf, ging eilig durch den Gang und hin zum Schalter, wo sie von einem Uniformierten, der einem anderen Uniformierten am Bildschirm Fotos einer gut besuchten Hochzeitsfeier zeigte, grob zurechtgewiesen und zurückeskortiert wurde zu ihrem Bruder und zu Timor. Sie beschlagnahmten Marlenes Telefon und setzten ihnen einen Griesgram ins Zimmer, der, während er apathisch auf seine schwarzen Schnürstiefel oder zu den Reifen starrte, mit dem Fingernagel seines Zeigefingers unaufhörlich an einer Metallkante seines Gewehrs entlangfuhr.
»Fotos von einer Hochzeit!«, empörte sich Marlene.

Thomas schüttelte den Kopf. Timor fragte den Beamten, was denn falsch sei mit ihren Pässen. Er antwortete mit einem müden Seufzer.

Zwanzig Minuten vergingen, bis zwei Beamte das Zimmer betraten. Sie drückten ihnen ihre Pässe und Marlenes Telefon in die Hand und gaben ihnen zu verstehen, dass sie hier nicht länger erwünscht waren. Marlene wollte wissen, wieso man sie aufgehalten hatte, Thomas war gleich klar, dazu würde es keine Antworten geben.

Erleichtert, endlich wieder in Obradovićs Wagen zu sitzen, wählte Marlene die Nummer von Elisa. Sie war beruhigt zu hören, dass Elisa und Aca noch immer im Café Europa saßen. Marlene bat sie, sich nicht vom Fleck zu rühren.

86. KAPITEL
RADONIQ, KOSOVO

Als Erstes hörte Alim Jahiji das Wasser. Hörte das Geräusch von Holz, das sanft auf einer Wasseroberfläche aufschlägt. Dann waren sie schon am Ufer, dann hörte er schon die sich im schweren Schlamm abmühenden Bewegungen – es war zu spät, sich noch aus dem Staub zu machen. Alim wusste nicht, wie um alles in der Welt sie ihn hatten aufspüren können, wusste nicht, was die Internationalen für Strafen vorgesehen hatten für einen, der aus dem Uno-Hauptgebäude geflohen war. Weil ihm nichts anderes übrig blieb, zog er sich und Jarmila vorsichtig das milchig weiße Plastik über das Gesicht.
Die Zehen waren gefühlslos, aber er hörte seinen heftigen Herzschlag.
Die Männer flüsterten. Einer stieg wahrscheinlich erst jetzt aus dem Boot, die anderen waren schon näher, es waren drei, höchstens vier.
Alim, erfasst nun von Angst, griff nach der Hand Jarmilas, drückte das eiskalte Fleisch und bat Allah um Beistand.
Nach wenigen Augenblicken begriff Alim, dass diese Männer Albanisch sprachen, begriff, dass es sich nicht um Uno-Mitarbeiter handelte. Nun erst wusste er, eben erst die Stimme von Azem gehört zu haben. Schneller, als Alim denken konnte, war ihm klar: Azem hatte etwas zu tun mit dem Tode Jarmilas.
Wie ein wild gewordenes Tier schlug Alim die Plastikplane um und stellte sich breitbeinig vor den Gegner. Den aber konnte er nicht sehen. Alim konnte überhaupt nichts anderes sehen als den Lichtkegel einer Taschenlampe, der über die Plastikhüllen, die Sumpfgräser und die Steine jagte und schließlich ihn erreichte, sein Gesicht.

Dann ging das Licht aus.
Nichts regte sich.
»Scheiße«, sagte jemand leise.
»Lass uns abhauen«, flüsterte ein anderer.
»Leuchte ihm nochmals ins Gesicht«, sagte ein anderer, laut und deutlich.
Das war Azems Stimme. Vor dem Licht der Taschenlampe gab es keinen Schutz.
»Den kenne ich«, sagte Azem, seine Stimme bebte. »Gib mir die Lampe.«
Alim blickte in Richtung der Baracke, blickte sich um nach jemandem, der ihm zu Hilfe hätte eilen können, aber da war niemand. Nur diese Albaner, das Boot und die Leichen.
»Du hast sie umgebracht!«, donnerte es einen Augenblick später aus Alim hervor.
Stille. Das Licht der Taschenlampe, das Rascheln einiger Gräser im sanften Wind.
»Du hast mich angelogen«, sagte Azem. Er näherte sich.
Im Faustkampf gelang es Alim rasch, die Taschenlampe in seine Hand zu bekommen, was seine Schlagkraft erhöhte und ihm, zusammen mit der Wut, die in ihm kochte, zu einer Wehrhaftigkeit von erstaunlichem Ausmaß verhalf.
Falls er richtig hörte, waren das Zähne, die zersplitterten, als er mit der Taschenlampe zuschlug. Zu wissen, dass seine Gegner keine Pistolen mitführten, verlieh ihm noch mehr Kraft. Er würde das für Jarmila tun, er würde sie rächen.
Tatsächlich waren es nicht Azems Zähne, sondern dessen Nasenbein, das gebrochen war. Aber da waren noch die drei anderen; nach wenigen Schlägen war Alim die Taschenlampe wieder los. Dank der groben Gartenhandschuhe, die das Hantieren mit den Leichen hätten ermöglichen sollen, gelang es Azem und einem der anderen, dem unterdessen am Boden liegenden Alim eine Stacheldrahtrolle über den Kopf zu stülpen.

Alim realisierte nicht, dass sich unter jenem Draht, den er, tiefe Einschnitte an Handflächen und Daumen ignorierend, abzustreifen versuchte, noch eine zweite Schlaufe befand. Dass er sich damit das eine Ohr aufschnitt, hätte ihn nicht weiter gekümmert. Azem aber stürzte sich auf ihn, drückte ihn in den nassen, kalten Schlamm und griff so kräftig nach dem im Dunkel kaum zu sehenden Draht, dass er nicht nur seine eigenen Handinnenflächen tief zerschnitt, sondern auch Alims Hals derart tief aufriss, dass Nervenstränge, Hauptschlagader und Luftröhre durchtrennt wurden.

Trotz des Gefühls, sich die Hand so gut wie mitten entzweigeschnitten zu haben, griff Azem ein weiteres Mal nach dieser Drahtschlaufe, schlang sie nochmals um den röchelnden, spuckenden, sich windenden Alim, riss mit aller Kraft am Draht. Die verwinkelt angebrachten Klingen trennten Alim die Nase auf, zerrissen ihm die Unterlippe, dass sie übers Kinn hing, und trennten ihm schließlich, da sich der Kopf unter der Gewalt seines Widersachers gedreht hatte, auch das linke Ohr ab.

Aus Angst, Azem würde zu viel Blut oder zu viele Finger verlieren, wenn er nicht rechtzeitig eine Klinik aufsuchte, stiegen die jungen Männer ins Boot und ruderten zurück. Sie fluchten. Fluchten über Alim, der ihre Aktion verhindert hatte, über Alim, dessen Herz nun, während Azem halb ohnmächtig schon auf dem Rücksitz im Auto saß, die Hände an die Decke streckend, um nicht noch mehr Blut zu verlieren, unweit neben seiner Jarmila zu schlagen aufhörte.

87. KAPITEL
BIJELJINA – ZABRĐE, BOSNIEN

Chauffiert von Timor Obradović, gelangten Thomas und Marlene Steinhövel nach Bijeljina, fanden das vereinbarte Café Europa aber nicht auf Anhieb; vielleicht, so mutmaßte Marlene, hatte Elisa einen Straßennamen verwechselt.

Auf der Fahrt durch ein Quartier fiel Marlene ein blauer Wolga auf, der, dicht an dicht mit anderen dort geparkten Autos, am Rand der Straße stand. Sie war überzeugt, dass es sich um das Auto des Schachspielers handelte, der sie zum Haus der Familie Mandić gefahren hatte. Timor erklärte, dieses Modell sei zwar erstaunlich beliebt, aber er habe auch sofort an den Schachspieler gedacht.

Dass man den Taxifahrer in Šabac so nannte, wirkte auf Marlene nur wenig beruhigend. Hilfesuchend blickte sie zu Thomas, der zog bloß die Schultern hoch, was sollte er darüber auch schon denken? Gute zwanzig Meter von seinem Wolga entfernt saß Dragan Popović auf einer Bank, das Gesicht hinter einer Zeitung, zu seinen Füßen eine alte Sporttasche. Dass Obradović und die Fahnder es bereits jetzt hierhergeschafft hatten, gefiel ihm nicht.

Am Ende jener kurzen Straße angekommen, entdeckten sie endlich den Schriftzug des Café Europa. Die Parkplätze vor dem Lokal waren belegt; Marlene ärgerte es, dass Timor korrekt parken wollte. Vorzeitig und entnervt stieg sie aus und eilte allen voran ins Café. Es schien alles neu zu sein in diesem Lokal, über zwei große Bildschirme flackerten Musikvideos, die Einrichtung entsprach dem, was man in Bosnien European Style nannte. Nun traten auch Thomas und Timor ein.

Zwei Senioren saßen stumm an einem Tisch und starrten die drei fremden Besucher unverhohlen an. Hinter dem Tresen stand eine überschminkte Frau, die sie überaus freundlich begrüßte.

Als Timor nach zwei jüngeren Gästen fragte, zog sie entschuldigend die Schultern hoch und lud dazu ein, in ihrem Lokal auf die Gäste zu warten. Mit einem künstlich verlängerten Fingernagel wies sie auf die Getränkekarte.
Timor lehnte dankend ab.
Wieder vor dem Lokal, blickten die drei unschlüssig die Straße auf und ab. Es waren nur wenige Autos unterwegs, Fußgänger waren keine zu sehen.
Weil er von dort, wo er sich aufhielt, zwar alles gut beobachten konnte, aber nicht schießen können würde, hielt Dragan Popović Ausschau nach einem Flachdach.
»Ich rufe sie an«, sagte Marlene.
»Tu das nicht«, sagte Timor. »Du wirst abgehört.«
»Wie bitte?« Marlene schaute erst Timor, dann ihr Telefon an.
Thomas blickte um sich.
»Der lange Aufenthalt an der Grenze«, sagte Timor. »Vielleicht bin ich paranoid, aber ich denke, der serbische Geheimdienst hat die Zeit nicht umsonst verstreichen lassen.«
Dann zeigte Marlenes Telefon den Eingang einer neuen Nachricht an.
Timor schaute skeptisch; Marlene sah, dass die Nachricht von Elisa stammte.
Aca wollte nicht im Café warten, schrieb Elisa. *Wir sollten nicht telefonieren. Wir fahren mit einem Bus in den Norden.*
Marlene fluchte leise. Sie musste sich eingestehen, dass die ganze Aktion fahrlässig war.
Timor und Thomas diskutierten, Marlene rannte zur Bushaltestelle auf der gegenüberliegenden Straßenseite, um zu sehen, was hier für Buslinien abfuhren.
Auf dem Flachdach eines hohen, in der Parallelstraße stehenden Wohnblocks erschien Dragan Popović; nahe dem Abgrund legte er sich hin und stützte sich auf die Ellbogen. Die Sicht auf

den Eingangsbereich des Cafés war nicht schlecht, die Distanz für seinen Geschmack eher zu kurz.

An der Bushaltestelle war eine geografische Karte angebracht; die einzige Buslinie, die nach Norden führte, war die Nummer 13 nach Brčko.

Marlene schaute zu Timor. »Du meinst, es ist besser, wir fahren in den Süden?«, fragte sie.

Timor nickte.

Dragan Popović wartete, bis sie eingestiegen waren, bis er sah, in welche Richtung sie fuhren, dann eilte er fluchend zurück zu seinem Wagen.

Die Straße nach Tuzla folgte dem malerischen Lauf der Janja durch ausgedehnte Wälder. Kurz hinter Zabrđe, gleich hinter einer engen Kurve, ging Obradović der Sprit aus.

»Ich wollte sowieso bald eine Pause einlegen«, sagte Timor und ließ den Wagen ausrollen.

Marlene wusste nicht, was sie erwarten sollte.

Der Wagen kam am Rand der wenig befahrenen Straße zum Stillstand. Obradović stieg aus, winzige Kieselsteine knirschten unter seinen Schuhen.

Noch ehe er den Kofferraum geöffnet hatte, tauchte hinter ihnen ein Wagen auf; ein himmelblauer Wolga.

Wie gewöhnlich, wenn er ein Auto sah, das Probleme hatte, drosselte Dragan Popović sein Tempo. Als er begriff, dass es sich um Obradović und seine Gäste handelte, hätte er am liebsten wieder beschleunigt. Aber er wusste, sie hätten ihn doch erkannt. Also parkte er seinen Wagen gleich hinter jenem des Theaterintendanten, holte das Klappmesser aus dem Handschuhfach, verstaute es in der Hosentasche und stieg aus.

Timor Obradović war sprachlos. Auch Marlene und Thomas, die neben Timor standen, brachten kein Wort hervor.

»Eine meiner Lieblingsstrecken«, sagte Dragan und legte sich ein Grinsen ins Gesicht, das völlig übertrieben wirkte.

»Der Schachspieler«, sagte Obradović.
»Da begegnet man sich über Jahre so gut wie nie und dann gleich zwei Mal am selben Tag«, sagte Dragan, und es überraschte ihn wenig, dass die anderen nicht in Laune waren zu antworten.
Ein schwerer, vierachsiger Kieslastwagen näherte sich; während er lärmend vorbeizog, blickte Dragan lange in das Gesicht Marlenes, bis sie sich mit einem Schauder daran erinnerte, dass er sie auf dem Parkplatz vor dem Café Sava mit identischem Blick gemustert hatte.
Als der Lastwagen vorbei war, zeigte Dragan mit einer fahrigen Hand auf Timors Wagen. »Kann ich helfen?«
Timor blickte irritiert zu Marlene, dann sagte er: »Der Tank ist leer.«
Popović nickte wie einer, der sich selber nichts glaubt.
In ihrer Hosentasche umklammerte Marlene ihr Telefon, als wollte sie verhindern, vom serbischen Geheimdienst geortet zu werden.
»Hast du welches im Kofferraum?«, fragte Popović.
»Ich hoffe es.« Obradović öffnete den Kofferraum, Popović stand jetzt dicht neben ihm. Als handelte es sich um ein Beweismittel, holte Obradović eine gefüllte Flasche hervor.
»Zum Glück.«
Popović interessierte sich nicht für die Flasche. Mit dem Daumen der rechten Hand die Rückseite der Klappmesserklinge befühlend, musterte er den Hals seines Gegenübers. So, wie Obradović nun vor ihm stand, wäre es ein Leichtes, ihm mit einem einzigen Griff den Unterarm in den Rücken zu legen, am Hals die Klinge aufblitzen zu lassen und allen klarzumachen, dass es unklug wäre, sich zur Wehr zu setzen.
Dragan wusste, Timor kannte ihn, wie ihn in Šabac alle kannten, er war der Schachspieler, er kümmerte sich seit dem Tod seiner Mutter um Sotir und er hatte, abgesehen von diesem Messer, keine Macht über Obradović. Ihn zu bedrohen, ihn zu zwingen, den Fahndern aus Den Haag nicht weiterzuhelfen, würde nichts bringen, das musste auch Marko Milošević einleuchten.

»Vorbildlich, nicht?«, fragte Obradović, während er das Benzin von der Flasche in den Tank goss.

Popović fühlte, wie sich jene Anspannung verflüchtigte, die ihn in Augenblicken vor einem Verbrechen stets heimgesucht hatte.

»Dann ist ja alles klar«, sagte er.

»Ja, danke«, sagte Obradović und füllte den Inhalt einer weiteren Flasche in den Tank.

Popović wandte sich ab, spazierte die paar Schritte zurück zu seinem Wolga, stand dort an die Tür gelehnt und wartete, bis Obradović die zweite Flasche geleert und den Tankdeckel zugeschraubt hatte. Ehe sie im Innern des Autos verschwand, traf ihn einmal mehr Marlenes Blick, und erst jetzt wusste er, dass sie ihn an jene Frau erinnerte, die er am meisten geliebt, die ihn nach dem Bosnienkrieg verlassen hatte. Mit einem Mörder zu leben, hatte sie nicht ertragen.

Timor startete den Motor, ließ die Blinklichter zweimal aufleuchten, und wenn sich Dragan nicht täuschte, erhob er im Wageninnern zum Gruß sogar die Hand.

Eine Weile lang stand Dragan noch an die Autotür gelehnt, blickte dem Verlauf der Straße nach und fuhr mit seiner Linken über das kühle Blech. Schließlich ging er, ohne sich nochmals umzudrehen, in den Wald, in dieses unwegsame, schillernde Grün hinein, durch dichtes, abweisendes Unterholz.

Urs Mannhart bedankt sich bei:

Franziska Möri, Franziska Möri und nochmals Franziska Möri,
Angelika Klammer, Christian Ruzicska, Thomas Brunnsteiner,
Christoph Simon, Lorenz Langenegger, Beat Schweizer, Hans Ruprecht,
Joseph Victor Widmann†, Johanna Lanz, Toni Mannhart,
Stéphanie Couson, Daniel Di Falco, Kathrin Vogt, Manuela Weisskopf,
Volha Hapeyeva, Elena Ilinowa, Franziska Müller, Irina Gerassimowitsch,
Roland Blaser, Laura Seifert, Rémy Pia, Rebekka Reichlin,
Marc Lettau, Michael Schneeberger, Teppo Kulmala, Vinzenz Meyner,
Andrea Zederbauer, Daniel Puntas Bernet, Slawa Gorodetskij,
Katariina Vuorinen, Alexandra von Arx, David Lüscher, Simon Jäggi,
Ernst Schär, Katharina Narbutović, Sarah Portner, Lars Claßen,
Martin Bichsel, Magdalena Kauz, Peter Weber, Michael Stauffer,
Niklas Stettler, Michael Stiller und Jochen L. Stöckmann.

Darüber hinaus dankt er den Institutionen Maison Standard, Bern;
Logvinov-Verlag, Minsk; Halma-Netzwerk, Berlin;
Literaturinstitut Biel/Bienne; UBS-Kulturstiftung, Zürich;
Genossenschaft Velokurier Bern; Pro Helvetia, Zürich und Moskau;
Stadt und Kanton Bern; Buchhandlung sinwel, Bern;
Bartels Foundation, Basel; Lydia-Eymann-Stiftung, Langenthal;
Literaturhaus Jyväskylä, Finnland; Buchhandlung Münstergass, Bern;
Literaturhaus Niederösterreich, Krems a. d. D.;
Literarisches Colloquium Berlin und der Buchhandlung Buchzeichen,
Langenthal.

Neuerscheinungen aus unserem Verlagsprogramm:

Emmanuelle Bayamack-Tam
Wenn mit meiner Unschuld nicht alles vor die Hunde ging
(Si tout n'a pas péri avec mon innocence)
Roman

Aus dem Französischen von Christian Ruzicska und Paul Sourzac

Gebunden ohne Schutzumschlag

352 Seiten
Ca. € (D) 24.95 | CHF 35.70* | € (A) 25.60
ISBN 978-3-905951-29-5

Giorgio Chiesura | Hingabe
(Villa dei cani)
Roman

Aus dem Italienischen von Monika Lustig

Gebunden ohne Schutzumschlag

Etwa 290 Seiten
Ca. € (D) 23.95 | CHF 33.20* | € (A) 24.60
ISBN 978-3-905951-30-1

Esther Dischereit | Blumen für Otello –
Über die Verbrechen von Jena
Klagelieder. Libretto. Dokumentation.

Mit einem Interview von Insa Wilke

Gebunden ohne Schutzumschlag

Zum Teil in deutscher und türkischer Sprache
Übersetzung aus dem Deutschen ins Türkische: Saliha Yeniyol

220 Seiten
€ (D) 29.95 | CHF 41.60* | € (A) 30.80
ISBN 978-3-905951-28-8

Yvonne Kuschel | Busenwunder
Texte und Zeichnungen,
mit 80 farbigen Abbildungen

160 Seiten
€ (D) 12.95 | CHF 15.95* | € (A) 13.40
ISBN 978-3-905951-27-1

Katja Huber | Nach New York! Nach New York!
Roman

Gebunden ohne Schutzumschlag

241 Seiten
€ (D) 19.95 | CHF 27.70* | € (A) 20.50
ISBN 978-3-905951-33-2

Zyta Rudzka | Mikwe
Roman

Gebunden ohne Schutzumschlag

168 Seiten
€ (D) 18.95 | CHF 27.50 | € (A) 19.50
ISBN 978-3-905951-31-8

Weitere Bücher aus unserem Verlagsprogramm:

Endo Anaconda | Walterfahren
Kolumnen 2007–2010

Emmanuelle Bayamack-Tam | Die Prinzessin von.
(La Princesse de.)
Roman

Hélène Bessette | Ida oder das Delirium
(Ida ou le délire)
Roman

Hélène Bessette | Ist Ihnen nicht kalt
(N'avez-vous pas froid)
Roman

Thomas Christen | Der Abend vor der Nacht
Roman

Beqë Cufaj | projekt@party
Roman

Jérôme Ferrari | Balco Atlantico
(Balco Atlantico)
Roman

Jérôme Ferrari | Predigt auf den Untergang Roms
(Le sermon sur la chute de Rome)
Roman

Jérôme Ferrari | Und meine Seele ließ ich zurück
(Où j'ai laissé mon âme)
Roman

Lars Gustafsson | Gegen Null
(Mot Noll)
Eine mathematische Phantasie

Jürg Halter / Tanikawa Shuntarō | Sprechendes Wasser
(Kataru mizu)
Ein Kettengedicht

Katja Huber | Coney Island
Roman

Ludwig Lewisohn | Der Fall Crump
(The Case of Mr. Crump)
Roman

Marian Pankowski | Der letzte Engeltag
(Ostatni zlot aniołów)
Ein Silvenmanuskript

Veronika Schenk | Die Wandlung
Roman

Sabine Scholl | Wir sind die Früchte des Zorns
Roman

Magda Szabó | Die Elemente
(Pilátus)
Roman

Nils Trede | Das versteinerte Leben
(La Vie pétrifiée)
Roman

Christian Uetz | Nur Du, und nur Ich
Roman in sieben Schritten

Christian Uetz | Sunderwarumbe – Ein Schweizer Requiem
Roman

Steven Uhly | Adams Fuge
Roman

Steven Uhly | Glückskind
Roman

Steven Uhly | Mein Leben in Aspik
Roman

Peter Zimmermann | Stille
Roman

Leseproben finden Sie auf:
www.secession-verlag.com

* Bei den Schweizer Preisen handelt es sich um unverbindliche
 Preisempfehlungen (UVP). Änderungen vorbehalten.
 Stand: 1. Januar 2014

secession